有爱的青春陪伴者

朋友喜欢的那个女孩

虞渡 / 著

江苏凤凰文艺出版社
JIANGSU PHOENIX LITERATURE AND
ART PUBLISHING

图书在版编目（CIP）数据

朋友喜欢的那个女孩 / 虞渡著. -- 南京 : 江苏凤凰文艺出版社, 2025.7. -- ISBN 978-7-5594-9707-9
Ⅰ. I247.5
中国国家版本馆CIP数据核字第2025NJ3972号

朋友喜欢的那个女孩
虞渡 著

责任编辑	王昕宁
特约编辑	嘎 嘎
责任校对	言 一
责任印制	杨 丹
出版发行	江苏凤凰文艺出版社
	南京市中央路165号，邮编：210009
网　　址	http://www.jswenyi.com
印　　刷	天津睿和印艺科技有限公司
开　　本	880mm×1230mm 1/32
印　　张	11
字　　数	419千字
版　　次	2025年7月第1版
印　　次	2025年7月第1次印刷
书　　号	ISBN 978-7-5594-9707-9
定　　价	42.80元

江苏凤凰文艺版图书凡印刷、装订错误，可向出版社调换，联系电话025-83280257

001 / **第一章 你的名字**
"如果我喜欢薛均,就让我头发都掉光,考试得零分。"

029 / **第二章 普通朋友**
她是朋友喜欢的女孩。

068 / **第三章 万万万分之一**
她心里总是存着他或许喜欢她的奢望。

106 / **第四章 苦恋**
你让我觉得自己像个傻子。

140 / **第五章 卑劣**
我接受不了你不喜欢我。

187 / **第六章 勇敢一次**
我再也不会退缩。

目录 /CONTENTS

220 / **第七章 一团乱麻**
注定会在某个时刻结束的一场美梦。

255 / **第八章 蹉跎**
她不能输给爱。

292 / **第九章 她与爱**
既然相爱，那就拥有彼此。

316 / **第十章 "我愿意"**
这是独属于他们的时刻。

331 / **番外一 笨拙的爱慕者**

341 / **番外二 如果相遇得刚好**

目录
/CONTENTS

第一章 你的名字

"如果我喜欢薛均,就让我头发都掉光,考试得零分。"

1

江城四月的天气总有些怪异,是早、中、晚温差大到能让人一天之内过完冬、夏、春的程度。天空低垂晦暗,暴雨前的空气中浮着热气的黏腻,烘得人多少不自在。

荀秋坐在靠窗的位置,迟疑了片刻,还是把黑色风衣脱了下来。她扎着简单的丸子头,里面搭的是一件白色麻混纺立领薄衬衫,扣子扣到最顶端,下摆塞进高腰休闲裤——和她平时去学校上课是一个装扮。

她是来相亲的。本着习惯和礼貌的原则提前十分钟到达这家咖啡馆,只是没想到对方这么离谱,竟然迟到了。

江城是个小城市,市区人口总数不过三十万,若骑自行车骑快点,十五分钟就可以跨越城南和城北。市中心就在人民广场这一块,休闲娱乐全靠同一个商场。

荀秋在这儿坐了二十分钟,就遇到了三个学生。

虽然六点多正是下班时间,可这儿车少路宽,也并不存在堵车的烦恼。

但相亲对象就是迟到了,而且连一条短信都没发过来。

是的,他们连微信都没有加上,这年头还在用短信联系。

原因无他，两个人都设置了不通过推荐名片、群聊、手机号或 QQ 号等方式添加好友。

尝试加好友遇到重重困难，中间人心力交瘁，两人就干脆摆烂了——也许吃完这顿就没下顿，加了还得删，实在费劲。

微信群里不断地冒出新的语音消息，荀秋今天没有携带耳机，只得长按着语音条，让转换的文字卡顿地显示出来。

周舟："一米八八的小伙子"还迟到呢，怪不得沦落到快三十了还没对象的地步！

周舟：他肯定是不想来了。好像快下雨了，要不要我来接你？

谢知意：我记得前天你还说有个十年不忘的白月光呢，怎么还没七十二小时你就去相亲了啊？

荀秋打字的手微微一顿，目光缥缈地定在了一个虚无的点上。

二十八岁。亲戚们时不时就要给她打电话介绍对象倒是无所谓，只是妈妈声泪俱下的斥责实在令人又愧疚又心烦。

她就不明白了，妈妈到底是怎么把"不结婚"和"不孝顺"挂钩的？

群里的新消息还在滚动，荀秋垂着眼看向窗外。天色越发暗沉，积压的乌云与柏油路几乎相连，随时都有下暴雨的可能，而她并没有带伞。好在她把电动车停在了隔壁书店的雨棚里，不怕它遭受暴雨摧残。

六点半，墙上的复古时钟蹦出两声布谷鸟叫，同时，她的手机亮了一瞬，没有备注的号码传来信息。

185×××5133：不好意思，有点事耽误了。现在过来，十分钟。

荀秋毫不在意，简单地回复一个"好的"，想了想，又用最礼貌的语气补充了一条，让他不必着急，路上小心。

对面没有再回复，荀秋也就继续玩手机。

没有十分钟，薛均就到了。他大概是从另一个方向过来的，所以荀秋并没有第一时间看到他。

穿着连帽衫和运动裤的男人慢慢走到她面前，颀长挺拔的身形遮住了暖黄的壁灯，巨大的阴影笼住小桌，让本就狭小的空间更显逼仄。

荀秋从无声的短视频中回过神来，调整好微笑，抬头看过去。

只一眼，她就彻底僵住了。

媒人带着讪笑的话语回荡在耳边："一米八八的帅小伙，工作稳定，家里三套房，独生子，孝顺又耐心。"

荀秋从未想过，原来这些条件竟然能形容出一个薛均？

他是隔壁班的模范生，是实验班的招牌，是物理系的学神，在荀秋为数不多的回忆中，他显然是超脱世俗之外的存在，与什么房呀车的，搭不上什么关系。

多年未见，薛均的模样几乎没有变化，眉眼清隽。因为背光，他的身形四周镀上了一层暖色金边，显得尤为不真实。

有那么一瞬间，荀秋几乎以为自己是在做梦。

她怎么会梦见自己和薛均相亲这么离谱的事呢？大脑飞速运转，各个部位的零件都转出火花，她面皮通红，嘴唇微启，准备好的话愣是一句也蹦不出来。

直到他那和风化雨的眸中露出一丝讶异，她才猛地回过神。这一刻好像全身的血液都冲上了头顶，最后一次见面时她给他的那一巴掌的余音好像还响在耳边，荀秋顿感头皮发麻。

她不自觉地抓起随身小包，那种感觉有点像小学时第一次登台表演，黑暗的观众席上一双双幽绿色的眸子盯着她，惨白的光束照在她身上，让她的窘迫与紧张无所遁形。

薛均好像也有点尴尬，眼角微微抽了一下，显然也想起了彼此不算体面的某天。

他摸摸鼻子，抿唇笑了一下，坐在了她对面，试图用言语打破僵局："竟然是你？荀秋？你怎么会做语文老师？"

毕竟当初她最不喜欢上语文课了，每周二的作文课更是她的终极噩梦。

荀秋大脑宕机了，根本不能与他对话。

服务生过来递菜单，她都没有反应。薛均看出了她的不自在，轻轻挽起袖子，脉络分明的手接过菜单，无声地选了几个餐品。

他们不是第一次来这家店，只不过没有两人单独来过。

小城的咖啡馆开了很多年，光靠饮品卖不出多少营业额，所以菜单上还增加了些西式餐点。

薛均给她点的意面和水果沙拉也是从前她经常吃的。

她与薛均初中同校，高中同班，大学同城。每个阶段他身旁总会有个玩得好的同学在追求她，而他就是这些男生的僚机。三人同行的机会有一些，只是第三人不尽相同。

流水的追求者，铁打的薛均。

短暂的失神之后，荀秋恢复了清明。无论恩怨，既然遇上了，也不能在餐桌上失了仪态。于是他们开始了成年人之间的礼貌寒暄，仿佛两人真是失散多年的老同学。

他们两个同在雾城上的大学，不是一个学校，但都在大学城范围内，间隔不过三条街。薛均学物理，一直在他们导师的科研所做实验。荀秋觉得，聊天应当从这里开始。

"什么时候回来的啊,你们王导舍得放你走了吗?"

她本着礼貌原则,说话时想要直视他的眼睛。可没想到与他目光相触时,仍觉得呼吸不畅,好在服务生及时送餐,她才眨眨眼,垂下头专心吃面。

"回来好几年了。"他的声音和从前一样低沉温和,"你呢?什么时候回来的?"

"也好几年了。"不看他的眼睛就静心多了,荀秋咽了一口面。

"在哪个学校教书呢?"

她快速地抬眼看了看他。薛均目光灼灼,深邃的眸子一直盯着她,有些好奇,也有些疑惑,像从前他认真听课的模样。她假装去拿杯子,移走了目光:"之前在镇上的中学教了两年,今年年初刚调回市里,现在在七中。"

薛均有些吃惊,说道:"那现在你和刘光是同事了吗?"

荀秋说:"不算,刘光升了教导主任兼副校长,平时很少在语文组,就是教研会的时候能遇上。"

她想起那天她去语文组报到,刘校长那目瞪口呆的模样,实在没忍住,闷闷地笑了一声。

见到薛均疑惑的眼神,她敛了神色,细细地把报到那天的场景描绘了一遍。

薛均慢慢放下刀叉,配合着聆听轻笑。他的笑声也跟从前一样清朗好听,荀秋听着心里发痒,渐渐放松下来,又一同回忆了几件趣事。

"怎么会想到来相亲?"薛均顿了一下,嘴角的弧度略略下沉,"你和李霄野……"

"分了。"她低下头,"分了挺久了。"

薛均不置可否地抿抿嘴。

"你呢?'不婚主义',为什么要相亲?"

"我二叔托阿姨给找的关系,不好推托。"他慢条斯理的语气里没有起伏,当然也就没人能够听出谎言的味道。

"哦。"她捏着银勺无意识地在咖啡中轻搅,"那你是想结婚了?"

其实,这个问题并没有什么意义。

在小城中被老旧观念裹挟的又何止他们二人。或许是为了一些不必要的麻烦,他们都做出了相对妥协的举动,让大家能有个清净。

想到这里,荀秋低头无奈地轻笑,唇旁陷下两个小小梨涡,耳边挂着的白珠耳坠随着她的动作轻轻晃动。

她仍然戴着它。

薛均睫毛微颤,盯着她,却没有说话。

沉默覆盖了这片空气,荀秋嘴角扯了扯,神情中略带了一些微讽。

窗外忽来一阵惊雷，倾盆的雨水如注，片刻间就在屋檐搭出一道密集的雨帘。神色匆匆的路人贴着玻璃双手高举，皱着眉快步走过，落地玻璃窗外的场景变得模糊起来。

诡谲的气氛在两人之间张牙舞爪地流窜，方才好不容易建立起的温和在这几句话里又消失殆尽。

他们仿佛又回到了那个没有答案的雨夜。旧账忽然翻出，难堪和未知让妄想体面退场的苟秋实在没办法继续保持礼貌。

她只想逃离。

"你真是一点也没变。"脸上挂着客气、虚假又毫无破绽的社交微笑，她拿出手机扫了桌角的点餐码，很快就把账单付了。

"我走了，不耽误你，祝你下次成功。"

"雨很大，再坐会儿吧。"薛均声音轻和，又像带着一丝恳切的真诚。

可苟秋没有理会，拎着包就往外走。

薛均不过问前台借了一把伞，那边的门帘已经被掀起，苟秋两步就走到雨中，他追出去伸手抓住了她湿透的左臂，声音无奈又低沉："我送你回去。"

利落的黑车里一个多余的装饰都没有，只副驾驶座上放着一件工衣。他把她推进车里，炽热滚烫的手掌抵在她后背，一触即分。

而后，男人收伞上了驾驶座，弯着唇和过来取伞的前台妹妹道谢。他的头发沾到了湿气，碎发被拨弄到一旁，露出了光洁的前额，清隽眉眼里透着干净的光。

前台妹妹被他的微笑弄得有些羞赧，红着脸撑伞回了店里。

苟秋心里别扭，有种想把他的笑脸挠花的冲动。

薛均抬手系好了安全带，侧过去一眼，苟秋好似有些不在状态。

"还是住在西苑吗？"他记得她心情不好时不爱说话，没等她回答就发动了车子，熟稔地在前面打了个转向，往西苑广场那边开去。

旧小区没有地下车库，他小心地将车开到了她家楼下。雨势没有减弱的趋势，这样出去肯定会被淋湿透。

苟秋的心情略略平复了些，咬着牙按上门把手，重重地掰了一下。

门没开，车子落了锁。

"谈谈？"薛均取了纸巾，扯了几张覆在了她的手臂上。

"开门。"苟秋冷着脸看着前方。挡风玻璃上的雨幕密如瀑布，两根黑色的雨刷来来回回地刷动，沉默让密闭的车厢气压越来越低。不知过了多久，她终于抬手解开安全带，静谧中响起清晰的"咔嚓"声，带子弹回去。

她和薛均谈什么都可以，就是不能谈及感情，每一次谈到这些，只能冷场中止。

"你要谈什么?"她说。

"我家里的情况,你是知道的,其实我……"他自嘲地轻笑了一声,眼皮难得垂下了些,长密的睫毛在眼下留下一片落寞的青影,"恋爱或者结婚,我都没有想过。"

"是吗?和我说这些干什么?"荀秋抱着手臂,不自觉地摆出了一个防御的姿态,"你准备给我也发好人卡了?"

薛均眼角低垂,声音淡淡的:"我没有发好人卡,婚恋市场上我的条件不算好,不想耽误你,你别生气。"

接着,他叹了一口气:"在雾城的那个晚上……我……让你不舒服了吧,很抱歉。以后有用得着我的地方,你尽管说。"

他掏出手机,想加她的微信。

"我没吃饱。"荀秋突然开口。

薛均没明白过来,微微蹙着眉,下意识地问:"什么?"

"你不是说用得着你的地方尽管说吗?"她微微昂首,"我饿了,想吃糖醋排骨,刚好冰箱里还有点食材,上去做——"

她笑了一声,继续道:"——给我吃?"

薛均缓慢地侧过头,眼神晦暗不明。

2

第一次见到薛均大概是在初二那年的六月,还有小半个月就要放暑假,江城第二中学的初中生们异常亢奋。

上午第二节课结束后有四十分钟的课间操时间,下课铃声一响起,同学们都从教室往楼下的操场和小卖部奔涌而去。

彼时的荀秋还没有抽条,身高大概只有一米四五。她收好了化学随堂考的试卷和几本补交的练习册,要先去一趟办公室。

高大的杏树遮挡了大半个楼道,光影斑驳陆离,夏日蝉鸣此起彼伏,校园喇叭里重复播放着响亮的体操音乐前奏,整个楼道喧闹沸腾,各种声音涌过来,吵得人耳膜生疼。

年幼的他们惧怕严肃的老师和写不完的作业,却不知道真正的危险是毫无征兆的。荀秋刚走出教室后门,前面两个叫喊打闹的男生突然后退撞到了她身上,一股力气迫使她往右边倒过去,一头猛地撞在了墙体凸角上。

突如其来的意外让荀秋瞬间痛得发不出声音,她眼前一黑,手上脱力,试卷和练习册纷纷落在了地上,她本能地停下脚步,却很快又被后面的人撞倒,一下趴在了地上。

"苟秋！苟秋！"

人潮还在攒动，与她同行的周舟已经被挤到了楼梯上，虽然她使劲按住扶手不肯前行，试图让人群停下来，可她那一声声呼喊很快湮没在缭乱声海中。

混乱之中，苟秋听见一道杂乱的电流声，少年低哑的嗓音从扩音喇叭里传出来："都别动！都别动！有人摔倒了！"

片刻后，有人分开人潮，逆流而上。有力的手掌扣住了她的右臂拽了一把，直接将她提溜起来，他一边喊同学们让开，一边稳稳地把她扶回了教室。

眼镜早在混乱中遗失了，苟秋后知后觉地眯眼去看男生。

薛均穿着江城二中的短袖校服、灰色运动裤和干净的白色球鞋，腰上的扩音小喇叭还没关闭，随着他的动作"刺啦刺啦"地响着。

确认她没受什么伤之后，他眉头微蹙，声音却不含责备，语调温和地告诉她："踩踏是很危险的，下次你空不出手的时候，就等他们都走了再去办公室。"

苟秋惊呼一声："试卷！"

她一下站起来就想往外走。

薛均拉住她，轻笑了一声："都这样了，你还管试卷啊？"

"同学们的试卷，丢了就白写了。"她顿了顿，看到对面男生温润清澈的眼神，不知为何心头突然被烫了一瞬，慌忙低声补上一句"谢谢"。

"你是二班的化学课代表吗？"薛均见她点头，又继续说，"早听说二班化学第一名是个女生，一直不知道是谁。你上次月考化学好像是满分，对吗？"

苟秋慌乱的心稍定，很诚恳地谦虚了一句："嗯，不过 A 卷第十题解五选三，我运气好，刚好会做其中三个，隔壁一班的薛均（jūn）却五个都做出来了。"

薛均愣了愣，抿嘴笑了，说道："做出三个和做出五个，分数是一样的，你都拿满分了，还看例卷做什么？"

一班和二班是同一批老师教的，二班班主任每次都会拿薛均的卷子给大家传阅，苟秋也会很认真地看，但她不知道面前就是薛均本人。她偏头想了想，老实地夸赞："他的字也写得特别特别好，值得我们学习。"

特别特别好？得到这样的高度赞扬，薛均眉眼间染上了笑意，还想说些什么，广播体操的音乐却突兀地响起，周舟也终于跑了回来，手上还拎着苟秋被踩碎的眼镜。

"苟秋！你没事吧，踩着你没有？"周舟眼圈红红的，低头去查看苟秋的脸和四肢。

苟秋低声安慰她，两人说着说着，想到被踩得乱七八糟的试卷，怕被老师责怪，又都哭了起来。

薛均从口袋里掏出纸巾递给她们，又陪着一起去楼梯间捡试卷。虽然上头有些杂乱的脚印和破损，好歹是一张没差地找回来了。

"你们几个！都没去做操啊！是哪个班的？"拿着小本本的纪委气冲冲地走过来。

荀秋和周舟吓得想跑，被抓到没做操可是要罚站的，虽然她们事出有因，但老师和值日生的威严总是让胆小的同学感到害怕。

薛均倏然转身，一拍腰上的扩音器，说道："我们得去办公室送东西，你来得正好，有个事儿找你呢。"

"哦，薛哥，是你啊！"纪委换了个语气，似乎与他颇为熟稔。

薛均朝荀秋她们微微颔首，搭上了纪委的肩膀往楼下走。临了拐弯，他又勾出一个浅笑，好似自言自语地说了句："薛jūn还是薛yùn啊，傻傻分不清楚。"

纪委莫名其妙地一拍他的背，大声道："薛均（yùn），发什么神经病！"

…………

这个有惊无险的小插曲很快就被当事人抛诸脑后了，老师和妈妈安慰了荀秋一句"下次小心"，爸爸甚至小小责怪了一句，怪她把眼镜弄坏了，浪费好几百块钱。

只有周舟每回下楼都紧紧地挽住她的手。

两周后的某天，学校突然要求课间操时分班次排队下楼，不能像从前那样一窝蜂乱跑了。

"是一班的薛均在校长意见簿上提的！"

知情人士在二班后门讨论这个创意举措。荀秋慢下脚步，假意趴在栏杆上看外面，脚却一下下轻轻踢着，竖着耳朵听那些同学讨论薛均。

薛均早已是二中的风云人物，他是年级前三，又是物理竞赛的种子选手，个子高，会打篮球，长得也好看，经常会有女生讨论他。

只是，荀秋对这些八卦都没有留意过。她性格有些内向，只有周舟一个好朋友，周舟又是个老二次元，对一切雄性的碳基生物都不感兴趣，她想找人讨论也无从谈起。

回过神的时候，背后的议论声好像变得更小了，她疑惑地半转脑袋，刚好看到一班一群男生拥着薛均经过。

明明是一群人，可大家的目光全部盯着他。薛均好像自带光芒，能把周遭的一切都盖过。

他抱着一个旧篮球，和男生们说笑着往这边过来。

刚上完体育课，薛均脸色有些红，鬓角也有汗。路过荀秋的时候，他突然转过来看了她一眼，寒暄了一句："配新眼镜了？"

荀秋愣住了，大概只是因为有过一面之缘的普通客套话，没等她回答，他就掠过去走进了班级。

他那些同学都没有在意他说的话，倒是荀秋余光看到刚才讨论的几个人似笑非笑地看着她，挑眉低声议论了几句。

"哎哟，你们看她。"

"她好像和薛均很熟？"

有个男生望过来，毫不客气地把她上下打量一番，说了一句什么，然后一群人哄堂大笑。

荀秋一下毛骨悚然，转身就走。她紧紧攥住了校服衣摆，浑身像被刺了一样难受。她情不自禁地开始反思自己，是不是这样的她配不上和薛均熟悉……

她好像开始知道了什么是烦恼，厚着脸皮问妈妈要了额外的零花钱，按照周舟的审美买了新的发夹，还偷偷用电脑找了攻略，学了两个新的绑头发的花样。

新学期很快到了，她开始喜欢课间站在走廊上，等薛均经过时偶尔的招呼。

薛均有时候只是点点头，或者干脆没有看见她，有时候会说一句"考得不错"或者"今天好热"。

荀秋的情绪很轻易就和薛均挂钩了，他和她说上一句话，她可以高兴一整天。如果是他没看见她，她就会有点郁闷。

初三上学期的第一次摸底考，语文题目很简单，她写了半小时就只剩下作文了。二班人很多，桌子拉开距离之后，有两个小组是搬到走廊考试的。

作文题目是"秋天"。

荀秋坐在最外面那一排的第一个位置，看着校门口耸立的大松树开始慢慢构思。

考试中的校园非常静谧，飒飒秋风吹起了地上的金色银杏叶，偶有纸张翻页的动静，声声入耳。荀秋讨厌写作文，想着想着，思绪就飘得很远。

如果不是那个急促的刹车声，她大概就直接神游天外了。

穿着蓝白校服的薛均骑着黑色自行车飞快地从操场飙过去，额前的碎发高高挑起，风吹得他的衣摆鼓成一个大大的弧形。他没有去车棚，而是在教学楼下直接一个急刹，丢下车就往楼上跑。

他为什么这时候才来？荀秋的心"怦怦"乱跳，她低头看了电子表，距离考试结束只有五十分钟了。

他跑得好快，荀秋觉得只有几秒钟他就上了二楼，越过几列考生，直接奔到了一班前门。他停在那里，胸膛急促地起伏着，眼巴巴地看着监考老师，低声打报告。

早晨斑驳的碎芒洒过来，把他的身形勾勒得很完美。在大部分人都只有一米五六的时候，薛均的身高已经突破了一米七五，他的身形清隽却不单薄，荀秋不止一次看到他运球时手臂上鼓起的青筋,和投篮时飘起的球衣下流畅结实的肌肉线条。

"怎么回事啊薛均!怎么这个时候才来?"

好在这只是校考,他低声说了一句什么,监考老师一愣,挥手就让他进去了。过了一会儿,他拖着桌子摆在了一班外排最后一个,也就是荀秋的正前方。

离奇的是,这次考试薛均依然是年级第一。荀秋拿到他的试卷时,几乎看不出他的匆忙。要知道那次她亲眼看到他答到铃声响完的最后一刻,直到收卷老师走到他面前,他才停笔。

别人讨论这件事,用惊叹的语气褒扬他:"不愧是一班的薛均啊!"

不必用任何浮夸的词语去形容他,因为在二中师生们心里,"薛均"两个字就足以代表优秀。

荀秋用力压着嘴角的弧度,内心充满了不可说的骄傲。

3

公布成绩那天,荀秋下定决心要和薛均搭上两句话,用"月考那天你怎么那么晚才来"开始就不错,或者可以厚着脸皮夸他一句"又是第一,你好厉害"。

可是不知为什么,那天他和同学一起路过二班,明明视线和她对上了,没等开口,他却躲闪了一下,很快转开了脸。

就好像,很不想和她说话一样。

有人在后面议论她了,可荀秋分不出任何一丝羞愧难当给他们。

因为在薛均扭头的那一刻,似乎有一只手狠狠攥住了她的心脏,她在那一瞬滞住了呼吸,不解、失落、尴尬,也许还有别的,她有点来不及感受这些汹涌又陌生的痛楚了。

她无意痴心妄想要将他私有,只不过想像普通朋友那样说上两句话,难道这样也很过分吗?

荀秋不懂他的转变,直到那天他给她递了纸条。

薛均是在放学后在办公室外面突然塞给她的,没有任何人看见。

他的脸上染着可疑的薄红,滚烫的手握住了她的,然后在她彻底呆滞的目光中,将一张纸条匆匆塞进她手中,说了一句什么,随后落荒而逃。

他说的话她根本就没听清,早在他握住她手掌的时候,她的大脑就停止了运作,触面一片火热的烫,其他部位全部失感。心跳得太快了,密集的鼓点震在耳膜上,以至于她觉得自己马上就会承受不住,倒地猝死。

等在学校后面的亭子里冷静了半个小时,她终于打开纸条——陌生的字迹和陌生的名字,四肢开始回温,她渐渐找回身体的支配感。

荀秋你好，我是一班的李思源，想和你做朋友，可以加你的QQ号吗？我的是×××××××。

短短两行字，目的昭然若揭。

荀秋知道，李思源是薛均的朋友，两个人经常一起打篮球。

帮别人递个纸条，她不知道薛均脸红个什么劲儿。她冷着脸，从没有这样厌倦过这个世界。

她将纸条撕碎扔进了垃圾桶。

初三上学期的寒假，荀秋突然蹿高了十多厘米。

艺术体验课是两个班一起上的，李思源回回都要抢坐在她身边。为了达到目的，他会要求薛均坐在荀秋另一边。

荀秋没骨气地默认了他这种操作，甚至开始暗暗期待每周一次的艺术课。她会用余光去看薛均敷衍的铅笔画，默默记在心里，回到家再慢慢临摹还原，重新发散成画。

有人开始觉得李思源和她关系特殊，荀秋也没有解释。薛均好像开始避嫌了，不再和她单独说话，一节课四十分钟，他就连一个普通的招呼都欠奉。

很快，老师就知道了，分别找他们谈话，不允许李思源和荀秋坐同桌。

又过了几天，薛均开始帮李思源递东西，有时候是奶茶，有时候是发夹，或是漂亮的文具，只为约她周日一起去市图书馆写作业。

荀秋去过一次，薛均没来，只有李思源，于是她冷着语气让李思源别再约她出来，影响她学习。

课间她也不再去走廊玩耍了。初三大家议论得最多的无非升学问题，江城的重点高中只有一中和七中。

"你们说一中好还是七中好啊？"

"你考得上再说吧！哈哈哈！"

不知道是身后的议论声太小，还是对那个名字太过敏感。总之，他们开始讨论薛均的时候，她就情不自禁地把MP3的音量滚到最左边了。

"薛均肯定是去七中。你们不知道吗？他爸爸就是七中的特级数学老师！"

"啊？那他怎么是参加物理竞赛，不参加数学竞赛啊？"

"你问我，我问谁！"

"我听说一中的物理老师很厉害的！"

说到这里，他们又过来扒拉荀秋，试图通过李思源去了解薛均。荀秋不好意思不搭理同学,加上她自己也想知道,只好去找了李思源一次。

李思源当然很高兴,只是听到她是来问薛均去哪个高中的,就板下了脸:"你喜欢薛均,想和他上一个高中,是吗?"

年少的荀秋是羞于表达自己的,环境和教育使然,她为自己崇拜薛均而感到愧疚。羞赧漫上心头,她连连摇头摆手,赌咒发誓自己绝对不喜欢薛均,真的只是帮别人问的。

薛均就在车棚外,完完整整地听见她说:"如果我喜欢薛均,就让我头发都掉光,考试得零分。"

荀秋知道,头发不会无缘无故掉光,考试的分数也只与自己的努力有关。她觉得,这个誓等于没发。

可李思源信了,他兴高采烈地告诉她,薛均要去七中。

以薛均的成绩,他必定会进理科实验班。荀秋用了最大的努力去提升自己的物理和数学成绩,最后如愿以偿地以全区第120名的成绩堪堪踏进了七中的实验班。

她没有薛均的联系方式,忐忑地等到了报到那天,她在桥上遇见了他。

薛均又高了一截,已经到一米八了。

他是一个人来的。

那天早晨有点小雨,但他没有打伞,没想到离开时雨势渐大,他避无可避,淋成落汤鸡在所难免。

荀秋喊他:"薛均!"

她乘着家里的小面包车,把伞借给了薛均,故作无意地问出了折磨她整整两个月的问题:"你在九班,还是在十班?"

薛均握住那纯黑的伞柄,轻勾唇角,说道:"九班,你呢?"

"我也是,再见!"

他们同班了!荀秋水波潋滟的眸子快速地眨了好几下,试图掩饰显而易见的欣喜。她匆忙道别,拍拍驾驶座,让哥哥快点开车。

荀天迷惑:"这么大的雨,为什么不让你同学上车啊?顺路就给他送回去了。"

大龄未婚青年不懂青春期少女的虚荣心。

如果此时开的是家里那辆小汽车,荀秋肯定会大大方方地请薛均上车。

可这辆面包车是用来送货的,老旧破损,后面的座位还被卸掉了,摆满了纸盒货物,让薛均上来?他怎么坐?

可以说,如果不是怕他淋雨,她干脆会躲在窗下不让他发现。

"别说了!快走!"

荀天摸摸肩膀，瞥了一眼窗外的男生，嘟囔了一句："现在的小孩长得挺高。"

见不得光的崇拜暂时险胜虚荣，荀秋迫使自己想些好的。把伞借给薛均，他总会来还的，一借一还，他们又可以多说两句话了。

果然，开学那天大晴，薛均来找她还伞。

开学时的座位是暂时按照身高来分的，薛均坐在最后一排，荀秋坐在第二排。

领完课本后，他跨过整个班级，俯身把伞递给她，眼里带着笑意说："谢谢你的伞，不然报到那天我肯定要感冒了。"

没有李思源横在中间，他又变回了那个温润又有礼貌的薛均。可荀秋没有表现得很好，她只呆愣愣地看着他蛊惑人心的笑容，低声说了一句："不用谢。"

他走了之后，身旁的女生忙不迭地拍她的手臂，激动地说："啊，你认识薛均啊？你也是二中的？"

原来在她不知道的时候，薛均已经在七中的贴吧里出名了，一张他在二中毕业会上发言的照片传遍了网络，他从"二中一班的薛均"变成了"七中九班的薛均"，不变的仍然是他的名字所代表的意义。

他们座位离得远，基本上没有多少机会闲聊，不过每天薛均都会来收她的物理习题册。他的嗓音变得有些低沉，骨节分明的手轻敲她桌上的书本，喊她："荀秋，作业呢？"

她才会把习题册从书包里拿出来递过去："这里。"

明明是听了十五年的名字，从他嘴里喊出来，却觉得格外不同。荀秋又想起初中那次月考的语文作文，他用无数辞藻描绘了秋天，结尾用了一句"拥抱秋姑娘"云云，莫名其妙地让她心跳骤然加速。

实验班的学习氛围紧张得令人窒息，头一个月荀秋被这气氛感染，几乎分不出一点心思去做别的事情。周舟也在七中，不过她在普通班，因为同路，她每天都等荀秋一起骑车回家。

第一次小考的排名分数咬得很紧，几乎每十分就能前进五六名，薛均总分630，仍稳坐第一，荀秋578分，已经是九班的吊车尾了。

年级排名前100全是实验班的学生，第101名的分数呈断崖式下跌，比荀秋少了整整三十分。

同学们在红榜前徘徊，时不时就有人感慨："啊？630分？还得是咱们薛均啊！"

荀秋听到，垂下眼睛笑了。

"笑什么呢？"

近在咫尺的温和嗓音让荀秋敛住了笑容，她没有准备好说辞，犹豫地抬眼看过去。

薛均就在她身后不远处仰着脑袋看排名。七中的红白校服奇丑无比，可穿在他身上有种蓬勃的朝气。

他的目光往红榜上扫过，最后定在荀秋的名字上。

"荀秋，这可不行，咱们二中的人怎么能缀在尾巴上呢？你物理和数学多少分？"

荀秋支支吾吾地说了，又试图狡辩："物理太难了，我觉得我都跟不上了。你这次物理多少分啊？"

薛均看向她，还没张口就被后面一个高大的男生抱住了肩膀。他转头去看，眸中积攒出很多笑意，他喊那个男生的名字："严知，你又输给我了啊。"

"是！你了不起！"严知一拳重重地敲在薛均前胸，荀秋觉得打得太重了，眉梢猛地一跳，可薛均似乎司空见惯了，没和他计较。

原来严知和薛均是邻居，也是从小一起长大的好友。严知从前在五中上学，这次以仅低于薛均的分数考进来，分在了隔壁十班。

"哦，你就是荀秋？"严知饶有兴趣地看过去。

荀秋以为是薛均和他提过自己，白腻细嫩的脖颈立即覆上了粉红。她不面对薛均的时候，唇齿很是伶俐，她问严知："你知道我啊？"

严知的侧脸轮廓深邃分明，因为他妈妈是美国人，他瞳孔微微泛着蓝色。

"对啊。你这次化学满分，徐老师在十班夸了你一整天，我们耳朵都起茧子了。"

荀秋误会了，薛均并没有在任何人面前提过她的名字，只是严知和李思源打过篮球，多次听他对薛均抱怨荀秋不肯理会他的事情。

严知又问薛均："啊，你这次化学多少分啊？哪个题错了？"

薛均摸摸鼻子："147分，最后那道选择题做错了。"

"那你输给人家小姑娘了呢。"

薛均看荀秋乖巧地站在一旁，抿唇笑了一声："荀秋的化学一直很好，我不知道输给她多少次了。"

"这么厉害啊？"严知夸张地喊了一声。

"嗯。"是薛均带着笑意的附和。

4

拉长的距离无疑驱动着荀秋往前追赶，她在小月考的时候猛然发力，考到了第30名。

这样的排名波动对实验班来说算是平常。荀秋如愿以偿地在按排名换座位的时候选在了薛均的小组，这意味着他们可以一起做值日，或者一起做课外活动作业。

　　秋天的七中满地都是树叶，江城多雨，等他们早自习去扫地的时候，往往叶子都湿哒哒地沾在地上，很难扫得动。

　　萧瑟的秋色中，扎着马尾的少女拎着巨大的扫把，很努力地铲动着地上的湿叶，鬓旁的碎发随着她的动作晃晃悠悠，她嘴里还念叨着什么，好似沉浸在自己的世界里。

　　穿着红白校服的少年伸手摘去了她的耳机，在她惊慌的目光中俯身戴上，一面问她："在听什么歌？"

　　骤然拉近，薛均脸上的细绒毛都清晰可见，他鸦羽般的睫毛微闪，诧异地看她："啊？是听力啊……"

　　"嗯……"

　　清晨的微光落在薛均蓬松的头发上和崭新的校服上，皮革材质的蓝色校徽流光溢彩。

　　苟秋险些停住呼吸，她捏紧扫把忙不迭地后退，耳机线都被扯得直直的。粗糙的扫柄毛刺戳到手掌，她低声吸了一口冷气，慌忙地松开。

　　薛均好似看出她的不自在，立即把耳机摘下递回去，目光落在她微红的掌面上，解释道："对不起，喊你好几声你都没答应，所以……"他耸了耸肩，"我太冒昧了。吓到你了吗？手有没有事？"

　　"没有，就戳了一下。"苟秋按了按手，好像没什么痛感。她摘下耳机，卷了几圈放回口袋。

　　周围已经没有其他同学了。

　　"你扫完了吗？"

　　薛均点头，又很快摇头："帮帮你。"

　　有他的帮忙，苟秋很快完成了打扫。他们拎着扫把往教学楼走，薛均又问她："我看你总戴着耳机，都是在练听力吗？"

　　少女真的很敏感，他的每一句话都会被放在脑中反复细品。苟秋认为，他说"我看你总戴着耳机"，那么是不是等于——"我总是在看着你"。

　　天马行空的想象让她很快失措，她调整呼吸回答他："有时也会听歌。"

　　"喜欢听谁的歌？"

　　苟秋有时候觉得没有人比自己更适合和薛均做朋友了，他们都喜欢听周杰伦的歌，喜欢看《科幻世界》和《萌芽》，连喜欢的作家都一样。

　　当然，只是她单方面对薛均了若指掌罢了，你看，他都不知道她喜欢JAY（周杰伦）。

　　"好巧，我也喜欢。"薛均的眼睛亮了亮，问她，"新专辑你听了吗？"

听了呀，这都发行半个月了，MP3播了几百遍。可是苟秋咽着口水撒谎："没有，还没来得及去下载。"

果然，他说要借给她听。

薛均摸摸自己的左边口袋，没摸着东西，冲她抱歉地笑了笑，又从右边口袋拿出MP3，调到他最爱的一首。

她点头，戴着耳机听完了这一首长达六分钟的歌。

第二天还MP3回去的时候，她还递给他一个小本子。薛均有些吃惊，一面翻页，一面问她："这是什么？"

"歌词，你不是说有几句听不清楚吗？这本歌词给你，就……谢谢你借给我听。"

他"啊"了一声，眸光微微闪动，苟秋按照专辑的顺序把周杰伦的歌词全部抄录下来了，字迹整齐。

身旁的男生发出难以理解的怪叫声，拍着他的肩膀打趣。可他并不理会，温和地对苟秋说："一定费了很多时间吧，谢谢。"

他的语调温柔，衬得其他人就像没有进化完全的猴子。

"要上课了，快回去。"

苟秋觉得自己好像坠在梦里了，从最后一排回到座位不过区区三步路，每一步就像踩在云端，她飘飘然不知所以。

那天放学时薛均突然在校门口喊住了她，他们一起骑行了一段路。

"不是？怎么回事啊，你不会和薛均有什么情况吧？"翌日，周舟找来，看着好友无敌爆红的脸，心中的八卦之火熊熊燃烧。

"没有。"

"没有？"周舟惊叫，"那他躲在树后面等你啊？你又在害羞什么啊？"

"他哪有躲在树后面啊！"苟秋恼羞成怒，一字一顿地反驳，"就是顺路！然后说了几句话！害羞是因为不熟，我不好意思！后来分岔道他不就走了嘛！"

周舟信了，毕竟在她心里没有人配得上自己的好闺蜜。薛均？算屁！

第一次小组课外活动课被徐老师强行占领，突袭组织了一次化学摸底小考。

卷子发下来的时候，老师把薛均批评了一顿，原因是他最后两个大题竟然一笔未动。

薛均拎着他堪堪及格的试卷在后面罚站，垂着眼："这两题我不会。"

苟秋快速翻过试卷，把最后两大题看了一遍，是有点难，但是它们能难倒薛均吗？

老师也不信："薛均，你没有认真对待这次考试。咱们就算不会写也得尝试解题，你空这么一大片，完全就是学习态度有问题！你说说看，如果是高考，你还会这样敷衍吗？"

薛均："对不起，我真不是有意的。"

"你对不起的是你自己！好了，这节课你就站着上。好好听讲，好好反思。"

徐老师始终还是舍不得好学生整节课都罚站，他先把最后一题讲解了，然后让薛均再在黑板上解一遍。

可他还是做错了。

徐老师大发雷霆，让他站到教室外面去了。

这次过后，薛均的化学作业也经常表现欠佳，看起来像是有些跟不上了。老师们都很焦急，薛均以全区第一名的成绩考进七中，是学校重点培养的清北选手，怎么能在高一的时候就跟不上呢？

一个礼拜后，班主任让荀秋和薛均做互助小组，晚自习的时候坐在一起。荀秋化学好、物理差，薛均物理好、化学差，这样一起自习效率高些。

"荀秋，这个我不会，你给我讲讲吧。"

荀秋没想到，竟然还有薛均不会的题。她看过答案，又好好梳理一遍，才开始仔细讲题。后来他问得多了，她干脆每天晚自习和他交换笔记。

很难说到底是谁帮助了谁，有了薛均的物理笔记，荀秋的物理成绩突飞猛进。老师得了意外之喜，干脆就把他俩"锁死"了。

荀秋的位置被搬到了后面，与薛均开始了同桌生涯。

圣诞节，她写了贺卡去感谢薛均，薛均的回礼是一枚落叶书签。

渐渐地，他们就开始琢磨些课外活动。

那年《三体》开始在杂志上连载，为了不浪费钱，薛均负责买每周的《萌芽》，荀秋负责买《科幻世界》，他们实行资源共享互换。

更多的时候，他们被实验班的气氛裹挟着，争分夺秒地学习。

高一暑假前夕，同学们领完了习题册，正在填写《暑假安全须知》，两个班的老师在后门外面聊天，教室里乱糟糟的。

薛均填完了表格，停笔盖上笔盖，突然侧过脸，问荀秋："荀秋，你假期有事吗？"

荀秋爸妈都很忙，寒暑假她大多和哥哥待在家里看书或者看电视。她摇了摇头，问："怎么了？"

"那，要不要和我一起……"

荀秋脑子里"嗡"一下，周遭一切喧嚣都被屏退了。她看着他，结结巴巴地问："你……说什、什么？"

有那么一瞬间，她觉得薛均是故意停在这儿的。可在她心里，他和其他讨厌的男生不一样，不会以扯女生的头发或者内衣带子为乐，自然，他也不会这样戏弄她。

可他抿唇忍住笑意的模样，看起来分明有一点点恶劣。

薛均手指点在桌上的表格，终于把这口气喘完："我向肖老师多要了一张报名表，和我一起参加九月的物理竞赛吧。暑假一起集训，怎么样？"

荀秋在典型的打压式教育中成长，就算自小成绩优异，她也没有得到过应有的肯定和褒奖。甚至，会在亲戚的好意或歹意的夸赞中，受到爸妈一些基于谦虚美德的打击。

家长们崇尚"胜不可骄、骄兵必败"的理念，在她每一张待签的成绩单下询问："下次能考第一吗？"

荀秋只能说："我会努力的。"

一次次无意义的宣誓带来了父母亲的叹气声："你就是太不能吃苦了，我和你爸爸起早贪黑都是为了什么？没有你和你哥哥，咱们用得着这么累吗？现在你哥哥只考了个普本，家里的希望都在你身上了，别让爸妈丢人，知道吗？"

那时的她觉得自己是只能给别人带来失望的人。

所以，她拒绝了薛均的提议。

"为什么？"薛均没想到她会拒绝，神情有些茫然，"为什么不去啊？你成绩这么好。"他又喃喃补充，"肖老师也同意了。"

荀秋说："物理竞赛都是高手过招，小虾米去了就是大神的零嘴，我去凑这个热闹干什么？"

与其之后让他失望，不如一开始就拒绝。

薛均笑了一声，眼睛弯弯的，像新月："你是小虾米？这几次的物理成绩不都上前十了吗？你应该在这种场合大展拳脚。"

荀秋还是犹豫，薛均以为她担心会对平时的学习有影响，又劝说道："现在都不让老师们针对竞赛多开课了，你把题本拿回去写，每周肖老师会组织两次讲解，不会耽误太多时间的。"

薛均："过了初赛，咱们就可以去省会参加复选，然后是京市。"他一边系书包，一边问荀秋，"你去过京市吗？"

荀秋摇头。

薛均说："如果竞赛成绩优秀，还可以去国外学习或者比赛。"

"公费。"

他轻轻笑了笑。

"我肯定不行啊。"国外什么的，也太遥远了吧。

"怎么会？"薛均觉出些不对来了，他停止了手上的动作，专心问她，"荀秋,整个江城有多少高一生你知道吗?"见她茫茫然,他又说,"一万六千多。"

薛均:"你是重点高中实验班的第十名。"他神情淡然,略带点笑意,"你的优秀万里挑一,谁来了也不能说你是小虾米。"

他轻拍她的肩膀:"荀秋,自信点。"

荀秋想了很多次自己为什么会关注薛均那么久。因为他长得好看?成绩优秀?讲话温柔?或者因为他们志趣相投,他们共同进步?

那不足以构成她十年如一日的好感。

后来,她偶然在一部很喜欢的美剧中找到了原因。

When you find that one person who connects you to the world, you become someone different, someone better.(当你找到了让你与世界产生羁绊的那个人,你就变了,变成了一个更好的自己。)

薛均拯救她、鼓励她、懂得欣赏她,她从中汲取了力量,得以从那个自怜自轻的壳中蜕变,变成完全不一样的、更好的人。

九班、十班共有二十名同学报名参加了这次物理竞赛的初选,暑假,他们分批次在肖老师家听讲,十班的严知也在其中。

严知是某种意义上的"天才",他的父母常年在国外,他平时住校,周末或者放假就在阿姨们的照顾下生活,没有人管。同学们很少看见他学习,上课算认真,作业完成度只能勉强达标,可他的成绩非常好看。

暑假是他的娱乐时间,下午从肖老师家里出来,他会邀请同学们去他家打游戏。

严知家住在阳明路上一个容积率为0.5的别墅小区,中式庭院,小桥流水,荀秋骑着自行车和他们一起进到里面,再回首看看,觉得自己已经迷路了。

几个男生见到厅堂里摆着的机器,嗷嗷叫着扑过去,只有薛均在入户楼梯等她:"二楼有电脑,你要不要去玩那个《天黑请闭眼》?"

严知凑过来:"那个有什么好玩的?我们一起打《街头霸王》啊!"

他把崭新的PSP游戏机放到荀秋手上,指引她去沙发上坐着。

荀秋第一次玩,着实有点入迷。等她从酣畅淋漓的游戏里回过神来,天色已晚,同学们陆续走了,只有她和严知两个人还坐在沙发上。

摆钟"哒哒"地走着,是傍晚六点多。

荀秋一下变得拘谨,她放下游戏机站起来:"我……也得回去了。"

"啊?"严知从游戏里抬头,鼻子翕动了一下,他又抬手看了看表,"饭好像都煮好了,要不吃了晚饭再回去吧?"

"不行!"荀秋连忙摆手,"我不能在外面吃饭,妈妈要问的。"

"啊？问什么？"严知不明白，把手机拿出来递给她，"那你打个电话说一下？"

"不行，我得走了。太晚了。"

严知啼笑皆非："才六点多！"

假期的傍晚六点多对荀秋家严格的门禁来说已经够晚了。

她拒绝了严知要请司机送她的好意。道路两旁种着高大的槐树，她骑着自行车飞快地从门口掠过，忽然听到薛均的声音。

"荀秋——"

荀秋猛地刹车，她一只脚踩在地上，回头去看他。

薛均穿着白色短袖衬衫，踏着自行车从后面追了上来。他额间的头发被吹乱了，露出饱满光洁的额头，自树叶缝隙穿行而过的夕阳洒下，好似身披霞光，来到她的身旁。

"怎么不留下吃饭？"

"你怎么没走？"

两个人同时开口。

薛均笑了下："你是我带来的，我怎么能把你一个人丢在严知家里？"

"那你……"荀秋不得不承认，刚才她确实有点生气薛均不告而别。

"你忘了，我和严知是邻居啊。"薛均语调不紧不慢，"我才回家拿个东西，回来就见到你走了，喊你好几声你都没听见，飞一样跑了。"

荀秋有点不好意思，红着脸说："我……因为我要回去吃饭了，太晚了妈妈会说。"

薛均"哦"了一声，俯身从车前筐把一本杂志拿起来："这周的《萌芽》，忘记给你了。"

荀秋接过，发现书里夹着几张书稿："这是？"

"我参加《新概念（2）》的稿件。"薛均说道，"你帮我检查一下错字吧，我自己看不出什么问题来。"

"好。"她当场就想看，薛均却帮她合上了书页。

"回去看，天色太晚了。"薛均摸了摸脑袋，"明天……我们还在人民广场那里见面？"

"啊？"荀秋不明白，"明天不用听讲啊！"

"啊……"薛均好似才想起来，他笑了笑，说道，"对，是我说错了。周四，周四早上八点我在人民广场等你，咱们一起去肖老师家。"他顿了顿，又补充，"我再陪你一次，免得你走错了。你可一定要认真帮我校对啊，提前谢谢你。"

"好。"他好细心啊，荀秋心里美滋滋的，"那周四见！"

5

"叮叮当当"的闹钟铃声响起来时，荀秋迷迷瞪瞪地半睁眼睛，伸出手去摸床头柜上的兔子闹钟，白色耳机落在枕头旁边，里面的音乐响了一夜没停。

CD机快没电了，荀秋撑手坐起来，关掉它，挠了挠头发，意图让自己尽快清醒。

时间是早上七点，哥哥打暑假工没有回家，爸妈也已经去了店里，家中只她一人。

她早已习惯这种孤独，穿上鞋走向客厅，餐桌上压着一张二十块的人民币，这是妈妈留给她的早午餐费。

荀秋口袋里还有昨天剩下的十块钱，她叠好放进了书柜的旧书袋里。

然后她走进厨房，取了昨晚的剩米饭，以及两个鸡蛋，准备做蛋炒饭。这是她唯一会做的吃食，在家里将就一顿，省下的钱可以做其他事情。

收拾完厨房将近七点半，荀秋打开衣柜准备换衣服。她的衣物多由妈妈购置，秉承着"学生的任务就是学习"原则，衣服颜色以黑白蓝为主，款式也趋向于规矩的乖学生风，没有裙子。

她看了一会儿，手指挑开衣物，一件件地掠过，最后还是拿出了白色T恤和运动长裤。

七点五十分，她到了人民广场西侧的报刊亭。

薛均看样子已经等了一会儿，他的自行车撑在一边，而他靠在后座，百无聊赖地四处张望。

他远远地看见荀秋，扶住车子站直，扬起了大大的笑容，喊她："荀秋——"

荀秋压住唇角，很快在他身边停下。她一脚撑在地上，伸手抚平乱掉的刘海，半仰着脑袋："抱歉，等很久了吧？"

"我也刚来。"

他们一起在临江大道上骑车，顺便聊起了薛均那篇参赛作文。

这天结束，他们一样在严知家玩游戏。

回到家的时候是下午四点半。

荀秋在楼下停好车，拿起长长的U型锁把车前轮锁在铁杠上。她戴着耳机，轻声哼着歌，推开了家门。

"荀秋回来了。"

荀秋愣了下。爸妈都坐在沙发上，招呼她的时候也没有侧过身来看她，声音波澜不惊，眼睛只盯着根本没有打开的电视机，32寸的老旧电视屏幕上映着他们严肃又冷漠的脸。

"爸爸、妈妈。"

她本想寒暄一句"今天怎么这么早就回来了",可这肃冷的气氛激得她有些丧气。她不知道别人家里是不是这样,总之,在这个家,气压总是低到她需要小心翼翼地呼吸。

苟秋拉了拉书包背带,坐在板凳上开始慢慢解鞋带。

"大庭广众,你哼的什么歌?"

苟秋心里一紧,薄薄的面皮已经开始泛红。楼道里没有人,她也没有很大声,哼的是周杰伦的《退后》。

"我没注意。"苟秋说,"怎么了?"

她刚一抬头,一本厚厚的词典从沙发那边飞过来,直砸在了她的额头上。她被那力道砸得后退几步撞在门上,她捂住额头,极力压住了溢到嘴边的尖叫,可生理性的眼泪还是簌簌落了下来。

已经来不及感受这种钻心的疼痛了,她眼前模糊一片,心急促地跳动,开始急速地思考自己做错了什么,爸爸从来没这样动过手。

"这歌词这么不要脸,你敢大声念出来吗?"苟令很生气,站起来看着她,额角的青筋都蹦出来。

若是别的什么事情,或许她会顺从,但爸爸这样不讲道理地侮辱她的偶像,十五岁的苟秋实在无法忍受。

音乐之所以被称为文化的载体,表达出的并不仅局限于几句歌词里的表面意思,和声、旋律、节奏,这些因素能平衡人的悲喜哀乐,让苟秋不至于在密不透风的管辖中失去理智。

额上的伤口很快肿胀起来,苟秋感受到了更多的疼痛,她张了张嘴,想狠声质问苟令"我有什么不敢"。

可她转眼见到一旁眼含热泪、欲言又止的妈妈,一下顿住,任凭苟令讥讽:"知道不好意思了?女孩子要自尊自爱!"

苟秋再忍不住了:"我哪里不自尊自爱?"

苟令的声音比她更高:"好!那你说,你这么晚回来,去哪里了?"

苟秋抬眼看了下大厅的挂钟,嘴角扯出个弧度:"才四点半。"

陈雯拉住了苟令,好言相劝:"好了,别吓着孩子了,要问就好好地问,说不定只是一场误会,说开了就好了。"

她过来扶住苟秋,仔细查看她的伤口。苟秋噙着泪看见陈雯眼中不敢落下来的水光,心里就已经妥协了,罢了,和爸爸吵架,会让妈妈非常为难。

有时候她会想,他们为她创造了这个能吃饱穿暖的环境,是她的天使投资人,她不能过多地忤逆他们。

但有时候她也会想,她是有思想的人,并不是被牵着线的木偶,难道她真的行将踏错,惹得他们这样不满?

"书包拿过来。"

陈雯把她的书包卸下来,慢慢走过去递给苟令。

苟令拎起她的书包,很用力地扯开拉链倒转过来,把里面所有的东西都抖落在沙发上——物理竞赛习题册、暑假作业、笔记本、草稿纸、樱桃发夹和绑绳、叮当猫的小笔袋、几枚明星卡片书签,还有没还给薛均的《萌芽》杂志。

苟令拿起那本杂志随意翻了翻,两下撕成碎片扔在了地上。

苟秋松了一口气,还好她今天把薛均的稿子还回去了,万一他没有备份,她真不知道自己该怎么面对他。

"都要高二了,还在看这种没用的东西。都怪你妈妈不会做饭,留些钞票给你买这些狗屁东西,影响学习。"

苟令从沙发上把她存钱的旧书袋抓起来:"没收了,以后不许看这些课外读物,吃饭就去你外婆家吃了再回来。"

陈雯一言不发,苟秋憋着一口恶气,活生生咽了下去。

"你妈妈打电话给肖老师,他说每次讲题都是上午,你下午去哪里了?"

苟秋耐着性子闭了闭眼,立即换来了苟令一声怒吼:"你是不是还不服气?你大伯说今天早上看到你在广场和一个男生谈朋友。你说说看,他有没有看错?"

怪只怪江城太小了,随便在哪里都能遇上个熟人。

"谈朋友?同路走两步就谈朋友了?那我们全班都在谈朋友!"

"我是去同学家写作业了。"苟秋拿起写了一半的暑假习题册,补充道,"和好几个听课的同学一起。"

"去男同学家里写作业你还好意思说出来?"

"你怎么知道是男同学?"苟秋警惕地看着他们,突然明白过来,她的脸火辣辣地红起来,大声质问,"你们不会还问了肖老师和我上课的同学是男是女吧?"

她气得牙齿发抖:"你们丢不丢人!"

这句话彻底挑战了家长的权威,苟令扬起手就想打她。可苟秋丝毫不惧,或许她有一瞬间的惊讶,但她很快认命,梗起脖子,准备好迎接这个巴掌。

但苟令最终还是没狠下心,他慢慢把手放下来,恨声说道:"你是女孩子啊!怎么一点也不知道自爱!"

苟秋闭了嘴,她知道自己说什么都没有用。这个家是一言堂,没有人会听她解释,谁让她如此弱小,容易被定义。

"那就让妈妈打电话给肖老师吧,就说我不去了。"

不去参加竞赛了,最好也不用去上学,最好……苟秋看了一眼阳台的门,闷闷不乐地回到了房间。

竞赛取得名次,高考是有机会加分的,苟秋的爸妈自然不会打电话给肖老师放弃这次机会。

他们拉了家里的电话账单,扫荡了苟秋的卧室,确保没有任何通讯记录、情书、礼物,或者一切和早恋有关的物品。

苟秋坐在床上,面无表情地把干干净净的《心情日记》放回了被撬过的抽屉里。自从发现妈妈会偷看她的日记后,苟秋再没有把真正的心事写进本子。这本《心情日记》只记录她的正向学习心得,为了真实,她会略加一些爸妈可以容忍的小瑕疵。

每次把本子锁进抽屉时,她都在上面放一根头发。

每隔半个月,头发就会消失一次。

所以关于薛均,以及其他美好,她只在睡前回顾,以心承载。

或许是叛逆期到来,也或许是严知的游戏机魅力太大,苟秋突然学会了阳奉阴违。

爸妈不让她去严知家写作业,中午会打电话到家里的座机,以确保她在家。

而苟秋在接完电话的下一秒就背起书包出门了。苟秋从前太乖,而她的爸妈太忙,他们根本不会打第二个电话来确认她的去向。

可苟秋也为这种叛逆行径付出了"代价",至少她是这样认为的——这就是报应。

这天她来到江山名府,门口的保安已经认得她是严教授儿子的同学,笑着放她进去。她骑着车绕过小区里的大喷泉广场,轻车熟路地来到了严知家。

住家阿姨给她开门,笑着招呼她进来:"苟同学来了,下午茶要吃点什么?"

"不用啦!谢谢阿姨。"苟秋礼貌又拘谨。面对和母亲年纪差不多的人,她总是敬畏的,可在严知的世界里,这些阿姨只不过是可以支配的下人。

他会用很不耐烦的语气指使她们,这让苟秋觉得别扭,以至于她自己面对阿姨们的时候,都觉得很愧疚。因为他们不来的话,阿姨们就能少很多事。男生们或许不在意,可她走的时候会尽量收拾一下。

然而,今天大厅里没有人。

"严知在三楼呢。"阿姨说。

"哦,好的。"

有几次苟秋来的时候,男生们都在楼上玩体感游戏。严知的卧室有她的五倍大,充满机械感和现代化的布置,常常让人觉得那是个游戏厅而不是睡觉的地方。

她没有觉得奇怪,拿起书包,径直上楼了。

然后她发现了严知的秘密。

一向热闹的房间里空无一人，苟秋把书包放在桌子旁边，意外地发现宽大的游戏桌上摆满了试题和卷子，各个学科都有，每一张都是用可擦笔写的，看看痕迹，至少刷了三遍。

这上面都是严知的笔迹！苟秋脑子都乱了，不是说严知从来不学习吗？怎么这么多习题册啊！太糟糕了，"天才"人设被她撞破，严知知道肯定会生气的。

她抱起书包，慌忙转身想要开溜。

可惜天不遂人愿，偏偏就是这么巧，严知穿着家居服，手上拎着一条白毛巾，悠然自得地从浴室里面冒出来，脸红红的，看来是刚刚泡完澡。

"我的老天！"严知吓了一跳，手上的毛巾也掉了，双手慌慌张张在身上乱摸了几下，发现自己穿戴整齐才松了一口气，他额前的碎发还沾着水珠，蓝色的眼睛湿漉漉的，看起来有些清澈的无辜。

他扶住浴室的玻璃门，看着苟秋："苟苟苟苟苟、苟秋？你怎么在这里？"

苟秋尴尬极了。她抿了抿唇，问道："薛均他们怎么没来？不是说好了今天一起玩吗？我以为他们在这儿玩游戏，所以、所以我就上来了。"

她郑重地道歉："对不起。"

"哦……"严知倒不是怪她闯进来，只是他毕竟年少，洗完澡看见房间里突然出现个女同学，不免有些慌张，回话也是结结巴巴，"今天……薛老师来找薛均了，把咱们抓了个正着，他们就都先走了……"

原来如此。

"那……那我也走了。"

苟秋看了他一眼，垂下脑袋就往外走。下一秒，身前忽然堵过来一道黑影，怀里的书包被提起来，严知挡住她，表情很是严肃。

"你都看见了？"他冲桌子抬抬下巴。

苟秋慌忙否认，手摆得像两只雨刷："没有没有！我什么都没看见。"

"你慌什么？"

本来也不是什么大事，女孩却像只乍毛的猫儿似的，严知忍不住想逗逗她。他故作严肃："我都没说看见什么，你就说什么都没看见？"

"我……"

"那就是什么都看见了。"严知笃定地断言，"我的天才人设维持不下去了，怎么办？你得负责吧？"

苟秋无比后悔今天来到这里，她应该听爸妈的话好好待在家里的。

她抬头去看严知，才发现他长得好高。这个角度看起来他的压迫感太重了，她有点呼吸不畅，嗫嚅着，十指也绞在一起，低声说："我不……我不会乱说的。"

"真的？"

她怕对方不信自己的诚心，当即举起右手："我发誓！绝对不把这件事告诉任何人。严知，你把游戏机借给我玩，我们也算朋友了是不是？我不会在外面乱说朋友的是非。"

"也算是朋友？"严知重复了一遍，觉得这话有点不对，他笑道，"我以为咱们早就是朋友了，原来在你这儿，我只是'算是朋友'啊？苟秋，你不够意思，我更不信你了。"

苟秋嘴巴一扁，幽幽地看了他一眼，一副快要哭出来的样子。

严知笑得更厉害了，两行整齐的白牙露出来，眼睛亮晶晶的，看起来没憋着好事："你知道了我的秘密，那我也要知道你一个把柄，这样我们互相制衡我才能放心呢。你要是敢说出去，那你的秘密也保不住了。或者你就当我两个月的跟班呗，要听我的吩咐，让我看看你的诚意。"

"跟班……"苟秋盯他一眼，这人怎么这么喜欢指使别人啊？这么多阿姨都不够他吩咐，还要她也听他的，她根本什么都不会！

"苟秋。"严知不怀好意地低下头来看她，"不想当我的跟班，就快告诉我你的秘密吧！"

"我的秘密？"苟秋想了想，摇头，"我没有秘密。"

"没有吗？"严知说，"那把柄呢？比如你说过哪个老师的坏话啦？你哪次考试不诚实啦？或者……"

见苟秋一直摇头，他促狭地挤了挤眼睛，继续说道："或者你崇拜谁啦？"

其实严知对她的心事早有感觉，这时就是故意要逗她玩。没想到苟秋闻言忽然一僵，头发都快立起来，眼神坚毅地看着他，说道："我当你的跟班。"

"行。"严知颇有兴味地挑起眉，"那先去一楼给我倒杯水来，要柠檬水。"

严知觉得自己找到新玩具了，怎么会有这么呆的女孩子？让她做跟班就做跟班，让她倒柠檬水，她就真的亲自去切柠檬片，让阿姨做又会怎么样？他又没有在她身上安眼睛。

他握住玻璃杯，看着那切得厚薄不一的柠檬片，实在没忍住笑了。

"你笑什么啊？"

她一定不知道自己表情管理失败，手乖巧地放在身侧，语调平淡，两颊却鼓着，一看就是在气恼。

严知压着唇角："我没笑啊！"下一秒看着她气鼓鼓的样子，又没忍住"扑哧"一声笑出来，"就好玩呗，李熙、王渊他们都是我的跟班，你知不知道？"

苟秋对别的男生根本不在意，更没有研究过他们之间的恩恩怨怨，她只觉得自己倒霉透了，现在已经是八月末，她得做严知两个月的跟班，那开学了怎么办？

-026-

严知一定会让她帮他做值日，或者做那些讨厌的课外模型作业，说不定课间还要指使她去小卖部买东西，多耽误她的学习时间啊！

不过两个月也很快，荀秋吐了一口气，觉得自己还能忍。

"他们也都有把柄握在你手上？"她问。

"啊？"严知险些没反应过来，等想明白，他"哦"了一声，"对啊，你没听见他们都喊我大哥吗？"

才没有呢，他们都喊他的名字。荀秋觉得严知现在根本就是在把她当猴子逗耍，被抓住把柄的人到底是谁啊！

荀秋双臂交握，瞪了他一眼："我不会喊你大哥的！我什么时候可以回家！"

严知看了看手表，不过才一点半："这个点就想回家了啊？你这个跟班做得也太轻松了点吧？"

他眼睛滴溜溜转了一圈："哎，也行吧，反正我这儿也没什么事了，就是薛均一会儿会过来看电视。至于你，就——"

他拖长了声调，却不继续说了，荀秋果然愣了愣，侧着耳朵认真地听。过了一会儿，她声音也放轻了，问道："你们……看什么电视啊？"

严知哈哈大笑，说道："美剧，《邪恶力量》，你肯定不敢看吧？"

"为什么不敢？"荀秋并不惧怕看恐怖片。

"那就一起看呗。"严知说道，"薛均就是胆子小，不敢一个人看，我们陪他。"

"才不会。"荀秋下意识地维护薛均，皱着眉看他，又强调一遍，"他胆子才不小！"

"哦——是吗？你很了解他？"严知语调怪里怪气的，但荀秋不想去计较，她本来以为今天见不到薛均，没想到他会过来，她有点高兴。

严知打电话过去，她竖起耳朵，却听不到电话那头的声音。

少年侧对着她，一手撑在整面的落地玻璃窗上，低头笑着，语调张扬不羁，露台上的海棠果随着夏末秋初的风安静地摆动，日光清透，碧空如洗，仿佛一切美好。

严知长得高，手也很大，十指白皙修长，屈起来握住一部小小的诺基亚5300，手背上的青色脉络很明显。

前几天看他用的还不是这部手机呢，荀秋想，严知家里真的很开明，上市没多久的手机这就换上了。

而她家呢，并不是用不起一部"5300"，只是爸妈觉得用手机会影响学习，一直没有给她买。

可严知和薛均都有手机，成绩也一样很好啊。

荀秋微微垂下脑袋。

"好，行，你弄完就过来呗。"严知走了过来，捞起了床上的一套衣服，又慢慢往浴室走，他看了一眼苟秋，又在电话里补充了一句，"你同桌也在。"

苟秋情不自禁地看过去。

其实由始至终严知就没有给薛均打电话，他忍着笑，故意停顿了一下，假模假式地皱眉："哦，现在过来？你急什么啊，听到同桌在就着急吗？我又不会吃了她。"

苟秋心里猛地一跳，全部的血液都往上冲，整张脸烧起来。她不自在地移开了眼睛，轻轻缓缓地呼气，只怕严知看出来她的紧张。

严知好不容易压住嘴角，跑到浴室里笑得前俯后仰。

真有意思，他撑在玻璃门上，一边笑一边开始想下一个捉弄她的法子。

八月底的江城下午很热，卧室的空调开得适宜，可随着剧情逐渐深入，苟秋不知道是冷还是害怕，慢慢地起了一身鸡皮疙瘩。

她是第一次看美剧，逻辑缜密，环环相扣，场面和特效也做得很逼真，她沉浸其中，渐渐就忘了薛均很久都没过来。她盯着电脑屏幕，眼珠子都不知道怎么转了。

严知早就看过第一季了，只不过因为九月末它会出第二季，这才拿出来重温。他漫不经心地看着，一会儿拿出手机来按，一会儿又看看苟秋有没有被吓到。

她真是比上课听讲还要认真。

其实这个女孩长得还不错，皮肤很白皙，近看也几乎没有瑕疵，厚重的黑框眼镜架在高挺的鼻梁上，封印住了那双干净沉寂的黑色眸子。偏墨色的长发简单地扎成低马尾，柔顺地落在背脊上，鬓边的碎发用一只樱桃发夹固定着，腰板挺直地坐在那儿，端正得像个很讲礼仪的大小姐。

他看了一眼她身上那件宽松到有点不合适的白T恤，恍恍惚惚地想，除了她的发夹，她身上怎么不是白的就是黑的，都夏天了，竟然连裙子都不穿。

又一集结束，苟秋才长长地舒了一口气。她往旁边一看，发现严知竟然已经窝在椅子上睡着了？剧情这么紧张，他竟然能睡得着！真离谱。

苟秋看了看时间，她也差不多该回去了。六点半她得去外婆家吃饭，然后等爸妈一起回家。

薛均并没有来，即使知道她在。

苟秋默默叹了一口气，盖上了笔记本电脑，随手在沙发上拎了个毯子覆在严知身上，蹑手蹑脚地关门出去了。

她丝毫没有发现自己的书包里多出了一部旧手机。

第二章 普通朋友

她是朋友喜欢的女孩。

1

黑暗中,翻盖手机无声地亮起了幽蓝色的泡泡提醒,荀秋做贼似的踮脚走到房门口,轻轻把门拧上锁,才小心地把手机取出来,接通了严知的电话。

"喂?"

女孩的气音通过波动的电磁波悠悠荡荡地传过来,惹得人耳朵莫名发痒,严知不明所以地挠了挠脑袋,也放低了声音:"荀——秋——"

方才在外婆家等饭,荀秋的书包突然亮起了蓝光,表弟听到"嗡嗡"声,悄声来问她是不是偷偷买手机了。

荀秋都要吓死了,好在大人们都在厨房忙碌,没人发现她的异常。她小心地拿出手机正要挂掉,可屏幕上明晃晃闪着的"薛均"二字让她犹豫了,最后她还是一咬牙,跑到厕所接了。

"……薛均?"她屏住呼吸。

电话那头的严知笑得好得意:"荀秋!没想到吧,是我哦!"

荀秋好失望,她真是多余接这个电话。

原来严知拿东西的时候,好像"不小心"把旧手机拨到她书包里头了。而且他连自己的旧号码都记不得，只得用薛均的手机打过来。

"你怎么换手机还要换号码啊！"荀秋有理由相信他在耍人，可她缺乏证据。

严知理所当然地告诉她："你看了我的新号码就懂了，六个连号，刚好是我的生日，很难买到的好不好，我当然得换上了。"

好吧，荀秋拿这种人没办法，只能答应后天开学再拿去还他。

月行中天，幽静的月光攀上窗台，房间里只有兔子闹钟秒针跳动和小电扇转向的声响。荀秋拉过被子蒙住了脑袋，只怕话语声传到外面被爸妈发现。

"嗯，什么事？"

"我睡不着。"严知说，"你在做什么呀？"

"十一点多了，当然是在睡觉。"她轻轻地说。

"你睡着了还能接电话啊？"

"我还没睡着。"

荀秋的声音轻轻柔柔的，听着助眠正好，严知舒展着四肢，翻了个身，开始说些有的没的："哦！那你也失眠了？"

荀秋："我没失眠，我才不会失眠呢！"

虽然这句话也很轻声，但骤然加快的语调让严知可以想象到她气鼓鼓的侧脸，他笑了一声，说道："那行，你在家都干什么呢？要不要明天来我家继续看电视？"

荀秋当然想去，不过相对于《邪恶力量》，她更想把上回看了一半的电影看完。她想了想，说道："你那儿能不能看《蝴蝶效应》啊？"

"可以啊，2004年的片子了，你还没看啊？"

荀秋"嗯"了一声，她又听见严知说："薛均也挺喜欢《蝴蝶效应》的，我记得他当时看完了，还在博客里写了观后感呢，整整三千字！真是惊呆我了，平时咱们写个八百字都要了命了。"

"博客？"荀秋追问道，"什么博客啊？"

严知笑了一声："想知道啊，叫声大哥来听听。"

不知道是气着了还是怎么的，他觉得她的呼吸声好像变得有点乱了，那一声声轻轻的喘息好像是毛茸茸的羽毛，轻轻地、缓缓地扫在他耳朵上。

严知咳了一声，不自觉地把被子拿过来盖住了自己，说："你在干什么啊……怎么……"

"我在和你打电话啊。"荀秋闷在被子里都快喘不过气了，她说完这句，又钻出被窝吹了会儿风扇，舒服地长长地呼了一口气，而后又钻进被子，"你们在玩什么博客啊？百度吗？还是新浪的？"

严知把他们的ID（Identity document，网名）都说了，荀秋挂了电话，拿着小小的手机，靠着缓慢而时常断线的2G网注册了一个百度博客，然后点进了薛均的主页。

薛均的ID和他英文课的名字一样，是Invoker Xue。主页很干净，主蓝色为底，没有那些年大家崇尚的花里胡哨的非主流装饰。

苟秋压住唇角，原来薛均是这样爱表达的一个人。他的博文有两百多篇，有时是简单的一句话，有时是长长的一段关于电影或者文学作品的感想，另外也有记录和同学们的趣事。

她会出现在他的博文里吗？苟秋情不自禁地开始紧张，点开"搜索"输入了自己的名字。

不出意外，内容显示为空。

苟秋又输入一个"秋"字，缓慢的网络信号开始断断续续地转着，几条博文卡顿着跳出来，"秋"字的确有，但只是单纯地记录秋天罢了。

她有些漫不经心地往下划拉，突然看到了一个极其眼熟的东西，是去年圣诞节她送给薛均的那张贺卡。

薛均把它和其他一些贺卡放在一起，配的文字是：圣诞节收到贺卡了，很高兴，愿友谊天长地久，朋友们前程似锦。

苟秋翻来覆去看了几遍，眼睛也笑弯了。她并没有奢望薛均对她有什么特别之处，也并不觉得自己能在他的心里占上一席之地。但他的生活有她参与一份，即使是以普通朋友的身份，她就会觉得满足、快乐。

慢慢地，她的目光下移。他的博文中开始出现李思源及他堂哥的身影，他们会一起打篮球，还配了文。

——李思源越来越菜了，投了好几个"三不沾"。

——堂哥欺负小孩，李思源被虐哭了。

苟秋在这里发现的薛均，比他本人要活泼一些，他会打一连串的"哈哈哈哈哈哈哈哈，你别把我笑死啊"来回复李思源的留言，可在现实中，她从来没见过他笑得很夸张或者说"笑死我了"这种话。

她觉得自己离他更近了一些。

翻完两百条博客已经是三个小时之后，苟秋删除了访客记录和浏览记录，小心翼翼地把手机放回了书包里。

九月一号，晴空如洗，七中的开学典礼很简单，所有人在操场上站着，听校领导们和学生代表讲话就好了。

薛均作为年级第一，自然逃不过这种场合。他穿着七中的红白校服，与其他几个学生站在高台右侧，身姿清朗，挺拔出众。

等轮到他出场时，显然引发了骚动。荀秋听见不远处有其他班级的女生压低声音询问周边的人："这帅哥是谁啊？"

有人回答："九班的薛均啊。这你都不认识？你配当七中人吗？"

"哦，原来是他……学霸啊。"

荀秋看着前方，微微勾唇。

九月四号，物理竞赛初赛，严知和荀秋的考场在隔壁的第一中学，他们几个同学提前来看过考场，又约好考完一起回学校。

她在201考场，严知在302考场，三个小时后，他们在行知楼拐角处相见。

正值下课时间，悠长的放学铃声伴着播音室的音乐响起，一中的学子们一拥而下，几乎没一会儿荀秋就淹没在人海中。她个子不高，站立在拐角的梯坎处，奋力地踮起脚冲他挥手。

"严知！"

"哦！"严知一转脑袋也看见了她。女孩半张脸都被那副黑框眼镜挡住了，逆着人群，一只手挥舞着，看起来有点傻。

他觉得好玩，选择用更傻的方式来回复她，双手做成喇叭状放在嘴边大声喊道："荀——秋——别——怕，我来啦——"

旁边的人回头看他，窃窃私语几句，又哄笑起来。严知倒是不怕别人围观，可荀秋的脸一下就红得像蒸熟的虾，她转过去矮下身子，假装自己不认识他。

严知没有骑车，来的时候是别的同学载他，可回去的时候他冲人家"拜拜"，转身跳上了荀秋的后座。

荀秋忽然觉得车后座猛地一沉，回首去看，严知赖了上来，两手撑在背后的铁杠上，表情有点儿玩味："跟班，你得表表诚心了，今天你大哥可没有骑车。"

回七中的路上有个陡斜坡，载个一米八多的男生确实会吃力，但也不是不能够。荀秋长长地呼了一口气，咬牙说道："行，咱们回学校吧。"

她猛地站起来，开始用尽全力地蹬踏板。

严知有意要捉弄她，整个身体都往后倾斜，荀秋没有发觉，很吃力地往前骑，后背的汗水把白T恤洇出了一小块水渍，严知笑得很大声，一边还为她加油呐喊。

荀秋确实有些犟，严知越是嘲弄她，她就越要做到。她咬着牙，呼出的气把眼镜都蒙上了热雾也没有放弃，渐渐地，严知也觉得不好玩了，老实端正地抓住铁杠，不再戏弄她。

回到七中一看，荀秋整个人都像从汗水里捞出来的。她停好车，伸手撩开了被汗水沾湿的碎发，又拿下眼镜来擦，看也没看呆愣在一旁的严知，径直回班级去了。

她这是生气了吗？严知突然有点不知所措。

关于这次初试，几人感觉都还不错，对过一遍答案之后，更添了几分信心。几天之后成绩出来，薛均几近满分，严知比他略低一些，而荀秋则刚刚踏进前十。

肖老师十分高兴，请他们几个在书街吃饭，又嘱咐他们复赛该注意的事情。

"咱们江城的名额是'5+6'，你们几个肯定是稳了。"肖老师举杯，"名单十二号就会下来，老师先预祝你们旗开得胜，一往无前。"

荀秋小口啜饮着可乐，她话很少，但是听得很认真，时不时抿唇笑了笑，露出嘴角一个小小的梨涡。

薛均是那种照顾全场的人，他时不时会接话，也会歪过头来问荀秋的意见，荀秋斟酌着回答，也不算被排挤在外。

肖老师也很感慨，举杯敬过来："荀秋确实让老师意想不到，记得你刚来的时候，物理成绩还不算很好，后来突飞猛进，你的努力老师都看在眼里，巾帼不让须眉啊。"

荀秋脸庞烫起来，忙接了话题，摇头谦虚："没有，没有。"

薛均也笑着看过来，她睇过去一眼，等老师又和旁边的同学说话，她才低声补了一句："要多亏了薛均给我补习笔记。"

更多亏了他夸她"万里挑一"。

她本来以为没人听见，可是薛均听见了，他侧过身来和她碰杯。少年侧脸清隽，灯光映得他双眼灼亮流彩，荀秋眨眨眼，不好意思地垂了垂脑袋。

薛均笑着说："敬你的不懈努力。"

严知也笑，站起来，举杯道："敬——荀秋的聪明脑瓜子。"

大家都笑起来，餐桌上气氛融洽。

荀秋不知道原来自己也能融入这种觥筹交错的氛围中，从前这种场合只会让她觉得惶恐，可薛均偶尔递过来礼貌的问询，有分寸到既不会让她完全处于边缘，又不会多话让她始终保持紧绷。

他好像明白她并不喜欢这种场合。

她好幸运能与他做朋友，这两天的飘飘然让她差点忘记自己从来是一个倒霉的人了。

九月十二号，周五，名单下来了。

红色的光面纸贴在学校布告栏上，上面没有荀秋的名字，取而代之的是成绩单上的第十二名。为什么？那个一中的男生明明比她少两分。

她久久地站立在布告栏前，大脑里一片混沌，好似周遭的一切都失去了颜色，她觉得自己好像再次被遗弃了。

讨不了爸爸的喜欢，不懂得和同学相处，无法和老师们寒暄……这些都不要紧。可她认为成绩是诚实的，付出多少汗水，就应该得到多少回报。多年来她诚恳地耕耘这块纯净之地，如今它也要狠狠嘲笑她——其实她一无所有。

"荀秋。"薛均扯了扯她的衣角，抿唇说道，"回去了。"

看到名单的那一刻，又联想到肖老师今天请假不来，薛均就已经明白了一切。名额一般是按照成绩来，可归根结底，还是得听委员会的安排。

"为什么回去？这是什么意思？"严知皱着眉，按了按荀秋的肩膀，摸出手机直接就给肖老师打过去，"别走，我们问个清楚！"

电话"嘟嘟"几声，却很久没人接听。

电话那头的肖老师不知如何面对这些努力上进的学生。荀秋的成绩人人都看在眼里，可是委员会认为，一来她历史成绩不稳定，二来她是女生，在江城，物理竞赛从来和女生无关……其中更有七中和一中两个重点高中明争暗斗的各种缘由。无论如何，荀秋作为斗争的牺牲品，被狠狠地放弃。

肖老师最终接了电话，给出了委员会编造的理由："考试那天第十二名没有发挥好，其实他是一中的年级第一，初中就获过奖。而且委员会认为，他的解题思路更加清晰，适合比赛。"

"胡说！"严知气极了，面对老师也丝毫不觉得害怕，他语速飞快地反驳肖老师，"十二名没发挥好就可以走后门吗？那他高考也不用去了，直接用平时分去挑选大学啊，还考什么试？竞什么赛？"

肖老师叹了一口气。

"而且就算他是一中第一，那就把第十一名流掉啊，凭什么跳过荀秋？她比第十一名还高一分！"严知声量渐高。薛均拉了拉他的袖子，示意他不要对肖老师不礼貌。

严知大大地喘了一口气，知道自己对肖老师发脾气也没用，最后说了一句"老师对不起"就匆匆挂掉了电话。

荀秋还站在那里，旁边有人窃窃私语，似乎疑心荀秋是因为成绩不真实才被取消资格的。

"你们这些人喜欢嚼舌根是吧？"严知转身对他们怒目而视，挽起袖子就要冲过去理论。

旁边横过来一只瘦弱的手臂，是荀秋。她拉住他的手，面无表情地说："严知，别再做让我觉得难堪的事了。"

"难堪的应该是那些弄虚作假、不分事实胡乱揣测的人！"严知大声反驳。

旁边几人讥讽他："人家不领你的情啊！皇帝不急太监急了！"

严知没有理会他们，他只是不明白荀秋为什么要说那种话。他喉咙滚了滚，慢慢松开拳头，声音也低下来，带着委屈的尾音："我是……"为你抱不平啊。

"我知道。"荀秋笑了一声，"谢谢，但是不用了。"

薛均知道她的意思，轻轻握了握严知的肩膀："在学校闹事，你得吃处分，荀秋是不想你被通报。"

荀秋点头，松开了严知的手，尽力地笑着附和："就是，这种人哪里值得我大哥动怒。清者自清，咱们不惧人言，这也不算什么大事，都回家吧。"

严知和薛均要送她回家，在她家楼下，他们和她说了很久的话，试图安慰她，要将她这颗"七零八碎"的心好好缝补。

好像大家都看出她不开心了。

"帮我那份一起努力吧。"她这样说。

树叶间斑驳的光影落在薛均微微蹙起的眉上，少年的神情平淡，也许带着些许失落。他低下头看她，承诺道："好。"

严知却咬着牙不说话。

"严知，你也要加油啊！"她笑着对他说。

她明明就不开心了，还要笑着安慰他们。严知第一次觉得自己这样弱小无助，这事儿根本就不公平！

好在爸妈并不知道竞赛名单什么时候出，好在出成绩那天荀秋忍住没有对他们说，总之，目前风平浪静。

有些情绪只能自己消化，多余的倾诉带来的只有莫名的指责罢了。

荀秋躺在床上，空调风柔柔地吹过来，很舒服。她伸手拿起了旁边的物理课本，随意翻了翻，薛均送的那枚落叶书签飘落下来，跌在她的脸上。

塑封的透明薄膜是防水的，她把它盖在湿润的眼睛上。

薛均温和的语调好像又在耳边重复，他说："荀秋，别难过了。"

"好。"

她对着虚空轻轻地应了一声，把圆润而滚烫的泪珠都忍回了眼眶。

2

这几天荀秋太平静了，就连严知故意扮丑逗她，她都波澜不惊。

新的一周很快又要过去。

周四的计算机会考安排在下午，高二的同学分批次前往多媒体教室考试，等轮到九班和三班的时候，已经接近放学时间。

教室里很安静，门窗大开着，八个吊顶风扇"呼啦啦"地转，此起彼伏的键盘声响让荀秋慢慢地平静下来，听别的班的同学议论，这次会考的试卷有几道题很难。

题目是随机的，苟秋答着答着，几乎觉得自己有了好运，这不是很简单吗？她探着脑袋巡视了一圈，别的同学好像都没有答完。

薛均就坐在她前面那一排，苟秋抿抿唇，小心翼翼地切换出浏览器，点进了薛均的博客。

他又更新了几条博文，苟秋看了看最近几条的时间，好像都是在周五的深夜发的，她轻滑鼠标，从最后一条开始看。

晚上十一点：此间不公，吾辈人微言轻，无术，唯束手就擒尔？

第二条是凌晨三点多：想说一句对不起，却实难开口。

隔了一分钟，他又发了一条：Someday（终有一天）……

苟秋的心"怦怦"跳起来，他……是在说那件事吗？他好像为她的事情，情绪起伏得很厉害。

但是，他为什么想说对不起？这件事怪不到他身上的……他真是个心思细腻的人。

旁边有同学看过来，苟秋慌忙地关闭了博客，没来得及看更多内容，也忘了删除访客记录。

"你在玩百度博客吗？"旁边的陌生女生饶有兴致地问她。

苟秋下意识地摇头，不自在地看向薛均。

薛均的背影果然一顿，但是好在他没有回头，没有发现女生的聊天对象是她。

"没有吗？"女生疑惑道，"我明明看见了……你能不能和我互相关注啊？我还缺点粉丝。"

苟秋才不想和任何人互相关注呢，但她不敢直接拒绝，非常小声地撒谎："不是，这是上个人没关掉的界面，我是想查资料。"

女生看出她的谎言，失望地"哦"了一声，不再理会她。

苟秋刚松了一口气，却看见两只小麻雀跌跌撞撞地从后门窗户冲进来，她骤然一愣，看向前门站着聊天的监考老师，犹豫着，不敢举手。

这两只小鸟好像在打架，缠在一起，在教室里乱飞。周围喧哗起来，同学们都在看热闹，薛均从题海里抬起头，一眼看见两只在教室缠斗的麻雀。

"老师！"薛均立即举手站了起来，一边往前门的控制按钮走过去。

老师从门边探身过来，问："薛均，怎么了？"

"小鸟飞进教室太危险了，这个风扇——"

话音未落，一只麻雀已经飞进了急速旋转的风扇里，带着血液的小小躯体在空中划了一道线，"啪"一声，好巧不巧，正落在苟秋的脑袋上。

旁边几个同学沾到了飞溅的血，吓得尖叫了几声，瞬间引发骚乱，很多同学都站起来看发生了什么事，多媒体教室变得拥挤吵闹。

而荀秋好像被吓着了，坐在那里一动不动，赤红的血从她的额头落下来，看起来很吓人。

"荀秋！"薛均喊了她一声，指挥几个同学赶紧把风扇关掉，而后他拨开人群，毫不迟疑地疾步朝她走来。

就像几年前在二中的楼道里一样，薛均逆流而上，为她而来，他穿着宽大的校服，蓬松的碎发遮住了一部分额头，眉眼干净，身姿挺拔，是意气风发的少年模样。

"它……在我头上吗？"荀秋的声音在发抖。那一声敲在脑袋上的闷响震撼心灵，带着温热的小小重量落在她的头发上，她可以想象到那只小鸟的惨状。

"别怕，荀秋，别怕，我会帮你……把它拿走。"薛均一边说着，一边从兜里翻出纸巾，快速地扯出几张，先递给荀秋让她擦擦脸，然后又扯了几张小心地把那只麻雀包裹起来。

"它死了吗？"荀秋想看又不敢，抬着眼睛看薛均。他皱着眉头，想来小鸟是不好了。

"嗯，别看。"

"老师！"薛均瞥了一眼荀秋的屏幕，举手道，"我要带同学去处理一下，申请交卷。"

这场考试本来是不能提前交卷的，但发生这种事，老师也不便阻止。他挥了挥手："行，快带她去处理下，别吓到别的同学。好了好了，其他同学赶紧坐下，还在考试呢，都在吵什么！"

上课中的校园非常安静，薛均带着荀秋走到了操场旁，拎起水管试了下水温："还好，不算凉，你先冲一下头发吧，不知道弄不弄得干净。"

他又补充："我刚给严知发信息了，他寝室里有洗发水，一会儿就给咱们送过来。"

"哦……"原来刚才他拿出手机来是为了这件事，荀秋点头，"好……谢谢。十班还在自习吧，他要和老师请假吗？"

"没事。"薛均说，"老师会同意的。"

荀秋取了眼镜放在一边，微微弯腰。薛均站在她旁边，开着凉水慢慢浇在她的头发上。

黏稠的血液真的很难清洗，荀秋感受到那腥腻的触感，惊得立即收回了手。

"怎么了？"薛均拿开水管，垂眼问她。

"血……"荀秋说，"摸起来好恶心。"

"这样……"薛均手指蜷了蜷，犹豫了一下，"那我……"

他停顿了，就在荀秋脸都快烧起来的时候，他终于决定好了，把水管放在一旁，取出手机给严知打电话："来了吗？"

那头的严知在喘气，想来是奔跑所致："刚出寝室楼，马上就到！"

薛均："带把梳子过来。"

严知一愣，"我哪有什么梳子！"

薛均："那带把刷子来，不要你刷鞋的那把，要干净的。"

严知："刷子我也没有啊！"

他的衣服和鞋子都是周末带回家给阿姨们处理的，哪用得着他自己来刷。

薛均"唔"了一声，放弃了这个想法："那就算了，快过来吧。"

"严知没刷子，要我帮你吗？就是……"薛均挂断电话，云淡风轻地问，"我帮你洗？"

"不、不用了。"荀秋有些结巴地开口，却是毫不犹豫地拒绝了他的建议，"我自己可以的……"

她侧眼看过去，示意他可以继续开水了。

"严知来了。"薛均微微昂首，看着远方正跑过来的少年，"我们等他的洗发水来了再洗，不浪费这点温水。"

严知跑得很快，宽大的校服被风吹得贴紧在身上，勾勒出他宽肩窄腰的衣架子体型。荀秋没有戴眼镜，眯着眼，只隐约看见个红色影子飞快地跑到眼前。

严知把瓶子放在地上，弯腰撑在膝盖上急急地喘气，看着地上蜿蜒的淡淡血迹，他觉得自己的心好像一下被什么东西揪住了，呼吸不畅，喉咙哽塞。

他不明白这种情绪从何而来，又为何这样汹涌。

"这到底是怎么了？荀秋，你受伤了吗？"

"没有。"薛均边为她回答，边拎起洗发水在她的头发上方按压了两下，绿色的冰凉膏体落在头发上，荀秋轻轻颤了下，很快揉搓起来。

薛均把多媒体教室里发生的事简单叙述了一遍，严知这才松了一口气，直起身子，用手背揩额上的热汗："这样啊，吓死我了。"

被阳光晒暖的自来水洒完了，薛均感觉到水管骤然变低的温度，见荀秋脑袋上的泡沫也被冲干净了，他把管子移开："洗好了吧？"

"嗯。"荀秋拧了拧头发，忽然眼前一黑，什么东西覆在她脑袋上，拿下来一看，原来是一条格子毛巾。

"新的，没用过。"严知说，"不过也没洗过，你将就着用用吧。"

刚拆开的毛巾摸起来很是柔软干爽，有一股新织物的香气。荀秋道了一声谢，坐在木桩凳子上开始轻轻地擦拭湿发，她歪着脑袋，头发蓬乱，飞起来几根，看起来更像多毛的小动物了。

她好傻啊，严知眼睛弯起来，不自觉地往旁边看了一眼。

薛均嘴角噙着笑，同样也在看着苟秋，眼神温柔又专注。而苟秋很快也感受到了薛均的注视，她睫毛轻颤了几下，有些不自然地转了个方向。

严知心里有什么东西猛地坠了下去，莫名其妙的酸胀感涌上来。他不知道自己怎么了，下意识往前走了两步，在苟秋旁边坐下来，挡住了薛均的目光。

苟秋察觉到他的靠近，疑惑地问："干什么？"

他笑："苟秋啊，你怎么这么倒霉？教室里有两个班的学生，那玩意儿偏偏就掉在你头上？"

他凑近了些，闻到了熟悉的洗发水味道，和他脑袋上的一模一样，胸口突然就没那么闷了。他又追问了一句："你试卷写完了没有啊？"

"写完了。"苟秋答道，"还挺简单的。"

"简单啊？"严知怪叫了一句，"我的可是难得很呢，做了整整一个小时。"

"那你提交了吗？"他问。

"当然……"苟秋突然顿住，半天才把那个"了"字吐出来。片刻，她猛地站起来，看向薛均。

麻雀飞进来的时候，她看见薛均的屏幕还没到提交那一页，而他们走得匆忙，他根本没碰过自己的电脑。

他没有提交试卷？

薛均看出她的疑虑，笑了一声，岔开话题："快擦头发，不然一会儿头痛了。"他转向严知，微微皱眉，"你怎么用起生姜味的洗发水了，我记得你以前喜欢兰花香啊？"

严知："我没注意，这些都是阿姨买的，生姜味不好吗？"他在空气中嗅了嗅，又转头问苟秋，"苟秋，你觉得好不好闻？"

苟秋没有理会他，不依不饶地追问："薛均，你提交了吗？"

薛均抽到了最难、最费时间的那几道试题，确实还没有做完。他没有准备好说辞，思索了一下，没有及时开口。

而苟秋却快要急哭了，她扁着嘴巴，上前牵住了薛均的衣角："对不起，你快回去吧，也许还——"

"来得及"几个字还没说出口，急促的放学铃声已经响起来，"刺啦刺啦"声从校园的老旧广播里传出来，主播温婉轻柔的声音伴着音乐流淌。

葱葱郁郁的林荫道热闹起来，有男生拍着篮球往操场走，目光有意无意地落在他们三人身上。

严知感受到气氛不对，忙对薛均说："哎呀，这是艺术班曲梦梦的声音，是不是？"

"啊，对！"薛均也转移话题，"应该是的。上次运动会也是她播的，苟秋，你听是不是？"

苟秋摇摇头，咬着颤抖的下唇，无声的泪水砸在了地上。

严知好像被那泪水烫到了，不知所措地站起来，为她挡住了他人的目光："你别哭啊……会考成绩没什么大不了的，学校又不记这个分，这就是形式主义，平时我们都不上这课的是不是？"

"对不起。"苟秋知道在人多的地方哭很丢脸，可她怎么都止不住泪水，愧疚和伤感淹没了她的口鼻，她感觉呼吸都万分吃力，"都怪我。"

她背过身，肩膀轻轻抽动，已经忍得够用力了。

她是个倒霉透顶的人，靠近她的人也会变得倒霉。

"你说的什么啊！"严知又气又急，拿肩膀去撞薛均，埋怨了一声，"薛均！你快说话啊！"

薛均好似才回过神，他点了点头，摸摸口袋，可是纸巾已经用完了，他的手指轻轻搓了下，开口道："其实，周一的时候我们去一中找梁辰勇了。"

苟秋猛地一噎，愣怔地转头看了过来。

夕阳的余晖落在女孩微红的眼角，被水洗过的眸子盈盈雪亮，好像春日里的涓涓溪流，清澈澄莹，波光粼粼。她额角的湿发乖顺地粘在一边，侧脸线条柔美而素冷，耀目灼灼。

严知后知后觉地紧绷起神经，慌忙移开了视线。

薛均开始说他和严知去一中的事。

一如肖老师所言，梁辰勇确实是一中的物理第一名，而且他落败后并没有要求走后门，一切都是委员会的安排。

梁辰勇知道这件事后很愧疚，反复道歉，他也去找过老师，结果并没有改变，甚至连累他也被父母和老师责怪。

孩子们的力量是有限的，拗不过爱贪图捷径而罔顾公平的家长，撼不动委员会那些翻手为云的上位者，也劝不了那些置身事外不愿受到牵连的老师，他们要去哪里讨回公道？

"这件事不是你倒霉，也不是你的错，你明白吗？"

争斗、暗涌、偏见，年少的孩子提早窥探到成人险恶社会的冰山一角。

可少年们总是笃定，遗憾一定只是不公世界腐烂的疮疤，等到他们成长为有能力改变这个世界的人以后，这种事就绝不会再发生。

一如十七岁的薛均，也会做一些"终有一天"的美梦。

苟秋垂下脑袋，双手交握，抚住了急促的心跳。

原来他明白她在为什么事情流泪，原来他的"终有一天"是这个意思。

3

荀秋的父母是从庄稼地里走出来的，读书让荀令的眼界变得更广阔。那时荀秋的哥哥已经出生，荀令和陈雯带着孩子，跟着商贩来回贩卖纺织机器，赚了不少钱。

四年后，荀天到了学前年龄，一家人回到了江城，在市区中心买了房子。一开始只是做做小生意，在住房旁租了店铺，什么都卖一点，包括洗衣粉、小食品、牛奶和蚊香之类。

几年后荀秋出生，他们赶上江城出台政策，开辟了开发区经营广场，他们就把店铺搬到江对岸，拿到几个总经销权，开始做副食品批发，主营牛奶和药酒。

他们家的经营模式是，荀令在经营广场管店铺，陈雯在市区管仓库。经营广场的买家很多，他们会在店铺下单，之后荀令把订单发过来，陈雯则带领几个业务员一起发货。

因为荀令不会做饭，就在店铺里请了一个煮饭阿姨，每个月五百块钱，主要做中午饭。

这个周六，外婆和妈妈都回区县去了，荀秋独自在家，等爸爸带王阿姨回来做饭吃。

时间已经过了七点，荀秋摸摸饿扁的肚子，不明白为什么他们还没回来。

她躺在床上看了会儿杂志，又想起刘老师安排的国外名著鉴赏还没有完成，她按亮台灯，从书包里拿出《安娜·卡列尼娜》，一边看，一边写下感想，准备用这些应付作文课上的演讲。

荀秋讨厌周二的作文课，因为刘老师总喜欢喊同学们一个个上去做演讲，美其名曰锻炼他们的胆量。可无论锻炼几次，她一上台还是会觉得很紧张，被同学们一盯，浑身都在发痒。

下周就要轮到她了。荀秋叹了一口气，也许这个世界根本容不下内向的人吧，她应该努力外向起来。

门口突然传来响动，荀秋放下书，扶着房门看了一下，爸爸难得露着笑脸，正在招呼后面的人换鞋，就着玄关昏暗的灯光，荀秋看清了那是一个很瘦的女人。

"爸爸！"荀秋喊了一声。

荀令抬起头看见她，身后的人也探出脑袋，对她笑了笑，然后转头问荀令："这就是荀秋吧？"

荀令点头，又对荀秋说："这是你王阿姨的女儿，今天我们吃她做的饭。"

"哦，好的。"荀秋不甚在意地点点头，转身就要回去。

荀令喊住她，声音有点生硬："没礼貌，怎么不知道喊人？"

荀秋还没说话，那个女人便着急维护着："喊了喊了，别对孩子这么凶。"

她转向苟秋，上下打量了一番，笑道："苟秋好素净啊，这个年纪的女孩子不是应该打扮得明艳一点吗？"

"还是学生，打扮什么。"苟令这样说。

那女人走过来拉住苟秋的手，又左右看了看，夸赞道："好漂亮啊。"她转向苟令，"肯定是平时管得很严吧，小小年纪一本正经的。"

苟秋不习惯陌生人的触碰，有些别扭地抽出了手。

吃了饭，爸爸和女人带她去逛了商场，试穿了人生中第一条裙子。苟秋记得这条裙子，是很流行的白色雪纺裙，带着商场里特有的香味，穿在身上飘飘欲仙。

好漂亮的裙子……可是爸妈不会让她穿的。

苟秋放下裙子，没想到那个女人已经付了钱。

"喜欢吗？"

苟秋先抬头看爸爸，直到苟令轻轻点头，她才抿唇向那个女人笑了笑，真心诚意地说："很喜欢，谢谢姐姐。"

女人听到她的称呼，笑了一声，又摸她的脑袋，称赞："苟秋好乖。"

苟秋不好意思地笑了，将袋子捏得紧紧的，像是得了什么期待已久的宝贝。

第二天就是九月十七号，是薛均和严知去省会复试的日子。

会考那天大哭了一场，算是消除了她不少阴郁，可越靠近十七号，苟秋心里总归是不舒服。但是现在不同了，她有了一条裙子。

周日这天，苟秋美滋滋地穿着裙子在沙发前照镜子，她左转转、右拍拍，怎么都觉得喜欢，客厅的收音机放着周杰伦的《晴天》，苟秋一只脚踩着拍子，觉得自己马上就可以无师自通跳一曲华尔兹了。

她把日记本搁在腿上，弯着腰，捏着水笔，记下了这件小事及自己雀跃的心情。

本子刚合上，旁边的座机"丁零丁零"地响了，她随手接起来，那边一个陌生又有点成熟的女声问她："喂？是苟秋家吗？我找苟秋。"

苟秋迟疑了一下，问道："你是谁啊？"

那边说："我是曲梦梦，她同学。"

苟秋直接挂了电话，曲梦梦的声音她每天都能在广播里听到，又甜又软，哪会这样粗哑难听？这根本不可能是曲梦梦的声音，而且她们素不相识，又怎么打电话来找她？这人肯定是骗子。

可挂掉没一秒钟，电话再次响起。

苟秋接起："不买保险，不买高压锅，没有牙膏筒！不要麦芽糖，再见！"

那边传来少年爽朗的笑声："苟秋！苟秋！你别挂呀！我不是卖保险的！笑

死我了。"

严知？苟秋一下站起来，看了眼墙上的挂钟，这个时间，他不应该正在参加复赛吗？

"你在哪儿？"她心里有个不好的猜想，声音也变得严肃起来。

"你猜猜？"严知依旧嬉皮笑脸，完全没听出苟秋的情绪，"想不到吧，我就在你家楼下，你下——"

话还没说完，电话又被挂了，长长的"嘟嘟——"音传过来，严知讪讪地住了嘴，方才激烈而紧张的心情一下断了弦，心口涌出又苦又涩的情绪，整个人酸得像刚从柠檬水里捞出来一样。

如果是薛均打电话给她，她肯定不会就这样挂掉吧？

严知眼神黯淡下来，抬脚踹了一下自行车的踏板。

其实他也不知道他跑到她家楼下来做什么，本来就是心情不好随便骑骑车，不知道怎么就跑到这里来了。他隐约知道她家里管得很严，还找了个路人假装女同学。来都来了，不能见一面吗？虽然说明天就可以在学校见到，可他都到这里来了，她根本就……

"严知！"

严知倏然抬头。

多年之后，这一幕依旧时常在他梦中流连。

少女在清透的日光中疾步向他而来，刚刚洗过还没来得及扎起的长发像海草一样拢在肩上。苟秋没有戴眼镜，身上穿着白色连衣裙，整个人婀娜纤瘦，树叶间斑驳陆离的碎芒在她墨色的瞳孔中徘徊流转，她的眉目皎然如月，又似乎带着朦胧而迷茫的忧愁，让人见之生怜。

这是苟秋此生第一次，也是唯一一次穿裙子出门。严知知道，不管她后来有几个男朋友，除了他，没有任何人见过她穿裙子的样子。

"苟秋？"

他从没见过苟秋这么生气，她冲过来，一脚就踹翻了他的自行车。

紧接着，她揪住了他的衣领。严知不明所以，弓着腰配合她，任由她把自己拽进旁边单元楼的楼道里。

狭窄幽静的楼梯间里，两个人贴得好近，她的手就按在他的胸口，隔着薄薄的衣衫，严知感觉到了她指间的凉意。

黑暗放大了这原本微弱的触感，细细密密的酥麻感从背脊蹿上来，严知的心急剧紧缩，那一瞬间，他几乎听到了自己的血液如洪水般急速奔腾的潮音。他的目光不自觉地落在她嫣红润泽的唇上，好近啊，只要低下头，再靠近那么一点点，就可以……

天！他在想什么啊！严知暗叹了一声，忍住绮丽的幻想，退了一步，仰头靠在了斑驳的墙上。

"为什么不去考试？为什么来我家楼下？"

感应灯慢慢亮起，昏黄的灯光下，少年白皙透亮的脸像染上了落霞。严知后知后觉地发现她很生气，急急地吞咽了一口，说道："我不知道，苟秋，我也不知道怎么就到你家楼下了……考试的话，我、我不想去了……"

他越说越心虚："对不起啊，你是在生气吗？"

苟秋突兀地笑了一声。

严知听了心里直发毛，他硬着头皮继续语无伦次："我就是觉得这个比赛不公平，看到肖老师和委员会的人也不爽，所以我就不去呗，高考加不加分对我又没影响，苟秋——"

他拉长音调喊她，清亮的声线带着诚恳的意味："我SAT（Scholastic Assessment Test，美国学业能力倾向测验）都考完了，以后不会在国内上大学，所以这个对我真的无所谓……你别生气了。"

苟秋一开始有点意外，后来一想也明白了。是了，严知家庭条件那么好，父母也都在国外，出国留学是再正常不过的了。

"而且我也不单是为你出气。"严知笑了一声，"本人侠肝义胆，见不惯这些腌臜事，也不屑于与他们为伍，就让那些人也尝尝被耍的滋味呗。哼，复试少一个人，他们肯定会很丢脸。"

单纯的少年哪里懂得太多报复的手段，牺牲了自己的利益也无知无畏。想参加竞赛的同学多不胜数，他走了自然有别的同学补上。

苟秋哼了一声，对他的幼稚行径不屑一顾。

严知看出她的软化，靠近了些，"嘿嘿"笑了一声，轻语："我是到了南市赛场才跑回来的，名单都报上去了，他们肯定来不及再拉别的同学。

"而且，告诉你一个秘密，去的时候我才发现，委员会的副主席是我爷爷的学生，他可不敢和我算账。"

严知拍了拍胸脯："真正的关系户就在你眼前。"

苟秋又好气又好笑，无言地瞪了他一眼。

虽然严知回来就被爸妈打电话臭骂了一顿，但现在他心情很好，尤其是……能看到苟秋瞪着眼睛的傻样子。

他慢条斯理地说："今天怎么穿裙子了？夏天都要过去了。还是说你只在家里穿裙子啊？"

苟秋才想起自己匆忙下来，连衣服都忘记换。她眨了眨眼，伸手抻好有些皱的裙子，问："所以你来这儿干什么啊？"

"就无聊呗,去我家玩吗?出了个打僵尸的新游戏,有点恐怖,我们一起吧。"

"不去,我马上就要去外婆家吃午饭了,然后下午还要做名著鉴赏的演讲稿,周二作文课要轮到我上台了。"

"好吧。"严知被拒绝了也不气馁,他呼了一口气,"那你请我去楼上喝点水吧,我口渴了。"

"不行。"荀秋毫不犹豫地拒绝了。虽然这时候家里没人,但邻居们互相都认识,让人撞见她带男同学回家,爸妈一定会生气的。

她下意识地摸摸口袋,可是裙子上并没有口袋。她只好停下手,仰头对他说:"去外面买饮料吧,我请你,不过我现在没带钱,算我欠你。"

严知笑道:"什么啊,你请我,然后我买单是吧?"

"先欠着啊,我会还你。"荀秋有一点肉痛,现在不用补课,中饭、晚饭又都在外婆家吃,她只有早餐费可拿,都没存上几个钱,可严知喝一瓶饮料要三块呢!

严知"哦"了一声,也摸摸口袋,然后将空空如也的裤子口袋拉出来,无辜地瞧着她:"我也没带钱,这怎么办,荀秋,我真的很口渴啊!"

"我家里可没有柠檬水!"

"我喝白开水!"

他的笑容很欠扁,有一种故意为难的意味。荀秋气道:"也没有!"

"我喝自来水!"严知笑得灿烂,垂下脑袋哄她,"这总行吧,别告诉我你家里平时还要去井里打水啊!你忘记了,现在你还是我的跟班啊!不会让大哥活活渴死在你家楼下吧?"

荀秋想起他也没有经常拿捏"跟班"的事让她跑腿,她抿唇笑了笑,说道:"行吧,我家在601,不过你别和我一起上去,我先回去,如果楼道里没人,你再上来,到了不要敲门,我就在门口等你。"

荀秋说了一堆,还让他别让任何邻居看见,动作也要敏捷之类的。严知听着不免咋舌,她家里未免也管得太严了,不过上去喝点水而已。

"知道了知道了,快点吧,我都快渴死了。"他轻轻推她的肩膀,荀秋才不情不愿地从楼梯间闪出去,三步一回头地确认他没有马上跟过来。

严知忍住笑,远远地跟上,又扫了一眼刚才自行车停放的地方,就这么一刻钟的光景,他没锁好的自行车已经不翼而飞。

他摸了摸鼻子,这件事可别让她知道了,不然她又会责怪自己。

一番不亚于"007"的操作之后,他总算在601成功"登陆"。

荀秋家没有软装,墙上刷的白腻子,大厅没有吊顶,只有一面大镜子装饰,拐角处装着花型的防撞条,家具是一套打折的伪红木,布艺沙发用了很久,条线有些花,像被猫抓过,老旧的电视机上还铺着白蕾丝布。

所有的一切,无不昭示着这个家庭的节俭与严肃。

严知探着脑袋四处打量,最后在荀秋的掩护下钻进了她的房间,被安排在书桌旁坐下。

原因无他,厅堂没有窗帘,坐在沙发上可能会被对面楼的邻居看见,从而引发"山洪地震"。

荀秋把房间的窗帘拉得紧紧的,嘱咐道:"我去给你倒水过来哦,你等我一下。"

家里太久没来过客人,玻璃杯要好好清洗一下才行。

"行,你去吧。"严知架起腿,怡然自得地转了转椅子,好像回到了自己家,丝毫不觉得有什么奇怪。

他的从容让荀秋有些窘迫的心情稍微安定下来,她本来还怕他会嘲笑她家徒四壁呢。

如果今天来的人是薛均,她宁愿多跑一趟楼梯,取钱下来给他买饮料,也绝不愿意让他进到自己家里来。

荀秋的桌面很洁净,几个书架子顶着墙,齐整地放着一些夹着试卷的文件夹、小叮当的笔袋和齐刘海的几个和服小娃娃,摆成一排,可可爱爱。

玻璃桌板下压着周杰伦的海报和几张手写卡片,卡面上写着一些"中二病"专用台词,落款处画着一叶扁舟,是经常和她同路回家的那个女生送的?好像那女生就叫什么周舟。

严知随便看了几眼,意外地发现右手边摆着一册活页素描本。

荀秋还会画画?

他看了一眼门口,翻开了素描本。

荀秋的笔触不算很熟练,看得出来并没有系统地学过,只是画着玩打发时间的。不过她的创意很新颖,从简单的线条出发,引申到商业 logo(标志)或者卡通动物,有些是大家耳熟能详的东西,更多的是她自己的发散想象。

真没想到她看起来呆呆的,脑袋里五花八门的想象倒是不少。严知注意到每张图下面标记的时间,从 2003 年开始,每隔一周就有一张,到 2004 年 6 月,戛然而止。

那个时间……是初二初三?后来她为什么就不画了?

严知在荀秋回来之前合上了画册,又把椅子调高了一些,她真矮啊,他坐在她的椅子上,腿都伸不开。

"真是自来水啊?"他接过玻璃杯,笑了一声,故意皱着眉闻了闻。

"不是。"荀秋见到素描本,把它拿起来塞回了书柜里,老实地回答道,"是凉白开。"

她想了想，又说："有味道吗？是不是开水瓶有水垢了？"

"没有啊。"严知端起杯子，一饮而尽。苟秋看他这样喝，无奈地从旁边扯了张纸巾递过去。

严知知道她为难，也没有多逗留。他把自己的旧手机和充电器放在这里，让她剩下的一个半月，都要好好履行跟班的职责。

"我只能开静音。"苟秋说道，"要是爸妈知道了，会说我的。"

"知道了。"严知说，"只要不是故意不回我就行。你晚上几点睡觉？"

苟秋说了，严知点头，很快又偷偷摸摸地离开了601。

周一上午，薛均和老师们从南市回来了。苟秋做完早操回来，看见薛均正伏在桌上写东西。

他回来了！

苟秋腼腆地笑了笑，走到位置上才小声喊他："薛均，你回来啦！"

薛均闻言抬头，却下意识地遮住了手上的信纸。苟秋愣了一下，有一种不好的预感，她想起了两年前在二中的走廊里，他对她熟视无睹的那一幕。

她迟疑地在位置上坐下来，余光看见他把袖子下面的信纸揉成一团，捏在手里放进了抽屉。

那张信纸好像是粉色的，肯定不是薛均自己的东西。苟秋心里"咯噔"一下，莫名地开始忐忑。

薛均笑了下，回应她："嗯，回来了。"

苟秋的脸有点僵，她不敢再看他，手里不停，假装收拾课本和笔记："怎么样，考试？"

"还行。"薛均说，"就正常发挥吧。"

听起来好像没什么异常，他们还没说两句，外面突然一阵喧哗，几个男生堵在后门边，突然有人转过头喊道："薛均！曲梦梦来了！"

薛均几不可见地皱了皱眉，很快起身往门外走去。

苟秋再三告诫自己，千万不能转过去看他们。曲梦梦是艺术班的班花，是学校的播音员，人缘遍布整个学校，他们认识也很正常的。

她是薛均的同桌，是薛均的好朋友，她应该……可她控制不了自己的脑袋，她转过头看向门口，很快松了一口气。

很多人围着那边看，所以她看过去也不显得奇怪。

普普通通的校服穿在曲梦梦身上好像量身定制一般，女生皮肤白皙，笑起来眼睛弯弯像月亮，甜进人心里。

曲梦梦从口袋里拿了什么东西递过去，周围的人都在起哄。薛均会接吗？

荀秋不得不承认自己并没有想象中那样无私大度，她打心底觉得薛均肯定不会接，很多女生都崇拜他，面对她们，他也只会好声好气地劝对方把心思放在学习上，礼物他更是从来都没有接过。

可是这次他接了。

荀秋如遭雷击。

等人群散去，薛均已经坐回座位，她脸上的沮丧还没有收拾好。

薛均看着她，半晌，表情淡淡地问了一句："怎么了？"

好像他接过曲梦梦的东西属于理所当然一样……是啊，他哪里需要给她一个说法。

她不过是——普通朋友。

荀秋摇摇头，垂下脑袋开始找下一节课的课本。下一节是什么课来着？她试图打开小笔袋去看里面的课程表，可不知怎么的，拉链却卡在了中间，无论怎么用力都拉不开了。

荀秋有点生气，明明刚才还是好好的，怎么突然就拉不开了，她把笔袋捞进怀里，开始使劲儿捣鼓它。

"荀秋。"薛均看不下去了，提醒她，"你拉回去一点，可能是卡着布条了。"

"哦。"荀秋心不在焉地应着，斜过去一眼，恰好看见薛均从口袋里拿出曲梦梦递给他的东西——是一盒白色包装、写着日文的进口巧克力，他小心翼翼地放进了书包里。

"哗啦——"

脆弱的蓝色笔袋被扯破了，拉链彻底断掉，里面的东西滚落满地。她深吸了一口气，弯下腰开始捡东西，有些东西落到了远处，周围几个同学都在帮她捡，除了薛均。

他没有动。

荀秋鼻头酸楚，她趁着弯腰，飞快地抹干净了眼里快要溢出来的水珠。

"谢谢。"荀秋对前桌笑了笑。

薛均手放在桌子上，两眼看着前方，好像已经神游天外了。

他在想什么，是不是……荀秋摇了摇脑袋，是不是在想那盒巧克力？

实验班已经很久没有换过座位，直到这天，她和薛均同桌整整一周年之后，九班来了一次大换位，而且不是和从前一样按排名自己选位置。

薛老师已经把所有人的位置都安排好了。

薛均的位置在一组七号，而荀秋被分配到六组三号，天南地北不过如此。

没事，他们还是同班，以后……荀秋看过去，可薛均的神情让她如坠深渊，他神情很平淡，一点儿也不惊讶。

等薛老师念完名单，示意大家可以开始换位置了，薛均立刻背起书包，抱住书本站起来。

"苟秋。"他侧过身来，眼睛却没有看她。

"嗯？"

苟秋仰着头，看见薛均线条锋锐的侧脸，他鸦羽一般的长睫颤了颤，用只有两个人能听见的声音说道："学业繁忙，我不会再看课外读物，抱歉，以后不能和你分买杂志了。"

"什么……"

苟秋只以为自己听错了，抱着书本怔怔地站在那儿。

可薛均没有再重复，很快走到新座位安稳地坐下，开始和新同桌打招呼。

为什么？苟秋想不明白。

上一秒她还在为他收了女孩的巧克力而暗自气恼，下一秒他却迫不及待地和她中断所有关联。

普通朋友吗？

他或许从来没把她当朋友。

真的太好笑了。

4

电话"嘟嘟"地响了七八声，就在严知以为对面不会接的时候，手机轻微地振动了一下，苟秋的轻声细语从听筒传出来。

"喂？严知？"

怎么又和做贼似的？严知咧嘴笑了下，倒回沙发，咕哝着："你睡着了？怎么这么久才接啊？"

对面抽了抽鼻子，严知立即敛了笑，坐起来问道："感冒了吗？"

对面低声否认："没有，你有什么事啊？我还在写作业。"

两个班的作业应该是一样的啊，他早就写完了，她怎么接近十一点还在写？严知疑惑道："你刚才在干什么，怎么这时候才写？"

苟秋一整天都魂不守舍，根本没有好好听讲，回到家闷在被子里大哭了一场，又去冲了个澡才恢复几分平静。

她为自己不好好上课感到羞愧不已，是以又把今天各科的学习内容复习了一遍，确认没有遗漏，才开始写作业。

她当然不会把这些告诉严知，她敷衍了几句，挂了电话。

但被他这么一打断，她的心思又乱了。她想了想，拿起手机操作几下，熟练地点进了薛均的博客。

那枚落叶书签就在玻璃桌板上放着，她轻轻地在塑料薄膜上点了几下，等待着熟悉的蓝色界面出现。

然而薛均这几天没有任何东西，甚至——她的背脊一下挺得板直，将手机拿近了些，就差撞进眼睛里，葱白的手指急切地上下滑动，幽蓝色的屏幕光照在她的脸上，少女低垂的眉眼染上焦急和迷茫。

"怎么会没有了……"她颓然地靠在椅背，不敢相信地闭了闭眼。

几分钟后，她坐起来，不死心地又刷新了几次，最后不得不接受薛均把上周五那三条与她有些许关联的博文删除了的事实。

为什么啊？她垂下了手。

荀秋和薛均又回到了陌生人的状态，明明在一个教室上课，他就是能做到目不斜视，这样冷淡的态度，让她根本不敢接近。

有一天她故意没有交物理练习册，小组长没办法，把这事报告给薛均。薛均听了只是点点头，直接抱起一摞练习册走到了她身边。

"作业。"他的声音出乎意料的冷。

手里的物理练习册好像会烫手，荀秋窘迫地红了脸，低着头，急急忙忙把册子放在了最上面。

薛均没有看她，转身去了办公室。

换座位后，薛均有了一位化学成绩很优秀的男同桌，他不再需要荀秋的笔记，同样能蝉联年级第一的位置。

倒是严知时不时要打电话或者发短信过来，一个半月转眼过去，他们的君子之约到期，荀秋终于可以把手机还给他，有惊无险地结束这场"大哥跟班"的闹剧。

太好了，把手机还回去，她再也不用半夜爬起来看那个根本不会再更新的博客了。

荀秋选择某天中午放学的时候和严知交接，而她的如释重负在严知眼中变了味道。

"和我联系有这么难受吗？你怎么好像出狱了似的？"严知拿着翻盖手机颠了几下，不满地嘟囔。

荀秋被他逗笑，报着唇笑起来，拉长了声音说道："行了，我的'刑期'已满，您另找他人吧！"

她笑起来嘴角有两个小小的梨涡，看起来很乖。严知微微低着头，有点想揉她的头发。

他到底没有忍住，看着周围没人，两只手狠狠在她脑袋上揉了几下，在女孩的惊呼中，恶劣地大笑。

"严知！你要死啊！"荀秋气急败坏地捂住散落的长发，眼里都要冒出火来。

"嘿，就是打不着！"

严知早迈腿逃回了十班，倚在门边冲荀秋招手。荀秋哪里敢去别人的班级，虽然已经放学，但中午有些同学是不用回家的。她只得冲他挥了挥拳头，气恼地拉开皮筋重新整理头发，还时不时抬头提防着对面这个讨人厌的男生。

秋末冬初，正人楼下的樟树已经开始落果子，秋色萧瑟中，酸涩未熟的紫色小圆果落在少年宽厚的肩膀，又很快顺着红白相间的校服外套滚落在地。薛均移开视线，蹬上踏板，随着人群慢慢往桥上骑去了。

无数自行车穿行而过，圆果被车轱辘碾得稀碎，暗若血色的污渍在青色的砖石上炸开，留下秋天再抹不去的痕迹。

第二天放学的时候，荀秋收拾桌子有点慢，等她拉上书包站起来，突然一个身影靠近。薛均挡住了大部分滞留同学的目光，将手中叠得整整齐齐的粉色信封放在了她桌上。

"荀秋。"薛均比一次帮李思源给她递纸条明显进步不少，在她红透的脸色中，平静而低声地宣布"死刑"，"严知给你的。"

荀秋木然地看着他，他也无声地看着她。

"这是你写的吗？"荀秋明知故问。

薛均愣了下，荀秋又解释："那天我好像看见你在用这种纸写东西。"

薛均没想到她看到了，只好点头。片刻，他又补充一句："严知写的，我给他润色，但大部分还是他写的。"

那一瞬间，荀秋的愤怒值几乎达到了巅峰，她觉得自己变成了游戏机里那个红色头发的反派 BOSS（老大），怒气值一充满，屏幕上出现近景特写，她的头发像燃烧的火焰一样飘在空中，怒目圆瞪，非常恐怖。

她很想大声质问他："严知是你的朋友，我就不是了吗？为什么因为这种可笑的理由疏远我，让我整整两个月以来都在反复思考自己究竟做错了什么。"

可她最终没有开口问任何事，因为她心里很清楚答案，那何必自欺欺人，再说一些不知所谓的话让大家尴尬。

荀秋接过信封，拉开书包小心放好，扯起一个勉强到几乎看不到的笑容，礼貌地向薛均道谢后，错身走出教室，逃离了这个秋天最令她窒息的记忆地之一。

严知的笔迹很工整，丝毫不比薛均的差，只不过他和她一样，在作文这一块差点意思。

平时按题写作，八百字有两百字都在引经据典。套着公式歌功颂德是能混个不错的分数，但绝无可能像薛均那样，每篇作文都被刘老师当作范文在语文课上当众朗诵。

苟秋已经习惯薛均的文风，但她没想到这封信要这样矫揉造作。谢谢这封信，现在她不觉得自己好笑了，论可笑程度，还是他们两个人更胜一筹。

她从床底拖出陈旧的瓦楞纸书箱，随意抽出一本谁也不会去细看的物理实验练习册，她用美工刀把册子厚重的封页上侧内里割开一个小口子，将信纸平整地放入其中，再用胶水粘好。

随后她拿出一张半旧的包书纸将这本书包得齐整，口子恰好嵌进书皮边缘。

天衣无缝。

做完这一切已经是半夜十二点半，苟秋拧开房门要去上个厕所，却听见外面有轻微的响动，她警惕地半开着门，从夹缝里窥探。

客厅没有开灯，隐隐约约有个人影从哥哥的卧室走出来，慢慢走到了阳台上。

苟秋汗毛倒竖，哥哥去雾城上大学，房间哪有人住啊！她的心"怦怦"跳起来，难道是进贼了？

金属滑被被拨开的声音响起，今夜无星无月，就着打火机微弱的火焰，那人影身周出现亮光，是陈雯，她手指夹着一根细细的香烟。

苟秋从来不知道原来妈妈会抽烟。

她蹑手蹑脚地退了几步，重新倒回床上，等了很久妈妈都没回房间。妈妈在做什么呢？为什么半夜起来抽烟？

苟秋不明所以，想着想着，就这样睡了过去。

十月二十九号，薛均从京市参加决赛回来。

苟秋原本以为他会明天再来学校，没想到他却来上自习了。

可是有什么关系？她自暴自弃地想，反正他也不会理她，就像她不再理严知一样。

这天的晚自习氛围很自由，老师们都去办公室开会了，很多同学围到薛均附近，要听他说在京市的见闻。

"你们出去玩了吗？"

薛均摇头："没去，我还得赶回来上课呢，落下功课怎么办？"

"哎，好不容易去一趟呢。"有人可惜地叹了一声。

也有人调笑他："嚯，咱们薛均也会怕落下功课啊？"

那边的热闹与苟秋丝毫无关，她想起暑假前薛均劝她报名的时候，眼睛带着笑意，说什么可以一起去京市参赛。

其实根本不可能，因为省决赛名额只有一个。

她明明知道他说话向来温柔得体，却还把他的客套话奉为金科玉律，什么"万里挑一的优秀"？她真的好傻，他说什么都信。

她趴在桌上做卷子，渐渐地把周围的喧嚣都屏蔽了。薛均走了几天，怕落下功课？没关系，他的新同桌会借笔记给他的。

"荀秋。"

她的手顿住，好久不曾主动和她说话的人又走到了她的桌前。薛均穿着一件灰色冲锋衣，额上的碎发有些长了，被他用手拨到一旁，两只幽灼的眸子望过来，缱绻隽永，温柔得像一捧月光。

荀秋攥紧手指，呼吸都慢了半拍，她低下头假装收拾东西，状似无意地开口："怎么了？"

薛均笑了一声："生日快乐。"

荀秋霍然抬头，看见他从口袋里摸出个东西递过来，下意识地接住。

黑色盒子里躺着一支精致的钢笔，教室的白炽光打在烫金 logo 上，闪闪发光地昭示着它的价值不菲。

还没等她开口，薛均又说："挑了很久，你不收下，我就做无用功了。"他笑，"如果实在不好意思，下课请我去吃顿饭好不好？"

荀秋果然被转移了注意力，"啊"了一声，问道："你从火车上下来还没吃过饭吗？"

"嗯，就广场那家西餐厅，离你家也不远，吃完送你回去好不好？"他这样提议。

荀秋想了想，又问："你怎么知道我的生日啊？"

薛均说："上次填家庭调查表的时候，我不小心看到了。"

那都是好几个月之前的事儿了，他却还记得。荀秋低下眼睛，压住唇角，轻轻地"哦"了一声。

没有严知的干扰，薛均好像又变回那个礼貌又亲切的他了。虽然荀秋早设想过这种可能，并且一再告诉自己要争气，绝对不能与他"和好"。

可在这个没有人记得的生日当天，薛均从京市回来，赶到学校送她贵重的礼物。

她请他吃饭是应该的。

对，就是请他吃饭，并不是要"和好"。

荀秋做了决定，鬼使神差地答应下来。

夜色正浓，楼下的车棚里只有一盏昏黄的油灯，操场上有人在打球，响声砸在黑夜中，一如荀秋不可平息的、如擂鼓般的心跳。

薛均和她在纯色的黑夜中并肩同行，而终点是一顿美满可口的饱食。

风色温柔，月光清浅，一切都很完美。

苟秋想，如果她没有在车棚看到严阵以待的第三人的话，这或许会是个终生难忘的生日。

广场上的喷泉还开着，但行人匆匆，无人驻足欣赏。

苟秋和两个男生骑车从北侧路过，潮湿的水雾随着微弱的音乐声扑过来，她侧过头躲避，下意识抬眼看向薛均。

中心大厦的彩色灯带亮得很刺眼，薛均逆着风，蓬松的头发乱了，他伸出手去拨弄，繁杂的色彩从侧面映照过来，勾勒着少年清瘦而英挺的轮廓，他整个人像是在发光。

感知到她的目光，薛均倏然望过来，一双璀璨如星海的眸子在她身上点了一下，而后微微昂首复看向前方，嘴角有了轻微的弧度。

"借过！借过！"严知从两人中间穿过来，苟秋忙稳住把手，往右边打方向移开了一些，抽空还瞪了他一眼。而严知则哼笑着，看看薛均，又看看苟秋，摇头晃脑没个正经模样，好像之前几天的萎靡已不复存在。

苟秋呼了一口气，这才和他说了这么多天来的第一句话："我没说请你啊！你跟来干什么？"

"哦。"严知满不在乎，"那我自费。"

来都来了，起码他说了一句"生日快乐"，苟秋不会那么小气真的让他自费，她哼了一声，别过头不看他。

西餐厅的人不多，苟秋选了靠近角落的卡座，小帘子一拉，很有私密性。

她拿着菜单犹豫了一会儿，因为没有用过西餐式的刀叉，为免出丑，她点了沙拉和意面。而后她将菜单交到严知手里，声音不悲不喜，颇有些看破红尘的意味："点吧，我请客。"

这个餐厅人均五十元，苟秋手里存着两百块钱，怎么也应该够了。自从上次爸爸收缴了她的旧书袋，现在她都把钱夹在教科书里，随身携带。

严知也不扭捏，点了两个基础推荐套餐，很快把菜单交还给服务生。那服务生是个年轻人，看见严知的蓝眼睛很惊奇，一步一回头地走到前台，和几人看着严知窃窃私语。

苟秋皱了皱眉。

严知早就习惯了，他观察了一下他们的口型，失笑出声："他们竟然在争论我到底是不是中国人。薛均，难道我长得不像中国人吗？"

他的轮廓深邃，皮肤雪白，但长相还是明显偏向东方人，湛蓝色的眼睛并不过分违和，水汪汪的，像一方宁静悠远的清潭。

"不像。"薛均笑，"中国人哪有蓝眼睛的。"

严知冷哼了一声，作势就要掏出新办的身份证："如假包换的中国国籍，谁敢说我不是中国人，站出来！"

薛均接过，又递给荀秋看，问她："你的身份证办好了吗？"

前段时间，学校要求高二生自行去指定商家拍摄证件照，办好身份证以备来年的高考。

荀秋也不例外，只是证件照要求露出耳朵且不能有刘海，她的刘海不太乖顺，最后商家用水沾湿了她的额发，拍下了一张大背头丑照。

见荀秋点头，严知笑着伸出手来："看了我的，那也让我看看你的？"

荀秋使劲摇头，忙把身份证放回他手里，撒谎道："我没带。"

菜品很快上来，薛均这份餐用白色圆碟装着，摆盘还算看得过去，只是西兰花有点大，而牛排小得可怜。

荀秋问道："还加点吗？感觉会不太够吧。"

薛均摇头，下一刻他的手机"嗡嗡"地振动起来，他低头说了一声"抱歉"，起身掀帘离开了卡座。

那些年"僚机"这个词还没兴起。但这一刻荀秋懂了为何薛均突然转变，他哪里会费时间去给她挑礼物，只不过是在给严知打辅助罢了。

荀秋的眼神黯淡下来，垂下脑袋专心卷面。

餐厅里放着一首荀秋说不出名字的小提琴曲，平缓中略带一点忧伤，像涓涓细流没入荒野，生机在炎热中无声无息地蒸腾为白烟，一丝痕迹也找不到。

她的失落表达得太明显，严知看着她，已经不用多问，要是条件允许，只怕荀秋现在想乘火箭离开这个场合。

他从书包里拿出包装精美的礼物放在桌上，缓缓地把它推到了荀秋那边。

"生日快乐。"

让荀秋在生日这天失落心伤绝不是他愿意看到的，他想了想，还是发信息让薛均先回来。

"不用了。"荀秋没有看它，直接把它推回去了，抗拒只差直接写在脸上。

严知的笑有点挂不住，他看见荀秋接到薛均礼物时那个又惊又喜的样子，和如今这个冷脸对比起来，实在落差过大。

当然了，严知很明白，如果没有薛均，她怎么会肯和他在这里心平气和地吃饭。

他呼了一口气，勉强笑了笑："别误会，这不过是友谊的见证，你不是也收了薛均的礼物？这是我费了很大力气才搞到的，你都不拆开看一下？"

荀秋摇头："对不起啊，严知，我不能收。"

严知抿着唇，笑容已经完全消失了。他捏住那个方方正正的礼物盒，再也忍不住心中的疑问:"因为薛均,是吗?"

帘子外面的人顿时停下脚步。

苟秋吓了一跳,她的脸不可抑制地开始烫起来。那时幼稚的她认为,严知和薛均是朋友,如果她拒绝了严知而对薛均特别,严知肯定会和薛均不对付。

于是她说:"没有,我和薛均只是朋友。严知,我不想,也不能谈恋爱,现阶段我们是带着任务的,好好学习才是正道。"

"真的?"严知虽然知道她在说谎,但好歹心里好受了一些。

他不满地嘟囔了一声,又问:"那你也把我当朋友吗?就和薛均那样?"

"当然啊。"苟秋大言不惭。

"那为什么薛均送你礼物你就收,我的你就不收啊?"

苟秋噎了一下,又狡辩道:"因为我和薛均是纯友谊,是朋友啊,朋友之间互相送礼物很正常,可是你——我怕你继续误会。"

严知说:"不用误会,我们难道不是朋友?除非你觉得我低人一等,不配当你的朋友。"

"怎么会呢!"苟秋最怕人家误会她。严知这样自暴自弃的语气让她觉得愧疚极了,她马上伸手把礼物包装打开,一面客气地说,"你的礼物,我很喜——"

她突然顿住。

彩色包装纸破损了一半,里面露出夺目炫彩的 CD 盒子边缘,这图案这样熟悉,苟秋不可置信地看了严知一眼,随后目光粘在礼物上再也移不开了。

她撕开了外壳,漂亮的 CD 盒完完整整地露出来,上面龙飞凤舞地签着那个人的名字,还有一个"To 苟秋,祝你金榜题名"。

苟秋已经快要抑制不住喉咙里的尖叫了,如果这不是在餐厅,她只怕会当场哭出来。

严知看在眼里,弯着唇解释:"上个月你偶像开见面会,我姑姑刚好在那边,我托她去拿了这个签名。"

"喜欢吗?"他问。

"嗯!"苟秋简直不知道说什么好,看着 CD 直点头,欣喜从她的齿间溢出来,她实在忍不住泪意,双手捂住脸颊,声音丝丝颤颤,"谢谢,严知,我太喜欢了。"

"喜欢就好。"严知笑了一声,又忍不住伸手摸她的脑袋,"有这么高兴啊?瞧你这傻样儿。"

苟秋躲开他的手,却始终没再好意思板着脸。

别说板着脸,她的心简直已经飞上云霄了。

薛均看着短信无声地笑了,看来这里已经不需要他了。他收好手机,转身离开了餐厅。

5

没几天，周舟也过上了住校的日子。严知得知后，完全贯彻作为好朋友的职责，搬到九班来上晚自习，又以女孩子一个人回家危险为由，每天下了自习和薛均两个人一起骑车送荀秋到家楼下。

十二月二十四号，荀秋在外婆家吃完晚饭，正准备回学校上自习，表弟却看中了她书包外袋放着的那个精致包装过的"平安果"。

放学时，严知带着薛均的贺卡，把这个苹果送过来，荀秋只得没骨气地接了。

表弟眼巴巴地看着苹果，突然开口："姐姐，你这个苹果好红啊，是别人送给你的吗？"

荀秋只怕大人们听见，一下把他拽进了房间："不是，是班级用班费买的，每个人都有。你是想吃吗？"

表弟点头，很乖巧地问："嗯，可以给我吃吗？姐姐。"

他又说："为什么班级会发苹果啊？我们班就没有。"

表弟只有七岁，是留守儿童，一向很听话。荀秋把苹果拿出来给他，和他说了商家在平安夜新创造的噱头，又嘱咐一声："洗了再吃，记得哦，是班费买的。"

"嗯，谢谢姐！"表弟拿着苹果跑去厨房。荀秋重新背好书包，刚转出来，却看见外婆背对着她正在阳台上打电话，手背揩过眼睛，好像在哭。

荀秋慢下了脚步，迟疑地靠近大门。

老人家打电话声音总是很响，外婆大概以为荀秋已经回去了，否则她绝不会在孩子面前展现脆弱。

"那这件事就这样过去了，你也要想通点，不要再做傻事。雯雯啊！"

荀秋顿了一下，手从门把手上落下，往阳台靠近了几步。

"你辛苦了半辈子，还没享到福就要去了，那不是便宜了那个女人？秋秋还那么小，不能被后妈折磨啊，天天也是老实孩子，有了后妈就有了后爹，以后他们只怕一分钱都拿不到，这里面可有你的一半啊！就这样送给那个女人啊？"

荀秋脑子一"嗡"，一个绝对没有想过的可能蹦了出来。怎么会这样？她一直以为这种事只会出现在电视剧里。

外婆絮絮叨叨地劝说着，完全没有注意到荀秋就站在阳台玻璃门后面。

茂盛的发财树盆栽挡住了清瘦又沉默的女孩，她听见了所有信息，轻手轻脚地离开了外婆家。

人民广场有一家百味书屋，专门卖课外书，荀秋读书很杂，她既为《三体》《三国演义》着迷，也会看《龙日一》《狼的诱惑》，自然，那时候最流行的武侠小说也在她的涉猎之中。

薛均曾经疑惑地问过她,她这么喜欢看书,为什么会不喜欢写作。

或许是因为少时倾诉孤独只换来了无止境的叹息,荀秋学会了适时缄默,不敢再过多地表达自己,下意识地利他,忍住自己的委屈,照顾旁人的感受。

杂志上的说法五彩斑斓,有一种"讨好型人格"的属性或许符合她的情况。

无论如何,十七岁之前的荀秋一直是活在象牙塔之中,她单纯又诚恳、虚荣也忧郁,最大的烦恼不过是来大人们不可预期的批评罢了。

这天之后,她彻底懂得了自己是愚蠢的。

她看见妈妈睡在次卧,知道妈妈半夜失眠,跟着爸爸领着那个女人去逛商场,她却完全没有把这些信息串联起来。

或许是他们平日太会伪装,以至于荀秋把他们想象得过于完美。

她从没有把那些肮脏的事情猜到爸爸头上。

她从来不觉得妈妈也会痛苦、会脆弱。

她差一点就没有妈妈了,而她一无所知。

荀秋回到了家里。

爸妈今天都没有回来,或许他们去解决属于大人的恩怨了,那是不能对孩子提起的禁忌,所以荀秋只有透过偷听才窥见真相。

那个女人只比她哥哥大一岁。

好恶心。

荀秋眼睛酸胀得厉害,她拉开柜子,取出那条白裙子。

裙子被她用防尘袋包起来,如珠似宝地挂在衣柜最显眼的位置。而此刻,她操起了尖锐的剪刀,从头到脚把它剪成了两半。

"这样就够了吗?"她问自己。

不够,心里有一个声音在叫嚣,荀秋脱掉碍事的外套,持续不断地"伤害"那条裙子,直至它碎成一堆完全看不出来的破纱。窗外吹过来冬天的寒风,乱糟糟的碎絮飞满了整个房间。

而荀秋的脑子完全空白。

她漫无目的地走出家门,在楼下遇见了严知。

"荀秋?"严知停好自行车,快步向她走过来。

她没有穿外套,脚上踏着花色棉拖鞋,严知靠近看,才发现她手里紧紧攥着一把剪刀,鲜红的血液凝在她纤白的手掌上,看起来触目惊心。严知见到都唬住了,喊了她几声,毫无反应。

老旧小区本就人烟稀少,又正值饭点,楼下一个人都没有,严知在大榕树下握住了她的手,试图拿走利器。

可她攥得太紧,严知看见她手上的伤口,皱着眉:"你受伤了,荀秋,把剪刀给我。"

熟悉的声音让知觉开始恢复，苟秋松开手，四肢仍然僵硬着，寒风从毛衣的各个缝隙中灌进来，她感觉到刺骨的冷，而严知的手掌成了唯一热源，她颤抖着，反握住他的。

"冷吗？苟秋，你是不是很冷？"严知握住她的肩膀，才发现她比想象中还要单薄，他无措地询问，"怎么不穿外套啊？你家里有人吗？要不要回去换个鞋子？"

"我不回去。"她打了个喷嚏。

这会儿严知就是再傻也知道她家里肯定发生了什么不得了的事情，他三两下把自己的外套脱下来拢在她身上，安慰道："好好，我们不回去，那我们去学校吧，还要自习呢。"

"不去。"

严知看了一眼没开灯的六楼，把她带回了江山名府。

苟秋披着毯子，乖乖地坐在沙发上，电脑上正在放《邪恶力量》第二季，闪烁的光影落在她无神而清澈的眸子里，看起来很是脆弱。

"好点了吗？"

严知把热腾腾的奶茶递过去，苟秋抬眼看他笑了一下，又低下头小口小口地啜饮起来。

"严知，我好羡慕你啊。"良久，她突然开口。

"羡慕我？"严知笑，"为什么羡慕我？"

没有人管，随心所欲，自由自在，多好。

"哐哐哐——"几声巨大的敲门声传来，住家阿姨打开了门，两个孩子隐隐约约听见楼下有怒斥声，严知愣了愣，明白是谁来了。他挠了挠头，说道："我去看看吧。"

高中生活乏善可陈，在七中或者一中这样的重点高中更是如此，能称得上休闲的体育课、课外活动课，或者音乐课都被老师们以各种借口占用，各种随堂考、摸底考、月考、期中考、期末考……但即使整日在题海中遨游，青春躁动的同学们仍少不了娱乐八卦。高知家庭、混血儿、模样漂亮、"天才"人设，随便挑出一个属性，都足以让严知充当七中的"门面"人物。

他放着小汽车不坐，每天骑自行车送苟秋回家的事情早在学校贴吧传了好几遍，平安夜他俩又同时无故缺席晚自习，九班和十班的同学偶尔一通气，直接引爆了本来不算热闹的贴吧。

虽然他们已经分别和老师请过假了，可贴吧的帖子多得像雪花一样，学校很忌讳这种负面影响，打电话给苟秋家里询问，自然，苟秋并没有在家。

纵使老师们不愿意激化矛盾,但拐弯抹角地提起苟秋疑似早恋时,还是让苟令怒气冲冲,跟着薛老师和徐老师来到了江山名府。

"苟秋呢!让她出来!"

严知有点怵,他看向玄关下满脸怒容的几个人,单是老师来兴师问罪他可不怕,可那还有苟秋的爸爸。

他不自觉地扶住楼梯,擦了擦手心的汗。

"叔叔。"他喊了一声,同时在心里惊叹,自己这辈子就没这么恭敬礼貌过。

苟令打量着他,两个班主任也好不到哪里去,审视的目光上下扫过几遍,薛老师开口道:"去喊苟秋下来。"

"苟秋不在啊。"严知完全不知道住家阿姨已经告诉老师苟秋就在这里了,他仰着脑袋掩饰心虚,开始信口开河,"她怎么会在我家?出什么事儿了?"

住家阿姨这才察觉到气氛不对,这个男人一上来就以为她是严知的妈妈,说话不太客气,可薛老师她是认识的,他们问起苟秋的事,她也没多想,都直说了。

严知听了,一下好尴尬。他挠了挠脑袋,解释道:"苟秋……可能是学习压力太大了,她心情不好。我呢,作为好朋友,就邀请她来家里看电视,放松一下。"

"对不起。"他知道苟秋家里管得严,又补充一句,"我不该带同学逃课,对不起!本来苟秋是不想来的,就是我说一直绷着弦不好,劳逸结合才——"

话音未落,苟令便打断了他:"暑假时,她也是来的你家?写作业?"

严知没反应过来,苟秋来这里可没有写过作业,他不知道是怎么回事,连着"哦"了几声,一咬牙全为她揽下来:"对,那个,我化学作业有不明白的地方,所以就……请苟秋一起过来学习。"想了想不妥,他又补救,"还有好几个同学也来了。"

几个大人的目光从客厅琳琅满目的游戏机划过,显然对探讨学业这个话题存疑。

大冬天的,严知额上都快冒出汗了。

"行了。"苟令说道,"苟秋在哪里?带我们过去。"

严知沉默了,苟秋现在还没下来,明显是不愿意见到家里人,这时候大家就不能留点空间,彼此冷静一会儿吗?

他不知道苟秋家里是不允许叛逆和违抗的,只要家长的威严受到挑战,一律要立即进行敲打。

严知努力扯了个笑:"这我要问过苟秋,她同意了,我才会带你们见她。"

徐老师两眼一黑,严知一向是个不听话的,可架不住他成绩好啊,作为班主任,他平日就睁一只眼闭一只眼。但这大晚上把人家女孩带到家里来算什么事!

苟令不可置信地看着他,额角青筋暴起,伸手就把严知推了个趔趄。

严知猝不及防地退出了几步,几个大人便绕过他,往楼上去了。

严知可能这辈子都没见过这种暴力与独断并行的家长,但是在苟令于三楼一间间使劲敲门的时候,严知可以想象到苟秋的恐惧。她平时到底是生活在什么样的环境中?

"叔叔。"

在最后一间卧室门口,严知握住了苟令的手臂,沉下声音毫不客气地说:"这是我家,请你出去。"

"你说什么?"苟令盯着他。

徐老师知道严知的狗脾气上来了,无奈地把他往旁边拉了拉:"别乱来。"又转向苟令劝说道,"家长别太激动,平时两个孩子都很听话,都是实验班的好学生。咱们有事好商量。"

徐老师:"严知,让开。"

严知执拗地挡在门前。

"没有我的允许,谁也不能闯到我家里来。"他挣开徐老师,摇了摇右手握着的手机,"你们都出去,不然我就报警了。"

薛老师知道从严知这里突破不了了,只得朗声对着紧闭的门说道:"苟秋,你出来,老师也在,我们好好聊一聊。"

"咔啦"一声,门从里面被打开。卧室的暖风从门缝里溢出来,苟秋已经换回了自己烘干的白色毛衣,脚上还是她那双棉拖鞋。

这一幕彻底激怒了苟令,他先上前一步,厉声质问:"你的……"衣服呢?

可能他也顾及有老师在场,没有继续说,只对老师道歉,说他回去教育孩子,然后拽住苟秋往外面走。

苟秋跟跄几步,还是跟着他走了。她回头看了一眼严知,做了一个"对不起"的口型。

严知的手紧了紧,皱眉看着他们离开了屋子。

在爸爸打电话给肖老师问和她一起上竞赛课的同学是男是女之后,苟秋有很长一段时间不敢和肖老师对视。

今天的事又让徐老师和薛老师也来了,可苟秋已经不觉得羞愧难当。

她想明白了,自己有什么好羞愧的?她没有做错任何事情,只因为爸爸一些难以理解的举动?只因为今天这些不好解释的巧合?

"你的衣服呢?"走到汽车旁,苟令再忍不住戾气,一下把苟秋推进了副驾驶座。

苟秋转过来,她从来没有用这样直接而带着几分审视的目光看过爸爸。在孩子的眼里,爸爸的形象永远高大,可这一刻她的目光只有冷漠。

荀令指着她,继续问:"你要不要脸?平时我都是怎么教你的,你什么不好学,学人家早恋?这种家庭是你攀得起的吗?我看你是平时小说看多了,回去把那些书都卖了!"

荀秋没有反应。

他又不耐烦地重复一遍:"听见没有?爸爸和你说话,你听不到?"

荀秋看着他,问道:"我妈妈呢,她在哪家医院?"

荀令猛地一愣,没有羞愧,没有内疚,只有那种被揭穿老底的愤怒:"谁和你说的?"

原来信念坍塌是这种感觉,荀秋觉得自己陷入无处可逃的泥潭,紧密的挤压让她胸口发闷到无法呼吸。她一字一顿地说:"我妈妈呢?她在哪里啊?"

爱情算什么?

荀令和陈雯年少相识,陷于贫苦的农村生活中,一块豆腐乳、一罐萝卜干也愿意分给对方吃,在追逐梦想的路途中,遇见多少质疑和嘲笑也没有放开过彼此的手。

相互扶持二十余年,终于还是偏航离港。

受害者羞愧痛苦,承受力到达极限,也只会伤害自己。施暴者却能将这致死的痛苦毫不犹豫地加诸于枕边最亲密的人,且振振有词地质问,你为什么不负责任地离开。

荀秋不懂爸爸为什么能理直气壮地要求她自尊自爱,逼仄的车厢里,她诘问:"爸爸,你教我自尊自爱,可你没有以身作则啊。那个女人只比哥哥大一岁,和你搞婚外情,你不会以为是自己魅力大吧?既然罔顾道德就可以获得即时利益,且爸爸也默认这种行为的可行性,为什么我就不可以学?"

荀令冷笑一声,笃定地说:"你妈教你说的。"

不错,从小到大都是这样——荀秋成绩好,听话乖巧,那就是荀家的基因好;荀秋叛逆,无理取闹,那就是陈雯把她惯坏了。

妈妈就必须是完美的吗?

陈雯没有选择原谅,只是生意上的事盘根错节,要剥离出双方都满意的结果,还待两个律师商议方案。

再加上荀令并不想离婚,又拉不下面子来求和,只能在附加条件上一再苛求,以期拖延时间。

风言风语传遍了亲戚圈子,所有人都劝陈雯就这样算了,四十多岁的人,能和小三断了,得过且过就算了。哪个男人不偷腥?更何况他们还是做生意的伙伴,两家亲戚来往也密切。

"别弄散了好好的一个家庭。"他们这样劝陈雯。

"你会恨妈妈吗?"陈雯摸摸荀秋的脑袋,"是妈妈要离婚,让你和哥哥没有完整的家庭了……"

"不。"荀秋仰着脑袋,"妈妈,你没有做错。"

让家庭破碎的人是谁,荀秋很明白。比起一个貌合神离的完整家庭,她更需要一个自由快乐的妈妈。

拉锯战让双方都心力交瘁,陈雯搬到二姨那儿,荀令也不再回家,荀秋开始了住校生活。

她和严知的事好像已经被所有人默认,学校里有严知的拥趸者在背后笑话她麻雀变凤凰,可她好似已经一夜长大,再不会为这种无聊的谣言而觉得不自在。

两个没人管的孩子凑在一起,玩起来忘乎所以,在他们第三次逃课之后,薛均去了一趟 A 楼。

七中的住校生不算太多,住宿楼只有 A、B、C 三栋围楼,共用一个院子。

荀秋记得那是一个雪天。她和严知约好一起去他家玩电脑游戏,走到 A 楼外面时,她见到了薛均。

他撑着一把黑伞,红白校服干爽又整洁,黑色书包背在身上,两根带子扯到合适的长度,是标准的好学生模样。

荀秋不记得自己已经多久没有和薛均说话了。总之,他在完成僚机的职责后,就和她保持了普通同学的距离。

他并不住校,来这里做什么?荀秋下意识地躲避,走到了院子旁的灌木后面。

薛均在一楼走廊里拦住了严知。他的目光落在严知空空如也的手上,问:"怎么不带书包,又要带着荀秋逃自习?"

严知笑了一声,他搞不懂薛均到底有什么资格来管他和荀秋的事情,这样一副兴师问罪的表情,实在让他很不爽。

"嗯。"他无所谓地点点头,"自习没什么大不了的啊。"

他尝试往前走,可薛均不肯让路。严知的表情已经不那么和善,随着和荀秋的接触越来越多,他就越来越介意薛均对荀秋的过度关注。薛均明明知道他对荀秋特殊,也很配合地入了他和曲梦梦联合设计的局,甚至能帮他递写信件,主动避嫌,不再和荀秋来往。可为什么现在薛均还要来管荀秋的事?

严知皱着眉,冷言道:"让开啊,荀秋在等我。"

"你觉得荀秋的前途无所谓是吗?"薛均突然说。

"和你有关系?"严知笑出声,"你是她什么人?"

荀秋攥紧了手指,薛均是为了她才来的?

"我不是她什么人。"薛均的声音很平静,对严知突如其来的恶意似乎无所察觉,"她不应该总是逃课,快高三了,打破良好的学习习惯,对她很不利。"

他顿了一下,又说:"你们两个成绩都在退步,你没察觉到吗?"

苟秋玩乐的时间增加,成绩自然就下降了。可她似乎要以家庭变故为堕落的理由,总是控制不住地想要去玩,虚拟世界要获得快乐与成就实在太容易,她不可否认自己的沉迷。

薛均继续说:"还是你觉得,苟秋的成绩根本不重要,你可以给她一个很好的生活?"

严知有点不耐烦了,哼出个鼻音,顺着他胡说八道起来:"对啊,难道我养不起吗?苟秋就算什么都不做,一辈子也可以过得很自在快乐,我就是有这个自信能给她很好的生活,怎么样?"

苟秋忽然听到一声冷笑,她怔愣了一下,是薛均吗?她从来没有听过他发出这种……不屑又轻蔑的叹音。

"你养得起……"薛均慢慢地重复了一遍,随后又说道,"不错,你的家庭条件的确养得起任何人,可是你养不起一个苟秋,她不是依附在树上的藤,不会等任何男人来养她,如果你觉得现在把她带废了也无所谓,那你们走不到最后。"

耳鸣声随着他的话音落下而开始振聋发聩地拉响,苟秋艰难地抚着剧烈跳动的心,他们还说了什么她已经听不见,整个世界只剩下裂石穿云的"嘭嘭"声。

在薛均心里,她怎么会有这么高的评价?原来他真的……觉得她很好。

院子四面透风,灌木上的雪粒子落进苟秋单薄的运动鞋里,鞋袜可能已经湿透,可她浑身都在发烫,她怎么可以在这个当口堕落,明明这是人生最重要的转折点啊。

这一天苟秋没有逃课,之后也没有再用学习时间去玩耍,甚至可以整个周末都坐在电脑前面写作业,让严知佩服得五体投地。

"可以做好学生的形象代言人了。"严知逗她,把装着水果的玻璃碗放在她鼻子下面转了转,弯着眼睛笑道,"秋秋,吃葡萄了。"

在新年之前,苟令和陈雯总算分割完毕,勉强算是和平分开。苟秋搬进了妈妈在新城北购置的房子,有了一个很夸张的全粉卧室。

爸爸没有向苟秋道歉,但是送来了一部崭新的手机作为新年礼物。

而苟天则作为客人拜访,与妈妈和妹妹一起过新年。

吃完年夜饭,苟天和苟秋各得了一个大红包。

那一年江城还没有禁燃,外面"噼里啪啦"地响着烟花爆竹,苟秋躺在床上,习惯性地点进薛均的博客,虽然他已经好几个月不更新了,但睡前去拜访一次已经成了她近几天的新习惯。

或许是今晚江城使用网络的人实在太多了，屏幕亮了又灭，好几次都没有加载出页面，苟秋反反复复地刷新，捣鼓了整整十五分钟之后，总算进去了。

薛均果然还是没有更新。

也许他已经弃用了这个号，她这样想，否则以他从前的更新频率，怎么也不会几个月都不发一条吧。今天可是新年呢……

她想了想，点开了他的访问列表，除了她，时不时还有一些人在访问这个博客，时间是很久之前，就是不知道他们都是谁。

苟秋闲着无聊，挑了一个粉色头像点进去看。

不知道是命运的捉弄还是事情就是这么巧合，这个号就是曲梦梦的。

虽说窥屏有些不礼貌，但是苟秋始终记得曲梦梦曾经给薛均送巧克力的事，她是喜欢薛均吗？或许能在博客里看到一些线索。

曲梦梦有三千多条动态，事无巨细地记录她的衣食住行。

苟秋百无聊赖地看着每一条博文。

曲梦梦是个很可爱的女孩，会用博文记录自己喂养的流浪猫，每天都会随身携带小包装的干净猫粮。除此之外，还有她的一些素描和水彩作品展示，都很漂亮。她和薛均的账号偶有互动，也都是很平常的普通朋友语气。

屏幕上幽白的光照在苟秋微微勾起的唇角，她趴在枕头上，歪着脑袋，慢慢地浏览着。

忽然，她眼神一凝，微微失神。

九月十八号，曲梦梦发了一张照片，背景是多媒体教室，像素很模糊，但能看得见薛均脸上显而易见的担忧。他垂着头，两只手交织在苟秋的脑袋上，正专心地为她取下那只麻雀。

他们离得这么近吗？苟秋看见自己的手紧紧拽在薛均的衣角，脑袋都快要靠在他胸口上了，可当时因为恐惧和不安，她完全没有意识到这一点。

曲梦梦的文案是：贴吧都传疯了，这就是你喜欢的那个女孩吗？

这个用词……难道薛均和曲梦梦说过他有喜欢的女孩了？

评论区显示有五条评论，苟秋犹豫着点开。

Invoker Xue：朋友喜欢的女孩。

"你源哥完全不一样了"在底下评论了一串省略号。

曲梦梦没理，只回复薛均：谁啊？

可能是因为薛均没有回复，过了两个小时，曲梦梦又对他发了一条：你说的这个朋友不会就是你自己吧？

第五条评论正好在下一页，苟秋按捺不住期待，心跳莫名其妙开始加速，她点下翻页键。

好像有一个世纪那么久,页面才加载完毕。荀秋把手遮在眼睛上,从指缝里窥到了评论内容,眼神黯淡下来。

薛均并没有再回复。

第五条评论不过是曲梦梦的一个好友留下了一连串意义不明的"哈哈哈哈哈哈哈哈哈哈哈哈"罢了。

"朋友喜欢的女孩。"

荀秋重复了一遍,手指在屏幕上长按着,想保存这张照片,可最终她还是取消了操作,删除记录,关闭了网页界面。

她抱着枕头坐在床上,不知为何而流的眼泪慢慢凝聚,滚过眼角,又顺着脸颊洇进薄薄的睡衣。片刻后,她再忍不住呜咽,俯身把脑袋埋进柔软的真丝枕头。

哭够了,她把手机举到眼前,注销了百度博客账号。

做完这些,荀秋仰躺在床上发起愣来。新鲜的美式帘幔装饰让她的思绪飘得更远,离开了婚姻的妈妈变了很多,或许说这才是妈妈本来的模样——努力工作,享受生活,会打扮自己,也会打扮荀秋,还让荀秋住进这样梦幻的房间,虽然十七岁的荀秋已经觉得粉色公主有点落于俗套了。

但这也许是妈妈的梦。荀秋想着,又在止不住的泪水中沉入睡眠。

高二下学期的暑假,严知也变得忙碌起来,他去考了 TOEFL(托福),自述考得不好,害荀秋为他担忧了半个多月。

高三的开学日,还是薛均参加国旗下的讲话。一上台,就有高一的新生在为他惊呼,荀秋有时候很羡慕那些敢于为薛均欢呼的女孩,而她就算表达欣赏,也总隐藏在所有人之后。

比如他讲完之后,校长又将他暑假在国际赛场上获奖的信息公布于众,操场上爆发雷鸣一般的掌声,她总算可以名正言顺地为他拍手庆祝。

"荀秋!荀秋!"队伍散开的时候,严知追到九班这边。

同学们都很自觉地为他让开一条路来,还有个说得上几句话的男生撞了荀秋一下,揶揄她:"你看谁来了。"

荀秋懒得做无谓解释,只笑了一下。

"喂——李熙!"严知眯着眼乜过去,拉长声调,没好气地冲人家喊,"走路没长眼睛啊,乱撞人。"

"不敢不敢!"李熙笑着退了几步,又撞到别的同学,忙不迭地回头道歉。

"好了。"虽然知道他们关系好,但荀秋还是会为严知这种毫不客气的语调而感到惶然,她靠近他,问道,"干什么啊?"

严知却小小地哼了一声,说道:"手给我看看。"

荀秋不明就里,展开手掌抬到他眼前。严知撇着嘴,开玩笑似的说:"都拍红了吧？我在后头瞧着，就你拍得最厉害。"

荀秋一听，立即把手收回来横了他一眼："笑什么笑，成绩出了吗？"

他听了笑得更大声，也不管荀秋想不想理他，亦步亦趋地跟在她后面往教室走。过了一会儿，他突然说道："荀秋，成绩已经出来了。"

荀秋果然停下脚步，转身看向他。

严知的脸色变得有点沉，荀秋心里也紧张起来，忙问道："多少分啊？"

他这个样子一定是没考好，经过半个月的铺垫，荀秋已经准备了一箩筐的话来安慰他。

"109分。"

"没事的，你英语那么好，下次肯定——"荀秋突然反应过来，猛地顿住，不可置信地反问，"多少？"

"109分啊！"严知看她这个样子，实在忍不住想笑，离愁别绪也被暂时冲散，他调侃她，"'下次肯定'——什么啊，怎么不说了？好啊，荀秋，你心里就是觉得我过不了是不是？"

荀秋没好气："我才没你那么无聊呢，考了109分你还说什么没考好，差点吓死我。"

"你知道满分多少啊？"他故意逗她。

荀秋怎么会不知道，她早就查过了，托福满分是120分，他考109分足够申请美国所有优秀的大学了。

"荀秋。"严知说，"我申请宾夕法尼亚大学了。明年夏天，你就见不到我了。"

荀秋不擅长表达自己的情感，虽然严知对她而言是可遇不可求的朋友之一，她有不舍，可他是奔着光明的未来而去，她更多的是为他一路上顺风顺水而感到高兴。

"你不问问我有什么'遗言'啊？"严知凑过来，轻轻牵着她的马尾，绕在指间把玩。

如果荀秋以前说这种话是会被爸爸打嘴巴的，可现在她百无禁忌，撇嘴问道："你有什么'遗言'？"

"我不说。"严知憋着呼吸。

"你不说还让我问？"荀秋瞪他。

"你真的想知道？"严知挠挠脑袋，"那我可就说了啊？"

荀秋可怕听见他说些乱七八糟的东西了，一捂耳朵往教室方向走："我不想，'遗言'还是留着死之前再说吧，在此之前免开尊口。"

严知大笑追上去，伸手要拉开她的手臂："你听嘛，我就要说了啊！"

"不许说。"她恼怒得满脸通红，加快脚步想要逃离。

第三章 万万万分之一

她心里总是存着他或许喜欢她的奢望。

1

越是临近高考,紧张的气氛就越浓烈,荀秋一连好几个周末都没有去严知那边玩耍,就为了即将到来的模拟考。她的成绩逐渐稳定在年级前十,高考正常发挥的话,"重本"应不在话下。

四月份,严知如愿以偿收到了宾夕法尼亚大学的录取通知书。

他望着那张蓝色的信封,没有一刻这样清晰地意识到,离别之日已经在倒数了。

一如初三选学校那般,去哪所大学成了同学们每日必讨论的话题。

"薛均应该会去京市吧?"

荀秋微微停住了笔,没有往讨论声那边望过去。

"肯定啊!"李熙说,"七中的第一名,肯定是清华北大了。"

另外一个同学却嗤笑了一声说:"这你的消息就不灵通了啊!"他放低了声音,故作神秘,"我这里有个确切消息,就是关于薛均保送的。"

"保送?"周围的同学围拢过去,七嘴八舌地议论起来,"我怎么没听说啊?"

那人笑道:"当然了,这是内部消息,你们不知道薛均物理竞赛得奖的事吗？开学那天白校长说的，他在国际赛场得了第三名，知道这是啥意思吗？全国第一，全世界第三。"

薛均在去南市复试的时候，就已经被各个学校盯住了，后来他在京市参加决赛，很多学校向他投来橄榄枝。

"你们猜他选了哪个学校？"

"别卖关子啊，快说啊！"

"王森教授，你们知道是谁吗？"

几个同学摇头，然而苟秋却愣住了。她曾经听薛均提起过，王教授是雾城大学的荣誉教授，主要是做物理研究的，是属于国家保密级别的大研究所。

同学们发出惊叹，保密级别啊，那薛均可就太牛了！

"他同意了吗？"有人问。

"那还能不同意啊？"

"这好事怎么轮不到我啊？"

"你？"有人不屑地笑了。

"我怎么啦，你这是什么语气？"

几个人打闹起来，话题很快从薛均身上移开，关心起自己切身的事来。

高考那两天下着大雨，英语听力嘈杂出电流声，好在有人及时修复，才得以有惊无险。

七中因为是岛校，出口狭窄，并不提倡家长们来等考。六月八号下午回去时，下着可以不撑伞的毛毛细雨，苟秋随着人群离开学校。

考试结束了，三年高中生活如白驹过隙，走到桥面上时，苟秋抬头看向两排整齐而斑驳的路灯，突然想起高一来七中报到那天。

那天也下着雨，她遇见了薛均，还借了伞给他。

薛均保送雾城大学了，那他今天来考试了吗？她不知道，薛均好像已经和她隔开了结界，就像她把他封印在内心不可触及的深处，不碰，不感，不知。

树木在微风细雨中飒飒作响，眼前的一切都陷进烟雨朦胧中。

她微微抬眼，忽然愣怔住。

薛均就等在人群之中，他背靠在微湿的石头栏杆上，额发沾着水珠，白色宽T恤加运动裤，就和三年前的那次遇见一模一样。

"苟秋！"严知拨开人群，挥手向她走来。

苟秋回过神来，感伤雾时被眼前一道璀璨的色彩冲得七零八落。她难以理解的目光落在严知身上那件五彩斑斓的衬衫上，但实际上严知深邃而立体的五官与衣架子般的高大身材带来的视觉效果太盛，这件衬衫穿在他身上虽浮夸却不显突兀，反倒有一种阳光海滩的浪漫。

"怎么出来得这么晚啊，我都等你好久了呢。"

"我没要你等我啊。"苟秋看见他额发上凝住的水珠，到底没忍心苛责。

可今日严知与平日也有不同，他不再插科打诨，神情甚至有一点严肃。苟秋不明白，他已经拿到宾大的通知书，这次去考试也只是为了体验而已，就算失手，也没必要这样子啊。

"苟秋，其实我等你是为了把那天在国旗下的话讲完。"严知难得体会她不喜人群的感受，低声说道，"或者我应该挑选一个更加郑重的场合来与你说话，但我实在没办法多等一分钟。"

严知："和我交往吧。"他憋着呼吸，一鼓作气地说道，"苟秋，我真的太喜欢你了。"

周遭有几个同学偶然听见他们说话，惊得"哇"一声喊起来，更远些的人不明所以，凑近想看热闹。苟秋窘得满脸通红，她抬眼望去，薛均依旧扶在不远处的栏杆上，他的目光沉静而平淡地望过来。

片刻后，他转身离开。

爱而不得，求而不能，遗憾才是人生的常态不是吗？

既然她有这个能力让严知免于一场失望，那为什么不答应他？

答应他，也是弥补自己。

对他好，也是抚慰自己。

这个世界总该有个人能得偿所愿吧？

苟秋不知道这算不算是一种自私，但是她很努力地遵循恋爱守则，做好所有女朋友应该做的事情来完成人生的初恋，包括但不限于：给严知的QQ设置特别关心、把合照设置为锁屏、把密码改成他们的恋爱纪念日、加上亲情号、一起看电影等。

当然，严知无条件的言听计从也在一定程度上满足了她的虚荣心。苟秋想，或许这样的选择是没有错的。

高考结束好像刑满释放，严知家每天来来往往就像个游戏厅，苟秋不爱听那些男生没正经地乱喊"嫂子"，可又不同意严知说把他们全部赶走的建议，每次碰见，匆匆打个招呼，就躲进三楼。

他们都是严知的朋友不是吗？

苟秋和严知确立恋爱关系之后，看电影就不再是天各一方地坐两把椅子，严知把电脑移到茶几上，两个人靠着脑袋坐在沙发上，盖着一条毯子看。刚开始苟秋有一些不习惯，但严知是个爱卫生的男生，靠得近了，他身上干净清爽的皂香并不惹人讨厌。或许恋人之间自带引力，他喜欢和她贴坐在一起，有时候把下巴搁在她脑袋上，小狗似的使劲嗅她的头发。

苟秋平时很少与人亲近，就算从前和父母也很少有这样亲密的拥抱。严知好像为了成全她被爱而存在，这让苟秋时时觉得愧疚又沉迷。

那天他们看的是未删减的《都铎王朝》第一季，苟秋拿着玻璃碗，小口小口地咬着车厘子，目不转睛地盯着屏幕。

"不是啊！"严知理所当然地"出卖"兄弟，从沙发上站起来，作势要下楼赶人，"谁不知道我重色轻友啊，他们惹你不高兴，我就把他们轰出去。"

苟秋忙拉住他的手："他们没有惹我，只是我不愿意做这些交际。严知，我会不会太不活泼了？"

这些天曲梦梦也来过几次，她和其他人都很熟稔，就连第一次见面的人也能聊得有来有回，游刃有余。

对比之下，苟秋显得木讷又内向。

"每个人性格不一样啊。"严知笑，手下收紧，把她揽进怀里。苟秋个子不高，陷在怀里简直像一只小猫，他爱怜地低头蹭她的脸颊，低声说，"我就喜欢你这样的，很乖。"

空调风吹在紧闭的蓝色窗帘上，日光从缝隙里透进来，窗台前的相框里是他们前几天去儿童游乐场的合照，严知脑袋上戴着个毛茸茸的狗狗耳朵头饰，一脸不爽地坐在椅子上。苟秋伸手去捏狗狗耳朵，贴在他脸上一起看着相机镜头，一双眼睛弯成月牙，笑得很傻气也很可爱。

他当然不喜欢这种幼稚的东西，不过她能高兴就好。严知无声地笑了笑，微微低下头，闻到了她发间的兰花洗发水香味。

这样静谧的相处不知道还能持续多久，过几天苟秋就该填志愿了，如果她是去京市，他要不要把票改过去，顺便可以送她去学校再走？严知心不在焉地看向屏幕，安博林骑在马上，亨利八世跟在后面，两个人严肃而沉默地走进了树林，画面中穿插了一段不痛不痒的纯音乐。

严知听着怀里女孩清浅的呼吸声，突然有一种不好的预感，他急急地放开了苟秋，在安博林把外套随意扔在地上的时候，"啪"一下把电脑盖上了。

"干什么啊！"苟秋吃了一惊，把手里的碗放到茶几上，仰着头去看他，"为什么关掉？"

严知耳朵发烫，这场戏尺度太大了，他下意识不愿意苟秋接触这些。

苟秋狐疑地盯着他渐渐染上绯色的耳根，还有如临大敌般抱着电脑的动作，联想起刚才的情节，后知后觉地明白了过来。

她"呸"了一声，毫不犹豫地嘲笑严知："严知，你在乱想什么啊，这不过是剧情罢了，我可不知道你还有那种落后的思想啊？"

她抱住毯子，命令他："打开呀，我要看。"

"不要。"严知扯了电源线，把怀里的电脑打开一点点，直接长按了关机键，"不许看了。"

"为什么啊？"荀秋不解，"我才看了一半，今天晚上要睡不着了。"她追过去，要他把电脑放回来。

"不行。"严知把电脑举起来，看着荀秋跳起来也摸不到的模样，咧嘴笑起来，"我们荀秋好矮啊，吃得也不少，怎么就是不长个？好像咱们认识的时候你就这么高，这两年都没长啊？"

这是荀秋的一大痛事，自从初中那次蹿高期之后，她就没有再长过个子，而严知和薛均似乎都没有停止长高。

严知大笑，又说起之前荀秋的一件糗事："你还记不记得，那天我们上楼，李熙那个近视眼从后面过来，还以为我拎着个热水瓶。"

那天天气冷，荀秋穿着一件红色的羽绒服，但也没到误看成热水瓶的程度吧？

她恼羞成怒："不许再说这件事了！"

"为什么啊？可不是我说的，是李熙说的。"严知明知故问。

荀秋气得推了他一把："快给我。"

"就是够不到啊！"严知一边笑一边退，没注意到后面就是床尾凳。

"慢点！"荀秋吓得脸色都白了，慌忙伸手去拉他。

可惜于事无补，严知还是被绊倒，仰面倒进薄薄的空调被里，电脑脱手摔在地毯上，生死难料。

他没有松开荀秋的手，下一秒，她被他带倒，一头撞进他的胸口。严知哼了一声，搂在她腰上的手突然开始发烫，心也急促地跳动起来。

从前不是没有过亲昵的时刻，告别时依依不舍的勾缠眼神、深夜电话里的轻声耳语，或者刚才在沙发上那种紧密的拥抱。严知很多时候浮想联翩，当然，只是想想，真正相处时他手脚很老实，从来不往不该去的地方丈量。

可没有哪一刻像现在这么暧昧真实，荀秋整个人的重量都压在他身上，隔着薄薄的衣衫，少女玲珑起伏的温热身躯贴得严丝合缝。

眼镜早就不知道撞到哪里去了，荀秋头晕眼花地仰起脑袋，蒙眬着一双水润润的眸子望过来。

"荀秋。"严知声音又懒又哑，喉结滚了一轮，想说什么，又最终没有开口。

外面起风了，露台上繁茂的树枝敲在落地玻璃窗上，沙沙声伴着一两声微弱的蝉鸣，暗淡的日光沿着地板纹路流转，时间好像变得缓慢，严知攥紧了手边的灰色被单，艰难而缓慢地叹了一口气。

这是怎么了,苟秋更慌张了,七手八脚地爬起来,跪坐在床上看他。

"严知……对不起。"苟秋看着他好像没什么问题,又垂下脑袋去瞧摔出零件的电脑,愧疚地红了眼睛,"怎么办?电脑好像摔坏了。"

严知失笑,用手摸了摸耳朵:"为什么道歉?是我没有拿稳啊。"他尝试坐起来,但这次情况好像有点特殊,他叹了一声,随手拿过空调被盖在腿上。

"是冷吗?"苟秋转身下床,先把电脑捡起来,又走到门口的控制板前把冷气温度往上调了两度,"嘀嘀"两声,她小声地自言自语,"26℃应该好一点了。"

过了一会儿。

"严知,快过来看看电脑,好像不能开机了。"她没找着眼镜,又捣鼓了两下电脑,回头看见严知还躺在那儿,疑惑道,"你在干什么?"

严知胡说八道:"我困,宝宝,我要睡觉了。"

苟秋"啊"了一声,抬起手腕看了看表:"你昨晚没睡吗?早上十点就困了。"

她又小声嘀咕:"电脑都摔坏了,你还睡得着。"

"嗯?"严知笑了一声,"你都不关心我有没有摔坏,就只关心能不能继续看剧啊?"

苟秋气恼地转过来,两手撑在椅背上,脸颊鼓鼓:"我哪有!这个电脑这么新,摔坏了你不可惜啊?而且我又赔不起。"

可严知一直躺着也确实有点奇怪,她迟疑了一下,又起身往床边走:"你真的摔着了?"

她看不太清楚,眯着眼睛往地上睃了一圈,暗自决定下次再也不买金丝眼镜了,从前她那副黑框眼镜掉在地上就不会"隐形"。

苟秋爬上床,纤白手指拨开了严知额前蓬乱的头发,又在他脑袋上摸了摸,突然紧张起来:"不会摔着头了吧?想不想吐?"

"没有啊。"严知实在受不了她的迟钝了,握住她四处作乱的手,使劲一拽,苟秋再次卧倒在他身上。

"宝宝。"严知翻身把她侧抱在怀里,炽热的鼻息扫过她的脖颈。

苟秋落入床体柔软的凹陷,却觉得自己好像不小心掉进了猎人的陷阱,她不自觉地颤了颤,有些无措地抓住了他横过来的手臂:"怎么了啊?"

身后的少年心如擂鼓,掐在她腰上的手好像在发烫。严知隐忍住急促的呼吸,略微调整了姿势,缓慢地吐了一口气。

"我可以亲你吗?"严知把她转过来,看着她湿润的眸子,心脏好像融化成了糖水,细密的甜蜜从背脊升起来,多巴胺的肆意奔腾让他声音发颤,他抿了抿唇,目光下落,"本来想忍住的,苟秋,我高估自己了,真的好想亲亲你。"

他捧住她的脸,指腹慢慢擦过她的额间、唇角,撒娇般地低语:"宝宝,可以吗？"

严知的眼睛清澈得像一片蓝色的海，带着些可怜巴巴的祈求，让人不自觉地沉溺陷落。荀秋呼吸发滞，脸颊也迅速地染上了红霞。

"什么啊……"羞赧让她无法回答这个问题。她轻轻眨了眨眼，鸦睫颤颤地移开了目光，音调却变轻了。

严知轻笑，微微低头，覆上了她柔软湿润的唇。

轻轻一触，严知放开了她，高挺的鼻尖抵住她的蹭了蹭，笑道："是车厘子味的？好甜啊。"

荀秋脸红得快要滴出血来，低声埋怨道："是很甜啊，可刚才我喊你吃你都不吃。"

"对不起。"严知笑，"那我现在尝尝吧。"

温热的唇再次侵袭，严知抿住她的唇珠，反反复复地厮磨。也不知是哪一刻，她唇间溢出一声轻吟，他的呼吸骤然紊乱，含含糊糊地喊了她一声，手指没入乌黑的长发，按住了她的后脑。

荀秋脑子一片空白，少年熟悉的气息变得危险而强势，他撬开了她的齿关，无所不至地吻遍每个角落。她的双手不自觉地攀上他的脖颈，两个人不留一丝间隙地贴在一起，他难掩的热情抵靠过来，荀秋简直羞得脚趾紧绷。

"严知……够了。"荀秋急急地喘息着，双手按住了他的胸口，试图推开他。

"嗯。"严知应了一声，也不知道听明白她的意思没有，他停下来，把她的脑袋压在自己胸膛上，心跳声蓬勃而凌乱，他哑着声音问了一句，"怎么了？"

"不亲了。"荀秋奋力地抬起脑袋，用手在滚烫的脸旁边扇了扇，她想说太快了，可话到嘴边又拐了个弯，"……太热了。"

严知自然听出她的意思，笑了一声："知道了。"他移开了些，捏捏她的脸，安慰道，"别怕，我不会……"

想到这句话有歧义，他又补充："我不是不会，我的意思……"这样说好像也不对，他挠挠脑袋，"当然我也不是会……我的意思是……我不会伤害你。"

"嗯。"荀秋微微侧身，不敢再看他。

严知也没好到哪里去，本来只是想轻轻地亲一口，谁知道一听到她的声音，简直像是洪水泄闸，一发不可收拾。

他戳了戳她的背，低声说道："生气了吗？对不起啊。"

半响，荀秋瓮声瓮气地回了一句："没有。"

他吻得太用力，导致她现在嘴唇有一点点麻，可她不好意思说出来。

"哦。"严知得寸进尺，长手一伸把她捞进怀里，问道，"那你喜不喜欢我亲你？"

—074—

"谁会问这种问题啊!"荀秋气愤地踢开空调被,热死了,她冲着严知瞪了一眼,"我要看《都铎王朝》!"

"看看看,必须看!"严知伸手开始摸手机,刺眼的蓝光让他一只眼睛眯着,他翻出通讯录,也不知道打给了谁,语气颐指气使,"嗯,买了马上送过来,一个小时够吗?"

他摸摸荀秋的头发,又听了一会儿,说道:"行,你看着买,要快。"

说完这句,他就挂了,将手机一丢,又嬉皮笑脸地来抱她。荀秋"哼"了一声,嘲讽了他一句:"你这做派真像古代那种无所事事的臭纨绔。"

严知"嘿嘿"笑,说道:"哪种?当街强抢民女的那种吗?"他伸手作势要压过去,"来啊,从了大爷吧,带你吃香的喝辣的。"

严知:"是不是这样的?"他看荀秋瞪着他,又凑上去亲了亲她的脸,"还是这样的?"他又啄一下她的唇,抬起一双海蓝璀璨的眼睛看着她。

"走开。"荀秋笑,抬脚给了他一下。

"哐"的一声,门突然被人重重地捶了一下。严知下意识搂住荀秋拍了拍,随后站起来往门边走,一边整理被揉得皱巴巴的衬衫,一边扬声问道:"谁啊,有毛病是不是?"

房门半开,严知一手撑在门框,斜眼看着外头站着的李熙:"什么事啊?"

李熙瞥了一眼严知绯色未消的颈脖,"嘿嘿"贼笑一声,伸长脑袋想往里面看,可里面黑漆漆的,什么也看不到。

严知皱着眉,给他头上来了一下:"看什么!"

李熙抱住脑袋"哎哟"一声退了出来,沮丧着脸:"薛均刚才来过了,好像有事找你,我说你和荀秋在楼上忙着呢,他就又走了。"

"哐啷"一声,里面有什么东西掉在了地上。

严知微微一顿,不耐烦地"啧"了一声,斥了他一句:"乱说什么啊!"

他又问:"他找我什么事?"

李熙:"应该是来告别吧,你不知道吗?他今天就要去雾城了,王教授让他暑假就去研究所报到。其实本来早就让他过去,不过他还是坚持到高考完。"

"现在就走吗?"严知挺意外,"那我得去一趟。"他抬脚想出去,想了想,又说,"我去换个衣服。"

李熙点头:"行,那你快点,我在楼下等你。"

严知打开柜子取衣服,瞥见荀秋在收拾地上的玻璃碎片。听见薛均可能误会他们,她就这么慌张?严知心里很不是滋味。

他走过去抱住她,下巴抵住她的头发:"我叫阿姨来收拾,你别弄着手……薛均要走了,我们去送送他?"

"你去吧。"荀秋摆出无所谓的姿态,抬头冲他笑了一下,"不然我男朋友又生闷气,我可吃不消。"

"我生什么闷气?"严知"哈"了一声,她都这样说了,他还不让她一起去,岂不是显得他很小气。

他张了张嘴,又很快闭上。小气就小气,他就是小气怎么了?

他扶着荀秋,把她按坐在沙发上,叮嘱道:"我喊阿姨上来收拾,你在这里等我,我很快就回来。无聊了你就去玩体感游戏,或者去二楼影音室也行。"

"嗯。"荀秋乖乖点头。

初夏是告别的季节,升学、分班,十八岁之前的所有分别都在这个时候发生。荀秋拉开露台的玻璃门,七月的江城已经有了躁意,炎热的阳光晒在皮肤上,有一点刺刺的痛。

黑色小汽车很快拐上了坡道,后车座的少年穿着白色T恤,闭着眼睛靠在椅背上。可是在路过严知家的时候,他突然鬼使神差地抬眼看向北面的露台,眸色清润,神情平淡。

荀秋倏地退后了两步,握紧了手。

2

薛均离开了江城,没能参加几天后的毕业照拍摄。

又过了几天,荀秋和严知他们在学校领取了《报考指南》,严知骑车带着她,往滨江路方向慢慢前进。

"在想什么啊?"严知回过头来看她,疑惑道,"喊你几声都没反应,我还以为你睡着了呢。"

"没有啊。"荀秋把脑袋靠在严知背上压了压,问,"严知,你什么时候去美国啊?"

严知微微叹了一口气:"八月三十号开学,我二十七号过去。"

江城没有飞机场,二十七号严知得先乘火车去沪市,二十八号再在虹桥机场乘国际航班。

"宝宝。"严知声音低落,"可是我好舍不得你啊。"

荀秋感觉脸有点烧,紧了紧手,用力地揽住了他,低声说:"我也是。"

异国恋有多辛苦,两个人尚且不知道,可离别在即的苦楚严知算是尝够了,他有时候甚至想过要不就别出国了,和荀秋一起去京市或者沪市读大学,不是也挺好的吗?或者把荀秋一起带去美国……

可惜严知很明白,如果他脑子一热放弃一切,他们才是彻底地完了,当初他没去南市参加复试,荀秋得知后从楼上冲下来那个气哄哄的样子,他仍然记忆犹新。

"没事。"严知故作轻松,"秋假就在十月中旬,接下来还有圣诞节后的寒假、复活节的春假和长达三个月的暑假,咱们见面的机会多着呢。"

苟秋皱眉:"那得花多少车票钱啊?"

"我不管,我就是要回来。"严知软着声音,撒娇般地说了一句,"你想不想我回来啊?"

细小的雨珠落在他蓬松的头发上,很快润湿了他的额角。苟秋"嗯"了一声,抬手为他抹去水珠,笑着说:"严同学还没开学就已经研究好假期了呀,你可不能不把心思放在学习上。"

"我的心思都在我们秋秋宝贝身上。"

旁边有路人带着不可言说的笑容望过来,苟秋窘得无以复加,恼怒地拍了他一下,低声说:"你小声点啊,别人都看你了。"

严知笑,一只手离开车把手,握住了苟秋的手,心事重重地仰头看向前方。

这届高考,全省600分以上的考生共有683人,苟秋的最终分数和平时成绩相差无几。

因为这个亮眼的成绩,苟令第一次踏足西苑广场。他到的时候,外婆和舅舅们,还有大伯一家都已经到了,恩怨暂且放下,为苟秋的前程共同磋商。

"想好去哪个学校没?"

大人们在客厅争得面红耳赤,苟天在阳台上晒了一会儿,习惯性地摸出口袋里的烟盒,想起这是在家里,他觑了一眼靠在栏杆上发呆的苟秋,又小心地放了回去。

"你有没有觉得妈妈不一样了?"苟秋突然笑了一声,两人一起看向内间,"从前她哪里会这么大声和爸爸说话?"

离开了糟糕的婚姻,大家都看得出陈雯的状态上佳,甚至年轻了不少。

苟天笑:"那可不,你知道我以前暑假为什么要在外面打工不回来吗?"

"为什么?"苟秋的手机响了一声,她看了下,十根手指敲得飞快,心不在焉地接上哥哥的话题,"因为家里太闷了?"

"嗯,为了家庭和谐,妈妈不管对错什么都听爸爸的,可小孩子并不是父母的附属品,而是独立的个体啊。"苟天感叹了半天,侧过身来一看,妹妹却只顾着发信息,他没好气地说了句,"不是?你真谈恋爱了啊?"

苟秋愣了愣,随即头也不抬,"哼"了一声:"他们都不管我,你管我?"

爸妈拆伙之后,分别带走一批专业员工,渐渐形成了竞争关系,两人为了争这一口气,谁也不肯相让,每天都忙得脚不沾地,只要苟秋成绩波动不大,谁还顾得了她的事。

苟天怪叫了一声，笑着说："那是，我哪敢管你。"

他顿了顿，想起一件旧事，又问："是报到那天，在桥上遇见的那个男生吗？"

思绪好像一下子回到了那年初秋的那场雨，苟秋坐在哥哥的面包车上，手里紧紧地捏着一把黑色的伞，指节发白，脸色发红，一眼不落地看着少年越来越近的背影，酝酿着一会儿要说的开场白。

那天薛均的球鞋上落着水珠，可他看起来一点也不狼狈，不急不缓，好像雾中一棵自在的松柏，任风雨飘摇，常青不败。

"叮——"手机亮起，苟秋摇了摇头，说道："不是他。"她低头看见严知的信息，心里泛出说不清道不明的酸楚，突然有些生气地冲苟天瞪了一眼，嘱咐他少管闲事。

苟天不知道妹妹的怒气从何而来，不过青春期的女孩本来就喜怒无常吧。他摸了摸鼻子，挑眉跟着她进到客厅里。

关于苟秋的志愿，各方持不同意见。

爸爸那边属意京市或者沪市的高校，这也是江城尖子生们的一贯归属——

"都是名校，苟秋分数刚好够得上，说出去也好听。关键是，一个女孩子在外面，不能没人照看着，她堂哥在绪正传媒当人事经理，那可是个好公司，苟秋以后出来也不愁。"

而妈妈这边则属意雾城的川东大学。苟天毕业留在雾城工作，虽然他学校不怎么样，但跟对了老板，一起在电子信息行业深耕，两人亦师亦友，做出的通讯软件赚了不少钱，前景光明。

"苟秋也是看着《电脑爱好者》长大的。"苟天说，"又喜欢打游戏，学智能科学与技术不就挺好的吗？现在这个热门。"

"女孩子做什么程序员！"苟令不同意。

"女孩子怎么不能做程序员？"苟天笑，"我们公司几个女同事还挺牛呢。"

"就这个工作强度，对象都找不到吧，你的女同事都结婚了吗？"

所有人都用"你对象呢"的询问目光扫向苟天，他立即哑声，不敢再发言。舅舅只好接过话题，继续讨论女孩子到底能不能当程序员。

几个大人吵得沸反盈天，苟秋像个没事人似的抱着手机坐在沙发上看严知的信息。

阿飞：如果你们开学早，我就送你去学校吧。[转圈]

蝴蝶：还没选好呢，我家里面都吵翻了。

阿飞：你呢，你想去哪里呀？

苟秋放下手机，望向人群。终于有人想起问她一句："苟秋说呢，你想报哪个学校？"

去哪里？她不知道。

如果不是薛均也在雾城，她肯定会毫不犹豫地同意妈妈的选择，可他在那里，这让荀秋怀疑自己的动机。

这和当初选择七中和一中时大有不同，她无意为了薛均制定自己未来的出路，即使那条路是她自己本就愿意走的，她只是怕自己内心深处已经因为薛均的存在自动给雾城加分，而她仍然不自知。

当然，她也在意严知知道她选了川东大学之后的感受。

"去川东"几个字已经打出来，最终却没有发送。

这场辩论不欢而散，好在期限还长，来日再议也不迟。

账号密码握在荀秋手里，没有人会在期限前向她索要。她的乖巧深入人心，并且爸妈也知道严知是要出国的，荀秋不至于在志愿上做出什么傻事来。

二十二号，爸妈登录了考试中心，发现荀秋在十八号的深夜已经提交了志愿。

严知不知道原来夏天的风可以这么冷，露台上的盆栽被吹得东倒西歪，海棠果滚落跌到一楼园子松软的泥土里，他觉得自己也像浸进了雨水泥潭，黏稠、冰凉，一切负面情绪掐住喉管，让他一句话都说不出来。

"所以，你能理解吗？"荀秋握住他的手臂，把家里的考量一并向他解释，她柔下声音，颇有些讨好的意思，"严知，你可不能乱想啊。"

"川东大学……"严知重复了一遍，冷笑一声，慢慢抽出手臂起身把玻璃门合上，喧嚣被隔绝在外，外面的树被风倾轧，左右摇摆，好似一场无声哑剧。

他靠着门框，眼神黯淡下来："之前我真的不理解你为什么对填志愿的事避而不谈，现在总算明白了。"

荀秋深深叹了一口气："我刚才和你说的，你都没听进去是不是？"

"是。"严知靠近了几步，皱眉握住她的肩膀，"我听不进去。你忘了当初我没有去参加复试你有多生气吗？我想过很多你不愿意和我商量的理由，但我从来没想过你会为了他在志愿的事上这么草率。"

"我没有草率。"荀秋回答，又补充了一句，"我也没有为了他。"

"没有吗？"严知笑，"那你为什么提交了才告诉我啊？如果真的坦荡到没有私心，你为什么直到最后一刻才敢和我说呢？

"你还喜欢薛均是吗？"

荀秋闭了闭眼，否认："没有。"

"哦！"严知冷笑，"'没有'，那就是以前喜欢过了？"

荀秋有些恼怒他做这样的文字陷阱，抿唇说道："这就是我之前不和你说的原因。严知，你知不知道，有一点点风吹草动你就会胡思乱想，我真的害怕看见你生闷气的样子，坐在那里一句话都不说，气压低到我根本受不了。"

她的话就像一把刀，在严知不甘心的肺腑翻来覆去地搅，他抓住了她的用词，反问道："受不了我了啊？"

"我不是这个意思！"苟秋气极，"你和我好好说话行不行，别总是曲解我的意思。"

她仰头看他，很认真地解释："我去川东，和薛均一点关系都没有，而且雾城那么大——"

"两个学校只隔了五公里。"

苟秋滞了一下，长呼一口气，重新措辞："我是你女朋友，我绝对绝对不会做对不起你的事，更加不可能去找薛均。"她停下，又补充，"或者任何别的男生，我可以保证。

"你会相信我，是不是？"

这个保证听起来很真挚，严知喉咙滚了滚。既然事已至此，他还能有什么办法？他"嗯"了一声，有些哽咽："真的？"

"当然。"苟秋好似看到了转机。她知道异国的距离让他失去了安全感，既然两个人决定一起面对，她不介意抚慰他的不安。

她牵住他的手抚在自己脸上，眼睛弯起来："严知。"

"嗯。"他就势摸了摸她光滑白皙的脸，又生气地捏住，拉长音调，"干什么？要使美人计了啊？"

苟秋戴着隐形眼镜，两只眼睛亮晶晶的，让她整张脸都显得春华灿烂，也许当初他就是为这双眼睛着迷，进而泥足深陷。

苟秋低声说道："严知，我不想看到你不高兴，是因为……

"因为我爱你。"

她有些羞赧地靠过去抱住了他。

"爱"字太重，她以前从未说出口，可也许不会有比这三个字更好的承诺和保证了。

少年的肌肉骤然紧绷，严知吞咽了一口，垂首抵住她的鼻子，又开始耍赖："什么，你说什么啊？我没听清。

"宝宝再说一遍。"

"不说了。"苟秋不想和他闹，敷衍地在他唇上啄了一下，"你明明就听见了。"

"嗯，我听见了。"严知笑得眼睛眯起来，"我更爱你。"

他在她脸上亲了好几下，见到苟秋渐渐红起来的耳朵，又捧住她的脸颊深深吻下去。

苟秋被他的力气带着退了几步，一下倒进了柔软的沙发，他越压越低，似乎要在掠夺中将那些不安与心伤一并散去。

"荀秋，可怜我吧。"

湛蓝的眸子掀起了惊风骇浪，荀秋满面潮红，任由他握住她的手肆意妄为。奇异的触感让荀秋浑身都在发烫，不知过了多久，腾起的热气让她的鼻尖沁出了晶莹的汗水。

她不知道事情怎么就往这个方向发展了，明明刚才还差点吵架的。她呼了一口气，习惯之后，这简直是一种机械的麻木，她垂下眼睛又很快移开视线。

"好了没有啊？"她嗔了一句。

"嗯。"很快，严知低低地叹了一声，继而吻在她的唇角，笑道，"老婆真乖。"

川东大学在八月二十七号开学，严知改了航班从雾城出发，誓要送荀秋去学校报到。

东大新校区处于大学城范围内，荀秋所属的智能科技专业被分在这边，这个专业女生极少，其他四人大部分在隔壁寝室，荀秋因为首字母太过靠后，很凄惨地被分进了其他专业的寝室。

荀秋是最后一个到的，严知和荀天带着她的行李箱到达608寝室时，其余三个女孩都已经聊得热火朝天了。

这种集体生活简直让荀秋汗毛倒竖，特别是其余三人都是本地人且同专业，当然，唯一庆幸的是雾城方言并不难懂，不至于像听天书。

说来也奇怪，严知似乎有和每个人都打好关系的超能力，他的到来本来让荀天不悦，可从车站到学校同行一路不过两小时，他们就加上了联系方式，勾肩搭背，比亲兄弟还亲。

这会儿在寝室也一样。严知给荀秋的室友们都带了见面礼，不算贵重到让人不敢接受，又确实能表示心意，大家都很高兴，围着荀秋问东问西。

荀天公司有急事，接了电话就走了，而严知则忙上忙下地帮荀秋铺被子、刷盆子、装上蚊帐和床帘，顺便把寝室阳台也打扫了一遍。

"你男朋友好像是混血儿啊？"荀秋的对床蔡菲，是寝室里个子最高，也是最自来熟的一个。

"你哥哥也好帅。"郑以穗低声问，"他有女朋友吗？"

"智能科技到底是学什么的？"白杨杨问。

问题太多，荀秋不知道先回答哪个。她先点头，然后摇头，"智科"的概念说起来很复杂，简而言之，就是用电子工程与计算机技术完成现代化与智能化的学科。荀秋言简意赅地回答道："就是培养程序员的。"

女孩们恍然大悟，心疼地看着荀秋柔顺乌黑的头发。

"宝宝。"严知跑得一头是汗，手一摊开，五颜六色的卡片躺在掌心，他先冲室友们笑了笑,然后走近荀秋,把卡片一一装进卡包。

"除了图书卡要本人去办,其他的都办好咯,热水卡、饭卡、寝室门禁卡——"他顿了顿,有点不满,放低了声音,"破学校,还双一流呢,人文关怀做得这么差,雾城不是号称火炉吗?寝室竟然没有空调,浴室也没有热水,这要怎么住人。"

"好啦。"荀秋笑着拍了他一下,又扯了两张纸给他抹汗,"也不要你住,话真多。"

"你住我住还不都一样啊!"严知肃着脸色,提议道,"要不然——"

荀秋知道他要说什么,忙递过去一瓶水打断了他:"不要,我就住寝室挺好的。"

室友们看起来都很友好,她也有以后要尽量交朋友、彻底融入大学生活的打算。严知想一出是一出,只怕再说两句,他就要去大学城附近看房了。

"你住这里我心疼死了啊。"严知委屈地拉着她的衣袖。

荀秋的脸"唰"一下红起来,她瞥了一眼后面看戏偷笑的室友,忙把严知拉到了走廊。

严知左右看了看,没人路过,在荀秋脸上亲了亲,立即开始邀功:"宝宝,我好不好?"

"好得很呢。"离别在即,两个人情绪都不是太高,荀秋沉着一口气,眼角都红了,叹道,"明天你就要走了。"

严知明天的国际航班包括在厦门和洛杉矶转机的时间,一共得三十多个小时,毫无疑问是一场长途奔波。荀秋说:"那我们先去吃饭吧,郑以穗说,大学城后街很热闹,有很多好吃的可以吃。"

她说着说着,眼泪就快掉下来。一个人在这个陌生的城市和恋人告别,实在令她有些多愁善感。

"嗯。"严知也很低落,但只能撑着精神摸了摸她的脑袋,安慰道,"别哭,我十月中旬又过来了,可以待七天呢,到时候我陪你去上课,好不好?"

"嗯。"荀秋点头。

食堂的东西总是千篇一律,多个学校的学生都聚集在大学城后街,雾城和江城人民都爱吃辣,一靠近这条狭窄而悠长的巷道,辛味飘过来,荀秋不自觉地咂吧了一下嘴,探头探脑地去看那些摊位。

简单的纸牌上写着歪歪扭扭的食品名和价格,各种伞盖接在一起,琳琅满目,两人转了一圈,感觉什么都想吃。

"你看那个。"严知笑了一声,往旁边一指,很多人在那边排队——招牌上写着"烤老花5元"。

荀秋疑惑,抬头问:"老花是什么花?"

"脑花。"旁边路过的人看见他们笑这个,多了一嘴。

荀秋不可思议,而后又扶着严知的手臂笑得直发抖:"怎么还带口音的?"

荀秋不是一眼大美女,但胜在皮肤白皙、五官精致、长腿笔直,暑假的时候她还去做了发型,摘掉眼镜后,只穿着T恤和牛仔裤,放在人群里纯得像朵小白花。就算是有严知牵着走,也挡不住那些狂蜂浪蝶飘过来的若有若无的眼神。

严知捏了捏她的脸,低声叹了口气:"你叫我怎么放心得下啊?"

"什么啊?"荀秋不甚在意。她一心都想着中午吃什么,来雾城当然要尝尝这里最有名的小面,她跃跃欲试地拉着严知往小面馆走,可她又不爱吃面,"那我吃一个米线吧,料是一样的,味道应该差不到哪儿去。你想吃什么呀?鸡杂……肥肠……"她看向墙上的菜单,嫌弃地"噫"了一声,"好多内脏。"

"我……"严知目光也落在密密麻麻的菜单上,"那我就吃一个——"

"严知?"

两人回过头去。

一只骨感很强的手掀开了重叠着的透明门帘,高大的身影微微低头,逆着光从门口走进来。踏过灰槛,男人抬起一张清风朗月的俊秀面庞,狭长的丹凤眼带着些许不达眼底的笑意,他的目光在两人之间睃了一圈,再次看向严知。

"真是你啊,这么巧?"

世上的事就是这样凑巧,来雾城不过几个小时,严知竟就遇上了熟人。荀秋默默打量了一下对面那个高大的男人,觉得他有点面熟。

他们从狭小的面馆退出去客套了几句,严知拍了拍荀秋的手臂,为两人介绍:"荀秋,这是李思源的堂哥,以前我们一起在交队广场打篮球。"

荀秋一下记起来了,她曾经在薛均的博客里看见过关于这位的记录。薛均初中时,"堂哥"在交警支队的篮球场出现了不少次,是以荀秋一直认为那是薛均的堂哥,原来不是。

面熟大概是因为他的眼睛和李思源长得有一点像,不过他的骨相非常优越,气质挺拔出众,和周边这些稚嫩懵懂的同学迥然不同。

"哥,这是我女朋友,荀秋。"严知有点不好意思,毕竟初中时李思源整天为荀秋哀号,他不知道李霄野还记不记得她的名字。

好在对面好像已经忘却这件事。

"你好,李霄野。"男人伸出手。

荀秋还没有接触过这样正式的见面场合,小心地伸出手和他握了一下,露出了礼貌的笑:"你好,我是荀秋。"

李霄野同样回以礼貌的笑,又抬眼对严知说道:"明天就走啊?都不多玩几天，雾城的几个景点都没去过吧？"

严知笑："有机会的，我会经常过来。"

李霄野看了一眼苟秋，了然地点头："那行。"他转身张望，又说道，"我记得你和薛均玩得挺好的吧，他在雾城大学上课你知道吗？"

没等严知说话，李霄野冲后头一伸手，喊了一声："薛均！这里！"

周遭的一切好像失声了，苟秋感觉到了血色急速褪去后的通体冰冷，她不自觉地循着李霄野的视线望过去，太久不见的人就站在前方。

小吃摊腾起的白雾朦胧了他的身影，少年肩上日光灿烂明媚，他从风烟的尽头而来，星光璀璨的眼睛里闪着温润清浅的笑意。

她的眼睛好似灼出了一道口子，滚烫的岩浆流淌迸发，溅出鲜血淋漓的伤疤，压得睫毛止不住地颤抖。苟秋深吸一口气，收回了视线。

她不是没想起过他，在路过书街，看见那只一起喂过的流浪猫躺在树下的时候，在听到某一句物是人非的歌词的时候，在生命的每一个细微角落，捆绑着她的这份不见光的忧愁，塑造了一个爱而不得的神像。

不，她不能这样。

她不敢看严知的表情，下意识地紧了紧手臂，往他后面走了一步。

"严知，这么巧，吃过了没有？"薛均熟稔地和严知打招呼，轮到苟秋时，却只点了点头，好似两个人不过萍水相逢。

苟秋也点了点头，没说话。

既然都遇上了，那不一起吃个饭说不过去。他们来到一家炒菜馆，闲谈中了解到，原来李霄野在东大读大三，正是苟秋这个专业的学长，而他和薛均一直都有联系，今天也是约好来这里吃饭的。

心不在焉的一顿饭过去，苟秋有些郁闷地送严知回了酒店。

果不其然，严知回到房间就再也没有了笑容，他一言不发地把地上的行李箱踹开，气冲冲地坐在了床尾。

"干什么啊！"苟秋隐约知道和薛均偶遇让他不爽了，她试图蒙混过关，"我可一句话都没和他说。"

严知皱着眉看过来，非常不解地问她："你不觉得，刚才薛均走了之后，你的胃口就变差了吗？是不是他走了，你连饭也吃不下？"

中途薛均接到王教授的电话，非常抱歉地提前离席，恰好苟秋也吃得差不多了，便停了筷子，专心听李霄野说就业前景。

她没想到自己无意的举动也触动了恋人敏感的神经，有些哭笑不得地解释："严知，那时候我吃饱了啊，所以——"

"所以什么啊？"他不耐烦地打断她，"我不知道你喜欢薛均什么，我们在一起快三个月了。"他看向她,语调有些严肃,"在你看来,是不是无论我怎么做,都比不上他?"

"没有。"苟秋连连否认,走过去抱住他低声说,"我没有喜欢薛均,严知,别这样。"

"没有?"他笑了一声,湛蓝的眸子动荡出不安的海浪,"你不知道自己刚才看见薛均的时候是个什么样子吗?苟秋,我不是傻子,可是为什么啊?你到底喜欢他什么啊?"

苟秋无言地看着他,也许她还笃定严知没有证据。过了一会儿,她只好摊手:"随你怎么想吧,反正我说什么你都不信我,我真不知道你非要我承认喜欢薛均对你有什么好处。"

这样倒打一把的话彻底激怒了严知,他提高声音,恨声冷言:"是吗?那我问你。"

他停顿了一下,深深地叹了一口气:"高二的时候,我把我和薛均的百度博客ID都告诉了你,我就问你,你有没有去看过我的博客?"

苟秋怔住了。

"哪怕一次?"严知惨然笑了一下,"没有吧?"

他仰着脑袋,忍住了眼中的泪水:"然后你去看了多少次他那里,就不用我再多说了吧。

"薛均送你的书签,还夹在你的录取通知书里,是不是?"

他哽咽了一声又很快停住,想起偶然在李思源那里听到的艺术体验课,以及那两本极度相似的素描本,再也说不下去。

"行了,我不说了。"

他颓然地坐在那里,不知想到什么,兀自冷笑一声,撑住了脑袋,把不争气的泪水和苦闷全部咽了回去。

恋人一再因为这件事神伤,这让苟秋觉得非常挫败。原来她就连用尽全力地去爱一个人,也只能给恋人带来失望。

严知的失望让她忍不住归咎于自己的无能,进而妄图逃避,萌生退意。

突然见到薛均,她的确触动很大,可喜欢不喜欢一个人难道可以像电源开关那样按一下就能停止吗?她只能一再保证,她和严知恋爱后,没有和薛均接触过。

在他连绵不绝的诘问中,苟秋感受到了前所未有的烦闷,她终于开口:"严知,对不起,我真的不想你不开心。"

她认为严知这种潇洒无畏的性格,不应该为任何人、任何事变得颓废消极。

严知仍然在气愤,冷笑出声:"别和我说对不起。"

"既然你……"苟秋开了个头,又停下,直到严知感觉到气氛有点不对,可他又拉不下脸面给她回应。过了一会儿,苟秋放开了他,退到了茶几旁,终于还是说出了口。

"要不我们分手吧,严知,如果你觉得和我在一起很痛苦,那就分手算了。"

严知腾地站起来,不可置信地看着她。

"你自有你的广阔天地。"苟秋忍住泪意,依然诚恳地建议,"严知,你可以遇见更好的女孩,那些活泼、开朗、一心一意,可以让你感到快乐的女孩。"

"别再在我和薛均之间左右为难了。"

3

苟秋已经忘记那天她是怎么回到东大的了,恍恍惚惚间竟然走到了寝室楼附近的崇德湖。

木桩形状的靠背躺椅面对着湖光山色,抬眼可以看见缙云山上终年不散的浓雾。

"你真的太自私了。"

严知对她很失望,她不敢再看他了,惊慌失措地逃走,把他一个人留在完全陌生的城市,让他独自面对明天异国他乡的长途旅行。

她自私吗?是的吧,在感觉到事情超出控制时,她就会下意识地回避,只为保护自己不受伤害。

那句"分手"说出来之后,她也不知道自己到底是解脱还是不舍。他那么骄傲的人,肯定不会低下头来挽回吧。

苟秋很迷茫。

她按亮了手机打开相册,照片里的严知戴着狗狗耳朵,侧身坐在凳子上,脸色臭臭的,可眼睛里在笑。

他为什么会喜欢她呢?甚至还为她忍了那么多委屈。苟秋觉得如果严知心里有喜欢的女孩,她肯定是不能忍的。

就算是薛均……苟秋微微低头看手机。

没有新信息,也没有未接电话。

残阳半落,远处青色的山脉逐渐清晰起来,微风吹得落叶飘零,又是一个秋天了,她再次不合时宜地想起薛均。

六月八号在桥面上,他就这样看着她和严知,两片秋叶落在他的肩上,又在他转身的时候翩然跌落。

为什么总是会想到薛均啊?

不止严知不懂,苟秋更加不懂。她捂住脸,觉得自己真的差劲透了。

她既然选择了和严知在一起,根本就不应该再喜欢薛均,而且薛均也有喜欢的女孩不是吗?她回寝室就应该把那枚书签丢掉才对,她怎么会那么天真地认为严知不知道这枚书签的来历?他到底忍了她多久?

"嗡"声不断响起,可荀秋置若罔闻,电话自动挂断了,没几秒,又不休止地响起。荀秋回神,拿出手机一看,是个雾城的陌生号码。

"喂?"

电话那边沉默着,荀秋拿开电话,看见没挂断,又放在耳边"喂"了两声。她实在没耐心应付这种骚扰电话,叹了一口气:"我挂了。"

几乎同时,薛均温和又带着些无奈的声音响在耳边。

"荀秋。"

荀秋的心都停止跳动了。这是她第一次和薛均打电话,她一下从椅子上直起身来,润了润干哑的嗓子:"薛均?"

"嗯,是我。"薛均顿了顿,又问,"你在哪儿?"

"我……"荀秋的脑子已经不会思考了,环顾四周,老实地回答,"我在寝室楼附近。"

"哦……那你准备做什么去?"

他为什么会突然打电话过来和她闲聊啊?这个问题十年后荀秋才明白,无非严知不放心她这样回去,又拉不下面子给她打电话,托好友帮他确认下她的安全罢了。

可当时的荀秋不明白,她只觉得薛均欲言又止,或许是有什么话想对她说。

她说道:"准备回寝室,然后收拾东西。"

"好,你路上小心。"薛均告别,"那……拜拜。"

荀秋噎住,他什么意思?但她并不敢问出口,只回道:"好……拜拜。"

这时候她的忧愁已经闪到了一边,满脑子都在想薛均打电话的原因,以至于她忽略了一个很重要的问题,薛均怎么会有她的雾城新号码?

这个插曲没更多后续,三五天后,新环境和新鲜感也冲淡了她对这件事的幻想。

大学生活和她想象中的大不一样,高中的时候老师总是劝说他们,说到了大学就可以尽情地玩耍,可在这里不尽然。

为期一周的军训过去后,智科一班拿到了一张排得满满当当的课表。荀秋从前在荀天那儿接触过一些电子工程的皮毛,可这些专业的东西学起来陌生又复杂,她不得不用上十二分力气听课和完成作业。

周四算是休息日——上午没课。可荀秋不能睡懒觉,因为她还要去机械社报到。这个社团的社长是机械工程专业一个很厉害的学姐,荀秋所感兴趣的正是她研究的机器人工业编程自动化。

社团占用了图书馆外一个没有空调的临时工棚，条件艰苦，但兴趣使然，苟秋对这些具有一定智能的冰冷机械充满了探索欲，每天都抽出时间混在里面。

一大早，苟秋蹑手蹑脚地从寝室出来，关好了门，又习惯性地拿出手机来看——上面安安静静的，没有任何来自地球另一端的信息。

宾州大学的秋假就在半个月之后，如果严知要过来的话，肯定得开始买票了吧。

苟秋自嘲地一笑，自己在想什么呢？那天之后，严知都没有再联系过她，反而博客更新得很频繁。

他在帕克小镇依旧呼朋唤友，蓝眼睛白皮肤的同学们围绕着他，他手里握着香槟酒，眼睛笑着，好像在庆祝一场不知名的活动顺利结束。

这样就对了，当时她看到照片，心里就是这个感觉——目若悬珠，朗月清风，这才是严知。

他不该是坐在床脚凳上掩面而泣的人。

他们在一起时的博文他还没来得及删除，他之前发得不多，只有寥寥几件小事，大多与她有关。

苟秋在他的博客里没有名字，只用"她"字代替。

——她不吃香菜，拉面一上来，差点被熏吐，样子好傻，笑死我了，怎么会有人没来吃过兰州拉面？

是他们三个一起去吃的，那时候她还觉得严知挺讨厌，可之后再去，他都会提前说有一碗不要香菜。

——她吃热的食物之后会流鼻涕，而且不肯当着我的面擤，非要站起来去门外面，干什么啊，我又不介意。

这大概是在一起之后没多久的事，他没当她的面说过，也许是知道她不会同意。

——她心情差，咬了我一口，嘿嘿，根本不疼。

苟秋搜寻记忆，忘了这件小事。

有人——苟秋猜那可能是李熙，在他的新博文里问起：怎么不发你老婆了？是因为没装在口袋里一起带过去吗？

严知没有回复。

苟秋在几天后遇见了薛均。

国庆节到来，本地的同学都回家去了，苟秋被班上的女生拉去广场参加联谊活动。当然，是因为智科班女生太少，同学们盛情难却，她只好过来作陪。

她没想到会在这里遇见薛均。

这次联谊活动实行编号轮流制,即男生坐一排,女生坐一排,面对面聊上五分钟,时间一到,每个人向前方挪动一个位置,直至两人对上眼离场。

她第一场遇上医学院一个显然不是自愿参与的男生,两人一拍即合,立即搭伙离场,苦大仇深地在角落聊着天,时不时观察着身旁聊得火热的同学们。

"所以说,其实你有男朋友吗?"男生突然问她。

见荀秋惊讶,他又指了指她不离手的手机,说道:"我看你好像在等信息。"

荀秋微微叹气,男生立即懂了她的意思,这看起来不是吵架了,就是刚分手,或者干脆是没追到吧。他体贴地换了话题。

"其实有时候缘分也很奇妙。"男生有些羞赧,"就像我本来很抗拒这种场合,但是能认识你也觉得不虚此行。"

他拿出手机:"或者我们留个联系方式?"

就是这个时候,荀秋看见薛均绕过了广场上的百里香花丛,站定,巡视,微笑着拒绝了一个女孩的诚挚邀请,然后将目光锁定在自己和身旁男生的身上。

荀秋窘迫极了,匆忙对男生道歉,然后手脚同步地准备落荒而逃。

"荀秋。"薛均喊了她一声,不紧不慢地走到她身边,打了个招呼,"你也没回江城?"

江城距离雾城有八百公里,只有一趟长达二十四小时的绿皮车,荀秋才不想回去。她"嗯"了一声,说道:"国庆节买票不太容易。你呢?是研究所忙吗?"

"嗯。"薛均答。

两人寒暄了几句。

他又问:"你怎么会来这里?你和严知……是出了什么事吗?"

"是出了点状况。"荀秋忙补充,"但我是来凑数的,她们至少需要六个人才能报名。"除了她,她们班的女生还去二班拉了一个落单的来凑。

"你们分手了?"薛均目光灼灼地望着她,好似很在意这个答案。

荀秋捏着衣角,缓慢地呼吸,只怕他发现自己惊跳的心脏正在不受控地猛烈收缩与扩张:"我不知道……可能是吧,他……我们已经一个月没有联系了。"

"如果你不介意的话。"薛均示意她在旁边石凳上坐下,显然有长聊的打算。

荀秋应他所请,慢慢坐下,双手搁在腿上,严肃又认真。

"能和我说说为什么吗?"

荀秋没想到他会问这个,她下意识不愿意和他聊这个,况且他为什么要管这些?她皱了皱眉:"你为什么不直接问严知?"

"因为……"他耸耸肩膀,"严知说你们没有任何事。"那天严知让他打电话确认荀秋的安全,可如果没什么事,为什么不自己打过去问。

再加上严知原本不太爱更新的博客突然频繁更新,美国可不用百度博客,很显然，他在给国内的某人展示他的生活。

严知并不是爱分享生活的人，谁能让他有这样的改变，自然只有荀秋。

"所以，你是来替严知给我抓典型的吗？"荀秋不知道自己为什么变得尖锐。也许是因为薛均过于在意她和严知的事情，让她明白，薛均从来没有把她当成过朋友，只不过是"朋友的女朋友"罢了。

他见到朋友的女朋友在这儿参加联谊，便上前为他的朋友打抱不平，否则他怎么会过来找她？只怕早就转身走了，就像从前的太多次一样。

薛均显然有点吃惊，否认道："当然不是，只不过是关心朋友罢了。"

这句话里的"朋友"，显然指的不是自己吧？

荀秋气得眼眶发热，点头道："你真的想知道为什么？"

她知道，这段暗恋应该在此刻结束，它耗费了她整整那么多年的时光，贯穿在她的初次恋爱之中，并且最终横生波折。它应当死有所葬。

荀秋闭了闭眼，扯出一个不算好看的笑容，只怕自己不会再有勇气似的，一口气说道："因为严知知道我喜欢你了，所以我们吵了一架，说了分手。"

她看着薛均，心一点点地凉下来。

原来他早就知道了。

你看，他一点都不惊讶。

说她卑劣也好，说她自恋也好，荀秋心里总是存着薛均或许是喜欢她的奢望。

初中时，他很快就发现她换了新眼镜，也会注意她的成绩。在七中，他帮她做打扫，和她同听一个 MP3，他们一起买杂志，一起学习进步，他觉得她好，给她看他的作文比赛稿件，给她他的笔记本。

他为她写了三条博文，她能感觉到他时不时投过来的似有若无的眼神，他记得她的生日，从京市赶回来送她礼物，他甚至会为了严知带她逃课的事情去找严知麻烦。

他对其他女生从来不会这样，这让她怎么不去奢求这个万万万分之一的可能呢？

可薛均对她的这场"突袭"没有任何触动，若要说回应，他只是在她说不清是期待或失望的眼神中，娴熟地发了一张道歉卡。

"对不起，我不知道是这样。"他很快起身告辞，为自己成为她与严知的崩盘理由而道歉，可他没有对她坦白的心意发表任何意见。

她连那句"你很好，是我不好，对不起"都没有得到。

这句话荀秋以前听过好多次，有时是在楼角小花坛后面，有时是在篮球场的木桩子旁边，女孩鼓起勇气给薛均递信件，后者回以礼貌的拒绝。

她从来不肯承认自己的卑劣，听见他拒绝别人，她心里有隐秘的窃喜，如今轮到自己,却连这样的礼貌都得不到。

朋友的女朋友将自私的暗恋摆上桌面,让正直无私的人不忍直视,所以他走了吗?

心脏严重缺氧,血液往胸口涌去,没有多余的热量传给其他地方,苟秋的四肢冰冷僵硬,坐在石凳上久久地发愣。

4

十月二十二号,宾大秋假结束,严知没有回国。苟秋把他留在她这里的两个小游戏机,以及他送的三件过于贵重的首饰整理了一下,一起寄回了江山名府。

深秋,东大的梧桐大道风轻云净,许多情侣坐在藤椅上挽手低语,三两路人打闹嬉笑。苟秋一人独行,对于陪伴和热闹,既无羡慕也无感叹。幼时她就习惯了独处,孤单对她来说,稀松平常。

她裹着羊绒大衣,一手提着笔记本电脑,一手还握着手机。她昨天提交的程序出了问题,社团的迷你机器人发了疯,从二楼跳下去了,好在跌在灌木丛里,没有摔坏,她正赶去社团。

"好,好,我在路上了,对不起,学姐……"苟秋很是愧疚,没想到检查了多次,最终还是出了错。

"没事啊!"喻虹声音温柔,安慰她,"今天冷,你过来多穿点,咱们这儿可不保暖啊。"

"好。"苟秋笑着挂了电话。

风吹乱了她披散的长发,她停下来,把电脑竖抵在腿上,从口袋里翻出个黑色皮圈挽在手腕,三两下扎好了一个丸子头。

"苟秋?"

陌生的声音在身后响起,苟秋忙不迭地拎起了地上的电脑,回首去瞧。

是李思源的堂哥。

苟秋愣了整整十秒钟才认出来,上回见他的时候,他身上还有种让她惶恐的社会精英范儿,这会儿他穿着白色连帽卫衣加运动裤,脖子上挂着个星星图案的白色耳机,看起来却比在后街巧遇时多了几分少年感。

最糟糕的是,她忘记他叫什么名字了,绞尽脑汁地想了一下,却怎么也想不起来。

"苟秋,好巧。"李霄野走近了几步,见到她茫然窘迫的神情,失笑了一声,问道,"我应该没认错吧,苟秋?严知的女朋友?"

苟秋眼神飘了飘,不知道做什么表情,含糊地"嗯"了一声。

苟秋之名,李霄野如雷贯耳,那几年在江城暂住,李思源整日哀号这个名字,严知还曾嘲笑过他，结果没过几年，严知自己倒栽进去了。

可他不理解为什么严知和李思源都为这个女孩倾倒。

在他看来，这个女孩脸蛋是很漂亮，可身材扁平、性格沉闷，最主要的是个子实在太矮了，目测只有一米五五。刚才她蹲下来的时候，长风衣都快拖到地面，再靠得近些，连他的胸口都到不了，像根没发育的小豆芽。

完全不符合他的审美。

刚刚路上一阵邪风吹过来，她踉跄几步、颤颤巍巍的样子，甚至让他觉得自己能一只手把她揪起来。

可女孩眼神闪躲的样子让他有点意外，记得九月初开学时，严知对她可是很在意的样子，不至于一个月就分手了吧？

他按下不提，问道："大周末的，你要去哪里？这么匆忙？"

"去图书馆那边。"苟秋老实答道。

"哦，我也是。"李霄野笑了笑，走在她旁边，显然有"既然顺路那咱们一起走"的意思。苟秋好尴尬，她不善言辞，很怕和这种半生不熟的人同路。

李霄野晓得她木讷，主动挑起话题："我去机械社，你知道机械社吗？"

苟秋没反应过来，傻傻地"啊"了一声，只听见李霄野又说："我好久没去了。之前我在那儿存了几个寻路机器人，你也是智科的，应该对机器人编程感兴趣吧？接触过这方面吗？"

苟秋这下真傻了，没想到事主就在眼前，她有些为难地看过去，李霄野没注意，继续说："咱们的程序用得好，机器人就运行得好；如果用得不好……"他耸耸肩膀，大概是不想在她面前抱怨机器人被摔的事，没有说下去。

她紧了紧手上的电脑，忐忑地问道："用得不好……会怎么样？"

李霄野有些奇怪地看了一眼莫名耸起肩膀的女孩，这个单细胞动物不会觉得程序用得不好机器人就会爆炸什么的吧？不然她紧张什么劲？

"会爆炸。"他肃着脸色，"你在图书馆最好小心点。"

"啊？"

女孩看起来非常吃惊，好像真的信了，两眼瞪直，神似去年假期他在东北看见的傻狍子。

两人走到民工棚外头。李霄野开门，微微低头走进去，转头一看，苟秋抱着电脑站在那儿，他不解地问："你跟着我干什么？"

里头几个人都聚拢在发疯的机器人旁边，见到门口的两个人，忙招呼他们过来："苟秋！快进来啊，关上门，冷死了！"

"野哥来了，正好帮苟秋看看这个程序。"

"哦。"李霄野笑了一声，冷得不带温度的视线落到门口，"原来是你写的？"

苟秋讪讪点头，说了句："不好意思。"

好在她也不算太笨，初学者写出这个程序已经算挺好，李霄野调了几个参数，机器人恢复如常。

苟秋独自测试了几次，确认过没有问题后，她坐下存好数据。刚合上电脑，一眼看见李霄野站起来，正是要离开的样子，她立刻又打开电脑开始"摸鱼"，免得和他同路回去。

李霄野也见她的动作，暗自好笑，没有在意，拉好背包很快离开了社团。

苟秋到食堂的时候已经过了饭点，一楼的自选小碗菜已关歇，她转到二楼麻辣香锅。刚拿起小篮子，一瞧见老板正躺在玻璃窗后面打盹，又默默放下，踱了几步走到盖浇饭窗口。

"小姑娘吃点什么？"盖浇饭阿姨是沪市人，这个窗口是整个东大二食堂唯一能吃到甜系菜品的地方。苟秋顿下脚步，选了一份肉末茄子和一份炸酥肉。

拿着沉重的电脑也不好坐太远，她就近在窗口旁的过道坐下，放好东西开始进食。

吃了一口，对面有个男生端着瓦罐汤走过来，好巧不巧她正抬头看了一眼，认出是隔壁二班的一个男生，好像是叫什么白东。

她和这个男生只在科学导论课上偶然同桌过一次，那次她迟到了，整个教室空座位不多，她不想当着老师的面挑挑拣拣，只好在后排坐下。

而此时他看见她，立刻调出个笑容，苟秋只好也报以微笑，任由他坐在了她对面。

"这里没人吧？"他说了一句废话。

"没有。"

整个食堂就他们两个人好吗！

刚摆脱了一个李霄野，现在又来了一个白东，苟秋真是服了这些"自来熟"了。

可稀奇的是，他竟然没有和她闲聊的打算，东西也不吃，就看着她。

苟秋被他盯得毛骨悚然，隐约想起二班同学说起白东时露出的晦涩难懂的神情。她看了他几次，最后含蓄地问："是瓦罐汤不好吃吗，为什么不吃啊？"

白东反应了一会儿，慢慢说道："是不太好吃，我可以吃一块你的酥肉吗？"

苟秋愣住了，她尽力控制着自己的目光别落在他卷边的袖口。可能白东家里很困难吧，不然谁能向一个不熟的异性同学提出这样难为情的请求呢？

好在她还没开始吃，这碗酥肉不至于算是她的剩菜，她把碟子直接推到他面前，照顾着他的自尊心，下意识地想贬低酥肉："这个酥肉太……"

"太甜了，我不爱吃"几个字还没说出口，她又感受到了旁边盖浇饭阿姨炯炯的视线,艰难地改口:"……太好吃了,你也尝尝吧。"

"好,谢谢。"白东还算礼貌,用筷子夹了一块,冲荀秋笑了笑。

荀秋当然不会再去碰它,可又不好意思当他的面再点一份。她匆匆吃完了肉末茄子,忙不迭离开了这个莫名其妙的饭局。

她没想到这竟是个大麻烦的伊始。

过了两天,荀秋去上大课时很敏锐地感受到二班男生们时不时落过来的目光。这种目光她很熟悉,看热闹的、幸灾乐祸的、不怀好意的,虽然不像小时候那样针芒刺背,但仍让她有了轻微的不适感。

"荀秋!"

白东依然穿着上次那件卷边的外套,大声喊着她的名字从前门进了教室,好像已经瞄准了她身边的空位置。

她愕然当场,还没来得及反应,二班的几个女生忽然从后排站起来,一窝蜂地全部坐在了她旁边。白东皱了皱眉,只好作罢。

"荀秋。"一个女生,好像是叫谢知意,撑在桌子上靠近了她,低声问,"你不是真的在和白东谈吧?"

"啊?"荀秋脸都皱起来了,她忙摇头,"当然没有啊,我和他根本不熟,为什么会这样说?"

几个女生松了一口气。有个人叹道:"我就知道,其实我听左小圆说过,人家荀秋有男朋友,是个混血大帅哥。"

荀秋抿了抿唇,没说话。

而谢知意也点头,忙拿出早就准备好的手机递到她眼前:"你瞧瞧这个!"

荀秋莫名接过,看了一眼,简直尴尬得无所适从。粉色界面上是白东的QQ空间,他发表了一篇日志,细细地描写了一遍他和荀秋的"爱恋"——"在食堂一见钟情,随后每天一起上课、一起吃饭"……写得和真的似的。

"你真的和白东一起吃过饭吗?"

荀秋忙把前两天在食堂偶遇的事情说了出来。女生的声音压得更低:"你傻啊,拒绝他就是。这个男的脑子有点问题,有女生看他一眼,他就觉得别人喜欢他,我们班几个女生都被他骚扰过。"

"啊?"荀秋不可思议,"脑子有问题?那他是怎么考上咱们学校的?"

谢知意"啧"一声,说道:"可能就是装傻,觉得女生都好欺负呗,反正别理他就对了,最好叫你男朋友来陪你上两节大课。这种人有恃无恐,你越害怕他就越得意。"

"好……"荀秋有些惶惶然。她这辈子还没遇上过脑子有问题的人呢,而且白东长得那么壮,打起人来……她乱想了一通,这节课都没怎么好好听。

事实证明，这个白东是真的脑子有病，他不知道从哪里搞到了她的手机号，连着几天发一些乱七八糟的东西过来。

二十六号傍晚，荀秋背着电脑去社团，他就从梧桐大道的树后突然窜出来，吓得荀秋退了几步，书包"哐"一下撞到了人家小情侣坐着的藤椅上。

"你干什么啊？"

女生看见荀秋一副受了惊吓的样子，皱着眉头站起来，审视地看向白东。

白东笑了笑，伸手去扯荀秋的衣服，荀秋嫌恶地躲过，忙着查看她的电脑。

白东："没事，我和女朋友吵架了，这不是正在哄嘛。"

荀秋不可思议："谁是你女朋友？你别乱说话行不行？"

女生还想发问，却被男朋友拉远了一些，男生置身事外的声音慢慢飘过来："别管闲事，人家是认识的……"

"女朋友，是在生气吗？这几天总是躲着我？"

荀秋闭了闭眼，警惕地保持安全距离，耐着性子说道："白东，我不知道哪里让你误会了，总之，我不是你女朋友。而且，我有男朋友！你别再乱说话，或者写那些莫名其妙的日志了，更别给我发乱七八糟的短信，行吗？"

"我不信，你是在说气话。"白东说，"你不觉得我们两个很配吗？你看，你的名字里面有个'秋'字，我的名字里面有个'东'字，这不是天生一对吗？"

是个屁，他到底识不识字？荀秋确认他脑子有病，如果他再一直这样纠缠不休，她只能找辅导员来处理了。多说无益，她拉好背包，快步疾走，意图摆脱这个变态。

可白东不依不饶地追过来，手一伸就拦住了她的去路，自以为很潇洒地手插口袋，说道："别欲擒故纵，当心玩脱了我不要你了，看你去哪里后悔。"

旁边路人奇异地望过来，看着他们窃窃私语。

荀秋再忍不住了，她觉得自己这辈子从来没这么丢脸过。她憋红了脸，一句"你有病啊"都在嗓子口了，却无意间瞥见两个熟悉的身影疾步靠近。

"你干什么啊？"李霄野毫不迟疑地上手推了白东一把，大声呵斥，"欺负女生是吧？"

薛均则挡在荀秋前面，寒星一般的眼睛冷冷地看着白东，他身上还披着实验室的白色外套，手里抱了几本册子。

"你们干什么？"白东个子不算矮，但在薛、李两人面前还是有点怂了。

他眯着眼睛看了看，理直气壮地说："我和我女朋友的私人事务，关你们什么事？"

他早听说荀秋的男朋友是外国人，但班上根本没人见过其真人，而且他观察过，荀秋整天就是上课、吃饭、去社团和图书馆，连周末都一样，根本不像谈恋爱的样子。如果她真的有男朋友,又怎么会对他笑,还和他一起吃饭呢?

"她是你女朋友?"

"对啊!"

李霄野不可思议地回头看,眼神中带着一丝鄙夷,仿佛在说:这人你也看得上?你什么眼光?

苟秋想解释,又觉得生气委屈,话还没说出口,眼泪倒先涌出来,一串泪珠顺着脸颊跌下来,她觉得自己丢脸极了。

为什么薛均会在东大啊?

为什么偏偏是这种时候被他碰上?

这个李霄野怎么这么讨厌啊?

"可能吗?你别做梦了行吗?"薛均说不出更刻薄的话,可他的声音很冷,暗含着警告。

白东讪讪地退了一步,恶狠狠地盯了苟秋一下,转身走掉了。

薛均还是有带纸巾的习惯,苟秋已经记不得这是自己第几次接他的纸巾了。

"这人怎么回事啊?"李霄野才知道错怪了苟秋,摸着脑袋试图搞清楚状况。

薛均接过苟秋沉重的电脑,低声问:"他是你们班的吗?骚扰你多久了?"他的声音低沉温柔,带着关心,也带着担忧。他从来不信他人言,也从来都不怀疑她。

这一刻,苟秋胸臆如堵,这几天积压的委屈和郁闷都涌了上来,大颗大颗的眼泪如山洪倾泻,冲垮堤坝,淹没田野,一发不可收拾。

5

周末清晨六点,帕克小镇还未完全苏醒,偶尔有早起的遛狗人在小径慢行,路边的紫色蔷薇花久未经修剪,从白蓝相间的花架栏杆缝隙中穿出,娇艳的花朵上滚满金色露珠,被压得弯折。

金发少年停下怔忪地看了一会儿,又继续拖着行李箱走在青色砖石上,突兀的一串"轰隆"声拐过墙角,引得骑着自行车的送报学生看了过来。

"哇哦!"Ryan(瑞恩)看见金发少年,往后一抽手,将一份新鲜的《今日美国》抛进淡蓝色围墙后,赶上去在他面前停下,尝试用中文笨拙地招呼,"Yan!泥(你)!嚎(好)!"

要说和这位Yan同学的缘分,都源自神奇的中国拼音,宾大的亚洲学生不少,可这位Yan同学的名字里明明有三个字母都和他一样,发音却和"Ryan"完全不同。

严知听见这怪腔怪调的中文,极力忍住笑意,也跟他打招呼:"Ryan,周末也做实习作业吗?"

Ryan 点头:"没办法,早做完早轻松。这会儿送完我还得回去休息,不然晚上 Lee 那儿的派对……"

他看着严知的行李箱,又问道:"你不能来吗?这是要去哪儿呢?"

"有事要回趟中国。"

"为什么?是发生了什么急事吗?"

严知低声笑了笑:"嗯,急事。"

Ryan 还是不太习惯中国人含蓄的说话方式,但他懂得尊重隐私,这么着急请假回去,估计是真有重要的事吧。他拍了拍严知的肩膀,说道:"回头再见。"

骑着自行车的少年慢慢离开了这个街区,严知礼貌的笑容淡下来,才低声补充了一句:"是女朋友的生日。"

他按亮手机,像素模糊的屏幕上,女孩捧着蔷薇花束笑得很灿烂,那是出成绩那天他送她的。

那天她在电话里告诉他她傲人的分数,他买了这束花,骑车穿过半个江城送到西苑广场。他是第一次送花给女孩,忐忑地接受着旁边或惊异或惊叹的目光,终于把它送到她手中。

他点开短信,收件箱已经快满了,以往每次清空之前他都会把存不下的旧信息誊抄在本子上,可这一百七十条短信已经静静躺了快两个月,再没有她的新信息进来。

Lee 很喜欢观察别人,知道严知每天下课都会急匆匆地回来看这个手机,很奇怪地问:"既然这么着急回来看它,为什么不随身携带,或者把新号码告诉你要等的那个人呢?"

为什么呢?严知也想问自己——

也许是知道她不会再联系他了,不会问他有没有平安到达宾州,不会问他适不适应这边的生活,不会问他秋假为什么不回来……她怎么会有时间联系他呢?她不都已经知道薛均的手机号码了吗?

那天她久久地在湖边发呆,看起来失落又沮丧,可薛均一给她打电话,她便又像活过来一样,那样谨慎又珍重的态度,她这样对待过他吗?

一切都是他强求来的,她还把他送的东西都寄回江山名府了。

他曾在某个深夜把博客上那些乱七八糟的照片全部删除,然后注销了账号。删的时候满心酸涩,一气呵成,可她根本都不知道吧。

什么"广阔天地",他很努力地去看,可天地间还是没有任何一个地方能让他感到快乐,他仍然想回到她身边。

这真是太可笑了。

舱门关闭，闸门气压声响传过来，严知戴上了眼罩，开始了长达四十小时的旅途。

二十九号晚上八点半，严知再次抵达雾城。

从渝北到荀秋的学校至少需要两个小时，或许那时候4栋寝室已经关门了。

严知推着拉杆箱，步伐很快，好像真的会有人在某处等待他一样，他终于在十点四十分赶到了4栋。

手心已经出汗，他呼了一口气，想要拨电话，却看见楼侧围着一群人。他皱了皱眉，这个点，是出什么事了吗？

算了，懒得管了。他拨出电话，"嘟嘟"声响的同时，一道高昂的男声在旁响起："荀秋，我爱你——"

严知手一抖，手机"哐"的一声跌在地上。他的心都颤了起来，躬身捡起手机，通话已经结束，不知道是不小心断的，还是她按掉的。

这不可能，荀秋从来不喜欢这种张扬的风格。

严知往人群靠近，以他的身高很轻易地就看见了里面的场景。粉色蜡烛摆成心形，一个挺高的男生捧着蔷薇花站在暗处，看不清模样，右手还拎着一个扩音喇叭，看样子已经等了好一会儿了，简直像个傻子。

楼上的荀秋气得脑袋发晕，上次在梧桐大道，薛均陪她去打印了白东给她发的短信记录，辅导员称这种行为已经造成了骚扰，学校会给白东警告的处分，可走流程需要一些时间，白东还是隔三岔五地来堵她。

这个时间荀秋已经不好意思惊动可能已经回家休息的老师，白东正是抓住了荀秋脸皮薄这个弱点，在楼下用喇叭喊她的名字，不怕她不下来。

"这个人真的有神经病吧！"郑以穗从阳台进来，气愤道，"让他喊！荀秋别下去，不然就上了他的当。"

"你怎么会这么倒霉啊！"二班的谢知意也在608寝室，她刚才已经下去了一趟，告诉白东荀秋已经拒绝了他，让他别再继续喊了，可白东根本不理她。

"荀秋，我爱你——"

一副破锣嗓子又傻又难听，荀秋深吸口气，肩膀都开始发抖了。

谢知意扶住荀秋，叹了一声："要我说，干脆泼两盆水下去算了！"

众人拍手："泼水好！"

蔡菲走到阳台看了看，白东站得有点远，估计一般是泼不到的。

荀秋愁眉难展，她实在不好意思让整栋楼的人都被白东的魔音骚扰到无法睡觉。她做了个深呼吸，勉强扯了扯唇角，说道："算了，我还是下去说一句，免得他一直在那儿吵。"

"别去！"谢知意拉住她，"让他喊，我就不信了，他能喊到天亮？"

"可是……"荀秋犹豫着。

楼下忽然传来喧哗声，几人忙跑过去，趴在阳台上看热闹。

"哎！"郑以穗喊了一声，"荀秋，你快来看，正义从天而降了。"

楼下昏暗的路灯照得不真切，她们只看到一个染了头发的男生拨开人群，抬脚将心形蜡烛一个个踹得老远。

白东大声质问男生："你干什么啊？"

严知冷笑："人家不下来，你不懂什么意思吗？别在这里丢人现眼了，也不瞧瞧你是什么东西，荀秋能看上你？"

白东这才从最初的怒气中反应过来，看到这人一头金毛，他一开始还以为是荀秋那个传说中的男朋友，可细细一看，这人并不是外国人。

看罢，他又有了底气，大言不惭地开始造谣："荀秋是我女朋友，我们吵架了，她现在要我哄哄她，你哪里来的滚回哪里去，有你什么事儿？"

严知"哈"了一声，咬着牙上下打量了白东一番，蓝色的眼睛几乎迸出火来："荀秋是你女朋友？你也配？"

"对啊！"白东继续沉浸在幻想中，"前几天我们在食堂吃饭，她担心我吃瓦罐汤吃不饱，把自己的酥肉都让给我了。我们上课也坐在一起，她还给我整理笔记——"

"他们好像聊起来了？"楼上的女生不明所以，看见两个男的一直站在那儿不动。

"那是谁啊？"

"是不是我们班的？"

荀秋抬了抬眼镜，觉得那个身影好熟悉。可是这个时间，他不可能在国内，宾大的秋假已经结束，快递也显示签收，而且这个男生还染了头发。

"哦吼！"不知谁喊了一声。

局势突然转变，"正义天使"重拳出击，一招把白东打趴在地上。白东捂住鼻子扭得像条虫，发出了人类难以理解的号叫。但那男生犹嫌不够过瘾，骂了一句什么，一手把白东从地上揪起来，还要动手。

"严知！"女孩轻轻柔柔的哭腔响起来。

男生身影一顿，很快放开了白东，抬头向楼上看去。

"哪里在打架？快住手！"

不知道是谁喊来了保安，电筒的白光照过来。严知站在光影中，顶着一头蓬松的金发，湛蓝的眼睛深邃幽深，侧脸轮廓锋锐如雕刻一般，他的目光在阳台上的人影中无序地寻找，最后定在荀秋身上，慢慢举起了双手。

他彻底认输了。

608室的女孩尖叫起来:"啊啊啊,那是荀秋的男朋友啊。"

这也许是荀秋下楼最快的一次,她走到一楼台阶的闸机处,老旧的机器尚有五分钟才下班,兢兢业业地感应到按钮的指引,红色圆灯一闪,栅格"吱吱呀呀"地慢慢移开。

两个月过去,又是说过分手之后的第一次见面,荀秋想起和严知再见时的情景,可真到了这个时候又开始犹豫不决,而且严知染了头发,她远远地瞧过去,感觉有些陌生。

"哎呀,磨叽什么啊!"一群女生在她后头笑,荀秋才后知后觉地察觉到周遭的状况,好多人都在看热闹,她一下尬得不行,甚至想转身回六楼去。

"荀秋。"严知知道她又想逃跑了,无奈地呼了一口气,抬腿踏上楼梯冲她伸出了手,"换个地方说话。"

虽说是校外人士进来打架,但毕竟白东骚扰在先。同学们群情激昂,不肯让"妖魔鬼怪"来破坏"神仙"爱情,纷纷说是白东自己跌倒,没有严知的事。保安疑惑地摸摸脑袋,还是让两人先走了。

严知一手拉着荀秋,一手拉着箱子,沉默地走在深秋的寒夜里。

风从街道尽头吹过来,可两人相握的手已沁出热汗。严知明明有一大堆话想和荀秋说,可一张嘴又不知道从哪里说起。

他想了想,忽然停下脚步,侧头去看她:"我们……这是要去哪里啊?"

荀秋也好似才回过神来,抽出手在身上擦了擦,咕哝了一句:"我哪里知道啊?"

柔声里带着一丝意料不到的埋怨,落进耳朵,酥麻的痒直往人心里钻。严知低下头去瞧荀秋,暖色的光影映照着她温柔恬静的眉眼,晕染灼灼光华,她脸颊鼓鼓的,好像生气了。怪了,她怎么生起气来也这么可爱啊?

严知松开箱子,两手对着她的脸又捏又掐,手感别提多好了,这下心里这口气总算顺下去了。他心情大好,勾着唇角笑,说:"好像胖了些,看来东大的伙食不错。"

荀秋哼着躲开了他的手,退了半步,提醒道:"我们都分手两个月了,严同学,你注意点,别动手动脚。"

"分手"两个字好刺耳,说出之后,两人都想起了那天的不愉快。严知愣了愣,最终叹了口气。

爱无分对错高低,只不过脾气上来了,两个人宁愿自我折磨,也不愿做那个先低头的人。时光总会消磨真挚和热切,更爱的人更害怕失去,注定要在这场博弈中落败。

但败就败吧，败给她也不是什么丢人的事情。

严知伸手紧紧把苟秋揽进怀里，仰头看着灯下飘荡着的浮尘，低声说道："分手了？我没同意啊，哪里就分手了？"

苟秋被按在他胸口，挣扎了两下未果，瓮声说："分个手而已，还要你同意啊，那是不是还得去民政局领分手证？"

严知忙"啊"了一声，装出一副耳聋耳背的样子，握住她的肩膀问："宝宝，我没听错吧，你说要和我去民政局？这也太突然了，咱们年龄还没到呢，但是你能向我求婚，我真的太幸福了……"

"什么啊！"苟秋气急败坏，"我懒得和你说。"

严知"嘿嘿"笑，在她脖颈上蹭了蹭，没个正经："宝宝，生日快乐，这么久不见，你想不想我？"

苟秋愣了愣，眼眶不可抑制地酸胀起来，她揪住他的衣摆，气得飙出了脏话："想个屁！到了也不和我说，新号码也不告诉我，说好了秋假会回来也没有做到，一个人在美国又是剪彩带又是办派对，玩得乐不思蜀，现在又突然跑过来说没有分手。"她换了一口气，眼泪还是不争气地落下来，"谁知道你是什么意思啊？"

"对不起，宝宝。"严知收紧手臂，低头吻在她的发间，眼圈也红了。他是骄傲的，没有人愿意做那个备选答案，可他没有办法，至少，她也喜欢上他了不是吗？

"我错了。"他说。

"错哪儿了？"她哼声问。

严知想了想，说："不该剪彩带？"

苟秋面无表情地看了他一眼。

他眼睛弯起来，又忍住笑意，一本正经地气她："不该办派对？宝宝，你怎么看我博客还要删除访客记录啊？这么怕丢面子？"

苟秋真生气了，使劲儿推他。严知忙把她拢好，滑跪认错："错了错了，是我说错了。宝宝，好了好了……我不该一走了之，不该不给你发信息，不该死要面子，更不该让你难受，我真是罪该万死。"

"我才不难受。"苟秋吸了吸鼻子，瞪了他一眼。

"好好，不难受。"严知想笑又不敢笑，伸手给她揩了揩摇摇欲坠的泪珠，心疼地叹了一声，"我以为你都不喜欢我了。"

"我哪有不——"苟秋说到一半，又乜了他一眼，抿住嘴巴不肯说了。

"我知道啦。"严知不敢再逗她了。女孩鼻尖红红的，也不知道是冷的还是

-101-

哭的,他把她半开的大衣拢上,又弯腰将那些纽扣一一系好,最后满意地点头,捧住她的脸左右看了看,狠狠地啄了一口。

"毛病。"荀秋捂着脸颊,嘟囔了一声。

她和雾城人住久了,口癖上难免有所靠拢。严知听着新鲜,又问她:"已经学会说雾城话啦?和室友们相处得怎么样?"

"不要你管。"荀秋踢了一下地上的叶子,气道,"有事不能明天说吗?这会儿都过了十一点了,找阿姨开门又要骂人。"

"有什么关系啊!"严知牵住她,"我来给你喊门,要骂就骂我。"

严知还提着箱子,只怕是一下飞机就直接到东大来了,他肯定已经很累了。荀秋心里堵了一下,也不想再继续作了:"算了,走都走到校门口了,咱们去找个酒店休息,但是别太远了,明天我一二节还有课呢。"

她想了想:"就上次那家,你觉得怎么样?"

严知的手僵了僵,半晌没说话。

"严知?"荀秋知道严知对住宿要求一向很高,难道是上回住得不舒服,这次他也不愿意去了?可再高档一点的酒店就离学校有点远了,她怕明天来不及上课。她摇了摇他的手,声音放低了些,带着些撒娇的意味,"就住上次那家吧,好不好?"

"你说好就行呗。"

语气好生硬啊,果然就是有些不满意吧。荀秋犹豫了一下,说道:"那我们先去看看,看还能不能升级房间。"

严知闷闷地"哦"了一声,又没下文了。

干什么啊,刚才他哄人的时候可不是这个态度。荀秋疑惑地瞧他,却看见少年脸上绯红一片。她猛地回过神,伸了伸手,够不着,又咬牙说道:"下来点!"

"啊?"严知愣愣地弯腰,下一秒耳朵就被狠狠地揪住,"哎哎哎,干什么啊!"他懂得她的意思了,连连笑起来道歉,"对不起,对不起,我错了。"

明明被揪的人是严知,荀秋的耳朵却发起烫来。她放开他,拍了拍手,说道:"不许瞎想!"

"知道啦。"严知笑,揉了揉她的头发。

这家酒店套房不算太大,好在够干净整洁,严知这两天奔波也确实有点累了,不想再折腾。

房间里开着暖气,荀秋脱掉碍事的外套,奋力把一旁的两把软垫躺椅拼在墙边,坐下去还挺舒服。

"你就睡这里啊?"严知脑袋上冒着水汽,边擦头发边从浴室转出来,皱眉道,"这怎么睡啊?"他丢开毛巾,伸手要去勾床上的外套,"我再去开一间就是了。"

再开一间多浪费钱啊。荀秋盯着他没好气地说："这怎么不能睡啊？"她就势躺下，压了压，"很舒服呢，不信你来试试？"

"哦。"严知低头挽着袖子，笑了一声，"真的？"

荀秋又翻了个身，伸手招呼他："来呀。"

这两把躺椅真的很软，比硬邦邦的木头沙发舒服多了，她真想在家里也放一把这样的椅子，搁在阳台上，天晴时躺在上面晒太阳或者看书，多舒服啊。

严知丢开外套，两步就走到了她面前。他身姿挺拔，一走过来，光影全部被挡住了。周遭暗下来，荀秋莫名感觉到危险。她忙撑手坐了起来，却不想严知在椅子前席地而坐，随即拉起她的手吻了吻。

"宝宝。"严知轻轻捏她的脸，问道，"今天吃蛋糕了没有？"

"没有。"荀秋摇了摇头。

下午荀天来过，她请室友们、哥哥和谢知意一起在外面的餐馆吃了饭。

"怎么没有啊！"严知愧疚地垂了垂眼，"都怪我来得太晚了，害宝宝连生日蛋糕都没吃。"

其实过不过生日对荀秋来说并不重要，不然想要一个蛋糕的话，她大可以自己买。

"没吃蛋糕也不是什么大事啊。"

"没吃蛋糕就没法许愿了啊。"严知怅然若失地咕哝着。

"你几岁了啊！"荀秋笑了笑，知道他在为他们冷战的事情愧疚。

她不忍看他失落，便轻轻吻了吻他高挺的鼻子，哄他道："而且我的愿望现在已经实现了。"

"什么愿望啊？"

荀秋看着他，没说话。

严知反应过来，一双湛蓝的眼睛亮了亮。

荀秋说了这些肉麻的话，脸都要烧起来。她忙伸手摸了摸他的头发，转移话题："还怪好看的，你怎么会想到染头发啊？"

"好看吗？"严知笑，很快说起了在宾大和同学们的几件趣事。女孩听得很认真，仿佛要弥补这段缺失的时光。

这两个月堆积的思念和不甘是抵住鼻尖的浅吻承受不了的浓烈，微糙的指腹没入了她柔顺乌黑的长发，唇舌轻碰，又在温柔厮磨中慢慢潮湿。女孩闭着眼睛，声音轻柔："严知。"

"嗯。"他缓了一口气，却始终不想离开。

"我是很难受……"

持久的冷战很难受,未知的等待也很难受。

少年顿了顿,气息骤然急促,柔软的唇舌撬开贝齿,气势汹汹地纠缠搅弄,皮下血液奔腾肆虐,炽热与滚烫几乎将他燃烧成灰。

苟秋狠狠一颤,下意识地向后缩瑟。

"宝宝,别……"严知喘着气追吻过去,最终她无路可逃,背部紧紧地靠在墙上,很快沁出了可怜的泪珠。

严知喉结滚了几圈,一手撑在墙上,尽力地和缓着呼吸,可惜事与愿违,汹涌的情愫汇聚进雾色深重的眸子,他已经很难停止这昭彰的澎湃。他长呼了一口气,抵在她鼻尖,声音沙哑地乞求:"老婆,我也好难受……"

复古的铃兰花吊灯璀璨炫目,白光落进了波浪跌宕的蓝海,月色从落地窗户攀入,柔风吹动了白色纱帘,不夜城的霓虹在远处流转,无数细碎的色彩与光芒汇聚,照出这个湿漉漉的夜晚。

很奇怪,已经超过四十八小时没有好好休息,怀里的女孩也几乎在躺上床的那一秒就合眼睡了过去,严知却感到饱满的餍足。

小心地把苟秋安顿好,他卧进被子,伸手去摸刚才随意扔在茶几上的手机,准备定个明早的闹钟。

他转过去,见到苟秋的手机上代表有未读信息的蓝色泡泡在闪动。

理智和教养告诉他,他不应该去看她的信息,可心里的警告还没有念完,他已经打开了她的手机。

备注为"学长"的人在晚上十一点打来了电话,还发来了两条信息。

严知眉头紧皱,这是她的追求者吗?他喉咙滚动了一下,心虚地觑了一眼熟睡的苟秋,咬牙打开了信息。

学长:怎么不接电话?我到4栋楼下了。

学长:哦!没事了,睡了,勿回。

严知有点茫然,这人大半夜跑到4栋楼下干什么?而且才两个月不见,她就和别的学长这么熟了吗?可以半夜和人家见面?虽然他们也许是有什么正事,但他还是止不住心里的酸涩。

他百无聊赖地随手滑动了一下,一个没有备注的手机号码突兀地出现,他一眼就看出来那是薛均的号码。

她存下了薛均的号码,但是没有给备注。

严知心里堵得慌,自欺欺人地把手机丢到了一边。

没事,没事,没事,不就存了个号码吗?他心里默念了三遍,最终还是没能顺下这口气。

他猛地坐起来,挠了挠脑袋。他想不通,凭什么别人都有备注,就薛均没有?

薛均到底特别在哪里?

他也真是手贱,没事翻她的手机做什么,现在彻底睡不着了吧。

严知叹了口气,无奈地再次躺下,一手把苟秋捞进怀里,恶狠狠地亲了一口。怀里的人被这动静搅扰,半睁着眼睛看他。

"严知。"她看清了人,无意识地喊他,又靠近了些,在他手臂上找了个舒服的位置,安心地闭眼睡过去,乖得像只猫儿一样。

所有愤懑和不愉快好像都烟消云散了,严知的心软下了一片,是啊,没关系,她对他这么依赖,绝不是谁都能撬得动的。

第四章 苦恋

你让我觉得自己像个傻子。

1

白东这样一闹,学校加重了对他的处分,通报批评的通知贴在 E 栋大教学楼门口,每个人都能看到,并且结合昨晚的事实,围拢在一块指指点点。

教学楼外头寒风阵阵,李霄野紧了紧衣服,催促还围在那儿听八卦的室友:"走啊,还在这儿干什么啊?"

霍临被扯了后颈子,不得不一步一退地离开人群。他饶有兴趣地看着李霄野问:"就是这件事吗?你昨晚突然跑出去?"

李霄野想到这个就来气。昨晚他在打游戏,正是要紧处,突然接到薛均的电话,他本来都不想接,薛均却连续打了三个过来。

原来薛均在东大贴吧的热帖上看见白东又跑去骚扰苟秋了,喊李霄野赶紧过去一趟,他自己也在路上。

李霄野没法,只得和队友道歉,匆匆忙忙往 4 栋跑,结果没想到他到的时候已曲终人散了,打电话过去,苟秋又没接。他发完信息,刚巧见到苟秋几个朋友在旁边打扫花瓣和蜡烛,这一对上号,他才知道原来严知回来了。

这不就白来了吗?人家有男朋友,薛均这是操哪门子的老同学心啊。

"唉！"李霄野思绪回笼，长叹一声，摇头，一言难尽。

他刚要走，前头人流中有整齐的喧哗声传来，他随便瞥去一眼。

严知的金发实在太引人注目了，长得又那么高，简直就是风向标。听说了昨晚事情经过的人见到正主，一下都叽里呱啦地议论起来。

"哎！哥？"严知看见李霄野了，眼睛一亮，很快走过来。

"一个人啊？"李霄野笑，"你那小女友呢？"

严知笑了一声，冲人群末端仰了仰下巴，说道："喏，在那儿呢。"

苟秋穿着黑色大衣，缩在柱子后面，有些幽怨又有些郁闷地望着这边。

李霄野不懂这是什么意思，严知解释道："她怕出名，和我离得快八丈远。"他笑，"有什么用啊，一会儿我不还得坐她旁边吗？"

李霄野受不了这些臭情侣的花招，一拍严知，问清楚他会待完这个周末，说道："行了，那回头联系，我先去上课了。"他今天的课在六楼，走上去还要些时间，霍临在这里耽搁，一会儿他俩都得迟到。

"行，哪天一起吃饭。"严知客套了一句。

白东今天没敢来上课。

为了陪严知，苟秋的科导课和开发课都破例坐在了后头，但她还是承受了整整四节课的注目礼，课间还有隔壁教室的同学慕名来打趣。一下课，她也不想带严知在食堂吃饭了，直接回了酒店餐厅。

中午吃完饭，房间里暖烘烘的，严知把电脑抱到床上，开始捣鼓他缺的几科资料，而苟秋枕在他腿上，没两秒钟就失去了知觉。

等她睡得迷迷糊糊的时候，慢慢感觉到有一片柔软温热的东西贴在嘴巴上，低低的喘息声震在耳膜，沸腾的热汗滴进她的脖子，黏糊糊的。

"严知！"她猛地坐起来，瞪着他，"你做什么呀？"

严知无辜地摊手："我什么也没做啊。"

要不是他面色绯红，苟秋真的会信他什么都没做。

苟秋摸了摸自己发麻的嘴巴，鄙夷地说："严同学乘人之危，是不是？"说罢，她两手一抬，就要掀走他腿上的被子。

严知一边阻止她，一边笑得发抖："好了好了，我就是亲了亲，别的什么都没做。"

"你还想做什么啊！"苟秋咬牙切齿。

严知一把抱住她，笑得整个胸腔都在震。

"下午只有两节课吗？"

"嗯。"苟秋本来下课后还要去机械社写程序，但严知好不容易回国，她就想歇两天，先和严知逛逛雾城的景点。

"雾城哪里好玩？"严知问她。

"十一"的时候，除了参加联谊，苟秋还和喻虹及几个社团成员去了仙女山看日出，不过这个路程远，可以留在周末再去。就近的话，可以去逛展览馆或者剧院，或者去南山。

"你都去过了？"严知酸酸地问她，"和谁去的啊？"

"就社团的同学，还有几个室友呀。"

"学长啊？"严知意有所指。

苟秋想了想，点头："有学长，也有学姐。"

严知酸得整张脸都皱起来，想来手机里那个学长就是其中之一吧，看来他们真的已经很熟了。都怪他死要面子，让这些魑魅魍魉都爬出来了。他悔青了肠子，怏怏地说："你都去过了，还去干什么？"

"陪你去呀？而且南山下有一家小面馆的肥肠好好吃哦！"苟秋馋到吞口水，"不如下午下课了我们就去那边吃吧？"

肥肠？严知分明记得八月底的时候，苟秋看见菜单上有肥肠面都是一脸嫌弃，短短两个月，她好多变化他都没赶上。

"为什么吃肥肠啊？"严知不高兴，"你不是不爱吃内脏吗？"

苟秋眉飞色舞："但是雾城的东西真的好吃啊！我们应该尝试更多口味，才知道自己喜欢吃什么，现在我已经爱上内脏了。"她兴冲冲地问严知，"你知道黄喉是什么吗？"

严知不知道，猜测："喉咙？"

苟秋笑得眼睛弯弯，不肯揭晓答案："明天晚上和我室友们去吃火锅，到时候你吃了再猜，不过你肯定猜不到啦！"

她低头查看手机里的信息，想起什么，又补充一句："不许提前百度啊！"

"我至于吗？"严知笑，"你什么时候见我耍赖过？"

苟秋沉默了一下，继而抬头，语气变得有点惊讶："你昨晚看了我的短信吗？"

被读过的短信，前面小信封会显示打开状态。苟秋刚才看手机，突然发现有两条李霄野的已读短信，所以这样问了一句。

可严知心虚啊，他摸了摸鼻子，装作不在意地"啊"了一声，看向别处："对，我忘了和你说，好像是的。那么晚打电话，我以为有什么急事呢，结果一看，他说不用回，我就没管了。"

苟秋已经从室友的信息中拼凑出了李霄野到达4栋的"真相"——他在贴吧看到帖子，所以很热心地想过来帮她。于是她回他：谢谢学长。

那边没回。

"哦,你是要请他吃饭吗?"

荀秋点头,她没想太多,以为严知知道发短信的人是李霄野。

"啊?"严知这下彻底蒙了,不解地望过去。

"就今天早上啊。"荀秋说,"我好像听见你说要请他吃饭。"

"哦……对哦……"严知反应过来,原来那个"学长"就是李霄野,他一下松了口气,"他那天来楼下干什么啊?"

荀秋略过了在梧桐大道遇见薛均的事,简明扼要地把李霄野路过帮她的事说了。

那天荀秋被李霄野和薛均送回4栋,刚巧在楼下遇见了郑以穗。郑以穗好像看中了李霄野,想要他的号码,看能不能发展一下。

"你是说,那个穿白色卫衣的?"荀秋再次确认她看中的是李霄野。

郑以穗笑道:"对啊,他旁边那个虽然也还不错,但是看起来好高冷,肯定不好接近。"

薛均高冷,不好接近?

荀秋不可思议,但仍有些庆幸室友看上的不是薛均。她忐忑地发消息问李霄野,能不能把他的号码给室友。

可李霄野只回了她一个意义不明的句号。

这让荀秋觉得很尴尬,他们本来也不熟,她也不敢问他是什么意思了。

"那不如一起吧,反正我也想请他吃饭。"她提议。

请李霄野和他们一起吃饭,这样郑以穗又多一次机会,说不定接触一下,他会明白郑以穗很好呢?

荀秋为室友的幸福谆谆善诱:"火锅要人多才热闹啊!"她挽住严知的手臂轻轻摇了摇,语调像撒了蜜糖,甜腻地撒娇,"宝贝,明天你把李霄野约出来吧,好不好?"

严知被这一句"宝贝"喊迷糊了,荀秋少有这样黏糊甜糯的时刻,他忙拍胸脯:"没问题,我肯定把他带到。"

翌日。

好在所有人都可以吃辣,不必在雾城人占多数的饭局上吃挑战尊严的鸳鸯锅。

红汤大瓷锅里浮起很多花椒壳和辣椒,菜品也上得很快,严知没有吃过雾城火锅,瞧着那一盘盘的毛肚、鸭肠、黄鳝、耗儿鱼被摆在面前,皱着鼻子往荀秋身上靠,小声说道:"这些能吃?"

荀秋点点头。除了她不太说话,饭局上其余每个人都很活跃。严知一向是主导者，再加上一个演讲家似的李霄野，游戏、留学、机械、就业及八卦，话题多得简直一张嘴都不够说，吃到最后，他们已经放下筷子，找老板要了一箱啤酒。

苟秋没来由地想起高二那年肖老师请他们在书街吃饭的那次，那时候，薛均他——

"在想什么呢？"严知虽然在高谈阔论，但苟秋走神还是很快被他发现，他握住她的手轻轻捏了两下。

"没什么，有点困了。"苟秋沉下思绪，专注当前，不再去想不该想的人。

"那我们回去？"

"一会儿吧，还有点早呢。"他们聊得正好，苟秋不愿意扫兴。

"苟秋不喝吗？"李霄野喝得有点多了，搭着严知的肩，挑眉看过来，"别的女孩都喝了。"

苟秋犹豫了下，严知拍开李霄野的手："我老婆酒精过敏，别劝她。"

而后他又转向苟秋，笑道："咱们就喝可乐，甭理他。"

李霄野"嘿"了一声："我就问问，你这就护上了啊？'单身狗'受到伤害了，不会放过你。你老婆的你来喝，双份，来。"

几个女生也笑，纷纷举杯要灌他。

"行呗。"严知无所谓地笑了笑。

饭局还是在八点多结束，苟秋和严知送其他人回了东大，4栋和12栋在不同方向，分开的时候，郑以穗赶上李霄野往12栋去了，引起一阵起哄。

时间不早不晚，他们拉着手闲逛，不知不觉来到喷泉广场附近。石椅冰凉，严知把苟秋拥在怀里，风吹散了些许酒意，也让人变得多愁善感起来。

"宝贝。"他低头抵住她的头发，悄声说道，"明天上午我不陪你上课了，下午再过来，好不好？"

苟秋没明白，下意识地问："为什么呀，是不是喝多了不舒服？"

"不是。"严知否认，却没有继续解释原因。

苟秋愣了下，慢慢明白他可能是要去雾大找薛均吃顿饭，毕竟这么多年的朋友，回来一趟不聚一下说不过去。

其实她以为今天薛均会过来的，因为严知打电话的时候，她听见李霄野说他和薛均说一下，而后电话挂了。

但是薛均没有来。

也许是因为实验室有事吧，她想。

她尽量阻止自己去想薛均在躲她。

一周很快过去，严知的票是周一早上的，两只"红眼睛兔子"抱在一起不肯分开。苟秋眼泪掉下来，埋怨他一堆有的没的。严知心里也不好受，吻着她，保证再也不会让她难过了,并且再三强调一个半月之后的圣诞节假期他就会回国来。

"我才不信呢,你上次说秋假回来也没来。"

严知哭笑不得,他已经不记得这是第几次为这件事道歉了:"我错了,宝宝,原谅我吧。"他不厌其烦地为她抹泪,"我们每天都要视频聊天是不是?我会一直陪着你的,有事就给我打电话,不管几点我都不会关机。"

"给你打电话有什么用啊!"荀秋作起来,眼泪把他胸前都打湿了,她有点抱歉,轻声说道,"你离得那么远。"

严知想到那个白东,皱了皱眉。他陪着的时候,那个人肯定不敢轻举妄动,就是不知道之后会不会这么老实,他想来想去还是不放心,只能拜托李霄野能帮就帮一下。

"老麻烦人家干什么?我才不找他呢。"

荀秋不乐意,更何况李霄野可能有怪癖。

那天郑以穗追过去,只不过想单独和他说几句话,结果没想到她才开口,李霄野就以百米冲刺的速度逃离现场,吓得她一哆嗦,在寝室大骂了三天三夜。后来白杨杨去大三学姐那儿打听了一下,原来李霄野"恐女"远近闻名,一旦表现出对他有好感,他就会瞬间犯病。

荀秋听了良久无语,大学生活真是多姿多彩,什么都能见识到。

2

严知回费城之后,荀秋忐忑了几天,害怕白东会报复她。好在他似乎忌惮着学校的处分,并没有再在大课时来抢坐她附近的位置。

可不知怎的,她还是时不时能感觉到男生们那种若有若无的恶意目光,如附骨之疽,怎么甩都甩不掉。

她无意把这种莫名恐慌转嫁给任何人,只在和严知的联系中加倍黏人,只是法学生的课程繁重,他偶尔的疏忽会让她非常不安。

"爱你呀,当然爱你了。"严知略略敷衍了一句,金边眼镜中映出大量的英文,荀秋看得出来,他正在做 reading(阅读)。

之前为了和荀秋畅通无阻地保持联系,他已经不住在学校寝室了。现在严知那边是凌晨一点,这个 case(文件)有六十页,之前为了挤出时间和荀秋视频,他已经拖到周末晚上,现在不能再拖了。

今天中午荀秋收到了好几条莫名其妙的短信,内容不堪入目,她想也许是巧合,可是难免觉得有点郁闷,而严知的时间被她挤压了,直到凌晨还在写作业。

她认为自己不该这样,因此虽然失落,还是挂掉了视频。

没关系，圣诞节就要到了，严知马上就会回来，不急这一时半刻。

十二月下旬的雾城骤然降温，夜里风大得不似人间，东大寝室没有暖气，教室有空调，同学们要学习都会选择去自习教室。

李霄野也不例外，他换上羽绒服和霍临逆着风走在E教外面的广场，准备去二楼上自习。

"喂，你看！"

李霄野被吓了一跳，往霍临指的方向看去，路灯下半躺着一个穿着白色羽绒服的女生，看样子是她脑袋上那个毛茸茸的熊熊包脸帽子害她没看清路，一脚踩空，跌了个四仰八叉，现在人正坐在原地挠脑袋。

这么傻又这么矮的人整个东大只有一个，李霄野忙把羽绒服的帽子戴起来，假装没看到她。

霍临推他一把，揶揄道："你女朋友摔跤了啊，你为什么躲起来？"

"关你啥事！"李霄野低声骂了他一句，匆匆忙忙离开了现场。

前段时间李霄野受严知的嘱托，空闲时来苟秋的大课上在她旁边坐镇了几次。他的成绩优异，又是大三一班的班长、办公室的常客，好几个老师都和他相熟，几天下来，白东更加不敢当面骚扰苟秋了。

结果几个无聊的男的——包括他室友霍临，非要开他和苟秋的玩笑，说她是他女朋友，他解释了好几次都没用，反而他有了"女朋友"这个消息越传越广，后来竟然没人再来围堵他了。

这不妥妥的因祸得福吗？要不是知道苟秋内向，他都想请她吃饭，感谢她的大恩大德了。

李霄野一走进教室，就感觉到一股不同寻常的冷风扑过来，教室里明明开着空调，谁又把窗户打开了？他走到了窗户前问了一句。

"通风啊！"有个男生理直气壮地说，"教室里这么多人，二氧化碳多重啊，不开窗户空气不流通，大家都会闷气了。"

李霄野"哈"了一声，拍了拍窗户旁的桌子："来来来，这里通风最好，你给我坐过来，我不怕闷气，和你换个位置。"

男生瞪了他一眼，闭上嘴巴。

"毛病真多。"李霄野低声说了一句，探出手去关窗户。

初冬的夜里，雾城开始飘起了小雨。绒毛一样细的雨丝打在E栋教学楼外面的路灯上，昏黄的光照亮了丝丝缕缕的雨雾，也照亮了女孩惨白如纸的脸和不可忽视的两行泪水。

苟秋还站在刚才他看见她的花丛旁，捏着手机，哭得肩膀发抖，书包也不背了，可怜兮兮地团在石头墩子上。

"愣着干什么啊？"霍临开始哆嗦了，"关上啊！"

李霄野回过神，扯过窗户关上，"哐"的一声巨响，自习室的同学们都皱眉看了过来。

"你怎么了？"霍临感觉到好友的怪异，低声问了句。

"风大，吹的。"李霄野漠然答了一声，坐下打开了电脑。

两秒钟之后，他突然站了起来。

"哎？"霍临还没反应过来，就看到李霄野逃似的跑出了教室。

"搞什么啊？"霍临莫名其妙。

"荀秋——"

明明听着声音还挺远，没一秒钟，荀秋就感觉来人拦在了前方，她忙用手背抹去了脸上的泪珠，抬头看了过去。

她没想到是李霄野，"啊"了一声，喊他："学长？"

李霄野眉头紧皱，目光落在她湿漉漉的头发上，冷笑了一声，开口斥责："你有病吗？"

荀秋没想到他会这样说，一时间被人看见哭的窘迫和羞怯都褪去了，她怔怔地仰着脑袋望着他，吸了吸鼻子，眼睛红得像只兔子。

在李霄野看来，这个年纪的女孩拿着手机在外头哭得一把鼻涕一把泪，无非是和男朋友吵架了。是啊，她和严知隔这么远，肯定有很多架可以吵吧？

"你不知道在下雨吗？"他想不通，一定要问问她脑子里都是什么，"你要哭，不知道进了教学楼再哭啊，你在这儿淋死了严知也不会知道。别企图用折磨自己来让别人愧疚行不行，真的很傻。"

荀秋好像还在发呆，李霄野忍无可忍，拽了她的帽子盖在她脑袋上："至少把帽子戴上啊！"

"我没和严知吵架。"荀秋不知道他为什么这么生气，只是见到他的头发也要被打湿了，忙把书包拿起来，"学长，进楼去吧。"

李霄野黑着脸，跟着她回到了E栋。

她的手机振动个不停，一直都有新的短信进来，而她没有查看的打算。

李霄野察觉出不对来，问道："你在那儿哭什么呢？"

荀秋抿了抿嘴巴："没什么。"

显然她没有对他倾诉的打算，李霄野没由来地觉得很烦躁。说真的，他很讨厌和这样的人相处，总是把什么事情都憋在心里，就算他们已经是朋友关系，也会算得很清楚。很多时候还不懂变通，老是做一些让人觉得很尴尬的举动。

比如现在，他不是作为她男朋友的朋友在关心她吗？为什么她要做出一副拒人于千里之外的表情？她在跩什么啊？以为他很想管她吗？

李霄野真想一走了之。

可他答应了严知会照看一二……她哭得这么惨，要真出了什么事，严知不得问他吗？

"你说啊！"李霄野有点不耐烦，"说完我还要回去自习。"

"我……"荀秋被他吓到了，老老实实地说，"有人给我发骚扰短信……"

首先是一个陌生号码发来几张不堪入目的照片，原来十月底，就有人陆续在某个小众贴吧发荀秋的照片，细细地记录着他和荀秋的"恋情"。突然有一天，荀秋"出轨"了。楼主和吧友们在互动中对她污言秽语，最后楼主在义愤填膺的吧友们的怂恿下，曝光了她的手机号码，还不知从哪里找了一些图当作她的"裸照"一起发了出来。

李霄野看完了那些短信，笃定地说："肯定就是那孙子。"

荀秋何尝不知道是白东做的，可这是匿名论坛，就算告诉学校，要惩处他的难度也不小，况且就算他被开除了，他还是可以继续造谣。

"他完了！"李霄野骂了句脏话，见到荀秋惴惴不安地看着他，又讪讪地闭嘴。

"刚才我不该对你那么凶。"他别扭地道了个歉，还没等荀秋把礼貌的"没关系"说出来，他又换了口风，"但是你别说没什么啊，难道这件事你就这么忍了？"

荀秋不甘心地摇摇头。

"手机给我。"

"干什么？"

"给我。"

李霄野接过荀秋的手机，设置了通讯录白名单，只有存在她手机里的号码才能传进电话和短信。

"你暂时这么用着。"他把手机还过去，"那些短信都是证据，你先别删，行吧？"

荀秋点头，眼圈又红了。

李霄野想了想，把自己的手机拿出来，几下拆出了SIM卡，又要了她的换过来，"行了，你就先用我的手机。"

荀秋目瞪口呆地望着他。

"我会报警，查他的IP，就算他匿名也没用，你忘记了我们是学什么的吗？蠢死了。"

"学长。"荀秋声音轻轻柔柔，像羽毛落进了耳朵，感觉痒痒的，很受不了。

-114-

"怎么了?"李霄野听见自己的声音柔情似水,一下吓得又大声了一些,"你又想说什么啊?"

荀秋吓得一抖,忙摆手:"不是不是,我只是想说……"

她小心地觑过来,一双眸子是从水里捞出来的清亮,像藏进了温柔的月光。

"只是想说谢谢你。"她诚恳地表达感谢,"学长,这样麻烦你,我真不知道怎么谢你了。"

李霄野笑了一声,说道:"不知道怎么谢我?那不是很简单吗?"

"啊?"

这种"啊"真的傻透了,真就一句客套话都不会说,以后工作了可怎么办?李霄野哪知道什么办法,敷衍地说:"行了,办好了再聊这个,你先欠着吧。"

在匿名网站查 IP 费了点时间,李霄野带着辅导员和教务老师,在白东开始回帖的时间闯进寝室,人赃俱获。

学校不想把事情闹大,但李霄野坚持要当场报警,最后两相妥协,不喊警察过来,辅导员和他们一起把白东扭送警察局。

荀秋身为受害人自然要全程陪同,另外,李霄野还要喊上他的几个室友及薛均。

"喊薛均干什么啊?"荀秋有点不乐意,看到他打电话,下意识开始保持礼貌的社交距离,走开几步去踢地上的枯叶子。

李霄野忙着打电话联系人一起撑场子,见她到处乱走,一手拉住她的羽绒服帽子。

"到哪儿了?"他在电话里问薛均。他还用着荀秋那个天蓝色的翻盖手机,水晶吊坠握在他骨节分明的手中显得有点滑稽。

"是不是多动症啊?别动来动去的。"李霄野低头对荀秋说了一句,按住她的肩膀,牢牢把她定在原地。

"哦。"荀秋没精打采地应声,为即将到来的纠纷感到忧心。

电话那边停顿了一下,薛均清亮的声音从手机里传过来。

"已经快到你们学校门口了。"

荀秋猛地一愣,抬头看见薛均站在对面的花坛后面。

他戴着帽子,脖子上围着浅咖色的围巾,遮住了一小半面容。两个月不见,他好像瘦了一些,或者是他身上那件白色摇粒绒棉服过于宽大,衬得他身形有些单薄。

她不自觉地站直了。

"你总算来了。"李霄野打量了他的全副武装,很疑惑,"很冷吗?"

"冷啊。"氤氲的白气从他围巾旁边呼出来,薛均眸中笑意煦煦,他微微垂眼扫过苟秋，随手从口袋里拿出一罐奶茶递到了她手中。

是她喜欢喝的那个牌子，他的动作熟稔到仿佛一切都理所当然。

咖啡色的玻璃罐子有点烫，是刚刚从保温箱里取出来的，苟秋想，这应该在后街那家便利店买的吧。

"谢谢。"她低着头，小声说了一句。

李霄野伸手摸进薛均的口袋，扑了空，他无可奈何地摊手："我的呢？"

"奶茶，你喝吗？"薛均问他，"一会儿给你买？"

"一边去！"李霄野不和他瞎扯，赶上门口等待的几个人，一起去了警察局。

事实证明，李霄野多喊几个人过来确实有用。白东的父母浑不讲理，一听白东可能要被拘留，赖在地上打滚，险些推着苟秋一起从二楼滚下去。

调解室一片混乱，男生们把苟秋护在后面，阻挡了他们的无赖攻击。

可不堪入耳的咒骂还是让人心情郁闷。回程的车上，薛均坐在苟秋身边，突然咳嗽了好几声，他从口袋里拿出口罩把自己遮起来，摸出纸巾，目不斜视地递到了苟秋面前。

苟秋忙接过，吸了吸鼻子。李霄野从副驾驶转过来，皱眉问："又哭了？"

"没有。"苟秋不承认，低头轻轻地擤鼻子。

"没有？"李霄野说，"这么重的鼻音还没有啊？"

她的眼泪着实让他为难，白东已经被拘留，辅导员也透露学校这次不会轻轻放，所以他不懂，明明事情都解决了，为什么她还是一副不开心的样子？

他问她："刚才你为什么叫我别报警啊？"

苟秋有些为难，嗫嚅着："对不起，老师说不想坏了学校的名声，所以……"她不愿意忤逆学校的决定，这也是她一向受到的教育所致，要听老师的话，得饶人处且饶人。

总是"对不起"，她到底在对不起什么啊？李霄野不屑地"喊"了一声，不想理她。

苟秋眼神暗了暗。她知道自己这种怕惹事的性格不讨人喜欢，尤其李霄野是为她出头，这样显得她很不领情。

出租车先抵达了雾大。外面淅淅沥沥下着小雨，薛均一推开车门，倾斜的雨雾从缝隙中扑进来，冷得人轻颤。苟秋反应过来，忙把自己的雨伞递过去给他。

"薛均。"她喊住他，"你感冒了，拿着吧。"

薛均顿了一下，李霄野撇嘴说道："拿吧拿吧，麻烦，我这儿还有伞，一会儿我送她回4栋就行了，你来一趟总不能让你淋雨回去吧？"

薛均确实病了好几天，他点头，接过苟秋的伞。

车门再次关上,狭小的车厢逐渐回温,荀秋摸了摸自己冰冷却泛着红的脸颊,感觉怀里的手机振了一下,她取出来,幽蓝色的屏幕光照亮了一小块脸庞。

她怔怔地看了很久,直到酸涩漫上鼻尖,眼眶里滚烫的泪珠落到屏幕上,她才恍然回神,揩去脸上的水渍,"砰"一声滑开手机。

李霄野眉梢一挑,这荀秋能不能轻点滑啊,那可是他的新手机!

没有给备注的号码发来了新信息:并不是你懦弱,而是生性邪恶的人选择欺善怕恶。荀秋,别总从自己身上找原因,善良组成了你的美好,任何人也不能诋毁它。

荀秋看着窗外飞速后退的街景,怔怔失语。

从雾大到东大不过五分钟,天空突然雷鸣闪电,暴雨倾盆,可见度几近为零。李霄野好说歹说,保安也不肯让出租车进到学校去,他无奈只得撑着伞打开了后车门。

"下来吧。"他把伞撑在门边,示意荀秋过来和他一起撑。

荀秋一下车就踩进了一个水坑,溅了两人满鞋子水,她"哎呀"了一声,顿感不妙,抬眼果然看到李霄野脸上的嫌弃,她局促地说了句"对不起"。

"你付过钱了?"李霄野觉得不能忍,怎么能让女孩出打车钱呢。

"嗯。"荀秋再次向他道谢,"谢谢你啊,学长,哪天你有空,我请你吃饭吧。"

这下倒是知道怎么谢人了,可惜现在风急雨狂,李霄野哪里顾得上和她客套,伞不算大,他又不好离她太近,左边肩膀被淋湿了大半,再走几步,浑身都快湿透了。

护花使者不好当啊,他也真是爱多管闲事。

荀秋踏上4栋的阶梯后才发现李霄野淋成了落汤鸡,原本蓬松的头发粘在脑袋上,看起来又惨又可怜。可稀奇的是他一句抱怨的话都没有,一手把头发全部拢到后头,微微昂首和她道别:"行了,我得回去了,下午还有课。"

"学长。"荀秋喊住他,"我们的手机……"

"哦。"差点忘了这茬,李霄野有点不悦。没看见他都淋成什么样子了吗?急这一时半会儿干什么,搞得好像明天就再也见不到了一样。

他从湿淋淋的口袋里把她的手机拿出来,很快把SIM卡换好,扔回给她,然后一言不发地走了。

荀秋似乎都快要习惯他突如其来的臭脾气。她想不明白他为什么变得有点奇怪,打开手机看了一下,发现锁屏上原本的情侣合照被换掉了,现在是一张日出风景图。

她心里"咯噔"一下,以为李霄野翻了她的相册,那里面还有好多她的自拍,还有和严知的合照,她的脸轰一下红透了。

好在她及时想起这张日出图应该是系统默认图片,翻了一下,果然在系统图册里,顿时松了一口气。李霄野虽然脾气怪,但人还挺正直,应该不至于翻别人的隐私吧。

可正直的李霄野当天晚上做了一个不太正直的梦,和今天中午一样,还是他和荀秋在暴雨中撑伞,只不过这次淋得湿透的人是荀秋。

他暗自好笑,自己已经小气到这个程度了吗?今天为了她淋了一场不算高兴的雨,就要在梦里还给人家?

在梦里,荀秋穿着他们初见时的那套衣服,白T恤加牛仔短裤,长发披散,看起来无辜又弱小。她人是挺矮,但比例不错,暴雨从她光滑笔直的大腿上溜过去,肌肤白得反光。她红着眼睛,紧紧地握住他的手臂,一声轻轻柔柔的"学长"喊得人心里直发颤。

李霄野很快明白,这不过是场梦罢了……只不过女主角首次具象化,有了清晰的五官。这绝对是梦啊,不然矮个子的瘦小女孩,怎么会是他的审美?

他伸手搂住了她的肩膀,他帮了她这么多次,她不是都没有谢谢他吗?他在梦里讨点利息也没什么吧?

"过来。"他听见自己的声音。

3

有时差的爱情要怎么持续发展,一开始严知和荀秋都没有特意想过这个问题,年轻的他们总是把爱情看得太美好,以为只要相爱就能解决所有障碍。

距离也许不是一种障碍,但现实总归会让其中一个人做出妥协。

西五区的夜里八点多,严知会看好荀秋的课表,在合适的时间给东七区的她发送早安短信。

荀秋也一样,委屈和欢乐可以延时积攒,等到严知醒来后再一并倾诉。

那两年的机票和打车小票被严知收集在一本透明插页的册子里,和那几本幼稚又没有意义的手抄短信簿,以及她心血来潮织了一半的围巾放在一起,存进了他公寓的卧室保险柜。

大三开学季,法学生学业繁忙,为了拿到更高的GPA(绩点),严知的时间被各种实习项目和考试占满,有时候忙完了想要联系荀秋,一看时间,她那边又在深夜。

但他们还是抓紧了每一个能相聚的时刻,可严知最终失约于毕业后回国的承诺,他会在毕业后前往纽约的 big law(大型律师事务所)。

"你会等我吗?"他想问,可是最终都没有说出口。

或许他会在拿到 H-1B 签证(美国特殊专业人员/临时工作签证)后回到国

内的分所，可未来的事情太过虚无缥缈，世界的广阔已经让他无法做出具体的承诺，就连这个等待期限，他也没办法确定。他丝毫不怀疑自己会为了这件事倾尽全力，可就算他事事做到最好，也至少需要八年。

他能让心爱的女孩在整整八年的蹉跎中等待一个可能不会到的未来吗？

她明明值得更多有价值的爱。

最后一次见面，严知度过了"48+48"小时的路程，只为在雾城待上十二小时，他们坐在欢乐谷高耸的摩天轮顶端沉默地亲吻，噙住泪水说了再见。

如果没有陪伴，再多的深情也会变成怨言，最终消磨为烟。

而在仍然相爱的时候暂停，或许能为多年后的重逢埋下破镜重圆的伏笔。

快要到江北机场的时候，严知像是下了什么决定一般，突然告诉苟秋："对不起，苟秋，高中曲梦梦送巧克力给薛均这件事，是我故意的。"

他买了白色巧克力，让曲梦梦帮他演一场戏，同时拜托薛均帮他收下。

严知抱住她，哽咽地说了一声："对不起，苟秋，别恨我。"

或许因为那一点点私心，他选择了横插一脚，曾豪言壮志地对薛均说一定能给苟秋最好的一切，可最终他仍然没有办法和她走到最后。

"我让你的青春充满遗憾了吧？"

苟秋笑着拍了他一下："秒变文艺青年啊，我真不习惯。"

"你还喜欢薛均吗？"

苟秋已经有一年多没有见过薛均了，倒是时不时能遇上李霄野，他毕业后选择去雾大继续读研，时不时会过来机械社做指导。

而且薛均可能已经有女朋友了吧，有一次她在雾大的贴吧看见他和一个女生的照片，或是两人一起从研究所走出来，或是两人面对面坐在餐厅，薛均挽着袖子，眼里带着温柔的笑意。

标题是：智貌双全的恋爱就是这么"思均力敌"。

女孩是薛均的师妹，也是一个被王教授看中的物理天才。应该是名字里有个"思"字，所以帖子里称呼他们为"思均力敌"。或许是因为怕女朋友误会，所以后来薛均明明带着她的伞来到了东大，却没有联系她，而是委托李霄野转交。

"重要吗？"苟秋说。

就算再喜欢又能怎么样，那句歌词就唱得很好啊——"爱不到我最想要爱的人，谁还能要我怎样呢"。

能怎样呢？

就算在看到帖子的那一刻，卑劣的嫉妒和愤懑淹没过来，可待她咬着牙忍住哭声钻出被窝，下一刻不也是一样生活、学习、恋爱，祝他们永远幸福吗？

我们都能幸福，只不过天各一方罢了。

她埋进严知的胸口,郑重地感谢他:"严知,谢谢你啊。"

谢谢他在她最痛苦最自卑的那个秋天,义无反顾地爱着她,让幼稚的她知道自己也值得被爱。

"当然。"严知说,"你说的是什么傻话,爱你是因为你本来就值得我爱啊,难道你以为我做慈善吗?"

他收紧了手臂,用只有两个人能听见的声音说:"荀秋,你会信吗?我将永远爱你。"

荀秋忍着泪意点头:"走吧。"

他们在玻璃门前拥抱,严知像每一次分别那样,一步一回头地走。这五十步的距离,他有无数次的冲动想告诉她,其实薛均和那个师妹根本没有超越普通同学的情谊,可他最终还是没有开口。

就当他自私吧,自私本就是爱的一部分。

就让他为未来留下这个念想吧,总有一天他会回到她身边。

大三下学期的暑假,荀秋没有回家。智科专业的同学在毕业后若想吃上这碗饭,大部分本科生在校期间都会开始尝试发表 SCI 论文(指被科学引文索引数据库收录的论文)。如果不够优秀,注定只能在电脑前推推公式,进入不了核心领域。

七八月的雾城热得实在犯规,虽然寝室可以留宿,但谁能吃得了这个苦?荀秋在贴吧发布了信息,找到两个需要考研的女生,准备一起在学校附近的公寓楼合租。

严知过了好几天才知道这件事,和网友合租这件事可大可小,他实在不放心荀秋一个人去,可他现在的身份也不好过多地干预她,只好打电话拜托李霄野去帮忙。

"这都几点了!你小子使唤起人来可不手软啊。"李霄野半夜接到越洋电话,实在没什么耐心,这到底是谁的女朋友啊,为什么事事都要他来操心?

他转念一想,疑惑道:"怎么,你这个暑假不回来陪陪她啊?"

严知苦笑:"我这不是忙着实习嘛,琐事太多。哥,你明天有空就帮我跑一趟呗,看看她室友靠不靠谱,会不会带男朋友来住之类的。委婉点哈,别让荀秋不高兴。"

正巧李霄野前阵子刚连续通宵跟完 ST 的一个项目,这几天倒是在放假。他勉勉强强地答应了:"行吧,那你和她说一声,让她到时候联系我。"

"哥,你真是我亲哥。"严知再三言谢。

"得了。"李霄野摸了摸鼻子,清清嗓子,"行,那就这样吧。"

去看房那天是李霄野和荀秋先到,房东带他们看过三个空房间,又等到了另外两个女生，开始商议水电及公共区域使用的一些事宜。

其中一个女生有些犹豫，问苟秋："同学，你发帖的时候说过不能带异性回来过夜对吧？"

苟秋点头："是啊！"

"那他不会住这里吧？"女生看了一眼李霄野。

李霄野噎了一下，反问："我为什么要住这里？"

苟秋反应过来，忙摆手解释："不会不会。"

女生奇怪："他不是你男朋友啊？"

苟秋慌忙摇头，生怕女生误会。

得，这脑袋再摇快点可以当螺旋桨了。李霄野一撇嘴，不想理这个无聊的问题。

"我们两个都是单身，不存在带异性回来的事。你呢？你是单身吗？"

苟秋点了点头："我也是。你们放心，协议上的事我肯定会做到的。"

李霄野看了苟秋一眼，没说话。

女生们放下防备，没聊一会儿就手挽着手，语气也热络了不少。

事情谈得差不多了，明天就可以搬过来了。就住一个暑假，苟秋的东西也不多，一个行李箱就能装完。反正这里离学校也不远，落了东西回去取也不算太麻烦。

他们从十楼走下去，检查了消防通道和水管。这个公寓楼还算新，在消防方面倒是没什么问题，大门要刷卡才能进，安全性也还可以。

电梯房的楼梯有个通病，就是又窄又暗，一楼更是如此，李霄野几乎要侧过一半身体才能和苟秋同行。有那么几下，她的肩膀撞到了他的手臂，又很快离开。

她显然比大一时更会打扮了，今天穿了件吊带背心，外面披着短袖衬衫外套，下边一条牛仔短裤，斜挎着一个帆布包，化了淡妆，嘴唇也许涂了唇膏，润润的，亮晶晶，看起来很软，就像樱桃布丁。

怎么会想到樱桃布丁？他都十几年没吃这玩意儿了。李霄野不自在地摸了摸鼻子，收回视线。

走出短短的通道，外面的蝉鸣和炎热重新出现。夏天的雾城让人一分钟也不想在室外逗留，苟秋看了看时间，提议道："学长，我请你吃饭吧，去'旭东豆花饭'行吗？"

这家炒菜做得还不错，而且会开空调，这个时候学生也不多，是个不错的选择。

"行啊。"李霄野无所谓。

走了几步，他问她："你在外面，都这样说吗？"

苟秋"啊"了一声，侧过头看他："哪样说？"

"单身？"他盯着她，表情不是很好，是他惯有的那种半嘲讽半轻蔑的表情，"男朋友在国外，就算单身了？"

苟秋和他已经算熟悉，没怎么在意他的神情，撇嘴："管得多，我又没乱说。"

李霄野愣了下神，追问道："什么意思啊？"

"字面意思。"

李霄野"哈"了一声，觉得自己受到了欺骗："你和严知分手了？那他还叫我陪你来这里？"

"那我也请你吃饭了啊。"苟秋笑了一声，"任你点菜好吧。说真的，我第一次租房，其实心里也有点虚。"

"真分手了啊？"他看见她点头，突然觉得手里痒痒的，在路边的指路牌上拍了一下后，他收起扬着的嘴角，又问了一句，"什么时候分的？"

苟秋无奈："分了半年多了。"

李霄野挑眉看着她："怎么没人告诉我？"

她和严知分手为什么要告诉他啊？苟秋觉得好笑，揶揄道："行，下次分手一定第一个告诉你，行不行？"

李霄野笑："行啊。"

这天在社团做模型的时候，李霄野有点心不在焉。他好不容易来一趟机械社，苟秋竟然不在。

"野哥。"刘明浒背着包准备出去，顺便喊了他一声，"还不走啊？"

"我还待一会儿。"李霄野回道。

刘明浒答应一声，刚一推门，又听见他的声音："今天那个苟秋好像没来啊？"

他咳了一声，补充理由："她上次有个遗留问题，我还没给她讲完。"

刘明浒转过来看他一眼，老实道："来了啊，她待了一下午呢，不过五点多她男朋友来接她，好像说什么明天要去南山看日出，今晚要早点上去。"

"男朋友？"李霄野愕然，她和严知这是又和好了吗？还是有别的情况？他有点心慌，追问，"是金头发那个？"

对方摇头："不是以前那个了，个也挺高，背个相机。"

月初看房子时她还说是单身，怎么这么快就有新情况了？刘明浒的话好像还在耳边回放，今天要早点上去……那就是说他们今天晚上要去南山上露营？

李霄野胸腔里好像窜起火来了，气得笑出声，就算那天回去她就有了男朋友，那也最多交往了十五天而已，怎么就能出去露营？她真是一点自我保护意识都没有！还"背个相机"，指不定要哄她拍什么乱七八糟的照片。

李霄野摸出手机，马上给她打过去，意料中的"嘟嘟"声却并未响起，安静了一会儿后，机械女声传来，对面已经不在服务区了。

他又连打了三个，怎么都打不通。

李霄野狠狠地把手机扣下，一下子磕到水冷机箱上，"哐"一声倒把他自己吓了一跳。机箱风扇"呼啦啦"地转着，幽蓝色的光映在棚里的白色幕布上，他瞧着不停跳动的代码，滞闷感压抑了他的呼吸，棚房变得好闷热，让他快喘不过气来。

他想了想，扶住了半开的门，打了个电话到薛均那儿去。

"喂？"薛均那边有点嘈杂，有人高声聊天，又隐约有汽车鸣笛的声音，显然他没在实验室。

李霄野喉咙滚了滚，说道："在干什么呢，要不要去南山看日出？"

薛均沉默了一下，突然笑出了声："什么？你说你要去干什么？"

他那边有别人的声音，听起来是他的师妹崔思盈和其他几个组员："谁呀，把咱们薛师兄都整笑了。"

"李霄野。"这是薛均捂住了话筒，说给几个同伴听。

"野哥！来喝点啊。"男生招呼了一声，他们大概在路边吃烧烤。实验室这几个人经常一起吃饭，而那群发帖人"丧心病狂"，有时候明明一群人坐在餐厅，他们会把其他人全部截掉，只剩下"思均力敌"。

李霄野现在确实想喝点酒，他"啧"了一声，有点不耐烦："你来不来啊？你不来我就自己去了。"

薛均察觉出不对来，走远些，问他："你怎么了？出什么事了吗？"

"……严知和苟秋分手了你知不知道？"李霄野刚说出口，又觉得有点羞耻，人家分不分手和他有什么关系，但这件事要再不找个人说说，他真的能憋到爆炸了。

电话那头沉默着，薛均没说话，李霄野忍不住了："在听吗？"

"在，你继续说。"

李霄野大叹一口气："他们分手半年多了，苟秋现在好像又找了个男朋友，我真的——薛均。"他犹豫了一下，"我没别的意思，就是，她现在和别人去南山露营了，这确实不关我的事，但是我真的有点……就是那种……你懂吗？就是以前严知老要我关照她，那我就、我就是——"

他结结巴巴说不出一句完整的话，最后深呼一口气，说道："就是习惯了，就是有点担心她，就是把她当妹妹了的那种。"

他说了三个"就是"，又叹气，问："你能明白吗？"

"嗯。"薛均垂下眼皮,一手紧紧攥住了路边的栏杆,冰冷触感从指间慢慢爬上来,僵硬的钝痛蔓延开,慢慢遍布四肢百骸。

有人开着摩托车炸街,轰鸣声巨大,城市霓虹好像拉长了影子,薛均眼前朦胧得像隔着一层毛玻璃,他放低了声音笑了笑:"是个什么样的男的?"

李霄野气得"嘿"了一声,抱怨道:"我哪知道,我就是不知道才担心啊,才不到半个月这男的就喊人出去过夜,真的有问题,你觉得我们身为……"

糟了,他竟然找不到合适的词来形容他和荀秋的关系。

"身为……朋友,身为她的学长?她现在电话也打不通,我知道山上没信号,但是我总觉得那男的别有用心啊!"

他说完了,见薛均没反应,又反问一句:"你觉得呢?"

时间有点晚了,李霄野其实没抱希望薛均能和他一起去南山,但他一个人去也太尴尬了吧。

可他没想到,薛均很快答应了:"那行,正好明天我们组里要团建,我和他们说一下,今晚上山吧。"

李霄野大松一口气:"那就好,现在过去就是巧遇,到时候你别和荀秋乱说。"

"不会。"

到达山上已经将近十点,南山能露营的地方就在这附近一带,李霄野把车停好,一眼就看见不远处亮着灯火。三辆房车外搭着几个帐篷,乱七八糟地横在平坦处,带着孜然味的香气顺着风飘过来,看起来今晚来这里露营的人还不少。

虽然是夏日,但南山上风很大,冷飕飕的。薛均喊其他人先去租装备,又拍了拍李霄野的肩膀:"我们过去看看?"

"行。"李霄野拳头都捏紧了,颇有些兴师问罪的意味。他们转过那几个帐篷,见到一堆人围成一圈在烧烤,说说笑笑的,很热闹。

荀秋也在其中,她和她的室友及谢知意坐在一起,几个人手挽着手,旁边还搁着喝剩下的饮料和啤酒。

荀秋本来靠在谢知意身上,不知悄悄说着什么,眼睛都笑弯了,转头看过来,顿时变得很严肃,两眼像安上了滑轮,来来去去就是不敢和薛均对视。

"学长?"她喊李霄野,眼睛又扫过薛均,却没有喊他。

她有时候觉得自己已经放下了,可现在薛均就在眼前,怎么会这么巧?荀秋扶了扶鼻梁上的眼镜,依然紧张到无所适从。

"荀秋。"李霄野阴恻恻地喊了她一声,目光又在对面几个男生身上打量了一圈,再把视线转回荀秋,"这么巧啊?"

"啊?是啊。"荀秋问,"这么晚了,你们怎么会来?"

李霄野理直气壮："研究所团建。"

其中一高个子男生站起来，把手中烤好的东西放进了女孩们的餐盘，顺势就坐到了荀秋旁边的空位——看来他是一直坐这里，只是刚才去烤东西，所以让开了一会儿。

和严知分手半年多，荀秋也陆续遇见过一些"烂桃花"，不过大多数都在没有回复的一两周内就转移了目标，只剩段一。他没有明说是以追求为目的，两人断断续续闲聊了一个月，这次他邀请她来南山露营，也是因为他有拍摄日出的打算。由于要过夜，他还很绅士地建议双方都带朋友一起来，费用他已经付过，让她不必担心。

段一身高一米八多，穿着白色衬衫和休闲短裤，额前几缕碎刘海，一张脸白皙透亮，很有日系帅哥的范。

他同时也打量了李霄野，侧过脸对荀秋笑道："小秋，是你认识的吗？不介绍一下？"

李霄野听了都想吐，还"小秋"，这人已经把图谋不轨写在脸上了。

"嗯，是我们智科的学长。"

段一站起来和他们握了握手，又指挥几个人挪动位置，热情地邀请他们也坐下来一起吃。

圆圈扩大了一轮，薛均刚好就坐在荀秋的正对面。有人把房车旁的灯拧亮了一格，昏黄的光落进薛均蓬松的头发，在半明半灭的阴影下，他看起来有点难得的颓废感。

他今天是不高兴吗？荀秋捧着可乐，看向了他右边的女孩。

崔思盈比照片上漂亮得多，吊带衫配牛仔裤，扎着丸子头，性格很活泼。可她和薛均看起来并不亲昵，荀秋暗暗地疑惑，他们真的是情侣吗？

酒足饭饱，众人自然要玩那些无聊的小游戏。有人抢着做了主持，拿着卡片选了"有或没有"的游戏，规则很简单，每个人都需要提问，其余人只要按照事实举手或者沉默就可以了。

段一被主持人选中，只好来起这个头。他看着荀秋笑了笑，又转向大家，提的问题很和谐，现场气氛稍微放松了些。

后面几个女生问的问题都一样含蓄，轮到雾大一个男生，他和旁边的人打闹着说道："我没有谈过恋爱。"

到大三还没谈过恋爱的人也太稀有了吧？大家笑得东倒西歪，目光落在三个没有举手的人身上。

薛均没有举手。

那就是说，崔思盈不是他女朋友。

苟秋的手不自觉地开始发抖，好在下一个人很快提问，她慌忙地把手放下来，握着旁边的可乐喝了好大一口。

下一个人的问题更加尖锐，女生清了清嗓子，小声说："我没有喜欢过现场的任何一个异性。"

"哦——"所有人都吵闹起来，互相看向对方。苟秋和段一对上了眼，心照不宣地选择了沉默。

其实撒谎又会怎么样呢，不过是个游戏，谁会在意答案？大家不过是萍水相逢，一起吃顿烧烤罢了，或许今天过后就再也不会见面。

没有人会让自己成为这场游戏的话题之一，一开始所有人都没有举手。

"没人举手？骗自己可不行啊？"提问的女生笑着说，"有没有点游戏精神，说谎话让你喜欢的人倒霉一辈子啊！"

话毕，薛均眨眨眼，余光里攥着手掌的女孩似乎与数年前在操场啜泣的人合二为一，嘈杂的下课铃声与广播声响彻耳边，那个女孩皎皎眉眼低垂，说自己从来不是幸运的人。

他慢慢抬高手臂。

苟秋愣住了，再也注意不到陆续举手的其他人，也没有看到举着手机脸色微变的段一。

研究所的同学开始起哄，都围着薛均笑着追问，把崔思盈往他那边推。薛均脸上没什么表情，往旁边躲了一下，耳根却明显地红起来。他很快站起身，说了一声"抱歉"，离开了这里。

苟秋怔怔地看着他们闹，就像一个偶像剧里没有台词和正面镜头的旁观者，见证男女主角的爱情，并且为之鼓掌雀跃。

也许有些不同，她不会鼓掌，更不会雀跃。薛均早晚会和别人在一起，她已经不在意这个人究竟会是谁，但是能不能别把这一幕演到她眼前来？

她忍着眼泪，低头看了一眼怀里振动的手机。

机械社的社员看见了她写的新程序，有几个问题想问她。苟秋走到帐篷后面和他探讨，但信号断断续续，她"喂"了好几声，怎么都听不清楚。

她又往远处走了一些，靠着最远的一辆房车，希望能有信号，可惜事与愿违，最后刘明浙挂掉电话，发信息过来：还是等你回来再说吧，对了，今天野哥好像有事找你。

苟秋不明白，回他：找我？

刘明浙：对，他说有个问题没给你讲清楚，下次他来社团了你给我打电话，我也有问题要请教他。

苟秋还在打字，肩膀却被人拍了拍，她吓了一跳，忙蹦开一步，回过头去。

说曹操曹操到,李霄野大概是喝得有点多了,白皙的脸染上绯红,他捏着一瓶水,无声地靠在房车上。

荀秋忙问道:"刘明浒说你找我啊?是哪里出bug(问题)了吗?"

李霄野盯了她好一会儿,才迟钝地反问:"我为什么要帮你找bug?"

社员们经常一起互相帮助,这也是社团的规定,李霄野向来来者不拒,原来其实他心里并不愿意吗?

荀秋感到抱歉:"不好意思,我就是问一下,刘明浒说你找我,所以——"

"我找你就是为了帮你修bug?"李霄野点头,说着逻辑不通的醉话,"我就不能找你有点别的事了?"

荀秋:"所以你找我有什么事啊?"

"那是你的新男朋友?"李霄野一扬下巴,示意看向人群那边。

荀秋愣了愣,摇头:"还不是。"

"还不是……"他冷笑着复述,神情有些不屑,"哦,预备役啊?什么时候转正?"

荀秋不懂李霄野为什么总是用这种讥讽的语气和她说话。诚然,他是很厉害,发表过SCI论文,雾大研究生,在ST科技有项目,机械社元老,也帮过她很多次。

可这不代表他可以对她的私生活指手画脚,他明明可以友好待人,机械社的人都说他很好,可他为什么偏偏对她这么刻薄?

平日里荀秋不过把不爽藏在心里,郁闷一会儿就作罢,可今天薛均举手的一幕实在让她心情跌到了低谷,只差一个导火索就可以炸翻世界。

她咬牙切齿地瞪了李霄野一眼,反唇相讥:"关你什么事?"

李霄野噎了一下,眼神游离:"严知让我看顾你啊。"

荀秋:"关严知什么事?"

他们都分手这么久了,难道还要她为他独身不成?

"那男的不像好人!"李霄野说。

"学长的意思就是说,我现在交男朋友都要你来把关了?"荀秋不可思议,"而且你不过才见了段——一次,说的话不超过五句,凭什么定义别人不是好人?"

"好人?好人会认识半个月就喊你出来过夜看什么日出吗?"荀秋维护段一的语气让李霄野心理骤然失稳,好像他就是那个棒打鸳鸯的大棒槌,"都是男的我还不知道他想干什么吗?"

话音刚落,他自知失言,按了按额角,忍得整个手臂都绷起来。

"他想干什么?"荀秋没察觉他的额外意思,只觉得可笑,"你和我说说看,他想干什么?他想干什么所以喊了一堆人一起过来?你说啊!"

李霄野盯着她,不说话。

"别把人想得那么龌龊！"荀秋恨恨地踢走了地上的小石头。

她的手机适时地响了好几下，晚上李霄野那几个没打通的电话此时以短信通知的形式发到了她的手机里，她看了看时间，在他们出发之前。

荀秋有了一个不可思议的猜想，她抬起头，面无表情："所以不是什么团建，是你把他们带来的？"

李霄野简直窘到想从山上跳下去，他闷闷地"嗯"了一声，装作无所谓的样子："对啊，那又怎么样？"

不是巧合，也不是天意，是李霄野把那个令人肝肠寸断的场面带到了她面前。这一刻荀秋的愤懑好像都找到了出处，他为什么要这样做啊？

委屈的泪水涌了上来，荀秋恨自己一想和人吵架就会先流泪，气势一泻千里，简直像个傻瓜。她颤了颤嘴唇，完全想不明白："你到南山来干什么啊？就为了给我和段一捣乱？就因为你臆测人家别有用心？"

"他没有吗？"李霄野不敢相信，他就说了那男生两句，她就要哭成这个样子吗？眼泪跟开闸了一样，至于吗？不就半个月吗？要不是他接了那个路线策划的项目，他早就——

李霄野完全愣住了，这些时日的淡淡愁绪好像一下就寻到缘由了。什么当妹妹、什么习惯……所有这些乱七八糟的借口都不作数，他明明为她和严知分手窃喜，也厌恶其他接近她的男人，这一切不过是因为他喜欢她罢了。

荀秋哭得上气不接下气，都快说不出一句完整的话来。她摘了眼镜，眼泪多得两手都擦不过来，但那张讨人厌的嘴巴还是一张一合，就算说得断断续续也要指责他的多此一举。

原来嫉妒可以让一个人彻底失去理智，在她错愕又惊恐的眼神里，李霄野用力地揩去她的泪珠，把她的脸蛋像戳面团那样乱揉了两下，恶狠狠地命令："别哭了！"

他的压迫感太重，两手紧紧地握住了她的肩膀，好像下一秒就能把她捏碎。荀秋险些吓到打嗝，紧紧闭上了嘴巴。

李霄野的目光在她脸上环顾了一圈，往前走了一步。两个人离得有点近了，荀秋下意识地后退，"砰"一声后背抵在了车上。

她惊疑地回头看了看，李霄野却又靠近了些，温热的呼吸几乎都要洒在她脸上了。

他滚了滚喉咙，淡淡的水果酒气味和着清润缱绻的嗓音，他喊她的名字：

"荀秋。

"想谈就和我试试吧，别让那个男的离你那么近，行吗？"

4

李霄野觉得自己好像弄砸了什么事。

苟秋那天沉默了很久,最后只说"要考虑一下"。他耐着性子等了半个月,终于发现苟秋明显在躲他了——在机械社遇上问题,她宁愿和别人讨论也不来问他;有时候知道他在,她干脆就不来了。

这是什么意思,难不成他还会死缠烂打非要当她男朋友不可吗?

李霄野有点生气,想打电话问她,可次次拨过去她都在通话中。他拿别人的手机试,"嘟嘟"声果然照常响起,可等接通,一听出他的声音,她马上就挂掉了。

他体会到了前所未有的低落,很轻,但是始终萦绕在嗓子口,不上不下。特别是在忙碌过后的深夜,项目做完的成就感减半,看着屏幕慢慢熄灭,他觉得自己落进了空洞的深渊,求救无门。

他打开QQ列表,看了一眼苟秋的昵称,怎么依然是"蝴蝶"?分手半年了都不改,难道她还喜欢严知?

那个段一经常在她的说说下留言,虽然说的话不过分暧昧,但两人互动频繁。再观他的评论,她要么不回,要么就只有一个礼貌的表情符号……

多谢她没拉黑他的QQ,能让他瞧一瞧她和别的男生你来我往。李霄野不是没看过严知那些腻死人的情话,但是他没有这么憋屈过。

以前是他来得太晚,可这次是公平竞争。

他是哪里比不上那个男的吗?李霄野开始捣鼓他新淘来的EOS7D单反相机,这也不难啊,会拍照有什么了不起,现在他随便发一张照片,都有很多人点赞,可惜就是没有她。

九月,李霄野正式入职ST科技实验室,搬进了渝北龙湖公园的公寓,可忙碌的工作也无法弥补他内心的空洞。他去了四五次机械社都没遇见她,他实在受不了这种煎熬,想了想,还是打了个电话给薛均。

薛均那边风声很大,李霄野后知后觉地看了下时间,竟然是半夜两点多。薛均在寝室阳台接他的电话,声音里带着些慵懒的睡意:"怎么这个时候打过来?"

李霄野噎了下,硬着头皮说道:"这不明天我生日,晚上想请你吃饭,有没有空啊?"

薛均:"可以啊。不过,没别的事了?"

半夜两点钟打过来说请吃饭,说出去谁信啊?

李霄野支支吾吾:"没有啊,能有什么事,就吃个饭,或者之后再去唱歌?那个,再、再看看你那边还有谁有空也一起喊过来,人多热闹点。还有那个,苟秋?你把她也喊上呗。你还有她号码吧?"

五楼阳台狂风肆虐,薛均沉默的鼻音像是轻轻叹了一声。他眺望远处,大学城东边的建筑已经沉入黑暗,没有任何标识来指引这种可望而不可即的遥远。

他背过身,手肘撑住栏杆,垂眼问道:"为什么不自己打给她?"

薛均这样一问,李霄野鼻子都酸了,汹涌的酸涩带走可笑的自尊,在沉默的深夜中,他咬着牙把事情说完,声音都带上哽咽:"她说要考虑一下……可是都这么久了。"

薛均说:"'考虑一下'……大概是因为她觉得害怕吧。"

当时李霄野有醉酒的倾向,荀秋觉得危险也是理所当然。

李霄野惨然笑了一下,抚住脑袋:"真的?她当时以为我会伤害她吗?"

在他心猿意马、紧张到手心流汗的时刻,她却忍受着恐惧,只怕自己的拒绝会激怒他,会受到伤害,所以她才给出了委婉的假设。

原来他在她心里竟然是这样不堪的人吗……

李霄野不敢再听,"啪"一下挂了电话。

他想了想,给薛均发了一条信息:明天还是帮我约下荀秋吧,不是别的,我想好好解释一下,你先问问她有没有空。

他费尽力气,还是没能阻止自己把手中那条毫无尊严的短信发出去。

李霄野:还有,先别和她说是我约的她,行吗?

二十分钟之后,薛均回复:行。

大四的课程没有那么紧凑,处在上一休一的边缘,智科的同学们都开始准备近在咫尺的毕业论文选题和实习项目,但有时候人越忙就越想偷懒,周五晚上室友都回家去了,荀秋和谢知意打游戏打到半夜三点多才下线。

周六,她在蒙眬睡意中接到薛均的邀约电话。

薛均的声音温柔却不软弱,有少年的清亮,也带着细雨和风的柔泽,清淡淡的嗓音在她耳边响起:"荀秋?"

女孩握紧电话,用鼻音哼出个"嗯"字,懒懒散散,有一点被吵醒的娇气:"干什么?"

薛均顿了一下,很快意识到她还没有清醒。从前在九班,午休醒来的荀秋总要愣神好几分钟才能完全清醒,这时候和她说话最好玩,呆呆的,问什么答什么。

"醒了吗?"

女孩只嘟嘟囔囔的,听不清在说些什么。

薛均压着扬起的唇角,靠近话筒故作严肃:"七点四十五分了。"

七点四十五分了!

生物钟猛敲,荀秋脑袋"嗡"的一声,一下就清醒了。她立即坐起来看向四周,床帘开着,小风扇"呼呼"地吹,阳光正好,几个室友都不在,完了,真的要迟到了！

她一手握着手机，另一手狂掀毯子，开始在床上找她的衣服。

薛均听见那边稀稀拉拉的声响，笑了一声，又说："醒了？今天周六。"

悬着的心"啪"一下落回原处，荀秋反应过来，瞟了一眼墙上的钟，十点半……她下意识拿开听筒一瞧，谁这么无聊啊……

熟悉又陌生的号码显示在屏幕上，荀秋觉得自己刚放下的心又悬回去了。

"薛……均？"耳朵不争气地开始发烫，她恼怒地揉了揉，挫败地伸腿去踢床尾的绒团娃娃。

"是我。"薛均说，"昨晚没睡好吗？怎么……这个点还在睡觉？"

荀秋觉得自己好像这时候已经开始对他由爱生恨了，她的内心深处是羞怯而期待的，可残酷的事实一次次证明，他的靠近不过是为他人做嫁衣。明明他们这么久都没有联系过，他一上来却又是这样熟稔的语气，好像他们从来没有过嫌隙，谁知道他这次会有什么目的？

荀秋很警惕，不答反问："怎么了？突然打电话过来。"

说完，她又愤恨地抿住了唇，"突然"两个字其实可以不说不是吗？她并不是不愿意接他的电话，也许他听了会误会。

薛均却没有在意似的，又问："后街新开了一家自助烤肉，有海鲜牛排，还有小蛋糕和冰激凌，荀秋，今天晚上有空吗？"

他发出邀约："我们一起去吃？好不好？"

方才还说要十分警醒的人，嘴巴已经不受大脑控制，自顾自地答应下来。荀秋捂住了快要冒烟的脑袋，过高的温度已经让它彻底宕机，再没办法思考了。

"那就……"薛均说，"五点半吧，我来4栋楼下等你，然后一起过去，可以吗？"

来寝室楼下等她啊……荀秋的唇角都快咧到耳朵了。她轻轻地"嗯"了一声，又怕他听不到似的，忙补充："可以。"

"好……那晚上见？"

"好，拜拜。"荀秋答应一声，心满意足地挂掉了电话。

608室忽然传出了一长串闷在被子里的尖叫，接着是下楼梯的"嗒嗒"声。荀秋感觉自己已经疯了，她的快乐无处宣泄，只有按住镜子扭来扭去，没有化身成一条麻花完全是因为人体结构受限。

薛均怎么会突然请她吃饭啊？还要来寝室楼下等她？

荀秋花了三个小时精心打扮，一丝不苟地化了全面妆容，卷好头发，穿上她最满意的一套穿搭。

她想要与他相配，努力做到完美。

薛均站在4栋楼下的橘子树旁等她。他一向喜欢简约清爽的打扮，短袖加牛仔裤，运动手表加球鞋，发质蓬松，看过来的时候，眸底清浅的星光微微动荡。

"我来吧。"他很自然地上前伸手为她提包。

"谢谢。"荀秋压不住脸上的滚烫，绯色的热意攀上来，让她手脚都不知道怎么摆动了。

可他真的很残忍，就连从寝室走到后街这短短一段路的幻想都不愿意多给她。

这应该是她最后一次对他浮想联翩了。

李霄野从后面追上来和他们"巧遇"的那一刻，一切期待和幻想都化作了惊天巨雷，"哗啦"一声，劈向一个自作多情、颜面尽失的她。

"这么巧啊。"李霄野的演技差透了，声音都在发抖。荀秋面无表情地看着他们两个在那儿表演一场相见欢，商定既然都遇上了那就一起吃饭的戏码。

这一刻她觉得自己的心比石头还硬，恨不得上去给他俩一人一耳光。可惜事与愿违，她仍在意着薛均的面子，不愿在大庭广众下让彼此难堪。

她木然地跟着他们来到了烤肉店，不出意外，薛均的手机会在五分钟内响起。

即使做好了准备，但在薛均手机真的响起的那一刻，荀秋还是有了掀桌的冲动。

薛均放下了手上的夹子，说了一声"抱歉"，拿出手机看了一眼。就和几年前那个晚上一模一样，他站起来，往门外走去。

荀秋看了一眼正忙着烤肉的李霄野，勉强笑了一下，告辞去洗手间。

"好。"李霄野尽量把语调放得很低，只怕会吓到她，"那我先烤着，你回来就可以吃。"

"好。"她匆匆答应一声，同样往门外走去。

薛均……他和她至少应该是朋友不是吗？难道她永远只能做他"朋友喜欢的那个女孩"吗？

周六的后街人来人往，然而门外没有薛均的身影，难道他就这样走了？这一刻荀秋的愤怒达到了顶峰——他帮李思源递纸条，帮严知写情书，现在他又开始帮李霄野约她吃饭了。她一次次地期待，一次次地失望……她到底为什么对他无法释怀？

他明明就知道她喜欢他啊，为什么要这么残忍？

她不是那种为爱卑微至死的人。

她不能独自承受这一份背叛，她一定要他付出同样的代价。

她定定地站在门口，直到有人嫌她挡路，推了她一下。她踉跄几步，旁边横过来一只手臂扶住了她，等她站稳，薛均递了纸巾过来，垂眼担忧地问她："怎么哭了？"

她这时候才知道自己哭了，她怎么能哭呢？今天这个妆可不能花。荀秋忙接了纸巾，轻轻按压眼睛。

薛均叹了一口气，抬手看了手表，慢条斯理地说："对不起，我现在有事，可能得先走了。你帮我和李霄野说一声好吗？"

荀秋冷冷地笑了一声，反问："既然有事，为什么要约我出来吃饭？"

薛均显然对她的尖锐猝不及防，愣了愣，解释道："临时有点事，不好意思，我——"

荀秋再也不想听了，她不再掩饰自己的失望透顶，冷声打断了他："薛均。"

薛均似乎感觉到什么，抿了抿唇，卷翘的睫毛轻闪，有些无措地看着她。

"以后别再联系我了。行吗？"

她抬起头，诘问般连声说道："你把我当过朋友吗？还是说你知道我喜欢你，就把我当作一种资源或者一种麻烦，随便送给你的亲朋好友？"

薛均脸色变了变，想要说话，可荀秋没有给他机会。她昂着脑袋，眼里幽戾的恨意溅射出来，直接刺中了他的心脏，巨大的窒息感扑过来，他突然感到焦躁难安。

"说真的，我以为你会把我当朋友。"她自嘲地笑了一声，又摇头，"不是，我以为你是喜欢我，才约我出来吃饭，所以……"

她做了个手势，示意他注意自己可笑的装扮："是我自作多情，但是我能不能求求你，以后不要联系我，更不用给我拉皮条，我真的不需要。

"我以后不再喜欢你了还不成吗？"

诚恳的请求也是蓄意的伤害，荀秋大概是第一次敢与他对视这么久，她久久地注视着他，眸子里满是泪水，带着满腔翻滚的苦楚："薛均，你让我觉得自己像个傻子。

"别再出现在我面前了，好不好？"

纷扰的夜景闪过明灭不定的霓虹灯，远处有蓝白色的警戒灯流转起落，尘嚣在这一刻落定，薛均的眼睛慢慢黯淡下来。

他低声说道："好。"

女孩紧绷的神情一瞬轻松下来。她毫不留恋地转身，衬衫外套被风吹得鼓起，下一秒又被纤细的手臂紧紧拢住，乌黑如云的慵懒长发轻轻飘了飘，那道身影很快就没入了迷离朦胧的秋夜灯市，再也找寻不见。

5

很奇怪，和原本交集就不多的人莫名其妙吵了一架，却比和相恋数年的情人分手还难受。感谢薛均留下的半包纸巾,让自己不至于失了最后的体面。

纸巾告罄,荀秋停止抽噎。

脸上的妆被泪水冲了七七八八,好在她包包里放着分装瓶,她在洗手间把眼妆小心卸干净,又洗了个脸,拍拍脸颊,看向镜子里仍然一脸委屈的人。

"傻子。"

荀秋骂了自己一声,决心要忘却前尘,重新出发。

包包里的手机振动起来,她没来由地觉得烦躁,想着不管是谁,她都不会接,可来电的人令她意想不到——竟然是段一的室友。

她不明所以地接通,立即被电话那头的嘈杂声唬了一跳。男生的声音又慌又急:"小秋,你在哪儿呢?"

"我……我在喷泉广场这边,怎么了?"

荀秋没想到自己会这么快就回到烤肉店,段一的两眼都青肿了,气冲冲地坐在外面的半旧板凳上,有个穿连衣裙的女孩在帮他冷敷,而李霄野被三个高个子男生压在地上,额上擦着一道红痕,仍骂骂咧咧。

"这是怎么了?"荀秋拨开人群,往里头走去。

"怎么了?"段一也来气,望过去一眼,还是压下声调,"你管管这条疯狗吧,我真是服了。"

他示意男生们把李霄野放开,而那人一站起身就想上前来,男生们一掌掌把人往后推,几人推推搡搡,差点又打起来。

荀秋忙走过去抱住李霄野的手臂,后者痛得"嘶"了一声。荀秋看过去,李霄野的手掌、手肘上全是擦伤,白衬衫也皱巴巴的,像在地上打过滚。她蹙眉:"怎么了?为什么要打架?"

李霄野看了一眼荀秋握在他臂上的手,有些不自在地咳了一声,低声说道:"他有女朋友了。"

荀秋早就知道了:"是啊,那又怎么了?"

李霄野瞪大了眼睛,"怎么了?那他……那你……"

荀秋和段一的联系断在某个没有早安短信的周末,而荀秋睡觉前才发觉,再翻看前一天的信息,却一切如常。

她没有去询问,选择默认这段索然无味的暧昧无疾而终。

他们依旧保持普通朋友的联系,会互相点赞或者在偶尔遇见时友好挥手。

果然没多久,她就看见段一带着女孩去餐厅吃饭。

刚才段一就是和女朋友、室友又出来吃饭,趁女孩还没到,有人把她和荀秋做对比,段一也跟着调侃了一句,说荀秋的身材没这女孩好,他反正看不上。

好巧不巧,李霄野就在隔壁桌,上去就把人打了。

"他们能说我什么？"荀秋不信段一会说过分的话，之前他明明始终保持绅士风度。

可那话李霄野说不出口，他也气荀秋这样偏心，只能狠狠地瞪了段一一眼。

段一心虚地避开了他的目光，看见女朋友疑惑的样子，忙解释："我和她真的只是普通朋友……"

女朋友很生气，怒道："那人家男朋友为什么打你？"

荀秋帮李霄野跟他们道歉。段一虽然憋屈，但也不想让李霄野把那件事说出来，最后只得叹气："算了算了，都是误会。你来了就行，给他好好解释解释。"

"不好意思啊。"荀秋窘死了，抬眼狠狠剜了李霄野一下。可他可怜兮兮地半靠在栏杆上，形单影只，她又心软，过去查看他的伤势。

"现在怎么办啊？"荀秋抱臂看着在旁边欲言又止的服务员和老板。有两张桌子倒了，客人也被吓跑了一些，现在是罪魁祸首赔钱的时候了。

李霄野认命地赔偿了损失，拎着空空的荷包回到位置，又拿起夹子，再吆喝服务员给他拿个新刷子过来。

荀秋这时候才问："薛均呢？"

李霄野叹了一声："他家里出了点事，先走了。"

"……家里出了点事？"所以他并不是找借口要走？

李霄野点头："他外婆刚刚走了，他回蓉城去了。"

荀秋猛地站了起来，李霄野被吓了一跳，忙招呼她坐下："你还吃点什么，我去拿吧？"

荀秋不可思议："薛均走了，你就一个人在这里吃烤肉？"

李霄野更不可思议："当然，我钱都给了，为什么不吃？哦，就因为你们都跑了，我就不用吃饭了？"

他付了三份钱，怎么也得吃回来吧？

荀秋抿着唇不说话，可是闻着烤肉的香味，她肚子也不争气地叫起来。他说得没错，来都来了，钱都付了，肚子也饿了，为什么不吃？

李霄野一脸"看吧"的表情，荀秋刚坐下来，瞧着他那样子，又站起来，叹气："还是我去拿吧，伤员原地等待。"

"行啊。"李霄野笑，"那多拿点肉和生菜，再给我打个油碟，多放蒜、白芝麻和小米辣。"

这人真是会得寸进尺，荀秋看他一眼，想着还要问他问题，暂时忍了。

"再带瓶可乐！"

荀秋咬牙："知道了。"

其实，她对薛均的家庭半点都不了解。据她所知，薛老师和师娘都是江城人，为什么他的外婆会在蓉城呢？

等两人都吃得差不多了，她斟酌了一下，把烤好的肉放进李霄野的碟子，状似无意地问："这个点还有去蓉城的车吗？你为什么不送薛均去车站啊？"

李霄野不甚在意地"嘿"了一声："哪里用得着我送，他二叔——"

他猛地住了嘴，瞥过来一眼，才继续低声说："薛均的家庭情况很复杂，还是不说这些了。"

"很复杂？"荀秋追问，"有多复杂啊？"

"他……"李霄野有点犹豫，荀秋难得和他说话，他不想把话题断在这里，左思右想，他下了决心，"薛均不是薛老师的儿子，他妈妈其实是蓉城人……"

"啊？"荀秋大吃一惊。可是仔细回想，高中时薛均的确一直都只叫"薛老师"，大家还以为是因为在学校他才这样喊的。

"可他们都姓薛啊？"她不解。

李霄野偷偷摸摸地倾过来一些，害得荀秋也有些紧张："怎么说？"

李霄野："他爸爸是薛老师的一个亲戚，然后离婚了，才把他寄养在江城。"

"这样啊。"荀秋还是不太明白，"为什么会寄住到这么远的亲戚家里啊？"

这说下去就是长篇大论了，李霄野也不想透露好友太多隐私，"嘶"了一声，说："我还是有点疼，怎么办啊？"

荀秋果然被转移了注意力，瞅着他的伤口，"哼"了一声反问："这你不是活该吗？"她想了想，"如果没骨折的话，就去药店买点药抹一抹吧。"

"行。"

他们去附近的药店买了药，又坐在藤椅上处理伤口。两人各怀心事，荀秋回想自己和薛均说的那些不合时宜的话，觉得内疚不已，几次拿起手机想给他发道歉信息，可也不知道从何说起。

而李霄野难得有机会和她和平共处，倒觉出些安心舒适。荀秋坐在他旁边，眉头微微皱着，不知在想些什么。她的脸白净透亮，一双眼睛沉沉的，像泉水般安静。

第一次见到荀秋时，她站在严知旁边，那么小一个，当时他就怀疑过严知的眼光。没想到现在自己莫名其妙也栽了，也许不是莫名其妙，他想，荀秋的确不是他的理想型，但她有很多地方都吸引着他。

"荀秋。"

荀秋回过神，看见眼前人扭过半个身子，可怜巴巴地看着她："后面抹不到，你能不能帮我？"

"哦。"她无意识地接过棉签，漫不经心的声音飘来，"疼的话你就喊啊，我会轻点的。"

哪里疼了，酥酥麻麻、轻轻柔柔的，她靠得好近啊，手指时不时擦过他的皮肤，李霄野简直舒服得要命。

"好大一块青肿啊！"荀秋小小地呼了一声，"肯定有人踢你了，你都不觉得疼吗？"

"这算什么。"李霄野在她看不见的地方，痛得龇牙咧嘴。

"这群坏蛋。"荀秋也不多说，换了支红霉素软膏过来，凉凉的膏体随着她的动作在他腰后抹得均匀。李霄野的呼吸骤然发紧，回过头去瞧，荀秋垂首低眉，抹得很认真。

细小的棉签忽然在他背上敲了一下，荀秋埋怨："绷那么紧干什么，弄疼你了？"

"没……"李霄野眼神轻闪，尽量放松了一些，"没有。"

"好了。"荀秋取了一根新的棉签站起来，做手势让李霄野稍微把头凑过来，她小心地蘸上药水，认真地挑开他的额发，嘀咕着，"怎么擦到这儿了？难不成摔到脑袋了吗？"

她眯眼靠近了一些，女孩身上的淡淡清香瞬间覆盖了李霄野的所有感知，他们的气息好像纠缠到一起了，指间的凉意带来酥麻的痒，奇异感由这里一路往心口蔓延。李霄野喉结频滚，凝视着她莹润的唇瓣，他手指微微蜷起，呼吸也开始发烫。

"荀秋，你和那个段一怎么回事啊，我以为……"他艰难地开口，希望能转移自己的注意力。

"我们只是朋友。"荀秋坦然地看着他。

窒闷感消失，空气都变得清新了。

情敌主动退出，他和荀秋的误会也算解开，李霄野觉得事在人为，一见钟情不成，可以日久生情啊，起码她把他从黑名单里放出来了，这也是一种进步。想到这里，他放松不少，把手老实放在膝上，瞟过去一眼，抿唇问："荀秋，快要确认论文选题了吧，你准备得怎么样了？"

荀秋很头疼。

"哦，你分到袁副那儿了？"

"就是啊。"荀秋愁眉苦脸。副院长是出了名的严厉，曾有在答辩时连续问哭五个同学的辉煌战绩。他的说话方式很生硬，荀秋和他讨论了几个选题，都被批评没有创新，她都有点不敢和他交流了。

李霄野安慰她道："别怕，袁副嘴硬心软，你认不认真他看得出来，被问哭的那些人肯定是他们自己的论文不知所云，你不必担心这些。"

"真的？"

荀秋有点不信，可李霄野也没必要骗她，她稍微放心了些，只要不是故意为难，她相信自己好好做，一定不会有什么问题。

智能科技的覆盖面很广，研究方向也各有不同，只是没有经验的话，很难深入研析。荀秋的项目经验不算多，放假在哥哥的公司里跟了两个关于聊天软件系统和自动远程锁的项目，好不容易有点感悟，但是这两个方向又和别的同学撞车。

李霄野点头，又提了几个选项："医学仪器深度学习研究呢？或者在线考试系统设计之类的，有人选了吗？"

荀秋："基本上我能想到的都被选了。"

李霄野想了想，说："那智能体感游戏沉浸舱呢，你对这方面了解得怎么样？有兴趣吗？"

荀秋眼睛亮了亮，这个项目属于科技前沿，智科人只怕没有不对它感兴趣的，她稍微了解过一些，知道这是ST科技的核心研究方向。李霄野虽然在ST科技实验室工作，可这些肯定都签过保密协议了，他不可能透露给她。

她把自己的担忧问出口，李霄野愣了愣，笑道："我现在是在跟二代的项目，但是我可以把我大三跟的那个初代的资料给你参考啊。"

是了，科技日新月异，几年前的项目现在已经不算什么机密，不过能拿到研究员的一手资料，必定不容易和别人撞。

荀秋有了研究方向自然高兴，可是想起自己前段时间像防贼一样防人家，她又讪讪地笑了一声，抬眼有点不好意思地喊他："学长，你真的愿意把资料分享给我啊？"

"当然了。"李霄野笑了笑，又补充，"不过你别想太多，就算是别的学弟学妹有这个问题我也一样会帮。"

机会难得，荀秋没有再犹豫，一口答应。

只是不知道为什么，这个晚上她的眉间始终萦绕着些挥散不去的愁绪，像是有什么事一直卡在心上，没办法遗忘，更没办法挣脱。

但她最终也没有发出那条短信。

袁副通过了新论文选题，荀秋开始频繁地和李霄野接触。李霄野的工作很忙，把公寓钥匙给她了，让她自己去家里翻阅资料，有时她打开门时他都不在家。

这天她写得晚了，一看时间，竟然已经是凌晨一点多。她收拾好从二楼下来，顺手打开手机，看到了李霄野九点多发来的短信。

李霄野：加班结束，要不要带烧烤？

奇怪，九点说回来，怎么现在还——她顿住脚步。

一楼没有开灯，李霄野不知道什么时候回来的，或许是不想打扰她，已经等得睡过去了。布艺沙发狭小,他一只腿搭在地上,好梦正酣。玻璃窗外光怪陆离的长射灯一下下照过来,有一点光落在他的侧脸。

白色的锡纸保温盒搁在茶几上,可乐罐子的外壁凝着水珠,两个拉环都好好的,面对面立在暗处,无声地等待着她的发现。

"李霄野。"她靠近,推了他一下。

李霄野连续加班了好几天,此刻的他不似以往那样锋芒毕露,合着眼睛,眉目颓懒,神情疏淡,白衬衫有些凌乱,凸显出优越的肩背线条,莫名带了几分不着痕迹的性感。

"嗯……"他眉头微微皱了一下,却没有立刻醒来,呢喃了一句,"……老板。"

苟秋听了一惊,这就是智科高才生就业之后的真实写照吗?白天做研究写代码,晚上还要应酬,周末加班累到躺沙发,梦里还念叨着老板?

她有心戏弄,蹲下来和他说:"小李,你说,老板呢。"

李霄野没有反应,待她起身去翻外卖盒,却听到身后的人轻声接上了她的话。

"……老板,一块不加……折耳根。"

苟秋的动作顿住。片刻后,她拆开了额外打包的烤豆干,已经冷透了,一口下去滋味不是很好。大头葱从豆干上掉下来,她忙用手去接,眨了眨不太舒服的眼睛,泪水落在镜片上,面前霎时模糊一片。

她凭感觉放下豆干,摘掉眼镜。

雾城多雨,却往往落在凌晨深夜,待到晨光熹微,只在柏油路上见到湿润的痕迹。如果起得晚了,这些痕迹也很快被炎热蒸腾,就像从来没有存在过一样。

二十八层高的公寓楼足以俯瞰整个不夜城,密集的水汽泅开霓虹灯。夜色朦胧,苟秋抱住手臂,久久地站立在落地玻璃窗前。

第五章 卑劣

\\\\

我接受不了你不喜欢我。

1

那天李霄野半夜三点醒来，蜷得久了，身上没有一处不酸痛，他身上却搭着小毯子，谁给他盖的不言而喻。

可乐被放回了冰箱，烧烤吃了一大半后被扔进垃圾桶，荀秋没有不告而别，她披着薄被窝在二楼卧室的电竞椅上，准备通宵看《疑犯追踪》。

感谢老天给了他这样一张俊脸和出众的体型，感谢严知和她分了手，也感谢这条毯子给了他勇气，让他敢于再次请求她的怜悯。

十月底，他想办法弄到了演唱会的门票，邀请她在她生日那天一起去看她最爱的偶像。

也许是因为那天台上唱着她最爱的歌，也许是那时前排站着的人太多，也许是身旁的情侣吻得太过热烈，总之，在李霄野说"别走散了"，然后尝试去握她手的时候，荀秋没有挣脱。

她腼腆地抿着嘴笑，凑近了问他："学长，这么热啊？怎么手心都出汗了？"

淡淡香气随着她温热的呼吸直扑过来，慌张穿透耳膜，烧到了心里，李霄野颤抖着嘴唇，"荀荀荀"了半天，怎么也说不出想说的话。明明处在万人之中，他却只能感受到她那只柔软无骨的手,微凉、滑腻。

他满头大汗、欲言又止的模样让旁边的人都看不下去了,有人狠狠地推了他一把,直接把他撞进了苟秋怀里。

在无数喧嚣中,他就这样将错就错地俯身抱住了她,让两颗狂跳的心脏紧紧贴在一起。

片刻之后,苟秋将手抵在他的胸膛,两只眼睛笑成了弯月:"李霄野,你好像心律失常了。"

当天晚上,他在社交平台隐晦地晒了门票和苟秋的背影照。三分钟后,严知的越洋电话就打了过来,李霄野心里酸溜溜的,就一个背影他也认得出来?

粗略地听完严知对他全家真切的"问候",李霄野开车把苟秋带回了公寓,满意地在小沙发上又窝了一晚上。

第二天下午,苟秋发现了薛均的微博。

她的论文已经初具架构,有几个新建模的来源需要在网上查资料,她的电脑还在跑代码,所以她就打开了李霄野的电脑。在登录浏览器的时候,她发现下拉界面里有两个旧账户,除却李霄野默认登录的账号之外,还有一个用户名为"Kerinvo"加邮箱后缀的账号。

她心脏骤然紧缩,几乎在一瞬间就想到了薛均。

从前,他的博客突然停更,她就猜他是不是更换了账号或者平台。她在微博上搜索"Invoker Xue"未果,又尝试了其他组合,可网络海洋宽广,要捞出一个蓄意隐藏的人,多难啊。

查完资料后,她在微博搜索这串颠倒的英文加他的生日,没有结果。

她已经不知道自己是在执着还是在执拗,在尝试了各种组合都无果之后,她的心情莫名其妙降到了冰点。

"你究竟想做什么呢?"她问自己。

鬼使神差地,她在搜索栏中输入了"Kerinvo2019",蓝色头像弹了出来,显示该用户存在。

"2019",看起来像是一个年份,但也是她生日十月二十九号的乱拼不是吗?颠倒的 Invoker,打乱顺序的生日,这个账号会是薛均吗?

这一刻她的心脏停止了跳动,她放大了那个些许眼熟的蓝色头像,不出两分钟,她就认出来了——白色的雪人、红色的围巾、蓝色的背景……这必定来自多年前她送给薛均的那张圣诞节贺卡。

薛均曾为它与其他贺卡发过博客,祝愿朋友们前程似锦。

她的手在发抖,点进他的主页。

这是一个完全私人的微博,没有关注,没有粉丝,更没有转发、评论、点赞,薛均大概只用它来记录心情和感想。

最近一条微博发在九月二十八号，也就是他外婆去世那一天。

他这样写道：他们说得对，这的确像是一种解脱，可她终究是离开了。也许此刻我会将她遗忘，又或者下一秒永远铭记。

扑面而来的伤感几乎让苟秋立即想象到了他垂首敛眉的样子。她开始后悔自己那天的口不择言，如果她知道发生了这样的变故，她肯定不会给他雪上加霜。

她下滑界面，想要继续看下一条微博。开门声的响起让她始料未及，几乎在下一秒，李霄野和薛均就出现在门口。李霄野看见苟秋并不意外，很自然地问：“苟秋，做完没有？先出去吃个饭吗？”

而其他两人显然没想到会在这里见到对方，苟秋就连眼角的泪水都来不及擦拭，愣怔地望着仿佛从天而降的他。

"怎么在哭啊？"李霄野忙把钥匙搁在鞋柜上，走过来给她递纸巾。

"没有。"苟秋否认，"就是打了个哈欠。"

"哦，那就好，我们下去吃饭吧。"

薛均一瞬间脸色变化莫测。

公寓不算太大，门口鞋柜距离沙发、茶几不过三五步的距离，笔记本电脑上显示的东西他实在太过熟悉，而女孩松弛的打扮无一不显示她昨晚就歇在这里。

他慢慢攥紧了手指。

李霄野没得到回应，目光在这两个脸色难看的人之间睃了几遍，终于忍不住打破诡异的沉默："为什么都不说话？还去不去吃饭了？"

薛均笑得有点勉强："我不知道苟秋在这里，会不会打扰你们？"

李霄野有点羞赧，摇头："怎么会，本来也该请你吃饭啊。"

"这样……"

薛均没有再看苟秋，不紧不慢地拿出手机，垂眸开始操作。

李霄野起身随手从冰箱里取了两瓶水走过来，招呼苟秋："模型做得怎么样，我看看？"

苟秋面无表情地把自己正在跑代码的电脑转过来给他看，又一眼不落地看着薛均。后者收起手机，缓慢靠近，骨节分明的手按在李霄野的电脑上。

他嘴角带着笑意，可声音有点冷，垂着眼睛问苟秋："借用一下。"

没有经过任何人的同意，他俯身下来，按了一下 F5，页面刷新，不出任何意外，这个微博号已经注销，屏幕上空白一片。

苟秋手脚冰凉。

数年前是这样，数年后也不例外，她又陷入了窥屏被当面逮捕的窘境。他对她的抗拒再明显不过了，她却一而再再而三地挑战他的极限。

如果"2019"真是打乱顺序的"1029",他会是这种反应吗?可那个头像又怎么解释?

她想问他,可是脑袋里乱糟糟的,她不知道自己捅破这层窗户纸后两人会怎么样,可她思前想后,觉得再差也不会比现在差了。

他们现在和陌生人有什么区别?死也要死个明白不是吗?

三人一起到了餐厅,荀秋非要喝隔壁的金橘柠檬茶,哄得李霄野晕头转向要出去给她买,最后包厢里只剩他们,以及沉默。

"为什么注销账号?"

"你看了多少?"

突如其来的同时开口简直快让荀秋当场笑出来。她不明白,到底是什么原因让他们现在你试探我、我试探你,永远没有一个确切的答案。

没错,她需要的就是答案。

难道他们两个都没有长嘴巴吗?有什么不能当面说的?

"'2019'是什么意思?"她问。

薛均看着她,神色有些淡漠,也有些无奈。

这种缄默让她失去羞赧,变得愤怒,接下来她开始撒谎:"一千两百八十条微博我都看完了,你就没有什么想说的?"

薛均短促地笑了一声,说不出是自嘲还是什么,只是眉眼一如既往的温和:"荀秋,你知道吗?每次你说谎的时候,音调都会不自觉地提高一个度,简直像在前面加上了一句'听好了,我接下来是在乱讲'。"

荀秋的耳根慢慢烧起来,有点恼羞成怒,咬着牙:"薛均!你别转移话题。"

"重要吗?"他说。

"当然重要。"

薛均叹了一口气,说道:"对不起,但我没办法给出你想要的答案。"

荀秋几乎气笑了,说:"你怎么知道我要的是什么答案?为什么你总是这么自以为是——"

椅子拖动的尖锐声响打断了她,薛均倏然站了起来,挺拔的身形挡住了窗外的光。他居高临下地睨着她,眸色暗得森然,看起来又冷淡又陌生。

"那你会为了没有可能的假设,和李霄野分手吗?"

"什么?"

荀秋当场愕然,只以为自己听错了。薛均怎么会有这种冷淡又讽刺的语调?又怎么会说出这种话来?

高大的身影倏然靠近,一向温和清隽的眼睛也变得锐利,此时的薛均已经褪去了少年时期的清瘦,半挽着的衣袖下肌肉紧窄,手背上青色经络凸显。他垂着眸子，漆黑的瞳仁里，女孩的倒影慢慢变得清晰。

荀秋真的了解薛均吗？

她记忆中的薛均的确温柔。少年背脊挺直，垂眉握笔书写，长长的鸦睫铺成阴影，侧过身来看她时，眸色润泽如月光。

这份轻柔到不可触碰的美好，她放进了内心深处。

可是人都是多面的，单单凭借他喜欢的杂志、歌手、作家……这些浮于表面的认知，就可以说她完全知道他是什么样的人？他的家庭、经历、交际情况……她一无所知，或许她都没有李霄野了解他。

是否她在求而不得的梦中将他塑造得过于完美，进一步在想象中完整了她所不知道的另一面。

薛均在哪儿都是风云人物，贴吧里他的照片满天飞，欣赏他、喜欢他的人能坐满整个大教室。她曾以为曲梦梦或崔思盈那样优秀的女孩会得到他的青睐，可惜没有。

这么多年，他始终是一个人。

可是为什么啊？为什么他要把所有的一切都打乱成错序的密码，封闭所有能让她向他靠近的通道，一句"没有答案"就堵死她所有的疑问。

他连一句"一切与你无关，我喜欢的女孩不是你"都不敢说出口，又怎么敢自以为是地笃定她需要他的喜欢，又怎么敢大言不惭地问她会不会和李霄野分手？

这样傲慢无礼的人真的是薛均吗？

可眼前人陌生而危险的气势丝毫不做伪装，荀秋不自觉地后仰。她攥紧椅圈，放缓呼吸，绝不允许自己在这场博弈中落荒而逃。

荀秋斗志昂扬，可惜薛均在下一秒就偃旗息鼓。他快速地眨了眨眼，敛下眉眼中的冷漠，再抬首时，就只剩朗月的清润。

他退回了自己的座位，盯着眼前的碗碟，低声说："对不起，我……"他顿住，片刻后像是找到了合适的借口，又继续道歉，"对不起，我今天情绪有点不对，不是故意针对你。"

嫉妒是最卑劣也最扭曲的情绪，它的确很难消化，所以他每次都需要很多很多的时间来平复。

他不是不知道李霄野对她穷追不舍，不是不知道严知对她难忘旧情，只是这场猝不及防的相遇让他彻底失了稳重。直面他们交握的双手和亲昵的私语，加重了他喉咙里炙烧的痛感，让他不受控制地说出一些让人为难的话。

她早就知道了他的微博，但她还是答应了李霄野的追求，不是吗？

这种认知让他感到窒息和绝望，比上一次她赌气说让他别再出现在她面前时的锐痛感更甚。

苟秋莫名其妙,冷笑地问:"你在给筷子道歉吗?"

薛均浓黑的长睫颤了颤,抬眸看过来:"对不起,苟秋,我不该说那些话。"

其实在视线相遇的那一刻,苟秋的心就已经软了下来,更别提他接下来直抿着唇,声调柔和地向她请求:"可以原谅我吗?"

他简直像在撒娇。苟秋不自在地侧过脸,揉了揉自己不争气红起来的耳朵。

门口有轻响声,李霄野两只手都提着东西,他用肩膀撞开了门,像是完全没有注意到包厢里奇异的气氛,把给薛均买的鲜柠檬水推过去,又在苟秋旁边落座,拿着纸质吸管问:"要现在喝吗?我给你戳开?"

"嗯。"苟秋握住李霄野的手臂,按了按,软着语气说了一句,"谢谢学长。"

她怎么突然这样娇气啊?李霄野的脸一下就红了,抿住上扬的唇角,恨不能把薛均的耳朵捂上。

"啊,还没点菜吗?"李霄野看到没动过的菜单,有点莫名其妙,他拿起来问另外两个人,"你们都有选择困难症吗?怎么不先点菜啊?"

"等你一起啊。"薛均笑了一声。

李霄野没法子,看见苟秋凑过来,又把菜单往她那边移了些,低语:"想吃什么啊?"

这顿饭算是李霄野请客,介绍女朋友和兄弟认识,接下来他又照例请了苟秋的室友和朋友吃饭。周五智科和日语都没有课,所以他们选择在周四晚上去后街吃火锅。

郑以穗从前曾瞎眼看上过李霄野一两天,虽然早已翻篇,不过不妨碍她现在嘲笑他们。

"哟哟哟。"她阴阳怪气地举杯,对李霄野冷笑道,"听说你恐女啊,怎么现在还找上女朋友了?"

李霄野不敢得罪,忙双手合十,求她放过:"抱歉抱歉,以前是我有眼不识泰山,冒犯了您,您大人不记小人过,饶了我吧。"

"谁是你泰山。"郑以穗占了个便宜,笑了一声,又喊了一筐啤酒过来,"死罪可免,活罪难逃啊。看好了,今天不喝完这些,你就别想着回去。"

"这么多啊!"苟秋吃惊地抬头,"会不会太多了……"

"胳膊肘往哪里拐,嗯?"室友们拉住她,大笑着问李霄野,"不喝完,苟秋就被我们没收了,你可别再见她。"

李霄野的目光往那筐啤酒上转了一圈,咬着牙笑:"看来你们是很想弄死我了。"

"不喝也行啊!"谢知意和其他几个女生对视一眼,不怀好意地说,"那你就说说看，你是什么时候喜欢上荀秋的？"

"对啊！说说看啊！"

"应该没什么不能说的吧？"

"那可不一定。"

李霄野简直汗流浃背："你们……"

他马上拿起玻璃瓶在桌角一推，打开盖子灌了半瓶，求饶："我喝，求你们免开尊口。"

最后散场时，李霄野醉得连路都走不动，更别提开车回家。唯一没喝酒的荀秋只好充当司机，喊了两个路过的男生艰难地把他扶进车里，再给他系好安全带。

"行不行啊？"女生们也很愧疚，"他好像很难受，一会儿你抬得动他吗？"

荀秋叹气："没事，路上吹吹风，应该会好一点。"她扯了一张湿纸巾靠过去给他抹了抹脸上的汗水，自己也系好安全带，开车上路。

一刻钟之后，他们回到公寓的地下停车场。荀秋拉好手刹，把车子熄火，往副驾驶座位看过去。

合身的白衬衫裹住男人高大挺拔的身材，李霄野的确肩宽腰窄，衣服下隐约可见紧实的肌肉线条，流畅优美。他合着眼睛，靠在车窗上，鼻梁英挺，薄唇轻抿，有些不谙世事的无辜感。

荀秋盯着他看了很久，直到他的脸慢慢红起来。

"李霄野。"荀秋面无表情，"别装了，快起来！"

李霄野忙睁开眼看她的脸色，很吃惊："你怎么知道我在装醉啊？"

他什么酒量，她和他认识这么久，莫非还不知道吗？一筐啤酒就把他干倒了？这简直是天方夜谭。

李霄野坐直，有些不好意思："酒多伤身，可我又怕我不醉，你的室友们不满意。"

荀秋冷哼了一声，问道："那现在她们都不在了，你还在装什么啊？"

李霄野脸色发烫，支支吾吾不敢看她。本来他是想要让她扶他回去的，自从上次在演唱会抱过她一次，后来他都没找到什么机会，两个人又都很忙，好不容易见一面，他当然想和她亲密一点。

荀秋先下了车，李霄野也忙解开安全带推门下车。看见荀秋往停车场外面走，他几步追了上去："荀秋。"他弯腰牵住了她的手，压不住眼里的失落，"你要回去了啊？"

他握住她两只手，不给她扬手打车的机会，依依不舍："才八点多，你再待一会儿好不好？晚点我再送你回去。"

"晚点寝室就关门了。"荀秋说。

-146-

李霄野笑:"那就不回去呗,反正你明天也没课,就在我那儿写东西,两台980X不够你用啊?"

荀秋笑:"那一会儿你又睡沙发啊?"

李霄野一噎:"睡沙发就睡沙发啊,又不是不能睡。"

他想了想,又补充:"那个沙发是有点小了,那不然——"

"不然什么啊?"荀秋睨他一眼。

"那不然周末我们去买个大点的沙发!"李霄野信誓旦旦,低头见荀秋一脸不可置信,他马上补充,"你放心!我周末一定能找出空闲来,绝对不是和你'画饼'啊。"

李霄野:"所以,你喜欢什么样的沙发啊?"他讨好地靠近了些,鼓足勇气捏了捏她鼓起来的脸颊,"不要生气,我说到做到。"

荀秋笑,无奈地喊了一声:"李霄野。"

"嗯?"李霄野眼观六路,只怕有出租车突然过来揽客。

"你真的没想过,其实我们可以一起睡在二楼吗?"

李霄野迟钝地"啊"了一声,眨了眨眼,有点不相信自己的耳朵。

2

十二月二十日,李霄野深夜十二点回到公寓。

实验室研发的路径新产品发布会圆满结束,庆功会开到这个时间,说实话,他觉得非常疲惫。

新安装的密码锁"叮咚"两声,他拉开门,寒冷的走廊风卷得落地窗前的麻布窗帘"哗哗哗"地响。对面商业楼彻夜不歇的广告灯从缝隙中漏进来,落在忘记按灭的复古灯盏上,深绿色的琉璃瓦反着光,陆离斑驳般的绚烂。

他立即合上门,将光影和风声一并隔绝在外。荀秋的小白鞋歪歪斜斜地搭在鞋柜下面,粉色毛拖鞋却不在,他弯腰脱鞋,顺便把她的鞋子摆正。

屋子里很安静,看来荀秋已经睡着了,亏她半小时之前还信誓旦旦说要等他回来呢。

李霄野轻轻拉开冰箱,拿了一瓶水拧开,仰头喝了一半,随后走几步落座在小沙发上,扯松一丝不苟的领带,双手展开向后靠了靠,碰到沙发上搭着的一件米色风衣。他低低地笑了一声,心情稍霁。

茶几上添了绑着丝带的玻璃瓶,每天都有新鲜的花束,洗手台和书桌上摆满瓶瓶罐罐,琳琅满目。

冷色调的装潢突然变得多姿多彩起来。

李霄野从浴室洗漱完毕,随手把台灯按灭,就着手机的暗光回到二楼,突然想起圣诞节好像就快到了。

这是他们在一起后过的第一个节日,刚好项目也结束了,他们应当一起好好度过这个节日。

记得去年圣诞节,严知从宾州回来,带着她去了金佛山滑雪场,还拍了很多照片。李霄野现在想起来都觉得奇怪,怎么他就在严知的空间看了一次,过去这么久了,他竟然还记得那些照片上严知和她脸贴着脸、笑得蠢兮兮的模样。

李霄野咬了咬牙,看向床上卷成一个团的女孩。在一起快两个月了,她还是没有改掉她的 QQ 昵称。

为什么啊?

而且那个该死的严知一点边界感都没有,身为前男友,他怎么不懂像死了一样安静?一周至少要打两个电话过来,说些有的没的,耽误荀秋的时间,他难道不知道她最近很忙吗?还有两次自己都晒出电影票了,他还要在中途打过来,害得荀秋出去接,这不纯纯欠揍吗?

可荀秋就这样惯着他,说他在异国不容易。

他哪里不容易?一个大男人,也太不知羞耻了!

李霄野掀开被子窝了进去,一手把这小没良心的捞进怀里,手指按进她蓬松的长发,贴近她的唇泄愤似的轻轻碾咬了一会儿。湿润的水渍让她的唇色变得鲜艳,他深深地呼了一口气,又吻住了她的嘴角,慢慢搅弄。

荀秋睡蒙了,只闭着眼不满地"嗯"了几声,仰头抵住他的手臂,承受着他的亲吻。

疲惫消散掉了,只是二楼的空气似乎变得滚烫,李霄野的呼吸也变得急促,吻也开始凶狠。他迫不及待地深入,毫不留情地碾压,荀秋渐渐喘不过气,一下睁开了眼睛。

"……李霄野!"她简直无语,伸手去推他,咬牙切齿,"你干什么?"

李霄野喘息着环住她的肩膀,理不直气也壮:"亲我女朋友啊,刚才明明有人说回来要亲亲,结果竟然睡着了,但我不能让她失望是不是?"

"我哪里说要亲亲了啊?"

李霄野伸手摸过床头柜上的手机,把荀秋的信息点出来:"你看,这不是亲亲吗?"

荀秋凑过去一看,原来是她发的:那好,等你回来哦。[亲亲][亲亲][亲亲]

她鼻子皱起来:"这只是表情符号而已!"

"那我不管。"李霄野捏了捏她气呼呼的脸,可怜兮兮地睇她,"宝贝,有一件小事,可是让我难受很久了,你就答应我吧。"

"什么事?"

李霄野把她的手机拿过来，颇有些不好意思地说："你把网名改了，好不好？"

"网名？"荀秋明白过来，好笑地看了他一眼，接过手机，想了想，手指飞快操作，把用了很久的"蝴蝶"改掉了。

"深蓝。"李霄野若有所思。

不错，象棋计算机，很符合他们智科人的浪漫，李霄野二话不说，马上将第二个亲亲进行到底。

ST科技是外企，临近圣诞节也有几天假期，只不过李霄野从实习生做到小组长，一向是以勤勉著称，研究、开发、算法每一项都亲力亲为，同事们一听他要去过圣诞节，简直惊掉下巴。

"没女朋友的人不会懂。"他面无表情地推开全体单身的组员。

他和荀秋准备去雾城区县的一个景点度假。

"君山？"荀秋饶有兴致地翻阅着李霄野做的攻略，问，"是一座山吗？"

李霄野笑："不是，是一座岛。"他想了想，补充道，"坐落湖心，四面环水。"

荀秋"哇"了一声，挽住他的手臂，笑得眼睛弯弯："好期待，学长，你准备得好认真啊。"她扬了扬手上的打印纸，"这么个好地方，我竟然都不知道。"

李霄野揉揉她的头发："也不是，其实是薛均告诉我的。之前你不是说想要看湿地候鸟吗？这个地方就有，这次过去时候正好。"

荀秋听到"薛均"两个字，好心情都折了一半。李霄野看见她忽然沉下的脸色，不知道哪里说错了，他止住话头，有些犹豫地问："怎么了宝宝，是不是不想去这里？没关系。"

他又从包里拿出备用计划："我们去仙女山滑雪，或者去璟山泡温泉都可以啊！还有冰雪世界，你想不想去看冰雕？"

"没事。"她本来就想去看候鸟，她不会再因为薛均改变自己了不是吗？这没什么大不了的。

荀秋笑："就去君山吧，我正好想要去看候鸟，你把那个闲置的EOS7D也带上。"她看向手中的攻略，惊叹，"君山有八十七种候鸟啊。"

"好。"

说起这个闲置相机，难免又想起一些陈年旧事，荀秋觑了李霄野一眼，问："对了，我一直没问你，你又不爱摄影，忽然买一个这么贵的单反做什么？"

李霄野破罐子破摔地揉乱了她的头发，说："我孔雀开屏行不行？"

荀秋笑得肩膀发抖："李霄野，你真的很自恋，难道你以为当时自己和段一就差一个相机吗?"

李霄野俯身捏住她的脸,恶作剧地笑了笑:"不管,反正现在你是我老婆,我亲也亲了,谁也别想——"

很快,他就为他的大胆狂言付出了代价——荀秋恨恨地给了他一脚,一米八八的高个子一下就趴在了地上。

"那天在房车后面我就想这么干了!"

从市区开车到君山岛花费将近四个小时,工作日高速和景区的人都不多,一路畅通无阻。李霄野提前在岛上订了一间民宿,是很有特色的三层吊脚小木楼。

荀秋把住扶手往上走,后头李霄野一踏上来,楼梯"吱吱呀呀"地颤了几颤,吓了荀秋一大跳。

"这个不会塌吧?"荀秋忙回头去握他的手。

"放心。"李霄野紧紧地牵着她,"这儿住过几万人了,稳得很呢。"

荀秋将信将疑地到了三楼,门才关上,却感觉两脚一悬,李霄野一下把她抱起来放在了半人高的雕花储物柜上。

"干什么啊?"荀秋皱了皱鼻子,好笑地撑住柜子,眼睛亮晶晶地看他。

李霄野把行李箱推开一些,靠近抵住她的鼻梁叹了一口气:"我想我知道我是什么时候开始喜欢你的了。"

"什么时候啊?"荀秋笑了一声,也有点好奇。

"大概就是那次在梧桐大道看到你的时候。"李霄野笑,"你提个电脑,在那儿扎头发。"

当时他就想,得找个机会把她举起来亲一亲,就像现在这样。

是吗?荀秋有些记不得当时的情景了,她努力回想了一会儿,那好像是他们第二次遇见。她长长地"哦"了一声,大笑:"这样吗?可当时我都记不得你叫什么名字了,只知道你是李思源的堂哥,你突然打招呼,害我好尴尬。"

"真的假的?"李霄野大受挫折,捧着她的脸吻了吻,不信地连声问,"真的连名字都不记得了?"

对啊,直到进了机械社,听到别人叫他"野哥",她才突然想起来的。

得到肯定的回答,李霄野恼怒地挠她痒,自欺欺人:"我不信,我绝对不信,荀秋,你就气我吧,气死了你就等着当寡妇。"

荀秋痒得不行,笑着躲开他的手:"李霄野,你好自恋一男的,才见过一面的人,我不记得不是很正常吗?"

李霄野喉咙酸涩,是啊,当时她有很相爱的男朋友,她为什么要记得别的男人的名字。而且她和严知只是因为异地而和平分手罢了,说不定感情还没断呢。

真气人。他忽然一把把人捞过来，低头重重吻了下去。荀秋猝不及防，被动地"嗯"了几声，气息完全乱了："李霄野……"

"嗯。"他答应一声，轻易把她托在手臂上，退了几步倒进柔软的被子里。

这个民宿地势很高，早晨起来推窗眺望，不远处的碧色湖面一览无余，湿润的濠河滩涂上栖息着无数白鹭和反嘴鹬，冷雾缭绕，如在仙境。

前两天旅客还不多，但二十四号正逢周末，滩涂旁忽然搭起了观鸟棚。

下午一点多，荀秋和李霄野从饭馆出来，见到有一些穿着马甲的志愿者划船去湖上，为候鸟投食。

这大概是什么公益活动，还有不少背着相机、戴着某某协会帽子的人来往于君山岛。见到李霄野的相机，也有人会上来攀谈几句，想要交流彼此拍到的稀有候鸟。

荀秋很有兴致地和对方互看照片，那人也是候鸟同好，诚挚地邀请李霄野和荀秋晚上和摄影协会的成员一起在后湖旁边的酒吧交流学习。

"可以啊。"荀秋点头，有李霄野这个大演说家在，别人说什么他都可以帮她接着。

只是她没想到会在酒吧遇见薛均。

晚上九点，清水酒吧人来人往。

薛均脑袋上戴着的摄影协会的帽子压得很低，穿着一件荀秋从没见过的黑白棒球服和宽松的牛仔裤，脖子上挂着个很专业的相机，跟着一群人往他们这里走过来。

一开始她只是觉得身形有些像，多看了几眼。没想到同好顺着她的目光看过去，立刻站了起来。

"哎！薛均！"这人正巧就和薛均同一个协会，他冲人群挥手大喊，"薛均，快过来！这里也有个野鸭爱好者！"

这一刻荀秋的心情很复杂。

薛均什么时候爱上摄影，又是为什么这么巧和她一样喜欢野鸭？她不知道。

或许这一切都归功于造物者的懒惰，她和薛均属于同类批次，被创造出来时就嵌入了同种爱好程序，复杂的计算在不同环境里略有偏差，可喜欢的东西还是无限趋近，最终导致他们在这座两千八百万人的城市中偶遇。

薛均听到声音，顺手摘了帽子揉了揉被压扁的头发，神情有些迷茫。望过来之后，他突兀地停下，后面的人没刹住撞上来，满场喧哗中，他低着头和别人道歉。

"薛均？"李霄野非常意外，"你怎么也来了啊？"

同好："你们认识啊？太巧了吧！"

薛均和协会的人一起过来参加公益摄影活动，下午在船上投食便有他一份。

他们几人聊得很开心，特别是李霄野，他有一段时间没有见到薛均了，话多得说不完。

而荀秋呢，她说不清自己的感受，总而言之，她的心情变得很差。

或许是因为李霄野紧紧牵着她的手，而她的心脏为其他人的出场而卑劣加速。这种辜负和背叛让她承受了巨大的压力，她觉得自己实在差劲，也恨自己始终放不下薛均，顺带也憎恨他的突然出现。

荀秋想得出了神，怔怔地举起手边的玻璃杯。

对面的薛均猛地站了起来，可惜两人之间有些远，他没有来得及阻止她的动作。荀秋"咕噜"喝下好大一口，"砰"一声放下杯子，眸子里水光轻晃，不懂他突如其来的失态。

所有人都莫名其妙地看着薛均，纷纷问道："怎么了，这是？"

李霄野一看荀秋，马上反应过来。他和荀秋的杯子放得太近了，她刚才误喝了他的啤酒！他一下慌张起来，荀秋对酒精过敏！

李霄野抚着她的背脊，又捧着她的脸左右看看："怎么办啊，我们去医院。"

啤酒真的太臭了，喉咙好辣，荀秋后知后觉地皱起眉头，手臂立即就开始发痒了。

"没事。"荀秋拉住他，"就是会长点疹子，过一会儿就消了，哪用得着去医院。"

"真的？"李霄野忧心忡忡。自从他知道荀秋酒精过敏，每次和她出去都很小心，没让她碰过酒。

"是啊。"荀秋喝得太急了，这下有点难受，脸红起来，说了几句话，又很想吐。这里不能再待了，否则她会当场吐出来，糗死了。

"哥，你带她回去休息吧。"薛均忽然开口，"路上注意别吹着风，不然会严重。"

"好。"李霄野正有此意，低头问荀秋，"难受吗？"

急促的心跳带来的是纯粹生理性的窒息感，醉酒让她甚至不能好好站立，她搂住了李霄野的手，点点头。

李霄野一分钟也不想耽搁了，把她包进大衣，匆忙回到住处，又按照薛均发来的注意事项，用温水喂了她几次，以促进酒精的代谢。

荀秋吐完之后感觉好多了，只是心率还没有平复。她趴在床上，由着李霄野一下下抚摸她那只发痒又不能挠的手臂。

"好点了吗？宝宝。"李霄野眼眶发红，俯身蹭了蹭她的头发，哽了一下，"都怪我。我再也不喝酒了。"

苟秋哑然失笑，扭过头去瞧他："哪里怪你，是我拿错了杯子。"

"我不管。"他忍不住泪水，又觉得不好意思，只好低头窝进手臂，瓮声道，"要是我也喝果汁，你就算拿错也没事。"

苟秋听出他在哭，侧过身来摸了摸他的头发，安慰道："别这样，我很快就会好了啊。"

李霄野背脊微微耸动，像是哭得惨了，话也说不出来。

苟秋觉得又好气又好笑，她叹了一声："你怎么现在像个哭包一样，以前你可不是这样的。"

"我以前……是什么样的？"

"以前……"苟秋拖长了语调逗他，"以前你很讨厌啊。"

李霄野"啊"了一声，抬起一张满是泪渍的脸，追问："哪里讨厌了？"

苟秋抽了张纸递过去："你嘴巴很坏，就算明明在帮我，也要说一些很讨人厌的话。"

李霄野愣愣地看着她。

"你记不记得有一次我们在 E 教外面，就是那个……"苟秋顿了下，一时没想起白东的名字，"就是那个白东？他找人给我发乱七八糟的东西，我当时很气也很怕，你从楼上下来，第一句话就问我是不是有病。"

李霄野脸慢慢红起来，嘟囔了一声："哪有？"

"没有？"苟秋乜了他一眼，"当时我真是被你气死了。"

说了会儿，她又觉得手很痒，下意识地想挠，李霄野忙阻止她："别抓，破了怎么办，我给你摸摸吧。"

他的手掌冰冰凉凉的，摸起来很能止痒。

他叹了一口气："好吧，其实那天我以为你是和严知吵架才哭的，当时说不清什么滋味，反正挺抓心挠肝，很难受。

"我不想你难受，可能也不想你为别的男人难受。"

苟秋撇嘴："男朋友也算别的男人？"

李霄野一噎，强调："前男友！我才是你男朋友呢。"他顿了顿，又说，"其实以前我是挺嘴贱的，因为我总看见你和严知那么好，眼里都装不下别人了，我内心扭曲着呢，就想让你也看看我才好。"

"真的假的？"苟秋笑出声来，"所以，后来我和严知分手，你就突然不嘴贱了？"

"我在改了，宝宝。"李霄野在很努力地改正，力求把满分的喜欢和欣赏全部表达清晰。他能感觉到，苟秋对他的态度也在逐渐变化。

手机铃声适时响起，李霄野按下接通："好……对，你直接进院子，我下来开门。"

苟秋："谁啊？"

李霄野摸摸她的脸："是薛均。我拜托他买了一些药过来，这样好得快一些。宝宝，我不想你难受。"

苟秋："……这样。"

一楼的敲门声很快响起，薛均买的药很齐全，他把塑料袋打开，细细嘱咐道："这两个软膏外用，晚上再多喝点水，如果明天早上还消不下去，就吃这两个口服药片，都是抗过敏的，按照上面写的量吃就行。再不行就只能去医院了，你今晚辛苦点，多观察，如果情况有反复还是马上去医院。"

"行。"李霄野今晚就不睡了，反正得看着她。

"喝水了吗？"薛均说完用药须知后，又问，"吐了没有？"

李霄野点头，拍薛均的肩膀，说："吐完要好一点了。兄弟，太麻烦你了，你住哪里，过去远不远？"他看了一眼外面，"这天看起来好像快下雨了。"

话音刚落，天上就劈下好大一个惊雷，夹杂着几条紫色的闪电，窗外霎时亮如白昼，密集的雨帘倾泻如注，风势若狂，院子里的树杈簌簌响着，很有誓不罢休的架势。

李霄野"呃"了一声，笑道："坐一会儿等雨停了再走？"

薛均低头笑了笑，说："行，那我坐一会儿。"

李霄野始终不放心苟秋一个人，很快回三楼去了，薛均不方便去看望，只坐在一楼安心等雨停。

可惜暴雨不如想象中很快过去，苟秋睡着之后，雨势变得越来越大，低洼的地方已经被雨水淹没，岛上也响起了喇叭，喊人们不要随意出门。

李霄野给苟秋披好被子，又去招呼薛均："你今晚就待在我这儿算了，现在出门不安全，反正二楼还有间空房可以睡。"

喇叭里不停地播放着警告，薛均没法子，点了点头。

"哦，对了。"李霄野把家居服送到二楼房间，突然挠了挠脑袋，"那个……左边的大衣柜你别去拉，你要用的话用右边的。"

薛均有点疑惑，但还是答应了下来。

李霄野不好意思地解释着："左边衣柜有条裙子，本来是打算今天晚上送给苟秋的，可是她病了，所以没实施，等她好点再说。"

"……你要送苟秋裙子？"薛均神情淡淡，"苟秋好像不太喜欢穿裙子。"

3

说起这个事，李霄野还觉得奇怪。这几年无论春夏秋冬，他从来都没见过苟秋穿裙子，就连家居服和睡衣都是两件式的。

"你可能不知道，东大计算机系有个传统，大四元旦的新年晚会，每个人都要盛装出席。"

智科出来如果要找专业对口的工作，大部分都会像李霄野一样留在大城市的外企。这些公司在着装方面大都有要求，所以计算机系慢慢就有了在大四办正装晚会的传统。

"苟秋好像没有这个准备，所以我就想着送她一条礼裙。"

李霄野挑选了很久，第一，苟秋不喜欢太过引人注目，第二，学校的年会不需要太过华丽，所以他选了一条中规中矩的黑色露背细腰的吊带裙，加上一件外披，很符合这个场合。

不过李霄野有点疑惑，他知道薛均和苟秋曾经是同班同学，可每次碰面，他们好像都不怎么说话，他理所当然地认为他们不太熟。可为什么薛均会知道苟秋不穿裙子？

薛均好似看透了他的想法，解释道："哥，你千万别误会，那时候苟秋她……和严知在谈恋爱，所以我会知道一点。她不穿裙子和她的家庭有关，所以你还是别送她裙子了，她不会喜欢的。"

"是这样啊。"

也是，严知和薛均要好，可能有些事情会和他说一说。李霄野松了一口气，为自己无端的怀疑道歉："不好意思，我真的是有点……"

他确实是有点捕风捉影了，他也不知道自己怎么会这样乱想，只得失笑一声，拍了拍薛均的肩膀。

"没事。"薛均很理解，反手握了握他的手臂，温和地说，"上去看着她吧，晚上还吐的话，可以喝点盐水，我看一楼有厨房。"

李霄野点头，把手机充电器放在床头柜上："行，那我先上去了，你有事打我电话。"

岛上的风暴来得很突然，屋外电闪雷鸣，吊脚楼的隔音不算很好，杂乱持久的碎响撞击着加固后的木窗，雨密得像瀑布，潺潺从磨砂玻璃窗上滚过。

陌生的环境总是让薛均很难入睡，他叹了一声，伸手从枕头下摸出耳机，又在手机圆键上按了几下，名为"An"的音频开始播放。

纽曼MP3的录音质感很好，转进手机后，秋末的蝉声和微风卷动窗帘的轻响依然清晰可闻。安静的作文课上有人拖动座椅，轻柔的步伐带着"嗒嗒"声移动到讲台，女孩紧张中带着颤抖的声音响起来。

"同学们上午好，我是苟秋，今天要为大家讲解的是俄国作家列夫·托尔斯泰的代表作——《安娜·卡列尼娜》。"

她照例停顿一下，留给同学们鼓掌的时间，在远处一片稀稀拉拉的敷衍掌声中，有一份近在咫尺的拍手声显得郑重而认真，一下，再一下，将期待和鼓励一并传递给她。

苟秋，别怕，你做得这样好。

薛均合上眼睛，如每一个失眠的夜一样，在放空的思绪中缓慢地沉入睡眠。

白山县坐落在蓉城一个不起眼的山坳深处，翠绿的大山包裹住了他的童年，他好像没有爸爸，一直是外婆照顾着他和妈妈。

外婆很勤劳，做农活在行，手艺也很好，闲时编织竹篾，或者帮别人裁布料、卖窗帘，还会带他在镇上摆摊卖锅巴洋芋。

八岁的某天，一辆与小山村绝不相符的黑色轿车停在他家用土墙砌成的院落里，高个子的陌生男人皱眉看着他提着背篓从三轮车上下来。

那时的他看不懂大人们之间的气氛，他们把他留在庭院，屋门一关，激烈尖锐的争吵霎时炸满了他整个脑子。

"你要带走孩子，你别做梦了！你不就是怕傅家知道你以前结过婚吗？我们都躲到这里来了，你还有什么不满意？"

陌生的男人说道："离婚的时候，法院是把孩子判给我的，我带走他怎么不行？"

"判给你？那你出去问问，他认不认识你？"

"你又犯病了？"男人的声音很不耐烦，"你把他留在山里，和你这种神经病在一起，他这一辈子就都毁了！我会给他找个好家庭，给他一个正常的妈妈。"

外婆发现了他躲在门口，牵着他的手："有客人来，我们去摘点菜。"

可男人没有留下吃饭，很快就离开了这里。

"你说！"妈妈掐住了他的脖子，"你是不是想和你爸爸走？你是不是想要新妈妈了？"

没有，没有。

可他根本说不出话来，他只有拼命摇头，祈求外婆快点回家。

…………

一声惊雷炸响，薛均猛地坐起来，下意识地把手伸向床头柜，无措地拍了几下，却没有摸到台灯。他抚住急促的心跳，打量四周。

不是在江山名府，也不是在雾大的寝室，这里是君山岛。

他缓过一口气，渐渐适应昏暗的环境后，他伸手把落下的耳机重新戴上，垂着脑袋听了一会儿。噩梦初醒的惊恐感略略平息下来，他感到喉咙里火烧似的干渴，可房间里并没有水壶。

雷雨天气持续，嘈杂声在凌晨五点把苟秋吵醒。她朦朦胧胧地睁开眼睛，看见蜷在旁边的李霄野——他大概是在处理工作的过程中睡过去了,被子也没盖好,电脑跌在床尾,屏幕上蓝色读条走完了,但是没有点确认,静音的手机冒着未读信息的光。

就算是出来度假,他的手机也没有停止过响动。

荀秋对李霄野很敬佩,也很心疼他的辛苦,整个小组好像没了组长就不能运转,什么乱七八糟的小 bug 都要来问他。

她叹了口气,摸了摸手臂,疹子消了很多,心跳好像也恢复正常了。桌上的水杯空了,她有些口渴,想了想,她悄声下了床,给李霄野把被子盖好,决定下楼去厨房找水喝。

急雨潮涌,砸在木房子上"噼里啪啦",寒丝丝的风从一楼的夹道里穿进来,冷得荀秋一哆嗦。她关上冰箱,觉得有点奇怪,那边难道没关窗户吗?她拢了拢衣服,深呼了一口气,往夹道拐了过去。

还没来得及喊出来的尖叫声被她自己的双手紧紧捂住了,大衣失去了倚仗,一下跌落到地上,荀秋瞪着眼睛,简直不敢相信自己看见了谁。

薛均怎么会在这里啊?不对,他为什么大半夜站在风口上,脸上湿漉漉的,不知道是雨水,还是……

"你……你怎么了?"荀秋捡起外套,目光落在薛均微红的眼角上。

惊雷频滚,雨水猖獗,薛均站在那儿,对她的提问没有任何反应,这让荀秋简直怀疑自己是不是在做梦。她情不自禁地揉了揉眼睛,再睁开,奇怪,他还在那里。

薛均好像被她逗笑了,唇角轻轻扬起,喊了她一声,回答了她的疑问:"雨把下去的路淹没了,李霄野留我住在二楼。"

原来如此,荀秋松了一口气,挥手招呼他:"过来吧,那边好大的风,你不冷吗?"

薛均转身拉上窗户,风一下就停止了,变得安静不少。

他向她走近了些。荀秋自然而然地转身,有些迟疑地问:"你是遇上什么事了吗?"

薛均摇头,反而问:"你的疹子还没消吗?"

"消了啊。"

他们站在入户玄关旁边,对话声让昏暗的感应灯亮了亮,发出"刺啦刺啦"的电流声。薛均的目光从她的锁骨上扫过,犹豫地在自己的脖子附近指了一下:"这里好像还没消?"

"这里?"荀秋莫名其妙,伸手摸了摸。她的疹子一般都集中在手臂,这里的是——她脑子一轰,脸瞬间涨得通红,拉外套的手紧了紧,遮也不是,盖也不是。

薛均慢慢明白过来，星光满耀的眸子暗了一下，两个人陷入了尴尬的沉默。

"那……我先上去了。"看来薛均也没有和她谈心的打算，荀秋准备开溜了。以她对薛均的了解，他肯定马上就会说"好"。

可是这次没有，薛均沉默了。

荀秋耐心等了五分钟，他才开口："我做了个噩梦，所以，心情有点不好。"

"什么噩梦？"

薛均没有回答，反而靠近了两步。

就像那次在餐厅包间，他的眼睛变得有些冷漠黯淡，荀秋突然理解到郑以穗曾经用"很高冷，不好靠近"来形容薛均。

他看她的时候，和看别人就是有不同的。

荀秋的心因为他的突然靠近而猛跳起来，她深恶痛绝他的这种行为，他到底想做什么啊？难不成在试探他还喜不喜欢他吗？

她皱着眉后退一步，手撑住了旁边的木柜子。

薛均看见她的反应，轻轻地笑了一声。

这笑声彻底激怒了荀秋，她不愿意承认自己喜欢的人会有这种恶趣味，更恨自己为他心思起伏。她直起身体不再退让，冷笑了一声。

"薛均。"她乜着他，问，"刚才在酒吧的时候，你突然站起来，是因为看见我端错了杯子吗？"

薛均的笑意变淡了。

这正是荀秋要的效果，她步步逼近："你反应好快啊，不会是整个晚上一直都在关注我吧？

"你以前明明对摄影没什么兴趣，什么时候开始研究这些的？"荀秋看着他，"是从南山回去之后吗？还有——"

她忍住了内心的颤抖，继续说："君山岛有候鸟群的消息也是你透露给李霄野的吧。"

她走近了一步，无声的闪电落入土壤，将天地与他们的紧张都照得无处遁形，幽白的光落进她如水一般柔软的眼睛。她抬头冲他笑了笑："薛均，所以你是故意跟过来的吗？

"很久没见到我了，是吧？"

薛均长睫轻颤，退后一步，别开眼睛不再看她。

荀秋盯着他攥得发白的手指，忽然伸手按在他胸口。薄薄的家居服下，他的心脏急剧跳动着，热度几乎灼伤她的指间。

她复冷笑昂首："薛均，你不是吧？原来你喜欢我啊？"

屋子里的气温好像在攀升，每一次呼吸都带入滚沸的炽灼，汗水溽湿额发，就连身上那件外套都像在水里浸过般沉重,原来水深火热是这样的具象。

两人的视线在昏暗中交错相织,荀秋绷紧神经,极力忍住快要夺眶而出的泪。

她在等他否认,她要的答案就是这个。

可是薛均多卑劣啊,他就是不肯说他不喜欢她。

喜欢她为什么要把她推给别人?不喜欢她为什么不肯干脆承认?也许薛均不只是这样对待过她,他就是要全世界的人都喜欢他才好。

她自以为找到了通关的诀窍,诘问般:"薛均,为什么你要时不时出现在我面前?你就是接受不了喜欢过你的人不再把你放在心上了,是不是?"

薛均敛起神情,眉毛耷拉下来,一言不发。

荀秋的心突然像被针刺中了,她从来都没有见过他这个样子,挫败、失落、沮丧,就像一盏绚烂的霓虹灯忽然熄灭,光明消耗殆尽,只剩灰暗。

如果他和她据理力争,或许她的斗志会继续燃烧,可他举旗投降,她便立即开始反思自己是不是做得太过分。

她紧紧抿着唇,尽力平复着情绪,不想再说这些伤人的话语,他们何至于此。

"对——"

"是。"

荀秋一句"对不起"又憋回了嗓子,他说"是"。她愣了一会儿神,呆呆地开口:"'是'什么?"

薛均垂眼,缓慢地伸手把她的手握进了掌中,再展开。他忽然笑了一声,不带嘲讽,不带情绪,就是非常纯粹的笑容,他做这一切就像那天在 E 教外给她递玻璃瓶那样理所当然。

"我说,是,我是接受不了你不喜欢我。"

他另一只手从虚拢的大衣口袋里摸出了一个小小的东西,没有理会对面人愕然惊诧的神色,把它塞进了她的手心。

"这是什么?"荀秋盯着那个黑绒布盒子。

他说道:"圣诞礼物。

"荀秋,节日快乐。"

荀秋攥住盒子,气得额角都绷紧了。

这个盒子的存在无异于他承认了所有问题,他是在酒桌上关注着她,他是为了她才开始研究摄影,他是故意跟到这里来。

他不是喜欢她,是接受不了她不喜欢他,所以他才时不时在她脑袋前面放上胡萝卜,诱感她向他而去,却始终达不到终点。

荀秋感觉自己好像眼瞎了,她怎么会喜欢这种人这么多年啊?

可是为什么啊?

"为什么？"荀秋不理解，她怔怔地看着他们交握在一起的手，"你就这么缺人喜欢吗？我是你朋友的女朋友，你这样做合适吗？"

薛均摇头，很快松开了手。果然如他所料，荀秋下一秒就把绒布盒子掷了出去，从湿漉漉的地板滚过，直落进了门口堆着的海棠果盆栽后面，而荀秋目不斜视，一眼都没有再看它。

"失去你的喜欢，我会很难受。"

"你能一直喜欢我吗？"他的语气恳切。

荀秋分明是气极了，咬得嘴唇破出个口子，可她嘴角扬起来，是一个恨到极致的笑容。

"你有病，真的。"她彻底失望了，真没想到这份长达数年的喜欢会是这样好笑的结局，"薛均，你真的病得不轻，有空就去趟医院吧，或许去得早还能治。"

薛均看着她，眼睛里的暗光一点点消逝。灰黄的感应灯灭掉，细细密密的雨声重新占据了这个空间。片刻之后，他好像只怕气不死她，仍要继续问："你能不能——"

感应灯又亮起，薛均绵密的睫毛被映成黯淡的金色，他低着头，极力地压制住按住她的冲动，手指在衣料上轻轻摩挲了两下，收回来，又放进口袋。

荀秋突兀地冷哼，心里那团炽热的执着好像就快要熄灭，她打断他，压住了嗓子里高昂的惊喊——李霄野还在楼上，她不能不顾他的面子，在这里和他的兄弟大喊大叫地发泄情绪。

"不能。"她的声音很低也很冷，"或许我之前是喜欢过你，但那已经是过去的事。"

她看向他，眼里的挑衅很明显，她以进攻来保护自己："薛均，别自以为是，没有人会不求回报地一直喜欢你，更何况是你我这种关系。"

"你我这种关系？"他怔在那儿，重复，好像有看不见的雾把他包裹起来，眼前开始变得模糊。

"'朋友喜欢的女孩'，不是吗？"荀秋笑起来，这个称呼经年折磨着她，终于在此刻落定。她崇拜的神像破损了，薛均也不过是个普通人罢了，虚荣、伪装、卑劣。

薛均愣了几秒，忽然笑了一声："你根本就没看我的微博，是吗？"

他走近一步，荀秋即刻皱眉。

"请你注意分寸。"她一字一顿，"我上去了。"

"你听我说。"

他们同时开口，可荀秋没有停下，快步登上了阶梯。

"荀秋！"

薛均的声音带着焦急，伸手钳住了她的手腕。下一秒，一股很大的力量迫使她往后倒去，失重感来得太突然，她来不及惊喊，薛均就已经揽住了她的肩膀，稳稳地把她接进了怀中。

他身上的衣服是李霄野的，带着她很熟悉的香味，略带一点潮湿。薛均收紧了手臂，下巴擦过她的发顶，又从她耳旁掠过。

苟秋又惊又怒，他是吃错药了吗？他要干什么啊？她回头恶狠狠地瞪了他一眼，抿着唇使劲挣扎。

女孩的身体这样柔软娇小，他几乎没用什么力气就按住了她："对不起。"

一开口，温热又急促的呼吸传递过去，怀中的人霎时安静下来。

事情到这个地步绝对不是他的本意，可不知道为什么，在她毫不留情转身而去的时候，他的动作已经快过脑子。

"吱呀"一声门响，有轻轻的脚步声从三楼传来。苟秋脸色一下就变了。爸爸对家庭的背叛让她鄙视，她绝不会允许自己做同样的事情，更不会把这种无穷无尽的痛苦带给深爱自己的人。

她立即抬肘狠狠撞在身后人的肚子上，薛均猝不及防，环在她腰间的手微微松开。

她终于挣脱了钳制，惊逃中险些再次踏空，她双手紧紧扶住楼梯，"噔噔噔"地跑了上去。

"宝宝？"李霄野揉着翘起的头发从楼梯口走下来，半个哈欠还没打完，看见苟秋惊慌失措的样子，立即咽了回去，快步上前扶住了她，"怎么了？"

苟秋一下扎进他怀中，揪住他的衣服，大口大口地喘气。

"这是怎么了，宝宝，你去哪里了？"他急急地询问，目光掠过楼梯下站着的薛均，霎时有了不好的猜想。

苟秋知道他要误会，伸手把住了他紧握的拳头，低声解释："我刚下去喝水，结果上楼的时候踩空了，差点摔下去，是薛均扶了我一把。这个楼梯好窄啊，吓死我了。"

苟秋语带哭腔，李霄野再顾不上其他，一手把她捞进怀里，低声安慰："怪我，以后我们不住这种地方了，没事了。让我看看，没伤着哪儿吧？"

女孩摇摇头，脑袋埋在他胸口怎么都不肯挪动了。他身上干爽的气息让她的心慢慢变得平静，李霄野就像一颗加了蜜饯的解药，她使劲嗅了嗅，轻声回答："我就是吓到了，我们回去好不好？"

"好，好。"李霄野答应下来，在楼梯扶手上轻拍了一下，玩笑般安慰道，"楼梯坏，打它。"

"毛病啊。"苟秋一下子就笑了，斥他幼稚，心情也稍微好转。

-161-

李霄野揉了揉她的头发，给薛均露了个抱歉的笑容，就跟她回到房间去了。

没事，等雨停了，这一切痛苦就都结束了。

说不清是什么机缘，君山岛冬季暴雨百年难得一遇，就这样的概率也被他们遇上。下午停雨时，景区几乎上演荒岛求生，旅客们分批乘坐红色小游艇离开，排在后头的人只得继续在酒店多待一晚上。

吊脚小楼设施齐全，冰箱里也有些新鲜食材，不至于让他们生活困难，只不过李霄野在忙工作，没什么时间做饭。几个人勉强吃了两顿没什么滋味的面条，荀秋终于受不了了，揪着李霄野的耳朵让他别再理会同事那些鸡毛蒜皮的小问题。

"我饿了！"

"行行行。"李霄野站起来，一边歪着身子把状态改成"忙碌"，然后把电脑推得远远的，笑道，"宝宝当然是我的第一要务，我马上就去厨房，想吃什么？"

"有什么吃什么吧。"荀秋补充，"要吃肉。"

饭做得比她想象中快，没过半小时，他们已经拖开椅子坐在了一楼的餐厅。

"这么快啊？"荀秋瞧着桌上冒着热气的糖醋排骨，糖色上得好漂亮，白芝麻撒在上面，看起来让人食指大动。

她刚一伸筷子，听见李霄野说道："嗯，薛均下午就把排骨拿出来解冻了。"他夹了一块排骨放在荀秋碗里，对薛均笑了笑，"我是真不知道你竟然还会烧菜，真的厉害了，你什么时候学的啊？"

薛均勾唇微笑："吃你的吧。"

荀秋顿了顿筷子，把排骨拨到了一边，伸手想去夹眼前的土豆丝。这个宽度的土豆丝，一看就是李霄野切的。

李霄野："哇，你的酸辣土豆丝也炒得不错啊。"

香气勾得肚子"咕噜"叫起来，荀秋合了合眼，迅速扒了两口米饭，夹起糖醋排骨恶狠狠地咬了一口。

4

大四的实习项目在下学期开始进行，李霄野曾经建议荀秋直接来 ST，可荀秋不想让别人觉得她是"关系户"。

她的路径优化程序在之前的开发者大会上小出风头，因此得到了一张 NEX 主管的名片，她一直很珍惜地收藏着，最后也选择去了 NEX 实习。

可 NEX 和 ST 属于你死我活的竞争关系，荀秋进 NEX 要做背调，自然而然

-162-

不能和 ST 实验室的组长是情侣关系。

对彼此的信任让他们甘愿转入地下恋情，他们三月在甲方公司的竞标会议上偶遇，荀秋才知道李霄野工作时的攻击性有多强。

那天晚上李霄野特别缠人，只怕自己的不客气要让她恼怒。

荀秋说："不会啊，我没生气。但是我觉得你好厉害。回去之后，主管都想找猎头去挖你了。"

"真的？"他的唇角上扬，很是得意地抱住她，"可是我看你们那个技术员很不顺眼，一场会议下来，他看了你二十五次。"

荀秋失笑："二十五次？你数了？"

他明明一直在解说项目，哪里还有空注意这些啊？

"数了啊。"他吻她的鼻尖，气恼般，"好啊，你都不问他为什么看你，看来你是知道他的意思了，他在追你？"

荀秋进 NEX 两个多月，所在的项目组技术还不算成熟，许林是隔壁组的技术员，倒是一直很热心地帮他们。他是有想请她出去吃饭来着，可她没有同意过。

荀秋眼神游离："没有……吧？"

李霄野"哼"了一声，揉揉她的脸，放她去洗漱了。

荀秋刚一拉上浴室的门，恰好电脑就"叮咚"响了一声，李霄野顿了顿，移过电脑来看，原来是论坛里一个 ID 为"Aling"的人给她发消息。这是许林？他咬了咬牙，两人还是互关。他点开消息，页面开始加载，是休闲区一个跟猫咪相关的搞笑帖子。

李霄野愣了愣，他打开手机，点开和荀秋的对话框。他工作起来总是很忙，今天和荀秋都没有发过消息，可是那个许林整整给她发了三条，都不是什么正经事，分享乐子罢了。

小信封是打开的，表明她已经看过了，只是没有回复他。其实李霄野知道，荀秋很少这样不回复别人的消息……或许他们是当面聊过了，所以不用回复。

他点开荀秋的发帖记录，看见她也在某个帖子里标记了"Aling"，他屏住呼吸点开详情，不是单独的标记，后面还跟着一串用户名，但"Aling"在第一个。

他的心一下子揪起来，酸胀充斥着胸口。他靠后倚住椅背，双手交叠，重重地呼了一口气。

荀秋在 NEX 的第一个项目在五月底结束。效果远超预期，王组长对她的勤勉和熟练很满意，只不过要转正的话，还要等她考研之后，否则学历在公司那边过不了关。

另外还有一点他不太满意，就是这孩子有点木讷，明明在做演示时还能说会道,一带出去团建或者和甲方交际,她又是酒精过敏,又是内向少言。

"不好意思,秦总,我们家开发喝不了。"许林挡住了微醺的男人,举着杯子一饮而尽,笑道,"我代她喝了,好吧?"

男人意味深长地挑眉,看向他身后的女孩,笑得有点奇怪:"你喝都喝了,还问我,该谢谢我给你机会表现吧。"

许林礼貌的微笑不变:"当然,秦总。"

他又满上酒,端杯起身再敬过去:"以贵司一直以来的关照,一杯怎么够?"他拉过一个男同事,一起举杯,"难得有这个机会,我们再敬您。"

苟秋看着许林连续喝了三四杯酒,实在有点惶恐。她今天本来是不必来的,可那个秦总非点她的名,说有点问题要请教开发,可是来了他们就只是喝酒。

聚会十一点多结束,组长给秦总找了个代驾。大腹便便的男人让车停在一众等出租车的员工旁边,放下宝马车的窗户,上下打量着苟秋:"小开发,你住哪里?上来吧,我送你回去。"

苟秋一噎,低头瞧见安全带在他肚子上勒出一道很深的痕迹,觉得自己的眼睛受到了污染,忙移开视线。

许林一手按在宝马车上,笑道:"秦总您是住在巴南吧,不顺路啊。"

他微微躬身看向车窗,做出很恭敬的样子,开玩笑:"您放心,我一定把我们开发安全送回家,绝对不会耽误您明天上线发布会的事。"

秦总也不勉强,意味深长地笑了一声,宝马车亮了亮刹车灯,驶离了塑胶跑道。

许林好像喝多了,扶着脑袋,脸有点红。他慢慢直起身,去看旁边的女孩。

五月的晚风带有寒意,苟秋跺了跺脚,礼貌地谦让着,让同事们先打车,她要等人走完再去对街。李霄野的车就停在对面槐树的阴影下,黑灯瞎火,不算特别显眼。

慢慢地,就只剩许林和她,可惜出租车一直都不来。

暖色的路灯光落在她身上,透出沉寂温柔的美。

或许是喝了酒的缘故,许林看了一眼对面的揽胜,笑了一声说:"Litchi,ST科技那个李霄野是你男朋友吗?"

苟秋不可思议地瞪了瞪眼睛,又很快恢复。可惜她也知道自己一瞬间的神情已经给出了答案,她不解地瞧了许林一眼,不懂他是什么意思。

"你的论坛账号。"许林不卖关子,直接揭晓答案,"以前和他是互关状态,但是你进NEX的第二天,双双取消关注了。"

千算万算,苟秋没算到许林很久之前就关注了她的账号,更有闲心去瞧她的关注列表。

"我没想到会这么巧。"许林笑,"关注的人突然就到隔壁组实习了,Litchi,这也算是一种缘分吧。"

出租车及时出现,许林不再多说,打开门,冲她点点头:"到家了记得在群里报平安。"

荀秋一脸欲言又止,许林笑:"别怕,我没有告诉任何人。这是你的私事,而我们是朋友,你可以相信我。"

出租车很快离开,荀秋紧着一口气,飞快地穿过马路,拉开揽胜的车门蹦了进去。

李霄野嘴角压着,没好气地看着主干道的方向:"他和你废话啥呢?一个大男人,一天天的有这么多话要说?"

"谁的话能有你多啊?"荀秋轻轻笑了一声,停下系安全带的手,撑过去看他,"李霄野。"

"干什么?"他转过头。女孩仰着脖子,丰盈的唇红得艳靡,水色杏眸浮动着清甜的笑,他心中忽然躁起来,但气还没消呢,他又看向前方,只把脸颊往她那边凑了凑。

荀秋靠过去很响地亲了一口,笑道:"走吧,小气鬼。"

李霄野也笑,打着方向盘掉头,嘀咕着:"我还小气啊,没上去揍他算我有修养了。"忽然想起什么似的,他下巴一点,"宝贝,你打开储物盒看下。"

"什么呀?"荀秋按了下,干净整洁的盒子里静静地躺着个塑封袋,"这个吗?是什么?"

她拿近,里面是两颗珍珠耳钉。她打开,将耳钉倒在手心里,圆润的白珍珠饱满耀眼,漂亮得让她目不转睛。但这是什么意思,李霄野没道理送她东西都不用个盒子装吧?

"你瞧瞧,这是你的东西吗?"他目不斜视地开着车,解释道,"就是去年圣诞节我们去君山的时候,你还记得吧?"

"嗯。"

"房东寄过来的,说是我们落下的,被下一个租客的小孩捡到了,但那小孩以为是玩具珍珠,就收进了行李箱,后来又送给了幼儿园的朋友。"

李霄野觉得这个故事非常拗口,吞了吞口水,又说:"然后呢,朋友的妈妈发现这个是真货,就又送回了男孩家,家长也不知道这玩意儿是从哪里来的,孩子就说是在木楼门后的盆栽那儿捡到的,现在盒子已经找不到了,只得这样寄过来。"

他看了一眼发愣的荀秋,又问:"是你掉的吗?"

黑绒布盒子里的珍珠耳钉转了大半个中国,最后竟然还是回到了她手上……

苟秋不想再惹麻烦，只好点头："对，我找了好久，原来是掉在那里了。"

李霄野笑，手指在方向盘上敲击着："为什么不和我说，再买一对就是了，怎么自己偷偷心疼啊？"

"才没呢。"苟秋把耳钉重新用塑封袋裹好放回口袋，嘀咕，"……便宜货。"

她无意贬低这份礼物的价值，只是它这样不合时宜，不对的时间，不对的人，还说什么"要一直喜欢他"……苟秋皱着眉，真是有病。

午夜电台里播放着《叶子》，缠绵悱恻的烟嗓唱着模糊不清的慢歌，时明时灭的光影掠过前窗玻璃。女孩眼中浮上几不可见的湿润，她很快侧脸掩饰过去，靠在窗户上，手慢慢放进口袋，不自觉地在塑封袋上轻轻摩挲了几下。

爱本不应该苦涩。

六月要做的事情很多，在 NEX 拿到了实习证明后，苟秋还要参加月底的论文答辩和接下来的毕业晚会。

早上，李霄野陪着苟秋在寝室搬东西。之前她已经收拾得差不多了，她看着手上已经注销的校园卡，突然想起四年前的八月底，严知从楼下跑上来，把刚注册好的卡一张张地放进她的卡包。

转眼间，四年了。

桌子上的手机"嗡嗡"响起来，李霄野正在旁边，顺手拿起来想递给苟秋，无意看了一眼来电人，"哼"了一声。

苟秋愣了愣："谁啊？"

阴魂不散的前男友，李霄野撇嘴："严知。"

这个时候那边都是半夜了吧，他有什么事呢？苟秋忙伸手："给我！"

严知没别的什么事，只不过来问候她毕业。

"苟秋，毕业快乐啊。"严知那边很安静，轻轻的笑声落在风中，听起来很落寞。他同样想起开学那天，他们忙来忙去，又牵着手走在校园里，亲吻、争吵，为对方思绪起伏，辗转难眠。

两个人有着一样的愁绪，说了一会儿。李霄野那边的电话也响了，他的声音可没有放低，大大咧咧地拉过椅子坐在苟秋对面，牵着她的手放在自己腿上："喂？什么事？"

严知的愁绪霎时消散了。

苟秋在那边和严知聊些有的没的，李霄野没想太多，挂断电话后继续手上的事。苟秋的抽屉很整洁，几个敞口小盒子分区摆好，里面有一些唇膏、钢笔、硬币之类的小东西。他把小盒子拿出来倒腾，忽然见到底下垫着一张白蓝底的大信封，这东西他很熟悉，就是东大的录取通知书。

他随手摸出通知书打开,却不想里头还夹着东西,一枚塑封的枫叶书签飘到了地上。他弯腰拾起来,上面的钢笔字迹有点模糊,看起来有些年头了,但是保存得极好。

"……隙驹易过,人当寸惜乎阴……"他辨认了一下,原来是一首珍惜时光的诗。

听到诗句,苟秋的脸色一下就变了,猛地抬起头看向他,继而目光慢慢下落,又在看见书签的那一刻轻轻闪了闪。

有一瞬间,李霄野几乎在她脸上看见了责怪——这让他心里很不是滋味。这是什么意思啊?这不就是一枚书签吗?他摸一下都不行?

他的心情瞬间跌到了谷底,他理所当然地认为这个书签与严知有关。他不反对苟秋和前男友像普通朋友那样联络,可这并不代表他愿意看到她对前男友相关的事反应这么大。

他沉默了一会儿,勉强笑了一下:"我不该动你的东西,对不起。我只是想看一下通知书。"

"我知道。"苟秋察觉到他的情绪,也内疚自己给他带去的负面感受。

她挂掉电话,上前在他蓬松的头发上安抚般地摸了摸,问道:"生气了?"

"没有。"李霄野很快否认,但按不下起伏不定的胸口,呼了一口气,叹道,"哎,有一点点吧。"

李霄野和苟秋约定了有话一定要直说,千万别扭捏造成不可挽回的误会,就比如许林在论坛给苟秋发消息那件事,李霄野觉得很不爽,那天等苟秋洗漱完出来,他便直接问了。

苟秋没有回许林就是因为不想和他一直聊,大家都是成年人,几次没有回应,他自然不会再继续,而不是李霄野认为的"私下有了什么接触"。至于她让许林看的那个帖子,也是与工作有关,许林之所以在第一个,仅仅因为他的ID是"A"开头。

瞧吧,事情说开之后,一切因为想象力而产生的苦涩感都烟消云散了,李霄野也不用自我纠结到发疯。

可这次有点不一样,李霄野侧过脸,漫不经心似的:"书签是谁送你的啊?"

苟秋不愿意回答。她认为自己保留这枚书签,只是因为它是朋友送的友谊礼物,是纯真真切切的过往时光,绝对、绝对、绝对不是因为她还喜欢着薛均。

可她那一瞬的表情作不了假,她不愿意李霄野难受,立即从信封里把落叶书签拿了出来。

这么多年它一直被压得整整齐齐,四个角都丝毫没有卷边,加上苟秋长期要敲键盘,指甲剪得圆圆润润的,剥起来就有点费劲。她拨弄了几下,卡片发出"咔咔咔"的声响,她有点恼怒,把它捏在手里,使劲握了握。

李霄野吓了一跳,站起来看她的手:"宝宝,不是,我不是这个意思啊。"

塑封锋锐的边角鼓起来,压几下就有了痕迹,李霄野心疼坏了,把书签放在一边,对她的手掌吹了吹气,哄道:"对不起,宝宝,我真的只是随便问一下,不是要你把它怎么样的意思啊。放着吧,好不好?我们不提这个了。"

可荀秋没有要罢休的意思。

老天,只不过是一枚书签而已,她的心脏凭什么要这样一抽一抽疼得不能自已?

不止薛均有病,她更是有病。荀秋觉得自己好像分裂成了两个人,一个泪水涟涟地央求她好好保留这份记忆,另一个则叫嚣着她必不可能输给一枚书签。

酸涩的爱意溢满,和另一种汹涌的恨意翻滚搅拌,跌宕的业海波浪一遍遍冲刷心肺,有个声音在厉声质问:"你为什么三心二意,这样的你,和你鄙视的人有什么区别?"

不可能的,她不可能输给书签,不可能输给薛均,更不可能在有男朋友的时候"一直喜欢他"。

李霄野发现了她的不对劲,可他不明白她究竟怎么了。懊恼中,他紧紧将她圈进怀里,试图用拥抱来缓解她的负面情绪。

荀秋的眼泪没有声音,只有微微颤动的背脊,和脸上纵横交错的大片水渍,勉强证明着她的失措。

李霄野说不清自己的感受,如果这段感情中注定有一个会受伤,他绝不愿意那个人是荀秋。

他闭了闭眼,想说什么,可荀秋轻轻推了他一下。他垂眼看下去,怀里的人眼角红红,脸上的表情委屈又可怜,像只被逮住的兔子。

荀秋扁着嘴巴,轻轻喊了一声:"老公……"

李霄野被她这样子弄得浑身都麻了,紧紧搂她在胸口,连声哄着。荀秋"呜呜咽咽"地靠着他,仰着脑袋把湿缠的吻送上来。

"李霄野,你爱不爱我?"

"当然了。"李霄野捧住她的脸,雾色沉沉的眼睛对上她的,认真地道,"我永远都爱你。"

多巴胺的持续跳跃带来治愈和快乐,温暖的拥抱、蓬勃的欲望、不加掩饰的索取和渴求……爱应该就是这样的,荀秋感觉好多了。

东西很快就收拾完毕,李霄野提着大件先走出去,回头一瞧,荀秋依然没有出来,他觉得奇怪,又走回去喊她。

女孩立在桌子前,手里握着刚才他明明收进小包的美工剪刀,落叶书签已经碎得不成样子，但是她没有停下，面无表情，一下下把它剪成了碎絮。

做完这件事，她把垃圾桶提起来卡在桌子旁，扬手把所有东西都扫了进去，接着又把垃圾袋捆住拎在手上。看见李霄野目瞪口呆，她慢慢露出了个笑容："好了，走吧。"

这件事简直成了李霄野的心病，她到底为什么会这样？那枚书签会不会和她的家庭有关？她明明很珍惜，又为什么要剪毁它？

这种心不在焉持续到晚上，李霄野忽然灵光一闪，他可以找薛均问一下啊，薛均和严知那么熟，应该也知道一些关于那枚书签的事。

九点多，薛均和组员们从研究所出来，临近毕业，他搬进了学校统一为特招生准备的寝室。

衣服口袋里的手机无声地亮着光，经身旁人提醒，他拿出来看了下，接通。简单几句寒暄后，他垂眼安静地听了一会儿，脸色越来越沉。

寅初亭的寒风好像一下子全从他的背脊上吹过，力量大得几乎将他撞到踉跄，他猛地停下脚步，用手里的书紧紧压住了急跳的心脏。

同行的人停下来等他，疑惑地看着他忽然白下来的脸色："薛均，你怎么了？"

薛均侧过身微笑，和他们告别："你们先回去吧，我这里还有点事。"

电话那头的风很大，薛均仰头看了一眼乌云盖顶的天幕，喉咙里滚出一声闷闷的"哦"："你是说，一枚枫叶书签？"

僵硬的四肢好像快要支撑不住身体，他呼了一口气，就近在亭子里的石凳坐下，蓬松的头发垂落着，遮盖住眸中风云滚动的不知名情绪。

片刻后，他笑了一声："然后呢，你想问什么？"

李霄野有点着急，直接忽略了对方口中几不可闻的讥讽："我就想问一下，你知道是谁送的吗？"

"不知道。"

三道紫色闪电落入远方的山后，白光炸出缙云山蜿蜒曲折的脊线，轰隆隆的雷声彻响，天幕震颤，乌云涌动，大雨在下一秒倾泻如注。

步道上的雾大学子惊喊着往寅初亭靠近，薛均挂断电话，长长地叹了一口气。

她明明之前一直把那枚书签好好地带在身边，为了照顾李霄野的感受，就能亲手把它剪成一堆垃圾？

为什么呢？李霄野甚至都不知道那代表了什么。

原来她那样在意李霄野吗？

密集的雨珠沿着八角亭滚落，朦胧的水雾腾起，又凝成水珠压在薛均长长的睫毛上。他眨了眨眼，捞起手机看时间。

接到薛均的电话时，苟秋正躲在空调房里吃着车厘子看美剧。三层玻璃窗的隔音很好，拉上窗帘后，有一种隔绝尘世的安静。

电话铃声响得突兀，着实吓了苟秋一跳。她急忙放下怀里的玻璃碗，冰水沿着边缘落在她的手掌，又随着抬手滑过小臂。她扯了几张抽纸随意擦了擦，拿起手机，没来得及细看那一长串数字就按了接通。

"喂？您好？"她一手把电话放在耳旁，一边弯着腰去擦拭茶几上的水渍。

电话那头沉默了一下，突然笑出声："苟秋，你没存我的号码？"

苟秋停下动作，疑心自己听错了，薛均怎么会忽然打电话过来？她拿开手机看了一下，是他的号码没错。

她放下纸巾，慢慢在沙发上坐定："什么事？"

薛均的声音淡淡："我在楼下。"

"什么？"苟秋不明白，"什么意思？"

薛均抿了抿唇，往屋檐后躲了躲，说道："我刚才有点事路过龙湖公园这里，还没来得及走就突然下大雨了。所以，你能不能下来一趟？"没等她拒绝，他又立即补充了一句，"就是，能借伞给我吗？"

"借伞？"苟秋走到落地窗前，拉开窗帘看了一下。外头烟雨朦胧，城市已经没入深沉的雾中，"你在哪里？"

"三栋一楼大厅。"

虽然不知道他要办什么事得经过李霄野家楼下，但雨这么大，也不能让他淋着出去打车吧。

苟秋在鞋柜拿了一把折叠伞，想了想，又去卧室把那个包着耳钉的塑封袋也揣上了。来得正好，她可以把这个还给他。

电梯缓慢地下降，苟秋看着门上的倒影，忽然发现自己的心情过于平静了，像是一种刻意的压抑——她否认自己对薛均的心意，已经到了回避与他相关的一切情绪的地步。

"现在下去，就是因为下雨了。"她解释给自己听。

"叮"的一声，电梯门缓缓打开。薛均站在一楼大厅入口的玻璃门外，浑身湿透了。雨水从他完全拢起的头发上落下，浅色衬衫紧贴在身上，隐约可见他腹间起伏的肌肉线条。

苟秋迟疑了一下，收回视线："怎么淋成这样啊？"

她走了几步，把伞递过去。

可薛均不接，一双水润清透的眼睛望着她。

苟秋晃了晃手中的伞，抬眼看他："薛均？拿去呀？"

她又想起什么，恍然地"哦"了一声，从口袋里摸出塑封袋："这个，还你吧。"

"为什么不收？"他的声音略有点嘶哑，"是因为李霄野吗？"

他忽然靠近了两步，苟秋急急后退，被他困在了入门沙发和玻璃门的夹角。她的腿在急退中撞上座椅，步子乱踩了几下，"咚"一声，她稳稳坐在了沙发上。

她抬起手，气急败坏地推了他一下，可薛均岿然不动。她咬着牙，仰着脑袋看他，清澈的眸子里燃着两簇小小的火苗。

"对，因为我有男朋友，你不知道吗？别再送我东西。"她看他无动于衷，只好警告他，"如果你不拿回去，我就会把这件事告诉李霄野，你们朋友一场，没必要闹得这么难看是不是？"

薛均面无表情，幽灼的眸子睇下来，他的理智好像已经被熊熊燃烧的炉火覆盖："告诉他什么？"

苟秋一滞："告诉他你……"她还真不知道怎么开口，他怎么能这么无耻地问出这种问题来？

他重复一次，声音沉静平稳："你要告诉他什么？"

"告诉他你把我送的落叶书签带在身边，告诉他你每个课间都在走廊等我经过，告诉他你在考场留下我的数学草稿纸？"

"告诉他你来我的博客又删掉访客记录，告诉他你在做体操的时候踩我的影子，告诉他你为我国旗下的讲话鼓红手掌？"

"告诉他你在正气廊后的灯石上刻过我的名字又磨掉，告诉他你把化学笔记誊抄整齐才给我看，告诉他你午睡时故意侧头和我在一边？"

苟秋简直不敢相信自己的耳朵，为什么薛均会这么恶劣？他明明自始至终就知道，他明明每一件事都记得，他为什么要说这些？就因为他不允许她喜欢李霄野甚过于喜欢他？

"苟秋，你可以告诉他你卡在零点给我发'新年快乐'还要装作群发？告诉他你做的第一个插件就是用来在雾大贴吧检测与我有关的黑帖并自动举报？还可以告诉他，我在君山抱过你？"

薛均觉得自己已经完全失控，喉咙里涌出腥甜的灼烧。他僵硬地吞咽，可惜没有好转，惊慌和紧张让他绷紧了身体，他不知道自己要的是什么答案，可他依然开口询问。

"你可以告诉他你喜欢我吗？苟秋？"

薛均以这种方式揭露她不愿示人的秘密，于苟秋而言不亚于战争前的挑衅。原来他就这样冷眼旁观着一个女孩自以为是的依恋，暗地里把她当作实验品一样研究记录，一旦数据偏离了他的预计，他就开始像现在这样焦躁不安。

玻璃门外沉闷的雨水猖獗地敲击着地面，浓雾暗云，潮湿黏稠的气氛中，薛均长久而沉默地注视着她，像用一根无形的绳索捆绑住了她的心脏，冷汗浸湿了后背，荀秋微微后仰，感觉自己快喘不过气来。

薛均耷拉着眼皮，声音低哑落寞，祈求般地问她："你可以告诉他你喜欢我吗？荀秋？"

"不可以！"荀秋猛地站起来，完全不在乎眼前人突然僵硬的身体，她恨得厉害，眼神中也带上了讥诮、冷漠，或者一切可以掩盖泪水的尖锐情绪。

她想明白了，大概是李霄野和他说了落叶书签的事，于是他觉得她脱离了掌控，想要用这种方式来提醒她，不要偏离了他的实验航线。

一楼拐角处安装了监控，荀秋不想让任何人有看笑话的可能。她合了合眼，努力压制着愤怒："不如你坐下来和我好好说说，你到底想干什么，应对需求制订方针，比我们闭着眼睛胡言乱语要来得合理得多不是吗？"

薛均静静地站在那里，一动也不动，阴影投射在她身上，那种莫名又危险的气势，让她觉得很不自在。

她试图说服他，可薛均明显心不在焉。很快，她就失去了耐心，冷笑道："薛均，我不知道你想做什么，大半夜淋着雨跑到这里来，难道是想让我和李霄野分手吗？"

薛均低着头："如果我说是呢？"

荀秋毫不犹豫："我可以明确地告诉你，我绝对不会对他说那些莫名其妙的话，更不会做任何有可能会伤害到他的事，包括保留那枚书签，所以你——"

"别说了。"薛均突然打断她。

他脸色有些苍白，站在那里，低落的气压环绕着，好像整个人都陷进了泥潭沼泽。荀秋愕然，她实在不知道薛均有什么立场做出这副模样。

很快，她反应过来，这大概是他给她的"胡萝卜"中最美味的一种——他根本什么都不用说，只要落寞地垂下脑袋，她就会不自觉地放低声音，心里也塌下一片柔软，反思自己是不是做得太过分了。

荀秋的怒火重新燃起，扬起声音："为什么别说了？你骗我下来，还把我堵在这里说这些莫名其妙的话，和当初那个白东又有什么区别？"

薛均眸色骤然凝住，抿唇看向她。怔默片刻，他声音里有微不可察的颤抖："在你心里，我……"

他艰难地吞咽，总算退开一步，拉远了与她的距离。他没有继续说下去，落在身侧的手却攥得很紧，冷白的手臂上鼓起青色脉络，像在隐忍着什么。

荀秋知道她不该把他和白东相比较，只是她不愿意为这句失言退让。她咬了咬唇，侧身把地上的雨伞拾起来递过去："你走吧，薛均，别再打扰我和李霄野，我真的不想再因为你的事伤到任何人了,而且他是你的朋友。"

她停顿一下,又说:"当初你不是还帮他约我去吃饭吗?现在我和他很好,你应该高兴不是吗?"

薛均垂着眼,半晌,点了点头,伸手握住了伞身:"好。"

苟秋松了一口气:"好,那你路上慢点,注意安全,我就先回去了。"

薛均又说了一个"好",苟秋放下心来,下一秒,余光却见一个黑影快速跟上来,她忙转身,没等看清,强势而灼热的气息一下覆盖了她。

这件事不过在片刻之间,却好像被按下了慢速键,她在混乱的对峙中闻到了薛均身上淡淡的香气,大概是某种洗衣粉留下的,像暖暖的棉花,清新洁净,又因为淋了雨,带着一丝水润的潮湿。

"薛均!"苟秋又气又急,去掰他的手臂,未果,而后她奋力地抬起头,捏紧拳头用尽全力地挣扎,"放开!"

薛均手臂收紧,用力地把她摁进怀中,一言不发地任她捶打。热度透过薄薄的衣衫传递,这样真实的温暖安抚住了焦躁的心脏,他慢慢恢复知觉。

女孩玲珑的起伏蹭过他紧绷的身体,不可思议的柔软触感像细细的电流,忽然窜起,又漫过四肢百骸,让人战栗到窒息。他喉结上下滚动了几轮,神智仅存一线,他知道自己想要的远远不止一个告别的拥抱。

他尽力地缓和着错乱的呼吸,扫了一眼她红润柔软的唇,昂首狠狠闭了闭眼:"苟秋……"

外面滚过轰隆的雷声,他伸手钳住了她下颌,低头小心凑过去,将亲吻落在她微闪的眼睛上。

温软一触即分,他粗糙的指腹却依旧流连在她的眉梢眼角,可耻的战栗和酥麻从脊背攀升。苟秋的睫毛颤了颤,睁开眼睛,不可思议地看着他。

"再见。"他忽然笑了一声,捏了捏她鼓起来的脸颊,就像他在无边的想象中,把与她打闹玩笑的男人换成了他自己——然后他松开了手。

苟秋脱离了控制,毫不犹豫地甩过一个耳光,手掌擦过他的脸颊,响亮的一声回荡。女孩羞耻到发颤的声音怒斥:"滚!"

"好。"薛均白皙的脸上迅速浮现一个浅色的巴掌印。他侧过黯淡的眸子,伞也没有拿,只身走进雨幕,不过短短一瞬,雾色霎时吞没他的身影,他的步伐太快了,快到显得狼狈。

苟秋拎着伞,面无表情地回到家,停在玄关的矮凳旁,使劲揩了揩湿润的眼睛。

她拉开柜子,两双小白鞋整齐地摆在鞋柜里。这是上周末李霄野帮她刷的,又不知道什么时候已经晒干,被他串好鞋带放在这里,以便她随时取用。

她本是不愿意让别人替她刷鞋的，可李霄野不甚在意。

"我力气大啊。"他微微弓着身子在洗手台处理，"你上次刷完不都说手酸吗？这个交给我就行了。"

他回过头，展开满是泡沫的宽大手掌，笑："宝宝，你穿多少码啊？就这么点儿？"

苟秋抱着双臂靠在浴室门框上，哼笑着，故作严肃状："好好干活，别偷懒。"

李霄野笑："是，大小姐。"他把脸凑过来，"奖励呢？"

苟秋伸手揪住了他的耳朵："够不够？"

他可怜巴巴地求饶："够了够了……快放开，泡沫要掉下来了。"

苟秋把干净的鞋子握在手里，终于忍不住扶着凳子慢慢跪下来，痛哭出声。

5

之后整整两年的忙碌中，薛均再也没有出现过。

苟秋研二时继续在 NEX 实习，并且最终入职商法岗，许林是她的组长。

她和李霄野的工作都很忙，早晨八点出门、晚上九点回家都是常态，如果另外加班，还会更晚。周日偶尔休息，两个人可以一起交流工作，或者出去玩。但讨人厌的许林总会在十一点左右打电话来复盘项目或者补充案例，去外地拜访客户也会提前在周日出发。

李霄野一边陪她收拾行李，一边抱怨："拜访客户用得着全员出动？你们组长是废物啊？"

苟秋深有同感，愤愤不平地说："他们还说公费旅游是福利呢，周末过去就当是团建了。我真的笑了，周末团建和加班有什么区别？还好给钱，不然我才不去呢。"

说是这样说，可组长这样安排，她又怎么能不去？怪只怪 NEX 财大气粗啊。

李霄野笑："你们组是预算太多了，所以这样乱花？"

苟秋哪里知道这些，不置可否地"嗯"了一声，刚合上箱子，忽然有点兴奋地转头看李霄野："对了，周二结束后我们不回来，直接从蓉城坐飞机去京市。"

周五京市有个黑客马拉松，所有开发者、技术控或风投团队都会参加，NEX、ST 这些大公司自然不在话下，像苟天那样自己创业的团队也有不少，连谢知意入职的时越集团亦在其中。

"行吧。"李霄野心里有点堵。他知道苟秋一直想去京市，可是无奈他们俩都没空，这次怕是有人陪她去玩吧。

周三中午，苟秋发了一些景点照片。李霄野下班回来，躺在沙发上点开——

颐和园的花、长城上的云，还有全聚德的片鸭。没有人物合照，这是她一向的风格。

她是玩疯了吗？下午六点多发的信息到现在都没有回。李霄野意兴阑珊地丢开手机，捏着水瓶喝了几口，再拿起手机，点开照片下面的评论。

一眼看见那个碍眼的人。

Aling：京市欢迎你！

李霄野冷笑，这说的什么废话。他想了想，点进许林的主页，这人发了九张照片。他漫不经心的目光慢慢凝聚，片刻，他点开中间那张——荀秋乖巧地站在前面，歪着脑袋看向镜头，笑得清甜柔美；许林站在她正后方，两只手做成耳朵悬在她脑袋上，笑得眼睛都快看不见了。

没有其他人，是他们的合照。

下面的评论都在起哄，问他们的关系，夸荀秋漂亮，说他们般配。

都瞎了吗？李霄野冷笑，这一看就是借位，角度问题让他们看起来像靠在一起，但看荀秋这个状态，明显是不知道后面有人。

李霄野又随意地划拉了一下，忽然手指一顿。他在点赞列表里看见了荀秋的昵称，可这条动态是许林晚上八点发的啊……他退出来，切到和荀秋的消息栏，六点半，他发的那句"宝宝，吃饭没有？好想你啊"还孤零零地躺在那儿。

他咬着牙松开领带，掼在沙发上，拨通荀秋的电话，"嘟嘟"声响了很久，一直都没人接，只有冰冷的电子音播报让他稍后再尝试。

不安和躁郁如潮水一样拍过来，李霄野起身走到落地窗旁，看着窗外光影绚烂的霓虹灯，又拨了一通电话过去，同样无人接听。

他的手垂回身侧，脸色彻底暗下来。

黑客马拉松是今年才在中国兴起的编码潮流，一开始只是美国的软件工程师们交流切磋，慢慢催生出更多创意，演化成一种赛事，媒体推介、丰厚奖金、风投观望，让无数相关人员异常瞩目。

周五，李霄野作为ST科技的选手代表跟着发展总监的团队一起到达京市。

十月底的京市不冷不热，团队从西站乘坐主办方的商务大巴抵达COHT酒店。李霄野眯了一会儿刚醒，跟着大家下车往酒店里走，顺手摸出手机。

上车之前，他给荀秋发了信息。

而两分钟前，荀秋回了他：宝贝，我在大厅了。

李霄野脚步微顿，唇角轻弯，旁边人看他笑，揶揄："什么好事啊？"

"没什么。"李霄野按灭手机，揉揉耳朵，很自然地侧向大厅右边的长沙发座椅。荀秋妆容得体，笔直的长发卷成一个圆圆的髻，穿着一身烟灰色的西装套装，和谢知意坐在那儿，正远远地望过来。

"叮"的一声，又有消息进来。

深蓝：好啦，别看了，先去休息。

李霄野忍住笑意，在前台登记信息，眼睛却一直往沙发那边瞥。而荀秋已经没再看他了，手机"叮""叮""叮"又进了三条信息，一打开，三个很大的感叹号蹦出来，很轻易就能想象到她的羞恼。李霄野不再作死，怕她真的生气了，低头发信息。

李霄野：[可怜]宝宝，想你呀，好久没见到你了。

两个人几天不见，在信息里腻歪了几句，荀秋抿着唇，眉梢也染上了笑意。

谢知意看了直摇头："你们这还真是地下恋啊？公司管得有这么严吗？"

李霄野这两年晋升很快，现在已经是发展副总一助，接触到了更多ST的保密技术。而荀秋作为NEX开发岗组员，也参与了很多前沿产品设计。如果他们接触太过，容易引人非议。

"这样啊。"谢知意是以安全工程师的身份入职以地产商业起家的时越集团，这回跟着风投团队过来，专门为董事长解说所有他看不懂的东西。

说起这个董事长，谢知意的八卦之魂熊熊燃烧，她迫切地要和荀秋分享新听来的奇闻："我和你说，这种豪门是非好狗血啊！"

荀秋很感兴趣，忙放下手机，眼睛亮亮地看着谢知意。

谢知意非常满意好友这样配合，假意后靠，实则打量四周，然后俯身过来低声道："我们董事长是个吃绝户的'凤凰男'……"

荀秋"啊"了一声，下意识厌恶地蹙眉："真的假的？"

"对！"谢知意轻声道，"时越集团以前姓傅，现在的薛董是入赘的，走的是穷小子职员俘获继承人大小姐的路线。"

薛？荀秋心里没来由地一跳，而后又觉得好笑。仔细算来，她已经两年多没听过薛均的消息了，没想到突然听到这个姓氏，还是会立即联想到他。

她轻笑："然后呢？"

"后来啊，傅大小姐奉子成婚，又在生第二个孩子时羊水栓塞，没能救回来。"谢知意叹了一口气，"傅老爷子四十多岁才得这么一个女儿，娇养到二十几岁，结果白发人送黑发人，他受不了这个打击，一病不起。"

生离死别，确实沉重，荀秋听了心里闷闷的。

谢知意说着又咬牙骂了一声："就这样，时越交到现在这个薛董手里，结果第二年公司局势刚一稳定，他就不知道从哪里拎出一个私生子带到家里去了。"

"啊？"荀秋大吃一惊，刚才不还说薛董在追悼会上哭得晕过去，怎么就出现私生子了？

"所以说他会装啊！"谢知意义愤填膺地放下塑料杯，"原来这男人早年就已经结婚生子，刚搭上大小姐，就把人家母子藏到了山里，不闻不问整整八年，而且那个原配——"

她露出一言难尽的表情，摇头："听说还有一点精神疾病……你听过躁郁症没有？"

苟秋茫然地点头。

"薛董瞒得严严实实，根本没人知道！我就说这些男的——"谢知意突然住嘴，眼神中有一闪而过的惊慌，慢慢站起来。

"怎么了？"苟秋顺着她的视线看去。一群西装革履的人从门口进来，中间的男人众星捧月般昂着下巴，往这边看过来一眼。

这男人有些年纪了，可仍然保持着十分难得的自律型身材，长腿笔直，俊雅清磊，很有矜贵财阀的气质，就像电视里"给你五百万离开我儿子"的那种家长。

可苟秋瞧着瞧着，觉得他怎么有点面熟？

谢知意一边冲那群人点头，一边抓起随身包包，低声对苟秋说："苟秋，我得过去了，我们空了再说。"

她又挑眉补充一句："中间那男的就是薛董。"

薛……苟秋忽然心一跳，她知道那人为什么面熟了，如果他再胖上三十斤，头发再少一点，那不就是另一个七中的薛老师吗？

她使劲攥住谢知意的衣摆，追问："那、那个——"她实在无法用"私生子"这样的词来形容薛均，顿了顿又改口，"……那个孩子呢？"

谢知意迷茫地摇头："不知道啊，我只听说傅大小姐的两个孩子在公司历练，谁也不知道那个私生子去哪里了。"

苟秋一下松开了手，谢知意摇摇手机："再联系！"

"好。"苟秋怔怔地点头，目送谢知意小跑过去，把一份与会人员详情资料递给负责人，一行人就转到后面的电梯间去了。

从前李霄野的话再次在耳边响起："薛均不是薛老师的儿子……远房亲戚……离婚后送养到这里来的……八九岁才来的江城……"

这些线索好像串成了一条线。苟秋眼角轻跳，手机"叮"一声，是李霄野开玩笑发来的房间号。

李霄野：这房间好大，我一个人好怕。

深蓝：怕什么呀？

李霄野踹开拖鞋，倒在沙发上笑着给她回：怕幽灵啊，宝宝，你能不能来陪我呀？

他知道苟秋肯定不会来，平时他去 NEX 接她，她都像做贼似的，左看看右看看，一开始还让他必须戴上口罩，引得别人频频回头猜测……算了，等晚点忙完他们去别的酒店再开一间房见面吧。

苟秋没有回消息,不知道是不是忙去了。李霄野抬起袖口闻了闻,同行者的烟味沾在他衣服上了,他认命地起身,打开行李箱找衣服,准备洗个澡。

正洗得好好的,急促的门铃声响起,一次又一次,有一种不开门不罢休的霸道。李霄野来不及收拾,匆忙围上浴巾从浴室出来,心情不太好地从猫眼望出去,忽然一愣,等反应过来人是谁,立即拉开门,把住苟秋的手臂把她拉了进来,手肘横过去,门"砰"一声关得严严实实。

"宝宝?"李霄野伸手摘了她欲盖弥彰的口罩,垂眼笑得灿烂,"NEX的开发妹妹,胆子好大啊,敢来我这里按门铃?"

ST一行人全部被安排住在这一层,随便出来一个人就能看见她了。

苟秋没好气地瞪过去一眼,拧住他的手臂扔开:"别把我的衣服弄湿了。打你电话怎么不接啊,你在干什么?"

他在干什么这不是很明显吗?李霄野无辜地摊手,发梢湿答答的几颗水珠落到他高挺的鼻尖,停顿了一下,又滴过修长凸出的锁骨,很快砸进他腰间的白色浴巾。

苟秋的目光顺着水滴下行,忽然滞了滞呼吸。半晌,她眨眨眼,有些忘记自己为什么这么着急要来找他了。

她吞咽了一口,嘟囔着问:"这个时候洗什么澡?"

美色当前,她也不用忍,伸手要搂他。李霄野哼笑着俯身配合她,两人紧紧相拥,他覆在她颈间吻了吻,意有所指:"这下不怕湿了?"

"李霄野!"苟秋咬牙切齿,开始倒打一耙,"臭不要脸的男人,衣服也不穿就给别人开门,你想干什么?"

李霄野"啊"了一声,大喊冤枉:"救命,我看着是你才开门的啊,我哪会随便给别人开门啊,宝宝——"他撒娇似的拉长声调,指尖在她耳垂捻了捻,眸色变得有些痴迷,"想亲亲,带口红了吗?"

苟秋"嗯"了一声,两手揪住他的浴巾,抬首引颈。李霄野不再犹豫,低下头衔过湿润的吻。

勾缠缱绻的深吻卷起热浪,又在濒临失控的边缘骤然停风。李霄野粗喘着放开她,小心地整理她有些皱巴的衬衫,声音低哑:"时间太紧了。"

"嗯……"苟秋从无边的眩晕中回过神来,细细地喘了几口,捧住李霄野的脸颊左右啄了两下,艳靡的唇轻咬,她终于想起了自己的目的。

"都传成这样了啊!"李霄野咋舌。

"所以是真的?"苟秋着急地追问,"薛均真的是……那个薛董的那什么?"

李霄野挠了挠头:"也差不多吧,反正董事会不肯认,薛均去蓉城待了一年就被送到薛老师家了。"

"原来如此……"没想到薛均的身世这么曲折,荀秋有点发愣,这和他拧巴的性格有关吗?

李霄野感慨道:"唉,他也挺可怜的。你瞧着薛均是个学霸,可谁能知道他八岁之前都没上过学。"

"啊?为什么?"

"他妈妈——"李霄野不好说薛均的家事,只隐晦地略过,"反正就是有点那种……可能是精神上有点执拗吧,也可能把对他爸爸的一些恨意转嫁到薛均身上。"

薛均幼时长期遭受言语和行为双重暴力,终于学会接受自己的命运,解离情绪,隔岸观火,那个受到伤害、承受痛苦的人就不再是他了。

"情绪解离症……"荀秋怔怔失语,突然想起在君山的那个午夜她口不择言的斥责,她让他"有病早点去医院"。

愧疚如山崩地裂般袭来,荀秋的喉咙干哑,像一条失水的鱼,胸口发闷,坐立难安。

薛均的身世确实让人唏嘘,可她能做什么?不过是在一些寂静的寒夜偶尔想起往事时,郁塞着叹一口气罢了。

生病了自然得去看医生,没有那么多爱能止痛的神话,她也并不是谁的"解药",每个人都有自己的生活。

荀秋的工作很忙,有各种论坛要参加,还要看资讯、跟项目、做设计、写代码和考中级经济师等,另外她还有个"醋精"一样的男友需要应付,留给少女时期的暗恋对象的余地已经不够。

二十分钟后,李霄野和ST的同事一起去餐厅。等他们都走完了,荀秋也小心翼翼地离开了李霄野的房间。

没多久,他们又在十五楼的自助餐厅相遇。

自助餐厅很热闹,李霄野离荀秋隔了三张桌子,可他吃得心不在焉,因为荀秋的哥哥也在那边,并且和同桌的许林聊得火热,一看就知道是老熟人,就差勾肩搭背了。

为什么许林会认识荀秋的哥哥?她都没介绍他给荀天认识。

李霄野快抑制不住酸意,哪里还吃得下东西。他放下筷子,倒把旁边的人吓了一跳:"野哥,就不吃了?怎么了?"

李霄野牙齿痒痒:"饱了。"

当天的赛事在晚上十二点结束,李霄野在隔壁酒店的套房等着兴师问罪,荀秋一进门，刚换好鞋子，就立即被他紧紧捞过去，摁进了柔软的被子。

他撑手悬在她上方，咬牙切齿地要说法："荀秋，你有事瞒着我？许林怎么认识你哥？周三晚上你又为什么不接我电话？嗯？给他点赞，不回我信息？一件件好好回答我。"

毕竟都是同一个行业的，认识又不是什么稀奇事。荀秋挣扎着想逃脱："就上个月有一次公益性质的社区活动，NEX几个人也去了，刚好就碰见了我哥，就这样认识了。"

李霄野嗤笑："下一个问题。"

荀秋喘着气："周三……周三晚上我和辉驰的客户在KTV，声音太大了，后面回来时，我、我不是给你发信息了吗？"

"下一个。"

漏回信息这件事，荀秋实在哭笑不得。可能因为当时在走路，她刚要回，有辆电动车穿过来，险些撞到她，好在旁边的许林拉了她一把。她惊魂未定地和许林说了几句，以为自己已经回过信息了，就顺手把手机放回了口袋。

"可以放过我了？"

"你想得美，不回我信息！"他哀号了一声，依旧气呼呼的，"老婆，你肯定是不爱我了。"

"我哪有！"荀秋气道。

李霄野可不满意这个解释，重重"哼"了一声，恶狠狠的吻落了下来。

翌日，这次比赛的几个奖项均被ST和NEX包揽，李霄野作为主创更是出尽了风头，他和同事们握着奖杯在场上，无数彩带喷洒，聚光灯打下来，久久地流连在他身上。他耀眼的才华和出众的相貌让人群爆发出欢呼，他只轻笑着，目光往荀秋这边落了过来。

不知怎的，荀秋不合时宜地想起了薛均。

那时七中枫叶轻落，大好的阳光倾洒，他穿着红白相间的校服站在主席台的立式麦克风后做脱稿演讲，清亮的声线惹得那些单纯美好的女孩为他窃窃私语。

掌声雷动时，他的目光一样会若有还无地从前排的她身上轻轻划过，眸子里带有一点点笑意。

耳旁嘈杂的电子音在为获奖人做播报，荀秋闭眼驱赶脑海中的回忆，再睁开时，辉煌的灯光突兀地落进眼中，竟就这样刺出泪珠来。

她捂住嘴，把快要忍受不了的哽咽生生咽了下去。

薛均好像彻底从她生活中消失了，就连李霄野有一次也突然感叹，好久没和薛均联系了。

荀秋闭着眼靠在李霄野身上，漫不经心地开玩笑："他这么厉害，说不定是进保密项目了,然后某天你可以在电视上看见他,用一个带头衔的假名接受采访。"

李霄野失笑,"嗯"了一声揭过这茬,却很久没得到她的回答。他垂眼看她,女孩侧脸线条柔美,长睫毛打下阴影盖住了眼睑,呼吸清浅。

他伸手把她捞上来,绵绵地吻着。过了一会儿,他突然说:"再过半个月,我就二十八岁了。"

"嗯。"苟秋困得懵懵懂懂,只听见"生日"两个字,嘟着嘴敷衍了一声,"生日,快乐……宝贝。"

李霄野笑得发颤:"困了啊?"

苟秋呼吸均匀,已经睡过去了。

NEX 的项目和 ST 撞了创意,苟秋他们组忙着拆解架构和重组设计,两个礼拜的连续加班让她每天几乎沾床就睡着了。

这个损失报告总要填进去一个替罪羔羊,这两礼拜中,许林多次在微信上委婉地询问苟秋源码是否给李霄野看过,苟秋再三解释,却始终得不到信任。数年的合作组分崩离析,她被调离算法岗,开始在开发做数据交互设计,短短一月数次换组。

苟秋短暂地伤心过,而后开始自暴自弃。罢了,不过是工资少一点,她又没有错,不应该为这件事再承担更多的责任,有本事就找到证据,没本事就直接开除她吧!总之,她是不会主动离职的。

她不知道李霄野是怎么知道这件事的,或许是因为她忽然松弛下来的工作态度,或许是因为十五号那天他们头抵着头看搞笑视频时,顶部弹窗忽然跳出一条"缩水"的工资到账短信。

李霄野独自对 ST 撞车项目的结构设计进行了拆件处理,带着劳动仲裁律师及项目流程直接联系 NEX 的人事办和发展办。经过比较,两个程序的源码完全不同,且程序员拿创意的时间是 ST 在前,"撞车"纯属巧合,苟秋是被冤枉的,不应该被无故调岗降薪。

可虽然苟秋没有错,NEX 也已经没有组长肯收她。

"你会怪我吗?"李霄野叹气,"我太冲动了。"

苟秋早想这么做了,只是太麻烦,加上 ST 的项目资料她也拿不到。她摇了摇头,忧心忡忡地皱眉:"可是这个项目还没上线,你拆件带去 NEX,会不会算违约啊?"

李霄野没想那么多,摸了摸她的眉头,展平,"哼"了一声:"那就开除我吧,到时候只好喊咱哥收留我了,一起做家族产业。"

荀秋笑出声来:"谁是你哥?"

"你是我老婆,你哥当然就是我哥。"李霄野压过去吻住她,很认真地说,"宝宝,来ST吧,NEX这种操作没立场要求你签离职协议了。"

李霄野的行为虽然受到了限制权限的警告,实际上对他没有什么影响。而荀秋通过正常程序面试进入了ST的算法岗,办公位就在李霄野办公室的楼下。

偶然的一次聊天中,她听闻德国总部派了人过来和李霄野对接,想把他带到总部去。

"你是说,之前李总本来就可以调到德国去?"

"对啊!"同事端着咖啡,不以为然地为新同事解说人气总监的传奇往事,"那时候你还没来,不知道。李总两年前在黑客马拉松上获了奖,第二天总部那边就发了邮件过来。"

她拢了下头发,笑着摇了摇头:"但那天很尴尬,我们真没想到竟然会有人拒绝这种好机会。李总从总裁办开完会下来时,楼上那群人还在电梯那儿给他开了礼炮,庆祝他高升。"

"他为什么要拒绝啊?"荀秋隐隐有些不安。

同事摇头说"不知道",而后又露出个八卦的笑容,慢慢倾身过来:"我听说,只是听说啊,你千万别出去乱说。"

荀秋点头答应,对面才低声说道:"我听说咱们李总是个'恋爱脑',他每天中午都要把吃完的午餐拍照发给女朋友看,有人听到他在办公室发语音……"

她捏着嗓子,学得惟妙惟肖:"宝宝,我有按时吃饭,胡萝卜一人一半,我已经吃完咯,你也一定要吃啊,对眼睛好,要是老公发现你没吃,以后就再也不给你做饭了。"

同事说完"哈哈"大笑,接着又学了一声:"哼。"

所有人都笑起来。

"所以大家都觉得,他不去德国可能是因为女朋友不让。也是,像李总这种优质青年,抓住了可能会放手吗?"同事摇摇头,"'恋爱脑'就不用搞事业了,这次如果他再拒绝,估计一辈子都别想往上升。"

"应该不会再拒绝吧。"荀秋喃喃道。

同事摇头:"难说,好可惜啊。"

…………

荀秋和李霄野为这件事发生了激烈的争吵。

"德国总部来找你这件事你怎么不和我说?这么好的机会,你为什么不把握住?"

"不想去,我就想待在中国,德国没有花椒,我吃不惯。"李霄野漫不经心,手搭在沙发背上,眼睛却看着窗户,是一副拒绝交流的模样。

他们在一起这么多年,荀秋知道他这个样子就是因为说谎、因为心虚。她的心慢慢凉下来,问道:"难受吗?那时候?"

李霄野是不缺钱,可他对技术的追求是无止境的。荀秋握住他的手,问道:"那时候一定左右为难了吧。"

她想了想:"宝贝,别为了我辜负自己的梦想。异国也没什么啊,谁说异国就一定会分手啊?"

李霄野眼圈发红,低垂的眸子开始聚起晶莹的水泽。他低低地笑了一声:"当然会,当初你和严知不就是这个原因分手的吗?我绝不会重蹈他的覆辙。"

荀秋噎了一下,无声地走过去,吻落在李霄野有些湿润的眼角。她抱住他,试图做出承诺,可始终开不了口。

李霄野勉强扯了一下唇,眼里却并没有笑意。他撩开她额角散落的长发,温柔在几乎虔诚的吮吻中传递,他轻笑:"荀秋,你愿意给我一个承诺吗?"

"当然。"荀秋毫不犹豫地答应,"我会……等你。"

夜色清浅,他们沉默地看向城市的霓虹深渊。荀秋心里千头万绪,忽然,她感到有什么冰冰凉凉的东西攀上了手指,她下意识地抬起右手,瞳孔微缩,心跳骤然失稳。

她不可思议地望向李霄野。

无名指上的钻石戒指流光溢彩,辉泽绚烂如星辰,李霄野的声音却很平静:"荀秋,你知道我要的不是你等我。"

"你想结婚吗?"

他看向她,其实他早就知道答案,可声音中仍然暗含期待:"荀秋,和我结婚,你愿意吗?"

荀秋的心颤得厉害。她低头看着戒指,明白自己应该答应,可她的喉咙像被棉花堵住,怎么都说不出那三个字。太多画面从她脑海中掠过,她知道,李霄野的陪伴贯穿茫茫岁月,而薛均不过是匆匆过客。可她的心是残缺的,就这样走进李霄野情深意切的余生,对他来说公平吗?

"我——"

荀秋再没有机会说出那句"我还没有想过"。

她腰间环着的手臂逐渐收紧,潮热的气息迫不及待地侵入,李霄野拥着她退后,又忽然把她反压在沙发扶手上:"荀秋。"他俯身靠近她的耳朵,"你爱过我的,比爱他多,是不是?"

"李霄野?"荀秋心里一颤,不是很明白他的意思。

可李霄野不再多说,暴虐的亲吻倾压,酥麻肿胀的唇间夹杂着疼痛,她不耐地推他，他却忽然狠狠一口咬在她的脖颈。

"李霄野！"苟秋疼得抽气，颤颤地去掰他的手臂。

李霄野抵住她，激烈跳动的心脏震得她胸腔轻响。他呼了一口气，哽咽着："为什么……苟秋，为什么你不爱我？是不是只有让你痛了，你才能记住我？"

"你发什么疯啊？"苟秋气极了。

李霄野颤着嘴唇，想说什么，可嘴巴一张开，失控的痛哭抢先一步："对不起。"

他抽噎得厉害，整个背脊开始抽动，再也止不住的脆弱情绪翻滚出滔天巨浪。他恨恨地摇头："我就是太恨你了，苟秋，我真的太恨你了。"

滚烫的水珠像灼热的潺潺溪流从苟秋心尖滚过，炙烧的窒息席卷所有感知，她停止了挣扎。

李霄野留下戒指，去了柏林。

苟秋搬离了龙湖公园，住进了ST渝北园区附近的单人公寓。

一年很快过去，十月二十九号，苟秋照例接到了妈妈的视频电话。她好几年没有一个人过生日了，但好像也不觉得冷清。

实际上，要不是运营商和朋友们的祝福短信陆陆续续发过来，她可能都忘记今天是自己的生日，等九点多结束加班回到公寓，拿出随手在便利店买的奶油面包就当是夜宵。

"这时候才吃饭啊？"

苟秋咬着面包摇头，顺手把手机撑在支架上，边打开电脑继续做复盘，边笑着解释："六点多我就在公司吃过饭了，现在是加餐。"

她看了一眼手机，妈妈躺在床上，屏幕里是一张上半边脸的大特写。

苟秋笑了一声："这么早就睡了啊？"

"嗯。"陈雯的声音有点小。

苟秋觉得奇怪，放大音量，听见那边有个声音在喊：

"妈！不吃我就倒了哦？"

听着像苟天。

苟秋看着屏幕，漫不经心："我怎么好像听到哥的声音了，他回家了吗？"

下一秒，屏幕一转，苟天的脸出现，他向苟秋打招呼。苟秋奇怪地道："你们公司倒闭了？十月还有空回家？"

苟天脸一黑："乌鸦嘴，ST才倒闭了呢。"

"真倒闭，我还开香槟了。"苟秋轻骂了一声，吐槽着，"真把人当驴使，要不是钱多，我早就跑路了。"

陈雯听见她敲击键盘的声音，接过手机，有些忧心地问："现在还没忙完啊？"

苟秋忙摇头，盖上电脑，三两下把面包啃完后，扯了纸巾慢慢擦手，听见妈妈说："换地方住了？以前那个公寓不好吗？"

苟天在一边插嘴："别问这个，八成是分手了。"

陈雯很吃惊："怎么了，和小李吵架了？"

这个说来话长，苟秋"唔"了一声想敷衍过去，可那边两个人不依不饶。她只好叹气："李霄野去德国了，可能以后都不会回来，所以，我们算是分手了。"

陈雯不满："又出国了？你找的都是些什么男朋友，一个两个都往外面跑，他们家里也舍得。"

苟秋顺着妈妈开玩笑："下次我注意点，就找个本地的，最好是永远不会出国的那种。"

她本意只是随便说说，看陈雯却一副若有所思的样子，还开始说条件："这就对了，最好就找江城的，家里要父母双全，身体健康。"

苟秋忙解释："我说着玩的，别当真。我现在忙着呢，最近有个大项目，喂，苟天。"

"干什么？"

"ST的四代子弹头全息游戏沉浸舱，你知道吧？"

苟天撇嘴，言不由衷地赞叹："牛啊，你都跟上这个项目了？"

"在争取。"苟秋笑了笑，"可能性不大，但我还是想试一下。"

说了几句，却听见苟天突然叹了一口气，把手机还给陈雯。气氛好像变得有点严肃，苟秋收了收笑容，问道："怎么了？"

她没有戴眼镜，倾身凑近屏幕看了一下，妈妈这次离得比较远，身后的护士铃和心电监护走线一下露了出来。

苟秋吓了一跳，迭声问道："你们在医院干什么呢？"

六个月前，陈雯因为饮食不规律突发剧烈胃疼，晕厥在路上，被好心人送进了医院。医生感觉不对，让她照了胃镜，是早期胃癌。

"癌症？"苟秋眼泪簌簌落下来，捏紧手机，全身都在发抖。

江城只是小城市，妈妈不可能是在那儿做的手术。苟秋又问了一些情况，事情的大概便清晰起来——苟天在第二天接到消息，立即回到江城，又检查了半个月，陪陈雯去沪市做了预约手术，接着连续住了三四个月的院，恢复得挺好，才又回到江城，住进了中心医院。

"是早期。"陈雯看见苟秋哭得厉害，也伸手抹了抹眼泪，笑了一声，"手术都做完了，现在是恢复期，注意点，再定期复查就行了，你别多想。"

"真的?"

荀秋缺乏这方面的知识,又听见荀天说:"嗯,病理分型比较好,做完肿瘤切除,再配合药物治疗,医生说存活率80%,五年不复发应该就稳了。"

"怎么不和我说啊?"她埋怨荀天。

荀天一言难尽,他觉得这件事应该全家都知情,毕竟手术也有一定的概率失败。退一万步讲,如果失败了,荀秋只怕会遗憾一生。可陈雯不同,她还是上一代的老旧思想,报喜不报忧,觉得告诉荀秋也没有用,只不过多一个人担心罢了。

"应该告诉我的。"荀秋声音很低。

"秋秋,你要准时吃饭啊,不要经常通宵工作。"陈雯没有继续这个话题,只叹气,"这样折腾一次我才知道身体健康有多重要,赚再多钱都是废的。"

她看了一眼荀秋,叹气:"当初不应该让你们进这个行业,又累又苦,也没说赚到什么大钱,逢年过节都回不来。咱们大姨几个小孩读书都不行,反而能留在身边,早都儿孙满堂了。"

陈雯絮絮叨叨地说:"你们两个都还没结婚,夏昔都生二孩了……"

一听到结婚和生孩子,两个人顿时忙起来。荀天两眼一黑,把桌上的水果碗一收:"妈,我去把这个洗了,不然晚上惹虫子,你们慢慢聊!"

荀秋语无伦次:"啊……妈,你你……你早点睡吧,我想去洗个澡,晚点再给你打过来。"

陈雯只叹气:"早点结婚,我也就完成任务了。荀天我是不说了,三十几岁了,连个女朋友都没有。秋秋,你说,你哥也不丑吧,他怎么就找不到女朋友?"

荀秋大笑:"他啊,他……"

荀天忙拿走手机,眼神里全是警告:"别胡说八道啊!说说你吧!男朋友谈这么多年,怎么不结婚啊?"

兄妹两个在言语上互相攻击。陈雯笑得前俯后仰,忽然间,她猛地一停,鬓角沁出汗水,她捂住肚子,摆手让荀天马上挂掉视频。

"妈妈!"可荀秋已经看到了她疼得血色全无的脸。

"行行行!先不说了!我先去叫医生。"

荀天很着急,手忙脚乱地在屏幕上按了几下就扔在了一边,可他没有按准,视频通话仍然在继续。

化疗的药物伤害了消化系统,恶心和腹痛已经是常事,医生的声音很淡定,重复着要家属多注意病人的饮食和睡眠。

荀秋盯着那边雪白的天花板和蓝色点滴轨道,沉默了很久,随后把视线移回电脑屏幕,重新点开一个空白的文档。

打出"辞呈"二字花费了整整半个小时,随后她行云流水,再无半分犹豫。

第六章 勇敢一次

我再也不会退缩。

1

2019年。

苟秋回江城三年多了,妈妈和外婆在年前搬去了另一个街区的电梯复式楼,不过西苑这里放着她的机器及沉浸舱等大型设备,每周要做测试时她就会过来。

老旧斑驳的楼梯间狭窄到容不得两人并行,放轻的脚步声响起,感应灯一层层地发亮,昏暗的暖光覆盖着前路,大雨依旧滂沱,一些水雾从开放式的护栏飘进来,洒在地上那个高大的影子上。

苟秋低头看了一眼,抬脚向上时狠狠压上去碾了碾,后面的人脚步停了一下,嘴角漾起一个轻笑。

苟秋觉得自己或许还有一些恨薛均,看见他刚才在车上为难到耳根红起来的样子,她觉得很畅快。

其实她压根没有想到薛均会同意她的邀请,在咖啡馆时他还在义正词严地发"好人卡",一听能上楼,一样巴巴地跟来了……她莫名感到失望。

可是那又如何,少年时候的梦,现在圆一圆也行罢。她自暴自弃地想着,反正这一晚过去,他大概又要消失了。

503室很快到达,荀秋抹去锁芯上的灰尘,识别指纹,推门而入,按亮从入户到厅堂的三盏白炽灯。

"进来吧。"

荀秋瞥见薛均有些犹豫的停顿,暗自好笑,都到门口了,他还想逃跑不成?

她没给他这个机会,很快伸手接走了他手中湿透了的工衣——雨实在太大,下车到一楼的这段距离,他撑开衣服为她遮挡,她完好无损,可他的发尾有一点湿了,肩膀一侧也浇上了雨水。

薛均沉默地看了一眼荀秋递给他的黑色拖鞋,抬头问:"有鞋套吗?"

他补充解释:"拖鞋可能有点小。"

荀秋奇怪地看了看手上的鞋,没有多说,又拉开抽屉给他拿一次性鞋套。

"我先去把这衣服洗了吧。"荀秋一指厨房的方向,"那边,你自己操作一下,围裙在架子上,随意用吧,不必拘谨。"

薛均"嗯"了一声,走到厨房拉开冰箱。幽白的光亮起,几罐雪花啤酒突兀地立在那儿。他暗了暗眼神,伸手拿出番茄酱,又去拉冷冻层,把一捆仔排解开,放进准备好的大碗温水里。

荀秋调好洗衣机,犹豫了一会儿,还是走进厨房,半倚在玻璃拉门旁。

多古怪啊,薛均竟然在她家厨房拍蒜……

或许是因为不太合适,他没有绑上围裙,长袖半卷,白皙的手握着锃亮的菜刀熟练地把姜切成细片,臂上的青色经络因为用力变得明显,彰显出蓬勃的性感。

荀秋眨了眨眼。她真是疯了,怎么会把一个多年没见的男同学带回家,还把刀也递给他?

可这一幕好像一场梦,是美梦还是噩梦她尚且不知,但这一定是从前的她求而不得的场景,值得现在的她慢慢品鉴欣赏。

挺拔清隽的男人垂着头,侧身打开热水冲洗砧板和刀具,收拾完毕后,又转过来看她,蓬松的头发遮住他漆黑的眼睛,嗓音温润干净:"排骨解冻还要一会儿,没有冰糖,用白砂糖应该也可以,就是没有葱和白芝麻,味道上可能会有一点——"

他忽然停住,明亮的眼睛轻抬,注视着她的靠近,缓慢而艰难地滚动了一下喉结。

荀秋眼睫颤了颤,薛均这个样子太犯规了。她脸颊染上绯色,不争气地在他面前停住脚步,侧过脸说:"那……先坐坐?"

"……行。"

薛均点头,跟着她走到了客厅。

他的目光轻轻从女人身上扫过。荀秋微微低着头,长发高挽,从他的角度,很轻易就能看见她白得发光的脖颈上攀着粉色的云彩。

尽管他极力地压制自己，可看见她害羞，他还是没忍住自嘲地笑了一声。

"苟秋。"

苟秋停在沙发旁，回首看去。两道目光在极近的距离相接，薛均淡淡地发问："你有男朋友，为什么还要来相亲？"

苟秋有点愣神，他怎么会觉得她有男朋友？

拖鞋、啤酒、照片——鞋柜上的照片墙里贴着她和苟天的合照，那是去年过年他们去海南时妈妈拍的，兄妹俩抱着一个超级大椰子，笑得很灿烂。就匆匆一眼，薛均立即在一众相片中看见了它。

他轻笑："他是不会做菜吗？用得着我来代劳？"

苟秋意味深长地"哦"了一声，反问："你知道我有男朋友，还上来干什么？"

"做饭。"他语气平淡到没有丝毫波澜，"你不是说想吃糖醋排骨吗？所以我就上来了。"

见她诧异，他又反问："有男朋友的人就不能和别人吃饭了？"

"我喊你上来，是为了做饭吗？"苟秋极快反问。她不敢相信，薛均竟然想和她玩"猫抓老鼠"，承认自己卑劣就那么难吗？他真是死要面子。

薛均垂眼。当时在那样密闭的空间，他心里好像蹿起一团燎原的火，烧得他脑袋发热，点头同意了她的邀请。可上来之后，他的冲动又慢慢被理智压下，更别提再次发现她有男朋友。

他幽灼的目光轻闪："不然呢？晚上是我的缘故，害你没有吃饱。"

苟秋看着他不说话，慢慢将手按在了他的胸口。

她不知道自己是否仍然喜欢他，或许不过是年少时的一段执念，但这一刻她想要靠近接触他的欲望是真切的。

逐渐加快的心跳好像趋近同频。

"说真的……"她顿了一下，看了眼鞋柜，"你是不是以为那是我男朋友的鞋，所以才拒绝使用？"

薛均呼吸轻滞，皱眉："不是。"

密密麻麻的酥麻从她的指间传递，他想离开，可是脚步挪不动，女孩清幽的香气从鼻腔涌入，他感到昏聩的迷蒙。

"那是我哥哥的鞋。"她突然说。

他不知道这句话是否代表她是单身，只是说不出的畅意像海浪一样卷过来，他的心变得暖融融的，防备也暂时松懈。

接下来的事一发不可收拾，薛均已经记不清究竟是如何开始的了，他有太多浓烈的情绪需要宣泄，那些愤懑的隐忍和妒恨，那些胡乱的思绪和想念，造就了这个凶狠急切的深吻。这件事在梦中他已经做过千万次，无须任何指引，他紧紧按住她柔软的腰肢，低头与香软唇舌相匀。

"荀秋……"

"怎么了？"

薛均吻住她的眼睛，喉咙轻滚，终于说出一句迟到的话语。

"这些年，我好想你。"

几年前的某天，荀秋和李霄野在时代天街的橱窗里偶然见到了小时候想要但爸妈不肯买的礼盒版娃娃，它比小时候还要华丽，闪闪发光地摆在最显眼的地方。

荀秋进店问出一个她完全负担得起的价格后，把它买了回来，好好地放在书架上。

她以为自己买到了从前的快乐，可惜事与愿违，她并不觉得开心，甚至没有兴趣拆开它——这些零零碎碎的小东西，拿出来肯定不好收拾。

她很丧气，原来从前的梦寐以求一旦得到，也不过如此罢了。

而实际上，她小时候并没有自己想象中那么伤心。六岁的她在为那盒娃娃辗转流泪的夜晚中，抱着其他娃娃依然睡得香甜。得不到最优选，那就在有限的舒适中尽可能地汲取，她一向能在替代品中最大化地取悦自己，绝不亏待，也绝不等待。

而薛均呢？荀秋也不知道自己怎么想的，爱他吗？恨他吗？

但很显然，他和娃娃并不相同，前一秒她为他失望透顶，可下一秒她仍然为他心跳失控。

在薛均轻而易举地扣住她的腿，跪在地上，一路绵绵地吻上来时，她就知道自己彻底完了。

他太懂得她的死穴，也甘愿为她臣服。

沙发乱得不成样子，薛均把她抱进卧室放在柔软的被子上，捧住她的脸低头吮走了泪珠："荀秋，对不起，我不该让你这样难受。"

他粗糙的指腹一下下撩过眼角和脸颊，又轻轻擦在她唇角："我来得太晚了，是不是？对不起，我再也不会……"

他撬开她的唇，逐步加深。

"不会什么？"

"不会退缩。"

荀秋不懂他的意思，可他吻得太过热烈，她的脑子"嗡嗡"作响，耳鬓厮磨中的暧昧啧响让她的羞耻心濒临边界。

"薛均，薛均……"

"怎么了？"

他咳了一声，声音喑哑，温热的气息喷洒在她耳旁。他往旁边挪动了一下，好让她躺得舒服一点。

纵使心里再别扭，苟秋也不得不承认薛均放肆的热情令她十分愉悦。一种说不出的满足充盈在她的胸腔，自肉体往灵魂的失控和震颤让她的心痒得不得了，很需要这个温柔的拥抱来缓解。

"不亲了，有点事。"苟秋犹豫了一下，还是选择轻轻靠在他的手臂，开始处理未读信息。

一个学生家长私聊她说家庭作业太多，陈雯也在发消息问她今天相亲怎么样，另外还有几条李霄野发来的工作信息。

江城太小，苟秋回来这几年，连一个专业对口的岗位都找不到。于是她转换方向，最终走上人民教师这条道路，可她并不后悔自己为智科挥洒过的汗水和时光。而且不在岗依然可以做线上兼职，虽然奖金和福利比不上从前，可时间相对自由，她只需要在项目紧张时随时沟通。

她先预想了给家长的回复，准备明早再回，然后开始认真查看李霄野发过来的产品需求。

身后的人感知她的紧绷，下巴抵住她的肩瞧过来，而后忽然顿了顿。薛均抿唇敛下笑意，低声问道："你和李霄野还有联系？"

苟秋懒洋洋地"嗯"了一声，并不多做解释，按灭手机，攀住他的手臂轻轻蹭了蹭，声音里带了一点点娇气："薛均，我饿了，我的糖醋排骨呢？"

他有点愣神，却仍然应声："那我现在去做，你先忙吧。四十分钟后我们就吃饭，好不好？"

他们的距离好像一下拉近了，虽然缺席的时光不可能就此隐去，但这种简单的欢愉不应当被过往套上枷锁。苟秋撑着脑袋，看着他坐在床沿套衣服。

"怎么这样看着我？"薛均显然很羞赧，语气平淡，耳朵却红了。

"你好看。"

他的确好看，乌黑柔软的头发，温柔如水的眸子，高鼻薄唇，身姿挺拔，无论是从前还是现在，她总能在人群中找到他的位置，就像有一束光追随着，他永远这样闪耀。

她却觉得自己仍在梦中，面前这个人真的是薛均吗？这样缠人、爱娇、怕羞，会不会是她最近沉浸舱测试做多了，已经分不清现实和虚拟？

灯光落进薛均漆黑的瞳仁，画笔白描似的轮廓显出不真实的完美，她感觉他简直有些像她制造出来的 AI 模拟体——X 先生。

她失笑一声，难道她在制造 X 先生时根本就是以薛均为蓝本的？

现在她折下这一捧月光在手，心尖无法抑住地颤抖。

薛均眼睛眨了眨，回头啄吻在她脸颊，定定地盯着她。

荀秋笑："看什么？"

薛均轻声说："你也好看。"

李霄野的视频通话打过来了，荀秋不再耽误，很快坐起来，背对着他整理自己。

薛均看见屏幕上显示的人名，心脏微微抽了一下。明知她和李霄野已经分手了，他却还是觉得有些别扭，都这个时候了，还打什么视频通话？他压不住心里翻滚的酸涩，抿唇看着她。

"就是工作上的事。"荀秋有些不明白自己为什么要向薛均解释这个，男人的占有欲真是可怕。铃声响得急促，她没办法，握住他的手臂轻轻晃了晃，"薛均……"

他这才弯起眼睛，轻轻揉了揉她的头发，温温地说了一声："知道了。"

会议即将结束，荀秋从视频通话中抬起头，翕动鼻子，香喷喷的肉味直往人心里钻。她吞吞口水，关了麦克风，提示对面坐着的薛均："好像可以了吧，快去看看火。"

那边李霄野挑眉看了看，好笑地发问："荀秋，这个点家里还有人啊？又交新男朋友了？"

这个"又"字实在耐人寻味，薛均什么也没说，起身往厨房去了。

荀秋莫名地松了口气。她回江城后有过一段短暂的暧昧，就因为李霄野时不时的视频电话，导致人家疑心病爆棚，很快就无疾而终。

她打开麦克风，没好气地对李霄野说："管好你自己。"

片刻之后，薛均走到她对面，给了她一个无声的口型："吃饭了。"

恰好会议结束，荀秋按灭手机，点头。

"你不吃吗？"她看见桌上摆放整齐的米饭和菜品，迟疑地拉开椅子，坐下。

糖醋排骨上色依旧很好，薛均还取了两根香肠切片蒸好，另外再加一个鸡蛋羹。

"马上来，我先把这里弄好。"

居家状态中的薛均，看起来也很好看。

但这样的惬意在翌日清晨的深吻中戛然而止，热烈的吻落满锁骨，指纹锁忽然"嘀"的一声识别成功，三层锁扣"咔咔咔"地响起，门开了一半，一个装得满满当当的超市专用塑料袋也被放在了地上。

沙发上两个愣住的人骤然回神，荀秋毛骨悚然，一下蹦起来以极快的速度把薛均推进了卧室。

门外的荀天和陈雯听到动静，也不再放轻动作。陈雯推开大门走进来，放下手上的两个小快递盒，很快换了鞋，而后拎着塑料袋往厨房走，一边喊道："苟秋，醒了啊？吃早饭了没有？"

后面的苟天侧身把沉重的大快递箱推进玄关，埋怨一句："这儿什么时候能加装个电梯啊？真的太重了。"

他习惯性地抽开鞋柜，却没有见到自己的拖鞋，转眼瞧瞧，鞋柜下的空处搁着一双白色男鞋——很显然，并不是他的。

苟天顿了下，这让妈妈看到还不气晕啊。

陈雯把水果、面包、酸奶等放进冰箱，从厨房探出头，奇怪地问："怎么了，站在那儿干什么呢？"

苟天挠头，拍了拍地上的纸箱子，说："我想想放哪里好。"

陈雯没觉得不对，又往卧室的方向喊了一声："苟秋？"

过道那头静悄悄的。

这可奇怪了，刚才开门时明明听到有人在走动啊。陈雯担心起来，抬脚就要往里去，苟天忙蹬掉鞋子挡了她一下："妈，你先去把蛏子泡一下吧，一会儿沙子弄不干净了，我去喊苟秋起来。"

苟天一溜烟儿就走到了大厅，陈雯看到他拖鞋也不穿，"哎"了一声："行，你声音轻点，你妹妹还在睡就别喊她，让她多睡会儿。"她回头往厨房去，嘀咕，"多大的人了，还和小孩一样不爱穿鞋。"

苟天路过沙发，看见上头搭着的蓝色外套，顺手拿起来。

"苟秋！"他手掌展平，"砰砰砰"地拍在门上，语气有些不耐烦，"快开门，妈有事找你。"

陈雯的声音从厨房传来："别吵她啊，哎呀，你这孩子！"

"妈，她肯定醒了！"苟天咬着牙，又敲了两下。

门打开了一条缝，穿戴整齐的苟秋板着脸，侧身从里面慢慢挤出来，瞪他一眼："敲那么响干什么，吵死了！"

苟天"呵"了一声，一脚卡在门缝处不让她关门，顺手把蓝色工衣盖在她脑袋上："得了吧，让我进去。"

苟秋被衣服罩住，眼前顿时一黑，她忙伸手去摸脑袋上的东西，挡住他，瓮声说道："你有病啊？进我房间干什么？"

等把头上的东西取下来一看，她愣在那儿，有点尴尬地"唔"了一声，把工衣从门缝间甩进去："让开让开。"

她踢开苟天的脚，反手把门带上了，扬声喊陈雯："妈！我来了！"而后低声警告苟天，"别乱说啊！"

苟天冷哼，不想理她。

荀天和荀秋情况差不多,一样在三年前选择回到江城,很快结婚生子。雾城那边的公司日益壮大,他退居二线,偶尔出差,其他时候都在陈雯的公司帮忙。

三人在沙发上落定,荀秋有点讪讪地看了陈雯一眼,绞着手指问:"怎么这时候过来了?"

陈雯叹了口气,说:"昨天发信息给你没回,我寻思买点吃的过来,看看你是不是又在怪妈妈催你了?"

"没有啊。"荀秋支支吾吾,"当时我在忙着校验数据,看到短信时已经十一点多了,我怕你睡了,想着今天早上再回,哪知道你们这么早就过来了。"

陈雯略松一口气,问:"那昨天怎么样?"

荀秋"唔"了一声,不知道怎么评价,敷衍了一句:"还行吧,就那样呗。"

看来是没戏,陈雯点头,握起荀秋的手拍了拍:"那就好,没看上就好。"

她的声音因愤怒提高了些,也没有注意到荀秋吃惊的表情,摇头说:"我真不知道你二伯母安的什么心,肯定是记恨以前在你奶奶家我没给他们分肉票的事,现在还想着把你也往火坑里推。"

荀秋不明所以:"什么啊?"

"我早都说了,'家庭和谐,父母双全'是硬性要求,咱们不缺钱,男方穷点都没关系。可她呢?就她介绍的那个男的,她可劲儿说条件好得很,结果你琴琴阿姨今天早上和我说,那个男的家里父母离异,他妈妈还有神经病——"

"啊?"荀天大吃一惊,"真的假的?"

"妈妈!"荀秋下意识地为薛均辩护,"不是这样的,他、他妈妈是……"她顿了顿,"哎呀,反正就是生病了,不说了不说了。"

她不想继续这个话题,忙问荀天:"你来干什么?嫂子和小沐呢?"

荀天忙答:"去森林公园玩了,你晚点也过来吃饭呗,小沐喊着要和姑姑玩。"

他的神情变柔和了些,点开张闵的微信,一条奶声奶气的语音传过来。两岁的小女孩咬字不是很清晰地说:"嘟嘟(姑姑),嘟嘟好,来吃饭饭喔。"

荀秋心都化了,马上拿出手机给她回了一条:"小沐,姑姑晚上过来吃饭饭哦,今天乖不乖?要听妈妈的话哦!"

可陈雯继续愤愤道:"不管她是什么情况,之前我就定过条件了,结婚是两个家庭的事,不仅要看男方本人怎么样,一定还要看他的父母,父母感情不好,他肯定就受影响,以后有样学样,也对你不好怎么办?"

荀秋"嗯嗯嗯"地点头,说:"好了好了,说那么多干什么,人家根本都没看上我。"她继续努力地转移话题,"对了,中午吃啥,我看你们好像买菜了?"

陈雯:"吃爆炒蛏子,你上次不是说想吃吗?我就说你点的外卖不健康,里面沙子都没洗干净,又贵得要死,三十五块?还是四十五块?我和你哥在超市买一斤才七块八!自己做才吃得放心呢,给你买了三斤,够吃了吧?"

陈雯现在一说起吃饭和健康的事就絮絮叨叨,生怕儿女不珍惜身体。荀天听得不耐烦,又得到了荀秋的眼神暗示,假装跑到厨房去看调料。

"妈,这里没小米辣了,我们下去买点吧,顺便给小沐买套贴纸,她说要奶奶上次买的那个冰雪公主,我哪知道是哪一种啊。"

"那行。"陈雯站起来,一边跟着荀天往外走,一边叹气,"还说什么条件很好,我就知道天上不会掉馅饼。"

荀秋忙把她往外推:"快去快去,我早饭都没吃,中午我们早点吃行不行?"

"怎么早上又没吃啊!"陈雯赶紧穿鞋,下巴一抬,"冰箱里有面包和酸奶,你先去吃点,我们马上就回来。"

好不容易把妈妈和哥哥送走,荀秋擦擦冷汗,快速拉开卧室门要把薛均"处置"了,可门一打开,她手腕就被握住,薛均微微一用力,她踉跄两步跌进他干爽温暖的怀抱。

"薛……"

铺天盖地的吻落下来,她腿脚发软,揪住他的衣服。可时间紧迫,她喘匀了气,推开他,声音很轻柔:"快走吧,一会儿我家里人回来了,真被抓到,我妈妈要骂死我的。"

听起来很像偷情,薛均点头笑了一声,捏了捏她绯红的脸。

荀秋忍不住又解释:"刚才我妈妈说的那些话,不是针对你……人云亦云的事,不熟悉的人很难分辨真假,你别放在心上好不好?"

"好。"这些流言蜚语薛均早已经习惯,他又垂首在她的额头轻轻吻过,问,"明天有空吗?"

他和荀秋的关系在一夜之间突飞猛进,可他并不愿意亏待她一分一毫。在一个空闲的周末,恋人应该出来约会不是吗?薛均没有这方面的经验,他想,或许他可以先回去做个计划,确保荀秋能在与他的相处中得到足够的愉悦,起码……要比别人给她的多。

薛均心里沉甸甸的,想起了那个午夜,她为了李霄野正言厉色地呵斥他……朦胧的酸涩泛上喉咙,他拥她入怀,想要驱赶那些胡乱的思绪。

荀秋心里一紧,有点不明白他这是什么意思。可惜现在没时间细想,而且明天她确实也没空,她摇摇头:"不行,明天我要去学校开会,然后下午可能要抽两小时陪我侄女去游乐场玩,回来还有信息咨询会要参加。"

"那等你有空了,给我发信息?"薛均打开手机,意图加上她的微信。

荀秋点头:"行,那下次再约吧。"

薛均眼里带上了笑意,腼腆地"嗯"了一声,重复:"下次再约。"

两人在门口各怀心事地吻别,苟秋觉得愉悦,又觉得烦恼,似乎每一件与薛均有关的事情,她都容易胡思乱想。

罢了,整天思来想去的又有什么用,只要她觉得快乐,又有什么是不可以的?

2

离开雾城后,薛均很久都没有这样的好状态——这种源于内心的轻松和惬意,像冬雪天沐浴阳光,温煦、舒适,也带一点餍足的懒意。

周五中午十二点整,其他人陆续去了二楼食堂吃饭。李熙整理文件耽搁了,隐约闻到肉菜香味,忍不住一抬头。办公室里空空荡荡,只有薛均还在,后者一手拿着手机按了几下,放在耳边。

李熙"嘿"了一声,坐在椅子上滑过去,一把搂住薛均的肩膀,听着电话里未接通的"嘟嘟"声,放低音调揶揄道:"饭也不去吃,和谁打电话呢,片刻都离不开?是不是你那个相亲对象啊?"

薛均显然有情况,整个人看起来都不一样了,精神、敞亮,这可稀奇了。李熙想着,他这位兄弟自从上学以来就一直追求者不断,可就没听说过他和谁谈恋爱,怎么一相亲就陷进去了?

薛均抿唇摇了摇头,可嘴角的弧度掩饰不住,显然心情愉悦。

"我在这里等赵竞持,他要过来取资料。"

"咋回事啊?"李熙一凛,"还要咱们薛副科亲自在这里等?"

薛均知道他开玩笑,笑了一声:"没接到通知,估计不是什么大事,他也没明说要什么资料,我想着他这时候过来,我就等他一起吃个饭。"

他一样邀请李熙:"你也别去食堂了,跟我们出去吃。"

电话被人掐断,AI声播报"对方正在通话中",薛均放下手机,又下意识想点开微信。

这礼拜他和苟秋断断续续保持着联系,她的回复不算及时,可这已经是他们多年来联系最为频繁的一周。周五她不用守晚自习,他想请她吃晚饭。可惜消息发出去几个小时了,她仍然没回,不知道在忙什么。

"我不去。"李熙瘪嘴,拒绝了,"赵竞持吃个饭嘴巴都不停,叽里呱啦没个放松时间,和他吃饭?"他"哼"了一声,"我脑瓜子疼。"

门口传来一声哼笑,高大的身影大步迈过来,黑色制服掐出长腿窄腰的好身材,再靠近些,一张俊脸棱角分明。赵竞持显然是听见了李熙的话,嘴角轻扬,漫不经心的目光扫过来,眼里带着些许冷漠的讥诮。

摄人的强势气息压过来,李熙不自在地摇了摇头:"我说赵竞持,你就大发慈悲吧，别总用看嫌疑人的眼神来打量我，我这样的一看就是五好青年啊，你就饶了我吧。"

赵竞持没当回事，轻笑："不好意思，习惯了。"

两个人客气几句，李熙看了下时间，"哎呀"一声，拎着碗筷告辞："时间不早了，你们快去吧，我就算了，这周资料堆得太多了，吃完休息一下还有得忙。"

"行。"赵竞持也不勉强，错身而过时在他背上轻推了一下。

薛均一言不发地坐着，看着气压有点低。赵竞持嗅觉敏锐，假意在空气中吸了吸鼻子，挑眉开玩笑："嗯……这气息，难得啊，你都有女朋友了？"

薛均刚刚收到荀秋迟回的消息，她婉拒了他今晚吃饭和周末见面的邀请，说是要开月考试卷讨论会，应该没有时间见面。

可开会用得着开两天吗？薛均隐隐有些明白，或许现在在荀秋心里，有太多事情比他重要。他有一点失落，也有一点不安。

闻言，他抬头轻笑一声："你是狗啊，这么会闻？"

赵竞持也笑，拍了拍他肩膀把人拉起来："得了，有眼睛的都看得出来，当上情圣了也得先把饭吃了吧？走！"

两人到了外头的小饭馆。

老板早都熟识两人，拿着菜单对赵竞持笑道："小赵，今天不喝两杯啊？"

赵竞持："工作日不合适，你们快点上菜，这边下午还有事呢。"

"行嘞，那我去说一下。"老板答应着，收了菜单往厨房吩咐去了。

赵竞持一回头，看见薛均又打开微信。他往后轻靠，嗤笑一声："什么天仙把你迷成这个样子？是相亲认识的？"

薛均按灭屏幕，摇头："不是，是我以前的高中同学。"

"高中同学？"赵竞持若有所思，"那还行啊，有点感情基础。"

薛均察觉到他的情绪变化，一边拆餐具，挑眉看了他一眼："干什么，在感慨什么？"

赵竞持摇头："我也是倒霉，我三姨妈不知道又从哪里找了个女人，哄得我妈妈一愣一愣的，硬让我晚上去和人家吃饭。"

他意兴阑珊："就非要找个人过日子吗？一个人多好。我整天风里来雨里去，一个月有半个月都要出短差，哪个女人受得了？"

可薛均这次并没有附和他，反而低声笑了笑："你也快三十了，是该结婚了啊，阿姨着急也很正常。"

这下赵竞持无语了，陷入爱情的人总是想要别人也吃吃苦才舒服，他不屑于和这些"没脑子"的人讨论人生哲理问题，简单吃了饭，按流程取完资料就回去了。

周五滨江路的交通情况不是很好，可赵竞持的相亲对象偏偏把地点定在这边的茶馆。他办完事从第七中学桥头经过,刚好遇见放学浪潮。

他慢吞吞地跟着车流往前,快要通过拥堵处时,看见一群人围在那儿,探头过去看了下,果然是发生车祸了——一辆白蓝色的电动车歪歪扭扭地倒在地上,穿着反光背心的交警正把伤者扶到一边,还有几个穿着校服的学生忧心忡忡地跟在后头。

赵竞持仔细一瞧,还是熟人。他靠边停车,摘下头盔放好,喊他:"韩旭!"

韩旭一看到他仿佛见到救星,忙走了几步过来,寒暄了两句,又说:"赵队,你看,这里刚摔了个老师,头盔也没戴好,不知道摔到脑袋了没有……"他有点犹豫,"我们这里还忙着,您有空的话能不能带人去医院看一下?"

"行,肇事者呢?"

韩旭一闭眼:"一老头,跑了。这老师也不愿意计较,说去医院看看,没事就算了。"

赵竞持无奈地点头:"那行,我带她过去吧,你先去忙。"

韩旭千恩万谢,马上小跑过去扶人。

那女人大概二十几岁,个子不高,长发绑成一个乖顺的低马尾,抬头看过来时那双清透水灵的墨色眸子微微眯起,膝盖处都磨破了,手掌也是红的,沙粒滚在伤口上,看起来触目惊心。

几个学生把摔得粉碎的眼镜递过来,哭丧着脸对赵竞持说:"叔叔,开慢点啊,一定保护好我们老师,她可不能出事啊。"

荀秋膝盖和手肘疼得不得了,但还是微笑着安慰他们:"别担心,没什么大事,老师会去医院好好检查,你们在路上也慢点,不要横穿马路。"

"老师……"孩子们仍旧"呜呜咽咽"。

赵竞持哭笑不得地挠头,韩旭也笑,对他说:"赵队,麻烦你了啊!"

"应该的。"

荀秋也低声说了一句:"麻烦了。"

他们不再耽误,等荀秋把头盔戴好,稳稳把住了后面的杠子,赵竞持便往中心医院的方向驶去。

路途不算远,赵竞持把摩托开进了医院的停车场,头盔一摘,看了一眼后座的女人。她的皮肤很白,巴掌大的小脸,风把她头发吹乱了,她撩弄了一下,把碎发别在耳后,清亮的眼睛抬起来看他,有些局促。

也许是感知到他探究的目光,她再次礼貌地道谢:"麻烦你了,送到这里就可以,太麻烦你了。"

赵竞持弯了弯眼睛,没说什么。她应该是那种从小家教很严、很怕麻烦别人的乖乖女,也不擅长人际交往,有点内向,但是很真诚。

他把她扶下车，突然想起自己还真的有事忘了，他说了一声"抱歉"，忙拿出手机看时间。

离约定时间已经快到了，可几分钟之前，那个相亲的女人发来了未读微信。

三姨介绍编制美女：不好意思，我这边出了点事情，今天可能不能来了。

也没说是什么事，估计对方也不想来，这理由还真是挺敷衍，赵竞持偏偏头，快速回复了一个"行"。

消息刚发出去，身旁那位的手机"叮"了一声。

赵竞持一愣，看了荀秋一眼，不会这么巧吧？

他假意还在使用手机，余光瞥见她低头按亮屏幕，点开微信，熟悉的头像出现在她的对话框界面。

赵竞持失笑一声："真是你啊？"

荀秋有点疑惑："什么？"

他点开两人的对话框转过去给她看。荀秋眯了眯眼，慢慢皱眉昂头看了他一眼，表情变得有点奇怪。

备注的几个字真是好刺眼啊，赵竞持后知后觉地把手机收回来，侧过去咳了两声。

其实荀秋看到对方只回一个冷淡的"行"时，心里是很雀跃的，甚至她在之前摔下车的那一瞬间想的也是——虽然倒霉，但终于有借口不去茶馆相亲了。

可没想到事情会凑巧到这个地步。

秉承"相请不如偶遇"的原则，赵竞持陪荀秋在中心医院做了检查。她脑袋倒是没伤着，只在膝盖、手肘和手掌有不同程度的擦伤。简单处理完伤口，她从换药室出来，见到赵竞持靠在门边等她。

荀秋答应这回的相亲纯属为了缓和母女关系，好在赵竞持也对她兴致缺缺，两人礼貌地吃了一顿饭，他把她送回了城北。

"行。"赵竞持搀着她下车，把人送到电梯口，告别，"那就这样。"

荀秋懂他的意思，点头又谢了他一次："你帮我这个大忙，本来应该是我请你吃饭，最后还让你破费了，真的不好意思。"

赵竞持摆手："别，我可不能让女士付饭钱，小事一桩你就别放在心上，而且本来今天我就打算请你吃饭的。"他把装着药品的塑料袋挂在她手臂上，嘱咐，"慢点走，别再崴着了。"

"好。"荀秋微笑，"那韩警官那边，麻烦你知会一下。"

过了整整一周，荀秋膝盖上的血痂才终于脱落。周六她带着小沐去亲子游乐场玩，陈雯又发信息说起相亲的事。

"妈妈！"苟秋很无奈。游乐场震天的魔音版儿歌已经吵得她头昏脑涨，她坐在白蓝色的仿瓷沙堆上，一边拎着小铲子帮侄女挖"沟渠"，一边在微信上发语音劝说陈雯。

陈雯叹气："秋啊，哪有见两个就不见的啊。妈妈和你说，接下来的每一个，琴琴阿姨都会好好给你把关，大多靠谱。"

苟秋根本没在听，她刚回了薛均的消息，接受了他晚点见面的邀请。五点半苟天和张闵会来接小沐回去，刚好她可以在这里等薛均过来，饱餐一顿，顺便缓解一下她心里的闷气。

苟秋闲聊一样和陈雯说："其实上周那个我觉得也挺好的，要不我再和他接触接触？"

"人家都没看上你，你还和他接触什么？"陈雯很警惕，"你看上他了？"

"没有啊。"苟秋当然否认，但是她无法忽视自己收到薛均信息时的那种愉悦，她盯着旁边往磨盘上倒沙子的侄女，有点心不在焉地说，"我就是觉得他个人条件也挺好。"

"好什么啊！家里乱七八糟，那个警察不是更好，你怎么不说和人家接触接触？"

苟秋噎住，试图说服陈雯："妈，其实我说的那个人是我高中班主任的养子，薛武老师，你还记得吗？薛老师家里挺和谐啊。"

师母也曾是七中的行政人员，同学们经常见到他们手牵着手在路上走。

"他八岁多就到薛老师家里去了，亲生爸妈感情怎么样，对他的影响应该不大吧。"她狡辩着。

发完这几条，等了会儿，陈雯却没回，苟秋忐忑着，又把自己发的语音听了一遍，没发现哪里不妥。

两分钟之后，陈雯直接打电话过来。

她万分反对苟秋再和薛均有任何接触："不听妈妈的话就要吃亏，你那个姓严的男朋友，我就说这种人不靠谱，他不就扔下你去美国了？才谈了多久？"

苟秋又好气又好笑："没有谁扔谁，他准备出国的事我一早就知道。"

陈雯冷哼："是吧，他早知道自己要出国，还要找你谈恋爱，这不浪费感情吗？你什么都不懂。还有那个小李，我当时就说不要你和他住在一起，你看吧，那么久也没个结果，没一个省心的。"

苟秋不理解："结果？"

恋爱分分合合实在太过正常，如果说婚姻才是一段感情的最后归宿，那世界上就不会有那么多前任了，谁能在一开始就百分百确认自己能和对方走进婚姻？

而且，享受纯粹的爱情和承担家庭的责任，完全是两回事。

就算是薛均当场求婚，荀秋可能都要考虑，更别说立即和一个把对等条件摆在桌上谈论的男人分享余生。

"是啊。"陈雯理所当然，"你看你哥哥多听话多孝顺，和人家张闵谈上了，马上就结婚、生孩子，这一天天不是过得很好吗？"

荀秋笑了一声："妈，他们之前就谈过，你不知道啊？"

陈雯自然是后来才知道的，儿子多年不结婚，就是为了这个张闵。她叹了一口气，不想提这一茬："等你过了三十岁，还找谁结婚去？"

荀秋笑："那就不结呗，结婚有什么好？我和你跟外婆住在一起，不是也过得很好吗？"

"不结婚有什么好？"陈雯反问，她理解不了年轻人的思维，"没有儿女，你怎么算有个完整的人生？"

荀秋有点听烦了这套论调，她跟着小沐往乐园的扮演分区跑，一边反问："儿女有什么用啊？"

"儿女怎么会没用呢？没有儿女，谁给你养老送终？"

荀秋笑，顺手接过侄女递过来的小警服，把手机夹在肩膀上，俯身小心地把衣服给她套整齐。小沐穿了这个，很得意，小脸上陷下两个梨涡，糯声糯气地说了一声："谢谢嘟嘟。"

小沐和荀秋小时候长得太像了，说是她的翻版都不为过。荀秋笑了一声，回答："小沐不用谢。"

她直起身，拿好手机，调侃了一句："没有儿女，我就不用五十多岁了还要给儿女操心了啊。等我退休了，就可以当个快乐老太太了。"

陈雯气得够呛，骂了一声："别开这种玩笑，妈妈还不知道你，你是不是就看中上上周那个男的了？"

荀秋笑容微敛，不说话。

"绝对不行，你别气妈妈啊！我会叫你琴琴阿姨再介绍，你慢慢选就行了。"

"知道了。"荀秋听得垂头丧气。

薛均在咖啡馆都已经明确拒绝和她结婚了，她明明就不用再纠结太多。荀秋叹气，看来她始终是不愿意听任何人说他一句不好……她跟着小沐穿过小小的隧道，来到最外面的海洋球池，一边懒洋洋地陪她扔球，思绪却已经飞到九霄云外了。

小沐忽然来牵她，口齿不清地欢呼着："嘟嘟，看！"

荀秋往旁边一看，一个穿着黑色制服的高大男人正路过外面的玩具展览区，正是上次相亲的赵竞持。

他显然也看到她了，下巴一抬当打招呼，荀秋礼貌点头。本来这茬就过了，

—201—

可小沐马上趴在了栅栏上，冲人家张开双臂："抱！"

旁边几个人都被她逗笑了，笑着说："这是看到爸爸了吧？"

赵竞持愣了愣，神情有点淡。

小沐很会看眼色，知道他不会抱自己，立即瘪着嘴，做出马上就要哭的样子。荀秋忙上前把她抱起来，哄道："不哭不哭，姑姑带你去坐'警车'好不好？"

小沐不肯，崩溃大哭。

旁边的家长们笑得更厉害，赵竞持恍然，问她："是你侄女啊？"

荀秋有点窘迫，点头，小沐就已经拉住了人家的衣服，赵竞持顺势把她抱进怀里，肃着脸色说："喜欢哭可不能当小警察啊。"

小沐抽噎一声，止住哭泣，圆圆的小手一伸，拍自己的小肚子，正气凛然："警察。"

赵竞持不懂，荀秋只好翻译："她说自己穿着警服呢，已经是警察了。"

"哦。"赵竞持笑了一声，捏了捏小沐的脸，可爱得很。

他转向荀秋："你的伤怎么样了？"

"好得差不多了，你还有事吧？别耽误了。"荀秋看他这穿着，也不像来这里玩的。

赵竞持的确是来楼上办事的，不过事情已经妥了，他坐电梯路过这里，只是顺便来给他侄儿买个玩具回去。

他把心满意足的小沐还给荀秋，又垂下眼看了看对面两人，然后对荀秋说："你们两个还挺像的。"

特别是这一双墨色的眼睛，水灵清透，鸦色长睫密得像刷子，一眨一眨地看着人，挠得人心里有点痒。

他也不知道自己是怎么想的，忽然脱口而出："楼上有家酸菜鱼做得不错，快五点了，要不要一起上去吃个饭？"

荀秋摇头，她约了薛均吃饭，况且她也不愿意和相亲对象接触太过，以免给彼此造成误会。她垂了垂眼，笑道："抱歉，我一会儿有约了。"

"还是相亲？"

"不是……"荀秋不知道怎么形容自己和薛均的关系，只好敷衍，"就一朋友。"

小沐不耐烦听他们站在这里干巴巴地讲话，在她怀里扭了扭，吵着要吃蛋糕。

赵竞持看她抱得不易，又接过小沐。三人一起从游乐场出来，走到了旁边的蛋糕店。

俊男靓女和萌娃的组合总是很引人注意，所以薛均从1号门进入商场，很容易就看见二楼桥廊上的他们。

赵竞持抱着孩子，荀秋笑得眼睛弯弯，一手伸高，要把一个小蛋糕送进孩子嘴里，而赵竞持微微弓着背配合她的身高，眼神很轻柔地落在她的眉间。

商场的灯光打得很足，薛均看得清他们的每一个微表情。

这一幕实在太和谐了。

可这一刻他分明感觉到尖锐的刺痛感，一亿根细小的针穿破肌理，随着奔腾的血液把痛楚淌遍全身，胸口不由自主地酸胀。

所以，这就是荀秋始终对他冷淡的原因吗？

一个家庭完美、喜欢孩子、长相英俊、不曾伤害过她的男人。

3

荀秋不是没想过结婚的事，就在几年前李霄野问她时，她曾经郑重地考虑过。

可无论人们用多少华丽的辞藻去歌颂婚姻，父母的残酷事实却血淋淋地摆在面前，她始终不明白，为什么有人愿意拿一生去赌这样的不确定。

种种因由，让荀秋没怎么犹豫就答应了赵竞持的提议——不愿意结婚的两个人保持接触，偶尔吃饭，互相打掩护，应付家里的催婚。

一切都很完美，起码半年内，她再也不用听妈妈唠叨结婚生子了。

"在想什么呢？"

大屏幕上的剧情仍然在继续，薛均倾身到她耳旁放低声音询问，温热的吐息扑来，荀秋轻轻颤了颤，回神看向身边的人。

深邃英挺的脸上落着银幕映过来的光影，黑暗中，薛均温润的眸子也变得幽幽，他离得好近，微凉的唇几乎吻住了她的耳尖。

荀秋也不知道他究竟有什么魔力，明明更亲密的事情都有过，却仍然会被他一些突如其来的小动作撩拨得心跳加速。

"没什么，快结束了？"她紧绷起来，用几乎听不见的气音问了一句，装作镇定地往另一边偏了偏，扶在把手上的指尖却攥得青白。

可薛均并不愿意放过，伸过手来握住了她，又顺着五指的缝隙很慢地与她相扣。"怦怦"的心跳声在安静的电影院里显得那么清晰，荀秋咬着唇，两眼看着前方，手心几乎沁出汗来。

"嗯，还有两分钟。"他说话时夹杂着轻笑，似乎是对她的惊慌失措很满意。

荀秋恨恨地侧过脸，不想理会他，可到底没舍得把手抽出来。

"这里窄。"他解释，"一会儿我牵你走，好不好？"

面前的大屏幕上光影轻转，缠绵悱恻的爱情快到尾声，可荀秋已经没有心思观赏剧情，红着脸，很低地"嗯"了一声，答应他。

薛均听见了，眼角压着笑，手指轻按在她的手背，亲昵又自然。

时隔多年，荀秋再次来到了江山名府。

喷泉小广场已经被拆掉，原来的地方摆上了藤椅，种上了更多漂亮的观赏花和灌木。

路过A区那一排时，荀秋不由自主地望过去。严知家大概很久没有住人了，小花园里萧条的枝丫几乎挡住了深色的铁栅栏，三楼露台的玻璃门紧紧关着，没人打理的海棠树已经枯萎，歪歪斜斜，大概是在某个雷雨天被风吹倒的。

以前她和严知在这棵树下——

"荀秋。"

"嗯？"她收回思绪，转头看了薛均一眼。可后者抿着唇，下巴绷得紧紧的，扶着方向盘一言不发，脸色看起来还有点臭。

"什么啊……"她嘟囔了一声，莫名其妙地叫她干什么？

薛老师已经在两年前退休，之后便回乡下老家养老去了，江山名府的房子如今只有薛均一个人居住。

车子很快开到了C区附近的地面停车位，这边的布局和A区不太一样，荀秋感慨了一声，来江山名府这么多次，她从来都没到过这边。

"咔咔"几声，驾驶位的安全带弹了回去，薛均取下钥匙，车灯"嗡"地灭掉，四周顿时陷入黑暗。

荀秋一下有些不习惯，闭了闭眼睛。

薛均一只手撑在她的侧边，俯身靠近，清爽干净的气息包裹住了这狭小的空间，他抵着她的鼻尖，清澈柔和的眸子定定地看着她的唇。

他并没有吻下来。

可荀秋在这种注视下很快红了脸颊，一些熟悉又陌生的画面从她脑海中闪过，嗓子也开始觉得干渴。

她抿唇润了一下，伸手拽住了他的衣领。水光朦胧的眸子垂下来，她抬着下巴吻了吻他。

淡淡的甜香印在唇角，轻柔的吻一触即分，荀秋退开了些，抵住靠背，小声说道："我们下车吧？"

可笑的"陈年老醋"蒸发了，显然，他不必再回头看，现在他在她身边不是吗？

薛均长手一捞，一下把荀秋抱过来放在腿上。他的吻很温柔，熟悉的愉悦感来得太快，荀秋的眼角几乎在一瞬就积出了泪水，他也一样，急促的喘息在密闭的空间里无限放大。

除了荀秋，再没有任何人能点燃他的荒唐和沉溺。

密密麻麻的吻情不自禁地下移，发烫的指尖探进衬衫下摆，薛均想起刚才经

—204—

过A区时荀秋那副怀念向往的神情,以及再早一些,她和赵竞持在蛋糕店门口一起逗孩子的场景。

或许更多。

比如,严知趾高气扬地告诉他,荀秋现在是他的女朋友;比如,李霄野在演唱会的夜里发的那张官宣照片;再比如,在君山的那个晚上,她莹白漂亮的锁骨上刺眼的红色……

"不能在这里,薛均……"荀秋长舒口气,"你别太过分了。"

可薛均抬起头时,她的心又好像泡进柠檬汁般酸胀而悸动。他的脸闷得潮红,水润的眼睛腾起了迷蒙蒙的雾,汗水打湿了他的额发,顺着他清晰完美的轮廓滑落,跌在她的手背,烫得她心里发颤。

"嗯。"薛均应了一声,喉咙滚了几下,伸手为她整理衣衫,低低地说了一句"抱歉"。

但荀秋很喜欢他的失控,她抿唇,离开他回到了副驾驶。

片刻后,他们到达了C9。

这栋别墅的布局和严知家一模一样,荀秋不需要任何指引,轻车熟路地就到了三楼卧室。

薛均的卧室布置不算太复杂,整面墙划作书柜,各类专业书籍摆得满满当当,还有形状各异的奖状、证书、金银铜牌……他在她缺席的日子里依然光亮闪耀。

可是为什么他不做研究了?荀秋很疑惑。

但很快,她又暂时忘记了这件事,因为在这么多专业的书籍资料中,格格不入地夹放着一本白蓝色小册子,看起来非常眼熟。

荀秋拉开玻璃柜门,把它小心取出来,展开。

是一个歌词手抄本。

其实她在看见册子时,就已经知道那是自己从前送给薛均的歌词手抄本。当年她花了很多时间誊写它,护眼台灯压到最低,一直亮到晚上十二点,精神高度集中,一个字都没有抄错。

对薛均的探知欲重新开启,荀秋转头看向身后。薛均依然撑手坐在床上,对她起身去开柜子的动作并未加以阻止,更没有像从前那样,以注销账号的方式来躲避她的窥视。

他只看着她,眉眼柔和,笑意很淡,但纵容的意味清晰,好像任由她做什么他都不会反对。

这或许就是他所说的"不会退缩"。

荀秋摇了摇手上的本子,笑了一声:"很幼稚是不是?其实之前你买的CD里面会送歌词本吧?"

可是那时的他很体贴，对她的赠予表达了极高的称赞。

薛均摇头："不幼稚，我很喜欢它。"

荀秋隐隐是信的，否则他怎么会把它放在书架上。

她有些得意，反问："真的？"

"当然。"他冲她招手，"荀秋，过来。"

床榻压下一块，薛均把她圈在身前，用轻柔的吻反复描摹她敏感的耳朵，浅尝辄止的亲密让两人心里都有些发痒。

荀秋微微用力，把膝盖压在他的腰侧，随即伸手轻轻一推，他就很配合地仰倒在被子上，凸出的喉结上下滚动了好几轮。可他没有任何动作，躺在那儿，眼神清亮到无辜，有一种任她施为的懵懂。

"薛均。"荀秋肃着脸，伸手在他白皙清隽的脸上拍了两下，提问，"你是什么时候知道我喜欢你的？"

坦然说出喜欢好像也没那么难了，特别是在这样亲密的时刻，且她处于上风。

"很早。"薛均的手攥在被子上。

"什么时候？"荀秋很好奇，猜测，"是在九班？还是更早些……你发现我拿走你的草稿纸？"

说到这里，她又有点疑惑："我明明看见你走了才去收的，你怎么会知道这件事？"

"因为我在关注你。"

那次月考他们分在同一个教室，他注意到她故意放慢的动作，注意到她紧张到发抖的肩膀，他想知道她的异常情绪从何而来，所以他等在教室外面，看到她悄悄走到讲桌前，在废旧的草稿纸里飞快地寻找。

"关注我？为什么？"

她的眼睛不自然地眨了几下，这个问题似乎只能有一个答案，可是怎么可能呢？

"因为……"

因为荀秋在面对他时，情绪饱满、真挚，靠近她，听她的声音，他会不自觉地放松。她的气味闻起来也很甜，很像清晨刚出炉的奶油面包。

他情不自禁地靠近她，下意识地模仿她的喜好，去感受那些音乐、文字，以及这世上其他的美好。只要她驻足过的，他都会去尝试，并且好好体会。

可他从未经历过爱，在情绪和心跳轻易被她掌控之后，如潮水汹涌的陌生情愫总让他感到惶恐。他不断试探她的安全领域——很好，无论多少人喜爱她，她最喜欢的人始终没有变过，第二名和他远远不及。

除了……薛均不愿意再想起那个糟心的李霄野，他张了张嘴，想要敷衍过去。

苟秋察觉到，恼怒地按住他的脸。等一张俊俏的脸被蹂躏得不成样子，她又笑出声来："不许骗人。"

薛均短促地笑了一声，伸手在她的背上轻抚，开玩笑："不知道，让我摸摸，你是不是在身上装磁铁了？"

"也不许贫嘴。"苟秋侧身拍开他的手，眨眨眼问，"为什么要帮李思源递纸条给我？"

薛均抿唇犹豫了片刻，看向她："如果当时那张纸条上还写着其他内容，比如，李思源说他也喜欢周杰伦，并且可以给你提供下载歌曲的途径呢？你会……同意和他做朋友吗？"

"……所以那张纸条真的有这些内容？"苟秋不可思议，"但是我看的时候好像只有一行字？"

薛均毫无愧疚："因为我把下半部分剪掉了。"

这真不像他能做出来的事情，苟秋狐疑地看着他，想知道这是否算一个不怎么好笑的笑话："为什么？"

"我不想你和他做朋友。"

她拧住薛均的耳朵，看他的眉毛因为疼痛皱起，心里却觉得非常适意。

"那在七中的时候呢？"她提示道，"就是我们第一次一起做值日时，你也是故意离我那么近的？"

她凉凉地喊了他一声："薛均，看我惊慌失措你就高兴了，是不是？"

"嗯。"薛均耳根红起来，"抱歉。"

他顿了下，伸手握住她的发尾，又翻出了旧账，有些郁闷地说："你和李思源说如果你喜欢我就让自己头发掉光光。"

"胡说！"苟秋压根就不记得这回事了。

"就在车棚那边。"薛均咬了咬下唇，"你忘了，你想问我去七中还是去一中，找了李思源打听。"

苟秋慢慢记起来，笑了一声："才不是我想知道，是帮别人问的。"

"嗯？那你不想知道吗？"他把手放在她腰窝轻轻摩挲了两下，等苟秋耐不住痒躲开时，他又用力把她压下来，在她绯艳的唇上吮吻。

她的气息清甜，又带着一丝丝轻微的羞赧，他弯着唇角，装作漫不经心地问道："苟秋，我找个时间去一趟你家好不好？"

"去我家？"苟秋吻着他，没想明白，"为什么要去我家啊？"

薛均捏捏她的脸："你妈妈对我有误会，我想当面和她解释一下。"

苟秋僵住了："没必要吧。当时我妈妈不知道你在房间里，而且她也是听别人说的，不是有意针对你。"

她吻他高挺的鼻子，柔下声音来撒娇："薛均，你就别介意了，好不好？我知道你好就行了呀。"

她揉了揉他蓬松的乌发，作法似的念叨："忘掉忘掉，统统都忘掉。"

薛均笑着解释："我没有介意那些，只是江城毕竟这么小，我们约会的话很容易就碰见熟人。所以，我想要不要早点解开误会，顺便也可以把我们的事告诉家里。"

"不是。"荀秋噎住了，"咱们的事儿为什么要告诉家里？真没这个必要。"

"为什么没必要？"

下午在商场看见的场景再次出现在眼前，薛均坐起来，牢牢把人圈在怀里。

荀秋没说话，他又问了一次："荀秋，为什么没必要？"

荀秋僵硬地转过来，昂首问："这还用问吗？我们的关系也不好往外面说呀。"

薛均慢慢有了不好的预感："我们的关系有什么不好说的？荀秋，你认为我们现在是什么关系？"

"什么关系？就……见面、吃饭、睡觉的关系啊。"荀秋看了一眼两人暧昧的坐姿，艰难地反问，"还能是什么？"

薛均的脸一下就白了，怔愣着重复了一遍，看向她，眼神也慢慢冷下来："我以为我们已经是男女朋友关系了。"

荀秋的心猛地颤了一下。

她还没来得及细想，却看见眼前人嘴角勾起。这样的薛均看起来很陌生，眼神森然，言语冰冷："你认为不是，所以你去见了别的相亲对象，和人家一起去逛商场、吃蛋糕？"

他深邃的眼里凝起了冰霜，看向她，突然问："你和他上床了吗？"

"你说什么？"

荀秋吃了一惊，完全没想到他会说出这样的话。她被气了个倒仰，先不说他的话有多难听，退一万步讲，他有什么立场来指责她？

她推开他，光着脚站定在地毯上，笑了一声："薛均，你是老鼠人吗？为什么总是躲在暗处观察别人，我和他不过是一起逛商场罢了，有你和我这样不堪吗？"

薛均喉间滚动了一下，为自己的失言感到不可思议："对不起，我不该说那些话。"

他低着头拉住她的手，声音变得哀凄："我们早点定下来吧……荀秋，我很喜欢你。"

这句话迟到了整整十二年，可依然给荀秋带来太大的震撼，原来爱的声音带着香气。她的心脏胀满酸涩，密密麻麻的刺痛感从天灵盖通向脊髓，她觉得鼻子酸酸的，眼前模糊起来，好像有什么东西从眼角蜿蜒，接连不断地落在手背。

"荀秋。"薛均吻向她的眼睛，"我们结婚，好不好？"

她犹豫地问："那……孩子呢？我们会有孩子吗？"

这便是他们的症结所在，荀秋自认为背负不起养育孩子的重责，而薛均亦为血脉继承下难以逃脱的遗传基因为难，父母双方都没办法积极应对它的到来，它真的能在这个现实中得到必不可少的爱吗？

薛均僵了一下，说道："你也不想生孩子的，不是吗？"

"不想就能不要吗？"荀秋轻轻道，"这个世界上的事，只要你不想就可以不去做吗？说实话，我的确不愿意结婚，也不愿意生孩子，可我妈妈是非常传统的人，你在咖啡馆见到我的那一刻就应该明白，我已经向她妥协。"

三年多，妈妈的身体没有完全恢复，荀秋不能给她埋下任何影响心情的隐患。

她顿了下，继续说："这是'任务'。"

"孩子不是父母的附属，更不该是'任务'的产物。"薛均垂着眼睛，"他应该——"

孩子是独立的个体，所以荀秋没有必要听从陈雯的每一条建议。

而一个新生儿又需要太多的爱和责任去浇灌，而他或许做不到，至少现在做不到。

荀秋仍然摇头："薛均，我现在只想要一段轻松愉快的关系来缓解压力，而你出现得刚刚好，仅此而已。"

薛均抬起头看她："只是因为你还喜欢我。"

或许是有，但并不足以让她为他不顾妈妈的身体，而且他未免脸皮太厚了。她嘲讽地"哈"了一声，勾出一个轻笑，问："何以见得？"

"这个，你怎么解释？"薛均起身，捏住她的耳朵，轻轻把白珠耳坠垂在手心，"你还戴着我送给你的耳坠。荀秋，这么多年过去了，你还留着它，为什么？"

荀秋抿唇笑了："原来是这样。"

她挣开他，从书桌上摸到了自己的手机，白皙的手指飞快操作，她把今年年初的一笔首饰订单摆到他面前："珍珠都长一个样，我戴的并不是你送的那一对。"

她垂下眼："对不起，那对耳环在我搬回江城时遗失了。"

遗失的珍珠和过期的喜欢，一起被落在了忘记提的行李箱里，跟着不知名的出租车，永远消失在了春天那场大雾中。

原来他的失控不过是那场无疾而终的暗恋垂死挣扎的余音罢了。

荀秋叹了口气："让你误会真的很抱歉，薛均，我们结束吧，无论是什么关系,都结束吧。"

屏幕上的光落进他幽深的眸中,薛均看着她,忽然伸手将她捞进怀里。

泄愤式的吻铺天盖地地落下来,混杂着嫉妒和愤懑的苦涩,紧闭的齿关被撬开,男人强悍的压迫感侵略式地袭来,荀秋慌忙后退,却被一手扣住,与他牢牢贴在一起。

她的胸膛剧烈起伏着,别开脸:"放开——"

薛均毫不留情地追吻,拥着她退了几步倒进被窝。

"荀秋,你想要的,我都可以给。但我有一个要求。

"在你结婚之前,只有我一个,好不好?"

4

荀秋有点睡不着。

今夜月光黯淡,露台上风很轻,她拉开玻璃门出去,眯眼看了看薛均家的海棠树,然后往北边眺望。这栋房子处在小区最外侧的一片山坡上,露台视野很宽广,能看见远处的零星灯火和朦朦胧胧的青色山脊,或是撼江旁边的一棵百年大榕树。

"怎么在这里?"薛均从浴室出来,很自然地捞起椅子上的大衣披在她的身上。

荀秋拽住他的衣摆靠近些,薛均低声笑,顺手把她揽进怀里,下巴抵住她的脑袋蹭了蹭,又俯首来吻她冰凉的唇。他刚洗完澡,微湿的发尾从她眼角擦过,沐浴露淡淡的香味包裹住她,荀秋合着眼睛,觉得很放松。

她莫名地站在寒夜的风口,而他只为她挡风加衣,没有将关心化为斥责,也不为爱试图干涉她分毫,只将温暖传递过来。

"薛均……"她揪住他的衣服晃了晃,轻轻地啃咬他的唇,很难得有了倾诉的欲望。

在极端的放纵中耗尽所有负面能量,他们开始真正享受久别重逢的时光,他们的离别太长,但他的喜好本就因她而生,倒不必担心没有话说。

她张了张嘴,两人异口同声地问:"为什么回江城来?"

薛均哼出一声笑,礼让女士:"你先说。"

荀秋没有客气,叹气:"三年前我妈妈生了一场病,很凶险,我哥陪她去沪市做手术,回来又折腾了几个月,等到病情终于稳定后才告诉我。

"我也没告诉他们我会回来。我想着,住在中心医院,又请了护工帮忙,情况应该不会太差。可是——"

想起当时的场景,她哽咽了一下。薛均没说什么,只拥住她,一下下慢慢地抚摸她的背。

荀秋到病房时,根本都没认出陈雯。

她老了好多,脸色灰败,看起来状况很差,眼角下垂到肿肿的眼泡上,细细的皱纹沿着沟壑攀爬,一路蜿蜒到凹进去的法令纹。辅助桌上摆着的各类药物在保护她,可副作用带来的进食困难也在折磨着她,衣服挂在她身上,瘦到可以看见肩胛骨清晰的形状。

荀秋很轻地笑了一声:"手机的美颜功能真的太过分了,不亲眼看见,我真的不知道情况已经差到那个地步。"

她在门外看了很久,直到胡子拉碴的荀天和年迈的外婆拎着保温桶从走廊出现,所有人都在,只有她在应尽的责任中逍遥法外。

"父母在,不远游。"荀秋叹了一声。

她不想再回忆亲手掐灭前程梦想的痛楚,拍了拍薛均的手,问:"你呢,什么时候回来的?"

身后的人沉默了一会儿,在她的疑惑中慢慢开口:"2012年6月。"

荀秋很吃惊,转过去看他:"你……毕业就回来了?为什么?"

在龙湖公园和她见面后的第二天,他就已经踏上了回江城的火车,所以荀秋在东大读研究生的那两年,从来没有遇见过他。

薛均眼睛垂下,笑容很淡:"和新来的导师有些意见不合,所以……"他微微耸了耸肩膀,"我让位了。"

他被研究所除名了?荀秋皱着眉,但他好像不准备详说这件事。

"为什么会这样?"她追问,声音因义愤填膺而抬高了一些,"他们怎么能这么过分!如果他们做不到包容人才,当初凭什么让你放弃更好的大学?"

她不敢置信,想了想,又问:"王导呢?他不能帮你们调停吗?"

"老师去世了。"

荀秋愣住,喃喃说:"那别的地方呢,就没有别的研究所可以去吗?"

"回来也挺好的。"薛均重新扬起笑容,"雾城的节奏太快,我还是比较习惯现在这种生活。"

但哪能没有遗憾呢?荀秋知道付出100%的认真和努力却付诸东流的感受,谁能够真正释怀?

她长长地叹了一声,伸手抱住他的手臂,歪着脑袋靠上去,很失落地嘟囔:"我们都好可怜哦,到处被人欺负。"

"是啊。"薛均低头,手掌抚上她的脸轻轻摩挲,"咱们荀秋最可怜,总是被欺负到哭兮兮的。"

荀秋努着嘴"嗯"了一声,片刻后,又觉得这话不对劲,她疑惑地抬头乜过去。

薛均笑得很恶劣，带着一点点得意。

她心里那一点迟来的感伤立即烟消云散，咬了咬牙，气道："你在想什么东西？"

薛均笑，俯身捧住她气呼呼的脸，热烈的气息很快燃烧进肺腑，荀秋整个人开始发烫，双手交叠攀住他的脖子，在迷蒙的眩晕中含糊着斥他："就不能想点别的？"

他撒娇似的拉长了音调："想欺负你。不累的话，就再让我欺负一会儿？"

"不——"

"宝贝，求你了。"他吮住她的耳垂，诱哄着，"不说话就当你同意了。"

他说得好快，她根本来不及再拒绝双脚就离开了地面，薛均把她打横抱了起来，几步回到房间，顺手拉上了玻璃门。

世界很冷，好在他们可以互相取暖。

…………

这个月大概是荀秋近半年来最轻松的时光，有了赵竞持配合，假意每周会吃两次饭，妈妈也不再日日催促她，只说让他们慢慢了解。

而和薛均的联系……荀秋打开微信对话框，手指在屏幕上划拉了好几下，密集的绿色与白色信息条你来我往地滚动起来，连续翻了十来页都没有到头。

手机"嗡"的一声，有新消息进来。

薛均：下课了吗？

她还没来得及回，身旁便横过来一只手，高绢揽着她的肩膀，"嘿嘿"笑了一声："和谁聊天，笑得这么开心？"

她笑了吗？荀秋按灭屏幕，摸了摸自己的嘴角："没有啊。"

她一看时间，又问："怎么这时候来了，一会儿你不还有晚自习要看吗？"

时间紧迫，高绢也不绕弯子："你一会儿没事吧？帮我去接一下谢梁？他爸爸做事真不靠谱，我都说了今天没空，他又忘了，延时服务都结束了还没去接孩子。"

荀秋叹了一声："都快六点半了，你老公怎么回事？"

家家有本难念的经，高绢也不想在同事面前多抱怨，只叹气："算了，他也是公司有事，没空。"

荀秋没办法，点头："行，那我现在过去。你婆婆那儿还有饭吗？还是我们又在外面吃？"

"别了，她的菜吃了要中毒。"高绢"哼"了一声，双手合十，冲荀秋礼貌地笑了笑，"谢梁要吃麦当劳，麻烦你带他去一趟，就吃薯条和汉堡，圣代、可乐那些都不要给他买。"

苟秋开始收拾东西："行，那我带他吃完再送到你婆婆家去。"

高绢点头："我把钱发你微信。"

苟秋客套地摆手："别说这个。"

本来约定要和薛均去吃饭，现在看来不行了，他那样不喜欢小孩，还是不带他一起了。苟秋想了想，给薛均发了条信息：今天就不一起吃饭了，我晚点直接去你那里。

六点四十分，苟秋骑着电动车到达幼儿园门口。老师先打电话给高绢确认之后，才把小孩送到了苟秋手中。

"谢梁，姨姨牵你，好不好？"

孩子看过来，圆润的眼睛低落地垂向地面，没有说话。

苟秋看出他心情不好，只得先把小书包给他背好，蹲下来哄道："妈妈要加班，今天姨姨带你去吃饭好不好？"

她放柔了声音，问他："想不想吃麦当劳啊？"

孩子毕竟还只有五岁，听到可以吃平时很少吃的快餐，忍不住咽口水，尽管心里还有些不乐意，还是点了点头。

饭点还没过，麦当劳人很多，好在亲子沙发那边刚好空出一个位置，苟秋拉着谢梁坐下，拿出手机准备扫码点餐。

微信里有未读信息，她点开看了一下。十分钟前，薛均发来信息：换班了？下课我来接你？

苟秋打了两个字，对面的孩子又开口问道："姨姨，我能喝冰可乐吗？"

她停下来，摇头："天气太冷了，喝冰可乐的话，肚子会痛痛的。"

谢梁知道可能是妈妈交代了阿姨不能给他喝可乐，也知道哭闹没用，他什么也没再说，垂下脑袋，很乖巧的样子。

这副失望透顶的模样，苟秋太熟悉了，她捏住手机。

爸妈总是太忙，被遗忘的孩子在幼儿园的保安室等待，等有人终于来接，也总有一大堆道理来拒绝孩子一个小小的请求……她怎么会不知道这种感受。

"苟秋？"

身旁有人喊了她一声，听着有点熟悉。她侧过去看了一眼，赵竞持抱着个三四岁的男孩，另一手还稳稳端着个托盘。见到她，他很意外："这么巧啊？"

他毫不客气地把侄儿往她那边一放，笑道："拼个桌，不介意吧？"

外头的天阴沉沉的，开始飘起了小雨。

赵竞持不明白，怎么同事的孩子都能推到苟秋这里来？三岁孩子猫狗都嫌，她也不觉得烦，甚至还有点温柔，把屏幕上的菜单指给谢梁看，问他喜不喜欢鱼排堡。

谢梁凑过来，肃然的小脸放松下来，点了点头。

荀秋选的是鱼排堡开心乐园套餐，除了汉堡、薯条和玉米粒，还附送一套小卡片玩具。她拆开盒子，拿出来让谢梁先挑选，然后把剩下的一张递给了王序序。

孩子拿了新玩具，很快就忘了不能喝可乐的烦恼。

荀秋总算松了一口气。

——很典型的讨好型人格，连几近陌生的小孩的感受都不愿意忽略，而且买玩具的钱也不会另外向人家家长索要，现在和他交际也是在消耗能量，一回到家就会脱力地躺倒在沙发上，哀号一声：为什么要来和老娘拼桌啊！

赵竞持想象到这个画面，突兀地笑出了声。

荀秋微微皱眉看了他一眼。赵竞持忙止住笑意，看到她面前同样空空如也的桌面，问道："你还没吃吧？那孩子几点回家，要不送完他我们去吃个饭？"

荀秋已经在飞速思考拒绝的理由了，清脆的手机铃声却打断了他们的对话，赵竞持敛下嘴角的笑意，说了"抱歉"，摸出手机一瞧，薛均这时候打过来干什么？

薛均也不知道自己为什么要给赵竞持打电话。

荀秋不过是半个小时没回信息而已，她虽不是班主任，可学校的事情也挺多，忙到没时间看手机很正常。而且她说了一会儿会过来……可没等他想明白，电话就已经拨出去了。

赵竞持那边很嘈杂，细听之下有"嗡嗡"的回声，很像在人潮汹涌的商场角落。

"喂？怎么了？"赵竞持声线平稳。

薛均勾着唇，笑了一声："在哪儿呢，这么吵？"

"在万达呢。"

"一个人？"

赵竞持笑道："哪能啊？赵悦持和她老公去五楼看电影了，把王序序丢给我带。这小子中午都没睡觉，刚在游乐场跑了一个多小时没停过，也不知道哪儿来的精神。"

"这样。"薛均慢慢靠在座椅上，很轻地眨眼，"我还说一会儿找你喝酒，你要带孩子就算了。"

赵竞持觉得稀奇，又笑了一声："哥们遇上什么事了？要说没空吧，也不是真没空，你先说说你怎么了啊？"

"没什么事，就是无聊。"薛均说。

"那你就别怪兄弟啊，今晚没空，约了人了。"赵竞持嗓音轻快，似乎心情非常好。

约了人了？

薛均垂了垂眼睛:"是你的相亲对象?"

赵竞持"嗯"了一声。

"你们今晚有约会?"

可荀秋说过她会来江山名府。

赵竞持觉得有点奇怪,好友的声音沉得好像浸着水,听起来硬邦邦、冷冰冰,这可不像一向谦虚有礼的薛均啊。

和荀秋幼稚的协议自然不能往外说,赵竞持笑了一声:"嗯,这不是正在接触吗?你说请人家看电影会不会太老土了?一会儿我得问下赵悦持看的电影好不好看。"他喃喃了一声,"好像是讲什么前任的,你看过没有?看的人还挺多的,不晓得还买得到票吗……"

里面两个孩子已经开始争抢玩具了,荀秋有点为难地看过来一眼,赵竞持忙站直,急急忙忙地往里走:"兄弟,我们吃饭呢,晚点和你说吧,不好让人家等久了。"

"你们在一起?"

"嗯,晚点说。"赵竞持敷衍了一声,挂掉电话。

薛均抿了抿唇,很快又拨到荀秋那边,"嘟嘟"声一下下响起,直到开始自动播报:"对不起,您拨打的用户——"

"咔"一声轻响,他按断了通话。

心里好像有一块石头砸下来,"咚"一声把平静的湖面砸得四溅横飞。薛均把手肘架在半开的车窗上,看向七中外的柳树白堤,无能为力的重压迫切降临,呼吸也成为一种妄想。这种感觉太熟悉了……他颓然地垂下了脑袋。

赵竞持回到座位,听到荀秋仍然在劝说王序序:"哥哥没有答应把他的卡片给你玩,你不可以抢人家的哦,快还给哥哥吧。"

王序序紧紧捏住卡片不肯松手,等荀秋过来拿,他"啊"地大声尖叫,还想拿脚去踢人。

活该他没玩具玩!赵竞持没好气地拎住王序序的腿,轻轻一提,孩子腾空而起,失重感让他松开手想去扶住支点,卡片就落在了沙发上。

荀秋忙拿起来,把它还给了不太敢吱声的谢梁。

"想挨揍了是吧?"赵竞持凉凉地乜了王序序一眼,又向荀秋道歉,"不好意思,我们家小皮太调皮了。"

王序序小脸憋得通红,大喊:"'小皮'这个名字我已经退掉了!"

赵竞持把他放回位置,皱眉:"公共场合,你能不能小声点?而且名字你要怎么退掉?"

荀秋一下子笑出声来,鬓边的几缕碎发垂落,她伸手随意拨弄了两下,纤白的手指从耳旁缓缓落下,水眸轻眨,很是柔美清亮。

赵竞持忽然觉得手有点发痒,问了一句傻话:"今天怎么没戴眼镜?看得清楚吗?"

荀秋笑:"戴了隐形眼镜。"

平时上课她一般都会戴上眼镜,一来方便,二来由于现在的孩子都长得太高了,她全副武装,想增加几分老师的威严。今天是因为要去薛均那边,所以她才换成了隐形眼镜。

等两个孩子吃得差不多了,外面的雨也变得有点密集,赵竞持再次提出先送谢梁回去,而后再回来吃饭的事。

荀秋一看时间已经快八点了,抱歉地摇头。

"有约了?"赵竞持有点愣,这个时间不早不晚,明天还要上课,她会去哪里?他试探着,"不能一起玩吗?"

荀秋噎了一下,试图说谎:"不是,明天的教案还有要修改的地方,实在是没空,要不下次找个空闲时候我请你吃饭吧?"

她太久没当着人家的面撒谎了,眼睛眨了好几下,脸上也开始发烫。

而赵竞持就这样看着她,也不说话。他有点猜不透了,她看起来明明像跟人有约的样子,可如果是普通朋友的话,她不会这样难以启齿,难道是有男朋友,家里不同意,所以她才不愿意相亲?

他想继续问两句,可看到她窘得耳朵都红了,他迷茫地挠了挠头,他真的有这么可怕?

"那行,我等你下次请我吃饭。"

荀秋认真地点点头,很感激他突然回归的边界感。

外面的雨确实有点大了,大到已经不适合骑电动车带孩子。他们牵着孩子和很多路人在1号门门口等了一会儿,还是决定让赵竞持开车送。

他们又一起往地下车库走,薛均的电话在这个时候打进来。荀秋一瞧,糟了,她忘记回薛均的消息了,还有个未接电话也没有听到。

"喂?"

"荀秋。"薛均的声音听起来有点虚弱。

荀秋顿了顿脚步,问道:"怎么了?"

"我有点不舒服。"薛均说,"荀秋,你在哪里?可不可以现在过来?"

前几日刚录的指纹起了作用,荀秋没什么阻碍地进了屋子。三楼的走廊亮着灯,她抬头看了一眼,先把手里的东西放在了餐桌上。

手机突兀地响了一声,荀秋立即按下了静音键,屏幕上"三号"两个字无声地闪烁着。她皱了皱眉,把手机放回口袋,一如既往没有管它。

三楼卧室的门半开着,里面黑黢黢的。荀秋走近了些,扭开床头的琉璃台灯,目光顿了一下,弯腰把薛均的手机从地毯上捡起来,按了一下。

没反应,大概是没电了,怪不得"拜拜"也没来得及说,通话就突然挂断。荀秋拉开抽屉找到充电器,插好放在柜子上。

薛均还穿着早上的白衬衫,侧躺在床的边缘,两手拥着厚厚的被褥,长睫轻颤,眼珠慢转,似乎陷在噩梦里。

"薛均。"荀秋蹲下来,抬手抚上他潮热的脸颊。

惊人的热度传过来,她大吃一惊:"怎么这样烫?"

她轻握他的肩膀晃了晃,俯身凑近他:"薛均!"

薛均似乎从梦中逃脱了,眉头慢慢舒展,睁了睁眼睛。他渴得厉害,沙哑的嗓子里溢出一声"嗯",随后费力握住了她的手紧贴在脸颊上,迷离的眸子中浮上一点委屈的暗光。

荀秋从来没见过薛均这个样子。记忆中的他总是意气风发,就算沾染风雨也不显得狼狈,从容自在得像雪里的松柏。可现在的他看起来好脆弱……她的声音不自觉地放柔,哄他:"怎么会感冒了呀,吃药没有?"

他点头。

"那我们好好休息,睡一觉,明天早上起来就好了。"她摸到他额上细密的汗水,又掀开被子查看。

冰凉的手指从有些湿黏的衬衫上轻轻划过,薛均的呼吸变得有些急促,看起来很不舒服。

荀秋叹了一声,用刚才哄谢梁的语气来哄他:"都打湿了,我们先吃点东西,洗个热水澡再睡好不好?"

"嗯。"他乖乖点头,撑起有些发烫的身体,任由她扶着半靠在床上,眼巴巴地看着她。

荀秋觉得好笑,他这个样子和谢梁也太像了,乖乖的,带一点忐忑和腼腆,看起来很好欺负。

她摸他的脸,轻声说道:"给你带了粥,我去拿上来。"

刚一起身,手却又被紧紧抓住,薛均垂着眼睛,在她疑惑的注视下憋了半天,喉咙轻滚,低低地蹦出一句:"那快一点,我等你。"

他一副忧心忡忡的样子,好似她一离开视线就永远不会回来。荀秋笑出声,"怎么了?我就下下一楼而已,两分钟就回来好不好?有瘦肉粥,还有你喜欢的玉米锅贴。"

薛均松了手,眨眼:"嗯。"

她提上来的外带纸袋上印有商家 logo，正是万达商场附近一家很热闹的粥面店。薛均眼神黯了黯，慢慢起身，跟着荀秋一起在小沙发上落座。

茶几上的手机再次响起，荀秋转过头去看一眼，眉头狠狠皱了皱，把手机静音后翻转过去，眼不见为净。

"谁的电话？"薛均问。

"没谁。"

荀秋少有这么不耐烦的时候，薛均低低地"哦"了一声，没有再问。

他并没有真正生病，不过是在二楼健身室裹着三件毛衣跑了七圈，又在听到门响之后马上跑上三楼捂被子罩了，可此时捧着甜豆浆喝了一口，他却觉得嘴里苦苦的，比生病时更不是滋味。

他慢慢放下豆浆，很久都没有动作。

"怎么不吃，没胃口吗？"荀秋都快饿死了，夹着锅贴啃了一半，慢慢地咀嚼着。

"不好吃。"

荀秋诧异地转过头去瞧他，两人对视一眼，薛均忽然俯身靠过去把她筷子上的半个锅贴叼走了。

荀秋目瞪口呆，而他慢慢地抬起头，睫毛轻闪，神情淡淡地把锅贴送进嘴里。

看来是真病了，小孩似的。荀秋笑了一声，等他吞下去后，又夹了一个锅贴喂到他嘴边，轻轻地埋怨："你真是幼稚死了。"

薛均的眼里慢慢有了笑意。

花洒的水声簌簌，浴室里慢慢腾起热气，荀秋拉上玻璃门离开，手机在这时第三次响起，她心里突然窜起了熊熊燃烧的怒火，很快走到茶几旁，猛地扬手抄起了手机。

不是"三号"，而是荀令。再不接，估计他们就要直接打给陈雯了。

荀秋看着屏幕，长吁了一口气，平静下来接通电话，沉默着，慢慢往露台走过去。

电话那头传来一个不算年轻的女声，是荀令的现任何香，她亲热地喊了一声："秋秋啊，好久没联系了，最近在忙些什么呢？"

荀秋不明白，为什么有人可以厚脸皮到这种程度，自己的态度还不够分明吗？她答非所问："嗯，是挺忙的，你有事吗？"

那边似乎根本听不出荀秋的抗拒："哎呀，再忙也不要忘记和你爸爸联系啊，今天是十五号，怎么没过来吃饭？阿姨都炒好韭黄牛肉啦。"

"忘了……"荀秋靠在玻璃上，再次问，"有事吗？"

何香说："也没有什么要紧事，太久没见了，阿姨想你呀，昨天还和你妹

-218-

妹说，秋秋都去相亲了，阿姨是想让她抓紧，可你妹妹不懂事，还说自己又不是没男人要，明天过来啊？"

荀秋真心地笑了一声，没说话。

"哎，对了，你爸爸想问问你那个相亲对象的具体情况，明天过来吃饭吧？阿姨给你做宫保鸡丁和糖醋排骨。"

荀秋拒绝："不用忙了，这几天我——"

"一家人客气什么，你总是这么客气，我就觉得自己对不起你妈妈。你每个月才来一次，都不能吃满意，哎，阿姨真应该找你妈妈学一下做菜呢。"

荀秋咬住牙，不行，她不能生气，她生气就是上了这人的当。在江城，她首先是女儿，是陈雯和荀令要争的"一口气"，她绝对不能再被这个虚伪的女人气到失去理智，也不能让任何人抓到陈雯"你不该离婚，离婚就是对孩子不好"的把柄。

"知道了。"

"那就好，明天准时来啊，不然阿姨怕你爸爸又要打电话给你妈妈去吵。你知道的，家和万事兴，一家人和和乐乐比什么都好。"

每个月总有这样难熬的一天，和低俗的中年女人、肤浅的无业"妹妹"，还有一个漠然的爸爸一起吃鸿门宴，应付他们的冷嘲热讽。

荀秋知道，因为财产分割的事情，何香把她当作眼中钉，喜欢用"软刀子"来捅她。她也曾经爆发过，把何香压在地上扯头发，可并没有用。

没有何香，也会有白香、黑香，罪魁祸首并不是她。

而荀秋的爆发换来的不过是更多笑面虎一样的骚扰和亲戚们对陈雯的指指点点。

每当这个时候她都好想李霄野，为什么她不能像他一样，把所有人都当成屁，在他爸爸打电话要求他出席晚会时干脆利落地给出一个"滚"。

带着水汽的温热躯体慢慢覆过来，薛均屈指抹去了她眼角悬而未落的泪珠，声音轻柔："怎么在哭？"

荀秋摇头，转身揽住他的腰，头低低埋下，慢慢地陷入这个宽厚的怀抱。

她在选择回江城时，已经预料到自己不能再像在雾城那般随心所欲——

她即将成为一个小城里被暗暗打上"剩女"标签的人，随时接受各种亲戚的评判。这群人中或许有些从未接受过教育，也或许从来都没有出过这座小城，可他们能狭隘地为她制订出一套标准的人生方案。

妈妈处在这种环境中，为她承担了太多冷嘲热讽，也许已经足够宽容。

第七章 一团乱麻

注定会在某个时刻结束的一场美梦。

1

纵使迷梦不舍挣脱,夜也总会过去。

翌日,荀秋在六点多到达了中心广场。

荀令的新房子买在莱斯,正对着广场的圆形大钟,位置很抢手,交通也方便。他和陈雯这些年好像一直在打擂台,前脚陈雯刚在融贸买下复式楼,后脚他就在这里买了小花园。

总之,谁也不让谁。

荀秋骑着电动车拐进小区的塑胶跑道,绕开两个东奔西跑的扭扭车,到达7栋楼下,锁车,上楼。

1202室的门紧闭着,荀秋刚敲了一下,手还悬停在半空中,门就被打开了。

她有些诧异地看向对面陌生的男人,慢慢放下了手。

那男人三十来岁,个子不高,眼睛一眯,笑了下:"是荀秋吧?"他侧开身子做了个客气的手势,"快进来吧,就等你了。"

荀秋顿了一下,看见从旁边路过的楚淳熙,才点头迈进门槛。

一如从前,何香在厨房忙活,荀令坐在沙发上看《西游记》,而楚淳熙做出一副"老子天下第一"的模样,时不时丢过来一个凉凉的白眼。

"爸。"

荀令答应了一声,头也没抬:"去帮你阿姨。"

荀秋没有计较,"嗯"了一声,走进厨房。里面三个锅热腾腾地冒着白烟,食物香气溢满空间。何香不算那些阿姨中最好看的,但她见人说人话、见鬼说鬼话,哄人很有一套。

何香见到她来,忙给了个笑容:"秋秋来了,怎么还来厨房啊?出去坐着吧,好不容易来一趟,和你爸爸说说话,都是血脉相连的亲人,可不要生疏了。"

她走几步扶住门框,朝外面说道:"淳熙啊,快招呼你姐姐吃水果。"

楚淳熙并不理会。

何香"哎"了一声,搓搓手又转身:"哎呀,这个孩子,秋秋你——""别和你妹妹计较"几个字还没说出来,她的脸色沉了下来。

荀秋根本没在厨房,早不知什么时候走到景观阳台去了。

明明今早她在薛均那里"充满电量"才过来的,上了半天课,开了半天会,消耗不到一半,可她才进这间房子一分钟,就已经有了濒临"关机"的乏力感,她在阳台的躺椅上坐下,打开手机。

群消息还在继续。

周舟:@深蓝 我的姐,你最近是不是有点过于忙了?你的干儿子都快不认识你了。

荀秋笑了一声,打字:看看我的好大儿。

过了一会儿,周舟发来一张图片,还没等荀秋点开,灰色的一行小字跳出来:z1 修改群名为"此群禁聊孩子老公婆婆"。

周舟立即撤回图片,发了一串"哈哈哈哈哈哈哈哈"。

周舟:@z1 怪秋啊,她差点把我带偏,晚点等我的祖宗写完作业咱们打游戏。

荀秋笑了一声,心情稍缓,回道:这一等,就是一辈子。

谢知意:好,到时候你叫我,我先做日常。

周舟:@深蓝 你也得来!别管你那个什么相亲对象了。

周舟:@z1 记得带上你家 ICE,让他也来玩,我这边还有个"天策哥"。

周舟补充了一句:十八岁,气泡音弟弟。

荀秋笑得发抖,回:属于是"好物"分享了?

谢知意:女人,这才是你的目的?

这种感觉真的很好,薛均、周舟和谢知意,都给她一种逃脱牢笼的轻松感。荀秋长呼一口气,望向远处缥缈的撼江支流。一个月一次而已,快点吃吧,吃完了回去和她们一起打游戏,再也不想任何糟心的事。

可今天的饭局不同寻常，苟令家的餐桌是长方形的，苟秋一般都选择在苟令对面坐。

今天多出一个人，苟秋去到客厅时，那个给她开门的男人坐在主位，他对面的位置空着，而楚淳熙黑着脸坐在侧边加的塑料凳上。

苟秋没什么表情，拉开凳子坐下。

从他们的对话中，可以听出这个男人也姓何，是跟何香一个村出来的，现在大概在塘县那边开厂，赚了不少钱。苟令和何香喊"何总"，一杯杯地敬着酒，很是客气。

苟秋专注于面前这道炒小白菜，没几分钟就吃完放下了筷子，站起身来。

何香没给她让位置，一手按在她肩膀上，冲那个何总笑道："是我做菜做得太晚了，把秋秋饿成这样。"

她转向苟秋："快坐下，咱们认识一下，这是何总。"她放低声音，状似亲密地靠近，"秋秋啊，何总身价可不菲，而且家里父母双全，符合你妈妈的条件。"

苟秋笑了一声，原来他们打的是这个主意，实在好笑。她看向何曾，扶了扶眼镜，做出个懵懂的表情，问道："所以何总身价是多少？"

在场所有人都愣了一下，这一瞬间何曾已经想通所有关窍，他赶在苟令发怒前把人按住，很绅士地笑了一声："小秋很坦率，相亲就是要这样，大家先把条件摆出来，满意再继续谈，免得浪费时间。"

苟秋微微有些愧疚，其实她并不是针对这个男人，他这样有礼貌，倒让她有点不好意思。

何曾理了理思绪，看向苟秋，简单介绍了一下自己的情况："说到身价这一块，倒也不是不能说，厂里现在盈利不少，如果小秋真的想知道，明天会计上班我再去问一下。"

他顿了一下："现在的话，还是先说说我能给出的彩礼吧。

"之前我和你爸爸谈过，婚前一套水河城的房子，估值大概在七百万；一辆车，看你喜欢的买；另外首饰和彩礼还可以再谈，都可以签赠予协议。"他笑了一声，"当然，看你喜欢，就算是全部折现也没问题。"

苟秋下意识觉得他在吹牛，哪有人一上来就送房送车的。她的目光落在他腕上的百达翡丽，她在ST的那些年也去过不少拍卖会，这个表倒也不像假的。

奇了，这种有钱人何香怎么不自己捂好，竟然推给她？

"你是二婚吗？"苟秋问他。

何曾这下有点吃惊，他看了同样诧异的何香一眼，知道不是她透露的，又慢慢有点佩服苟秋的通透，这个女人不仅长得漂亮，人还很清醒聪明。

他轻轻摇头："没领过证，但我有两个儿子。"

何曾没什么文化，碰到大运才起家，忙到三十六岁，唯一的遗憾就是两个儿子有脑疾，所以他一直想找个学历高的女人结婚，生个聪明的孩子。

他没再忌讳，把自己的想法说出来："你看呢？我们结婚不必签财产婚前协议，我的就是你的，我的想法就差不多是这样。"

原来如此，荀秋看了咬牙的楚淳熙一眼，又问："是要怀上男孩才结婚吗？怀上女孩就打掉？"

何曾笑笑："生下来也可以，我会付赡养费。"

何香还在一边打圆场，荀秋听不进去了，她再次站起来。

她本以为自己不会因为这个房子的任何人产生情绪波动，可这一刻她仍然感到骨缝里透出来的寒意。她看向荀令，想诘问出声，可她没有。

根本就没有这个必要。

她用力推开了何香的手，没有理会荀令的怒吼和何香做作的痛呼，鞋子也没有来得及换，拎起来就推开门。

她只怕自己再晚一秒钟就要在那些面目可憎的人面前落泪了。

她混混沌沌地走到广场，才开始捞起鞋子穿上。

"荀秋？"

熟悉的声音在身后响起，荀秋一瞬从浑噩中挣脱出来，立即展开手掌不着痕迹地抹去泪珠，戴上眼镜。

赵竞持从很远的地方跑过来，还喘着气。他"嘿"了一声，蹲下来歪着脑袋，表情有些惊讶："还真是你啊。"

看见她红红的眼角，他发问："你怎么坐在这里哭啊？"

荀秋总算知道为什么这人会给她那样的备注了，都是成年人了，这么明显的事可以不拆穿吗？

她抿了抿唇，一开口，声音却有些沙哑。她清了清嗓子，反问："你怎么在这里？"

"这是我妹妹家小区啊。"赵竞持笑。他觉得自己和荀秋很有点上天注定的缘分，否则怎么会三番五次地偶遇？

他自动忽略了江城不过是个人口才三十万的小城市，真诚地向她发出进一步交流的邀请："看你挺伤心的，走，请我吃饭去。"

她被一股很大的力气拽起来，有点哭笑不得，愤懑也在无语中荡然无存。

不过对何曾恶语相向，或者把何香推倒在地，归根结底挑战的都是荀令的面子。

"荀秋！"

楼上那一行人最终还是追了下来，电动车尚未起步，荀秋就被荀令拦在百日草花坛。楚淳熙带着看热闹的得意神情，拉着还在扶腰的何香正往这边赶来。

"你下来，去给你阿姨道歉。"荀令疾言厉色，顺便看了一眼车后座的赵竞持。

后者疑惑地"欸"了一声，长腿撑在地上，按了下冰冷的后座铁栏，借力抬腿下车，站在了荀秋和荀令之间。

接近一米九的身高带来的威慑力不同寻常，赵竞持微微眯眼，漆黑幽戾的目光扫过众人，又在何香和楚淳熙身上定了一下。那两人立即停住脚步，紧张得握住了彼此的手。他扯唇冷笑了一声，接着看向荀令。

其实从长相和年龄中，不难看出荀令与荀秋的关系，可赵竞持并不过问他是谁，言语间稍有傲慢："有什么要紧的事请快些说吧，我和荀秋要去吃饭了。"

"这是哪位？"荀令压了压怒火，毕竟不好在外人面前失态。

荀秋轻轻扶住了赵竞持的手臂，答道："这是赵警官。"

她转向赵竞持，笑得很亲昵，为他介绍着："这是我爸爸。"

赵竞持的存在让太多事情在此刻都不好明说，荀令眉头皱着，又在赵竞持的寒暄中慢慢展开，感谢荀令，荀秋总算知道了赵竞持有着一个多了不得的背景。

"那叔叔下次聊吧，这都快下雨了，您赶紧回去吧。"

"行。"赵竞持的家境足以让荀令眉开眼笑，他点头嘱咐荀秋，"骑慢点，头盔戴好了没有？别怠慢了赵警官。"

荀秋闷闷地"嗯"了一声，看也没看他们任何人一眼，一拧把手，荀令退了两步，行着注目礼送他们离开。

赵竞持选的餐馆位置有点偏，是仿和风的独栋建筑，大概是最近新开业的，从木制走廊走过时还能闻到淡淡的漆味。

荀秋刚才在门口瞅了一眼，见到几个迎宾服务生都穿着和服，心里"咯噔"了一下，有种不好的预感——

刚才从莱斯出来时她没来得及穿鞋，袜子已经踩湿，并且顺手扔进了垃圾桶。现在她脚上是光着的，要是去了要脱鞋的地方，那多尴尬啊。

直到进了包厢，发现并不需要脱鞋，她的心才放下来。

小包厢里暖气开得很足，一开门热风迎面，他们脱了外套随手搭在衣帽架上，毕竟是荀秋请客，她示意服务生把菜单给赵竞持。

他拿了菜单也不客气，卷起半袖勾了两个，又抬头问："你有什么忌讳？"

荀秋表示自己没有。

和赵竞持吃饭压力倒是不大，荀秋不必耗费太多心力维持虚假的社交形象，因为他们两个关系本来就特殊，都一起撒谎骗人了，又没有外人在，还装什么乖。

吃到差不多的时候，话题突然又从工作转回了生活。赵竞持问："是你爸爸住在莱斯？"

"嗯。"荀秋答应一声，并没有继续往下说的打算。

"他再婚了？"赵竞持很好奇，"是不是你后妈和继妹欺负你了？"想起她坐在沙堆旁抹眼泪的可怜样子，他哼笑了一声，"辛德瑞拉？"

荀秋瞪过去一眼："'三十多岁的辛德瑞拉'哪里会被后妈欺负？"

"三十多岁"几个字被她咬得很重，语气也变得恶狠狠。

赵竞持想起自己刚才在小区随口说出的话，大笑："好好好，是我说错了，那是为什么？十八岁的辛德瑞拉为什么会哭？"

对面的人一下把筷子搁在了碗上，眉毛挑得很高，赵竞持知道，是自己无边界的提问侵犯到她的安全领域，她生气了。像她这样的女人，平时看起来乖巧听话，但其实防备心很重，不会轻易打开心扉。

他笑了一声，顺势也搁下筷子："我也吃好了，咱们回去吧。"

荀秋也没说什么，跟着他站起来去衣帽架拿外套。赵竞持长手一捞，把冲锋衣一下倒拎在身后，小塑料袋从口袋里落下来，他却好似浑然不知。

出于最基础的礼貌，荀秋矮下身去帮他捡，眼神从透明的袋子一掠而过，她忽然怔住了。这是莱斯便利店的塑料袋，里面装的是一双未拆封的新袜子。

刚才她在莱斯拿车时，的确见到赵竞持从旁边便利店出来，两手空空，她只以为他是去买烟。

"走啊，怎么了？"赵竞持半撑着门，回头在等她。

"哦。"荀秋压了一下声音，把手里的东西递过去，"你东西掉了。"

赵竞持眼神下落到她提过来的袋子，尴尬得头发都快要竖起来了。说真的，朋友之间买双袜子送过去真的不算什么。可气的是，他犹豫了，买了却没有给出手。大概是害怕这样廉价的东西会影响她对他的看法，毕竟他们这个年纪的人，谁会缺一份五块钱的关心。

这种别扭的迟疑，不摆明告诉她他心里有鬼吗？

半开的门慢慢回弹，又轻轻地合上，赵竞持没有再去拉门，室内陷入了短暂的沉默。

成年人的世界里有太多事情不必直说，她一句话都不问就把它还回来，或许就是一种无声的拒绝。

赵竞持知道，如果他接了，他们这段关系就会到此结束，从此之后荀秋都不会再出现在他面前。或许她会和下一个相亲对象继续这种幼稚的关系来保护她那个见不得光的"男朋友"。

"刚被你爸爸一打断，我都忘记给你了。"他露出个恍然大悟的表情，很快接过并拆开包装纸，冲荀秋笑得灿烂，"辛德瑞拉没找着王子的水晶鞋，国家分配一双毛袜暖暖吧，不用谢，我乐意为人民服务。"

他很坦然地报出它的价格:"五块钱,微信转我。"

赵竞持的神情太自然了,荀秋只迟滞了一下,又在听到它的价格时笑出声来。

"行。"

她接了袜子,垂首将它小心放进了包包。

赵竞持几不可闻地松了一口气,放松了满是汗水的手掌。

这一顿荀秋如愿以偿地付了账,顺手把五块钱也转了过去。

"记得收啊!"她强调了一遍。

赵竞持哼了一声:"不收白不收。"

他当场拿出手机,又盯了一眼新改的备注,手指按下,收了这个小红包并展示给她看:"我收了啊。"

"155小绵羊"比"三姨介绍编制美女"也好不到哪里去吧?荀秋瞪了他一眼,扯着唇角冲他龇了龇牙,接着低头按了几下手机。

赵竞持凑过去,眼睁睁地看见她把他的备注从"赵竞持"改成了"五块钱袜子男"。

赵竞持觉得事情开始往有意思的方向发展了,那天从日料店出来后,他和荀秋时不时会像朋友一样联系几句。

没过几天,他在七中附近办事,刚好遇见她和一群老师从桥上出来。他过去打了个招呼,老师们热情地八卦起来,走的时候,荀秋的脸被她们说红了。

那个周六,他又"路过"万达一次,缘分实在深厚,在外场逗留了不过两分钟,就看见她带着侄女在那儿玩捞鱼。他带着蛋糕刚想过去打招呼,忽然看见一对年轻夫妇朝两人走去,他停顿了一下,放慢了脚步。

"我说了一会儿我约了人啊,不跟你们去吃饭了。"荀秋的声音带着无奈。

"你约的谁?"

"赵——"

没等她说完,荀天就冷笑一声打断了她:"约了赵警官?你别在这里和我演啊。我和你说,那浑小子第一次见面就跑到家里来,哪里是什么好人,你别一天到晚被他带着跑,小心上当受骗!"

赵竞持听着觉得不对,想来荀天嘴里那个"浑小子"另有其人。第一次见面就跑人家家里乱来?看来她那个"男朋友"的确是个不入流的小角色。

荀秋简直被荀天气笑:"我约了谁关你——"

她想说"关你屁事",一看张闵怀里睁着一双懵懂大眼睛的小沐,又把脏话咽进了肚子,改口:"你别管我行不行?我都多大了,能自己做主,还用得着你操心吗?小沐都饿了,去给她买蛋糕啊!"

触发到了关键词,人类幼崽立即发出信号,小沐在张闵怀里摇来摇去:"蛋糕!蛋糕!蛋糕!"

茍天很无奈地叹了一声:"不是我想管你,妈妈知道你和我们出来,结果我们吃完饭回融贸了,你又磨蹭到十一点,那妈妈问起来,你要我怎么说?哎,反正你自己好自为之吧,别气到她就行了。"

江城那么小,总有一天会在路上偶遇,然后引发一场"大战",妈妈身体还在恢复,可不能被气着。

"我就是约了赵警官啊,你一会儿别和妈妈乱说。"苟秋看起来有点沮丧。

说到"曹操","曹操"就不好再在门口站着了,赵竞持适时从门边越过来,冲这边挥手:"苟秋!"

这下几个人神色各异。苟天瞧着赵竞持的身高,结合那双眼熟的白色男鞋,脸色一下就黑了,上前一步挑眉看着他:"你哪位?"

茍秋大吃一惊,忙拉开他,和赵竞持打招呼:"赵警官?"

茍天可不信,狐疑地看向赵竞持。

赵竞持把手里蛋糕提高了些,笑道:"蛋糕店排队,我来晚了。"

他看向苟天等人:"哥,第一次见,我是赵竞持,您应该知道,我和苟秋在接触。"他知道苟天误会他是那个"浑小子",毫不迟疑地要切断今天苟秋和"男朋友"的约会,他装作眼神闪烁,支支吾吾,"那、那我们就先走了啊?"

苟天冷哼:"来都来了,不一起吃个饭吗?"

"啊,这……"赵竞持看向苟秋。

苟秋瞪过来一眼,他做了一个懵懂的神情。

"就在楼上吃香辣蟹,你们也来。"苟天下了定论。

赵竞持吃不了辣。他迟疑了一下,看了眼小沐,点头:"有儿童套餐吧?"

一行人一起往四楼走,苟秋拉着赵竞持落后了一些,咬着牙问他:"你来这里干什么?"

赵竞持挠头,假装没听到他们的全部谈话:"不是你说约了我吗?那我就想着出来给你圆个谎,没想到你哥哥这么热情,非要请我吃饭。"

苟秋瞪着他:"那小蛋糕呢?"

赵竞持故技重施:"我准备自己吃的啊,三十五块,微信还是支付宝?"

苟秋却"呸"了一声:"借花献佛还要收费,你想得美。"

赵竞持双手举高做投降状:"别、开玩笑的,我可不敢。"

事情到了这个地步,苟秋没办法,只好推掉了和薛均的饭局。

正如周舟所说,苟秋觉得自己最近过于忙了,或者说,有点堕落。

除却最基础的工作时间,她几乎把其余所有时间都给了薛均。她对妈妈撒谎,说七中事忙,得暂时搬进教工寝室住两个月——结果呢,她拎着行李箱跑到了自己在河东的公寓。

简约风的单身公寓楼显然是江城开发中的一个很失败的案例,"享受单身,享受生活"的口号从开盘宣传到收房,至今已过去三年,依旧有一半是空着的。

江城这样的小城市太注重家庭,大部分人都在二十多岁就结婚生子,要考虑孩子的成长、老人的空间及亲戚的到访,哪里会有人需要这种一室一厅的孤寡小平层。

可荀秋买了,没有告诉过任何人,只在后期软装时咨询过李霄野。

有这样一个属于自己的秘密小空间一直是她从小的梦想,那些被撬开的门锁、被打开的日记,以及所有疲乏的弱小和被定义的难堪,都在拿到购房合同的那一刻被治愈了。她再也不奢望得到任何人关于那些不尊重的道歉,她成长到拥有了好好爱自己的能力,一切沉疴旧痛都显得不重要。

黑白灰和原木色占据了整个空间,这里除了基本的家具和设施,没有任何繁杂的装饰。阳台上摆着她花了很大力气淘来的软垫沙发,角落里摆着新买来的绿植,大片叶子绿油油的,很肥沃。

一切和梦里一样美好。

她在想象中并没有在这里设置一个薛均,可此时此刻,他的的确确就在这里——卷着袖子,拎着锅铲,有力的手臂轻抬,将锅里的菜品慢慢倾进他们一起挑选的餐盘。

他今天刚从南市开会回来,穿得很正式,合适的白衬衫紧裹住清俊挺拔的身材,厨房顶灯晶亮的白光打下来,隐隐可见衣下紧致流畅的肌肉线条。他偶尔还会随意地扬眉轻瞥过来,落在荀秋身上,又带着点亲昵的轻佻,简直是明晃晃的勾引。

老天啊,荀秋的思绪一下就涣散了,情不自禁地展开手掌捂住了发烫的脸颊,怎么会这样?

视频那头的李霄野咬了咬牙,哪里来的野男人,一两个月而已,连这个公寓都能进了?

他重重地咳了两声,咬牙切齿地提醒:"荀秋,你别当着我的面犯花痴行不行?先把这个复盘做完!"

荀秋回过神,继续和他复盘最近做的一个集监控、收银、管理为一体的新系统初级架构。

会议在十分钟后结束,荀秋挂电话的速度快得让对面的人想摔手机。

抽油烟机的"嗡嗡"声慢慢停止,薛均洗净双手,把碟子和汤碗一一端到了她面前。

"开完会了？怎么一直在看我？"他温和的声音噙满笑意，一如从前。

苟秋摘下蓝牙耳机，仰着脖子看他，笑容发自内心："要我说实话吗？"

"嗯？"薛均哼出一个肯定的音节，撑着手，越过桌子给她一个轻柔的啄吻。

"梦都不敢梦这么大的。"苟秋抿着唇，声音有点娇气可爱，看着他轻轻眨了眨眼，又很快羞怯地移开视线。

就和从前一模一样。

薛均愣住，而后眼眸轻垂，很快越过桌子走到她面前。

她的手机亮了一下，他的眼神也下意识地追过去。

五块钱袜子男：那你这礼拜六还去不去啊？

熟悉的头像，奇怪的备注，薛均微微蹙眉，他们还在接触？

好在苟秋看到信息没什么表情，只是拿起来，解锁手机。但薛均不给她回复的机会，撑住椅背，倾身吻了下去。

苟秋猝不及防，手机一下落在了白色的地毯上。

吻一开始是冰凉的、轻柔的，薛均的手指温和地没入她披散的乌发，按住后脑，慢慢地辗转、加深，两人一步步往沙发靠近。

在理智溃散的前一秒，苟秋颤颤地喊智能助手关灯。

朦胧的夜色从落地玻璃洒进来，冰凉的月光攀上她光洁滑腻的小腿，又很快被炙热的吻点燃，高大的身影覆住了最后的光亮。

苟秋太偏爱与他亲近，那么多肆意的私念隐藏在如擂鼓的心跳中，血液奔腾，你来我往的追逐，丝毫不让，看他长睫颤抖，看他雾色浓重，看欲望的绯潮慢慢攀上他白皙清隽的脸。失控的心跳和呼吸，再没有比这些更能感受彼此相爱的极致快慰。

"以后就都不是梦了，我会永远都在。"他俯在她耳边，小心试探，"'宝贝'以后这样喊你好不好？"

那些在退缩与懦弱中丢失的爱与专属，他会慢慢找回，打上烙印，寸步不再相让。

手机铃声不合时宜地响起，接近十点，哪有人会打电话过来？

"谁啊？"苟秋皱眉。

薛均摸到茶几上的手机，幽蓝的屏幕上闪烁着"赵竞持"三个字，哦，原来是"五块钱袜子男"，他冷哼了一声，按下了接通键。

窗外下着雨，夜色已经完全笼罩了这座小城，静谧的室内只剩下赵竞持有些沉闷的呼吸声。

认识荀秋也不过一两个月，以他的分析，她的性格应该从来不会晾着别人的消息不回，他反复看了几遍他们的聊天记录，没发现有什么雷点让她拒绝交流。

这周六妹妹赵悦持要去南市培训，没空看孩子，所以他才想着问问荀秋周六会不会带侄女去玩，如果她去，那他也带王序序过去，两个孩子搭个伴，不挺好的吗？

可她都不回。

赵竞持每隔几分钟就拿起手机来瞧，在沙发上干等了两小时，咬得牙齿痒痒的。奇了，她怎么突然就不回了，难道是以为他是冲着她才去的？

他"啧"了一声，低头打了几个字，想解释一下只不过是因为他也要带孩子罢了。

有这个必要吗？他把打好的字又一个个慢慢删除，可心里到底有点不是滋味。倾诉的欲望达到顶峰，他想了想，翻开手机，开始寻找有没有能不带嘲笑地和他分析情况的人。

略过几个同事和同学，他的手指停在薛均的名字上。

是啊，薛均最近也在和相亲对象接触，他应该能明白自己现在的心情才对，赵竞持没想太多，拨出了电话。

"什么事？"

薛均声线平稳，荀秋听不太清楚对面在说什么，只看见他眸子里的笑意慢慢淡下来，而后温和的声音变得有点冰凉："这个我帮不了你，你另请高明吧。"

说罢，他挂断了电话。

但刚才赵竞持说的那些话好像还响在耳边。为什么她会推掉和他的约会，带着赵竞持去和她的家人聚餐？难道在他不知道的地方，她和赵竞持有了新的发展？难道赵竞持才是她真正想要结婚的对象？

这种认知实在让他惶恐。

还有，她那个备注到底是什么意思？

…………

这样兵荒马乱的夜晚越来越多。

而薛均每次过来，都会"不小心"留下一两件东西，没两个礼拜，公寓里到处都是他的痕迹。

他的心思昭然若揭，最后计谋得逞，衣柜也分出一半来堂而皇之地挂上了他的工服和西装。

"你没地方住啊？"荀秋好笑地乜着他。二楼的天顶太低了，倒是委屈高个子的薛均半跪在床边叠衣服。

他淡淡地看了她一眼，一板一眼地继续手上的动作，并且用最温和的语气说出了最不要脸的话。

"你不想时时刻刻都看见我吗？"

"谁想看见你？"荀秋才不会承认。

薛均明白她的别扭，笑得很温柔："我说错了。"他轻抚她的脸颊，眸色清浅，"是我总是会想你，宝贝，你就收留我吧，好不好——"

他的尾音拉得很长，听起来有点摇尾乞怜的意味。荀秋的心脏停摆了一瞬，又嚣张肆意地开始加速跳动。

自从这人发现她的癖好后，每每来到这边，装扮也从休闲开始转向商务，衬衫最上面解开两颗纽扣，袖口轻挽，看起来很随意，但也性感。

薛均在讨好她。

这种认知让她感到极致的愉悦，足以让她允许他暂时进入她的安全领地，只是有时候在疲惫的深夜慰藉之后，她枕在他手臂上难免忍不住感伤。

"薛均。"她仰着头看他，声音低落，"你说我能永远这样吗？"

她没有说"这样"是怎么样，但她想薛均会明白的。

"只要你想。"他吻她噙着泪珠的眼睛，"宝贝，只要你想，你就永远自由，我会帮你。"

而事实上，她知道真正的答案是"不能"。

面对无法逃脱的责任，她依旧像小时候那样逃避，用与赵竞持接触的谎言，应付家里的催促。

上一次和荀天一起吃了香辣蟹，他们就真的再没有怀疑过她。

但半年之后呢？"接触"这么久，肯定得有个说法……结束了这个谎言，她还能再逃避多久？

只要她还在利益和责任牵扯住的人际关系网中，就注定一辈子也无法自由自在，人总要学会面对和成长。

荀秋抵住他的胸口，而薛均的心跳由于她的靠近慢慢加快，这样真实的情意，实在让她想要落泪。

2

接近期末考试，荀秋忙着和语文组的老师们一起出试卷，连续加班一周，她拒绝了薛均直接来学校门口接她的建议。

上一次老师们已经见到了赵竞持，他过来打招呼时也表明了是正在和她接触的对象，她不想再把自己的私人交际放进同事们的讨论圈。

而且薛均是谁？

只怕除去薛老师这一层关系，七中仍然会有老师记得他，和她同行的几个人里，就有以前普通班的老师。

正是忙碌的一个周末，几个老师被安排留在办公室清点从印厂搬来的试卷，荀秋也在其中。到结束时已经接近晚饭时间，老师们干脆就一起去校门口的餐馆吃饭。

周六的七中桥头人烟稀少，荀秋和老师们出来，隐约见到有个扎眼的女人，腰上挎着一个很大的买菜包，正慢慢朝着他们走过来。

荀秋的直觉很敏锐，她抬了抬眼镜，推旁边的高绢，说道："你有没有觉得，那个人看起来有点怪怪的？"

高绢抬眼看了一下，脸色立即就变了。她情不自禁地往后退了一步，只见那个女人踏着高跟鞋挡到了他们正对面，眼睛红得像要滴血。

老师们都有些莫名其妙，互相看了看，以为这人是谁的熟人。

又不知道是谁推了荀秋一下，喊道："荀老师，你看，你男朋友在那儿呢！"

荀秋心里一跳，捏住了亮着的手机，屏幕上正是薛均发过来的信息：宝宝，我在老地方等你。

他们的"老地方"就是七中公交车站站台对面的拐角，那边有几个停车位，薛均来接她的时候都会把车停在那里。

可同事怎么会知道？

她甚至没有意识到自己内心已经把薛均和男朋友画上了等号。

荀秋顺着同事指的方向抬头一看，却是穿着白色T恤的赵竞持挥着手走过来。

原来同事只是开玩笑，她不自觉地松了一口气。

而那个怪异的女人目光在女老师们之间睃了两圈，最终定定地看着高绢，快速走过来一把揪住高绢的长发，同时抬脚狠狠踹在她的胫骨上。

女人的目光怨毒狠厉，像九曲河外阴鸷的蛇。

买菜包落在了地上，西瓜刀黑亮的手柄露出一半，夕阳照下来，刃光夺目。

她伸手握住了长刀。

人群中爆发出尖锐的惊喊，猩红的血液和锋锐的利器让骚乱加剧。

"荀老师！"

荀秋没有刻意了解过自己的性格，似乎从记事起，大人们就常常点头说她很乖巧，又不知从什么时候开始，他们开始摇头说她很内向，逢年过节都躲在妈妈后面才喊人，上台表演时声音就像蚊子叫，对出风头的事情绝对不会主动举手。

内向成了消极型的性格，在刻板印象中逐渐和怯懦挂钩。

她真的怯懦吗？

见到危险降临的一瞬间，她不由自主地发颤，想要跟着人群逃开，可当锐器破开血肉，无辜者绝望凄厉的呼喊震痛耳膜，她再也不能往后多挪一步。

一切都发生在片刻间，分不清是谁在推搡，人群如潮水般退开，荀秋不知道自己的勇气从何而来。她好像已经停止了思考，纤白瘦弱的十指却牢牢箍住了行凶者握刀的腕，黏稠鲜红的血从刀柄上洇进了她的掌心，油腻的触感让她几欲呕吐。

"你走开！"女人的惊叫刺耳疯狂，使劲晃了几下手，可没想到荀秋力气很大，压着她的手都抬不起来。暴怒冲昏头脑，她松开了失去防备能力的高绢，侧身一下把荀秋扑倒在地。

"荀老师！"

荀秋承受着两个人的重量，"哐"一下着地，眼前一黑，震得都快要呕出血来，可与生俱来的求生意志让她仍然没有松手。冰凉的铁器悬在鼻尖，离肌肤只差分毫，随便转下一个角度，她难逃厄运。

几个瞬息间，赵竞持从对面的围栏一下跃到她们背后，宽厚的手背贴过荀秋的脸，隔开她与危险。他握住了锋利的刀刃，密集的血滴从指缝溢出，他微微蹙着眉，看向荀秋。

"赵竞持？"失序的心跳好像找到了应有的频率，荀秋喃喃了一句，"别抓刀啊……"

女人吃了一惊，迟疑地侧过脸，没来得及看清来人，已经有一股极大的力气拽在后颈，她被迫起身，踉跄后退。

利落的手刀砍在腕上，凶器"哐啷"一声落在地上，赵竞持一脚将它踢得老远，抽出背后的手铐将仍然在挣扎的女人铐在了旁边路灯的铁杠上。

女人状若疯魔，虽身体受限，嘴里依旧在大声咒骂着："高绢！高绢！你勾引别人的老公，破坏别人的家庭，你不得好死，你们助纣为虐，枉为人师——"

"你胡说！"高绢在剧痛中震惊抬头，没想到对面竟然还要倒打一耙，可自身素质和性格使然，她在大庭广众之下说不出那些龌龊来。

旁观群众面面相觑，后知后觉地围上去看高绢的伤势。她的右手臂在抵挡时被划了一刀，伤口深可见骨，血液浸湿了她的白色上衣，大量失血和惊吓让她脸色发白，急需医疗处理。

"警察同志……"有人过来拉赵竞持，"这边有伤者！"

赵竞持皱着眉："别碰凶器，报警，打120，把受害人送到医院去处理。"

他半蹲在地上，指挥着其他人分工处理，而后又低着头把怀里快晕过去的人检查了两遍，低声问道："荀秋，有没有哪里疼？有没有头晕或者恶心？"

荀秋的脸上、身上都是血，可又没见着伤口。

"荀秋。"他拍拍她的脸，"你听得见我说话吗？"

荀秋深深吸了口气，揪住赵竞持的衣服想坐直，可她实在没有力气，挣扎了

-233-

下,还是卧回了他怀里,低声回答:"我没事,就是……快要吓死了。"

声音丝丝柔柔地发着抖,是真的吓得不轻。

赵竞持紧绷的心松懈下来:"吓死了?吓死了还冲那么前?不要命了啊?"

他的声音慢下来,怀中的人好娇柔,简直就像一只受惊的小猫,伸着爪子,竖着毛发,警醒地看着四周。

"没事了,没什么好怕的。"他顺手拂了下她头上的灰尘,笑得露出两颗白牙,"真没见过你这样又勇又尿的。"

"你的手怎么样?你怎么能用手去抓她的刀呢……"荀秋很担忧,赵竞持的衣摆上零零星星都是血点子,"不疼吗?"

那女人的力气怎么比得过他,他把手垫过去,只是怕刀子割着荀秋罢了。赵竞持哼了一声:"小伤,不足挂齿。倒是你,她明显都杀疯了,你还空手扑上去,怎么想的?"

"你也是空手。"

赵竞持笑:"我?我是警察,你呢?学过格斗术吗?瞎莽,要是我今天来晚两分钟,可不得给你收尸了。荀老师,量力而行啊。"

想要见义勇为,也得先保护好自己才行。

荀秋没接话,可眼睛里有水光在闪,她咬着牙扯他的手臂:"我看看。"

赵竞持心一下就软了,无奈地叹了一声,展开手掌给她看。他握着不知道谁递过来的一沓棉柔巾,白色纸巾已经全部被染成红色。荀秋小心地拿走它,看见他手掌上不深不浅的几道血痕。

她心里突跳,皱着眉:"都这个模样了,还是小伤?"

赵竞持满不在乎:"又没断掉,血也不多,这不是小伤是什么?"

她抿了抿唇,默默扯下包包上的装饰丝巾,叠进一沓抽纸,压着他的手给系了个简单的止血带。

赵竞持蹙眉看着手背上的彩色蝴蝶结,半晌,嗤笑了一声:"这什么啊,这玩意儿也太——"

他想说"也太丢人了吧",抬眼一瞧荀秋脸色严肃,又生生改口:"也太好看了。"他瞅了一眼那标签上的英文字母,咋舌,"这丝巾可不便宜吧?"

荀秋"哼"了一声:"农贸市场买的假货,就当赔偿你这件T恤了吧。"

她探头探脑:"高老师怎么样了?"

老师里有会止血的人,已经为高绢的手臂做了简单处理,只是她的伤口实在狰狞,荀秋看见,身体不自觉地发抖。

"手上被刺了一刀,喊了救护车。"赵竞持侧身挡住她的视线,扶着她在一边靠着,又喊旁边的人拿来湿纸巾,展开,一下下擦去她脸上的血污。

"我可以自己来。"荀秋无语。她擦脸的力气还是有的，用得着伤患来帮她吗？

可赵竞持像没听着似的，根本没理会她。荀秋提高了声音，伸手去握他手上的纸巾："赵竞持！"

两人的指尖轻轻碰在一起，酥麻的电流从背脊飞速窜上，赵竞持咳了一声，把干净的纸巾盒递过去。

荀秋抽了两张湿纸巾，很慢地擦着眼睛。刚才的对峙中有几滴黏稠的血液顺着赵竞持的手滴落在她眼周，她快速眨了好几下才阻止它进到眼睛里。不知道是不是她的错觉，赵竞持指缝里淌下来的血好烫……

不少好事者从远处赶过来，已经在拍视频了，荀秋感到不自在，眉头几不可见地皱了皱。

赵竞持顺着她的目光回首看了一眼，不动声色地挡在了她和拍摄者之间。

警车和救护车在五分钟内到达，红蓝色的警报灯破开夜色，匆匆驶入案发现场。

嫌疑人被送往警察局，受害人被送往医院。

赵竞持详细地交代完事情经过，轻呼一口气，往荀秋这边小跑过来："走吧，我先送你回去。"

"……嗯，很要紧的事，你先回去吧，我不一定回来吃。"荀秋低声说了几句，匆匆挂掉和薛均的电话，抬头冲赵竞持摇了摇，"还是先去趟医院吧，那个人的刀也不知道切过什么，万一感染就不妙了，我们去检查一下。"

赵竞持弯了弯眼睛，凑近些："我们去检查？你陪我去啊？"

荀秋点头。

这样的大事件在江城这样小的地方很少见，每个微信群都展开了激烈讨论，周舟的工作群也不例外，很反常地滚动着很多消息。晚上十点多，她好不容易把孩子安顿好，躺在沙发上开始享受个人时光，刚一点开群里的视频，突然大喊了一声，然后飞快地打字：@深蓝 这是不是你啊？这是你的那个警察哥哥吗？

视频从赵竞持单手撑越护栏开始录，他身手敏捷，几乎一个连招就制住了持刀伤人的凶手，而后他神情焦急地把荀秋从地上捞起来，牢牢地揽进了怀里，抵着脑袋低声说着什么。

谢知意：你们去拍戏了啊？@深蓝

过了好一会儿，荀秋回道：……就离谱。

周舟：真是你啊？

周舟：群里都在说这个事，原来竟然是你遇到神经病了？受伤了吗？

谢知意：啥？

荀秋坐在病床上，很无奈地摸了摸额角。她陪赵竞持来检查，结果他没什么事，她却查出轻微脑震荡。妈妈和哥哥也在群里看见了消息，赶到医院来，非要让她住几天观察一下。

她按亮手机，快十一点了，手机里塞满了亲戚朋友的关心，可是，薛均始终没有再联系她。

薛均这两天严重睡眠不足，昨天忙到十二点多才到家，今早又是五点多就起来，开车三小时到达南市参加会议，会毕推了两个应酬，再开三小时回到江城。

近两个礼拜来荀秋也很忙碌，明天难得是他们共同的休息日，他不想在南市耽误时间。

六点多，她应该快结束了吧。

薛均：宝宝，我在老地方等你。

发完信息，他抬手转过车内后视镜照了下，侧身解开安全带，倚在放低的靠背上闭上眼。微信界面还没暗下，他已经睡了过去。

江城少有救护车和警车同时出动的大事件，红蓝色的警报灯一前一后从七中公交车站台的拐角处转过去，流光照进光面车窗，从驾驶员眼下倦怠的青影间一晃而过。

薛均眼珠轻转，睁了睁眼皮，抬起手机看时间。

六点四十分了，荀秋没有回复他的消息。

半小时歪斜的坐姿有些不舒服，薛均慢慢地直起身体，瞅了眼后视镜，开门下车。

今天的沿江路好像过于热闹了，步履匆匆的路人脸上有难以掩饰的惊惶，只言片语从傍晚带着热浪的风吹进他的耳朵。

"……死人了？"

"不知道啊，我听那谁说，桥上面好大一摊血啊……110都来了。"

薛均揪住关键词，心脏猛地跳了一下。他转身往七中的方向看过去，郁郁葱葱的景观树遮挡住视线，只有红蓝色的警灯隐隐约约透露信息。

他立即摸出手机解锁，微信对话框依旧停留在他发出的那一句，荀秋杳无音信。

刺骨的冷意从天灵盖落下，他好像突然坠入寒潭深渊，积雪的水溺到鼻子，呛进气管，让人呼吸停滞，手也不自觉地颤抖。

不会的，肯定不会有事的。他的手指在屏幕上戳了好几下，终于按中荀秋的电话号码。

"对不起，您拨打的电话正在通话中——"

占线了。

那说明人大概率没有事，薛均稍微镇定，打开车门，拉了两次安全带都没弄好。他再等不及，把手机扔在中控台，猛地一用力，扣好安全带后，"轰"的一声，直接发动车子。

七中桥面上已经搭起了临时问询棚，警戒线外围得人山人海，有穿黑色制服的警察在两边巡逻，以免发生骚乱。

薛均拨开人群往里走，一手仍然继续拨打电话。

等电话终于打通，他也已经看到她。

荀秋背对人群，身影端正地坐在一张黑色椅子上，看起来一切正常。

"喂，宝宝。"

多好，她没事。

他心里的空缺好像一点点开始填满，阴冷退散，手也已经搁在了警戒线上。

"嗯？"荀秋声线平稳，没等他再说话，她忽然站起来，快步向着对面走去，"我现在有点事，晚点再联系你好吗？"

她好像忘记他在等她了。

薛均顺着她的目光，见到了一身血污的赵竞持，他眼里带着笑，向她小跑过去。

"是要紧事吗？"他垂了垂眼睛。

"嗯，很要紧的事。"她想起他在等她了，补充了一句，"你先回去吧，我不一定回来吃。

"回去休息，不用等我了。"

赵竞持靠近得了，荀秋的声音便不自然地放得很低。她匆忙挂断电话，听赵竞持说了几句话，忧心忡忡地摇了摇头。

耳旁的手机亮起了光，通话已经结束。幽蓝的光照在薛均线条分明的侧脸，他的眼睛却黯淡下来，他艰难地放下了手。

赵竞持和她站在路灯旁，眉梢染着得意又亲昵的笑，抬起的手上绑着那条他儿童节送给她的丝巾。

她曾将他的草稿纸放进塑封袋好好保存，也曾将那枚落叶书签随身携带，可现在她把他送的礼物当作止血带绑在别的男人手上。

薛均听不清他们在说什么，只看见赵竞持俯在她耳边轻语呢喃，而荀秋点了点头。

赵竞持的笑容变得更加灿烂，伸手喊了一个同僚，扬声说道："找辆车，我这个伤患要去医院检查一下。"

那个同僚也点头，快步走到薛均面前对巡逻的警察说了一句："这里忙得也差不多了,快给赵队和他媳妇找辆车,去中心医院。"

旁边有人在惊叹:"哇,找个特警当老公安全感太足了。"

薛均突然笑了一下。

她说他是"老鼠人",说他只会躲在暗处观察他人,只让他当她见不得光的情人。

原来她所有的光明正大都给了别人。

他的手止不住地颤抖,用尽所有力气才阻止自己越过这条线。

她不会愿意他站到那盏路灯下。

他也不能给她任何难堪。

手里的电话突兀地振动起来,他微微蹙眉,接通。听了几句,他脸色变得更加沉郁。他握着电话退后几步,深深看了警戒线里那个身影一眼,随即冷硬转身,垂首低低地说了一句:"我马上过来。"

薛老师退休后闲赋在老家,时常看顾后院的几块菜地,后来又盘活了院中那棵大枇杷树,他对这些橘黄色的小果子爱不释手,常常要拿梯子爬上去看。

这下从上面摔下来,伤得不轻。

305病房的门大开着,隐隐有说话声传出来,薛均疾步走进去,又在见到里面的场景时猛地停住。

他的眼睛微眯,神情也变得警惕。

无论什么时候看见薛荆,这人都是一副商业精英的模样,高定西装、奢侈手表,锃光发亮的尖头皮鞋,后面跟着个拎包的助理,好像下一刻就要参加什么跨国经济会议。

可这一张与小城格格不入的冷漠面孔,偏偏与他三分相像。

"见到我就是这种表情?"

薛均不知道怎么接他这句话,只把目光落在面有歉意的刘姚和薛武身上。

刘姚走过来,拍拍他的手臂,拉住他往里带:"来都来了,和你爸爸说几句话,他是特意给你带好消息上来的。是婶婶没本事,让你在江城蹉跎这么多年,现在总算是守得云开见月明了。"

她按着薛均坐在一旁的陪护椅上,低声嘱咐:"好好的,不要闹脾气啊。"

薛均问:"什么时候摔的跤?"

小桌上放着烧水壶、装着水果的塑料袋、指甲剪、两个叠放的水盆和拆开的精美果篮,看这阵势,薛老师已经在这儿住了挺长时间……现在才打电话给他,大概只是因为薛荆来了。

薛老师叹了一口气:"上个月末吧,下梯子时踏空了一下,也不高,人没什么大事,就是腿脚有点不便。现在石膏都脱了,再过两个月就啥事也没有了。"

-238-

刘姚瞪他:"还就腿脚不便,腰都差点断了!说了多少次不要去爬,老了就像个小孩一样,几颗烂枇杷果子有什么看头。"说着说着,她泪水也要落下来,"就这样送了命倒还干净,落个半死不活,还害我几十岁的人来给你端茶倒水。"

薛老师讪讪地笑了下,知道是自己不对,只得任由妻子继续数落,不时接上几句,等到差不多,又劝道:"哎呀,好了好了,要人家看笑话,说正事要紧。"

刘姚这才住了嘴。

"婶婶一个人也不方便。"薛均说,"我那边有认识的护工,明早我问一下。"

"哎,要那个干什么,浪费钱!"

"我出钱。"薛均拍了拍刘姚,"钱是小事,身体累垮了就是大事了。"

刘姚"哎"了一声,有些欣慰地在他肩上拍了一下,叹气。

等他们扯完了家长里短,对面的薛荆瞥过来冷漠的一眼,"哼"了一声,问薛均:"研究所弄虚作假陷害你的事,为什么不来找我?"

"找你?"薛均声线淡淡,"没这个必要。"

薛荆冷笑:"我的儿子就这样灰溜溜地被赶走,一句怨言都没有,跑到这个鬼地方做个小科长?"他顿了下,"哦,二十八岁了,还是个副科长。薛均,你的志气呢?"

薛均很坦然,他因为拒绝冒名顶替的事被欧阳立记恨,却并不后悔自己的决定。

"我有没有志气都与您无关,这样的地方很适合我,我也没觉得哪里不好,倒是您——"他抬眼瞅过去,目光淡到没有波澜,"跑到江城来管我的事,时越的股东们没有意见了?"

薛荆虽然接管了公司,可时越的元老中仍有傅家多年的好友,以他的能力想要做一言堂,只怕还要熬上二十年。

"你还回不回去?"薛荆知道这个儿子最不听劝,也不想多说废话,直言道,"你那件事已经真相大白,欧阳立被雾大除名。为免责任,他也愿意帮你做证,只要你再通过一次考核,就能回研究所去,还从一助做起。"

他想了下,又说:"现在研究所的话事人是你以前的师兄关解书,我记得你和他关系也挺好吧?"

薛均没有在意他的发言,摇了摇头:"不必了,离开这么久,那些东西我都忘了。现在在江城也很好,我不想再回去。"

薛荆自然对他的行踪了若指掌,他冷笑了一声,声音里带着不屑和失望:"这里很好?我告诉你,男人没有钱、没有权,没有哪个女人会老老实实地跟着你,就你那个女老师——"

薛均猛地抬头。

薛荆不为所动，继续道："她在和赵厅长的儿子接触，还能看得上你吗？就凭你们一点高中时候的所谓'感情'？"

薛均侧开目光，紧紧地咬住了牙："不关你的事。"

"薛均，机会只有一次，你到时候别后悔莫及。"

刘姚脸上带着急切："薛董，你也别逼得太紧，这孩子的病……你让他好好考虑考虑，自然知道怎么样对自己最好。"

"行，我再给你三天。"薛荆下达最后通知，"三天后我回蓉城，你可以和我一起走。"

薛老师腰部受损，如今翻身也不易。薛均换了刘姚回去休息，再帮薛老师处理完洗漱问题，安顿他睡下已经接近十一点。

由内而外的疲惫就快要击垮他，薛均躺在沙发上，闭了闭眼，拿出电量接近零的手机。

没有荀秋的消息。

只有李熙发来了几条语音和一个莫名其妙的视频，可他没有心思点开。

她送赵竞持去医院了，第三次推开他，去做"很要紧的事"了。

她不在乎他的礼物，不在乎他的等待，也不在乎他的身份。

她从来都有更好的爱值得去拥有。

他大概再也不是她心里最要紧的那个人了。

3

这个星期天对荀秋和赵竞持来说就像噩梦一样难熬，上午先送走了一拨来了解情况的警察，接着应付学校领导的慰问并配合拍照宣传，笑得脸都僵掉，下午晚点时候，各个学科的老师们也来看望。

最恐怖的是赵竞持的爸妈突然过来了，在病房里和陈雯撞个正着。

送完一拨探病的亲友，赵竞持撇了撇嘴，正要转身，见到一个熟悉的身影站在楼梯口的拐角处。

"哎？"他有点惊讶，快步走过去，"薛均？你怎么在这里？"

薛均紧紧攥住手机。几分钟前，他才打开李熙发过来的视频，立即打电话给荀秋问她是不是在医院。

荀秋支支吾吾地挂了电话，改给他发微信：我妈妈在这里，现在不太方便接电话，我很快就会出院，不用担心。

薛均的目光从赵竞持怀里的蔷薇花上一扫而过，并没有回答，只淡声问道："你呢，怎么在这里？手受伤了？"

赵竞持"唔"了一声，看了眼手上的绷带："不是我，是上次和你说的那个七中老师，遇上点事，轻微脑震荡。这不，住院几天观察一下。"

"没事吧？"

"没啥事。"赵竞持有点感慨。确实不是什么大毛病，就是她倒下去的那一幕始终萦绕在脑海，弄得他心里七上八下。

他觉得自己不能再在外头耽搁了，说了一声"抱歉"，笑了笑："哎，下次聊吧，我得进去一趟。"

赵竞持摸摸发烫的耳朵，有点不好意思："我爸妈在里面呢，我怕她应付不来，还是去看顾一下。"

薛均愣了下，目光淡淡地乜了一眼："你爸妈来了？"

"这可不，也不知道他们急个什么，搞得好像要把人家马上绑回家似的，上来就彩礼、三金，把人都说傻了，我真是服……"赵竞持着急得很，"下次再说，我爸妈说话直来直去，我再不去人家能尴尬死。"

"……好。"

薛均艰涩地开口，就和从前太多次一样，放任她去往更远的地方。

赵竞持略有些疑惑地拍了拍他的肩膀，客套地告辞："下次请你吃饭。"

蔷薇花晃动着，馥郁的香味扑到鼻尖，夹带着一点点熟悉的兰花香气。是赵竞持在这里守了她一夜，又或者是昨天他抱住她安慰时沾染了她的气息吧。

原来他们已经可以安排父母见面了。

薛均的眸色慢慢沉寂，衬衫上的树叶袖扣闪出晶亮的光影，那是之前她特意给他扣上的，那时她睡眼惺忪地揽住他，轻柔缠绵地吻他，问他能不能回来过周末。

他在无人的过道里站了很久，直到有什么冰凉盈上眼角，他倏然哽咽，又很快停住，喉咙轻滚了几轮，把所有酸涩和嫉恨都压了下去。

赵竞持推开门的那一刻苟秋简直想站起来鼓掌，这几个家长再聊半个小时，估计连结婚日期都要定下了。她忙给赵竞持使眼色，示意他快把他爸妈带走。

"苟秋这个孩子不错。"赵凭对魏佳说了一声，又笑着对陈雯说，"亲家母也是讲理的人，这样的家庭很合适。"

陈雯笑得腼腆，她一开始没想到赵家背景这么强势，可聊了几句，发现人家不是仗权摆谱的性格，很是和蔼。

赵竞持震惊地望过去，手里的橘子都差点跌到地上。他才出去几分钟，怎么就变成"亲家母"了？

他把剥好的橘子递到苟秋手上，忙对爸妈说道："行了，苟秋得好好休息，你们也别多烦她，人家事情多着呢，快点好起来还得忙期末考。"

-241-

赵凭和魏佳起身,陈雯要送,魏佳忙拉住陈雯,说:"亲家母,别忙了,等荀秋好了,咱们再正式去融贸叨扰一顿,把两个孩子的事早早定下来。"

赵竞持和荀秋互瞪了一眼,惊得说不出话来。

"哎,说什么叨扰,别是咱们招待不周才是。"

"哪里哪里,今天是我们不请自来。"

"没有没有。"

两家人互相客气着点头。陈雯一路送他们出了病房,魏佳还对赵竞持嘱咐一句:"好好照顾秋秋,大队那边请几天假就是了,别不懂事。"

赵竞持木然点头,对这个发展有点不解。

他侧过身去看着荀秋笑,说:"什么情况?在我出去的那几分钟,这里发生了什么?"

荀秋把手里的橘子递还给他,绝望地闭了闭眼:"完了完了完了……"

冰冷的水果落入手心,赵竞持低头看了看,笑意淡了些:"怎么就完了?"他呼了一口气,顺手把橘子塞进嘴里,漫不经心似的,"要不咱们就结婚算了。"

"什么?"荀秋瞪着眼。

"你不想被催,我也不想被催,那我们结了婚,不就再也没人催我们结婚了吗?"

荀秋差点被他绕晕,等想明白,简直笑出声来:"形婚啊?"

赵竞持笑道:"老天,有那么勉强吗?说句不要脸的,我觉得我也还行,没那么难以下咽吧?"

荀秋仍然觉得他在开玩笑:"别了,结婚并不是结束好吗?结了婚就会催生,生完又开始催二孩、三孩,催生男孩……我们还能生孩子?"

赵竞持一噎,说:"那怎么办?你又相一个,和人家保持这种关系?你倒是轻松了,我怎么办啊!去哪里找第二个'荀秋'和我演戏?"

荀秋忧愁地叹了一声,说不出话来。她按亮手机解锁,看见几条新微信。

薛均:空了给我打个电话好吗?

薛均:我很想你,宝贝。

才不过一天没见而已,薛均在娇气什么啊?她抿唇笑了一下,回了个"嗯"。

"这么高兴,中彩票啦?"看她笑成这样,八成是那个谁,赵竞持"哼"了一声,"谁的信息?"

荀秋按灭手机,语气清淡:"朋友呗。"

"朋友?"赵竞持歪着脑袋,很是好奇,"荀秋,这回我们也算有了过命的情谊吧,你能不能和我说说,你这个'朋友'是怎么回事啊?"

他试探了一句:"有妇之夫?"

"才不是！"荀秋立即反驳，见到赵竞持一脸恍然大悟，又很快发现自己上了当，没好气地瞪过去一眼，"怎么这么八卦？"

"闲着无聊呗。"赵竞持笑，"他是什么样的人啊？"

荀秋并不愿意面对和薛均的一团乱麻，叹了一口气，敷衍道："就高中同学。"

"高中——""同学"两个字还没出口，赵竞持突然脑中一闪，有一种不太好的直觉泛上心头。

如果真的是薛均，为什么他还过不了父母那一关？

喧嚣声从外面传来，何香又尖又利的声音透过敞开的病房门，直刺得人脑袋突突跳："哎呀，还去什么教工寝室，秋秋的同事说她没有住在教工寝室啊，姐姐，你是不是搞错了啊？"

荀秋的脸一下就白了，"唰"地坐直身体，甩手掀开薄被，急匆匆地就要下床。

"荀秋！"赵竞持忙按住她的肩膀，长眉轻轻蹙起，"再紧急的事也不缺这一两秒钟，你忘记医生说的话了？动作快了当心头晕。"

荀秋稳了稳思绪。对，她不应该莽撞，何香目的不明，但总归是没憋好屁，她不能狼狈。

"谁来了？"赵竞持问，一面俯身将拖鞋拎过来放在她脚下，待她站好，又问了一句，"有没有哪里不舒服？"

"还好。"坐得久了，忽然站起确实有点轻飘飘的眩晕感，她虚虚扶住赵竞持的手臂。走到过道里，赵家父母也没走远，几人在电梯口遇见，何香和楚淳熙趾高气扬地挡在陈雯面前，有一种斗鸡式的亢奋。

赵竞持"哇哦"一声，认出那两个人，侧过身来轻声问了一句："你爸爸那边那两个啊？故意来找你麻烦的？"

荀秋抿了抿唇，并不想把家里这些糟心事说给外人听。

"这是趁你病要你命啊。"赵竞持"哼"了一声，轻拍胸脯，"别怕，看我的。"

他抬脚要走，荀秋吓得一哆嗦，怕他把事情变得更复杂，忙拽他的手臂："你疯啦，扶我一起。"

冰凉的手指戳在他的臂上，酸麻的奇异感蹿上来，赵竞持起了一身鸡皮疙瘩，目光不自觉微微下移。

病号服穿在荀秋身上略显宽松，瘦弱的双肩有些伶仃的美感，白腻如玉的脖颈微仰，她睁着水光闪闪的一双眼，有些担忧地望着他。

这样一个纤弱柔美的女人，怎么能去拦一个拿着西瓜刀的凶手？

"赵竞持！"荀秋被他盯得头发都要竖起来，咬着牙，侧身轻轻地撞了撞他。

-243-

赵竞持"唔"了一声，总算回过神来，挑眉笑了一声，扶着她的手："走！申请加入战场。"

陈雯的脸色已经有点不好，何香显然就是见不得荀秋嫁得好，要当着赵家的面挑这种是非，荀秋住在哪里这件事可以以后再说，但她们绝不能在赵家面前失了分寸。

"秋秋也是的，没地方住可以来淳熙这里啊，老荀刚给她买了一套星澜的房子，九十平方米，虽然不算大，但住两个姑娘还是没什么问题的。不然随便住到别人那里，谁听了不多想点别的，又是这样要紧的时候，你说是吧？"

陈雯压了压怒火，在魏佳疑惑的神情中很勉强地笑了下。

"哎，对了，秋秋。"何香瞧着荀秋过来了，寒暄了几句，又语重心长地说道，"住别人那里到底是不方便，你又没结婚，女孩子容易吃亏，别和阿姨客气，过两天好了就搬过来，我喊她舅舅去接你。"

她笑意满满："你现在是住在河东吧，你妹妹上次去驾校那边练车，倒是看见你和一个男的在中芒超市买菜呢。"

在场所有人脸色都变了。

魏佳笑了笑，问陈雯道："这位是？"

没等陈雯说话，赵竞持一下把荀秋挽在手臂里，上前一步，阴冷的眸子微微眯起来，无形的威压在何香和楚淳熙面前打了个转。他转向魏佳："妈，这是小秋爸爸家的两个'亲戚'。"

要真是亲戚，哪里用得上这样模糊笼统的说辞，想来不是什么正经亲戚了。

原来是利益冲突，那说的话便没什么可信度了。魏佳"哦"了一声，冲何香客气地一笑："行，那你们先忙吧。"

她可不愿意和这种挑拨是非的小市民多说，又转向赵竞持："我和你爸爸就先走了，照顾好人家小姑娘啊。"

魏佳给足陈雯面子，拉着后者的手拍了拍，温和地笑："亲家母，就送到这里吧，一切以小秋痊愈为主，辛苦你了。有咱们竞持能帮的，尽管指使他就是了，早晚是一家人，千万别客气。"

"哎，哎，好。"陈雯点头。何香那些乱七八糟的话也不知道人家听了心里怎么想，她有些不知道说什么。

可何香并不罢休，她转向赵竞持想说什么，又被他锋锐的眼神惊得有些束手束脚。她吞了吞口水，到底还是说出了口："我说小赵啊——"

"荀秋现在是和我住在一起。"赵竞持知道这次不说，以后再补就明显看得出是借口，他对陈雯抱歉地笑了笑，"陈姨，的确是我考虑不周，您看这个事……"

陈雯拧着眉，显然有些不豫。

"你小子！"赵凭火一下上来了，在他脑袋上狠狠敲了下，才认识多久，就哄得小姑娘住到一起，怪不得他一会儿说搬到赵悦持家，一会儿又说搬回了大队，原来都是借口，"不像样！"

"不是。"荀秋吓了一跳，咬了咬唇，看了疼得龇牙咧嘴的赵竞持一眼，揽下责任，"叔叔，是……是我提的……您别怪他。"

"哎呀，你还替他说话！"这下轮到魏佳不好意思了，自己家的小子骗人家闺女，实在不像话，她气得想跺脚，可想了想，还是先安慰陈雯，"亲家母，你可别气，年轻孩子感情好，这个……那咱们这个流程就提上日程，绝对不会让秋秋吃亏啊。"

赵竞持"啊"一声，马上又挨了一下。

荀秋忙把他往旁边拽："没事吧……"

"没——"他又被追过来的赵凭打了一下，"哎哟"痛呼，捂着脑袋往荀秋后面躲，"爸，这在医院呢，你可别喧哗。"

"我喧哗？"赵凭气笑了，"在医院就正好，腿打断了也有的治！"

他还要追过来，荀秋急急地护着赵竞持，劝说道："叔叔，别生气了，我也有责任，赵竞持他……我……我们……"

她急得说不出话来。在江城，同居的确是一件大事，她也不知道这下要怎么收场，难道真的要和赵竞持结婚？

有荀秋护着，赵凭不好再动手，只得装还有事，抬手看了下表，恨恨地指了赵竞持一下："等人家荀秋好了，你给我回家一趟！没你这样办事的。"

赵竞持无奈："爸……"

魏佳摇着头，恨铁不成钢地扭了他的脸一下："赵竞持！你真是太过分了，快给你陈姨道歉。"

陈雯虽然心里不太乐意，但人家打也打了、骂也骂了，她也不好太过苛刻："哎呀……年轻人……"

楚淳熙这下傻眼了，她确实看到荀秋和一个男人在一起，但只是在地下车库匆匆瞥见，根本就没看清楚模样，更没来得及拍照。难道真的是他吗？可那次在莱斯时，他们俩明明坐在一辆电动车上还离得十万八千里，竟然这么快就同居了？

这场闹剧以"自损八百"收场，赵竞持吃了几个狠巴掌，后颈子红得快肿起来。陈雯倒不好意思再多说什么，看着荀秋摇摇头，咬着牙说了几句："没结婚就同居很掉价，以前在雾城就算了，在江城没有不透风的墙，要是你和小赵没成，这些风言风语能跟你一辈子！"

荀秋撇了撇嘴。

晚上八点多，陈雯回去了，只留下赵竞持在这儿守夜。

这样兵荒马乱的一天总算过去，荀秋想起忘记给薛均回电话，一拿起手机，又是一排未读信息，薛均的信息夹在一堆工作信息中间。

薛均：好点了吗？

薛均：我可以来看你吗？

荀秋看了一眼在沙发上打游戏的赵竞持，暗自叹了一口气，按下病床栏杆。"去哪儿啊？"赵竞持听见声音，没抬头，"要什么，我给你拿。"

"我出去透下气。"

"啊？"

是要和薛均联系了吧……赵竞持叹了一声，再没心思打游戏。他按灭手机，说："外面热，你就在这里透气吧，我出去抽支烟。"

荀秋愣怔了一下，眼神闪了闪："不用了……我……"

话还没说完，赵竞持已经摆摆手，推门出去了。

电话响了一声就被接通，也不知道那边的人等了多久，荀秋有些愧疚："薛均……对不起，我今天有点忙，你吃饭没有？"

薛均沉默了一瞬，"嗯"了一声，轻声问道："很多人来看望你吧？"

"对啊！王校长光和我拍合照就拍了好几张。"荀秋绝望地"呜"了一声，"大概明天你就能在学校公众号看到我的见义勇为事迹和一张穿着病号服的丑照。"

她哭兮兮地撒着娇，薛均心里好受了一些，又腻腻歪歪地聊了几句，可她到底是没同意他去看她的事。

挂掉电话不知多久，他打开微信朋友圈，看见赵竞持不久前发的一条动态。

那是一张江城夜景图，零星的灯火及中心医院的门诊楼，显然他仍在今天遇见的那栋住院楼，在荀秋的病房。

下面有李熙的评论：又守着咱们嫂子呢，什么时候请吃饭？

赵竞持：后天，BenzMR，应来尽来啊！

薛均看在眼里，却像刺过来的冷刀，无法抑制的酸涩自喉咙翻滚，他紧紧地抿住唇，拿着手机的手已经攥出青白。

见父母，见朋友，下次再见，就会在他们的婚礼上了吗？

4

期末任务重，荀秋他们班又处在文理分科的关键时刻，她不想耽搁，在医院观察了两天，复查片子上看不出什么不妥，星期二中午就办了出院。

电话那头的荀天很无奈，他这两天跟着员工去县城准备促销活动，中午实在赶不回来："我说你就再住一天，明天我来接你不就行了，现在又是谁在给你办手续？你别自己跑上跑下，又把脑袋颠着了。"

苟秋用肩膀夹着手机，不甚在意地收拾着包包："赵警官在，我都好了还住这里干什么？一天七百五呢，不是钱啊？"

她辛辛苦苦一个月才挣多少钱。

苟天"喊"了一声，想到赵竞持心里也是一团怒火："你那个男朋友，上次吃香辣蟹时还有模有样，我还说这小伙子可以，结果呢，也是个人面兽心的。"

这些男的就没有一个靠谱的，才认识多久，就哄得妹妹撒谎出去同居，苟天听了简直想揍人。

怎么就人面兽心了？苟秋一下笑出声来，与靠在门边接电话的赵竞持对视了一眼，后者不知道自己仇恨值又提高了，歪了歪脑袋，挑眉露出一个疑惑的表情。

苟秋压住嘴角的弧度，侧过身低声说："行了啊，别乱说，人家就在旁边。"

苟天没好气地敷衍："行行行，那你别总蹦蹦跳跳的，东西你就给赵竞持提，甭和这种人客气。"

"晓得了。"苟秋笑，挂了电话。一看家族群里关于这次事件的谣传消息，她又敛住笑意，微不可见地皱眉。

这两天她去楼上看了高绢，高绢手上的伤倒还算小事，主要是精神上的伤害比较深。除却她老公对家庭的背叛，那个凶手被抓之后的胡言乱语也在网上流传。尽管学校已经出面辟谣，可大多数人根本不在意真相。沾上小三、女老师、凶杀案这样的关键词，短视频下的评论简直不堪入目。

苟秋叹了口气，提着小行李箱准备再去楼上一趟。

"那太谢谢了啊。"赵竞持垂眼看着穿戴整齐的苟秋走过来，顺手推开木门，俯身接了她手上的箱子，一边客气地对电话那头的同僚说道，"那行，下次请你吃饭啊！你们先忙。"

他挂断电话，眼里聚起笑意："好了，今晚六点能发通告。"

"真的？"苟秋明显很惊喜，有了警方的通告，那些流言蜚语也许能止一止。她弯着眼睛，表达感激之情，"太好了，一会儿我们告诉高老师，她肯定能心情好一些。"

"赵警官，多亏你了呀。"

又叫赵警官了，赵竞持谦虚地笑了一声，顺着她的"官言官语"说起来："这没什么，本来就应该给受害人一个交代，咱们都不希望舆论发酵到不可收拾的地步。"

苟秋笑了笑，放低声音，"我欠你个人情。"

"人情——"赵竞持拉长声音，"你不是都答应和我去 BenzMR 吃饭了嘛，别提什么人情不人情的了。"

荀秋无奈地抿嘴，可赵竞持笑得很得意："别忘了啊，那五点半我来接你？"

"行。"荀秋答应一声，想起他的交通工具，又问一句，"摩托车啊？"

"嗯？"他侧过脑袋，"怎么了？"

"没有。"她想了想，晚上出门时还是带把梳子吧。

说话间，他们已经走到高绢的病房。可意外的是，他们扑了个空，高绢先一步出院回家了，荀秋打电话过去，被挂断了。

荀秋有点不解，回到护士台询问，原来是今天早上高绢久未出面的婆婆过来闹了。

"我瞧着病人情绪很低落。"年轻护士叹了口气，从抽屉里拿出一个手机充电器，"你们瞧，就连这个也落在床上了。"

她对荀秋说："你认得她吧。"

这两天，荀秋没少上来看高绢。

荀秋点头："我和她是同事，我带给她吧。"

充电器也不是什么贵重物品，护士放心交给她，呼叫铃响起来，她又去忙别的事，只留赵竞持和荀秋面面相觑。

"她……她家里人呢？"赵竞持很不解，又补充，"我是说，她自己的爸妈呢？"

荀秋有些沉默："她是蓉城人，远嫁过来的。"

四百块的车票、八小时的动车、离不开身的孩子……很轻易就挡住了远嫁女人回家的路。荀秋没有再多说，握了握手中的充电器，打开包包放好，又给高绢发了个信息：你的充电器落在病房了，急用的话我一会儿给你送过来？

等了会儿，那边回复：不急用。

荀秋回：那我带学校去，明天你来拿。

她刚把手机放回口袋，立即又振动了一下。她拿出来按亮，看见"高绢2019英语撤回一条信息"，她有点疑惑，想问怎么了，可高绢又在下一秒发来一个简短的"嗯"。

"那我送你回去？"赵竞持有点不确定她的目的地，挠挠脑袋，"那个，你回哪里啊？"

荀秋拍拍他脚下的箱子，这些衣物和生活用品都是妈妈从融贸带过来的。

"怎么不回'咱们'在河东的房子了啊？"赵竞持笑。

一说到这，荀秋脑袋都大了，但语文组的群里都快吵翻天了，她得先把行李带回融贸，然后马上去七中开会，哪里还有空去想这些乱七八糟的事。总之，走一步算一步吧，领结婚证是要两个人自愿到场，谁把他们绑过去都不作数。

学校的事情很多,但仍然有人忙里偷闲要八卦高老师的事情,不外乎就是说高绢当了小三被人家原配砍伤。

可实际情况完全相反——凶手是高绢老公的同事,两个人勾搭成奸,渣男却把高绢塑造成纠缠不休的怨妇,长期这样洗脑,小三逐渐起了歹心,要排除高绢这个"难题",好和渣男长相厮守。

荀秋想了想,掏出手机给高绢发消息:高老师,警方晚上六点就会发通告阐明事情真相,你不要太在意那些人的胡说八道。

发完等了会儿,没收到回复,她叹了口气,手指轻点,怎么今天给谁发信息都不带回的?

中午她给薛均发的"晚上有聚餐,不回去吃",他也没回。

他还没有这样冷淡过,平时即使再忙都会抽空回她……这是怎么了?荀秋隐隐有些失落,想打个电话过去,可到底没拉下这个面子。

薛均总是笃定她有多爱他似的,她不想落这个下风。

不回拉倒,荀秋闷闷地想。

五点半,赵竞持准时到楼下接她,这回他倒是没有骑摩托车来:"请吧。"

他拉开车门时,稍微打量了一下她。

荀秋果然是对他一点意思都没有。即使知道他要带她去和朋友聚餐,依旧没怎么打扮,简单的丸子头,清淡的妆容,普通的衬衫加牛仔短裤,沉重的黑框眼镜架在高挺的鼻梁上,把水润潋滟的眼睛遮得呆板了几分。见到他在等,她也只是脸色平静地抱着书本慢慢踱步,好像要去参加补习班般严肃。

赵竞持咳了一声,打转方向盘往中心广场开。

他们在十分钟之后到达餐厅。

在赵竞持为她拉开包厢门的那一刻,荀秋已经有了不好的预感。席位中有一人非常眼熟,没等她开始回忆,李熙已经站起来冲她笑出白牙。

"荀秋!"他招呼她,"还真是你啊!我说呢,视频里就看着特别眼熟!"

"李……熙?"

仿佛一桶冷水浇在了头上,寒冷顺着骨缝沁进来,通天彻地的凛冽风雾包裹身躯,仿佛置身冰原荒丘般,她不自觉地轻轻颤抖。

熟悉的温润声音自背后响起,荀秋木然转身,见到薛均双眸清光泠泠,薄唇轻扯,垂眼看着她,笑道:"荀秋,是你啊?"

清隽俊秀的脸上露出疏淡冷凝的神色,就和从前他们互相避嫌的那段时光,一模一样。

可荀秋已经不再是从前那个傻乎乎的女孩了,她很快镇定心神,挑起礼貌得体的笑容，昂首看他，一样的语气，一样的疏离："薛均？是你啊？"

她不认为薛均会知道自己与赵竞持的协议，在她看来，薛均早就知道她和赵竞持在接触，但一如从前那般放任，不管不顾地冷眼旁观。

她怀疑，薛均非常确定她不会喜欢上赵竞持。

觥筹交错间他在人前的坦然，让她觉得极力压抑情绪的自己很可笑。

恍惚之间，她好像回到了多年前在南山的那个夜晚，房车旁的暖色灯光落在他蓬松的头发上，明明熟悉的两个人目不相接坐在各自的圈子，偶尔随从席间氛围掠过客套疏然地打量。

这段"感情"就是一团乱麻，是注定会在某个时刻结束的一场美梦。

原来她心里仍存有幼稚的幻想，奢求那万万万分之一的可能。

十二年了，那种求而不得的苦涩一如昨日深刻，可她不会再轻易落泪。

他们离得太远，她听不见他因为沉闷而变得缓慢的心跳，也看不见桌底下他因攥紧而青筋凸现的手臂，更加不知道他会在打开她那条"晚上有聚餐，不回去吃"的消息的同时收到赵竞持的邀约。

那时候，薛均还拎着趁午休买回来的鲜鱼和佐料，手指上沾着水，不够前沿的房门指纹锁三次否认了他的权限，警告声"呜呜"响起，他只能按亮触摸屏，深吸一口气，一个数字一个数字地输入那一串她已经用惯了、而他深恶痛绝的密码。

"20080608"。

记忆中樟树落下的红色果实犹如实质地落到肩膀，他却好像承受不住这种沉重般失去气力。

清晰的"咔咔"两声，他得以用她和严知的恋爱纪念日来打开这间屋子，这么多年过去，它或许已经不代表什么，可那个人始终蛰伏在她的生活里，他们依然会一起追剧、互相分享剧情解析的链接、祈祷马丁长命百岁。

体面只够支撑到关上门的那一刻，塑料袋跌在地毯上，水浸没布料，撑在地上的手也染上鲜腥，失水的鱼奋力扑腾，张着嘴，垂死挣扎，无济于事。他盯着它，眼前却越来越模糊，酸涩失控地滚上喉间，有更咸更苦的水珠无声落进白毯。

…………

"咱们嫂子不喝吗？"

"别乱喊啊，对人民教师尊重些。"赵竞持嘴上这样说着，眼睛却笑得眯起来，他挡住了来人的敬酒，对有些呆滞的荀秋低声问道，"吃不吃海鲜？"

虽然他心里有鬼，可荀秋不过是答应以朋友的身份过来，模棱两可地给他一个面子罢了。他从来没介绍她是他的女朋友，但他相信，总归会有这么一天。

席间气氛很热闹，在无人注意的时刻，赵竞持把剥好的虾慢慢推到了她面前。

"谢谢。"

荀秋冲他弯了弯眼睛，不带犹豫地捻起来蘸酱。

赵竞持被这个笑容晃了晃眼睛，瞳孔几近失神地微缩，险些没拿稳手里的杯子。

薛均的忍耐力在这一刻达到了极限。他侧过去和旁边的人说了句什么，慢慢起身，田泽让开空位，他径直离开了包厢。

薛均回到了河东。

鸽子房的灯渐次亮起，冷淡风的装潢层层染上暖光，玻璃瓶里的花朵谢了，枯萎的花瓣边缘焦黑，有气无力地落在格子餐布上。

他把新买的鲜花换上，整理了桌面，随后坐在沙发上，长腿微蜷，开始等待。

可荀秋整晚都没有回来。

直到微光从东边的山脊亮起，暖阳迸现，薛均的手机响了一声，他半睁着眼睛，看见跳出来的备忘录上写着"20"。

原来到给兰花加液态肥料的日子了，这也是他搬到这里的第二十天。

他起身走到阳台，为遮阳网旁的兰花盆栽加上了营养液，接着又顺手收了栏杆上挂着的小毯子。

手机里没有新信息，他打开了之前加的闲聊群，田泽在八卦地问赵竞持昨晚为什么没有回大队。

薛均面无表情地将这个群折叠到后台，长按删除。

临窗远眺，赵竞持的车慢慢开进了地下车库的入口，从地库坐电梯上来至多花费五分钟，可荀秋拖了半个小时才到达。

她拉开门，顺手把包包和赵竞持赔给她的丝巾搁在台子上，低头脱鞋。

轻柔的一块布看起来却这样尖锐刺眼，薛均忽然笑了一声，如果他那天没有看见赵竞持手上的彩色蝴蝶结，或许永远都不会知道这条丝巾已经不是自己送给荀秋的那一条了。

"回来了。"他的声音冷到没有任何温度。

"嗯。"荀秋太累了，她没有闲情在意冷战中的恋人的小情绪，也没有思考为什么今天薛均没有去上班。

下午还有课，她现在只想洗个澡，然后马上睡一觉。

她漠视的态度实在让他的心一下坠进了长满荆棘的谷底，密密麻麻的刺痛漫上来，他长长地叹气。

荀秋之前会这样无视他吗？从来都没有。

为什么？

赵竞持不过出现了两三个月罢了。

"我们谈谈？"他走过去，想了想，还是伸手把她揽进怀里。

温暖的怀抱让荀秋的疲惫稍减，她抵在他的胸口，叹了一口气，不想再争吵。

"不谈了好不好？我好累，等醒了再说吧。"

薛均抿了抿唇："好。"

荀秋匆匆洗完澡出来，窝进被子没一秒钟就睡过去。空调吹出冷风，她蓬松的长发像海藻轻动，衬衫下笔直的腿光润白莹。

薛均伸手试了一下风速，有点无奈地帮她盖上小毯子，又想起身去拉窗帘。忽然，他瞳孔剧烈收缩，盯住她脖颈后的半个浅浅的牙印。

他知道，荀秋很中意这个环抱的姿势，情动时他也曾在这里留下无数痕迹。

情绪的堤坝崩塌，他不知道自己竟然可以有这样深切的痛感，汹涌的血液一瞬凝结成冰，像细针穿刺耳膜，钻心的麻木让他长久地失去五感。他脸色煞白地退后，不必再猜测她醒来的审判，他像正在经历一次死刑。

她选了赵竞持。

薛均好像消失了。

他的东西还留在荀秋的屋子里，可他人不见了踪影。李熙那边只收到通知会来一个新的副科长，然而领导们对薛均的去向讳莫如深。

"我觉得吧，可能就是去保密项目了。"李熙这样笃定，"不然一个大活人，还能就这样不见没人问一句？"

"原来是这样。"赵竞持看了旁边忧心忡忡的荀秋一眼，咬得牙齿痒痒，"我倒是不知道他这么厉害。"

说起老同学的事，李熙口若悬河："当然厉害啊，你不知道，薛均以前是咱们七中的年级第一，是保送的人才，几个学校抢着要呢。"

"真的？"赵竞持并不知道这些细节，颇有些惊讶。

李熙不满地"嘿"了一声："不信就问你老婆啊，以前他们好像还是互助小组，有同桌情谊，是实际受益人呢。"

是这样吗？赵竞持心里泛出些说不清道不明的烦躁，强调了一句："别乱喊啊。"

李熙笑："如果真的是我乱喊，我就劝你抓紧一点。"

"怎么说？"赵竞持不解。

人家初恋现在已经开始筹办回国的事了，不过李熙不是出卖老朋友的人，话只能说到这里，他"嘿嘿"笑了一声："赵队，好自为之啊。"就挂了电话。

赵竞持疑惑地挠脑袋，问荀秋："那个孩子，你准备怎么处理？"

那天他们在 BenzMR 吃饭，快要散席时，荀秋忽然接到了幼儿园的电话，已经九点半了还没有人去接谢梁，家长的电话也打不通，老师翻了半天记录，只好尝试着打给她。

她有了不好的预感，打给高绢，果然关机了。她再厚着脸皮麻烦行政处的同事帮忙查她老公的号码打过去，一样无法接通。

她立即拜托赵竞持带人赶紧去一趟高绢家里，自己先去接谢梁，很快就来。

可惜已经晚了一步——

高绢老公因为涉案被警方按例盘问了几天，将怒气全撒在了高绢身上。

"叫你别去惹她！你发什么短信？看现在弄成这个样子，她搞不好要坐牢，我也耽误几天工作！你以为现在钱好赚啊？你一个月两千八，能养得了这个家吗？就是你多事，搞得现在大家都不好过。"

他暴跳如雷地指责，完全没有作为始作俑者的羞愧。

承受暴力的压力到达了极限，反弹出不可挽回的悲剧。

不知道高绢是怎么做到的，哄着他们上了车，直接从旧桥撞入了撼江。

…………

"我不知道。"荀秋有些迷茫。高绢的父母很排斥这个孩子，收走高绢的一些物品后就匆匆离开。

"那浑小子……"

赵竞持想起谢梁还有些不高兴，荀秋明明是好心要带他暂时回家住，可他却犯了牛脾气，非赖着不肯走，荀秋把他抱起来，他拼命挣扎，还在她脖子后面狠狠啃了一口，疼得她当时脸就白了。

这会儿谢梁在融贸待了几天，又有点过分安静，马上就要放暑假了，那时要是还没有亲戚来认他，这么小的孩子，该何去何从呢？

"那天我说让她明天来拿充电器，她给我回了一条信息，可我还没看到她就撤回了。"

"你说，她说了什么呢。"

荀秋抬头看过来，眼里已经蓄满了泪水，说："如果我看到了，你说会不会就能……"

她脸色苍白，再说不下去。

"不是你的错。"赵竞持叹了口气，想了想，扶住她轻轻耸动的肩膀慢慢靠向自己，"荀秋，真的，你没有错，她也没有错，这是没有选择的选择。别过分责怪自己。"

微微的湿润感沁进肌肤，他低下头，下巴轻轻擦过她柔软蓬松的发顶。淡淡的兰花香扑到鼻尖，他的胸口不由自主地生出满足感。

蓝天幼儿园的推拉门打开，保安慢慢走下楼梯，荀秋忙擦掉眼泪，不好意思地看了赵竞持一眼，抿唇说道："快！去排第一个。"

幼儿园接孩子第一名的位置难抢，好在赵竞持长得高，长腿一迈，就抢占了楼梯顶部的好位置，很骄傲地瞧过来一眼。

荀秋很轻地笑了一声。

第八章 蹉跎

她不能输给爱。

1

因为谢梁这个月暂住在融贸，荀秋有段时间没回河东的公寓。

期末结束后的校联研究讨论会定在河东的江城六中召开，那天日光很好，万里无云，她和同事乘校巴从旧桥跨江。

那段因事故被撞坏的马路牙子和铁栏杆已经重整完毕，一晃而过的景色中，荀秋看见上面新漆的颜色鲜艳了两个度，似乎与周遭的破旧格格不入。

旁边的杨鄢握了握她的手臂，叹道："荀老师和高老师是一起从桥镇录上来的吧？"

荀秋转过来扯了个笑容，点头。

"高老师太可惜了，还这么年轻，有什么事比生死更大呢？"杨鄢感慨了几句。前座的刘睿磊却故意重咳，她愣了下，自己声音放得很轻，不可能会吵到别人，她嘟囔着，"过年时高老师还给咱们办公室的人都带了豆瓣酱呢，现在为她怀念几句，有的人还有意见……"

对啊，荀秋恍惚想起，高绢知道她喜欢吃米面，还额外给她带了两瓶辣椒油，是绵阳的抄手秘方，用来下面条、米线什么的最好吃了，要买的话得五十块一罐

-255-

呢，放哪里了？

刘睿磊不耐烦地回头："高绢做事不过脑子，出了这种事，你知道得花多少钱去降热度吗？"

"可是高老师都……"杨鄢想争辩两句，可想到刘睿磊和刘副校长的关系，还是讪讪地闭嘴。

她看向抵在窗上昏昏欲睡的荀秋，有些气恼，荀老师不是和高老师最要好吗？为什么也不替高老师说话？

最近事情太多，荀秋连续失眠了好几天，不知不觉地靠在玻璃窗上睡得迷迷糊糊。

开完会，她就近回到了河东的公寓。

荀秋再三告诉自己只是来取辣椒油的，可在看见指纹锁上那层薄薄的灰尘时，心里还是忽然发紧。滞闷的呼吸声慢下来，她闭了闭眼，拉开门。

这里和薛均走的那天没什么区别。

他走的时候处理好了一切，浇花、收衣服、装好沙发套，甚至连垃圾也一并带下去了，餐桌上的玻璃花瓶和冰箱上层都是空的。

他带走了可能会枯萎和腐败的所有，不愿将灰败的心情留给她。

他真的很自以为是。

荀秋吸了吸鼻子，把眼镜摘下来搁在小茶几上，忽然"叮"的一声，手机屏幕亮起蓝光，她抬到眼前，是陈雯发来的消息。

妈妈：接到那个小祖宗了，今天回来吃吗？

荀秋轻呼了一声，回道：要回来的。

她又点开赵竞持的未读消息。

上回他拿了她的手机，把自己的备注改成"赵 sir"，他倒是自我感觉良好，可荀秋现在每回收到他的信息，都有一种要被电信诈骗的感觉。

赵 sir：今天在融贸小区做反诈骗宣传的时候碰上你妈妈和外婆了。

有点刻意了，荀秋哼笑了一声，回：然后呢？

赵 sir：然后她们邀请我晚上去你家吃饭。

赵竞持很快又发来一条：我能来吗？

深蓝：随便，她们请你吃饭，为什么来问我？

赵竞持发来一个从她这里存的委屈猫咪垮着脸的表情包。

赵 sir：那你外婆做饭好不好？

他的问话很有技巧，不过这种取巧的心机让荀秋感觉心情没那么低落了。她想了一会儿，回以同样的暗示：不错，就是有点辣哦，你能吃吗？

-256-

赵竞持没有迟疑地回：我可以尝试。

外婆对这次晚饭严阵以待，给赵竞持足足整了八个菜，除却谢梁那份"儿童套餐"，其余全是正宗的江城名菜，辣到人耳朵喷火的那种。

离开时，玄关的白灯照在赵竞持通红的脸上，陈雯才后知后觉地发现他不能吃辣。她揪着苟秋的耳朵骂，赵竞持忙阻止她："别，阿姨，一家人不吃两家饭啊，我本来就想学着吃辣了，您别怪她。"

确实是这样，要是饮食习惯不对付，以后生活上的矛盾不会少。陈雯听了他这话心里很舒坦，本来手上也没用力，松开苟秋，皱着眉头斥了一句："行了，好好送小赵。"

赵竞持走出融贸的那一刻，嘴巴肿得老高。

"你别光顾着笑行不行啊？"赵竞持用手指轻轻触了一下唇角，"嘶"了一声，疼得真情实感，"苟秋，那辣椒也是你们自己种的吗？"

等开饭时他和苟秋来到露台，看见那里种着大蒜和葱，还有一些发着绿芽但看不出是什么的作物。

"不是啊。"苟秋笑出了眼泪，"就是超市买的。"

"真的？"赵竞持有点不信，摸摸肚子，咕哝着，"我怎么觉得腐蚀性那么强呢？感觉就快胃穿孔了。"

"有这么夸张吗？"苟秋乜他，"我看看？"

赵竞持心里委屈，俯身冲她努了努嘴："喏，你看吧？是不是肿起来了？我的胃一抽一抽的……"

七月的江城带着燥热的气焰，在小区走了一会儿，热空气和过分的辣椒让年轻挺拔的男人额上粘着细密的汗珠。赵竞持的气质偏向冷硬，桀骜的眉形锋芒显露，就算是宽松休闲的着装，也掩饰不住眼中凛冽的冰冷。

他和薛均是完全相反的类型。

这就是薛均认为她不会看上赵竞持的原因吗？

昏黄的景观灯落进了琥珀色的眼睛，他委屈的样子让那些冰霜都化作轻柔的春水，波光粼粼，看一眼坠入闪耀星河，迷迷糊糊地溺进去，生出想要探索的好奇。

苟秋的视线微微下移，扫过他那辣到靡艳的唇色，"嗯"声附和的同时，她的指尖从他的下颔点过，抚上圆润的唇珠轻轻按了一下。

惊人的热度和柔软传递，她粲然轻笑："的确肿了，怎么办啊？外面有药店，要不要买点药？"

脸上被她碰过的地方像烧起了一条炙热的火线，赵竞持捏紧衣摆，轻轻滚了滚喉咙，酥麻的痒意吞噬了思绪，他脑子一片空白，怔怔地看着她若无其事地昂首提问。

可他很快又反应过来，反手按住了她纤细的手腕。触手温腻，她的皮肤简直滑得像雪，他微微松开手指，顺势握进手掌，沿着指缝慢慢与她紧紧相扣。

苟秋是很会伪装的狐狸，狡黠藏在无辜清澈的眸里，看似无意的动作实则暗藏玄机。很巧，他最擅长抽丝剥茧，她这个程度的小心思，实在单纯到不值一提。

"苟秋。"微勾的唇角显露危险的气息，他倾身靠近她，挑眉研究她装出的失措神色，哼笑，"你故意的啊？"

苟秋有一些被戳穿的恼羞成怒，她用力挣了挣，对方反而扣得更紧。

不过赵竞持还是高估了自己，耳朵不争气地红起来。他觉得有点丢脸，只好状似漫不经心地牵着她继续往前走。

融贸的侧门就在十步开外，他今天没有开车，从这里出去正好，可他硬生生拐了个弯，又拉着苟秋往塑胶步道上去。

八点在小区里散步的人很多，他们沉默地走了两三圈，终于还是碰到了一个路灯和人群都照顾不到的黑暗死角。

"苟秋？"他提出邀请。

"嗯。"她轻声回应。

赵竞持思考了一下，五指没进黑发扣住她的后脑，像个愣头小子一样啃在了她的牙齿上。

苟秋不可思议地吸了一口气，推开他，惊到瞪圆了双眼："赵竞持啊，你二十九了！怎么连这个都不会……"

赵竞持重重捧住她的双颊，义正词严地为自己挽尊："你怎么能这样小看我呢！我……"

他苦恼地叹了一声，重整旗鼓，俯身想亲她——

然后一下鼻尖撞在了她的眼镜上。

"唔！"赵竞持捂住发烫的脸，尴尬得脚趾抠地。

苟秋古怪地"哈"了一声，摘掉眼镜，一把揪住他的衣领。

"干什么啊？"赵竞持深邃的眼睛黑得发亮，反差的羞赧慢慢攀上他冷硬俊朗的脸，他根本承受不住她这样热烈直接的凝视。

温热的柔软轻轻地啄在他仍然炙烧的唇角，苟秋柔柔颤颤的声音贴在他的耳朵："想试试吗？"

"试……什么啊？"他眨眨眼，情不自禁地吞咽。

苟秋在他唇上啄了一下："这个呗。"

"就这个？"赵竞持眼角抽了抽，觉得她肯定是在耍他。

苟秋总算找到机会嘲笑他："就这个，不然你以为是哪个？"

…………

那天他们终究是不好意思在暗处逗留太久，不过只有轻轻两个吻罢了。而且第二天赵竞持就紧急出差了，十五天过去，消息寥寥。

晚上十一点多，荀秋摘下耳机放在一旁。面前的电脑屏幕已经灰了，她舒适地伸展四肢，拧开旁边的水瓶，轻抿一口。

悠闲的暑假到来，她在融贸躺了半个多月，每晚都有空打打游戏，心情也很舒缓。

谢梁那边的一个叔公愿意收留他，手续也已经办得差不多了，明天她回桥水镇吃席就可以顺便把他捎回去。

想起这些，她不自觉地摸到鼠标旁的手机，按亮，意外地发现一条二十分钟前赵竞持发来的未读信息。

赵 sir：睡了吗？

已经快十二点了，荀秋本来是准备整点就睡的，她想了想，还是回：还没，怎么了？

赵竞持很快发来一个定位，她点开一看，他此刻就在融贸小区附近。

荀秋在小区外的樟树下找到了他的车。

乌灯黑火的无人街道，高挑挺拔的男人靠在树旁的栏杆，指尖亮着一小点红光，袅袅的白烟从侧脸腾起，很快消散在夏日炎热的晚风中。

荀秋按了一下脑袋上的刘海夹，确定自己的头发并非乱糟糟的，才小心穿过马路，慢慢走到了他面前。

赵竞持按灭了烟，顺手扔进了垃圾桶。

"荀秋。"他还穿着工作服，神色倦怠，眼睛却带着笑，薄唇轻勾，很自然地伸手揉了揉她的发顶。

"怎么不直接打给我啊？"荀秋有些别扭地躲开他，"等了多久了？"

"都这么晚了，我怕你已经睡着了。"

"那你为什么还在这里等啊？"荀秋瞪了瞪眼睛，"看你都快累死了。"

话说出口，又有些害怕他说出她不能承担的答案，她只好马上又改口："那……你出差怎么样？顺利吗？"

赵竞持看懂了她浅显的忸怩，哼笑了一声："荀老师，我不是来这里汇报工作的。"

可她偏偏不肯如他的意，不仅绝口不再问他这时为什么要来这里，甚至都不肯抬头多看看他。

明明半个月之前她胆子还大得很，现在冷静下来，又开始后悔了吗？

赵竞持伸手握了握她伶仃的肩膀，微微低头："真的不问我为什么来啊？"

"不问。"荀秋本来绷着脸，一开口，却又笑出声来。

"不问就不问呗。"赵竞持也笑,"那我还是要说。"

他吁了一口气,按住她的脑袋往自己胸口抵了抵,低声说:"苟秋,你知道的,做我这一行,经常要出差,有时候事情办得不顺利,归期也定不了。"

"可是以前我从来不会这样。"他顿了顿,又低声补充,"从来不会这样归心似箭。"

苟秋抿了抿唇,没有说话也没有回应他的拥抱,两只手垂在身侧。

"苟秋,可以考虑我吗?"

赵竞持的条件已经远远超过世俗意义上的标准答案,苟秋在半月前的那个夜晚,的确被一些阖家欢乐的温馨氛围感染,但更多的是出于对薛均的愤恨。

薛均凭什么认为她和赵竞持不可能?

他凭什么就这样不告而别,自以为是地收拾了她的屋子?

他以为自己多了不得?以为她有多爱他?

可她从来都不会期待,也从来都不会等待。

苟秋抵住赵竞持狂跳的心,慢慢推开了他,垂下低落的眼睛:"对不起,其实那天……"她艰难地开口,说出那些自己的自私,"赵竞持,真的很抱歉,其实我之前……有一段不是太好的感情。"

她叹了一声,实在不知道怎么说:"那天他……大概就是,分手了吧。我承认自己很卑劣,难受到想要用你替代那些空缺,因为你的家庭,或者说你的所有条件,让我觉得攀附你是最好的选择。"

可是任何一段感情都不应该是这样卑劣的替代,凭什么赵竞持得用自己的真挚来治愈薛均留给她的空缺?

苟秋不愿在欺瞒中理所当然地接受赵竞持的爱慕,所以她将一切坦白,包括自己卑劣的私心。

"这对你不公平,所以——"她抬头看他,清亮的眼眸微微湿润,"我不会这样羞辱你。"

她郑重地道歉:"对不起。"

赵竞持这样聪明的人不会不明白她的意思,可他听了她的话倏然笑了一声:"我知道啊。"

"什么?"

赵竞持按了按她的脑袋,笑道:"我说,我知道你分手了,也知道你对我没感觉,可是我不介意你用这种方式羞辱我。"

"尽管来羞辱我好了。"

赵竞持的眼中是明晃晃的纵容。

苟秋怔怔地看着他,有点不太明白他的意思。

"我的意思是——"他顿了一下,"苟秋,既然你总会找一个人结婚,那为什么那个人不能是我?

"如果我真的介意那些有的没的,今天我就不会在这里等你了。苟秋,离开的这十五天,我没有一刻不在想你。你懂我的意思吗?"

"可是——"她的耳朵红起来,可依然欲言又止。

"没什么可是的。"赵竞持低头吻了吻她的发顶,放柔声音,"我真的好想你。"他又补充,"也好想亲你,上次亲得不好,我一直想一雪前耻来着。"

苟秋闷闷地笑了一声。

他说得没错,既然总归要结婚,那她为什么不把握住他?苟秋有些恶劣地想着,她已经摊牌了,是他自己要送上门来的,她再也不用愧疚了。

苟秋抬了抬手,慢慢揽住他劲窄的腰。

周遭的空气好像突然升温,炙热的夏夜燃出热烈的火簇,赵竞持眸色暗下来,俯身想吻她。

可惜苟秋还是躲开了他,在他的疑惑不解中皱眉,嫌弃地拒绝:"你抽烟了还想亲我啊?臭死了。"

暧昧旖旎的气氛像破洞的气球,"咻"的一声便消失得无影无踪。赵竞持笑得肩膀发抖,冷情的女人丝毫不为他的出现和等待感动分毫,反而真情实感地嫌弃起他了。

苟秋才不管他怎么想,揪住他的衣服嗅了一下,眉头皱得更深,看着他,一言难尽地询问:"你……多久没有……"

赵竞持受不了了,用力捏了捏她的脸颊,气呼呼地退后了三步。她明明闻出来他洗过澡换过衣服了,却非要反向污蔑,要让他为那些心机不打自招。

苟秋挑眉看着他,似乎在等他的"白旗"。

"好吧。我是故意的。其实我刚才去了你家楼下,看到阳台开着灯,所以发完信息就故意在小区外面等你。"

"还有呢?"苟秋冷笑。

"还有——"他憋了一口气,顺口溜似的供认不讳,"我是洗了澡换了衣服刮了胡子刷了牙喷了香水才来的。"

"为什么不换常服?"她简直寸步不让。

赵竞持咬着牙:"为了让某些人觉得我刚结束出差就过来了。"

"你把我当傻子?"苟秋笑着抬抬下巴,"那烟呢?"

赵竞持从口袋里摸出个白绿的盒子:"哈密瓜爆珠,香的。"

见她抱着手臂不说话,他又无奈地补充:"看见你出来我才抽了一口,绝对没染上不好闻的味道。"

"你还挺能演。"她嗤笑。

好了,这场博弈以赵竞持完败收场。

"但有一点是真的。"他实在不甘,一定要达到目的才肯罢休。

"什么啊?"荀秋明知故问。

赵竞持长手一伸拉开车门:"外面热,我们去里面亲?"

再生疏的技巧也有福至心灵的一天,赵竞持温柔地摘去荀秋的眼镜,细微的电流从温热湿润的唇直达心脏,他径直撬开她的齿关,将妙不可言的甜蜜递送过去。

柔软清甜,滚烫炽热,他简直沉迷到不可自拔。

"你……"他抵住她的鼻尖,平稳呼吸,试图转移注意力,"你吃什么了,这么甜?"

"下来前用了点漱口水。"

荀秋水光晶亮的眸子里闪过狡黠的得意。

翌日一大早,赵竞持装好很久没用的儿童座椅,开车到融贸小区,今天他得载荀秋回桥水镇。

这会儿陈雯很照顾他的口味,煮的面清汤寡水,一点辣椒也没放,上面还卧着两个金灿灿的荷包蛋,是被认可的女婿特有待遇。

赵竞持忙不迭地道谢,一侧过身来,看见荀秋鼓着两颊,撑在椅子上有点不高兴。

"怎么了?"他在桌子下捏住她柔软滑腻的手,咳了一声,手肘搁在桌旁,稍微往后靠了靠。

荀秋瞥了一眼自己碗里的荷包蛋:"我这个没你那个圆。"她不满地昂首对陈雯说,"他还没进门呢,怎么就区别对待了?"

陈雯闻言眼前直发黑,把装着肉臊子的碗重重一放,落座,一边往谢梁碗里加料,一边低声嘀咕:"胡言乱语,三十岁的人了,嫌鸡蛋不好就自己去煎,圆的扁的,味道不都是一个样?"

"哪里一样啊!"荀秋气呼呼的,"我的蛋黄都跑到外面来了!"

赵竞持笑,把自己的荷包蛋夹到荀秋碗里。

谢梁年纪虽小,但也明白自己又要离开这里去一个新的地方,面上有掩饰不住的低落。

大人们看出他的情绪,都忍不住叹气。这孩子很乖巧,住在这里一个多月,不争不抢,不吵不闹,就连饮食上也不挑剔,给什么就吃什么。

陈雯也有点舍不得,给他准备好了新衣服和零食,放进小行李箱,送他们到了地下车库。

谢梁似乎很快接受了自己的命运,回了几次头去看陈雯,到底没开口说什么,自己爬上后车座,乖巧地绑上安全带。

叔公就住在桥水镇旁边的谢家滩,赵竞持稍微绕了点路,跟着导航绕进一条小道驶入村里。

清晨的村落很冷清,年轻人大部分都去了外面打工,留守老人三三两两聚在村口葱郁的大榕树下,摇着蒲扇,远远地打量赵竞持的车。

即使是夏日蝉鸣和暖阳绿茵,也掩盖不了这里滞后于大城市的凋敝。

苟秋看向后视镜,谢梁用力地抿着唇,眼里水光轻闪。他敏感地察觉到她的目光,很快转向车窗,只留给她一个侧脸。

这种沉默和顺从,都是不属于他这个年纪的坚忍。

不知怎的,她突然想起薛均,他那时候也是这样吗?忍着不肯落下的泪水,被大人们送到陌生的地方去,屏声敛息,四处辗转,没有家的方向。

谢梁的叔公年纪六十来岁,瘦弱的寡居老人,像一片干枯的叶子。

"叔。"赵竞持怀疑对面的人根本就不识字,有些犹豫地把一沓文件送过去,"这是——"

话音未落,对面枯瘦得像爪子一样的手夺过文件,混浊的眼睛亮出光芒:"这是谢树的存折吧?"

苟秋心里突跳,牵着孩子的手好像开始发烫。

"不是。"赵竞持好笑地和她对视一眼,耐心地和叔公解释,"谢树的财产还在清算中,这是您收养谢梁的手续,还有他的档案文件,以及幼儿园开的证明。明年他要上小学了,您要是实在搞不懂,就找村委会帮忙吧。"

"哦,那行。"叔公的情绪收敛了些,走过来牵住了谢梁的手,而后者皱了皱眉,另一手紧紧拉住小书包的带子,很排斥老人的靠近。

"那什么时候能算完呢?"叔公问,"到时候还是你们送过来吗?"

赵竞持微微叹了口气,还是扬着笑脸:"出来了马上就送过来。您尽管放心,照顾好孩子,等我们的消息就行了。"

叔公这才喜笑颜开,要留他们在家里吃饭。赵竞持客气摆手,把小行李箱提起来,要送到谢梁的新房间去。

叔公松开谢梁,殷勤地为赵竞持指引。

苟秋看了一眼呆在原地不动的谢梁,蹲下来嘱咐他:"姨姨要走了,你记得要听叔公的话。"

谢梁看着她,没有说话。

苟秋叹了一声,伸手确认他右手的电话手表是否还能正常使用:"有事可以给姨姨打电话,知道吗？在村子里不要乱跑,离狗狗远一点,也不要去池塘旁边玩,知不知道？"

谢梁慢慢伸手拽住了她的衣服,白皙透亮的小脸抬起来,无辜而清澈的眼睛轻眨:"姨姨,我是讨人厌的孩子吗？"

"不是。"荀秋心里发紧,马上把他抱起来,哄道,"怎么会呢,谢梁是乖孩子,姨姨喜欢你,每个人都喜欢你。"

"真的吗？"他看着她,"那姨姨能一直喜欢我吗？"

荀秋脑子"嗡嗡"地响,她想起那个大雨倾盆的夜晚,也有人问过她这个问题。细密的雨声充斥耳膜,薛均的睫毛被昏暗的感应灯染成黯淡的金色,他低垂着眼睛,语气恳切地乞求她的喜欢。

"……会。"她摸了摸他的小脑袋,"姨姨会一直喜欢你,记得有事就要和姨姨说,知道吗？"

她再次点了点他的手表:"充电的时候叫叔公帮你,不要自己去插电源线。"

"嗯。"孩子脸上总算有了一丝笑容,他很用力地点头,目送荀秋和赵竞持离去。

车里的气压太低了,荀秋显然心情低落,赵竞持也有些感慨,这样的亲戚真的能把小孩子照顾好吗？刚才他看那个房间里都没有装空调,只有九十年代的电风扇,一按下去,"吱吱哇哇"地响。

"你哥呢,怎么今天他不用过来？"他试图找话题。

"他们一家前几天去海南玩了。"

荀秋真羡慕荀天的先见之明,使得他不必来应付这种场合。桥水镇的一个老叔百年而亡,按照族规,荀家的人都要过来瞻仰遗容,荀秋本不想,可刚巧又是十五号,陈雯也劝她,她只得认命过来。

这位叔叔她从来都没见过,更不用谈任何情义,上去磕几个头,送了挽金,就坐在一旁看白事知宾领着家属办流程。

他们坐在角落的一张长凳上,有一搭没一搭地聊着。

"我们吃了中饭就回去吗？还是晚上那顿也吃？"

赵竞持昨晚就睡了几个小时,这会儿越来越困,他往荀秋身上靠了靠,鼻子轻动,淡淡的兰花香气在一众香烛味中独树一帜,很好地宽慰他的倦怠。

荀秋根本没听清他说什么,只敷衍地"嗯"了一声,皱着眉继续回李霄野的消息。

四代沉浸舱的制作接近尾声,可在关键时刻又出了问题,李霄野调试了几次都不行,这简直是前所未有的状况。

赵竞持"唔"了一声,还没来得及说话,身旁人的视频电话打进来,爆竹声时不时响起。荀秋起身抱歉地笑了下:"我有点事,你在这里等我一下好不好?"

"行。"

她把包包搁在他腿上,一手打开了蓝牙耳机的盒子,按下接通的后一秒,清朗干净的男声从手机里传出来。李霄野"啧"了一声:"这在哪儿呢,我的秋?"

赵竞持看着屏幕上年轻俊朗的男人,不由自主地挺直背脊,笑容微微敛下,生出雄性动物本能的防备。

荀秋疑惑地摸了摸耳朵上的蓝牙耳机,怎么没自动连上?

"你等一下啊。"她又开了一次盒子,"叮"的一声显示蓝牙连接上,她松了口气,"好了,你把屏幕转过去我看下排线走向。"

荀秋一边说着,一边往安静处走去。

知宾已经不知道唱了几遍,来吊唁的人也来来回回。荀秋拧眉站在外面的一棵柳树下,很认真地在解决偏误。

赵竞持百无聊赖地玩着她包上的五金扣,却不想突然有一阵风转到他对面。他侧过身一瞧,慢慢眯了眯眼睛,荀秋那个后妈正襟危坐,不知道想做什么。

他知道荀秋厌恶她,并没有给她多余的眼神,可何香怎会放过这次机会。

"赵警官。"何香笑得开怀,"陪秋秋过来的啊?怎么没见着她呢?"

赵竞持好笑地哼出个鼻音,看了一眼荀秋,又转过来问何香:"你有什么事吗?"

何香顺着他的目光看向外面,又笑了一声:"哪有什么事,这不就是看见你一个人在这里。秋秋也真是的,什么电话这么要紧,赵警官人生地不熟的,哪能丢在这儿呢?"

何香:"你们是相亲认识的吧?"她很明白这些小年轻的态度,明知故问了一句,又自顾自接下话头,"秋秋倒是相了几个,不过你的条件是最好的,不像之前那个开厂的老总,光有几个钱,年纪也忒大了点,还对秋秋口出狂言,我看着就不好。"

赵竞持皱了皱眉:"谁对荀秋口出狂言?"

何香叹了一声,仿佛没有听明白他的话,似模似样地解释:"就是之前秋秋在雾城和男朋友同居的事情啊,也不知道他是从哪里知道的。我都说了,人家两个是合作伙伴,住在一起也是方便工作。那老总本来对秋秋是很满意的啦,一听这个就想歪了。"

她一捂嘴巴,"哎哟"站起来,讪讪地笑了一声:"你看我,本来不应该乱说,不过你现在是自己人,不会介意我这张嘴吧?"

她见赵竞持沉默,心里得意扬扬,继续说:"秋秋那个男朋友也挺好的,听说是五百强的高管呢,就是后来出国了,秋秋孝顺,要回江城来,这不就闹崩了。"

不然啊,他们肯定早都结婚了,毕竟同居了两三年,感情肯定都到位了。"

2

从桥水镇回来没几天,赵竞持再次前往雾城出差。

悠游自在的暑假过了一半,八月学校又不定时地有一些会议要参加,荀秋抓紧时间躲在屋子里追剧。

当听了几句天下大同的发言,又看到爱人间牵强附会、持刀相向的反目,她忍无可忍地按下暂停键,放下冰碗去摸手机,手指敲在屏幕上"哒哒哒"地响,力度之大不足以倾泻她的愤怒和失望。

深蓝:啊啊啊我受不了了,这什么破玩意儿?

那边回复得很快,严知发来一个愣怔的表情包。

荀秋用力按住语音键,说:"第三集我就觉得剧情有点怪,这个发展真的——不会拍就别拍啊!"

话音刚落,门锁"咔咔"轻响,荀秋松手把语音发出去,回头,陈雯端着一碗葡萄进来了。

"妈妈。"荀秋忙把脚从电竞椅上放下来,规矩地坐好。

陈雯用手里的布把碗边的水珠擦干,顺手放在电脑桌上。荀秋眼睛亮了亮,凑过去捻出一颗放进嘴里。

"刚和谁打电话呢?"陈雯在床上坐下,似乎有想要长谈的打算。

"严知。"荀秋很自然地说,"我们看电视呢。"

陈雯皱了皱眉,问:"这几天好像没看见你和小赵联系?"

都是乡里乡亲,何香给赵竞持上眼药的事很快传得到处都是,自然也进了陈雯的耳朵。她听了气得差点晕过去,打电话到荀令那边,荀令却轻信何香的片面之词,说人只是好心办坏事。

"哦。"荀秋看了眼手机,"赵竞持工作很忙的。"

"再忙也得吃饭睡觉吧,这些时候都没空联系吗?"

荀秋笑了一声,说:"你还别说,他们有时候是真没时间吃饭睡觉,而且这两天他又钻进深山野林了,手机哪里有信号啊!"

工作时失联两三天,荀秋没太在意,可陈雯急得抓心挠肝,想来想去怪不到谁身上,叹气:"还是怪我。"

"怎么了啊?"荀秋不明白,"为什么要怪你?"

陈雯摇头不说,可架不住荀秋的追问,只好抹着泪水:"要不是我图爽快离了婚,何香这种人哪里能欺负到你身上来。也是你爸爸不作为,这种事也和她说,要是你和小赵因为这件事黄了,妈妈一辈子都不会原谅自己。"

"妈妈!"

荀秋还和小时候一样,看见妈妈的眼泪实在难受。她放下碗走到床边,把抽纸递了过去,勉强扯了个笑容,开玩笑:"这有什么,没了小赵,我再相一个就是,喊琴琴阿姨给我介绍。"

陈雯气愤地拍了她一下:"哪里还有比小赵好的?"

荀秋失笑:"他哪里就是最好的了?长那么高,我看他还得仰着头,说不定结婚没多久就得颈椎病了呢。"

"胡说八道!"陈雯可不想和她开玩笑,"长得高多好,你这么矮,以后小孩子矮了也被人笑。"

"我也没因为矮被人笑啊!"

陈雯瞪她:"那你是女孩子啊,男孩子矮了肯定要被人家笑。"

荀秋笑:"还没结婚呢,你连小孩子都给我们定好了啊!"

陈雯理所当然:"小赵家里只有他一个儿子,你肯定得给他生个男孩才行。"

新旧观念导致的冲突已经不是第一次发生,一旦荀秋开始抗争,陈雯那边就是大段的道理和规矩,以及止不住的眼泪攻势。

荀秋唇角慢慢下压,忍住了那句"如果没生男孩怎么办"。

怎么办,现成的例子就摆在眼前,荀天和张闵从来没有停止过被催生二孩,所以一到暑假,两人就烦不胜烦地去了海南玩耍。

她不想争辩,只劝说道:"我和小赵好着呢。等他回江城,我再请他来家里吃饭,你就别担心了。"

那天在桥水镇,她打完电话回来,何香一边离开,一边还扔下一句:"不过小赵你也别担心,同居两三年和结婚了再离婚也没什么区别,离了婚肯定就是没感情了,你别担心哈,我们秋秋——"

赵竞持眼神冰冷地望了她一眼,何香自觉也说得差不多了,撇嘴,很快离开。

他没问荀秋任何事情,只笑着拉住了她的手:"你这个后妈真是'妙语连珠',我竟然无言以对。"

荀秋皱眉:"别后妈后妈的,没打证。"

赵竞持长长地"哦"了一声,若有所思。

其实荀秋不知道赵竞持会不会在意她和李霄野同居过的事,或者说,她根本就不在意他的想法。

能接受就接受,不能接受就拜拜。她绝不可能赖过去强加解释。

"那就好。"陈雯心情稍霁,"那下次咱们做几个他爱吃的菜。"

她在荀秋手上拍了拍,语重心长:"不是妈妈要逼你,你在这个环境里就得适应它,你不能和妈妈一样失败知道吗?我们秋秋一定能做好自己的事,也能嫁得好，婚姻幸福，儿女孝顺，平平安安，一切都顺顺当当。"

苟秋忍了忍眼中的热意，很庆幸自己刚才没有和妈妈对着干。

妈妈在这样的环境中生活了这么多年，思想固化很严重，能鼓起勇气和爸爸离婚已经用光了所有叛逆和自我，苟秋无法责备她分毫。

九月初。

周五的晚自习学生们都很乖，寂静的教室里无人交头接耳，只有纸笔划动的小小声响。

苟秋看着手上完成好的教案，巡视了一遍教室，确认没有学生抬头，才慢慢伸展有些僵硬的四肢。

她和赵竞持好像出了点问题。

开学那天，七中门口交通略有堵塞，她骑着电动车从桥上经过，刚巧遇见韩旭值班，慢下来和他寒暄了两句，才知道赵竞持在八月的某一天已经回到江城。

可他没有告诉她。

虽然两人每天都在微信上聊天，可他没来找她。

说不清是什么感觉，苟秋只觉得自己受到了冒犯，下意识对他进行了冷处理，十条消息里可能挑一条礼貌回复，其他时候就说在忙，敷衍过去。

夜色深重，带着细雨的风从窗外吹进来，苟秋起身去关窗。手一握上冰凉的把手，忽然想起从前薛均和严知送她回家的那段时间。薛均在车棚里取了车，总会在栏杆外的那棵大樟树下等她。红白相间的秋季校服半敞，里面穿浅色衬衫或者T恤打底，自行车斜斜地架着，他一只脚踏在踏板上，侧过身，乌黑蓬松的头发在夜风中轻轻拂动，深邃温和的眸子里落着剔透干净的光。

已经过去十二年了吧。

她回过神来，眨了眨眼，眼前的身影却仍然在那里。

高个子的男人没有撑伞，路边的灯照亮了细细的雨线，晶莹的金色水雾静悄悄地落在他乌黑的短发上。

苟秋怔忪地看着，而那人好像有所感知，很慢地抬头看向二楼的教室。

不是薛均……

她的睫毛颤了颤。

视线在空中交织，赵竞持神色轻默，眼中一点黯淡的微光在看向她的那一刻亮到耀眼，唇角慢慢勾起。他冲她挑了挑眉，把手抬到耳边做了个打电话的手势。

苟秋想起他莫名其妙的疏远，顿时脸色一黑，立即拉上了窗户。

赵竞持摸了摸鼻子，有点莫名其妙地笑了一声，低头给她发信息：生气了？

静音中的手机亮起一瞬，苟秋皱着鼻子打开，又按灭，没打算回复。

过了一会儿，他又发来一条：报告老师，雨好像越来越大了，我的罚站什么时候能结束？

荀秋看了一眼窗外，雨细到接近于无，她没有回复。

晚自习结束，学生们很快冲出教室，赵竞持仍然等在楼下，荀秋就当没看到，拐了个弯走到教学楼后去拿车。

夏天的雨夜很安静，景观灯将男人的影子拉得很长，倾斜到她身边，慢慢地靠近，赵竞持终于在角落附近追上来，一下握住了她的手，拽住她停在原地。

荀秋挣了一下，抬头，眼睛瞪得很圆。

"荀秋。"他的声音里带着点纵容的笑意，"为什么生气，嗯？"

她不说话。

赵竞持试探道："是因为我回来没和你说吗？对你来说，有我没我并不是那么无所谓的，是不是？"

荀秋冷冷地笑了一声："你想干什么啊？"

赵竞持本来还想逗逗她，可看她似乎真的气得不轻，只好止了这个作死的念头。他从口袋拿出一张纸郑重放在她的手心，低声说道："这些天我是有点忙，因为这个案子我不想拖太久，所以亲自去查。没有来找你，对不起，我不知道你会生气。"

荀秋有点疑惑，却还是就着路边昏黄的景观灯展开了那张纸——是江城第一经济侦查队开给某个公司的行政处罚决定书。

她粗略地阅读了一遍，原来是该公司因为四年前虚列工资、招待项目未代扣代缴个税等行为，被追罚税款及滞纳金共计三百二十万元。

所以他是在解释这些日子他很忙？

赵竞持笑："你看看企业法人那一行。"

"何曾……"荀秋眼睛轻闪，姓何的，又是电子厂，难道是那个"何总"？

"就是他，回桥水镇那天，那个何阿姨可和我说了不少他的'光荣'事迹。我越听越觉得她好像是在向我举报企业不良行为。"赵竞持哼笑了一声，"那群众都举报到我面前来了，咱们也不能不管啊，这不就查了查。"

他摸出手机递到她面前，相册里躺着一张红底表扬信。

"何阿姨太热心了，我特意为她争取到了一张表扬信和部分奖金，不过我也不知道她住哪里，只好等送通知的时候让何总转交了，他们都姓何，应该是认识的吧？"

荀秋完全呆住了："你为什么要这样做？"

赵竞持伸手抚住她的脸："荀秋，你知道，我说不出太多动听的话，但何香随意说你是非，这事让我很生气。"

苟秋眨了眨眼。

"总之，我想说……我不会看着别人欺负你，你懂吗？"他紧张地吞咽，想抱她在怀里，可想到这里是学校，他到底还是忍住了。

"做我女朋友，和我结婚。"

还没有感动一秒钟，对面那人又俯在她耳边，继续说："还有，今晚别回家了，好不好？"

苟秋睨了他一眼，推开他。她才没有空在这里和他扯些有的没的，这个周末她很忙，明天一大早还得去一趟西胡镇。

她骑着车从车棚出来，赵竞持忙去扒拉备用头盔戴在头上，赖了上来。

两人慢慢地往西苑广场骑去。

赵竞持犹豫了下，又厚着脸皮往前靠了靠，把手轻轻地握在苟秋腰上，确定她没有反感，才得寸进尺地把脑袋也压过去，半靠在她的肩膀上。

"去西胡镇干什么啊？那里可有段距离，你就骑车过去？"

幽幽的香气扑进鼻子，他咳了一声，一本正经地提问。

苟秋没理会他的小动作，专心看着前面："我同学会过来接我。"

"什么同学？"赵竞持有点郁闷，轻轻在她腰上刮了一下，放低声音，"我们都这么久没见了……"

苟秋听了想翻白眼，是谁不来见她啊："要你管。"

赵竞持："我就问问。你们是同学聚会吗？我能不能一起去？"

"不是去玩。"

李思源在西胡镇开了一家农家乐，想找人做个智能收银移动多功能终端，咨询过李霄野后，后者顺手把这笔轻松的"外快"扔给苟秋——系统李霄野有现成的，已经备份给她，她到店安装和教学就好，也不算复杂。

她简单说了一下，赵竞持知道是正事，很无奈地问："那周日呢？可以请你看电影吃饭吗？"

"不行啊。"

周日学校给她安排了接待优秀校友的任务，顺便还要布置小礼堂，为周一下午的演讲做准备。

赵竞持有点愣住，她是在委婉地拒绝他吗？或者仍然在生气？

"接待校友啊？七中没有行政部吗？怎么把这事安排给——"赵竞持顿了下，很快接上，"安排给咱们小秋？"

车子到达小区楼下，苟秋拐进停车棚，撑好车，摘下头盔，顺了顺被压扁的头发，重新戴好眼镜。

"人手不够吧，或者别人有事？刘校长亲自安排的，我也没办法不去。"她慢吞吞地说，"我到了，你自己打车回去吧。"

赵竞持没接话，也摘下头盔放好。

天色暗淡，无星无月，旧小区在十点已经进入睡眠状态，停车棚里摇摇欲坠的昏斜路灯好像接触不良，亮两下，闪一下，寂静中窜出"吱吱呀呀"的电流声。

"苟老师被迫加班，好可怜哦。"赵竞持靠近一步，指腹从她的下巴擦过，慢慢移动到额角、耳后，小心地摘去她的眼镜，俯身吻了下去。

浅尝辄止的亲吻持续不到三秒钟，赵竞持揉了下耳朵，把眼镜搁在车座上。

苟秋疑惑于他的蜻蜓点水。

"那个……你还没有回答我。"他挠挠头，"你不回答，我心里慌，不敢轻举妄动。"

苟秋哼笑了一声，反问他："你不敢？不都亲了吗？"

"那你是同意了？"他的眼睛亮了亮。

"同意什么啊？"她笑，明知故问。

炙热的掌心再次握住她的腰，赵竞持微微收紧手臂，把她扣进怀中，低下头，声线温柔："做我女朋友？"

苟秋想了想，轻轻地"嗯"了一声。

灼热的亲吻落下来，缱绻中纠缠不定的唇舌逐渐加重力度，呼吸也失去节奏，赵竞持不受控制地重重喘息，心尖却颤得谨慎。

"和我结婚？"他抵住苟秋的额头，耳朵竖得老高，很怕听到她的拒绝。

"可以考虑。"

"可以考虑"和"可以"也就两字之差，赵竞持深受振奋。

纠缠的吻一直断断续续到 503 门外，热烈的情意传过来，苟秋的包一下撞在了楼间的栏杆上。老旧的感应灯忽然亮起，拥吻的两人都没有注意到一闪而过的人影。

"今晚我可以留下吗？"赵竞持啄了下她的额头，眼睛落在她身上根本移不开，难得地分不开任何注意力观察周遭的情况。

苟秋戳他的脸，轻笑："我说不行，你会走吗？赵竞持，你是不是还要装？"

赵竞持简直对她毫无办法，急促的心跳平复不下。他有点恼怒，故意粗声粗气地说："那就开门！"

苟秋哼笑着，反手按在指纹锁上，三层锁扣轻响，门开了，两人转进去。

"砰"的一声，感应灯再次亮起，照清了楼梯上的身影——幽深灰暗的眼睛慢慢抬起来，薛均脸上没有太多表情。

即使知道赵竞持和她的关系，他仍然不死心地保存了一丝妄念。足足三个月了，他并没有听到他们结婚的消息，社交平台也没有任何动静，或许他们的关系已经在某一刻分崩离析，或许她会再次愿意见到他。

可惜不是。

他不知道自己为什么要到这里来，也不知道自己是怎么离开的，思绪已经抽离，只有躯体在严格执行他的狼狈退场。

所有的一切不过是他咎由自取罢了。

周六早上，荀秋提前给李思源打电话让他不用来接，赵竞持开车送她去了西胡镇。

李思源的店占地面积还挺大，是把一间古宅重新翻修了。荀秋穿行在厅堂与长廊，确定每一个地方都装上了监控并且正常运行。

忙完这些已经接近饭点。三人正说着要不要留下吃饭，荀秋和赵竞持的电话却同时响起，看了一眼来电，两人立即松开了彼此的手，脸色都变得严肃。

荀秋的来电是谢梁的电话手表，而赵竞持的来电是办公室。

"不好意思。"他们起身走去不同方向接电话。

"喂？"荀秋按了接通，那边却迟迟没有声音。她不知道谢梁是不是误触，又耐心等了一会儿，自言自语地问了几声，细细小小的声音总算传过来。

谢梁声音嘶哑："姨姨，我想吃蛋挞，你能不能给我带一个过来？"

荀秋以为是小孩子任性不想吃饭，柔下声音慢慢劝说："吃饭时间怎么能吃蛋挞呢，谢梁小朋友是不是没有好好吃饭呀？来，告诉姨姨，今天的午饭是什么？"

谢梁又沉默了，那边有一些窸窸窣窣的声音模糊地传过来，接着"哐啷"一声，什么东西撞到地上，电话挂断了。

对于危险的天生敏感让她有了不好的预感。她看着皱眉走来的赵竞持，开口说："谢梁那边好像出了点事，要不我们过去看看？"

这里到桥水镇也就四十分钟的路程。

赵竞持表情严肃："是，我想说的也是同一件事。荀秋，谢树提前转移了财产，并且将婚前房子过户给了他妈妈，签订了高额租赁合同，现在他的名下只有巨额债务。"

3

昨晚刚下过雨，谢家滩曲折的小路泥泞不堪，几个小朋友在路边玩耍，荀秋觉得不安全，先行下车，指挥赵竞持把车就近停在了大榕树下。

没有大人在家，谢梁就坐在叔公的院落里，小小的身影背对他们，头垂得低低的，手上拿着小树枝写写画画。

门锁半挂着,赵竞持伸手拉了一下门,和荀秋对视一眼:"锁着呢。"

荀秋眉毛皱起来。

"谢梁!"她喊他一声。孩子慢慢转过来看她,眼睛乌沉沉的,没有什么情绪。

荀秋把手里刚从曲梦梦那里取的小甜点举起来:"快来姨姨这里,我们吃小蛋糕了。"

孩子眼睛动了动,盯住那个精致的盒子,扔下小树枝,又弯腰在衣服上拍净手掌,很快地走到了门口。

小蛋糕从缝隙处被送到谢梁手里,他吞了下口水,轻声说:"我还没洗手。"

五岁孩子的自理能力有限,他的脸和手不算太过污糟,可是柔顺的头发脏到快要打结,一看便知大人没有细心照顾。

荀秋很疑惑,九月一号镇上幼儿园开学时她还来过一趟,给谢梁垫了学费,并且把他送到了老师手里,那时候他还是干干净净的。

旁边的邻居阿姨见到生面孔,踱步过来:"你们干什么的?"

她疑惑地打量了两人,片刻后,又恍然大悟:"哦,你们是孤儿院的工作人员啊?"

村里的人不太清楚谢梁的来历,只知道是被谢老头收养,又听说是开着车送来的,理所当然有了这样的猜想。

荀秋和赵竞持既没有承认,也没有马上否认,很有默契地微笑不语,打算先听一下邻里的口风。

阿姨叹了一口气:"我说你们这些人也太不负责了,怎么能让这种老头领走孩子呢?"

荀秋立即接道:"姨,我们就是来回访的,您能把孩子最近的生活情况简单说一下吗?"

阿姨嫌弃地看过来:"这还用得着我说吗?你们看他!"她一指谢梁,"来的时候多白净的一个孩子,现在成啥样了?就开学那天听说有人要来看,谢老头给收拾了下。他就知道打麻将,孩子一天就吃一顿饭,要不是我好心,还不知道饿成什么样子!"

"一天一顿?"荀秋急道,"孩子明明要去上幼儿园的,怎么会——"

阿姨瞪了她一眼,不耐烦地打断:"幼儿园?谢老头早就去退费了,他说幼儿园反正也学不到什么东西,就是浪费钱。可你看他怎么养孩子的?和赌鬼没有道理讲。这么好的孩子就天天锁在里头,玩都没地方玩……"

她顺手把碗里两个热乎乎的开花馒头塞进谢梁的小手:"我家今天有客来,还没开火,你将就先吃这个吧,晚点炒了肉我再来。"

叔公拿了幼儿园的退费,整日在镇上的麻将馆混,这画面落进谢树舅舅眼里实在刺眼，他立即拿出谢树签的租赁合同让他还钱。

等他回来见到赵竞持他们，问明谢树确实没有财产只有债务，立即把谢梁的东西全部扔了出来。

"行。"赵竞持把孩子抱起来，"那到时候解除收养协议我给您送来，您签字就行了。"

几人回到家后，陈雯看着谢梁这可怜样子心疼坏了。

"小梁就住我们家里。"她抹着眼泪，"干脆我就收养他，咱们家也不会养不起个孩子。"

她不懂收养条件，又问："我能收养吗？"

赵竞持摇头："不行的，阿姨，有两名子女就不符合收养条件。"

不过，谢梁还是暂时在融贸住了下来。

周日下午三点多，苟秋和刘校长及行政部几个同事去江城西站接优秀校友。她瞟了一眼后头架着摄像机准备录像的同事，咋舌，到底何方神圣，这么大的阵仗？

推着箱子的旅客陆续从出站口出来，手机里陈雯发来一个谢梁在麦当劳吃东西的视频，餐盘里摆得满满当当，那孩子不慌不忙，两手捧着蛋挞小口小口地吃着。

陈雯喊了他一声，声音很轻柔："小梁，快问你姨什么时候回来。"

谢梁闻言抬头，他身上是一套崭新的衣服，估计是陈雯刚刚买的。有一点食物残渣沾在唇角，他拿纸擦了一下，很轻地问了一句："姨姨，什么时候回家？"亮晶晶的眼睛眨了眨，带着一点孩子该有的天真。

苟秋不自禁地跟着笑，看了一眼前面几个望眼欲穿的同事，走远几步，按下语音键，小声说道："小梁好乖，姨姨还在忙呢，晚上吃饭的时候回……"她顿了一下，才接上，"……家。"

简单的语音发出去，她重新打开那个视频，清晰地听见谢梁的用词——"回家"。

她记得高绢出事那天，那孩子情绪过于激动，她耐心哄他，让他和她"回家"，可那时他听了非常生气，大声地反驳"那不是我的家"，还在她脖子上狠狠啃了一口，一晚上都隐隐作痛。

脖子……那天她就这样回了河东，薛均是不是……

苟秋伸手抚过脖颈，有个猜想从脑中一闪而过，可还没来得及细想，忽然有一股很大的力气把她整个人都捞了过去，在周遭同事们的惊呼和吸气声中，她眼前一黑，被稳稳按进了温热结实的怀抱。

"苟秋。"熟悉的嗓音低哑到失真,来人收了收手臂,轻笑一声,"我回来了。"

苟秋抬起头,按住他的胸口要退开,可腰上横着的手臂不肯放松。等她看清来人,眼睛慢慢瞪大:"严……知?"

清冽的雪松香气慢慢萦绕,严知已经不是当年那个身上只有洗衣粉香味的青涩少年。

他身上西装革履,领扣锃亮,侧脸线条比以前更显锐利,长眉冷峭,可勾起的唇角和微红的眼眶又将锋芒隐下,只有蓝色的眸子轻闪,依旧是从前清澈澄亮的模样。

"严知?"苟秋眸中腾起亮光,一下把住他的手臂,仍然有些不敢置信,"严知!"

太久没见的人一下出现在眼前,这种感觉真的像做梦一样,她惊叹:"老天,真是你啊?你怎么不和……我说啊!"

她噎了一下,眼泪都差点滚出来,有点羞恼地拍开了他的手。

清脆的拍打声响起,严知夸张地"嗷"了一声,笑意变得更真切,低声提醒:"苟秋,好多人呢。"

他变得成熟,可不分场合的毛病还是没改。苟秋从激动的心情中回过神,侧头看见同事们一脸八卦的样子,顿时尴尬得想原地升天。

好好好,这次会面估计也是严知特地交代的,她立即退了好几步,狠狠地瞪过去一眼。

刘校长这时候才上前来和严知握手,笑道:"严教授和周教授都还好吗?"

严知点头:"好得很,整天游山玩水,人影都找不到。"

刘校长笑:"退休了是该好好享受生活,之前在南市时,严教授就是一刻都不肯休息,整整两年的敬业乐业奖都被你们家包揽了。"

他们又寒暄了几句,严知很客气:"刘校长,说了我就是回趟母校,哪用得着这么多人接待。"

他扣住苟秋的肩膀,笑道:"有苟老师接待我就行,别的老师都回吧,大周末的加什么班,明天我再来学校做准备足够了。"

"那行,辛苦苟老师了。"刘校长把严知的箱子推到苟秋那里,拍了拍她的肩膀。

苟秋忍着尴尬送走了一脸意味深长的校长和同事,转身没好气地数落起来:"江城是你老家,还用得着我招待吗?你自便好了……"

她真是不明白,又质问:"怎么不直接告诉我啊?"害她差点在这么多人面前哭出来。

"不然我怎么知道你对我回国是什么样的态度啊?"严知湛蓝的眼睛里笑意

-275-

满满,自觉地推着行李箱跟在她身后,得意扬扬地俯身凑近了些,下定论,"荀秋,你很高兴我回来是不是?"

荀秋笑了一声,说:"当然高兴啊,我们都多少年没见了?感觉你一下变了好多。"

"变了吗?"严知没觉得自己变了。

"还回去吗?还是就待在国内了?"

严知说:"还要回去一趟,不过我接了北律的 offer(录用信),以后就留在京市了。"

荀秋横过去一眼,这些事肯定不是一朝一夕能完成的,他这样的性格,能忍这么久还真是很难得了。

严知看出她的意思,"嘿嘿"笑了一声,一手很自然地搭在她肩膀上问:"我有点饿了,荀秋,带我去吃饭吧。我都想死中国菜了,咱们弄点辣的。"

过了一会儿,没听见荀秋回答,他奇怪地垂眼,又顺着她的视线看过去,见到车站外一个高大英挺的警察,一双锋锐的眼睛冰冷刺骨,正皮笑肉不笑地盯着荀秋。

严知眼睛眯起,伸手抬了抬眼镜,看着那人慢慢靠近。

赵竞持垂眸看了一眼严知搭在她身上的手,咬牙切齿地哼出一句话:"荀老师,这么忙啊,大周末还要出来接待'校友'?"

说实话,当时知道荀秋和薛均的关系后,赵竞持并没有太放在心上,不管他们两个有什么苦衷,这种见不得光的关系能有多坚固?

更何况薛均那种消极偏执的性格,一次公开宴请、半个来历不明的暧昧牙印、拖上半小时的上楼时间,已经足够让对方浮想联翩了。

如他所料,不过一个回合下来,薛均弃甲曳兵。

而相对于习惯退场与成全的薛均,他认为眼前这个渗透荀秋生活方方面面的"初恋",以及那个在工作上无孔不入的"学长"更具威胁。

赵竞持看着两人亲昵的样子,咬得牙齿痒痒,每个字都快嚼得稀碎。

他把那人搁在荀秋肩上的手拎下来,顺手把她带到了自己身边,低声"哼"道:"不介绍一下?"

按照约定俗成,在介绍双方时应当先亲后疏,荀秋还未张口,两个男人不由自主地屏了屏呼吸,彼此对视一眼,扯上勉强的笑容,又很快错开目光,压抑住喉咙中恶心的呕吐感。

什么狗男人,他凭什么站在荀秋旁边。

"最终审判"很快出现,荀秋说道:"这是我男朋友,赵竞持。"

赵竞持露出个得意的笑,很自然地把荀秋挽进手臂,睨过去一眼,下巴微挑,不是太礼貌的样子:"你好。"

严知脸色变了变,又很快压下,做出不以为然的伪装。

荀秋毫无察觉,她转向赵竞持,声调也抬高了些,开玩笑似的亲昵:"这位是我朋友兼高中同学兼宾大JD(法学博士)兼大律师严知,刚从美国回来,也是七中这次请来的优秀校友。"

严知笑得肩膀发抖:"这是什么塔格利安式的超长头衔?"

两个男人互相致意,假模假式地伸手握了一下,没有一秒就分开了。

"总是听小秋提起你。"赵竞持笑着,不紧不慢地说,"这么多年的友谊也不简单啊,这次回来可得多待段时间吧?"

友谊……这人挺会用词。严知很淡然:"嗯,本来就一直在为回国做准备,这次待不长,月底得回纽约办点事,之后就先定在京市了。"

他打算先熟悉一下国内的法律环境,再考虑投资合伙的事,当然,离荀秋越近越好。

赵竞持笑,亲昵地捏着荀秋的手:"那挺好,现在交通这么发达,等我和小秋办酒的时候,你来一趟也方便,从京市西站过来有直达的列车吧?"

严知冷"呵"了一声,松开行李箱把手,从口袋里摸出一张烫金名片,笑道:"要结婚了?那我正好帮咱们律所接个业务,关于离婚纠纷,我有个同事非常擅长呢。"

他把名片递到荀秋手边,笑意加深:"现在离婚率这么高,咱们有备无患啊。"

荀秋只当他开玩笑,一下笑出了声,接过他的名片。上面没有花里胡哨的名头,甚至简单到只有名字和电话。她正反翻看了一下,长长地"噫"了一声,抬眸看他,惊叹:"哇,好厉害啊。"

严知微微失神。

她的笑容依旧和当年一样纯净甜美,尖尖的虎牙露出来,梨涡深陷。

他早不是当年那个冲动自傲的少年,可见到她的那一刻,胸口如潮水汹涌的喜悦淹没了神智。抱住她的时候,他用了十二分力气才阻止自己吻下去。

当年那些让他们饱受折磨的离别,暂停了恋人的时光和热情,而他经历努力和汗水的洗礼,终于成为独当一面的男人。

世界的诱惑与堕落他从来不屑一顾,他只想回到有她的地方。

有男朋友又怎么样?不是还没结婚吗?结婚了还能离婚呢,这男人有什么好得意的?他才是荀秋的初恋。严知的余光不屑地扫过对面的男人,其中暗含的挑衅意味不言而喻。

赵竞持的笑意淡了些。

这男人的进攻性很强，可比薛均难搞太多了。

荀秋的手机铃声适时地响起，她说了一声"抱歉"，很快摸出手机看了一眼，"琴阿姨"三个字闪在屏幕。

她按下接通："喂？"

那边郭琴的声音很焦急："秋秋你在哪儿呢？"

荀秋："我还在西站呢，怎么啦？"

"你快来一趟滨江路派出所！那个谢树的舅舅说你妈妈是人贩子，要抢走孩子呢，现在一群人闹起来了。你那些文件呢，都放在哪里了？快点带过来！"

荀秋一下有些慌神了，忙追问："我妈呢，没事吧？姨你当时在吗？"

郭琴声泪俱下："在啊，我们就是一起去逛街，到了万达二楼遇到那群人。他们凶得很，上来就抢人，还好旁边有个年轻人帮忙拦着。哦哟，谢家舅舅把人家打得头破血流，你带着文件快点来，现在我们都在滨江路派出所！"

电话切断了，荀秋脑子里"嗡嗡"作响，耳里都是那句"头破血流"。混战之中的误伤不可避免，可陈雯身体还没完全恢复，这下还不知道会怎么样。

赵竞持看着她骤然煞白的脸色，问道："阿姨怎么了？你先别急，和我说。"

荀秋深吸一口气，整理好思绪后转向赵竞持："我要先回融贸一趟。赵竞持，你先去一下滨江路那边。"

她又转向严知："严知，不好意思，我不能送你了。"

"怎么回事啊？"严知问，"你说说看，有没有我能帮忙的？"

"你……"荀秋下意识要拒绝，话一出口却突然愣住，对啊，现成的律师就在眼前。她一下把住严知的手臂，可怜的眸子水汪汪的，"严知，你帮我好不好？"

"当然好啊，你说什么傻话？"严知皱了皱眉。

赵竞持和严知先去了派出所，荀秋打车回了趟融贸，匆匆忙忙把文件一股脑放进包里。谢梁和叔公的解除收养协议还在办，此时他在法律上仍然是叔公家的孩子，舅舅那边来抢人完全是不讲道理。

荀秋刚一出家门，又接到了赵竞持的电话，让她不用过来，他已经带着一行人往融贸赶回来。

有警察和律师在，这件事几乎没怎么费力——舅舅那边根本不是要孩子，只不过是想威胁陈雯给所谓的"租赁费"，所以并不需要文件。

荀秋细细查看了陈雯的全身，奇迹般的一点伤都没有，只是谢梁受了点惊吓，有点呆呆的，但身上也没有什么伤处。

严知接过郭琴递过来的水，笑着说了一句"谢谢"，而后又转向荀秋："他们叫嚣'父债子还'确实好笑，谢树名下根本都没有财产，谢梁没得到遗产，自然也不需要继承他爸爸的债务。

"而且谢树那合同的目的性太强了,也没有经过专业人士的认证,我建议咱们以谢梁的名义起诉谢树伪造夫妻共同债务企图侵占财产,让他们把不该吃的都吐出来。"

"这样可以吗?"荀秋自然也不愿让高绢的儿子一无所有。

"当然。"严知笑,"别皱着眉头了,一群臭鱼烂虾而已,我肯定会把这件事办妥,你不用费心。"

荀秋不和他客气,脸上总算有了些笑容:"那太谢谢你了,严律师,不知道您是怎么收费的?"

严知"哼"笑:"就当我练手,刚好习惯一下国内的环境吧。"

这些可以容后再提,荀秋知道严知的水平,既然他这样胸有成竹,想来应该是没什么问题了。

"那个路人呢?"荀秋突然想起这茬,"都头破血流了,去医院了吗?"

郭琴点头:"几个人围上去打他,小伙子再抗揍也难抵挡啊,他送我们到了派出所才去的医院,真是个好人啊!"

陈雯也附和,又向赵竞持说:"小赵和小严好像认识他,我看他们打招呼了。"

荀秋心里有什么东西猛地下坠,不可思议地看向赵竞持。

赵竞持摸了摸鼻子,没办法,只好说了实话:"是薛均。他受了点伤,现在去了中心医院。"

她一下站了起来。

陈雯:"你也认识?"

郭琴这时候也反应过来,"哦?他就是薛均啊?我就说哪里有点眼熟!"

她一拍陈雯的胳膊,提醒道:"就是秋秋三伯母介绍的那个男的呀!哎呀,真是的,上次我还特意去打听过。没想到他家里那个情况,人倒是还挺好的哦?"

陈雯抬头看向荀秋,眼神复杂。

听郭琴说完当时的情景,荀秋觉得,就算是出于最基本的礼貌,自己也应该去中心医院看望薛均。

可他为什么会还在江城?根据李熙的话,她以为他早已经回研究所了。

经过郭琴的催促,严知打了电话过去。可遗憾的是,薛均表明,他在简单处理好伤口后已经离开,并没有住在医院,让他们不必来探望。

郭琴"哦哟"一声,很惊讶:"都那样子了,还不仔细检查一下,万一出了什么事那还得了啊?"她拉了一下严知,示意让他喊薛均过来一起吃饭。

攥紧的圆润指甲掐进掌心,钝痛蔓延,荀秋撑住沙发边角,脊背不自觉地挺直,太久不曾涌动热血的心脏开始失序地跳动,惆怅压住了每一根神经。

"怎么了？"赵竞持握住她的手臂，手指顺着慢慢打开她的手心，白色的月牙痕迹深印，他忽然呼吸发闷，不由自主地想起在西苑的那个夜晚。

那时苟秋坐在沙发上查看邮件，而他百无聊赖地走到阳台上。晚风轻柔，拂动了铁架子上摆着的兰花盆栽，苟秋离开河东公寓时也把它们带回了西苑。

他不过是拿起旁边的喷壶看了一眼，她却很快走到他面前，失态地夺走它。

"这个……兰花不能经常浇水的。"她眼神闪烁，为自己突如其来的举动找补，"太晚了水分不蒸发，根叶容易腐烂。秋天水温又低，也可能会冻伤。"

赵竞持还有什么不明白，这盆花与薛均有关。

很难形容这一刻的失落，卑劣的占有欲翻搅着，他看着眼前神情怅然的恋人，喉咙好像堵住了。

半响，他还是选择了忍耐："我知道了，对不起，我应该先问问你。"他没有揭穿，伸手搂住了她。

苟秋是他的女朋友，就算她现在心里还有别人那又如何？漫长岁月的陪伴，总会让她遗忘那些短暂的曾经。

…………

"没事。"苟秋很快调整好状态，反握住赵竞持的手，很自然地笑，两个梨涡陷下去，几乎看不出任何勉强。

赵竞持眯了眯眼睛，知道有些事情不能再拖了。

那边严知"哦"了几声，很快挂断电话，对郭琴惭愧地一笑："不好意思啊，阿姨，薛均说还有事，不能过来吃饭了。"

耳边嘈杂的声响消失，苟秋感到莫名的轻松。

可那天晚上她失去了睡意。

薛均躺在她的微信黑名单里已经三个月了，她思考着要不要问一下他的伤势，反反复复地操作手机，把他的账号从黑名单里拉出来，又放进去，终于在某一个时刻，收到了他的验证信息。

凌晨三点，他怎么会发现的？

在感叹号弹出的灰色小字从"对方拒收"变成"确认好友关系"的那一刻，薛均还有点不可置信，苟秋把他的黑名单设置解除了？

他的动作快过考虑，很快按下"添加"。

十分钟后，苟秋通过验证。

他拨过去一个语音通话。

她的声音轻柔，透过颠簸的电波，慢慢沁进耳朵。

"还好吗，你的伤？"

薛均"嗯"了一声，云淡风轻似的："没事。"

他顿了下,又问:"这么晚,怎么还没睡?"

荀秋太容易被他牵动思绪,即使他语气清淡,并没有任何暗示,可她恼怒于自己为他的事辗转到凌晨,利用任何人的感情都是下等行为。她到底有些沉不住气,咬了咬唇,信口开河:"刚亲热完,睡不着。"

薛均沉默,细密的针刺痛感压在他的喉间,肿胀到连呼吸也成为奢侈。鼓动的胸口起伏不定,他面色僵硬地从床铺坐起来,扶住绑着绷带的脑袋。

过了很久,他才说出一个"好"字,认命般地低笑,声音沙哑:"荀秋,为什么他们分手可以和你做朋友,我不可以,这公平吗?或许对你来说,我和他们不一样?"

荀秋轻轻笑了一声:"你想和我做朋友?"

"嗯。"他说,"不要删掉我好不好?"

她没有回答这个问题,继续自己的目的:"你有没有觉得恶心想吐,或者四肢哪里不舒服?为什么不在医院好好做检查?"

薛均抿了抿唇:"没什么大事,我已经做了消毒和包扎。而且,我不想让你为难。"

荀秋噎了一下。薛均确实很了解她,听到他没在医院,自己不用去探望时,她的确松了一口气。

"那也不能不检查啊。"

她不愿意让薛均知道她的担心,忙补充:"不然你出了什么事,我妈妈要担责任了。"

薛均笑:"没事。"

过了一会儿,他又似乎有些黯然地说:"不会有人管我的。"

从小无人在意的孩子习惯隐藏伤痛,荀秋忍了忍鼻尖的酸涩,唇也咬得发白:"不行,你明天去医院照CT,完了给我发个消息。"

薛均应声,又问:"那可不可以不删掉我?"

那边哼笑:"随便你吧,如果你不介意在朋友圈看到我的请帖。"

薛均沉默了一下:"怎么会,赵竞持很好,我祝福你们。"

他以为自己不会退缩,可当她做出更好的选择时,他依然放弃了自私的霸占。爱与欲让他失控了太多次,这一回,他不会再破坏她的幸福了,她值得拥有更多。

荀秋终于恼怒,切断了语音通话。

她慢慢意识到薛均的离开可能与高绢出事那天她的夜不归宿有关。可这个误会来得恰到好处,既然这段感情无法永远持续,不如将错就错地中断它吧。

她没有意识到,她和恋人们的相处中,从来不介意对方做那个先走的人,只有薛均会被她用"永远"这个词来对待。

因为爱，所以更加害怕伤害，害怕疼痛，害怕离别，更害怕失去自己。

她不能输给爱。

爱情不过如此，她有更多重要的事情要去做。

4

谢梁的事情办得很顺利，赵竞持帮他解除了和叔公的收养协议，严知那边的官司也无往不利，拿到了应有的财产和赔偿金。谢梁重新回到蓝天彩虹幼儿园上学，陈雯正积极地为他寻找可靠的领养人，就算是挂名也好，她可以接养，可惜一直没有找到合适的人。

严知办完这次的官司，如约回到纽约，而苟秋和赵竞持的事好像就这样定下来了。

十一月，赵家带着礼品正式来融贸拜访，苟令听到消息也一起过来吃饭，双方都很客气，聊得挺好。

苟秋没想到自己会这么快结婚，他们认识也不过才半年多而已，仓皇、迷茫时刻萦绕，但她努力在周遭人或感叹或艳羡的目光中说服自己。

感情不可估量，可条件可以摆上台面，彩礼、房子、车子……双方你来我往地公开谈判，魏佳很大方，陈雯也不缺钱，两厢合计，很快得出匹配小家庭的双赢答案。

事情推进得一帆风顺，每个人都很高兴。

接下来，赵竞持带着苟秋和妹妹一家友好会晤，作为回报，苟秋也带他和朋友们认识。

婚期暂定在来年的三月，还剩几个月让他们准备婚纱照，只等赵凭那边子女婚宴报备送审通过，就可以领证、商定准确日期、着手给亲朋好友发请帖了。

时间不够满足苟秋想要旅拍的愿望，他们做了一些攻略，暂以婚假里的蜜月代替。

2019年12月25日，赵竞持前往吴城出差。

"老婆，等我回来啊。"他拉住她的手，有点舍不得放开。

"好，一路平安。"苟秋拍了他一下，他"呜呜"地撒娇，她又笑着斥责，"毛病，快去吧，一会儿赶不上了。"

他们在进站口拥抱分别，不知怎的，赵竞持心里突然涌出强烈的不安感。他紧紧地按住她，落下轻柔的吻："苟秋，我爱你。"

"知道啦。"苟秋笑，"快去，他们在看你了。"

虽然报备还没有批下来，但是给苟秋特制的"婚纱"已经准备好——她不愿意穿裙子，所以他们在BJ定制了类裙摆的宽筒婚纱，预约了一月中旬的婚纱照拍摄。

只差最后一步，不会有任何波折。

赵竞持放开她，在同事们的嘲笑中三步一回头，拐过特殊通道，乘上了通往吴城的动车。

生活与工作平稳继续，午饭后的休憩时间，苟秋翻出作文比赛邀请信，决定先把这件事解决。

初赛结束后，学生们按照比赛成绩排名次，前十名去南市参加复赛，若能再次突出重围，就可以去京市参加决赛。

京市……

——"苟秋，你去过京市吗？"

——"公费哦。"

少年的眼睛带着温柔的笑意，轻轻地落在那个自卑自弃的女孩瘦弱的肩膀上。

苟秋抿抿唇，把这段不算太好的回忆及时中断。

"苟老师，大中午还工作呢？"杨鄢端着水杯路过苟秋的办公桌，随口打了个招呼，瞥见邀请信，又突然变得欲言又止。

"嗯。"苟秋笑了下，"这不下午就要去'送信'吗？我先预演一下。"

杨鄢暗叹，很快"哦"了一声，回到了自己的位置。

手机"叮"了几声，是李霄野发来的消息。

他们忙活了将近两年的四代沉浸舱预备正式上线，新产品发布会将于1月15日在雾城举行，李霄野作为主创会回国亲自参加演示，而且他申请了这次的后续技术维护，可能要在雾城待很长一段时间。

李霄野：真来不了啊？多难得啊，来看看咱们光鲜亮丽的好"女儿"。

深蓝：我一月份会很忙。

李霄野：哦，要拍婚纱照了是吧？

苟秋笑，低着头打字：要准备期末考试的事，还有作文比赛要负责跟进。

李霄野：这么忙啊，那婚纱照不拍了吧？

深蓝：要拍，你来不了可以直接把礼金发我微信。

远在德国的人有些心烦意乱地扯开领带，脉络分明的手重新按在电脑键盘上，抿唇开始打字：我在雾城的团队还缺两个算法，你考虑考虑？四代能这么快面世，你的功劳也不小啊，真的不考虑物尽其用？

五分钟后，苟秋回复：再说吧。

这个回复好敷衍，但总比干脆利落地拒绝好一点。李霄野灌了一口水，冰凉落进喉咙，他深深叹了一口气，看向办公桌上压着的机票。

回完信息，荀秋开始找顾钦的邀请信。

她没想到顾钦能取得第二名。虽然他的文笔没得说，可年轻的孩子难免轻狂，正文总是涉及时政或者敏感话题。可在这次的比赛中，他严格按照话题要求，引经据典，字字珠玑，可以说是一篇很好的范文。

荀秋翻了一遍，却没找到顾钦的名字。她脸色肃下来，捏住纸张一角很快数出张数。

是十张没错，她从抽屉里摸出之前张贴的排名单对比，多出来的名字是一班的语文课代表——也是个好孩子，但其名次明明并不在前十。

刘睿磊在这时候回到办公室，他的冷笑很完美地解释了这件事的始末。

自从荀老师来到七中，他便再拿不到"人气语文老师"的奖章，这点恩怨终于爆发在这个小小的办公室。他慢慢走到荀秋面前，屈着手指点了点她的桌子："虽然名单都公布给同学们了，但是呢，语文组那边最终没批准咱们顾钦同学的复赛资格。"

他打开水壶盖子喝了一口，不无得意地"啊"了一声："那这次就辛苦荀老师好好做一下顾钦同学的思想工作，不要让学生对学校或者老师产生怨恨啊。"

见荀秋不说话，他又补充："当然，让荀老师去说，第一呢，当然是因为这个比赛是荀老师全权负责；第二，荀老师很受同学们的欢迎，由你去说，顾钦同学也比较容易接受。你说是吧？"

刘睿磊凑近了些，中年男人油腻的气息让荀秋很快后退避开，和他保持安全距离："既然是我全权负责，为什么复赛资格又要语文组批准？规则上早就写明，一切都按照名次决定。"

刘睿磊真没想到她能轴到这个程度："你还要因为这点小事情就和语文组对着干？"

"小事情？"荀秋眉头紧蹙。

无辜的孩子失去了本应该拥有的机会，只因为这些肮脏的大人之间毫无意义的争斗与偏见。年少时她曾经迷茫于世界的腐朽，并为其间的不公而困苦，如今的她又怎么会愿意成为那个握刀的帮凶？

她起身走到刘睿磊的办公桌前，很快地抽开他的抽屉，没有摆放整齐的笔记本和两支圆珠笔蹦出来，"哗啦啦"地落在地上。

"你干什么？"刘睿磊厉声呵斥。

几个老师围过来，看见荀秋从他的抽屉里拿出了顾钦的邀请信。

"你还非要保住他不成？"刘睿磊问。

保住他，或者保住年幼的自己，荀秋已经无从分辨。薛均在十七岁为她所做出的"终有一天"的承诺，她得以自己完成。

"你知不知道这是谁的意思？"

无论是谁，都没有资格剥夺孩子本应该得到的机会。

荀秋仍然毫不犹豫地甩开了他的手。

理想主义者的无畏对于大人们来说的确可笑，可她偏偏就是这样可笑的人。当她与周遭志不同道不合的时候，也许会怀疑自己的不合群，但迷茫是短暂的，她做不到在这件事上明哲保身。

刘睿磊很无奈，只好说："其实这个事是元旦会之前就决定好的，顾钦平时的文章风格你应该最清楚，要是他在复试又故态萌复，那不是白白浪费了一个名额吗？我们需要的是稳扎稳打，而不是这种昙花一现。"

"顾钦是第二名，他应该参加复试。"荀秋这样说着，拿起剩余的邀请信，转身离开。

周遭的寂静被打破了，窃窃的嘲笑声漫过了放满书本和试卷的办公室，墙上的圆钟指针转过"12"，发出清晰的"咔哒"声。

刘睿磊后知后觉地缓过神来，低声骂了一句脏话。

最后，顾钦和同学们去了南市。

这件事不知怎么传到了陈雯那里，母女俩因为这件事在家里大吵一架。她心疼女儿这几年的努力，可得罪了校长，以后还能往上升吗？

"快三十岁的人了，还这么死脑筋，学校自然有学校的考量，就你一个人聪明啊！"陈雯恨声说，"不就是一次作文比赛吗？高考又不加分，谁去不都一样？"

她气得厉害，有些口不择言："是那同学很穷吗？就缺这一点奖金？你的前途你自己不想想吗？在学校受了排挤，以后评优评先哪里轮得到你？"

门铃声适时响起，荀秋仿佛得救般站起身，皱眉撅嘴："排挤就排挤，我一样教书，管他们的。"

她走到玄关拉开门，却见到一个完全意料之外的人。她待在那儿仔细地辨认，半张着嘴，有些迟疑地喊了他一声。

"肖老师？"

肖老师突如其来的拜访让荀秋有点措手不及。岁月给他增添了象征衰老的白发，下了讲台的老师不复当年挥斥方遒的意气。他提着礼盒，像个普通老人那样礼貌微笑："荀老师，现在方便吗？"

荀秋仍然听不习惯从前的老师这样称呼她。她忙侧过身，有些窘迫地看着他提来的东西，并没有伸手接："您怎么过来了？这个……"

"拿着吧，没有空手来的道理。"肖老师把礼盒塞进她怀里。

屋子里母女间的硝烟还未平息，陈雯皱着眉问了一句"谁啊"，然后也上前几步到了门边。

荀秋："这是咱们七中的肖老师。"

"哦……"陈雯也不清楚老师怎么会提着礼品过来，但基本礼貌不能少，她微笑着，"肖老师来了啊，别这么客气，快请进来吧。东西先搁这儿，一会儿好提啊。"

她接过东西搁在鞋柜上，又喊荀秋："秋秋啊，快去给肖老师倒杯茶！再切两个水果。"

肖老师来的目的荀秋隐约猜得到，他们坐在沙发上随便寒暄几句，肖老师叹了口气，也切入正题。

"今天本来应该是荀老师带队去南市参加比赛吧？换成谁了？"

荀秋点头，不好意思地笑了一声："其实带队也挺辛苦的，这么多孩子，闹腾着呢，现在有苏老师替我去，我在家休息也挺好。"

陈雯听了直想摇头，心塞地喝着茶。

"带队参赛的荣誉很难得，写进履历也是一次很好的经历，太可惜了。"肖老师叹气，看向荀秋，混浊的眼微微发红，"以前那件事，是我做得不对，没有保护好班上的孩子，害得你失去了物理竞赛的资格，老师一直想和你说声对不起，就是当年拉不下这个面子。这些年偶尔想起来，心里难受啊。"

从前荀秋参加物理竞赛的事陈雯隐约有点印象，但是后来没有后续，她又忙着处理荀令的事，只以为荀秋没考好，也就没有再继续跟进。

原来她的资格也是被剥夺的吗？陈雯有点愣。

"肖老师……我没有……"荀秋实在说不出太煽情的话，她笑了一声，开玩笑似的，"您别放在心上，其实那次竞赛复试我去了也没有用呀，决赛名额只有一个，薛均在那儿，谁能考得过他啊！"

她想起当年那个意气风发的薛均，慢慢地补充了一句："去和不去都是一样的结果，我早都忘记了。"

肖老师很感慨她的宽容："哎，谁说的，这怎么能一样呢？你们都是好孩子……不过当初那件事很复杂，七中和一中为了争这一口气，结果剥夺了你的机会……也不怪当年严知和薛均要罢考。"

荀秋僵了一下，玻璃杯里的水晃动开来，细小的水珠溅到手背。陈雯忙接过她的杯子，低声斥责："怎么杯子也拿不稳，这么烫呢，也不小心点。"

荀秋垂眼抽了张纸覆在手背，轻扯唇角，勉强露出一个微笑："薛均罢考？他那次考试不是得了第一名吗？还拿了省名额去京市。"

肖老师想起那些少年意气，也失笑一声，说："当时他们到了南市，一下跑得无影无踪，我带着学校的人好不容易在火车站把他们逮着了，薛老师还给他一顿好打。"

原来那次竞赛，薛老师也陪同去了。

少年的心思在亲人面前太过浅显，薛老师惊讶于薛均的情绪变得丰富，却仍然不愿意由着他胡来。

"去参加比赛，或者我申请把荀秋调离九班。"

"不行！"

她这样敏感的心思，如果被贸然调班，那些闲言碎语她真的能承受吗？

"那你就正常点！"薛老师敲敲薛均的脑袋，恨铁不成钢。

…………

"严知那小子太滑头，一下窜进人群，薛均力气也大啊，三个老师都差点没按住他。"

薛均那个倔强的眼神似乎还在眼前，肖老师又想起他在研究所的事，感叹："老师也不知道是不是这个缘故，后来薛均才做出了那件事。"

"……那件事？"

肖老师斟酌了一下用词，说道："那件事闹得很大，你现在和他没联系了吧？那可能是不知道的。"

王森教授逝世，留下了一份极有价值的学术材料，那是以王教授为主、整个研究所共同努力做出的成就。新来的欧阳立想要为研究所募集更多的经费，要求薛均独占这份功劳——薛均一向是研究所新生代的招牌，有这份荣誉加身，研究所的名气能更上一层楼，也能吸引更多的人才和资金。

这样一个绝佳的机会，欧阳立料想任何人也不会拒绝。

薛均沉默了很久，点头答应。

可等几个月后学术杂志刊登出那篇论文，一作依旧只有王森，而薛均及研究中心在职人员的名字只在致谢中匆匆带过。

欧阳立恼羞成怒。

"哎，他真是可惜了，蹉跎这么多年……"

两人没聊太久，荀秋接受了肖老师的道歉，送他出了小区，茫然地在楼下花园的藤椅上坐了很久。

起风了，一月份的江城好冷。

欧阳立在今年已被逮捕，他学术造假的案例淹没在互联网纷杂的信息海洋中。荀秋在深夜两点半重启了大二做的筛选关键词的插件，把几个大平台上的信息整理分析，看到了关于这件事的详细报道。

薛均失去的荣誉和未来，在密密麻麻的罪证中被一笔带过。

原来薛均在十七岁给她的诺言，已经在数年后用这种方式践行。

他们的选择是一致的。

她推开电脑，看向玻璃窗外被黑夜吞噬的城市。城南这一片曾是废墟之地，转眼十年飞逝，也已成为灯火零星的钢铁森林，沧海桑田，一段时过境迁的默契还用得着再提吗？

她又垂眼按亮手机，锁屏上她和赵竞持抵着脑袋的合照一闪而过。解锁成功后，她点进微信，定定地看了很久。

薛均也终于成为她的朋友，偶尔分享歌单或者是路上遇见的流浪猫，和高中时好像也没什么区别。

她最终一字一词地删除了那条没有发出的信息。

人生难免有遗憾，既然一切都成定局，没有必要再自寻烦恼。

她不会为了他辜负任何人，从前是这样，以后也一样。

1月4日，赵竞持打来电话，同事因为重感冒引发肺炎，已经在医院打针，他们可能要推迟返程时间。

"只是重感冒吗？"

苟秋走出办公室，有点担忧。吴城最近的病毒性肺炎患者增长频繁，互联网上一些真真假假的信息让她心里产生了恐慌。

"你就不能先回来吗？你又不是医生，在那儿有什么用？他那么大一个人，莫非还要你照顾？"

热恋期的爱人总归是要娇气一点，赵竞持知道她只是在开玩笑，哼笑了一声："我是队长啊，不能抛弃队友先回家，怎么了——"他看了眼四周，长腿一迈，走到外面的玻璃通道，低声笑，"你想我了？"

苟秋才不想和他扯这些，鼓着脸颊："队长？明明就是副队长呢。"

赵竞持笑着捧住胸口："哦哟，不得了，还没结婚呢，老婆就开始嫌我的职位低了？"

苟秋也笑："对啊，你什么时候能升一升，把这个'副'字去了？"

"去不掉这个'副'能不能和苟老师结婚啊？"赵竞持沉下声，可话一出口，还是没忍住笑意，"苟老师，我才走了小半个月，你又有新想法了？"

"嗯。"苟秋笑，"反正我1月15日就要拍婚纱照，管你回不回来啊。"

赵竞持"哼"了一声，还没来得及多说，就听到走廊尽头有人焦急地喊了一声："赵队！"

他把手机拿远，扬声答应，一面往病房走，一面恶狠狠地对苟秋说："好好好，你敢啊，看我回来收拾你。"

"来啊，我等着赵警官来'收拾'我。"

赵竞持捻捻发痒的手指，哼笑："好啦，我这边还有事，你先挂了吧。晚上视频。"

荀秋心满意足地"嗯"了一声，手指按在红色按钮的一瞬间，她听见那边心电监护响亮的警报，很长的一声"嘀"。

屏幕亮起，通话断掉了。

可形势比想象中严峻得多。

没过几天，各地都出现了类似病例，赵竞持作为密切接触者在医院隔离观察。确认未感染后，他和无数志愿者、医疗工作者、警察一样，签下了请战书，留下来共同抗疫。

其实不必问过荀秋的意愿，她明白他的职责所在。

那句"1月15日就要拍婚纱照"自然是玩笑话，只有二傻子才会在换班的空隙看到日期心慌起来，半夜两点给人家发去微信。

赵竞持：老婆，你没去拍吧？

荀秋那天早上醒来看见赵竞持的消息，简直又好气又好笑。

深蓝：没有，你是傻的？

消息发出去很久都没有回应，他大概又在忙了吧？荀秋放下手机，裹着被子翻身移到床边，开始找自己的鞋子。

"醒了？"

陈雯一大早忧心忡忡地推门进来："小赵那边怎么了啊？他每天近距离接触那么多人……"

荀秋安慰道："他穿着防护服呢。"

陈雯叹了口气，忽然狐疑地看向荀秋，话锋一转："怎么这两天没听着你上课了？"

荀秋心里"咯噔"了一下，又很快镇定："我哪知道，你整天贴在我门上听啊？"

陈雯笑着打了她一下："快起床。"

"知道了。"荀秋有气无力地答应下来。

她的确有两天没上课了。

前天语文组那边发来通知，说有大量学生反映荀秋家的网速过慢，上课时画面断断续续，无法正常听讲。为免耽误教学进度，刘校长已经取消了荀秋的权限，并且把一班、二班的同学都送到了苏老师的直播间，让荀秋自己先查一下网络问题。

荀秋有点意外，她对网络流畅度的要求一直很高，不可能应付不了区区一个网课。难道是软件的问题？

她简单测试了一下，没发现什么不对。

而后语文组又以没有进行教学活动为由，给她的课时费和津贴打折扣。

罢了，这段时间，她正好给四代做点任务更新补丁。

倒霉的李霄野刚一回国就遇上了封控，被困在了龙湖公园，总部决定推迟发布新产品。

物业统计人数时，他正在倒时差，分发的蔬菜包没能拿到，家里什么都没有，饿了一整天，终于忍无可忍加入了小区的"菜跑跑"订购群。

"哇！"李霄野手上紧紧搂着他今天的主食———一个超大土豆，看着屏幕上跳动的代码，惊叹于荀秋做出来的新补丁，"你太有想法了我的秋，这玩意儿真的就送给咱们ST？不先申请个专利？"

荀秋白了他一眼："粗糙成这样，还申请专利？"

李霄野被拆穿，"嘿嘿"笑了一声："可以慢慢优化啊，这东西你做了多久？"

"两个多月吧。"

"你牛啊，这么努力？"李霄野吃惊，想起什么，又很快发问，"你不用上网课了吗？什么时候都能看见你在线。"

荀秋"唉"一声长叹，有点郁闷："我可能要被开除了……"

李霄野愣了下，眼睛都笑弯了："太好了！这不是天大的好消息吗？"

荀秋不想理他，撇嘴挂掉了视频。

谁都不知道封控竟然能持续这么久，荀秋和赵竞持结婚的事一拖再拖，那时候荀秋已经被调任到行政组坐冷板凳。

她把补丁持续优化，并且再次收到ST科技的入职邀请，说是入职邀请，其实也是官方警告——如果她还想继续深入研究四代的数据，不可能一直只做线上人员。

这次ST给的位置和薪资都很可观，荀秋犹豫再三，还是决定为了妈妈考虑一下。

妈妈在听到这个薪资时差点都蹦起来，可冷静一想，去了雾城，那和小赵又异地了，这个怎么弄？

赵竞持无所谓："没事啊，我之后也可以往那边调整。"

可这件事定下来的月底，中办印发了《领导干部配偶、子女及其配偶经商办企业管理规定》。

"所以，你要为了这个女人，让你爸爸职位调整吗？"魏佳不敢相信，荀秋明明之前只是个普通的语文老师，怎么会摇身一变成为外企高管？

分手的那天晚上，江城下了一场大雨，初夏的暴雨伴随着电闪雷鸣，露台上咸湿的风把雨雾吹到了赵竞持的脸上，绵密的细小水珠从额角滚落，凉意沁入皮肤，他感到刺骨的冷。

　　他张了张嘴，想让荀秋为他留下来，可是他知道，她不会。

　　那两盆兰花依旧好端端地放在架子上，赵竞持不过看了一眼，全身的血肉都好像撕扯得四分五裂的痛感，剧烈的不甘和愤懑让他呼吸困难。

　　在之前那么紧张的形势下，她依旧抽空把兰花从西苑搬到了融贸照顾。

　　他抬起手，面无表情地把兰花架子推倒在天蓝色的瓷砖上。

　　"丁零哐当"的一连串响声过后，娇嫩的花混入肮脏的泥土，营养液也被打翻了，顺着雨水慢慢往下水处蜿蜒。

　　荀秋慢慢地抬头看过去，而赵竞持只颤了颤嘴唇，什么也没说。他艰难地吞下更多失态和放肆的情绪，绷紧下颌，快步离开了这片空气稀薄之处。

第九章 她与爱

既然相爱,那就拥有彼此。

1

八月末,陈雯结束了最后一次复查,四项指标正常,已近痊愈。

一家人将荀秋送到了江城西站。

荀秋在九月初正式入职 ST 科技,担任架构师的职位对她而言很称心,在她的设想中,自己只要埋头做技术,与组员们交流进步,不断提升就好了。至于演说、领奖、发布会和管理沟通,都可以交给李霄野去做。

可实际上,之前在做四代时,她一直是按照李霄野发布的任务目标按部就班。等到现在要独立创作,虽然她的创意每每让人惊叹,可奇思妙想总要被公司计划和团队资金限制。

架构师负责想象,产品总监负责现实,两者在这方面有冲突实在太正常了,更何况他们都是不会把个人感情带到工作上的人,有了冲突,更要反复"沟通"。

ST 科技 22 层的产品总监办公室百叶帘拉得紧密,若有若无的争吵声传进肃穆的大厅,所有人都屏住了呼吸。

新来的架构师看起来柔柔弱弱,却没想到第一次例会交流之后,就和总部来的总监争了一个多小时都不肯妥协。

"这个bug……"李霄野沉了一口气,继续劝说,"千次测试只出现了一次,我们完全可以先忽略它。开发的初阶段我们不需要太追求完美,你以前做过很长时间的开发,难道每个bug都需要深挖吗?改过来,没问题,咱们就可以上线啊!"

荀秋冷哼了一声,说:"开发时候是千分之一,要是刚好遇上上线那就全盘皆输,我这个架构已经考量到之后的设计余地,既然捕捉到了,我是肯定要先推演它的。"

李霄野咬着牙:"荀秋,别上纲上线!这个月再发不出样品,这个项目后期计划就都打乱了。你知道,我要为这个项目整体走向考虑,拿不到资金,一切都停摆了。"

荀秋:"我的考量是有依据的。"

"那也不能带着团队往坑里走啊!你怎么就这么犟呢!"

"李霄野!"

贴在门边偷听的吴家永脸色越来越白,旁边的两个开发拉了拉他的手臂,忧心忡忡:"怎么样?"

吴家永摇头,疑惑道:"这两个人是认识的吗?怎么都寸步不让?吵这么大声,和以前就有仇似的……"

"有可能,我听说Litchi以前好像是NEX——"

话音未落,玻璃扣锁"咔"一声被抽开,同时百叶窗缓缓上升,李霄野手半压在门上,皱眉看着蹲在地上的三个组员。

"你们干什么呢?"

荀秋从后面探出脑袋,神情自若:"怎么了?为什么都堵在门边?"

李霄野也不知道他们个个紧张兮兮的是想干什么,他抬手看了下表,六点零一分,很好,下班了,开始调整到周末状态。

架构师和产品总监的矛盾会在周一早晨九点十五分重新启动,他冲荀秋挑了挑眉,伸出长腿在吴家永身上轻踢,低头说道:"都愣着干什么,包厢订好了吗?该为咱们Litchi接风洗尘了。"

荀秋轻笑了一声,两人对视一眼,李霄野唇角的弧度更深了几分。

众人都有点发愣,从这两人的神情上,完全看不出刚才在办公室吵得天昏地暗的样子,这到底是什么双面人生?

"订好了!订好了!"吴家永忙站起来摸出手机按亮,再次确认人数和地点后,一行人走到餐厅。

初来团队聚餐在所难免,李霄野给荀秋点了果汁,两人各坐一端,在九点多结束了这场聚会。

他们在餐厅门口等代驾。

"先送你回园区？"李霄野挡在风口，低声问了荀秋一句。

他没有喝酒，车子就停在附近。

荀秋摇了摇头："我今天晚上去朋友那边。"

李霄野眼角抽了抽，他可不知道她在雾城有什么能过夜的朋友："哪个朋友啊？我认识吗？"

荀秋知道他想歪了，睨过去一眼，挺奇怪的："你管我？"

"我哪管你了？我这是关心。"李霄野不自然地摸摸鼻子，又解释一句，"朋友之间的关心，懂不懂？"

之前荀秋在雾城交的社保年限已经满足购房资格，既然要在这边发展，她还是不太愿意和同事们住在园区。恰好谢知意今年年初回了雾城，她们约好明天一早去渝北看房子，所以今天晚上干脆就去谢知意家住。

"什么朋友啊？"李霄野有点受不了她这种似笑非笑的样子，吞了吞口水，紧张地试探，"男朋友？不会吧？"

荀秋没回答这个问题，抱着手臂好笑地反问："说真的，李霄野，这么多年了，你怎么还不找女朋友啊？"

李霄野噎了下，移开目光："你管我。"

再次回到雾城，记忆就像走马灯于眼前晃动，在NEX的那几年，每次聚餐结束，李霄野的车都停在马路对面等待。

有时候等得久了，他就把头抵在窗户上，在无边的疲惫中睡得迷迷糊糊。等荀秋拉开车门来，他又很快清醒，迫不及待倾身过去亲吻，嘟囔中带着懒怠的哑意："宝宝，才一天不见，我怎么就这么想你？NEX到底什么时候倒闭啊？"

此时此刻他们终于并肩，可往事早已经随风远去，她再拾不起从前恋人间那份雀跃的情思。

荀秋瞥过去一眼，零碎的灯光落在李霄野线条分明的侧脸。他带着羞赧的目光转过来，又很快收回，咳了一声，装作若无其事地看向别处。

他怎么一点都没变？荀秋鼻子发酸，又听见低哑的男声幽幽响起："严知不是也没找吗？"

他看向她，逗趣似的："我觉得他肯定找了，就是没告诉你。"

荀秋笑了一声，拍了拍他的手臂，语气轻快："找就找呗，我可不吃回头草。"

李霄野知道她看出他的意思，很快躲开，嫌弃地反驳："你想得挺美。"

可到底幽灼的眸子慢慢积出了晶亮的水泽，出租车的前灯照到他们面前，荀秋清楚地看见他脸上淡淡的失意。

"到了给我发信息。"李霄野为她打开后车门，很快别过脸，慢慢退后，目送着车子远去。

没事，来日方长，他会申请常驻国内。

他们在一个公司，他总有一天能再次卸下荀秋的防备。而且 ST 经常会加班到晚上九点，就算荀秋真的和别人结婚了又怎么样，他永远会是每天陪伴她最久的那个人。

李霄野扬起不可揣摩的轻笑，在喧嚣中慢慢稳下了汹涌的愁思，微抬下巴，哼声离开。

出租车载着荀秋来到谢知意家的小区侧门，她拿出手机付款后，刚下车走了几步，包包里的另一个手机突兀地响了起来。来雾城之后，她保留了江城的号码作为私用。

她停下脚步，有点愣怔地看着屏幕上的名字。

薛均多久没联系她了？

自从 2019 年年底她和赵竞持在朋友圈转发了 BJ 的婚纱定制广告后，她和薛均就好像停止了交流。

她觉得好笑，某个人说想保持联系的时候，分明说的是"祝福你们"，可惜才开了个头，人就瞬间蒸发了。

她不知道的是，在看到广告的那一刻，薛均彻彻底底地感觉到了被绝望淹没的沉重，就像有吸满水的薄纸一张张按在口鼻，呼吸慢下来，又彻底封闭住，最后在窒息中四肢僵硬地坠入不可翻身的深渊。

可他来不及慢慢消化这个信息，翌日，研究所接下保密项目，收走了相关人员的通信工具，实行了为期两年多的封闭式管理。

而今天是他们出关的第一天。

手中的电话已经响过五十五秒，荀秋定定地看着它，在最后一秒钟按下了接通键。

电话接通了，可那边很寂静。

荀秋抿了抿唇，也暂时没有开口。

小区居民刷卡打开了推拉门，她跟在后面一同进去，门上的小喇叭冒出一句半生不熟的川渝普通话"出入平安"。薛均是误触碰了吗？她觉得有些奇怪，"喂"了一声，那边依旧没有回应。

她把手机拉开距离，看了一眼依旧在继续的通话，又放回耳旁压着声音喊了一声："薛均？怎么了？"

那边开的是免提，听到荀秋的声音后，突然就七嘴八舌地喧哗起来。

"哦哟，声音好听！"

"我来我来我来！"

"雾城人，绝对是雾城人！你们听辣个机器的声音嘛（你们听那个机器的声音吗)!"

电话被一群人争抢,最后落在一个女人手中。荀秋觉得很神奇,她明明从来都没有和崔思盈说过话,时隔多年,竟然能一下就听出她的声音。

崔思盈显然是喝醉了,语调里带着开玩笑似的促狭,没有恶意,但对于不熟悉的人来说或许有些冒犯:"你是薛师兄的堂客嗦?为啥子不一起出来耍嘛?他坐了两年'牢',你都不来看一眼迈(你是薛师兄的老婆吗?为什么不出来一起玩?他坐了两年'牢',你都不来看一眼吗)?"

荀秋皱眉,她不知道是什么情况,没有回答,反问:"薛均呢?让他听。"

那边回道:"薛师兄喝醉了,你快来接他。在象山路青燃酒吧噢。"

"妹妹,过来嘛,哪个薛均从来都不带你出来耍嘛,兄弟几个都以为他取向有问题咯(妹妹,过来啊,怎么薛均从来都不带你出来玩,兄弟几个都以为他取向有问题了)。"

荀秋看过关解书的采访,此刻也能对上声音。

酒精让人失去稳重和礼貌,电视上严肃端正的关教授此刻也大了舌头,说话嘻嘻哈哈。

这是研究所聚会的游戏吗?

荀秋无意当他们的消遣,以薛均的性格,如果不是已经醉到不省人事,肯定不会任由他们这样打电话过来。

就是不知道他们怎么能不通过薛均的同意直接把电话打到她这里来。

她冷了冷语气,说道:"让关教授送一下吧,我没时间。"

"哎,哎——为啥子嘛!"那边开的还是免提,她听见关解书大声地问,"你是雾大的学生嘛,你认得到我哦(你是雾大的学生吗?你认得我)?"

又有无聊的人逗趣说:"快来,薛均都喝晕咯,你不怕一会儿出事故哦?我们可没空送他,丢在车上咯,自取啊。"

"我——"

电话在哄笑中被掐断了。

荀秋咬牙烦躁地把手机塞回包包,呼出一口气,原地站了一会儿,想起好像还有消息没读。

谢知意:来了吗宝?我想点烧烤,一会儿你带两瓶可乐上来吧。

谢知意:这家可乐卖八块,真匪夷所思。

荀秋打出一个"行"字,还没发送,又按下删除。

在薛均消失的这两年,她不是不担心他的安危,她从肖老师或者其他几个老师那里旁敲侧击地问过,薛老师和师母和和乐乐,并没有什么异常。

深蓝:不好意思,我今天有点事,可能不过来了。

无故失约让她有些愧疚，她不知道怎么和好友解释，也不知道到底该不该去象山路看一眼，她长按信息，试图把它撤回。

只可惜谢知意脑补能力一流，很快回复：嘿，给我演破镜重圆是吧，行行行！

苟秋愣了下，松开手指，原来谢知意以为她和李霄野在一起。

她失笑一声，又点开谢知意发来的图片，那是一张美团外卖的订单截图，一瓶小可乐标价八块。

谢知意：这八块就是我给你们的随礼，请吃饭的时候再联系吧，快乐起飞！

象山路就在雾大附近，离这边也不算太远。苟秋在二十分钟后抵达青燃酒吧，不用再打电话询问，路边停着一辆揽胜，车牌号上写着"1029"。

后座车窗就那样大开着，薛均侧脸压在横放的手臂上，额上微微冒汗，双眼紧闭，密集的长睫在晚风中轻颤如羽，脸颊透出酒醉的绯色，细碎的发丝轻落，轮廓陷在暗处，是忧愁难解似的颓然。

苟秋看得眉毛皱起，他们真的把他一个人扔在这里了？

"薛均？"她喊了他一声。

男人毫无反应。

苟秋不知道该怎么办，只好又绕回另一边，拉开车门上去。

车厢里弥漫着很重的酒气，苟秋觉得自己手臂都开始发痒了，他到底喝了多少？

她想了想，伸出两指搁在他鼻子下探了探，温热的喷息柔和轻洒，很好，只是睡着了。她不自然地收回手指，又重重地推了他一下，抬高声音："薛均！起来了！"

可薛均只是皱皱眉，没有后续。

苟秋觉得迷茫。深秋的雾城夜风清凉，这里又人员复杂，他也不好在车上将就一晚。可她并不知道他住哪里，更加没有力气抬他上楼。

所以她为什么要来这里？

还有他这个车牌号，简直荒谬极了。

他到底有什么毛病？明明当初不告而别的是他，后面又说什么"不想让她为难"，意图继续做朋友，平平和和地相处了两个月，却又再次在关键时期失联。

他这个自以为是的男人，以为这样她就会为他日夜忧心吗？想到这里，苟秋简直怒从胆边生，纤白柔软的手停在他的脸侧，咬了咬牙，没再犹豫，狠狠拍了下去。

清脆的响声把她自己都吓了一跳。

薛均总算转醒，抬起一只手意识模糊地触向疼痛的脸颊，半睁着惺忪的睡眼，有一些酒后的呆滞，可又在看见苟秋时忽然擦亮一抹潋滟激荡的水光，呼吸变得缓慢，心脏却急促跳动，他清朗的眉眼像洒着温柔的月光："荀……秋？"

荀秋咬了咬唇，把座位上的手机按亮，她要解开这个谜团。

可熟悉的锁屏画面让她眯起了眼，这张照片……这是很多年前她和李霄野去金佛山玩时拍的照片。

巨大的日轮半隐在皑皑雪山，金色的光芒照着粼粼白雪，枯黄的树杈上飘扬着一束悠长的红绸，远处穿着浅蓝色滑雪服的荀秋一手抱着头盔，正对着屏幕招手，碎芒在她身上镀出一层柔光，只是聚焦不太好，她的面目不甚清晰。

她噎了一下，问："哪儿来的？"

薛均颤了颤眼睫，抿唇道："在李霄野朋友圈保存的。"

荀秋听了脑子直突突，把手机递给他："解锁。"

不知道是酒精麻醉了神志，还是他在她面前根本不曾防备，他顺从地按下指纹，手机解开了。荀秋低下头，打开了通话记录。

刚才喝酒时，这群人灌醉了薛均，非要搞清楚他锁屏上的女孩是谁。他们拿着他的手机喊Siri打电话，"老婆""媳妇""宝贝"一路试，还真的给打过去了。

荀秋看着屏幕上的号码备注，感觉自己解开了谜团。

她把手机扔回他怀里，撇嘴："喊代驾吧，我得回去了。"

荀秋刚转身，一只手很快圈住了她的手腕。

"薛均！"她转过来瞪他，可他不想松手。

薛均不知道自己想做什么，他不明白荀秋为什么会出现在雾城，出现在他的眼前，睁开眼时他以为自己还在梦里。

可掌下温热柔软的触感这样真实，她的的确确就在这里。

与世隔绝了两年多，她应该早就和赵竞持结婚了，怎么可能出现在雾城呢？

"放开。"

薛均低声说了一声"抱歉"，却没有松手。他只安静地看着她，有一点柔和的光泽漫上来，像疑惑，也像眷恋。

"你怎么会来这里？"

对于这件事，荀秋觉得自己是可以解释的。她简单把接到电话的事情告诉他，挣了挣手，无奈："可以放开我了？"

薛均没想到事情会是这样的发展，可她毕竟还是担心他的安危不是吗？他垂眼看向她空空荡荡的无名指，闷声问："你结婚了吗？和他？"

和赵竞持分手的痛感并没有完全平复，荀秋不愿意提起这个话题："结了又怎么样？没结又怎么样？"

这个反问无疑承认了答案，薛均不可置信地慢慢挺直了背。

"你们没结婚？"

荀秋已经放弃让这个偏执狂松开她的手了。

她呼了一口气，点头："是，但是——"

"你们没结婚……"

他怔怔地重复，暗夜的流光掠过幽静的眸子。他垂下眼，浓密的睫毛掩饰下那些不合时宜的晦暗和雀跃。

他不再继续这个话题，无论她与赵竞持之间出了什么差错，都可以成为他放纵卑劣的因由，自我放逐的滋味已经尝够，他再也不能继续那些自以为是的成全与退让。

就当他自私吧。

他不能再失去她。

他开始诚恳为他的组员们道歉，解释了一遍研究所因为项目封闭两年的事，又说："研究所封闭得太突然，之后关师兄按照规定只通知了直系亲属，我一直没有办法联系你……对不起。"

出来后，他把手机放在车上充电，打开荀秋的朋友圈，已经是一道杠了。组员们急需回归现实世界，拉着他走进这间酒吧。

原来是这样，荀秋点头："没什么对不起的，我又不是你什么人……本来就不用通知我。"

他垂下眼，其实他是想为自己离开河东公寓的事道歉，可在荀秋看来，那也不过是一段随时可以结束的不良关系吧。

她只在意赵竞持的伤，为赵竞持彻夜不归。

他退出之后，她从没有来过一个电话，直接就被她拉进黑名单。就算是成了朋友，这两年他真正消失在现实世界，她也没有问过一句。

当他重新打开手机的那一刻，已经不知道是看到她和赵竞持建立家庭更痛，还是看到平静到没有任何响动的对话框更痛。

可那段纠葛的过往对于荀秋来说已经太过遥远，她感受不到他的愁绪，只晃了晃手臂，有点无奈："能不能先放开我？"

"不。"他固执地摇头，"我还有话要说。"

想来他是真的醉了，现在的他们是能半夜在车上手牵手说悄悄话的关系吗？

他不改备注和屏保，甚至像从前学段一买相机那样，变本加厉地学李霄野买车……荀秋开始觉得恼怒，她此刻本应该和好友窝在温暖的公寓里，一边吃烧烤一边看电影，而不是到这个地方来欣赏别人发酒疯。

"你要说什么？"

"荀秋。"他靠近了些，鼻尖尚未消散的酒气随呼吸扑过来，痒得荀秋想打喷嚏。她忙捂住鼻子,轻轻皱眉,不自觉地往后靠。

他抵住她的指缝按紧。

十指相扣不同于任何形式的亲密,对荀秋而言,这是最高等的深挚。薛均垂眸看着她,眼底落进再也化不开的浓烈情愫,他的喉咙轻滚,目光落在她如玫瑰般靡艳的唇瓣上。

这个眼神荀秋再熟悉不过了,在晚自习后隐蔽的树荫下,公交站台后停着的车里,或者阳台的琉璃灯旁,他倾身覆过来吻她,沉静的眸子流转出跌宕的波光。

交握的掌心在深秋的凉风中沁出热意,荀秋思绪卡顿,只下意识慌忙后退,一手向后反按,一下抽开车门。

夜风从半开的门涌进来,薛均愣了一下,回过神来忙说了一声"抱歉",松开她双手举高,表示自己没有任何恶意。

"只是忽然有点头晕。"他解释。

看起来像装的,但也不排除醉酒的缘故,光线太暗,或许是她看错了。

"你真是醉得不轻。"荀秋平复呼吸,侧过脸看着外面,小心地下了车,保持住一个绝对安全的距离。

"我们还是朋友。就和以前一样,是不是?你不会因为研究所封闭的事生我的气。"

要是承认自己生过气,他又不知道要有多得意。荀秋否认:"当然,我怎么会生气。"说完又觉得自己语气强硬到听得出端倪。

她暗暗吸了口气,拂开额角飘扬的发丝,补充道:"朋友之间,肯定不会因为这些生气。我帮你喊个代驾吧,时间也不早了,回去吧。"

薛均"嗯"了一声,想了想,忽然又说了句"算了"。

他下车,语气缱绻温和:"荀秋,你能帮我开车吗?或者你想不想去香蹄馆吃夜宵?刚才我喝得急了,都没有顾得上吃东西,现在胃里空空的,很难受。"

听到"香蹄馆"三个字,记忆中的美味被翻出,拒绝的话被口水噎下去,荀秋轻轻吞咽了下,余光见到薛均偏头在看她,表情淡淡,没有任何异常。

"那行吧。"她答应着,打开驾驶位的门上去,坐稳,低头开始系安全带,"咔啦"一声,后车门也被打开。

她回首斜眼看去,薛均又停下动作,抿唇低语:"你开车,我坐在后座会不会不太礼貌?"

荀秋没看他:"你就坐后座吧,靠一下。"

"好。"他收回腿,重新关上门。

2

周六,荀秋和谢知意跟着中介在渝北的楼盘逛了一整天。她没有太多时间等待收房和装修,看的大部分是二手房或者精装公寓。

"怎么样?我觉得目前看来这间是最好的。"谢知意在坡道上爬来爬去,累得直撑腰喘气。

荀秋有点犹豫,这间精装小公寓确实很符合她的心意,她不愿意住太大的房子,拿下它是个不错的选择——位置不错,家具齐全,干净整洁,户型板正,还带个小隔间,让她有地方可以放下测试设备。巨大的落地玻璃窗正对着映秀湖,视线开阔,采光充足,看起来温暖舒适。

可是这里……她看向右边,小区门口的景观水池旁放满了盆栽,花团锦簇,后面竖着灵璧刻字石,龙飞凤舞地写着"龙泉云府"四个大字。

谢知意看她的脸色,思索着,恍然大悟:"对哦,李学长好像就住在这附近是不是啊?"

她笑起来,低声问:"那你还犹豫什么啊?"

就是因为这个才不好啊。荀秋头都大了,轻叹,这里离龙湖公园太近了。

中介阅人无数,很快便能看出客人到底是什么意思,忙说:"老师,明天我那边还有三个客人要来看这一家。这样,我看您现在还需要考虑,那我马上和他们推到下午吧,您可以多考虑一天。"

而后荀秋又去别的楼盘看了两家,有间公寓中规中矩,可珠玉在前,它就显得不那么完美了。

机会难得,她最终还是定下了龙泉云府的房子。

房东在国外,中介为对方全权代理签约的事,荀秋没几天就拿到了钥匙。

搬家的事她没有麻烦别人,先请家政做了清洁,自己每天下班时提着行李箱走一趟,本来就不多的东西很快就搬完了。

李霄野在第二个周末回总部。为期一个月的项目交接基本完成,接下来她按公司现有的技术体系继续研究构思挖新坑,有什么创意都可以在视频会议中和团队沟通。

十月某个周五的晚上,荀秋正在客厅测试智能灯具,茶几上的手机"嗡嗡"振动,她从地毯上起身慢慢走过去,瞥了一眼,是薛均。

这段时间他们好像又恢复了所谓的"朋友"关系,她很克制自己的分享欲,不愿意给他太多积极反馈,可薛均显得不甚在意,就算她经常很晚才回复,他也不觉得冷场。

"喂?"她按下接通键,顺势躺在沙发上。织物烘干的香气传过来,她感到晒着太阳时四肢舒展的慵懒适意。

"荀秋。"薛均的声音沉稳，听不出什么特别的情绪，"你在忙吗？"

"没有，怎么了？"

他好像迟疑了一下，才说："对不起，这么晚打扰你，只是我这边有点事想请你帮忙。"

"怎么了？"荀秋慢慢坐起来，皱眉问道。

"……不知道会不会太冒昧了？"他犹豫着，"但是我实在没办法。"

还能有他没办法的事吗？荀秋奇怪道："你先说说看。"

薛均："是这样，前几天我在研究所外面捡到一只冻到没知觉的小流浪猫，去医院处理好之后，我想着给它找个领养人，就暂时带回寝室了。"他顿了下，"但是，我的室友好像对猫毛过敏，还挺严重的。所以，我想问下你那边方便吗？可不可以暂放几天？"他补充，"等找到领养人就好。"

以前家里最反对她和荀天养小动物，荀秋没这方面的经验，"啊"了一声，有点吃不准："多小的猫啊？"

"大概三个月。"薛均叹了一声，"就是太小了，不然我就把它寄养在医院了。但考虑到那边可能会有病菌传染或者其他动物叫声太大等问题，我实在不太放心。"

薛均压低声音："它好不容易才熬过来。这么晚了，我也不知道能找谁，我室友是一刻都不能忍了。"

他以退为进："没事，如果你那里也不方便，今天晚上我就带它住酒店吧，明早再问问别人。"

荀秋忧心道："酒店能带小猫吗？"

薛均："我试试吧，多给点钱我想应该没问题。要不你先忙，我这边就不打扰了。"

"好吧。"荀秋正要挂电话，忽然听到那边"哐哐哐"的敲门声，一声男人粗哑的怒吼传过来，吓得她浑身一颤。

"薛均！你那破猫扔了没有啊？"

"我马上就出去。"薛均拿开电话，低低地回了一句。

一声巨大的关门声中，小猫柔柔地"喵喵"叫着，它肯定不知道自己无家可归吧，荀秋心里软了下来。

那边薛均走了几步，又对她说："那我就先挂了吧。"

不过是放几天而已，小猫也占不了多少地方，荀秋这样想着，突然喊住他："哎！薛均！"

"嗯？"

"我这边没什么不方便的，地址我微信发你吧。"

-302-

绝对的黑暗中，薛均的唇角勾起了弧度。他从椅子上站起来，慢慢走到窗前，推开了窗户。

"好。"

轻柔的月光攀上窗口，像春溪潺潺流慢慢蜿蜒，照进了除他以外、再无他人的房间。

挂完电话的荀秋还有些愣怔。

一只小猫？

小时候的她确实很想养小动物，大概在初一时，周舟家里的大狗下了一窝小奶狗。

荀秋问过爸妈自己能不能在家养狗，她忘记了当时他们是在什么情况下答应的，总之她期待了两个多月，等小狗断奶的那天，她去了周舟家里，用书包把选好的小狗带回家。

毫无意外，爸妈已经忘记他们的承诺。荀秋受到怒斥，而小狗到了陌生地方也很恐慌，吠了一晚上，第二天早上，荀令忍无可忍地训斥她。

直到三十岁，她仍然记得爸爸那天疾言厉色地断定她无法承担一个生命的沉重。

随后，小狗被装进尼龙袋，被要去店铺的爸爸提出去了。

过了十分钟，荀秋才敢下楼去翻垃圾桶，她在夏天腐烂发酵的味道里逐个寻找，终于在马路对面花坛的垃圾桶里提溜出怕得浑身发抖的小狗。她解开袋子，紧紧把它抱进怀里，无声的泪打湿了手臂，一直流淌到每一个做了噩梦的夜里。

最后小狗被还回给周舟，荀秋也再没有想过养小动物的事。

不知道这是一种自我否认还是什么，她下意识地排斥承担这种责任，无论是一只猫，还是一个孩子。

"没事，只是几天而已。"荀秋给自己打气。这只猫不属于她，这就像带几天小沐，只要照顾吃喝玩乐就可以。

她低头把定位和详细门牌传给了薛均。

半个小时后，门铃响起。

荀秋真不知道只有拖鞋一半大小的猫竟然要用到这么多东西，她一开门，看见薛均背着太空舱猫包，左手提着猫粮和猫砂，右手拎着猫砂盆，胳膊间还夹着一张软垫。

"荀秋。"他诚挚地感谢她，"谢谢，还好有你，不然它今天真的没地方去了。"

"没事。"荀秋侧过身让他进来，想起什么，抿唇说了一句，"我刚搬过来，没有准备拖鞋，你就这样踩进来吧。"

-303-

她伸手想接他的东西，薛均摇头："很重，一会儿我来吧。"他说着，把手里的东西搁在旁边，脱下鞋子只穿着袜子站起来，"不介意吧？"

小猫咪还处在初生牛犊的阶段，一被放出来就歪歪扭扭地四处走，橙色毛发蓬松着，跟绒球团一样，抱起时轻软到几乎感觉不到重量。

"怎么是蓝眼睛啊？"她问。

"蓝膜还没褪完，再长大些就是黄色或者棕色了。"

小猫好像知道他们在讨论它，一双湿润的眼睛看过来，懵懂地"喵"了几声，柔软的小肚子也鼓着。

"哇！"荀秋感觉自己整个人都快化了，捧住笑脸陶醉地看着它，"小时候好可爱。"

"嗯，是很可爱。"薛均看着她，眸子里也浮起温柔的笑意。

大概是因为在家，她没有化妆，一张脸莹白透亮，棕色长发被随意挽成半髻垂在脑后，身上是宽大的黑色卫衣加牛仔裤，是她家里有客人时的常用穿搭。像拿到什么新奇的宝贝似的，她笑得眼睛弯成细细的月牙，梨涡轻陷着，甜美得像纯白的蔷薇花。

她很久没在他面前这样笑过了。

"你和它熟悉一下吧，我先布置猫砂盆。"薛均把东西拎到生活阳台，随意瞥了瞥，这里很新，也没有男人的生活痕迹。

他弯腰放下猫砂盆，小心地将猫砂倒进去，又半蹲下，用小漏铲铺平，轻轻的灰尘扑起来，他站起来扇了一下，忽然听到后面轻微的脚步声慢慢靠近。

他轻轻挑了挑眉。

荀秋不好意思让他一个人干活，把阳台门锁好后，很快走过来看有没有她能帮忙的。

"薛——"

她刚要上前，薛均却突然起身转过来，她一下撞到他坚硬的前胸，霎时头昏眼花。

腰上横过来一只手臂，薛均稳稳地揽住了她，就像他们有过的无数次拥抱，是严丝合缝的亲密。他轻柔的声音落到她的耳边："没事吧？"

灼热的呼吸烫得她耳垂红起来，荀秋撑住他的胸口很快退开距离。薛均也适时地放开来，脸上有一些歉意："对不起，我不知道你在后面，没撞痛你吧？"

"没、没有。"她答了一句，很快地眨眨眼睛。体内复苏的记忆像具有腐蚀性的毒药在蚕食理智，她开始试图转移话题，"薛均，它一直'喵喵'叫，是不是饿了？"

薛均"唔"了一声，说道："一直'喵喵'叫可能是因为到了新地方不习惯，等过一会儿就好了。不过我们可以把猫粮先准备在那里,它饿了会自己去吃。"

"这么乖啊?"她跟着他回到客厅。薛均解开猫粮袋子,从里面拿出两个被塑料袋包起来的小碗。

"一个放粮食,一个放水,需要每天更换。猫猫很爱干净,如果水脏了,它可能不愿意喝。"

"这样。"荀秋暗自记在心中。

提到"水",她这才想起客人来了,自己连基本的礼貌也忘了。她直起身,客气了一句:"你先忙着,我去给你倒一杯水。"

"荀秋!"薛均喊住她,轻笑,"我自己去倒吧,你想来喂它吗?"

"好啊!"荀秋跃跃欲试,拿过猫粮碗,猫猫很快跟着她往阳台门走去,她笑着,又回头说了一句,"杯子在餐桌上,你随便拿一个就好。"

薛均应下,取了玻璃杯,如愿以偿地来到厨房。

这里锅碗瓢盆很齐全,但是整洁如新,大概很少开火,有半袋干米线被整理在塑封盒子里,就和以前一样,是她偶尔作为夜宵或者早餐食用的。

他拉开冰箱,里面的东西也不多,但是有两个红色罐子很眼熟。他伸手把其中一个拿出来,这种辣椒油他在河东公寓给她煮米线的时候用过很多次。

结合这两个礼拜在各方面获取的信息,他很快就想通了关窍。

原来,密钥已经握在他手上了。

他垂眼把罐子放回去,两只手指捏住瓶身转了个方向,"绵阳抄手辣椒油[秘制]"几个字露出来,他勾起薄唇,很轻地笑了一声。

3
"帽帽"到家三天了。

荀秋可以很负责任地说,她在从前工作的日子里,没有一天会像现在这样着急忙慌地等待下班。

八点五十九分,她的手已经按在笔记本电脑的上盖上,系统里突然弹出来李霄野的与会邀请。

这一刻她是绝望而暴躁的,万恶的资本家,已经九点钟了!还不能放人回家吗!她家里还有一只嗷嗷待哺的四脚兽啊!

她猛地掀开上盖,排线"咔咔"两声,屏幕不堪重负地闪烁了两下。她心里一惊,忙摸了摸她的宝贝电脑:"错了错了,我不该这样。"

这不过是总部那边的小结会议,李霄野看出荀秋的心不在焉,发了消息过来:先去赶车,我给你挂着。

可荀秋并不愿意被这样优待,低头给他回:没事。

手机里还有条薛均的未读消息，在问她小猫今天的进食情况。

荀秋打开手机里的监控软件，左右找了一下，看见小猫正独自窝在客厅的白色地毯旁踢昨天她买的玩具球。它用前爪抱住那枚灰色粗麻小球，两只后脚使劲蹬动。过了一会儿，它失去兴趣，走到食盆附近，凑过去看了一下，却并没有吃，"喵喵喵"地喊了几声，开始到处乱走，颤颤巍巍的。

荀秋很疑惑，发消息给薛均。

深蓝：盆里还有东西，它怎么不吃？

这是她早上出门前才换上的猫粮和水，这个天气，应该不至于一个白天就有味道吧？

薛均很快回复过来一张图片，一个圆形小盆中间是空的，猫粮都被推到了四周，呈环形状。

薛均：是这样吗？

荀秋不明白，飞快地打字：对，你怎么知道？

薛均再次回复一张图片，是网友做的表情包，一只张大嘴巴的生气小猫站在这样中空的食盆旁边，配字"为什么碗是空哒"。

她点开看了两遍，失笑，所以中间空了它就以为没有了吗？这也太可爱了吧。

深蓝：可是还没下班，"帽帽"在挨饿了，叫得好可怜。

收到信息的薛均愣了一下，她没在家，却知道猫的情况，看起来和从前一样，她习惯在屋子里安装监控。

他想了想，很快从沙发上坐起来，将外套挽进手臂，往玄关疾步走去。等摸到鞋柜上的车钥匙放进口袋，他一边穿鞋，一边打字：还在加班吗？

荀秋调高电脑的音量听了一下，估计没两个小时停不了。她心里焦急起来，小猫饿肚子怎么办？而且她在网上买的铁丝网还放在驿站，估计再过半小时人家都要关门了。生活阳台那边的栏杆缝隙很大，她叠了几个小猫暂时跳不上去的大收纳箱挡住，准备等铁丝网到了再给封起来。

薛均按下教工寝室的电梯，再次抬手看表，开快点应该就来得及。他很快回复：我去给你拿吧，正好在公园附近。

电梯匀速下降，他抬眼看着光面门上的倒影，思忖片刻，在出去前抬手解开了衬衫顶上的两颗纽扣。

信息发出后，刚好荀秋正在处理一条任务需求，没有及时看到，于是薛均在五分钟后又发去一条：对不起，你别误会，我的意思是可以放在你家门口。

荀秋愣了一会儿，她之前就感觉薛均和她说话时的语气小心翼翼到有点疏远，其实她怎么会不懂他的感觉，那种不受信任的苦楚她小时候最能体会了。

她心里发酸,垂眼回复:那你会安装吗?

二十分钟后,荀秋的手机弹出了一条"指纹锁使用一次性密码开启"的提醒。她打开监控软件,看到——

抱着长条快递箱的薛均侧身进到她的屋子,小猫听到声音迈起短腿跑到玄关,"喵喵"几声后,开始嗅他放下来的东西。

智能灯自动开启,高清摄像头下的情景纤毫毕现。薛均穿着白衬衫,可扣子没有弄好,凌乱的衣领敞开着,一小块白到发光的肌肤露在外面,带着慵懒随意的性感。

穿成这样来她家,这像话吗?荀秋抿唇,定定地看着屏幕。

薛均先安抚了会儿小猫,随即在鞋凳坐下,长腿微蜷,弯腰从自带的小袋子里拿出了一双黑色家居鞋。

荀秋有点想笑。那天之后她已经在超市买了两双客用拖鞋放进鞋柜,可惜薛均太有分寸,并没有随意拉开她的柜子。

他慢慢跟着小猫走到阳台门旁,有条不紊地换了新鲜的粮和水,趁着小猫忙着吃东西时,又将快递箱拆开,拿起工具去生活阳台安装铁丝网。

生活阳台那边没有监控,但是薛均的动作很迅速,半小时之后,他把临时使用的收纳箱放回大厅,算是收尾。

随后他走到玄关,坐下开始换鞋。

小猫始终跟在他后面,不舍地"喵喵"叫着,而薛均把它抱起来,低着头亲昵地闻了闻它的脑袋,又轻柔地说了一句:"'帽帽'在这里住要听话。"

荀秋笑了一声,薛均怎么这样幼稚,小猫又听不懂。

薛均放下小猫,把自己带来的拖鞋重新放回塑料袋,顺手拎起她的厨房垃圾,推门离开。

荀秋笑意凝固了一瞬,是她对他太防备了吗?所以即使他是过来帮忙的,也要这样小心地避免每一个可能被误会的操作?

想起刚才薛均问她密码,她却谨慎地只给出一次性随机密码。铺天盖地的愧疚瞬间让她呼吸滞住,她有一下没一下地按动着手上的签字笔,再也听不见耳麦里的人到底在说什么东西。

一分钟后,薛均发来图片,是已经安装好的铁丝网,另外附上一条文字消息:水和粮已经换过,"帽帽"在家很乖,你可以放心。

高层的写字楼在晚上九点多依然灯火通明,荀秋抬起头看见埋首在电脑前忙碌的同事们,手指在对话框停顿了很久。

龙泉云府小区的地库漆黑幽静,男人靠着车窗半开的驾驶位,手里的手机已经快要攥碎了。

十分钟了,她还没回。

"叮"的一声轻响,他直起身体,很快按开。

深蓝:那下次有空了请你吃饭。

绷紧的神经一下子放松,薛均轻笑着,骨感的手指随意在方向盘上叩了两下。这是一句客套话,但也是他不能放过的机会。

装傻充愣又会怎么样,时间太紧迫了。

薛均:好,但是这几天我都没空,或许礼拜六晚上能抽出时间。

荀秋收到消息的时候都愣了,她看了一遍自己发的消息,疑惑不解,薛均是不是看成她问他什么时候有空了?

可他都定了时间,自己再推托未免显得说出的话太假大空。

真是气死了,这猫明明也有他的责任在呀,她客气一句就要敲走一顿饭?

她咬了咬牙,伸手拿起桌上的台历看日程表,周六倒真没什么事。她无奈地放下,回复了一个"好的",没有注意到那天正是10月29日。

她的生日。

当天她和薛均吃了饭,坐上他的车返家时,她确实有点迷茫了,怎么好像不知不觉和他的牵扯变得越来越多?

可是除却在青燃外的那次醉酒,薛均从来都淡然自若,丝毫看不出什么不礼貌或者不正常的地方。

就像朋友那样。

对,正如薛均所说,她可以和其他人做朋友,凭什么他不行,他也没什么特别的。她这样想着。

车子拐过龙湖公园,离她家也不远了。夜晚的雾城有数不尽的纤舞流光,高落差的车道穿过浩瀚灯海,璀璨如星光似的点点倒影落进玻璃窗。

她靠着车窗,垂眼按亮屏幕。手机里收到一些朋友或者厂商的祝福信息,她一一打开查看,手指轻轻划过微信界面,忽然停在一条信息上,怔怔不能移动。

好几个月没联系的赵竞持发过来一句简单的"生日快乐",她想回一句"谢谢",可是打好字,半晌没发送。

那天他推倒花架离开之后,他们就再没联系过。

她知道赵竞持不是那种以暴力发泄脾气的人,之所以推倒兰花,大概是他早知道她和薛均的事情,她确实不应该在快要和赵竞持结婚的时候依然保留着和薛均一起买的兰花盆栽。

所以她不知道这次是该说"谢谢"还是补上一句"对不起"。

可人总会下意识为自己辩护。不过是一盆花而已,难道每次分手她都要先做一次旧物焚化吗?凭什么说对不起。

严知送的项链珠宝、李霄野给的钻石戒指和赵竞持定下的高定婚纱,不都被锁在她的大衣柜里了吗?就算她下次结婚的时候把这三样通通穿上,也没什么吧……荀秋的思绪完全卡壳,她伸手捂住发烫的脸颊,可能是最近看的一些乱七八糟的废料侵袭了大脑,正派思想滑坡得厉害,快把她带进沟里了。

　　那自然是不行的。

　　荀秋义正词严地批评自己。

　　平复好情绪,她重新按亮手机,定睛一看,顿时眼前发黑。

　　"谢谢"两个字还停留在输入框,而自己在胡思乱想的时候手指乱划,已经不小心点开表情包界面给赵竞持回了一个"有多远滚多远"的表情。

　　荀秋亡羊补牢地长按住表情,还好还可以撤回,她很快点击,准确地收回了这次失误。

　　可惜,包里的另一个手机在下一秒气势汹汹地响起铃声,她慌忙取出来瞧,果不其然,"赵竞持"三个字晃进视线。

　　要不就假装没听到好了……荀秋按下静音,等电话响到最后一声,自动挂断。

　　赵竞持的新消息很快发过来。

　　赵竞持:荀秋,你好样的,上边显示你正在输入,你给我装没听见。

　　赵竞持:接!

　　这个感叹号彰显了对方凌厉的气势,荀秋情不自禁地咽了咽口水。电话再次响起,她忐忑地按下接通,还没来得及放在耳旁,薛均正好在车库停好了车,车灯闪了两下关闭,周遭暗下来,他一手抬起安全带,侧过身来轻笑:"荀秋,我们到了。"

　　轻柔温和的声音在密闭车厢回荡,窜进电波,一下落进了赵竞持的耳朵,他一肚子温情脉脉还没来得及倾诉,这如遭雷劈的开头让他脑袋开始发昏。

　　他气到要命,捏紧了电话,杀气腾腾地喊了一句:"薛均!"

　　薛均置若罔闻,只无辜地轻眨眼睛,对已经怔住的荀秋说道:"对不起,我不知道你在听电话。那边是赵竞持吗?他怎么这么凶?"

　　…………

　　事情进展得很顺利。

　　那晚之后,正如薛均所料,荀秋在某天主动提出要收养"帽帽"。养一只猫要做的事情太多了,甄选进口猫粮、购置自动喂食器、挑选零食罐头、添置猫抓板等玩具……这些可以占满她的所有剩余时间,只要和猫咪有关的话题,她几乎次次秒回,这样的联络频率很利于他渗透她的生活,更别提还有之后的疫苗、除虫、绝育这些他可以陪同出行的机会。

　　他对她太过了解,在她决定留下"帽帽"的那一刻,她就已经做好了负责一生的准备。而他作为一个具有养猫经验的"朋友",很自然可以随时为她答疑解惑。

他很明白,无论岁月如何磨砺她的棱角,荀秋始终都以善良和纯净为基石,只要他不展露任何进攻性,她的尖锐和抗拒从来不会出现。

他们预约了周日下午带"帽帽"去宠物医院打猫三联疫苗。

中午十二点发过去的信息,荀秋还没有回复,这是自她收养"帽帽"以后前所未有的。一点,薛均如约把车开到了龙泉云府。

他停好车,靠着背椅长长地舒了一口气。

虽然已经一个礼拜没有见面,可是每天他们都会聊上几句,她看到好玩的视频也偶尔会分享给他。最大的进展在于,他已经拿到了她的电梯密码。

满足和适意的情绪始终萦绕,就连关解书让他去代课他都可以接下,实验室的事情太多,偶尔上课放松一下,也有益于他思考荀秋的事。

荀秋昨晚通宵加班,也忘记定闹钟,一觉醒来才猛然发现已经快要到预约时间。

监控显示门外有异常。

薛均一手握着手机,安静地靠在门口的壁柜旁。午后的日光从侧面的纱窗照进来,给他深邃的轮廓镀上一层柔和的金边。他慢慢地转过来看她,清隽的脸上是漫不经心的淡然。

荀秋愣了愣神,想起了太多太多夏日里少年意气风发的画面。

"荀秋。"鸦羽般的长睫轻抬,薛均眸色如水温柔地看着她。

"怎么……不敲门?"荀秋抚了抚胸口,靠在门边,垂首低声说道,"先进来吧。"

他跟着荀秋往里走:"你先洗漱,我去把'帽帽'的东西准备一下,第一次打疫苗肯定会紧张,我们多带两个猫条哄哄它。"

"好。"荀秋点头,目光从他的袖口一扫而过,疑惑地皱了皱眉。薛均一向是爱干净的人,怎么会让衬衫袖口染上污渍?

薛均有些无奈地摆手:"刚才在路上见到一只受伤的流浪猫,我送它去了医院,袖口有点蹭脏了。能先借用你的浴室吗?一会儿可能还要借用一下吹风机。"

"行。"

荀秋领着薛均进到浴室,又从柜子里摸出一把干净的刷子,问:"你自己能行吗?"

"可以的。"薛均垂眼接过,把刷子沾上清水和些许肥皂,在袖口刷了一下。一只手的确不好控制力度,溅开的水滴和白色泡沫落在他挺括的黑西裤上。

荀秋忙从旁边抽了张纸递过去,薛均道了谢,弯腰抹去裤腿上的泡沫。

"还是我帮你吧。"荀秋握住刷子,又向他靠近一步,做了个手势,"你这样把它撑直。"

"好。"

薛均按住袖口,垂眼看着她一下下刷过那小片布料,又在快要完成时,不轻不重地说了一声:"差不多了,我回去再洗就好。"

缥缈的热气洒进耳朵,旧时光景又好像晃过眼前。

苟秋眨眨眼,一下丢开刷子,小心地抬头觑了薛均一眼,好在他似乎并没有胡思乱想,神情平淡。

她退开两步,和他拉开距离:"行,那、那我们出去吧。"

4

十二月,苟秋的工作进入正轨,团队开始对 ST 科技新引入的技术系统进行研究和优化,她每天的下班时间推迟到晚上十一点。

家里购置了自动喂食器和恒温饮水机,倒也不用担心"帽帽"饿肚子的问题。薛均曾以十一点太晚为由礼貌提出可以过来接她下班,可惜苟秋否定了这个建议。

她和顺路的同事固定约了一个专车,司机据说是同事的远房表哥,每天晚上十一点都开着车准时在楼下等她们。

同事住得近一些,司机会先送她,之后才去龙泉云府。

原本一切都很完美。

平安夜那天,苟秋已经连续加班快一个月,晚上开了一个简会,是总部那边犒劳他们辛苦,特意让亚洲区总裁给他们讲话,并且发放节日红包。

大红包到手,他们也没有什么好抱怨的,只是害得人家表哥在楼下多等了半个小时。这天多一个同事蹭车,苟秋只得移到副驾驶座。

暖气开得很足,苟秋人又疲惫,不知不觉就靠在窗户上睡得不省人事。

她是被几声巨大的敲击声吵醒的。

她睁开眼睛,立即被面前放大的丑脸吓了一跳,同事表哥沟壑毕现的脸是通红的,中年男人的油味都要滴到她脸上了。初醒的朦胧让她忘记了自身在何处,下意识后退撞到了门,她才想起自己仍然在表哥的车里。

本来放在腿上的电脑包已经被移动到中控台,苟秋怎么会不懂他想做什么。她有点惊慌,反手去拉门把手,可是门并没有开。

"没事,没事,你别误会,我就是想叫醒你。"同事表哥显然慌乱。他退后到驾驶位,对外头敲窗户的人怒目而视。

周遭一片黑暗,只有地库的安全灯亮着绿光,惨淡的光线隐约照出车外男人优越绝伦的轮廓,寒霜冷刃般的眸子盯过来。同事表哥看了一眼,忍不住紧张地吞咽。

薛均指间晶亮璀璨的光泽一闪而过,握到指节发白的拳头一下下将驾驶位的窗户砸得四分五裂,两块碎片直接迸到同事表哥的脸上。

没人来得及反应,薛均的动作太快了。荀秋分明看见他手掌上已经渗出鲜血,可他仍然伸手掰开了剩余的玻璃,抽开车门,面无表情地提住了同事表哥的后颈,一下把人拽出来甩在了地上。

烟雾般的灰尘从车门口扑上来,目瞪口呆的荀秋才得以回神,开锁跳车一气呵成。她一面疾步走过去,一面喊他:"薛均!"

原来他们认识!臭女人,有男朋友还要蹭他的车?而且是对方先动的手,同事表哥顿时理直气壮,想爬起来,薛均却上前一步揪住了他的衣领,直接把人提到了空中。

失重感让豪情壮志都消弭了,同事表哥踮着脚尖勉强抵在地面,受制的喉咙慢慢吞吐出字句:"兄弟,误会,都是误会,快放我下来。"

"薛均!"荀秋的心脏因变故而快速地跳动,她冰凉的手指按在他绷到发紧的手臂,声音怕到发抖,"别这样,快放开他吧。"

同事表哥虽然可恶,可要真的动了手,很难说会有什么后果。

薛均感知到她的害怕,极力压制住胸中翻滚的愤怒,松手放开了那人。

同事表哥也不敢提赔偿车窗的事,捂着手臂退后上车,很快系好安全带,薛均却再次移动到车门处。

同事表哥哭丧着脸:"大哥,你想干什么,我真不是有意的。"

薛均不想和他废话,手一抬:"包。"

"哦哦哦。"同事表哥这才想起荀秋的电脑包还在车里,他忙拿起送过去,随后发动车子,亡命似的逃离了现场。

右手上的血依然没有止住,薛均看了一眼落在电脑包上的点滴痕迹,很抱歉地垂下眼:"吓到你了?对不起。"

荀秋没说什么,她把包包背到肩膀,伸手轻轻触到他的手掌,把狰狞的伤口慢慢抬到眼前。

"你怎么会在这里?"她盯着他的手,又问,"手上拿着什么?"

薛均抿着唇,没有说话。

平安夜是他们之间特殊的羁绊,虽然知道她不会再收他的礼物,但他每一年都会准备。

薛均慢慢展开手掌,光莹夺目的钻石项链上沾着血色,浪漫在此刻馥郁而辛腥,他好像再也无法掩饰住渴望。

荀秋很慢地哼笑了一声,声音平淡:"果然是破窗神器。"

见义勇为也要考虑一下人类的极限好不好？仗着手里有颗石头就敢砸玻璃？

意图不轨的歹人基本没受什么伤，而薛均呢？虎口上戳着好长一块碎玻璃，指间开着细细小小的口子，看得人眼角直跳，好在肌腱和韧带没受损伤。

值班医生扶着眼镜用镊子挑了半个多小时，才把薛均右手上大大小小的伤口处理干净。

从医院出来快要凌晨两点，苟秋坐在车后座等代驾。

她的眼镜遗失了，不知道是不是醒来前被同事表哥放在了别的地方，下车时匆忙，她忘了这茬。

夜风中的灯光晕染成暖黄色圈圈，景色朦胧模糊，就连车外的人也变得有些陌生。

"上来等吧。"她靠住半开的车门，眯着眼睛看他。

薛均敛眉站在风中，闻言转过来时，风把他的额发吹得有点乱，鼻尖已经被冻得红透，泠泠眉眼依旧带着疏然笑意："没事，车里闷，我就在这儿吧。"

装了这么久，他真的不累吗？

车门轻轻响动，苟秋推门跳下来。外头冷得出乎意料，而她只穿着衬衫，风吹过来，冷到止不住哆嗦。她抱住手臂跺了下脚，呼出一口冷白的雾气。

"为什么出来？"

"车里闷啊。"她哼笑。

薛均不太明白她的意思，微微蹙眉，下意识要开门去拿她的外套。可他忘记自己的手上还扎着绷带，触到门上，疼得一下收回来，又换成左手。

苟秋接过衣服却并没有穿，抬头看他骤然变白的脸色。

"穿上。"他的笑意淡了，"外面很冷。"

可苟秋并不理会，她看向他的右手："疼吗？"

"不疼。"他撒谎，眼睛快速地眨了两下。

下一刻，手掌中划入冰凉柔软的手指，卷翘的睫毛低垂铺成阴影，依旧掩不住他眸色中的讶异。

苟秋把大衣挽在手臂，指间停在他的伤口，又问了一遍："疼不疼？"

"不疼——"

闷哼声中断话语，密集的汗珠凝上额角，又很快被夜风吹拂。

苟秋在寒冷的疾风中按住了他的伤口，她的眉棱因为用力而微微蹙着，嘴角却仍然勾出弧度。

"疼吗？"这是她最后一次问他。

"……疼。"白色纱布上沁出鲜红的血液，剜骨的疼痛让他几乎说不出话，他伸手按在她的背脊，用力将她拥进了怀中。

荀秋的力气没有放松半分。

疼会是烙铁滚过皮肤的灼热，也会是细针刺进心脏的锐利。有时候失望积累太过，就变成了无声的麻木，狠狈延迟。而她抑制着的浓郁情绪，终于暴露在此时此刻。

为什么要和他保持所谓的朋友关系？她明明知道自己迟早会因为某个契机再次落入泥沼。可她控制不了自己的贪心，她恨自己为和他相处融洽产生的愉悦，浓烈到希望他就这样死去。

"对不起。"薛均垂下头，轻轻压住她蓬松的发顶。她换过洗发水了，说不出的清香绕进鼻尖，是干净、松软的气息，"对不起，荀秋，我不可能再对你放手。"

自他八岁来到江城，就开始在心理医生的帮助下尝试融入这个世界。

表达情绪对他来说太过艰难，所有外在行为皆出于拙劣的模仿。学习乐器和篮球、接触小动物、与人交朋友，都是一板一眼的假面，他不懂什么是情感，也从来不曾为这个世界的美好和柔软真正触动过。

遇见荀秋时，那些陌生又澎湃的情绪开始让住在玻璃房子里的他感到愉悦，但也感到窒息。

等意识到那是什么的时候，他却认为像他这样的人，不配自私地拥有她与爱。

他后退，为她挑好最优选，同时也忍不住嫉妒、愤懑，不可控制地靠近、确认……直至万劫不复。

指尖没入柔软的黑发，薛均俯身吻住她的唇，慢慢地，气息开始紊乱，辗转成为掠夺，层层递进缠绵和占有，他把她抵在胸口，得寸进尺地贴近。

而她一手揽住他紧窄的腰线，另一边却始终没有松开伤口。

疼痛同频的一刻，情意沉沦陷落。

既然相爱，那就拥有彼此。

车子改变了目的地，重新驶入龙泉云府。

荀秋太累了，在车上已经蜷进薛均怀里睡了过去。

元旦节那天，荀秋如约去送刚回国的李霄野到商学院做演讲。他的大名对于智科的学生们来说如雷贯耳，这次演讲非常成功。

一回到后台，李霄野忙扶着头往嘉宾休息室去："荀秋！你真的，做人情还把我推出去，我时差都还没倒过来，一场下来头晕眼花——"

休息室内的薛均眼里带着笑意，打招呼似的："哥，好久不见。"

"谁是你哥，荀秋呢？"李霄野差点就跳起来了，走到沙发旁掀开上面的小毯子，底下却只躺着两个枕头，他怒气冲冲地回头，"你别告诉我，你就是荀秋的那个'朋友'啊？你来这儿干什么？"

薛均挑眉，晃了晃手上的包。李霄野一瞧，那不就是荀秋今天背的包吗？他眼前发黑。

"好了？"荀秋和喻虹从外面进来，一人手里抱着两捧花。

喻虹把花放在桌上，笑道："商学院的同学们太热情了，送的花都可以开花店了。"

荀秋毫不客气地从里头挑了几枝出来，一面对李霄野说："李总举的例子里有我的作品，收几枝花就当是出场费了。"她把花凑在鼻子上嗅了嗅，满意地"嗯"了一声，抬头笑，"不错。学姐安排了人送李总，那我就先走了啊。"

她冲薛均挑了挑眉，示意他跟上。两人就这样堂而皇之地离开。

李霄野根本笑不出来，来的时候殷勤得很，现在怎么用完就跑啊！他指着门口的手都开始哆嗦，问喻虹："……这两个人咋回事？"

喻虹可惜地摇头，她和薛均本来就认识，荀秋也没有特意介绍。

"她没说是男朋友，可人家都来接了，野哥，你悬了啊。"

李霄野愣怔了一会儿，很快摸出手机。

电话响了几声，被挂掉了。

他闷得一噎气，又打了一个过去，"嘟嘟"几声，慵懒随意的男声从电话那头传来："哥，你要干什么？我在开会。什么事这么着急？"

李霄野声音凉凉："你是晕在京市了还是怎么，一点动静都听不见？"

严知莫名其妙："咋了啊哥，我在不在京市和您有什么关系？"

李霄野："你在不在京市和我是一点关系都没有，可是这儿有个好消息要告诉你，你想不想知道？"

严知一愣："什么好消息？"

李霄野："薛均好像和荀秋在一起了，你什么时候回雾城？"

那边号了一声，严知声音急切："我现在在纽约。他们在一起了？什么时候的事？"

"你问我！我问谁！"痛苦有人分担，李霄野却并没有好受一点。

严知很快挂掉电话，又在通讯录里翻找。他的联系人太多了，划拉了半天没找着，他又点击搜索，输入了一个"赵"字。

第十章 "我愿意"

\\\\
这是独属于他们的时刻。

1

雾城是从山里凿出来的城市。冬夜的六点半，荒野山林只看得见黢黑树影模糊的轮廓，小雨轻雾，空气潮湿。

手机信号的格数退到了灰色，5G网变成一个小×，不算吵闹的车厢灯光轻闪，车体轻抬，和谐号再次进入长隧道，在黑暗中轰隆隆震响。

屏幕上滚动的信息停止了，赵竞持"哼"了一声，从手机抬头，侧眼看见玻璃上映着同事田泽不解的笑脸。他没好气地往左边乜视，按灭手机，整理了一下坐姿。

田泽有点疑惑，他绝对没有窥屏的怪癖，只是无意瞥了一眼，看见赵竞持加入了一个名为"剿匪（3）"的群聊，真是让人摸不着头脑……

在长隧道中经历了漫长的两分钟，信号逐渐恢复，手机一秒三振动，赵竞持立即拿出来。

那晚，研究所的成员哄骗电话那头的"宝贝"过来找薛均，但是他们并不确定"她"会不会如约而至。于是他们把薛均扔在车上，然后都挤在前面一辆车上等待。然而，当他们看见苟秋上车的那一刻，都愣住了。

那不是人家李霄野的前女友吗？这也太魔幻了！

李霄野昨天打电话到熟人那里去问，很快就知道了这些时日薛均的行为，以及那张蓝色雪山的照片，熟人还回复：薛均这几天开始经常不回寝室。

三人整合信息，基本了解到薛均的时间线。

从赵竞持这边可以得知的信息——在江城时，薛均和苟秋偶然因为一次相亲重逢，之后他们保持了某种联系，但并不是男女朋友。

李霄野倏然想起那个曾出没在河东公寓的神秘男人，他一直以为是赵竞持，原来那时候，苟秋就已经和薛均在一起了。

赵竞持：我不明白为什么。

严知：薛均是不婚主义。

原来如此。赵竞持撇撇嘴，回道：不婚主义相什么亲？

同时，严知还发私信给李霄野：这家伙竟然能从薛均手里挖人，不简单啊。

李霄野严重同意，给严知回：破坏别人感情，道德有问题，等问完话就把他踢出去。

严知打字：好，到时候解散。

李霄野又分享了从熟人那儿得到的第二条重要信息：回到雾城后，苟秋因为研究所团建的一个玩笑与薛均重逢，之后薛均送了一只小猫到她那里寄养，并且时不时去探望，近几天开始夜不归宿。

严知点头，龙泉云府是吧……他打开通讯录，很快打通了管家电话。

赵竞持那边也分享了第三条重要信息：苟秋曾经因为作文比赛的事和学校闹得很僵。

严知听得愣住，很快想起多年前的物理竞赛，原来这么多年她都没有忘记，并且亲自下场维护公平。

李霄野：这……倒是和薛均在研究所的事异曲同工。所以当初那个比赛本来是他们两个一起参加的吗？

严知第一次知道薛均和欧阳立的事，叹了口气，回：没错，之前我和薛均准备罢考，但不知道薛老师是怎么劝说他的，最后他还是同意了去考试。

要是没有这次竞赛，薛均肯定不会去雾城，这一切都不会发生。

严知：既然这样……现成的办法已经摆在眼前了。

李霄野：展开说说？

严知：以其人之道，还治其人之身。

严知：［图片］

严知：猫、龙泉云府的房子和回国的机票我已经买好了。

李霄野、赵竞持两人一阵无语，不想再回复严知。

赵竞持给李霄野私发：这家伙一直这样吗？

李霄野：……差不多吧。

得之不易的元旦假期只剩最后一天，某人又赖进荀秋家里不肯走。两人一猫团在卧室贪懒，金色的日光照进被子，刺得人眼皮轻痒。

荀秋从睡梦中苏醒，半撑着眼睛，想伸个懒腰，未果。男人沉稳匀速的呼吸就在耳旁，手臂揽在她腰上，像搂抱枕那样将人紧紧环在怀里。

她咬了咬牙，左右挣了一下，身后那人只发出一声不太乐意的轻哼，无意识地吻了吻她的发顶。

"薛均！"她拍他的手臂。

床尾的"帽帽"两眼一睁，警惕地竖起耳朵，看见没有威胁靠近，又懒懒散散地撑住前爪伸了个懒腰，打着哈欠跳下床，大摇大摆地去觅食。

就连猫猫都这么自律，而人类呢！

薛均听见她喊他了，却根本不动弹，只含含糊糊地撒娇："嗯，宝贝……再睡会儿好不好？"

久别重逢的情意让昨夜太过放肆热烈，或许从前的荀秋对天长地久的爱情抱有期待，但此时此刻，她开始对欢愉心悦诚服。

"我饿了。"

薛均慢慢睁开漆黑迷茫的眼睛，"嗯"了一声，把人转过来，低头吻她的脸颊："想吃什么？我去做。"

温软一触即分，是轻柔眷恋的气息。

"可是我想吃楼下那家的汤包。"荀秋按在他胸口，凝神想了想，又说，"要两笼，还要两根油条和一盒甜豆浆。"她停顿，"再加一碗瘦肉粥。"

薛均认真地看着她蹙眉思考的样子，粗糙的指腹在她眉梢轻轻刮了一下，轻笑着答应："好，我现在去买。"

他很快坐起来解开身上轻薄的睡衣扔在一边，而后去捞床尾的衣物，背后薄薄的肌肉因用力而凸显。他抬手穿上白色衬衫，收拾完毕转过来，抚住荀秋的脸颊，重复了一遍她要的东西后，星光莹亮的眸子轻眨，又鼓着脸颊凑过去，想索要一个亲吻。

荀秋才不让他得逞，两指在他侧脸捏了一下，嘴里假模假式地"mua"了一声，笑得很得意："好了，快去吧。"

薛均哼笑了一声，揉了揉她蓬乱的头发："小气。"

他拿起床头柜上的手机，起身离去。

过了一会儿，突兀的敲门声响起。

荀秋以为是薛均，她还没告诉他大门的密码。

家里开着地暖，她没打算再加衣裳，掀开被子走到门边。

门开的一瞬间，雪松的气息纠缠过来，她两眼一黑，立即陷进温暖宽厚的拥抱，这种操作根本不难猜来人是谁。

果然熟悉的声音从头顶响起，严知得意扬扬地哼笑："新邻居，你好，我来拜访了。"

荀秋大吃一惊："你怎么……"

严知当然知道她想问的是什么，他放开她，手却还搭在人家腰上，张口就"甩锅"："是薛均告诉我——"

他艰难地吞下那个"的"字，眼睛猛地眨了好几下，眼前人宽大的上衣堪堪遮住腿根，笔直雪白的一双腿明晃晃地闪到他面前。

荀秋脸红得彻底，窘迫到无法做出任何反应。

过道口的电梯门再次开启，另一道身影停在他们面前。

薛均嘴角扯着冷笑，这一刻太多过往闪过脑海，他们那些他参与不了的岁月已经随风而去，他再忍受不了严知对她的这种没有边界的亲密。

莫名的情绪流窜在胸腔，薛均觉得整个喉咙都灼烧起来，他把手里的东西放在柜子上，解开袖口，疾步走过去，一下把严知从门里狠狠拽了出来。

2

说实话，严知从八九岁认识薛均，直到现在二十多年过去，从来没有一刻像现在这样对他这么恼火过。

和荀秋在江城发生的事，薛均是一个字都不透露，就眼睁睁地看着他为了招募合伙人频繁往返在纽约和京市之间，忙得昏天暗地。等他在雾城建立律师事务所的事就快要有眉目的时候，薛均又来一招釜底抽薪。

就这，薛均还有脸冲他发脾气？严知脑海里涌过无数句脏话，只不过碍于荀秋在场，没有立即骂出声来。他咬着牙，一下拧住薛均的手臂，很用力地甩开。

"兄弟和你掏心掏肺，你给老子玩心机是吧？"

薛均的心情也没好到哪里去，他眉棱深蹙，冷笑："那你呢？为什么要说谎？我什么时候把这个地址透露给你了？"

毕竟二十多年的友情，薛均不介意公平竞争，可他没想到严知竟然这么"歹毒"，要当着荀秋的面胡说八道。

如果她再误会他一次，就真的再也不会给他任何机会。

什么兄弟，什么友情，此刻两人简直恨透了彼此，他们死死地盯住对方，气息沉重，好似要拼个你死我活。

"砰——"一声震天响，大门被掼上了。

两个男人愣了下。

过了十秒，披着外套的荀秋再次拉开门，看都没看这两个无聊的男人一眼，面无表情地踩着棉拖鞋走出来，拎起薛均买回来的外卖后，又转身进屋，一脚把门踢上了。

不消说，她生气了。

这种认知让热血上头的两个人感到慌乱。

严知不知所措地摆了摆手，薛均立即俯到门边听，脚步声越来越轻，她应该是去餐厅吃早饭了。

"开门啊！还愣着干什么？"严知不理解，掰了下指纹锁的把手，又瞪着眼睛催促，"开啊，又没反锁。"

薛均散漫地瞟过去一眼，退了两步，说："没见着荀秋生气了吗？等你冷静点再说。"

"怪我？谁刚才看到我就这样——"严知模仿着薛均刚才气冲冲上来撕扯他的模样，"我干什么了？你要这样？"

"你自己干什么了你不知道？"薛均冷笑，"一大早跑人家家里来？你能不能有点礼貌？"

严知这下察觉出不对来了，他"哈"了一声，勾起个嘲讽的笑，靠近了些："薛均，你是不是……没权限开门啊？"

薛均话头噎住，很快扯唇笑出声，反问："可能吗？"

"那你开门。"严知做了个"请"的动作，"开一个试试，开得了我就给你跪下。"

薛均兀自冷脸，可到底岿然不动。

严知笑得发抖，走过去推他的肩膀，连讥带讽："不是吧，你真的没有权限啊！那平时你来，都是站在这里等的？这像什么样子？等荀秋翻你牌子啊？"

薛均不答，只问："你是怎么到这里来的？"

严知很得意，"意外，纯属意外。"他花了大价钱买下了荀秋家楼上的房子，"这不我随便买个房子，想着拜访一下邻居吗？哪里知道荀秋就住我家楼下？"

他补充："缘分。真就是我和荀秋的缘分，你肯定不懂。"

"鬼扯。"

薛均不信，摸出手机，很快发去一条信息：宝贝，我也饿。[可怜猫咪敲碗]

"发什么呢？"严知盯过来。

薛均按灭屏幕，随意扫过去一眼，语气清淡："没什么。"

可惜他的求饶没得到荀秋的怜悯。

而这边的三人群已经收到薛均并没荀秋家大门密码的喜报，其余两人纷纷发来祝贺。

赵竞持：你怎么知道门牌号？

严知：你管？

严知和薛均在过道里大眼瞪小眼地等待了二十分钟，门才再次打开。

荀秋已经洗漱过了，穿着衬衫和牛仔裤，脸上架着眼镜，乌黑的长发轻挽成高高的圆髻，白净脖颈露在外面，沉静柔美。

她扯住把手，半倚在门上，略带嫌弃的目光在两人之间睃了一遍："怎么不吵了？"

严知忙上前一脚卡进门缝，扶着门冲荀秋笑得灿烂："吵什么？哪里有在吵？"

他又回首冲薛均挤眉弄眼地招呼："我们好着呢，是吧？"

薛均点头，几近咬牙切齿："刚才我就是太久没见到严知了，有点激动。"

荀秋才不信，撇了撇嘴，松开门："那就进来吃包子。"

薛均听着指挥，把灌汤包从微波炉里端出来，严知则负责拉椅子和布置餐布，三人坐在一张桌子旁和和气气地享用包子、油条。

可惜还没说几句，敲门声再次响起，荀秋一点也不惊讶，很快起身去开门，留那两人探着脑袋往外头瞧。

客用拖鞋没有了，赵竞持只得穿着袜子走进来。他一双锋锐的眸子冷冷地盯在薛均身上，里头的沉郁几乎要将人灼伤。

而薛均只轻笑，起身帮他拉开椅子，做出主人家的模样，打招呼："来了啊，快过来坐。"

赵竞持冷言拒绝："不用，我吃过了。"

他转身轻声对荀秋说了句什么，后者点头，两人很快走到阳台上，并且拉上了门。

这是赵竞持和荀秋分手后的第一次见面。

他们在一起的那两年正赶上工作忙碌，真正能赖在一起的休闲日子并不算太多，可正因为如此，更感时光珍贵。定下观园的婚房后，他们每一个缠绵的夜最后都以商议未来结尾，有一次还开玩笑地连孩子的名字都取好了。

可一切规划都来不及实现。

赵竞持几个月没和荀秋联系，固然有气恼她偏爱薛均的缘故，但更多是希望她能回头想一想他的好。

可惜她没有回头。

能让她回头的始终只有那个人。

虽然最后遗憾分手，但赵竞持并不是要和她老死不相往来。

"你和他——"赵竞持回首微微抬了抬下巴，又看向荀秋，"和好了？"

荀秋"唔"了一声敷衍："算是吧。"

"和好"一词其实无从说起，她和薛均并没有就最近的情况深入攀谈过，是否要建立一段固定关系也没有确定，只是奉行有爱就爱、不爱拉倒的原则。薛均可以照顾她的起居，也可以提供很多快乐，当然最重要的一点是，她喜欢和他待在一起。

"喜欢"的主观性太强了，或许薛均并不是世俗意义上最好的那一个，可她并不依赖爱人而生，男人对于现在的她来说就像衣物上的点缀，有没有无关痛痒，乐意时，她就挑选最喜欢的那一件来佩戴。

赵竞持看出端倪，但并不揭穿。

"其实我们分手到现在，也不过半年而已。"他低落地轻笑，"也是，半年能发生的事情太多了。那天在融贸……我是不是吓到你了？"

荀秋摇了摇头："我能理解，应该是我说对不起。"

"我们还是朋友，对吧？"赵竞持问。

"当然。"荀秋笑。不然她怎么会把门牌号发给他。

严知眼巴巴地看了一会儿，见他们只是正常聊天，就连社交距离都保持得很好，稍微放心，一回头，发现薛均竟然拿着他的手机漫不经心地划动着。

"喂！"他忙把手机夺回来，低头一瞧，怒斥道，"薛均，你别太过分，怎么能偷看我的微信呢？"

薛均笑："你的手机本来就放在这里，我是光明正大地看。"

严知警惕地问："你看着什么了？"

薛均："你觉得你们把我'剿'了，最后谁能得益？别太天真了，李霄野心眼太多，你们玩不过他。"

"别挑拨离间啊。"严知很严肃，"如果今天来的是李霄野，你就要说赵竞持心眼多了，是吧？"

薛均不置可否地耸肩："不信算了。"

他慢条斯理地拿起油条，啃了一口，又皱皱眉。雾城的油条没有江城的松脆，怪不得荀秋只吃了一半就放下了，下次还是他早点起来给她炸吧。

阳台玻璃门被拉开，荀秋匆匆忙忙地往客厅走，冲严知不好意思地笑："我有点事，现在就得走了，你们慢慢吃，到时候让薛均送一下。"

严知吃惊："怎么回事？"

"临时出差。明天的黑客马拉松空出了名额，我们得多带一个组过去。我得马上收拾东西了。"荀秋丢下一句，随后小跑进了卧室。

赵竞持声音凉凉地补充："李霄野打电话来了，他在楼下等着呢。"

严知一下气得头发都要竖起来,黑客马拉松就是在京市举行,李霄野怎么不早在群里说!害他连续坐了三十四小时飞机到雾城来。

"我说什么来着?"薛均轻笑,幽灼的眸子在另外两人身上盯了一下,很快起身,"你们自便吧,我得去帮荀秋收拾东西了。"

严知噎得说不出话来,握住旁边的玻璃杯灌了一口水,立即按开手机,一鼓作气地把李霄野踢出群聊。

3

2023年的春节来得很早,一月中旬,新系统拖拖拉拉上线,荀秋参与完早期测试,赶在除夕回到江城。

三十岁的未婚女人在江城已经上升为八卦中心,与赵家的婚事突然取消,再加上陈雯那儿成天带着个七八岁的孩子,现在可谓众说纷纭。

"年纪轻轻,又出去了好几年,说不定是和谁生的呢。不然怎么这么好的亲事都黄了?"那人一说完,自打嘴巴,"开玩笑,开玩笑的。"

陈雯几人匆忙拜了年,又去到桥水镇,趁着荀天、张闵带着两个孩子去买烟花,陈雯拉住荀秋。

"谢梁现在挂到你的户口下了?"

当年离婚时,阳明路的老房子被分给了荀秋,商定一成年就过户,所以荀秋的户口已经独立出去。

荀秋莫名其妙:"没有啊。怎么突然说这个?"

陈雯望了一眼正在挑选烟花的谢梁。这两年她和这孩子的确处得很好,可是他再可怜,她也不会拿自己亲生女儿的幸福来换他的安稳。

她一下把荀秋拽到大花坛后面,痛心疾首:"你知不知道,你把他收养了,以后哪个男的能接受你带个小孩呢?妈妈知道你现在不想结婚,但我也没有再逼你了是不是?"

荀秋疑惑地"啊"了一声,不明白妈妈为什么觉得她收养了谢梁。虽然她的确有过这个想法,但也不能不顾及妈妈的情绪。

"不想结婚和不能结婚是两回事,你不能把自己的后路给断了啊!"陈雯越说越气,"要是以后你想结婚了,我看你怎么办!"

荀秋哭笑不得,她还不知道到底发生了什么,能不能先说一些前情提要啊?

"你三伯母的小姑子的儿媳妇的同学说谢梁被人收养了!"陈雯气出了眼泪,两手一抹,想到现在是过年,又忍了回去。

"什么小姑子的儿媳妇?"荀秋笑得肩膀颤动,"他们谁在吹牛吧?"

陈雯一瞪眼:"那是谁光做好事不留名?我看这世上也只有你这么笨!"

这下苟秋觉出不对来，之前她给福利院捐了一笔钱，只让工作人员把谢梁的信息撤在后面，在她们找到合适的领养人之前都不对别人推荐。但实际上这阵子来福利院看小孩的人也没几个。谁会连面都没见着，就点名收养谢梁？

"我打个电话。"她可能想到是谁了，皮笑肉不笑地抽了抽嘴角，走开了几步。

薛均是和她一起回来的，可这几天她忙着走亲戚，两人都没有见面。

电话很快接通，薛均那边安安静静，一点杂音都没有，温和的声音透过电波，带着轻柔的笑意："宝贝，新年快乐。"

这声音听得人耳朵发痒，苟秋有一瞬间都忘记自己想要说什么了。她镇定下来，没什么好语气："你在干什么，这么安静？没和薛老师他们去走亲戚吗？"

薛均"嗯"了一声，"他们年前就去海南了。"

苟秋："……你一个人啊？"

还挺可怜。她也不废话了："是你吗？收养谢梁的那个人？"

薛均有点意外，但是很快承认："你知道了？"

还真是他。

苟秋咬牙切齿："你想干什么啊？"

薛均："你妈妈一直想找个熟人把谢梁的手续办下来，所以我就这样做了。"

苟秋闭了闭眼，她怎么会不知道薛均的想法，就像薛均完全明白她的想法一样。

在每个从噩梦中惊醒的夜晚，她满头大汗地撑手坐起来时，都在想那天她没有及时看到的信息。

高绢撤回的信息里到底说了什么？

错过的这两秒里，是不是曾经暗藏挽回悲剧的密码？

"苟秋，那不是你的过错。"薛均轻声说，"但如果你想弥补她，不必牺牲自己。

"我会帮你。"

陈雯今年五十六岁了，人生的大半辈子已经过去。年幼丧父、中年离异、长期抗癌，要说这一生还有什么没经历过的，她确实也想不出来。所以自己女儿的这点心思，她哪里又会不知道。

早在两年前相亲时，苟秋看似无意的一句"也挺好"，她就一直没忘记过这茬。后来谢家舅舅抢孩子时那男人的举动，还有苟秋失魂落魄的样子，让她对这两人的心思门儿清。

"给谁打电话啊？以前老师的那个养子？"

苟秋都不知道要怎么说了，"呃"了一声，嗫嚅着："嗯……"

陈雯没什么好脸色，"他现在在干什么？"

荀秋老实答道:"在雾城大学设计研究院做工程师,最近还开始在雾大代课,可能有荣誉讲师的资格。"

陈雯听了直撇嘴。条件倒也不算太差,但肯定比不上人家小赵。好了,也不必再问他为什么收养谢梁,总归是因为荀秋。

"他一个人过年?"

荀秋不知道妈妈到底想问什么,"嗯"了一声:"对,他家里人出去旅游了。"

陈雯摇头:"你都三十岁的人了,也不知道点人情世故。人家帮过你妈妈,现在又大过年的,你不该客气点喊人家过来吃饭啊?"

荀秋不以为然,刚好荀天他们也拿着东西正在等过马路。她忙挽住陈雯,冲对面挥手,示意哥哥快来救场。

"别岔开话题啊!"陈雯可不吃这套,"快跟人家说,让他晚上来融贸吃饭,顺便也聊一下谢梁的事情。"

这件事的确应该好好谈一下。荀秋看躲不过去,只好不情不愿地答应下来,打开手机给薛均发消息。

下午五点半,荀秋和张闵还陪着两个孩子蹲在儿童房玩火车玩具。

荀天隐约听到响动,从厨房探出一个脑袋来听。"隆隆"的抽油烟机声中,敲门声再次响起,他忙放下锅铲,手搁在围裙上擦了两下,嘟囔着:"喊人来吃饭,一个个不知道去哪里逍遥了。"

"妈!"他冲客厅喊了一声,"客人过来了!"

他露出个笑容,一拉门,"嚯"了一声,盯一眼薛均手上提着的玩具和礼盒,又把目光落在男人脸上。

啧,这小子怎么看着这么面熟?

他迟疑地迎人进门:"来来来,快进来,是薛均吧?来就来了还带什么东西!上次你见义勇为,咱们家都还没谢谢你呢。"

薛均轻笑:"一点小事情,不用放在心上。"

还小事情……听说当时头都被人打破了。荀天琢磨着,又看了他一眼,越来越觉得眼熟。两人客气着推让礼品,荀天接过来后,终于还是忍不住,开口问:"咱们是不是什么时候见过?怎么看着这么眼熟呢?"

薛均回想了一下,试探着说:"是见过一次,但时间有点久了,就你送荀秋去七中报到那天,下着雨,荀秋借了伞给我——"

薛均还没说完,荀天却长长地"哦"了一声,他想起了这件事,也想起来他是在哪里见过薛均了。

大概是在2007年的某个黄昏,那时他们一家还住在阳明路没搬走。荀天难得回来一趟,发现旧书桌有条桌腿不平,他急着查看邮件,顺手从荀秋桌上拿了一本杂志来垫。

这可把荀秋惹恼了,她从浴室出来,头发还没来得及吹,发现他的所为,气得把手上湿答答的毛巾扔到他的电脑上。

荀天本就因为家里的网速慢到心烦,她这样一捣乱,也把他的怒火勾了出来。

两人大吵一架,荀秋要拿走那本杂志,他却不想让她如愿,争夺中,杂志被撕坏了。

荀天见荀秋哭得厉害,也是有点怔住,虽然硬着嘴巴没道歉,到底还是觉得愧疚不已,第二天一早就去报刊亭买了一本新的。

在回来的公交车上坐着无聊,他随手翻了翻,看到一篇全国物理竞赛的报道,上面附着一张清晰度很高的冠军照片——少年俊朗挺拔,立在礼花和聚光灯下,眼神却沉寂,与周遭的欢呼声格格不入。尽管手里的金牌熠熠生辉,可在少年的脸上找不到一丝类似得意或者高兴的情绪。

荀天一瞧介绍,正是他们江城七中的学生。

薛均怎么会高兴?赢下这场比赛所得的荣耀,远远盖不过它对荀秋的伤害。而且那时候薛老师已经拟订座位表,换开了他和荀秋的位置。如果他再不听话,荀秋就会被调到隔壁班,那时候那些无聊的人会怎么议论她,薛均无法想象,他只得忍耐着承受。

"原来是你……"荀天恍然大悟。

陈雯及时从客厅过来迎接,客气几句,拉着薛均在沙发坐下,把果盘移到他面前,又提了恒温壶要给他倒水:"你坐一会儿啊,我去把荀秋喊过来。"

"阿姨,我自己来吧,您别忙。"薛均很礼貌地站起来,接过壶给两人都倒上水,举止很得体。

他太擅长应付这样的场合,这是他的情绪必修课之一。在纯白的康复室中他模拟过无数次这种场景,只要一次次完美呈现,他必然能取得对方的好感。

陈雯也不例外,连连点头,对他印象很不错。她扬着笑脸:"别和你姨客气,就当自己家就行了。走,咱们去看下谢梁吧。"

"好。"薛均点头,跟着她一起到了儿童房。

谢梁对于薛均的到来很是恐慌,他一下放开玩具,快步走到陈雯背后,拉住她的衣角,低声问:"外婆……这是谁?"

孩子的反应让大人于心不忍,有些话也不好当着他的面说。吃完饭后,他们商定了对策,薛均只以资助人的身份为谢梁提供资金,谢梁平常还是住在陈雯这边。

就和陈雯当初的设想一样。

谈完孩子,气氛好像变得有点尴尬。其实陈雯和荀天都有点不太明白薛均和荀秋的关系,但是当事人也没给个说法。

荀秋送薛均下楼。

几天不见,两人确实都有点不舍。在楼下溜达了一圈,寒风吹红了荀秋的鼻子,薛均握住她的手靠近,俯身抵住她的鼻尖。

"有人呢。"荀秋有点不好意思。

"嗯。"薛均没有做什么,只把她冰冷的手放进口袋,慢慢叹了一口气,"太冷了,你上去吧。"

上去就上去呗,他还叹什么气?他就是太爱装了。

荀秋只装作没听出来他的意思,轻轻点头,挥手给他道别。

"那行,你回去吧。"

转身的一刻,长手揽过肩膀,温暖宽厚的怀抱靠上来,薛均的手横在她身前,脑袋轻垂,贴着她的脸颊。

"宝宝。"薛均薄唇轻启,"再待五分钟。"

"要干什么?"

"这个。"

冰冷的金属贴近脖颈,荀秋低头瞧了一眼,金色的梵克雅宝四叶草落在莹白的锁骨上,圆珠饰边流光溢彩,除却吊坠,细细的链条上还悬着一枚戒指。

冬日里晦暗的夜空下,薛均轻叹一声,将紧张咽下,唇却依然颤动。他扣好项链,低声说道:"荀秋,我们结婚吧。"

荀秋轻笑一声:"薛均,这就是你的计划吗?收养谢梁,取得我妈妈的好感,看见他们为我们的关系欲言又止,觉得我会为了让他们安心而和你结婚?"

"你怎么能这样自以为是?"

她的手已经攥在了那枚戒指上,内心涌上一股把它扯断的冲动。

薛均却说:"不是。

"你记得在河东公寓的时候吗?"

那时的他们窝在温暖的所在,荀秋眼角噙住泪珠,问他,他们能不能永远这样。

荀秋不明白他的意思。

"我们只办婚礼,不领证。"薛均轻笑,"这样可以让他们放心,你也随时都可以甩了我。荀秋,我说过,只要你想,你就会是自由的。"

怀中的人在动摇中微微颤抖,薛均的手臂紧了紧,漆黑深邃的眼里弯出温柔的笑意,给出最后的砝码——

"永远。"

4

初八那天,薛武和刘姚到融贸拜访,因为双方都有亲朋在雾城,他们商定办两次婚宴。

2月14日,荀秋和薛均在朋友圈发了只有封套的红本,通知亲朋好友他们已经"结婚"。

不出意外,薛均收到了其他几位前男友的热烈"祝祷"。

他很委屈,挂完电话枕在荀秋腿上抱怨,很不明白那几个人为什么这么凶。

"不明白?"荀秋揪住他的耳朵,好笑,"你自己作的。"

薛均抿住唇,疼得眼泪都冒了出来。

5月1日,他们再次回到江城。婚宴办在大家都耳熟能详的山恩国际大酒店,婚庆程序一律免去,让大家拍拍照片,好吃好喝一顿,顺便把那些年陈雯散出去的礼金收回来就可以了。

荀秋已经成长到没兴趣在亲戚面前飙演技。

十二点零八分正式开吃,半个小时的风卷残云,桌上就只剩下喝酒吹牛的男人们。楼上开了棋牌间,愿意留下吃晚饭的人都在那儿打麻将。也不用谁看顾,有酒店服务生全程负责。

荀秋和陈雯回到房间数钱。

女儿三十岁才结婚,换在从前,陈雯想都不敢想,可不知怎的,却好像也没什么不好的地方。

这次的女婿还不错,会做饭,人也细心,逢年过节都能想着家里。哪像荀秋闷葫芦似的,平时没什么事几乎都不打电话,就算是过年或者生日,也就发个大红包,语音消息就两句干巴巴的"身体健康""万事如意"。

"他是装的!"荀秋很气恼妈妈的偏心。

"装的!"陈雯气道,点点她的脑袋,"你怎么不给我装一个?是不是我亲生的?就知道在这里拆红包,人家小均都醉过去了,你还有心思在这里数钱!"

荀秋撇嘴没理会。

下一刻,手里的钞票被收走,陈雯一努嘴,没什么好气:"数什么数,这钱数了也不是你的。得了,快去隔壁看看。"

倒不是金额有多惊人,只是第一次躺着收钱,心里有点舒服而已。荀秋被夺走了快乐,一下无力地趴在椅背,踢着腿,嘟囔:"看什么看,谁让他喝那么多。"

谁劝他都喝,这一堆白酒下去,凑近一点,酒味大到熏得她耳朵、鼻子都开始发痒了。

陈雯一瞪眼:"人家是高兴,你倒没感觉似的,快去看看,别一会儿吐在房间里了。"

"哦。"

荀秋回到自己的套间。

可是薛均没在。

"人去哪里了?"她诧异地自语,又在房间里找了找,薛均的手机和外套还搁在沙发上。她想到什么,脑子一"嗡",忙走进卧室,推开浴室门。

"薛均!"

这一刻的心脏停摆,荀秋脸色苍白地怔在门口。

浴缸里的水已经放满,薛均半靠在白色瓷板上,手臂搭在浴缸边,衬衫紧紧地贴在身上,整个人都湿透了。

荀秋上前几步,蹲在地上捧住他的脑袋看,没有伤口,也不像摔过跤的样子。她稍微放心一些。看来他真是醉得惨了,连衣服都没来得及脱就跑到水里去。

她伸手拨开他额间的发丝,目光慢慢下移,衬衫下透出薄窄的肌肉线条,黑色西裤包裹住有力挺拔的长腿,是不设防备的脆弱和凌乱。

片刻后,她凝住眸色,凑到他面前翕动鼻子嗅了两下——芬芳的金银花露牙膏,带一点她包里那瓶樱桃漱口水的香气。

白眼在这一刻简直要翻出天际。

纤白的手指没入水中,又从他的腹间划过,薛均的睫毛颤了颤,不自觉地开始收紧肌肉。

紧接着,荀秋的手掌在他脸上狠狠地拍了两下,白皙的皮肤肿出红痕,她咬牙切齿地喊他一声:"脑子里一天天都在想些什么啊,薛教授,你真是分秒必争啊!"

薛均的嘴角慢慢下压,他睁开眼,幽静的眸子轻闪,做出一副无辜又委屈的模样。

这两个月荀秋实在太忙,和李霄野回了一趟 ST 总部,留在龙泉云府的时间实在不多,更别说严知一有空就下来蹭饭,每每待很久不肯回去。

"怎么这副模样?"她捏他的脸,情不自禁地靠近。

"我洗漱过了,没有酒气。"他昂着脑袋任由她揉搓,一双眼亮晶晶的,乖巧得像只听话的猫咪在等待它的奖励。

荀秋抿唇笑了一下,夸赞他:"那很乖。"

"起来收拾下,然后去休息一会儿?"她倾过去,给他一个轻柔温和的吻,"弄这么湿,晚点你怎么去招呼晚餐?"

薛均才不想休息,一手按住荀秋的颈子,加深了这个吻,一手理直气壮地开始摸她身上复杂的盘扣,含含糊糊地撒娇:"这里有烘干机,一个下午,够用了。老婆,你陪陪我吧。"

荀秋心里都在发颤，笑着推他："谁是你老婆。"

"你啊。"薛均理所当然地吻她，"荀秋。"

浴缸里的水还是温热的，他在她耳边轻咬，压制住胸口奔腾而出的情意。

他们在明亮的彩灯下共同举杯庆祝。

他们在今天结婚。

这种认知让他头脑发热，生出更多占有与私欲。

雾气腾在荀秋脸上，熏出陶然的神色，白瓷般的肌肤上浮着粉雪的颜色。

"老婆。"薛均抬头看她，低哑地叹出气音，"新婚快乐。我不会再放手。"

"嗯。"

在雾城举办的那场婚礼偏向西式，定在君山度假酒店的花园后广场。

参与人寥寥，除却双方家属，就只有三两好友。薛均那个传说中的爸爸屈尊降贵，沉默地坐在薛武旁边。

这场仪式与喧闹无关。

定制好的白色婚纱很轻便，荀秋挽着陈雯走到粉色的蔷薇花拱门前，左小圆拉开木头栅栏，引着她们往白色毯子上走。

而谢知意站在地毯的一端，她接过工作人员递过来的戒指盒，准备要交给新郎。可她一转身，右边那桌忽然站起来好几个西装革履的高个子男人，她是第一次在婚礼上担任这么重要的角色，惊得脸盲症都犯了。

到底谁是新郎啊？这些男的突然站起来干什么？谢知意在心里狠狠吐槽。

可纵使心里再不甘心，没有人会破坏这个属于荀秋的时刻。

薛均轻扯唇角，上前接过戒指盒，慢慢向荀秋而去。

戒指被戴上的那一刻，荀秋看着单膝跪地的薛均，低声回答："我愿意。"

岁末的秋天，北风扬起一场花雨。白云轻散，君山岛上树林与风雾碰撞，簌簌声响悠远传颂。早来的白色候鸟在响石滩展翅齐飞，象征奇迹的罗纹鸭抖擞羽毛，侧着脑袋稀奇地看向浅水岸。

蔷薇与枫叶从薛均的侧脸飘过，又落进荀秋洁白的头纱。

"是枫叶？"

她垂着脑袋任由他为她摘取，而他专注到轻蹙眉棱，太像多年前他珍藏下的那张像素模糊的照片。

"是秋天。"

薛均展开白皙的手掌，将叶子送到她眼前。荀秋惊诧感叹，这片叶子与那年薛均为她做的那枚书签很是相似。

而薛均只轻笑勾唇，于漫天灿烂中，紧紧握住她的手。

番外一 笨拙的爱慕者

1

薛均离开白山县的那一天是雨季中难得的晴日。

山道路况复杂，黑色小汽车在九曲十八弯中穿梭，戴着干净白手套的司机打过方向盘，从难以想象的坡度爬上去。车辆缓慢地颠簸，碧澄的蓝天填满前窗，再次向下俯冲时，前路都像要没入无边天际。

薛均抵住车窗，盯着远方一棵橘子树上的点点橙色果实。

自称是父亲的人来接他了。

薛荆递给外婆一个装满现金的黑箱子，而后看向薛均，眼神严厉淡漠。稀薄的空气在无声对峙中蒸腾，薛荆终于不耐烦，亲自走过来，一根一根掰开他攥着外婆衣摆的青白手指，把他拎起来扔进车里。

流水席已经摆上了，可他们没有参加妈妈的葬礼。

无人谴责他一分一毫，薛均想，或许是因为妈妈本意中并没有给他留下活路的打算。

那天深夜，在低密的水压窒住胸口时，他费力地踹开妈妈的怀抱。或许是天色太暗，或许是南河肮脏的水藻浸到眼睛里了，所以妈妈脸上那些阴暗情绪也看不太清楚。

可她的失望与诅咒像是细密的荆棘,一簇簇的疼痛从耳膜刺进脑髓,尖叫连绵在每一个噩梦的夜。

"都是因为你!都是因为你!"

往日,这样的斥责往往伴随刺痛和暴力落下,一把凳子或者一把扫帚,身旁称手的器具都可以成为武器。他是她年轻时遇人不淑的恶果,是不被祝福和期待的意外,所以应当承受住这些愤懑,成为她怒火与悔恨的载体。

薛均凭借本能浮出水面,口鼻离开河水覆盖的那一瞬间,潮冷的雾和水生植物特有的腥气扑面而来。

活着的味道太臭了。

可他想到了外婆。

所以他第一时间上岸,转身奔跑,用尽全力地呼喊。

可村里闻声而来的人们仍然没能救出她,经年累月的沉重愤恨卷入南河某个角落的急湍暗流,从此不见天日。

其实外婆爱的人始终只有妈妈而已,所以她才会问出那句:"为什么不早一点喊人?"

雨水打湿了这个世界,唇舌下冗长的解释被压回,喉咙好似堵住了一般。薛均垂下脑袋,看向脚踝上粘着的稠腻泥土。好饿啊,他慢慢伸出双手,紧紧捂住空空如也的胃部。

外婆不要他了,他被带进蓉城某幢热闹的庄园。

算不上是放逐或者什么,薛荆很少来看他,安排的保姆和阿姨也并不多情愿照顾他这个孩子。

面对各种探究地打量,薛均能感觉到,这里没有任何一个人欢迎他。

直到某个周末的诊疗时间,李医生带着侄子来到这里。

李霄野黑白分明的眼睛盯住薛均手中的小火车,毫不客气地问周围做事的阿姨:"这是我送给阿越的东西,怎么会在这个私生子手里?"

李医生直接打断他,拎住他后颈扔给后面的阿姨:"行了啊,一边玩去,别打扰我们。"

薛均知道他口中的"阿越",那是一个还不会走路的婴儿,玩具被拿走时,也只会"呜呜"地哭号。

薛均捧着小火车,跟在李医生身后往诊疗室走去,没有多说一句话。

可李霄野不依不饶。

没人敢真的拉扯李常务的小儿子,他就这样走过来,伸手拍开了薛均手中的玩具。火车落在花园的岩石板砖上,零件四分五裂地迸开,薛均扭头看他,觉得奇怪。

他的举动很不客气，可身上并没有那些恶意的气味。

这与薛均一贯观察到的人类不同。

普通人类常常面带笑容而怀揣恶意，而面前这人则完全相反。

李霄野从口袋里拿出一沓精美卡纸，三两下拆开塑封塞到薛均手里，表情不算友好：“你八岁了还玩什么小火车，这个见过没有？”

薛均的目光掠过卡片上的猴子与白马，想起了前几天佣人在影音室偷懒时看的电视剧。

"《西游记》的卡片。"他很淡然。

李霄野松了一口气："原来你会说话啊，叫什么名字？"

"向——"薛均停顿了一下，才想起自己已经不能再姓"向"了，他抿唇，"我是薛均。"

"哦。"李霄野不甚在意。他早在前几次来傅园时就知道了薛均被周围人孤立的境地，很是瞧不上那些趋炎附势的低智商儿童。他说过自己的名字，又拍拍薛均的肩膀，"那你先和我三叔去吧，完了来庭院找我，我带你玩卡片和弹珠。"

他不无得意地亮出自己掌心里一把晶亮剔透的五色宝石圆珠。

"好。"薛均没有见过这样璀璨的石头，可这并不妨碍他向往美好的本能，他点头，垂眼轻压嘴角。

好景不长，董事会过半成员都是傅家的旧将，他们极力反对薛荆将这个孩子留在傅园。这半年多，薛荆步履维艰。最后他向董事会妥协，薛均再次离开既定环境，定居江城。

江城并没有心理诊所。

李医生被外派到这座城市，开始了为期六年的诊疗。

和李霄野的那段友谊大大推动了诊疗进度，李医生强烈建议薛均继续寻找朋友。

薛均实在善于模仿。不过短短半年，举手投足便与李霄野几乎没有区别，就算是身为亲叔叔的李医生，也会在某一些瞬间有些分不清两个孩子。

江山名府的孩子王——也就是严教授家的儿子，开始成为下一个薛均练习的重点目标人物。

等到入学手续办好，薛均意外发现，只要成绩够优秀，在江城交朋友很容易。

薛均八岁半上的一年级，随后连续跳了三级，和严知分到了雁宁小学同一个班。他的成绩很拔尖，叔叔又是重点中学的特级教师，老师和家长们都鼓励孩子们多和薛均交朋友。

薛均能模仿的样本变得多种多样，他开始学习更多融入人群的技巧。

只是，他不确定自己到底为什么要这样做。

禁锢在玻璃罩子里的他虽然与世界格格不入，可那里的寂静和清淡他从来不觉得有何不妥。世界是美丽的，可与他有什么关系？他甚至从来都没有办法为它动容。

江城的中考实行名分制，排名第一的他被分进二中，有了更多朋友，也开始有大胆的女孩在他路过时提高音量地夸赞他。

爱慕……

薛均看着女孩颤抖的手中握着的粉色信封，摆出一个从薛老师拒绝销售人员那里学来的温柔笑意，礼貌推拒。

少年人诚挚的爱慕，大概是周围还没有人拥有这个东西，所以他还没有来得及学习。

他回到家，抽出DVD，皱着眉将上面分类为爱情的影片全部看完。

可为什么陷入爱情的人都好似患上疯牛症，在那些刻意安排的情节与误会中，几近癫狂地为对方大失分寸——失去礼貌、失去仪态、失去所有社交意义上的理智。

像野兽，并不值得学习。

薛均关了电视机，按照李思源的信息指引，骑着自行车去到了游戏厅。

虽然他不太喜欢那种场合，但是他现在和李思源是朋友，按照人类社会的某种约定俗成，他应当在朋友落寞时给予一些陪伴。

他们打了一晚上游戏。

早上七点多，他们在永叔路分开，薛均在困乏中拐错岔道，误入人生浓墨重彩的那道亮光之中。

既然见识过光明，怎么会愿意长久地堕于幽暗？那些无所谓好像都变成利刃割开了薄薄的眼皮，潺潺流动的血液忽然迸裂，奔腾肆虐。

很难形容情绪山崩地裂之后他的慌张，回到江山名府之后，薛均朦朦胧胧地拿起桌子上没有收拾完毕的电影碟片，前所未有地陷入迷茫和失措。

2

九月中，江城依旧热到窒闷，一丝风也没有，二中门口的银杏树叶子橙得深重，板板正正的树干整齐排列，静得像纸上画。

临近期末考试，每个年级的体育课大多被主课老师占据。

今天下午这一节算是例外。

薛均在英语老师拿着书本踏进教室的那一刻忽然起立，并且表情疑惑地告知，这节课已经预约给了尹老师。有人忍不住伏在桌子上笑，英语老师看见了，但她接受了来自优等生的谎言，压着笑容离开。

身后的同学们狂欢起来，又在五分钟后往无人的操场涌去。

李思源感冒了，脑袋重得很，本来说了不去篮球场，这会儿教室安安静静，他又觉得无聊。正犹豫着要不要去，扭头一瞧，还有一个人没有离开教室。

薛均双手压在摊开的书籍两旁，戴着耳机，认真到无以复加。

"你这也太那啥了吧？"李思源有点气不打一处来，已经是第一名了，他怎么还这么分秒必争啊，让别人可怎么活！

他咬牙切齿地走过去，见薛均没什么反应，顺手摘了对方的耳机，话还没说出口，一眼看见桌上的书，脸色可谓五彩缤纷。

"你……你怎么还看星座研究啊？"

薛均微微昂首，完全没有看杂志被兄弟抓包的窘迫，平淡无波的黑色眸子看过来，声线轻浅："怎么？"

"……你看这个干什么啊？"李思源一时想不明白，将耳机塞进耳朵，动听的音乐声涌进，他"哟"了一声，又惊叹，"你怎么还听起周杰伦的歌了？"

这些变化在青春期可算很可疑的，李思源把前桌的凳子一下推过来，半趴在薛均桌上，捏住他的MP3按来按去。

奇了怪了，还全是周杰伦的歌。

薛均也没有对他的动作有什么异议，礼貌地摘下另一只耳机，轻笑："很好听啊，为什么不能听他的歌？"

李思源没什么兴趣，摘下耳机放在桌上，突然想起什么，又连忙发问："对了，说起周杰伦，你……"

他忽然停顿了一下，有点不好意思似的，声音放得很低："隔壁二班有个女生也很喜欢周杰伦，你知不知道？"

薛均怎么会不知道。

有一天放学，他和荀秋一前一后在车棚拿车，她书包上就挂着崭新的周杰伦的卡片。

他垂下眼皮，不知道怎的就否认了："不知道。对女生没有研究。"

他不愿意继续这个话题，一下站起来，顺手把杂志塞进书堆："你的头不晕了？那去篮球场？"

可李思源没有发现好友的异常，仍然兴致勃勃地想要继续。他扯着薛均的T恤衣摆把人拉住，眨着眼睛："不去篮球场了，你陪我说说话行不？反正你也是在看闲书。"

薛均微微滞住脚步，过了好一会儿，才重新坐下："说什么？"

李思源从来都是个敢想敢做的人，在好友面前也不用忌讳太多："就是隔壁二班的苟秋，你应该认识吧？我看过你们打招呼啊？"

一种极其浓重的情绪忽然涌进肺腑，像苦海翻出波浪，迎在脑袋上重重劈下，生涩又刺痛，不太好受。可薛均不明白为什么。

"嗯。"他的声音低沉，"她怎么了？"

"我想问她要个QQ号，你说她能给我吗？"

李思源想了想，顺手就在薛均的本子上撕了一页，咬住笔杆，一笔一画地写字：苟秋你好，我是一班的李思源，想和你做朋友，可以加你的QQ号吗？我的是×××××××。

李思源思考着，另起一行，又写：因为我也很喜欢听周杰伦的歌，而且我家里有电脑，帮同学们下载歌曲很方便，如果你有需要，我可以帮你。

写写停停，他又改了几个写歪的字，重新撕了一页空白纸誊写一遍才满意地点头。

李思源为自己的机智感到骄傲，可怎么把这张纸条送给苟秋成了大问题。

好在好友和苟秋认识，所以他红着耳朵问薛均，是否可以替他送纸条。

薛均思考了很久。

他知道自己上次惹恼了苟秋。

摸底考那天早上，邮差终于送来了蓉城的回信。这是六年以来唯一的一次回复。

他抿住愉悦地打开，笑意却慢慢淡出眼睛。

信是薛荆寄给薛老师的。里面除了一些例行的关心，还提到外婆收养了一个孤儿院的女孩。

原来离开白山县时，外婆那句"只有出了这座山才可以治好你的病"是假的。

她把那个女孩带在身边，每周不辞辛苦地坐大巴车去城里的心理诊所。

为什么不能是他？

黑暗的情绪涌上来，这些年辛苦的掩盖与自欺欺人好像一下子崩塌了，他的情绪如群魔乱舞——他永远都在被驱逐，根本不会有人真正关怀与信任他，周围的朋友愿意接受的也只是他模仿出的正常状态。

明明想把试卷卷起来扔到一边，可肌肉记忆仍然让他翻转了纸张，按照习惯先去看语文试卷的作文命题。

"秋天……"

喉咙里好像滚进了一瓶纯度特别高的蜂蜜水，飙升的血糖值把那些暴虐和低落照得无处安放。

如果好好答题，这张试卷就会被尹老师带到二班去，最后会被苟秋拿在手中观看。

薛均的心忽然就静下来，提笔挥洒，用尽一切华丽的辞藻描绘秋日美景。

路过二班的时候，他想起自己大言不惭地在文章结尾写的那句"拥抱秋姑娘"，忽然有了想把脑袋埋进手臂的愚蠢想法。

思绪乱飞时，他猝不及防地对上那双墨色的瞳孔，他惶恐又僵硬地移开眼睛，躲开她的寒暄。

错了，大错特错。

荀秋肯定是生气了，后来很久都没有出现在走廊。

薛均看着手上的纸条，缓缓地点头。

如果有了荀秋的QQ号，那……很多事情都可以好好解释吧。

薛均终于找到机会，荀秋在自习课去办公室送试卷了，他等在玺云楼旁边的橘子树下。

想了很久，他终于还是展开了那张信纸，面无表情地从口袋里摸出了早就准备好的美工剪刀，直接把纸条从中间剪开。

纸条的内容只剩下上半部分。

还没等他收好罪证，荀秋已经下到了台阶最底端。

薛均不确定她是否看到他的举动。

一种前所未有的羞躁席卷了这个在背后暗中使诈的少年，薛均脑子一片空白，匆匆忙忙地执行了送纸条的任务，甚至在混乱中碰到了她微微冰凉的手。

"能加你吗？"他的声音低得堪比蚊子声。

荀秋好像没什么反应，只是脸红得特别厉害。

面对这个样子的她，薛均的情绪满到快要爆炸，慢一秒钟就要出丑了。他只能落荒而逃。

然而报考高中时，他听见了她对李思源发的誓言。

"如果我喜欢薛均，就让我头发都掉光，考试得零分。"

她的头发一直都是乌黑顺滑的，系成低马尾，绸缎一样铺在背脊。

她的成绩也很优秀，化学每一次都是满分。

喜欢……

会轻易被对方掌控情绪，也会为了对方辗转难眠，但同时又对靠近对方的男生生出丑陋的嫉妒，以至于做出背叛朋友的举动。

只有他的喜欢是这样阴暗的。

薛均想，或许他这种人，根本就不该玷污这样高级的情感。

3

如果说从前的思绪是一片波澜不惊的海水，那么或许荀秋就是指引潮汐的月亮。潮涨潮落，思绪的浪花轻易就被牵动，将他往她那边推。

他抑制不住地想要靠近，研究她的星座，听她喜欢的歌，买她喜欢的杂志，放下引诱的钩子，瞟过去若有若无的眼神。

但她的家庭是落在肩膀上的暗淡月影，压制住她彩色的灵魂，荀秋和她的名字一样，带着枯枝落叶的灰暗消极。

她很需要一些鼓励和信任。

他知道，虽然荀秋性格很内向顺从，但她的心底仍旧燃烧着自由独立的火焰——她渴望离开这窒息的小城。

一次随堂考，薛均故意空下了化学二卷后面的两道大题，他早就知道这儿有成立晚自习互助小组的传统。

被薛老师骂已经不算什么，他终于得以向她靠近。

在烈日炎炎的中午，她会选择留在学校午休。绿意盎然的樟树掩映着致远楼二楼的窗户，微风轻送，教室里的四台大风扇"呼呼"地转出让人昏昏欲睡的白噪声。

讨论完一些试题，他们进行短暂的午休。

而她往往会在他的假寐中慢慢侧头过来。

他闻得到淡淡的兰花洗发水香气在空气中缓慢地浮动，她的呼吸声变得小心翼翼，羞怯而大胆的目光落下来，轻柔地拂过他的脸。

他在黑暗中描摹她专注深挚的眼睛，耳朵烫得像烙铁，那些酸胀的满足感涌满胸腔，他极力地忍住了颤抖的长睫，将压不住的嘴角弧线隐入臂弯。

他给她他的新概念稿件，想要约她次日出来。或许他们可以在人民广场见面，然后一起在新华书店的阅读室消磨一天光景，等到夕阳西下，就沿着僻静的滨江路骑自行车。

可荀秋迟钝得很可爱，她呆呆地看着他，告知次日并没有肖老师的竞赛讲课。

好不容易攒满的勇气气球破了洞，他欲盖弥彰地摸了摸鼻子，告诉她是他记错了。

后来，不知从哪天开始，严知和荀秋之间好像有了属于两个人的秘密。他们总是你看看我，我看看你，然后一个笑得得意扬扬，一个气呼呼地鼓起脸颊。

薛均问过，可严知不肯说。

这种感觉并不好受，薛均甚至开始有一些幼稚的气恼。他那些稳重和不在意就是装出来的，说到底，他也不过是十几岁的少年而已。

他从来不知道，原来荀秋会独自去严知家里看电视剧。

某个中午，他提着家里蒸多的糯米团子到了严知家里。阿姨好像去午休了，他把东西放在餐桌上,上去找人。

严知的房间窗帘拉得严密,黑黢黢的室内没有开灯,电脑屏幕幽蓝色的微光照在他们脸上,少女和少年盯住一个方向,对第三人的到来丝毫不察。

那一刻,薛均的脑中忽然窜入惊惧。

苟秋所在意的人究竟是他,还是他举手投足中对严知的那些模仿?

这个认知让他开始患得患失。

而严知也会在看见苟秋时变得认真而郑重。

与他的伪装不同,严知的感情敞亮而自然,带着少年特有的清爽诚挚。

他们有了彼此的联系方式,也会在中午放学无人的走廊里打闹,严知揉乱她的头发,又伸手去捏她的脸颊。

苟秋虽然生气,却并没有出现厌恶的情绪。

算了吧。薛均忍受不了被这种又酸又涩的莫名情绪频繁扰乱感知,这会让他整个人都开始失序。

只要她仍然有一分在意分给他就够了,反正他也不可能让这样的疾病延续到下一代,他不能给任何人一个可许的未来。

曲梦梦在篮球场为她的朋友问薛均为什么不肯接受情书和礼物,薛均被问得烦了,顺嘴就说了一句:"我有喜欢的人。"

严知停下来看他,表情变得探究而正经。

薛均咬着牙,生生忍受着追问,怎么也不肯说出那人的名字。

可他最后还是没忍住,在曲梦梦的空间存下了那张他与苟秋像素堪忧的照片。

得之不易的合照被存进滑盖手机,又在经年中不断辗转,存进更新更先进的机器,安抚他的私欲。

他就是不配的。

在南山的那个晚上,薛均没有料到有人会在"有或没有"的游戏里提出"我没有喜欢过在场任何一个异性"的尖锐话题。

一开始他没有打算承认,直到对方说会让喜欢的人一直倒霉。

薛均难以接受自己竟然会为这样幼稚而没有道理的诅咒而犹豫不决。

可他还是举手了,闭着眼,而后很快体会到了酸涩——

苟秋误会了。

而那个段一又起身去接电话。

他想了想,还是起身跟了过去。

高个子男人鬼祟地背对着人群,轻声哄骗对面的女生自己只是因为错过末班车而被困在南山,却猝不及防地被一只手掌按住肩膀。

段一掐断电话转过来,薛均眼神冷冽地警告他:"有女朋友就不要随便招惹别的女生。"

段一不明白薛均凭什么为荀秋出头,他又没有劈腿,只不过是择优而选,同样身为男人,对方竟然不懂这个道理?

薛均的确不懂。所以他揪住了对方的领口,声线低沉地冷笑:"想'养鱼'就离荀秋远一点。"

段一答应了,挣开他走远。

薛均沉默地坐了很久,忽然笑出声,盯住指路牌后蹲着的崔思盈,开口揭穿:"你和关解书的事我不会和别人说,也请你不要再试图拿我当幌子。"

崔思盈惊讶于薛均的敏锐,她终于明白薛均之前为什么要请技术人员去清理贴吧那些乱七八糟的信息。

原来私底下冷到不好靠近的薛均真的有喜欢的人,并且就在这场聚会之中,实在不可思议。

而那天在自助烧烤店,薛均没有打算再离开。

直到接到了他名义上的弟弟的来电。

外婆过世了,但是没有人通知他,直到下葬的前一天,薛时才给他打来电话。

爱与怨扭曲了他十数年,也终于给他所爱的人带去伤害。

可那些想要放弃又不甘的怨怼激荡在胸腔,他感觉自己已经癫狂到想要毁灭一切来拥有她。

那些胡思乱想和郁结在心的黑暗,都在无人知晓的微博逐条呈现。

当年的他惶恐荀秋在字里行间知晓他的病症,将一切不能敞明的想法转移记录在这里。

他关注着她的空间、她的游戏贴吧,甚至莫名其妙开始研究相机,在别人的社交平台存下有关于她的照片……

这些阴暗明明白白地抒发,薛均感到饮鸩止渴般的安慰。

他不知道荀秋是怎么找到这个微博的,可直面她与李霄野交握的双手,无异于侧面证明,她对他的爱慕,或许真的出自早年那些取于他人的征象。

荀秋终究爱上了李霄野,并且还为了李霄野摧毁那枚颠簸千里的落叶书签,以及那些很好很好的曾经。

偷来的爱慕一项项归还,薛均没办法不承认,自己从来就一无所有。

没关系,她会获得幸福,就算与他天各一方。

这样就够了。

番外二 如果相遇得刚好

六月十号凌晨,雾城经历了一场有惊无险的地震。

那晚雾城大学的操场人山人海,穿着睡衣、披着被单的同学聚集在相对宽阔的平地上,少不知愁的年纪,乐观主义者倏然领唱起流行歌谣,操场上此起彼伏的屏幕光好似扭变为演唱会现场的点点星海,夜色璀璨绚烂。

余震已经平息,学校的大喇叭不间断地劝诫,让同学们回到寝室休息。

变故在此时发生。

数个赶来的辅导教师掌控不住庞大而散乱的学生群,不知是谁推了谁一把,突然的尖叫声加剧了原本已经平复的慌乱情绪,对未知的恐惧让人群忽然加速向小小的闸门涌进。

兵荒马乱的人潮中,有人摔倒了,那是薛均第一次遇见荀秋。

她那天大概也是匆忙赶下来,身上穿着一件鹅黄色的家居服,脚上踩着小鸭子拖鞋,手里还拎着台笨重的游戏本电脑。

她前面的女生在退场时被推倒在地,后方的人群没有注意到,依旧要往前方压近,薛均的脚步完全由后面推挤的力量左右,一步一步,往她靠近。

矮小的鹅黄身影一下转身,将冰冷的电脑包抵在他的胸口,张开手臂挡住周围的人,振聋发聩地呼喊:"别动了!有人摔倒了!"

姿态不算优雅,甚至有点张牙舞爪,清冷的嗓音因为激动显出几分歇斯底里的嘶哑,但这种不友好的尖锐声音有效地挡住了四周涌动的人群,其他同行者得以寻找机会,将摔倒的女生拽出生天。

大概是这样的险象环生让她感到后怕,她瞪着眼睛巡视一圈,最后视线慢慢回转,与薛均四目相对。

墨色眸子清澈见底,可见愤怒、惊慌,另外还有几分欲落不落的水光——轻易为陌生人可能遇难而产生的情绪,是她一览无余的善良。

"不好意思。"她收回电脑包,低声又说了一句什么,很快继续往前走。

小插曲就这样过去。

这个夏天研究所的事务繁忙,大二暑假,薛均按照王导的要求陪同留校,暂时借住在隔壁的教工寝室。

他没想到还能遇见她。

仲夏之夜,月色黯淡,他从实验室出来路过寅初亭。

长廊另一端,小小的影子疾步徘徊,女孩好像心情有些暴躁,一手狠狠捏住手机,语速飞快地和电话那头的人争吵。

薛均认为自己并没有故意要听她打电话的意思,是夜色与树杈遮挡了他的身影,他从外面小道缓步走过去,女孩略带凉意的清润嗓音淌入炎夏夜里别有用心的耳朵。

"……那就按照合同里规定的数,你直接打我账号就行了!"她叉着腰,气呼呼地鼓着脸颊,听了会儿,又有点不耐烦,"你觉得有没有用都是次要的!我们小组现在是完成任务了,平台验收也通过了,至于你怎么用我们是管不着的。

"行……支付宝账号就是我手机号,对……对……打了我们就可以撤销仲裁,你的账号也可以脱离异常状态。"可能对面正在付款了,她也心平气和,淡声确认用户名,"嗯,没错,就是'象牙'。"

象牙?

薛均与她擦肩而过,余光瞥到女孩耳后的一颗小痣,点在白皙透亮的肌肤上,他没由来地喉咙轻痒,疑惑地抬眼看向天幕上的弯月。

回来后本就应该休息了,薛均洗漱好躺在床上,脑海中却和放烟花一样,"砰砰"震响,吵得人无法入眠。

他一下坐起来,掀开笔记本电脑。

从她简单的几句对话中,或者那天危急时刻她拎着电脑包的行为中,薛均以常理推测,她的专业大概是智能科技应用。

那时这个专业流行在网络平台接取"任务"赚取一些佣金,他点开委托平台的搜索栏，鬼使神差地输入"象牙"。

用户名存在。

看到小黄鸭头像的那一秒，他已经对上暗号。

她的认证是雾大智能科技专业在读，但资质验证页的履历与证书十分光鲜——除计算机行业的必要证书外，她还是雾大孵化基地科研小组的副组长、机械社的核心成员，做过教育管理软件、签证后台、门禁卡、TPA系统等项目。

薛均淡淡地看完她的项目经验，注册好平台账号，编辑了一个佣金可观的脚本代写任务。

某个深夜，荀秋终于上线刷新任务橱窗，薛均立即将其拍下，女孩严肃中带着可爱的自动回复跳转。

象牙：嗨，这里是象牙，请大客户详细描述一下您的需求，这边有一整个小组可以为您出谋划策。

他把编辑了半个月的任务发布过去。

那边输入了一会儿，停止，又输入，似乎有点不可置信。

象牙：您……只是想做一个舆控脚本？那您给的佣金有点过于高了啊。

薛均回复：因为贴吧里的不实言论已经给我带来了困扰，希望这份佣金能让你们小组最优先做好我的插件。

荀秋很快回复：那行，老板请放心，这个东西三天之内可以交给你。

这种类型的小爬虫荀秋大一时就做过，翻翻项目列表，从犄角旮旯里摸出来改一改关键词，大笔佣金即可收入囊中。

她的心情有些愉悦，顺手点开了老板发过来的需要屏蔽的贴吧名字和关键词——贴吧名字：雾城大学吧、渝北大学城联盟吧；关键字：薛均、思均力敌。

好巧，竟然是雾城大学的委托吗？而且这个名字也有点熟悉，荀秋嚼着西瓜想了一会儿，又好似没什么印象了。

好奇心驱使她打开贴吧搜索这个名字。

大量图片一下铺满全框，少年清冷深邃的眼睛隔着屏幕与她对视。她扶了扶眼镜，想起几个月前在操场"避难"的那个晚上。

"原来是他？"

她很快从帖子中提取到了信息：雾大物理系的薛均，蓉城人，因物理竞赛在国际赛场取得第三名的优异成绩而被保送雾城大学，破格进入王森教授的研究中心，并且成为骨干成员。

只不过他在生活与交际方面似乎与常人不同，话非常少，常常也不理别人，传言甚至说他有冷漠型人格或者自闭症。

天才不都有一些怪癖吗？饱览美剧大片的荀秋不以为然。

插件做得很快,她在两天后提交了成品,并且通过平台聊天工具详细说明了使用方法。

薛均用了很满意,给她留下了一条长达五百字的好评,字字恳切。

荀秋看到时吃了一惊,谁说这人不会表达?这密密麻麻的一页字,把人夸得怪不好意思。她读了好几遍,忽然又觉得哪里有点不对,薛均好像有点在意别人误会他不是单身,评价里强调好几次"澄清不实绯闻"。

又过了几天,荀秋心血来潮再去搜索,已经找不到任何相关信息。

但这位在网络上失去踪影的人忽然频繁出现在她身边——大三上学期,轮滑社来了一位稀客。

"只是为了放松心情。"薛均轻描淡写地说。

荀秋大一大二多有时间在轮滑社练习,大三荣获教学岗,也跟着社长他们一起为大一新入团的学员做示范。

她收了三个"徒弟",都是能掐得出水的青葱少年。

传闻中的清冷学神好似也没那么难以接近,扶着杆子在塑料垫子上练习走路的样子和普通新手一样笨拙,也会抬起不知所措的眼睛,喊她一声"师父"。

大概上天仍旧是公平的,赋予学神超高智商的同时也剥夺了他的运动技能——薛均比其他几位师弟学得慢太多,其他人经过三五天的练习可以开始尝试跑圈。只有他,跌跌撞撞、东倒西歪,还是走不太稳。

"大锅饭"变成了一对一教学,荀秋不信邪,扶住薛均慢慢在教学楼附近反复打转,立志要两个小时教会他"走路"。

秋天是浪漫的季节,雾大从游楼外的枫叶红了,有一些落在青色石板上,在夕阳余晖下铺出金色绚烂的小道,他们扶住彼此的手臂,一次次极慢地穿行在红墙绿瓦斑驳的光影下。

薛均终于不负所托,成功学会走圈。

接下来的动作练习可以由社长统一教学了,荀秋抹抹额上晶莹的汗珠,她终于可以"退休"了。

荀秋消失了一礼拜后,薛均又选修了"信息与计算科学",每周四都能在大课教室和智科同学们——比如荀秋,一起上课,并且在离开教室时还会咨询荀秋几个专业问题。

荀秋的大三很忙碌。

某个周末她再次参加轮滑社的活动——是和东湖大学的联谊比赛。她的徒弟们都进步神速,已经获得了参赛资格,只有薛均,他仍然停留在跑圈练习的阶段。

"你没有好好练习吗?"荀秋很疑惑,"是不是研究所的事情太忙了?"

研究所是忙,但社团活动安排在九点到十点半之间,薛均说道:"我每天都有去练习。"

旁边的人也为他做证，有学弟很热情地一下把薛均的袖子撸上去，亮出他手肘上一块狰狞的伤疤："师父你看，前两天他还在楼梯口那边摔了一跤，衣服都被磨破了，流了好多血呢！"

荀秋吓了一跳，站起来一下抓住薛均的手臂，愧疚感油然而生，她垂着眼睛低声道："是我太不负责任了……"

于是后来从雾大往光华大道一路滑到东湖大学的前广场，整整一个小时荀秋都握住薛均的手，有了支撑点，薛均跑得很稳。

惬意自由的风拂在脸上，他眯着眼沉浸在愉悦的情绪里，余光瞥见她的目不转睛，他嘴角倏然漾出温柔的笑意，荀秋手一抖，慌忙移开了视线。

兰花的香气丝丝缕缕萦绕在鼻尖，薛均将紧张到微微出汗的手掌藏回背后，慢慢收紧。

他一开始并不明白自己为什么一靠近她呼吸就会变得急促，可失控的同时，他也生出一种前所未有的陶然和沉醉，听到她的声音，或者闻到她的味道，都能让他的心脏融化成软塌塌的奶油，甜丝丝、酸溜溜，像夏日含住一颗柑橘柠檬糖。

他不由自主地接近，直到故意摔伤来引起她的同情，以达到和她两手相握的目的。

他不明白，从前那些乱七八糟的贴吧信息里，总有人回复说如果能和薛均"贴贴"，那就死而无憾了。

可是他明明"贴贴"荀秋，她好像没什么特别感受？

"你口渴了吗？"在基地休息时，他从背包里拿出橘子气泡水给荀秋。

荀秋很吃惊："你也喜欢喝这个啊？"

酸酸的味道，很多人不喜欢。

"嗯。"薛均也没管她渴不渴，拧松盖子就递过去。

"谢谢。"

荀秋接过喝了一口，刚转过来要说话，那人一双清澈无垠的眸子盯住她，直接到让她脸色发烫。

"……怎么了？"

"好喝吗？"

荀秋松一口气，原来只是问这个。

她点点头："很好喝，我以为除了我都没人喜欢这种口味——"话音未落，她手中的饮料已经被薛均抽走。

"那我尝尝。"他很快拧开盖子，坦然自若地饮下一口。

橙色瓶身反射出的耀眼日光勾勒着少年优越绝伦的轮廓，薛均仰着脑袋，喉咙轻滚,晶亮深邃的眼睛却仍然在看她。

苟秋莫名呼了一口气,要命,他……怎么直接喝她的饮料啊?看来传闻中的话也有几分真实,他的确不懂如何与人相处。

于是,苟秋调出一个笑容:"薛均,你不可以喝我喝过的水哦,知不知道?"

"为什么?"少年歪歪脑袋,看了社长和副社长一眼,"他们也是喝的同一瓶水。"

苟秋解释:"人家两个是情侣,所以才能喝一瓶水。"

薛均似懂非懂地点头,苟秋刚松一口气,耳边却是一句晴天霹雳:"那——苟秋,和我做情侣好不好?"

苟秋目瞪口呆,脸"唰"一下热出绯色:"什、什么?"

"因为我只带了一瓶水。"薛均理所当然,"如果我们是情侣,就可以一起喝了,是不是?"

"不是!"苟秋很严肃,"你不能这样理解,而且没有水我们可以去隔壁小卖部买,并没有说一定要当情——"她红着脸"呸"一声,改口,"并没有说一定只能喝一瓶水。"

"可是我想和你喝一瓶水。"薛均不明白心底起伏的焦躁从何而来,他也不知道如何叙述自己才能让她明白。

他抿抿唇,低声喊她:"象牙。"

那些刻意被忽略的巧合在女孩不敢自作多情的敏感内心复活——委托平台上那么多用户,不可能巧合到遇见同校生;雾大那么多社团,不可能大三还到轮滑社来;广泛可选的选修课,谁也不会半途去学复杂枯燥的计算机应用。

早有目的,预谋邂逅,一场笨拙而真挚的追求而已。

女孩重新旋转瓶盖,在他星眸的颤动波光中,再次饮下一口。

前调酸涩,回味甘长,他们在每一个故事的结尾拥抱经年不衰的爱恋,共度漫漫此生。

(全文完)